内蒙古社科规划后期资助项目

内蒙古师范大学文学院七十周年文丛

内蒙古社科规划后期资助项目

A Study on the Poets' Groups in Xining-
Yuanfeng Period of the Northern Song

北宋熙丰诗坛研究

■ 庄国瑞 著

中国出版集团
东方出版中心

图书在版编目（CIP）数据

北宋熙丰诗坛研究 / 庄国瑞著. －上海：东方出版中心，
2022.10

ISBN 978-7-5473-2095-2

Ⅰ. ①北… Ⅱ. ①庄… Ⅲ. ①宋诗－诗歌研究－中国－
北宋 Ⅳ. ①I207.227.441

中国版本图书馆CIP数据核字（2022）第209381号

北宋熙丰诗坛研究

著　　者　庄国瑞
责任编辑　陈明晓
封面设计　钟　颖

出版发行　东方出版中心有限公司
地　　址　上海市仙霞路345号
邮政编码　200336
电　　话　021-62417400
印 刷 者　上海颢辉印刷厂有限公司

开　　本　890mm×1240mm 1/32
印　　张　12
字　　数　322千字
版　　次　2022年10月第1版
印　　次　2022年10月第1次印刷
定　　价　78.00元

目　录

前　言

北宋熙宁、元丰（1068—1085）是宋神宗在位时期，此时建国已过百年，进入北宋中后期阶段。发生于熙丰年间的很多事件都表明熙丰是一个充满变动的关键时期。首先，就社会状况来说，自澶渊议和（1004）、庆历增币（1042）后，国家基本处于稳定发展状态，但在太平繁华的表象下隐藏着深重危机：经济形势自仁宗后期开始日渐严峻，"三冗"未去，国库渐现虚枵；虽然没有发生大规模战争，但四邻虎视眈眈的态度一直没有改变，国家处在稳中有忧的状态之中。为了改变这种局面，神宗与王安石发动了旨在富国图强的变法运动，变法在当时确实起到了效果，熙丰年间从经济到政治、军事都有改观，显现出奋发振作之象。其次，在与社会改革联系紧密的政治文化方面，进入一个高潮发展期。有学者概括宋代士大夫政治文化经历了三个阶段，仁宗之世为"建立期"，宋初的儒学复兴经过立国以来的长期酝酿，终于找到了明确的方向。在重建政治、社会秩序方面，仁宗朝的儒学领袖人物都主张回到"三代"的理想而超越汉唐，这一理想也获得皇帝的正式承认。此外，在士大夫作为政治主体的共同意识方面，范仲淹倡导的士大夫当以天下为己任的呼声则获得了普遍而热烈的回响。到熙丰时期，变法活动推动士大夫政治文化进入"定型期"，此时是回到"三代"的理想从"坐而言"转入"起而行"的阶段，士大夫作为政治主体在权力世界正式发挥功能。这个概括是十分精到的，宋代士大夫的"政治行动"与"政治性格"确乎在这个时代表现得最为鲜明，北宋后期直至南宋士大夫政治的发展都与熙丰时期有着割舍不断的联系。再次，学术方面在儒学复兴的大背景下，以王安石为代表的"新学"、以司马光为代表的"温公学派"、以三苏为代表的"蜀学"，及以二程为代表的"洛学"，都集中出现于这个时期，人才之盛，学术发展之繁荣令后人惊羡不已。

本书锁定"熙丰时期"作为考察对象，一则如上所述熙丰是一个不容忽视的重要时代，二则受到了法国史学家布罗代尔的启发。布氏在他的名作《菲利普二世时代的地中海和地中海世界》中提出自己对历史时间的独特理论，他认为在同一社会内部有几个叠加的历史层面，每个历史层面以时间变化的节奏展开。第一层面是"一种几乎静止的历史——人同他周围环境的关系史。这是一种缓慢流逝、缓慢演变、经常出现反复和不断重新开始的周期性历史"。"非常缓慢的、几乎世代不变的历史，以几乎不变的地理景观和某些文明的传承强加于所有人类集团"，这就是"长时段史"，在该书中他使用 une histoire quasi immobile（非常长的时期）与 une histoire lentement rythmee（长达一两个世纪的变迁）来表述。第二层面是"在这种静止的历史之上，显现出一种有别于它的、节奏缓慢的历史。人们或许会乐意称之为社会史，亦即群体和团体史"。这种历史过程是"变化较为迅速、尽管还是节奏缓慢的历史，以几个十年的长周期，40 年、50 年，改变着有时是动荡着国家、社会和精神生活的循环的历史"。第三层面是"传统历史的部分，换言之，它不是人类规模的历史，而是个人规模的历史……这是表面的骚动，是潮汐在其强有力的运动中激起的波涛，是一种短促迅速和动荡的历史"，即"事件史"。①

布罗代尔这种时段区分是针对整个社会发展历史来说的，笔者以

① 〔法〕布罗代尔著，唐家龙等译《菲利普二世时代的地中海和地中海世界》（第一卷），北京：商务印书馆 1996 年，第 7—9 页。

为将这个理论借鉴到文学史领域同样具有启发意义。熙丰时期虽只十八年时间，但是北宋存在不过一百六十多年，十八年相对于中国文学史太短暂，但对北宋文学史来说已经是一个不短的时段。这个时期北宋诗坛的整体状况可以称之为一种"团体史"，其中的诗歌群体、重要诗人的发展变化则可以称之为诗歌领域的"事件史"。熙丰时期以王安石、苏轼、黄庭坚等为代表在仁宗朝后期、英宗朝步入文坛的人才，开始占据主流地位，他们都进入了自己文学创作的盛年。王、苏、黄这个时期在创作上取得了怎样的成就？他们在自己周围集结人才、奖拔后进，对熙丰诗坛产生了怎样的影响？"三大家"共存的时代对宋诗发展具有怎样的意义？与唐诗对举的"宋调"究竟建立于何时？宋诗之成熟与熙丰诗人有多大关系？这些都是值得深入探究的问题。在众多流行的文学史中很少将熙丰时期作为考察阶段，当然宏观的文学史是很难照顾到这些细微局部的，但被一笔带过的时代并不意味着它原本就不精彩、不值得关注。笔者以为对文学史的考察，全景式的表现必不可少，局部特写也同样重要，如此对历史进程的理解才会完整充分。

学界对熙丰诗坛、熙丰诗歌群体关注始于新世纪前后，初期研究成果较少；宋诗特征与熙丰时期作家王安石、苏轼、黄庭坚则一直是研究热点，研究成果很多，此处就与论题相关的一些学术成果作简要总结。

一直以来，革新除弊的庆历诗坛与声势夺人的元祐诗坛是人们关注的中心，说到熙丰似乎只关注轰轰烈烈的政治改革，而对诗坛缺少兴趣，不过有学者注意到将它区分为一个相对独立的时期加以研究。马东瑶《文化视域中的北宋熙丰诗坛》（西安：陕西人民教育出版社2006年）是直接关注熙丰诗坛的研究专著，其书采取文史交叉研究方法，属于诗人群体研究。在关注诗人群体的同时吸收了文化地理学的因素，注意到不同诗人群所活动的不同地域具有文学史上的文化地理坐标意义，从而确定了"从汴京到江宁：以王安石为考察中心；洛阳：以司马光为考察中心；从汴京到黄州：以苏轼为考察中心；当涂与苏州：两个地方诗人群"的兼顾诗坛中心与边缘的总体框架，描绘出一个较为完整的熙丰诗坛地图。在考察各群体时注重诗歌文本之外的诗人活动与诗歌背后的创作过程，体现了较新的思路。前此作者已陆续发表《司马光与熙丰时期的洛阳诗坛》（《中国文化研究》2004 年第 2 期）、《论北宋熙丰时期洛阳诗人的诗学观念》（《河南教育学院学报》2005 年第 2 期）等文章。较早的著作如沈松勤《北宋文人与党争》（北京：人民出版社 1998年），书中有专章考察熙丰、元祐时期以王安石、苏轼、黄庭坚为核心的文人群体，并探讨了王、苏创作风格的演变；萧庆伟《北宋新旧党争与文学》（北京：人民文学出版社 2001 年）亦有专章讨论熙丰年间文学主题趋向与风格演变。沈、萧两部作品都运用文史交叉的研究方法，体现出了注重文化综合研究的思路。此外，王水照《北宋洛阳文人集团与地域环境的关系》（《文学遗产》1994 年第 3 期）、《北宋的文学结盟与尚 "统"的社会思潮》（《王水照自选集》，上海：上海教育出版社2000 年），吴承学、何志军《诗可以群——从魏晋南北朝诗歌创作形态考察其文学观念》（《中国社会科学》2001 年第 5 期），周裕锴《诗可以群：略谈元祐体诗歌的交际性》（《社会科学研究》2001 年第 5 期），陈元锋《北宋馆阁翰苑与诗坛研究》（复旦大学 2003 年博士学位论文）、《北宋馆职、词臣选任及文华与吏材之对立——以治平、熙宁之际欧阳修、王安石为中心》（《文学评论》2002 年第 4 期），熊海英《北宋文人集会与诗歌》（复旦大学 2005 年博士学位论文），萧瑞峰、刘成国《"诗盛元祐"说考辨》（《文学遗产》2006 年第 2 期），成玮《制度、思想与文学的互动：北宋前期诗坛研究》（上海：复旦大学出版社 2013 年），杜若鸿《北宋诗歌与政治关系研究》（北京：北京大学出版社 2015 年），马银华《北宋齐鲁诗坛研究》（济南：山东人民出版社 2020 年）等研究成果对于理解北宋诗人结盟、诗人群体特征及诗坛发展状态均有帮助。

本书试图确定熙丰诗坛与宋诗发展的关系，因此对关于宋诗特征的研究比较关注，据研究者统计：1949 至 1979 年的三十年间，各类刊物所发表的研究宋诗的论文不足二百篇，较之 1980 年之后的十年间的六百余篇可以明显看出宋诗研究在二十世纪八十年代后快速增长（《十年来中国宋诗研究述评》，《中国首届唐宋诗词国际学术讨论会论文集》，南京：江苏教育出版社1994年），且研究内容上也逐渐深入。

较早的研究有程千帆《读〈宋诗精华录〉》（1940年），以主意为宋诗主要特征；缪钺《论宋诗》（1940年）说明宋诗以意胜、美在气骨、贵奇贵清，以深隽瘦劲为尚等特质，此外对宋诗写作手法和技巧方面谈得较为具体，认为宋诗内容较唐诗更为广阔，技巧更精细。钱锺书"诗分唐宋"说（见《谈艺录》[1948年]）侧重就诗的体格性分和审美特质来把握宋诗，提出了"丰神情韵"与"筋骨思理"的唐宋之别。自严羽《沧浪诗话》提出宋人"以文字为诗，以才学为诗，以议论为诗"，历代争论不休，二十世纪七八十年代很多学者从这个提法出发去讨论宋诗。徐复观《宋诗特征论》（1978年）认为严羽观点拘碍不通，提法似是而非，不足以概括宋诗发展实际，文章归结宋诗在内容上主意，多议论；在表现方法上，较唐诗显得流动直遂，且在句法、字法上特别下功夫；在形象上，则表现为平淡、简易。王水照《宋代诗歌的艺术特点和教训》（《文艺论丛》第五辑，上海：上海文艺出版社1978年11月）参照严羽的说法，认为宋诗的三大特点是散文化、议论化、以才学为诗。胡念贻《关于宋诗的成就和特色》（《学习与思考》1984年第2期）认为宋诗在思想内容方面有所扩展，除反映了当时十分尖锐的民族矛盾外，还反映了宋代许多复杂的政治斗争；在艺术方面也有相当丰富的创新，主要是向细密化发展。此外文章认为用严羽的评论来概括宋诗的特色是不恰当的。此外尚有从文化意蕴、艺术特质角度去评价宋诗的。如霍松林、邓小军《论宋诗》（《文史哲》1989年第2期）认为宋诗的特质，是借助自然意象，发挥人文优势，即通过人文意象的描写与典故、议论的运用，以表现富于人文修养的情感思想，在此基础上形成淡朴、瘦硬有味、渊雅不俗的独家风格；刘乃昌、王少华《宋诗论略》（《江西社会科学》1992年第1期）认为宋诗在艺术风韵方面与唐诗相比具有高品逸韵、尚理尚趣、朴淡深隽、瘦硬警拔的特色。中国香港和台湾地区的学者关于宋诗的研究也不少。张高评以追求新变、破体与化俗为雅等问题，论述宋诗特色（《新变代雄与宋诗特色》，《宋诗特色研究》，长春：长春出版社 2002 年）。龚鹏程则认为宋诗的基本风貌，为知性的反省精神，并以"知性的反省"为有宋的文化特质（《知性的反省——宋诗的基本风貌》，《文学与美学》，台北：业强出版社 1987 年）。黄景进就宋诗尚意诗观谈论宋诗特色（《从宋人论"意"与"语"看宋诗特色之形成——以梅尧臣、苏轼、黄庭坚为中心》，《第一届宋代文学学术研讨会论文集》，高雄：丽文出版社 1995 年）。外国学者，如日人吉川幸次郎《关于宋诗》（《中国诗史》，上海：复旦大学出版社 2001 年）认为唐诗充满激情，宋诗则不同，避免激情的表现，这样最容易成为激情表现素材的悲哀被抑制了，抑制了激情也就抑制了作为激情表现的华丽辞藻，比唐人冷静得多的宋人的诗提倡的是"冷静的美"。近些年来的作品如李贵《中唐至北宋的典范选择与诗歌因革》（上海：复旦大学出版社 2012 年）、谢琰《北宋前期诗歌转型研究》（北京：北京大学出版社 2013 年）、张立荣《北宋前期七言律诗研究》（北京：中国社会科学出版社 2014 年）、左志南《近佛与化雅：北宋中后期文人学佛与诗歌流变研究》（北京：中国社会科学出版社 2017 年）、张杰《北宋诗学之理学文化观照》（兰州：兰州大学出版社 2017 年）、宋皓琨《北宋诗学思想史论》（北京：社会科学文献出版社 2022 年）等对这一论题均有涉及，并提供了一些具有启发性的论述。

二十世纪八十年代以来对王安石、苏轼、黄庭坚三家总体创作成就及其与宋诗关系的研究成果较多。张白山《王安石晚期诗歌评价问题》（《中国社会科学》1980 年第 5 期）、周亮《如何评价王安石的后期诗歌创作》（《贵州师大学报》1989 年第 4 期）、刘师华《从入世到退隐，寓悲壮于闲淡：论王安石隐退前后的心境与诗境》（《南昌大学学报》1995 年第 2 期）都是针对王安石晚年诗歌创作作专门讨论，认为王安石诗并非只有清丽明快一种，也有寓悲壮于闲淡之作，可以说是对吴之振《宋诗钞》中论王安石观点的继承发挥。莫砺锋《论王荆公体》（《南京大学学报》1994 年第 1 期）按照创作过程全面论述了荆公体的形成，强调王诗早期并不轻视艺术技巧，并且也达到了很高的水准。胡守仁《试论王安石诗》（《江西社会科学》1995年第7期）按照内容划分讨论了王安石诗。莫、胡二文皆认为王安石学杜甫较多，胡文并认为韩愈也是王诗渊源之一。沈松勤《北宋党争与"荆公体"》（《文学遗产》1999年第4期）一文认为王安石前后诗风截然不同，"荆公体"的形成与王安石熙宁党争中的心理历程有密切关系。这个时期对于王安石与"宋调"的关系探讨也较多，傅义《王安石开江西诗派的先声》（《江西社会科学》1987年第1期）考察了王安石与江西诗派在学习渊源、创作方法上的共同性，其实也间接表明王安石开拓宋诗的功劳。刘乃昌《试论山谷诗与王安石》（《文史哲》1988年第2期）通过考察王安石、黄庭坚在创作上的异同，强调黄庭坚对王安石诗法的学习借鉴，也得出王安石诗对"宋调"的形成产生重要作用的结论。上引《论王荆公体》一文也认为王安石诗体现了宋诗风貌的部分特征。赵晓兰《宋诗一代面目的成就者——王安石》（《四川师范大学学报》1995年第4期）认为王安石尊杜学韩，能独创生新，变尽唐音，宋诗一代面目成于王安石，是这个阶段论述王诗与宋调关系具有总结性的文章。

对苏轼诗歌作整体分期评价的有王水照《苏轼创作的发展阶段》（《社会科学战线》1984年第1期），文章将苏轼诗歌按照初入仕途及两次"在朝—外任—贬居"的经历分为七段，细致地分析了各期创作成就。谢桃坊《苏诗分期评议》（《论苏轼岭南诗及其他——苏轼研究学会全国第三次学术讨论会论文集》，广州：广东人民出版社1986年）按艺术风格的进展将苏诗分为六期，并认为在总体上可以"乌台诗案"界划为前后两期。二文均具启发意义。此外还有三期说、五期说等，不再列举。关于苏轼诗作的艺术特点，研究文章极多，此处篇幅难以容纳，见下文具体论述征引及书后参考文献部分。关于苏门文人群有王水照《苏门的形成与人才网络的特点》（《王水照自选集》，上海：教育出版社2000年），萧庆伟、陶然《论苏门之立》（《浙江大学学报》2001年第3期），对于认识苏门形成很有帮助。此外姜书阁《苏轼在宋代文学革新中的领袖地位》（《文学遗产》1986 年第 3 期）一文对苏轼在北宋各体文学革新中所起的作用和在文坛形成的广泛影响有深刻论述，具有参考价值。

对黄庭坚诗作整体评价研究的有白敦仁《论黄庭坚诗》（《成都大学学报》1986 年第 1 期），讨论了黄庭坚诗独特性产生的深刻现实原因与个性修养原因，并论述了黄庭坚的诗歌主张。黄启方《黄庭坚诗的三个问题——诗作分期、诗体变易及诗论的建立》（原载于 1986 年"中央研究院"《第二届国际汉学会议论文集》）在详细考察黄庭坚成长经历及诗作版本的基础上将黄诗分为三期：凡《外集》《别集》中元丰元年以前诗作属第一期；绍圣元年以前除第一期诗作外，均为第二期；自获谴远谪，身行万里，漂泊东西，则为第三期诗作。莫砺锋《论黄庭坚诗歌创作的三个阶段》（《文学遗产》1995 年第 3 期）的研究更为全面细致，亦分为三期，但划分界限不同：一、自青年时期至元丰八年（1085）五月；二、元丰八年六、七月至元祐八年（1093）；三、自绍圣元年（1094）至崇宁四年（1105）。莫文对每一期进行了论述，并对三期诗体变化进行了量化分析，文章第二部分确定"黄庭坚体"形成于入京以前。此外陈俊山《"山谷体"漫论》（《江西师范大学学报》1986 年第 2 期）、吴晟《试论黄庭坚体》（《南昌大学学报》1995 年第 6 期）皆为论述黄诗艺术特征之作。吴文认为"诙谐情调"是"黄庭坚体"具有独特性的重要因素，这一因素在元祐之后才明显表现，所以确定"黄庭坚体"成熟于元祐时期。关于黄庭坚与宋调的关系的研究，朱安群《黄庭坚是宋诗风范的主要体现者》（《江西师范大学学报》1986 年第 2 期）是较早的一篇作品，文章首先认为黄庭坚诗较能体现北宋社会政治状态、时代心理趋向、学术思想趋向、审美情趣趋向的特点；其次从具体的诗歌技法方面进行了分析确认。莫砺锋《江西诗派研究》（济南：齐鲁书社 1986 年）论述黄庭坚成为江西诗派开山祖师的原因时指出：当时诗坛成就最高的诗人是苏轼，但最突出、最集中体现宋诗特色的诗人则是黄庭坚。许总《黄庭坚影响成因论》（《文学遗产》1991 年第 4 期）认为黄庭坚诗把握住了自从欧阳修、苏轼以来一直发展的宋诗重"理"的内蕴精神，同时在创作题材上开掘更细致广泛，技巧更纯熟多变，而且形成了一套严密的诗法规范，所以保持了持久的生命力，成为宋诗的杰出代表。

以上诸作研究角度多样，但对于认识熙丰诗坛、诗人皆具参考价值，对笔者有较多启发之处，故作如上总结。本书较注重文本研究，同时做了一部分统计工作，力图做到对熙丰诗坛近距离把握，描绘出一个较为清晰的诗坛发展态势，但显然没有完美达成这个预计目标，后续笔者将继续努力完善不足之处。

第一章　熙丰多士之局与诗坛概况

第一节　政治体系变化、
南北融合与人才养成

一、文官体系性质变化

古者，士"三月无君，则皇皇如也"[①]，"士"崛起于春秋末期，在政治活动中逐渐扮演愈来愈重要的角色，儒家这样的观点代表了大多数欲有为之"士"的入世态度，表明了"士"与"仕"从一开始就具有密切关系。在后世的政治体系中文、武官员的划分越来越明晰，文官系统绝大多数时候是一代政治统治的核心部分，所以历代文官集团实质上笼络了当时大部分才能卓越之士，文官系统中主导力量的变化，直接关乎一代人才选拔、社会阶层力量的调整变化。

唐代沿袭北周、隋之政治体系，以贵族集团为统治核心，唐太宗通过撰定《氏族志》，重新安排了全国范围内旧族、新门的地位，建立起一个以宗室为首、功臣和关中士族为重要辅佐、山东和南方士族为次等辅佐的新统治集团。贵族中人很多通过门荫入仕，此外国子监所

[①]　《孟子·滕文公下》，〔宋〕朱熹《四书章句集注》，北京：中华书局1983年，第266页。

包括的国子、太学、广文、四门等学均按官品招收生徒，乡贡要经过州县官、当地耆艾承认，再由户部审阅，才送吏部考试，不是《氏族志》二百九十三姓的人，很难参加乡贡，更难被录取及第，贵族势力在官员选用方面占绝对优势。虽然这种局面在武后时期有所改变，"盖进士之科虽创于隋代，然当日人民致身通显之途径并不必由此。及武后柄政，大崇文章之选，破格用人，于是进士之科为全国干进者竞趋之鹄的。当时山东、江左人民之中，有虽工于文，但以不预关中团体之故，致遭屏抑者，亦因此政治变革之际会，得以上升朝列，而西魏、北周、杨隋及唐初将相旧家之政权尊位遂不得不为此新兴阶级所攘夺替代"①，但这种通过考试发生的改变十分有限，科举在权力分配中的作用被裹挟于新旧门第之间权力转移的洪流中，寒族的政治影响力十分微弱。据《登科记》所载，唐代 289 年中登科者不过 8241 人，其中秀才 30 人，进士 6620 人，诸科举人共 1591 人。② 唐代内外官员不下 14000，假设每人平均服官三十年，则 14000 人于三十年间略尽，以此计算，唐代 289 年应有官员约 14 万，而由贡举上达者不过八千余，且唐代入官尚须经吏部铨选，则入官人数更少，至多不过占官员总数 6%，而且名额被旧族新贵们占去不少。③ 其余 94% 尽由他途入官，主要是门荫、胥吏补入、藩府辟置，前一种途径没有寒族的份，胥吏补官可使部分寒俊达到较高的位置，但唐代选官规定"凡出身非清流者，不注清资官"，清流主要指士族出身、才德兼善之人，清资官指朝中比较重要的文官职位，所以胥吏要达到高位比较困难④，但这一途径毕竟为寒士提供了仕宦机会。藩府辟置是唐五代寒士进身的一大途径，不少人由此通显。具体到中晚

---

① 陈寅恪《唐代政治史述论稿》，北京：生活·读书·新知三联书店 2001 年，第 202 页。

② 〔元〕马端临《文献通考》卷二十九，北京：中华书局 1986 年影印本，第 276—280 页。

③ 可参考《旧唐书·王徽传》《旧唐书·徐彦若传》《新唐书·杨虞卿传》《新唐书·杨于陵传》《新唐书·杨收传》《新唐书·李宗闵传》《唐语林》等，均记载贵族之家一门登第数人。至于唐末进士科由权贵把持更厉害，参考《旧唐书·哀帝本纪》。

④ 可参考《旧唐书》中唐后期三位宰相张九龄、韦贯之、韦处厚传记，其中都谈到重视甄别流品、不结交胥吏或不使胥吏凌驾清流之上的问题，由之可看出当时风气。

唐来说，政治权力到底掌握在谁的手里？有学者就肃宗朝以下政治人物之门第、仕宦途径做过精细统计，得政治人物 718 人，其中名族贵胄（合名族与公卿子弟）共计 492 人，占总人数比例 69%。寒族（包括出于贫贱无世业可守者 14 人；本传不及家世，迳由科举出身者 26 人；本传不及家世，迳由藩府辟置为官佐而上达者 5 人；本传不及家世，迳由藩府辟置为军吏而上达者 38 人；本传不及家世，由小吏上达者 3 人；本传不及家世，由行伍进身者 11 人）共计 97 人，占总数 13.5%。其中出身名族贵胄的宰辅有 80 人，而出身寒族的宰辅只有 7 人。[①] 可见自中唐以下，仕途中门胄权要子弟仍占绝大多数。总体来说，唐代政权核心力量一直掌握在旧族新贵的联合集团手中，选官制度比前代进步很多，寒俊获得一定上达机会，但力量始终受到压抑。

五代战乱中门第阀阅之家遭到重创，流品观念在武人杀伐和对文雅的轻蔑中彻底失去往日的影响力，一些世家子弟偶尔还能依靠门第在混乱的政治变迁中获取利益，但无论如何自我标榜，门第日趋没落的颓势却无法挽回，唐代贵族文官政治走到尽头。五代虽乱，但后来者终于从覆辙之迹中获得教训，同样以武起家的后周显示出与前几朝不同的气象，开始有提倡文化、任用文官的倾向。周太祖亲礼孔子庙，称孔子"百代帝王师"[②]，这在五代帝王中绝无仅有。在朝廷上也用一批文人为得力助手，《资治通鉴》卷二百九十，周太祖广顺元年（951）六月条：

> 时国家新造，四方多故，王峻夙夜尽心，知无不为，军旅之谋，多所裨益。范质明敏强记，谨守法度。李毂沉毅有器略，在帝前议论，辞气慷慨，善譬谕以开主意。[③]

---

① 见孙国栋《唐宋之际社会门第之消融》第一节"晚唐门胄子弟之社会地位"，其统计列传始于韦见素传，其余宦官、外戚、文苑、隐逸诸传俱不列，根据不同出身、仕宦途径分为十三类（孙国栋《唐宋史论丛》，香港：商务印书馆 2000 年，第 272—275 页）。

② 《旧五代史》卷一百一十二，北京：中华书局 1976 年，第 1482 页。

③ 〔宋〕司马光《资治通鉴》卷二百九十，北京：中华书局 1956 年，第 946 页。

到世宗时，更是：

> 天子英武，乐延天下奇才，而尤礼文士。①

统治者任人求治如斯，是能够反思前代战乱，欲创新局的表现。但后周仍是以军事为重心的国家，立国十年基本连年征战，虽然倾慕文治，但任用部分文人离国家实现文治还有漫长的距离。周世宗曾计划十年开拓天下、十年养百姓、十年致太平，没想到享国日浅、宏图未展，但思考治道、任用文人的风气已打开，唯待有人能安定天下获一较长时间去涵养新风。

赵匡胤起家军旅，但比一般武夫目光远大，在戎马生涯中勤心于学问，"虽在军中，手不释卷"②，登基后仍坚持这个习惯，"极好读书，每夜于寝殿中看历代史，或至夜分"③，也提倡文武臣僚读书：

> 太祖尝谓赵普曰："卿苦不读书，今学臣角立，隽轨高驾，卿得无愧乎？"普由是手不释卷，然太祖亦因是广阅经史。④
>
> 上谓近臣曰："今之武臣，欲尽令读书，贵知为治之道。"近臣皆莫对。⑤

敦促赵普一类文官读书是担心其"学术"不能适应新的形势，毕竟国家宰辅与藩镇幕僚不可同日而语。五代武人治郡，务求聚敛，疏于治道，

---

① 〔宋〕欧阳修撰，〔宋〕徐无党注《新五代史》卷三十一，北京：中华书局 2016 年，第 392 页。

② 〔宋〕李焘《续资治通鉴长编》卷七，北京：中华书局 2004 年，第 171 页。案：以下简称《长编》。

③ 〔宋〕马永卿编《元城语录》卷上，丛书集成初编 601 册，上海：商务印书馆 1939 年，第 12 页。

④ 〔宋〕文莹《玉壶清话》，北京：中华书局 1984 年，第 19 页。

⑤ 〔宋〕李焘《长编》卷三，第 62 页。

对武臣提出读书要求则欲其改变作风，提高治理能力。太宗也颇喜读书，云："朕性喜读书，颇得其趣，开卷有益，岂徒然也。因知好学者读书万卷，非虚语耳！"又云："朕听政之外，未尝昼寝，读书写字，自得其趣。"[①]他在位期间令文臣编成《太平御览》《太平广记》《文苑英华》等巨著，也可看出求治理、兴文治的意图。

宋初帝王不仅认识到"学术"与"治国"的重要关系，在官员选任上也开始突出文臣作用。太祖云："朕今选儒臣干事者百余，分治大藩，纵皆贪浊，亦未及武臣一人也。"并曾做出"宰相须用读书人"这样的断语，后期也确实重用了薛居正、沈义伦、卢多逊等儒臣。[②]当然提倡读书、任用文官，并不表示宋初马上就进入了读书人的黄金时代、达成了文官政治，从"有意任用文官"到"文官政治确立"是一个过程，需要时间去培育，但事情毕竟踏上了正轨。随着统一进程的完成，疆域扩大，国家稳定，天下文人需要安抚，武人权力需要被进一步控制，庞大的官员系统需要更新，所有这一切都对"文治"提出更高要求，而加速文治进程的力量莫过于取士态度的变化与科举的革新。

唐中叶以后均田制逐步瓦解，商品经济加快发展，士族地主封闭性、世袭性的经济基础受到破坏，紧接着唐末、五代战乱，又对士族在政治上的地位作了彻底清洗，使之最终覆亡。所以新时代的统治者已不再以"门第"论英雄，而尤注意不使权势影响取士公平。《长编》卷九，开宝元年（968）三月：

> 权知贡举王祐擢进士合格者十人，陶穀子邴，名在第六。翌日，穀入致谢，上谓左右曰："闻穀不能训子，邴安得登第？"遽命中书覆试，而邴复登第。因下诏曰："造士之选，匪树私恩，世禄之家，宜敦素业。如闻党与，颇容窃吹，文衡公器，岂宜斯滥！自今举人凡关食禄之家，

---

① 〔宋〕李焘《长编》卷二十四，第 559 页；〔宋〕王应麟《玉海》卷三十三，景印文渊阁四库全书，台北：台湾商务印书馆 1983 年，第 943 册，第 770 页。

② 〔宋〕李焘《长编》，第 293、171 页。

委礼部具析以闻，当令覆试。"

《长编》卷二十六，雍熙二年（985）三月己未条：

> 宰相李昉之子宗谔、参知政事吕蒙正之从弟蒙亨、盐铁使王明之子
> 扶、度支使许仲宣之子待问，举进士试皆入等。上曰："此并势家，与孤
> 寒竞进，纵以艺升，人亦谓朕为有私也！"皆罢之。

这种提倡并未停留在偶一为之的层次上，宋朝科举规定"不许有大逆人
缌麻以上亲，及诸不孝、不悌、隐（丧）匿（服）、工商、异类、僧道
归俗之徒"① 参加考试，但实际上除了违反名教太甚者，对士人应举限
制并不严格。太宗淳化三年（992）三月二十一日，下诏："国家开贡
举之门，广搜罗之路……如工商、杂类人内有奇才异行，卓然不群者，
亦许解送……或举人内有乡里是声教未通之地，许于开封府、河南府寄
应。"② 这一规定使过去一直被摒斥于仕途之外的农家子弟、工商杂类和
偏远地区的士人也有应举的资格。这与唐代有很大不同，唐代举子来源
有二："由学馆者曰生徒，由州县者曰乡贡。"学馆生徒多系官僚贵族
子弟，少数名额给予低品官子弟及庶人之俊异者。乡贡进士虽不一定
是品官家子，但规定："凡官人身及同居大功以上亲，自执工商，家专
其业，皆不得入仕。"③ 则此类举子出身至少也是中小地主和富裕农民之
家，但在干谒请托之风盛行的唐代，一般平民子弟很难获得应举资格，
即我们前边所论不是二百九十三姓者很难跨入科举圈子。

　　与取士不论出身相伴发展的是考试公平性逐步提升。第一，禁止公
荐。"故事，知举官将赴贡院，台阁近臣得荐所知之负艺者，号曰'公

① 《宋史》卷一百五十五，北京：中华书局 1977 年，第 3605 页。
② 〔清〕徐松《宋会要辑稿》选举一四之一五至一六，北京：中华书局 1957 年，第 4490 页。
③ 〔唐〕张九龄等《唐六典》卷二，景印文渊阁四库全书，第 595 册，第 16 页。

荐'。"① 这在唐代是允许的，但实际上人情多怀私于亲近，公荐很容易变为请托之门，使权贵得以把持科场。为堵住这种制度漏洞，乾德元年（963）宋太祖规定："礼部贡举人，自今朝臣不得更发公荐，违者重置其罪。"② 景德元年（1004）后，又多次重申这一禁令，伴随其他方面的改革，荐举因素被排除在了科举之外。第二，对食禄家子弟考试结果进行覆试。这一规定始于开宝元年（968），见上关于复核陶穀子陶邴考试结果的引文。第三，实行殿试。《长编》卷十四开宝六年（973）三月辛酉条载太祖召对新进士及诸科三十八人，其中武济川等"材质最陋，问对失次"，被黜落。随后发现武济川为知贡举李昉乡人，进士徐士廉等亦控告李昉不公，请求皇帝亲试，殿试即始于此时。后太祖对左右云："昔者，科名多为势家所取，朕亲临试，尽革其弊矣。"③ 上所引《长编》卷二十六太宗取消四位大臣子弟及第资格也发生于殿试之中。殿试不仅使最终取士权落在皇帝手中，也起到了剔除权贵因素的作用。第四，实行别头试。别头试亦称"别试"，起于唐代，是特为知贡举官及与科举考试有关人员之子弟、亲属专门举办的考试。当时偶尔施行，自宋太宗雍熙二年（985）省试令考官亲戚别试以后，这一制度逐渐固定下来。后来别试对象不断扩大，规定凡是省试主考官、州郡发解官以及地方长官的子弟、亲属、门客等，应发解试与省试时，都要另派考官别院就试。到宋仁宗景祐四年（1037），又规定诸路亦实行别试。这样宋代"惟临轩亲试，谓之天子门生，虽父兄为考官，亦不避"④ 外，所有科举考试都实行别试制度，这对限制官员徇私舞弊、给予寒门士子平等机会有很大作用。第五，控制知贡举者权力。早在建隆三年（962）宋太祖就下诏废止中唐以来知贡举官员与及第士子结成座主门生关系的做法。"国家悬科取士，为官择人，既擢第于公朝，宁谢

① 《宋史》卷一百五十五，第 3605 页。
② 〔宋〕李焘《长编》卷四，第 105 页。
③ 《宋史》卷一百五十五，第 3606 页。
④ 《宋史》卷一百五十五，第 3636 页。

恩于私室？……今后及第举人不得辄拜知贡举官……如违，御史台弹奏……兼不得呼春官为恩门、师门，亦不得自称门生。"①这是在考试后防止考官以国家之权衡收私门之恩惠。宋太宗淳化三年（992），苏易简知贡举，受诏后径直赴贡院，锁门不出，以避请求。此后就形成"锁院"制度，知贡举官受命之后，即锁居贡院与外界隔离，甚至与家人都不得见面。锁院避免了考官在考试之前受到请托贿赂的影响，也是很好的追求公平性的举措。第六，实行弥封、誊录之法。弥封，即将试卷上考生姓名、籍贯、家世等记录封贴起来，又叫"糊名"，使考官在阅卷时不知其人为谁，而保持客观性。②太宗淳化三年（993）三月殿试进士，根据陈靖的建议，实行糊名弥封法；③真宗景德四年（1007），省试也实行弥封法；仁宗明道二年（1033），诏令诸州发解试也都实行弥封法。考生姓名弥封后，考官仍能通过辨认笔迹、记号等徇私舞弊。景德二年（1005），真宗主持礼部为河北举人进行的考试，首次实行誊录法。④大中祥符四年（1011）颁《亲试进士条制》，规定"试卷，内臣收之，付编排官，去其卷首乡贯状，别以字号第之；付弥封官誊写校勘，用御书院印"，大中祥符八年（1015）又专门设立誊录院，从此省试也开始实行誊录。⑤同一年进士考试结束后，真宗曾问王旦等："有知姓名者否？"皆曰："人无知者，真所谓搜求寒俊也。"⑥这样科举考试评卷环节也最大限度杜绝了作弊可能。

宋王朝在保证科举考试公平性上可谓不遗余力，真如欧阳修所

① 〔清〕徐松《宋会要辑稿》选举三之一至二，第 4262 页。
② 其法始于唐代，唐代吏部选官所试判文即用糊名法，但武则天以为"非委任之方，罢之"。（《选举志下》，《新唐书》卷四十五）五代后周广顺三年（953），知贡举赵上交首次在进士考试中用弥封法，结果触犯权贵，以"选士失实"之罪被罢黜（《周太祖本纪》，《旧五代史》卷一百一十二；《赵上交传》，《宋史》卷二百六十二），可见弥封法是权贵垄断科举的严重障碍，因而招致反对。
③ 〔宋〕李焘《长编》卷三十三，第 734 页。
④ 〔清〕徐松《宋会要辑稿》选举七之九，第 4360 页。
⑤ 〔宋〕李焘《长编》卷八十四，第 1740、1913 页。
⑥ 〔宋〕李焘《长编》卷八十四，第 1920 页。

云："窃以国家取士之制，比于前世，最号至公。盖累世留心，讲求曲尽……又糊名誊录而考之……其无情如造化，至公若权衡，祖宗以来不可易之制也。"[1]进入宋代以来，士、农、工、商四大阶层的界限已远不如前代清晰，科举考试对公平性的追求，又尽可能保证参加者站在相同起跑线上，于是宋代官员阶层的构成与唐代出现了很大的不同。有学者对《宋史》北宋部分一千一百九十四传的人物家世作了归类统计，分为十三类：一、属于唐代名族之子弟；二、公卿子弟；三、士族子弟；四、军校子弟；五、地方豪右；六、农民子弟；七、浮客；八、本传不及家世迳由科举上达者；九、本传不及家世由藩府辟为官佐者；十、本传不及家世由藩府署为军校者；十一、本传不及家世出身于小吏者；十二、本传不及家世起身于行伍者；十三、家世及出身不确定者。"第一、二类为名族贵胄（北宋之新门多属此类）共得 279 人，占全数 23.6%；第三、四、五类为中等家庭，共得 343 人，占全数 28%；第六、七、八、九、十、十一、十二，当属于寒族，共得 543 人，占全数 46.1%。""寒族比名族贵胄几乎多一倍，而尤足注意者，在各数字中，第八类（本传不及家世迳由科举上达者）最多（42.8%）。"[2]《宋史》中有传者，一般为中上层官吏，而大量中下层官吏也多是由进士担任，北宋 168 年进士科（不包括特奏名）取 19259 人，是唐代 289 年 6656 人的 2.9 倍，如果连年代长短因素也考虑进去，北宋取人数约 6 倍于唐。中进士者未必全做官，但毫无疑问做官者占绝大多数，仁宗时期的蔡襄总结当时任官情况曰："今世用人，大率以文词进。大臣，文士也；近侍之臣，文士也；钱谷之司，文士也；边防大帅，文士也；天下转运使，文士也；知州郡，文士也；虽有武臣，盖仅有也。"[3]这些人当中有大量未入《宋史》传记的进士，他们的出身也应以普通家庭子弟为主，由此可见北宋社会，系以由科举上达之寒士为中坚，与唐代社会以名胄

---

① 《论逐路取人札子》，《欧阳修全集》卷一百一十三，北京：中华书局 2001 年，第 1716 页。
② 《唐宋之际社会门第之消融》，孙国栋《唐宋史论丛》，第 279 页。
③ 《国论要目·任材》，《蔡襄集》卷二十二，上海：上海古籍出版社 1996 年，第 383 页。

子弟为中坚者完全不同。

唐宋官僚政治之不同，由进士科的变化表现得最为清楚，钱穆言："科举进士，唐代已有。但绝大多数由白衣上进，则自宋代始。我们虽可一并称呼自唐以下之中国社会为'科举社会'，但划分宋以下特称之为'白衣举子之社会'，即'进士社会'，则更为贴切。"① 这样唐代的半官僚、半门阀政治遂转化为完全的科举官僚政治，宋代成为我国历史上文官政治最典型的时代。在文官体系性质变化、完全文官政治建立的过程中所产生的中下层民众大量上达的情形，是北宋中期人才大盛局面出现的根本原因。

二、南北交融与人才盛世

唐末农民起义失败后，各地大小军阀、地方豪强纷起割据，战争连年不断，延至五代，战祸尤剧，后梁至后汉四朝君主皆为蛮悍武夫，权力在血战杀伐中转移。如果从唐末庞勋兵变算起，至五代末年，北方经历了九十余年军事破坏，再加上自然灾害，黄河流域疲惫不堪。长期酷烈征战与争霸之尔虞我诈，使北方武人普遍持有"天子，兵强马壮者为之""安朝廷，定祸乱，直须长枪大剑，至如毛锥子，焉足用哉""为国家者，但得帑藏丰盈，甲兵强盛，至于文章礼乐，并是虚事，何足介意也"② 之类观念。文人处此之际不仅受到压抑，且动辄有性命之忧，故不愿涉足乱世者"缩影韬迹不自显"③，立朝者则多"鲜有艺能，多无士行，问策谋则杜口，作文字则倩人"④ 之辈，文化发展停滞不前。南方诸国虽也不免有战争和奢暴之君，但与北方混战不断相比，却显得较为安宁。后周伐南唐，"时江、淮久安，人不知战，师徒屡北，上下震

---

① 钱穆《中国历史研究法》，北京：生活·读书·新知三联书店 2001 年，第 46 页。
② 《旧五代史》卷一百零七，第 1302、1406、1408 页。
③ 《旧五代史》卷二十四，第 324 页。
④ 《旧五代史》卷四十七，第 645 页。

恐"①。南唐这种状况很典型地说明了南方战事较少的情况。北方五朝立国没有超过 20 年者，南方诸国则皆在 35 年以上，吴越达 86 年。同时南方各国君主多优礼文士，如前蜀王建"虽目不知书，而好与儒生谈论。颇解其理，是时唐衣冠之族多避乱在蜀，帝礼而用焉，使修举政事，故典章文物有唐之遗风"。南汉政权实际奠基者刘隐性好贤下士，"是时天下已乱，中朝人士以岭外最远，可以避地，多游焉。唐世名臣谪死南方者，往往有子孙，或当时仕宦遭乱不得还者，皆客岭表"。对这些人的礼遇任用，使得日后南汉得以立足一隅。南楚马希范好学善诗，开天策府置学士，"天策群英几于梁苑、邺下之选"。吴越钱镠"负知人之鉴，尊贤下士，惟日不足"②。南唐中主、后主皆为善文之人，国中不仅藏书宏富，又多文人，文华冠绝一时。南北社会状况的差异使五代时期北方文化发展远逊于南方。

宋太祖篡承后周而立，军力强盛，但仅以北人而兴文治则难，而天下统一，南北文化融合交流加快了北宋文化振兴的速度，最直接的结果便是北宋中期人才大盛局面的出现。北宋前期南北融合促成人才盛世的出现是分两个阶段完成的。第一阶段，南方文化、文人的大量输入，造成学术文化局面的改善与风气的转变，这个阶段大约完成于统一进程开始后至太宗朝前期。要培育文华英杰，需要有宏富的文化积储、良好的文化氛围。宋初南方典籍与文人的输入，改变了北方风雅衰颓的局面，北宋朝廷文化核心的充实，显示了文化重心的转移及对文化的大力倡导，为盛世人才的出现打开了最初的局面。第二阶段，南人摆脱降臣的卑弱心态及文化建设者的角色，通过科举积极参与到中央政治活动中。伴随着南方士大夫政治地位的提高、势力的扩大，他们的理念、风范在南北文化的对抗交融（不能否认对抗也是交流的一种形态）中影响不断扩大，北宋政坛、文坛中多种新的端绪随之开启并渐入高潮，人才在这

---

① 〔清〕吴任臣《十国春秋》，北京：中华书局 1983 年，第 346 页。
② 〔清〕吴任臣《十国春秋》，第 501、838、958、1115 页。

个文化开放交融、新风振厉的时代遂如排排巨浪层迭涌起，蔚为壮观。这个阶段大约开启于太宗中后期，一直持续到仁宗、神宗时代。

（一）南方文化、文人的输入

　　为了开创盛大繁荣的文化局面，宋初首先进行了整理文化图籍的工作，并在统一的过程中吸收南方杰出文人到自己的文化机构中服务。后蜀平，太祖"遣右拾遗孙逢吉至成都，收伪蜀图书法物"，"逢吉还……图书付史馆①。当时"江南藏书之盛为天下冠"②，"其书多雠校精当，编帙全具，与诸国书不类"③。攻克金陵后，"令太子洗马河东吕龟祥诣金陵，籍李煜所藏图书，送阙下"。经过这两次收集，北宋馆阁大大充实，《长编》卷十九太宗太平兴国三年（1978）二月丙辰条叙往事云："建隆初，三馆所藏书仅一万二千余卷。及平诸国，尽收其图籍，惟蜀、江南最多，凡得蜀书一万三千卷，江南书二万余卷。又下诏开献书之路，于是天下书复集三馆，篇帙稍备。"④吴越藏书亦多，《宋史》卷三百一十七《钱惟演传》云惟演"家储文俸秘府"，卷四百八十《钱惟治传》云："惟治好学，聚图书万余卷，多异本。"钱氏子弟所藏书籍应多系吴越旧物，当初钱氏入朝，"尽辇其府实而行"，书籍之物必于当时渐次运至京师。⑤史书未载三馆从吴越得书多少，但于兹搜求者想亦不少，"及平诸国，尽收其图籍"之语可为证。南方数十年文化积累，特别是南唐、后蜀、吴越三地典籍的输入为新王朝文化振兴奠定了雄厚基础，宋帝也确实有借此使文化发展蒸蒸日上的意图。收取图籍后，随即便兴建文馆，"自梁氏都汴，贞明中始以今右长庆门东北小屋

---

① 〔宋〕李焘《长编》卷七，第 171 页。
② 〔清〕吴任臣《十国春秋》卷二十八，第 404 页。
③ 《杨文公谈苑》，〔宋〕江少虞《宋朝事实类苑》卷三十，景印文渊阁四库全书，第 874 册，第 262 页。
④ 〔宋〕李焘《长编》卷十六，第 354 页。
⑤ 〔宋〕李焘《长编》卷十九，第 427 页。

数十间为三馆，湫隘才蔽风雨，周庐徼道，出于其侧，卫士骑卒，朝夕喧杂。每诸儒受诏有所论撰，即移于它所始能成之。上初即位，因临幸周览，顾左右曰：'若此之陋，岂可蓄天下图籍，延四方贤俊耶！'即诏有司度左升龙门东北旧车辂院，别建三馆，命中使督工徒，晨夜兼作。其栋宇之制，皆亲所规画，自经始至毕，临幸者再，轮奂壮丽，甲于内庭。"（太平兴国三年）二月丙辰朔，诏赐名为崇文院。尽迁旧馆之书以实之，院之东廊为昭文书，南廊为集贤书，西廊有四库，分经史子集四部，为史馆书。六库书籍正副本凡八万卷，策府之文焕乎一变矣。"① 自后梁以来局促狭隘的数间小屋充作三馆，可以说是文人受到压抑及五代文化萎靡的一个缩影，一旦为辉煌壮丽的新馆所取代，这不仅仅是个建筑行为；宋太宗亲自规划、临幸者再，也不仅仅是个人姿态。对三馆的重视反映了新王朝亟于兴文、营造宏阔文化盛世的意图。三馆建造的时机也值得深思，太平兴国元年至太平兴国三年（976—978），对南方的统一战争进入尾声，这个时候大规模整理文籍、提倡文化，似乎也暗示了宋代治国方向的一种转变。后来的事实证明如上举措是有效的，典籍的汇聚整理为文化繁盛打开了最初的局面，也为人才长育奠定了大的文化基础。

北宋平定诸国后，对其下层官吏采取依旧任用的办法，如平南汉后令"伪署官并仍旧"，平南唐后亦令"伪署文武官吏见厘务者，并仍其旧"②。所以南方基层官吏并没有太多流动，流动的是与降主一起入朝的文化精英们，南来之臣与宋初的文化建设有极其密切的关系。乾德三年（965）蜀主入朝，随行来降之文官略录如下。前宰相李昊，昊善文辞，《十国春秋》卷五十二载："高祖在蜀，凡表奏书檄，皆出昊手。"历礼部侍郎、翰林学士，后主时为相，入宋授工部尚书。欧阳炯，《十国春秋》卷五十六云："事高祖、后主历官武德军判官、翰林学士、中

---

① 〔宋〕李焘《长编》卷十九，第 422 页。
② 〔宋〕李焘《长编》卷十六，第 261、354 页。

书舍人。炯善文章，尤工诗辞。"入宋为右散骑常侍。毋守素，《十国春秋》卷五十三云："宰相昭裔子。弱冠，起家秘书郎，累迁户部员外郎、知制诰，真拜中书舍人……国亡入宋，授工部侍郎。"大中祥符三年（1010），其子克勤上昭裔所刻《文选》《初学记》《六帖》诸版，"诸书遂大彰于世"①。毋昭裔得意门生句中正、孙逢吉亦入宋。句中正"精于字学，凡古文、篆、隶、行、草诸书，无所不工，尝与宰相毋昭裔书《文选》等书行世"②。国亡入宋补参军、县令等官，太宗时，献八体书，召授著作佐郎，直史馆，详定篇韵，历著作郎，后与徐铉校定《说文》，模印颁行；与吴铉、杨文举同撰定《雍熙广韵》，加太常博士，书成凡一百卷，特拜虞部员外郎。中正性喜藏书，亡日家无余财。孙逢吉即为太祖在蜀中收集后蜀图籍者，《十国春秋》卷五十六云："广政时，累官国子《毛诗》博士。校定石经，分刻蜀中，逢吉与句中正之功为多。"开宝九年（976）南唐李煜及其子弟、官属五十五人入宋③，随行者有徐铉，《宋史》卷四四一载铉："与韩熙载齐名，江东谓之'韩、徐'。"宋李穆使唐见铉及锴，叹曰："二陆不能及也。"入宋以才学知遇，太平兴国初直学士院，后与句中正、葛湍、王惟恭等同校《说文》。其学问淹雅，为宋初博学之冠。张洎，《宋史》卷二六七有传，载其"少有俊才，博通坟典。江南举进士……擢工部员外郎、试知制诰；满岁，为礼部员外郎、知制诰。迁中书舍人、清辉殿学士，参预机密，恩宠第一"。入宋先为闲散官，后知贡举，又因上表辞理兼善，擢拜中书舍人，充翰林学士，官至参知政事。宋太宗尝谓近臣："张洎富有文艺，至今尚苦学，江东士人之冠也。"刁衎，在南唐"用荫为秘书郎、集贤校理，衣五品服，以文翰入侍，甚被亲昵。李煜尝令直清辉，殿阅中外章奏……从煜归宋，太祖赐绯鱼，授太常寺太祝"。后撰《圣德颂》献之，仕至直秘阁、崇文院检讨、兵部郎中。张

---

① 〔清〕吴任臣《十国春秋》卷五十二，第769页。
② 〔清〕吴任臣《十国春秋》卷五十六，第814页。
③ 〔宋〕李焘《长编》卷十七，第361页。

仳"后主朝仕为考功员外郎，进中书舍人……以仳有文，使知礼部贡举……入宋，以故臣见叙，太宗朝，仳在史馆"[1]。吴淑，"幼俊爽，属文敏速，韩熙载、潘佑以文章著名，一见淑，深加器重，自是每有滞义，难于措词者，必命淑赋述，以校书郎直内史"[2]。入宋久不得调，甚穷窘，以近臣荐试学士院，预修《太平御览》《太平广记》《文苑英华》诸书，后迁秘阁校理，太宗、真宗皆赏其学问优博。舒雅，与韩熙载为忘年交，"熙载知贡举，擢雅高第，朝野素服雅才，无间言。后入宋为将作监丞，已而充秘阁校理，与吴淑齐名"[3]。殷崇义，《十国春秋》卷二十八云"崇义博洽能文章"，仕南唐历官学士、枢密使、右仆射。周世宗用兵江淮时，南唐书檄皆崇义任之，"特为典赡，切于事情。周世宗览江左章奏，辄击节称赏"。入宋改名汤悦，宋太宗敕撰《江南录》十卷，预修《太平御览》等书。潘慎修，博涉文史，在南唐以父荫为秘书省正字，累迁至水部郎中兼起居舍人。淳化中，以秘书监李至荐，入直秘阁，后迁同修起居注、翰林学士侍读学士。杜镐，博贯经史，在南唐举明经，释褐集贤校理，入直澄心堂。入宋授官主簿，太宗即位，江左旧儒多荐其能，改国子监丞、崇文院检讨，太宗观书秘阁，与议论经义称旨，迁虞部员外郎，后修《太祖实录》，亦命镐检讨故事。此外还有郑文宝、陈彭年、龙衮、乐史、周惟简、邱旭等十数人。吴越钱俶太平兴国三年（978）献土归宋，仅钱氏一门之文采风流已让人赞叹，如前边提及的钱惟治、钱惟演，还有钱惟演从弟钱易等。从官崔仁冀、黄夷简[4] 等俱为文才优越之士，夷简后直秘阁。以上诸人皆为南方才杰之士，他们中绝大多数入宋后都担任过秘阁、史馆、崇文院、学士院官职，参与整理文籍、编撰著作、修史等工作，如《太平御览》《太平广记》《文苑英华》《册府元龟》等书编写，多有南来文臣参与，"是时诸

---

① 〔清〕吴任臣《十国春秋》卷三十，第 435 页。
② 《宋史》卷四百四十一，第 13040 页。
③ 〔清〕吴任臣《十国春秋》卷三十一，第 449 页。
④ 〔清〕吴任臣《十国春秋》卷八十七，第 1264 页；《宋史》卷四百四十一，第 13042 页。

降王死，多出非命，其故臣或宣怨言，太宗俱录之馆中，俾修《太平御览》等书，丰其廪饩，诸臣多卒老于中"①；国子监所颁布的二《传》、二《礼》、《孝经》、《论语》、《尔雅》等经典，其修订亦有南臣功劳。②由统一引起的南方文人大规模流动，对南北文化交流所起的作用不可小视，他们的到来对北方学术文化建设的积极影响是显而易见的。

（二）南人政治地位上升与政治、文化新风

宋朝开创于北方，太祖朝所有宰相、执政均为北人，当时尚处于统一进程中，此为自然之势。不论赵匡胤是否真将"用南人为相，杀谏官，非吾子孙"③之语刻石传训，北宋前期用人方面采取北方本位政策是无可置疑的。这样南臣入朝后自然处于弱势地位，而且他们在心态上无法摆脱亡国降虏的阴影，既要效忠新朝，又要隐藏自己的尴尬屈辱、愤怒怨恨。徐铉可以说是这种状况的典型代表。开宝九年（976）刚入朝不久，徐铉故人谢岳因家贫求铉隐瞒年龄以推迟致仕时间，有司凡江南人爵齿有疑者，必询于铉，铉最终以实相告，史书解释为"铉性质直，无矫饰"④。徐铉当初既然可以作为南唐使者与北宋交涉，是有胆略智计的人，现在变得如此谨小慎微，性格直率实不足以解释其行为；太平兴国中太宗遣铉谒李煜，后主有"当时悔杀潘佑、李平"之语，徐铉亦不敢匿而不告，遂至后主被赐药而死。⑤由徐铉的谨慎，我们可以看出降臣的惶恐、尴尬与痛苦。而宋太宗在本质上是否完全信任这些南臣呢？宋太宗论范质尚有"但欠世宗一死"之语，则对这些南臣的信任可想而知，故采取文馆储才的策略。所以南臣融入北方的最初阶段求取政治地位是比较困难的，但就在这个时期，一些现象已显示南方士大夫在

---

① 〔清〕吴任臣《十国春秋》卷二十八，第 407 页。

② 《宋史》卷二百六十六，第 9177 页。

③ 〔宋〕赵彦卫《云麓漫钞》卷十，北京：中华书局 1996 年，第 178 页。

④ 〔宋〕李焘《长编》卷十七，第 362 页。

⑤ 〔宋〕王铚《默记》卷上，北京：中华书局 1981 年，第 4 页。

努力摆脱自己的降臣角色。郑文宝随李煜来降，"宋诏江南故臣皆许录用"，但"文宝独不肯言，以是羁栖汴梁，不预仕列"，"及后主已薨，文宝乃始举进士第"①。郑文宝怀故国之情，不肯以亡国之臣获官职，后主去世才通过科举方式立身新朝，表明他在追求一种平等的地位。刘昌言随陈洪进降，初仍随洪进为推官，之后两举进士之事颇耐人寻味。太平兴国五年（980）举进士入格，"太宗初惜科第，止授归德军掌书记"②，以太宗爱惜科名解释授外州军幕职官的原因是不充分的，太宗太平兴国二年（977）为置张齐贤高第可以"一榜尽与京官"，怎么三年之后又如此"爱惜"科第呢？其深刻原因应该是刘昌言南人加降臣的身份。不过刘昌言并未因此停止，八年（983），复举得第，这个行为可能对太宗震动不小，昌言后青云直上，官至同知枢密院事。刘昌言改变自己政治命运的行动充分表明他不甘降臣地位，终于凭借才学在新朝获得与北人一样甚至超越北人的机会。钱熙亦随陈洪进入朝，放弃叙职机会，雍熙二年（985）举进士登甲科，后亦至高位。很多南方文臣子弟也选择科举为上达之路。如冯延鲁子僎、侃、仪、价、伉入宋相继取得科名；吴淑子安节、让夷、遵路皆进士及第；句中正子希古、希仲并进士及第；吴越钱氏子弟钱易、钱昆入朝未获官职，于是刻志读书，皆以科举入官，钱易景德中又举制科，其子彦远、明逸，相继中制科；江景防子孙相继擢正科者达四十人等。这些情况显示南方士大夫在努力适应新形势，追求以平等自然的身份去参与新朝的政治活动，这个趋势在后来的科举考试中进一步扩大，以下就通过科举考试这一引发南北交流最典型的社会活动来观察南北融合与南人上升。

第一，科举考试的内容使南北士人学习内容发生了变化。北方在唐代本是文化中心，但唐末两次惨重文化损失、长期战乱及士人南迁，遂使北方成为文化贫瘠之区，当然贫瘠是相对于以前极度繁荣而言，并

---

① 〔清〕吴任臣《十国春秋》卷三十，第441页。
② 《宋史》卷二百六十七，第9206页。

非衰落到一无所有。五代时期在文化上也有值得一提的事件,《资治通鉴》卷二百九十一载:"唐明宗之世,宰相冯道、李愚请令判国子监田敏校定《九经》,刻板印卖,朝廷从之。(后周广顺三年六月)丁巳,板成,献之。由是,虽乱世,《九经》传布甚广。"① 经学因文籍流布较广,得到持续发展,故北方士人好尚经学,而文采稍逊。南方社会相对稳定,又能尤礼士人,所以诗赋文章兴盛。宋代科举科目有"进士、九经、五经、开元礼、三史、三礼、三传、学究、明经、明法"等科,在神宗朝改革考试内容以前,进士科考试内容包括"试诗、赋、论各一首,策五道,帖《论语》十帖,对《春秋》或《礼记》墨义十条"② 。这与唐代主要以诗赋文章取士有所不同。进士科出路最优,司马光曾评论这一情况曰:"国家用人之法,非进士及第者,不得美官。"③ 故天下士人皆欲以进士入官。这在客观上要求南方士子必须多用力于儒家经典,而北人欲在科举中战胜南人,也不得不加强诗赋的学习。如果没有南北统一,这种学习风气的转变不可能在南北形成广泛影响。

第二,科举仕宦引发大规模的南北士人地域流动与学术交流。首先,因为省试的原因,全国士子大量涌入开封及其周边地区。司马光云:"非游学京师者,不善为诗赋论策。"重点不是说非京师地区人学力不及,关键是文场风气问题,"朝廷每次科场所差试官率皆两制三馆之人,其所好尚即成风俗。在京举人追趋时好,易知体面,渊源渐染,文采自工"。各地士子为加大中举把握,遂纷纷入京游学,"四方学士皆弃背乡里,违去二亲,老于京师,不复更归其间"④ 。此外每次科场及第进士大多是国子监、开封府解送之人,因国子监、开封府解送比例高,也引得南北士子入京以求从这两个途径获得解送资格。汴京当时遂

---

① 《资治通鉴》卷二百九十一,第 9495 页。
② 《宋史》卷一百五十五,第 3604 页。
③ 《贡院乞逐路取人状》,〔宋〕司马光《温国文正司马公文集》卷三十,本卷第 4 页,影印四部丛刊初编,上海:上海书店出版社 1989 年。
④ 《贡院乞逐路取人状》,〔宋〕司马光《温国文正司马公文集》卷三十,本卷第 4 页。

成四方人才云集之区，学术学风上的浸染交流自然形成于其间。其次，科举及第后的游宦也引起南北人士大批迁移，成为南北文化交流的因子。赵翼《陔余丛考》卷十八"宋时士大夫多不归本籍"条云："张齐贤由曹州徙洛阳，杨亿由浦城徙颍川，韩亿由真定徙雍丘，杜衍由会稽徙睢阳，范仲淹由苏州徙许州，范镇由蜀徙许，文彦博由汾徙洛，吕公著由寿徙洛，欧公由吉徙颍，二苏由眉徙颍及阳羡，司马温公由夏县徙洛，王文正由大名徙开封……"上边这些人迁居无一例外皆由科举仕宦而起。其实宋代不归本籍的士大夫远不止此，以官居宰辅者为例，南人如：陈升之，建州建阳（今属福建）人，徙居丹徒（今江苏镇江）；王安石，抚州临川（今属江西）人，后因父葬金陵，遂居之。北人如：范雍，世家太原（今属山西）人，祖葬河南（今河南洛阳），遂居之；赵概，其先单父（今山东菏泽单县）人，徙居宣城（今属安徽）；丁度，其先恩州清河（今属河北）人，徙居祥符（今河南）；高若讷，本并州榆次（今属山西晋中）人，徙居卫州（今河南新乡附近）；田况，其先京兆（今陕西西安）人，徙居信都（今河北衡水冀州）；郭逵，其先居邢（今河北邢台），徙洛阳（今河南洛阳）人；薛向，祖籍河中万泉（今山西万荣西南）人，徙居开封（今属河南）。此仅是官居高位者，其下层官员及史书无传者又不知凡几。而且不论南北，其迁移都有一个共同特点，绝大部分人迁到了与开封邻近的地区，处于"汴京文化圈"之内。可见随着宋代文治兴起，科举制度化，汴京不仅是政治中心，也逐渐成为文化中心，南北大量才杰之士涌入这个文化圈，产生了频繁的交流。

第三，北宋不以门第为高，重视科举胜过门第。真宗时代北方旧臣基本代换已尽，北方原有势力有所削弱。北宋初期形成的一些新门也不能保持很久，宋初高官子弟门荫官品较高，卢多逊为相时（976—982），"其子雍起家即授水部员外郎，后遂以为常"。但这个情况只持续了约十年左右，吕蒙正为相（988—991）时言："臣忝甲科及第，释褐止授九品京官。况天下才能，老于岩穴，不沾寸禄者多矣。今臣子始离襁褓膺此宠命……乞以臣释褐时官补之。"① 自是宰相子止授九品京官成为定制。宰相子如此，其他自然等而下之。此外门荫入仕迁转速度、授官紧要程度皆不及进士。这就是为什么不仅普通人热衷考进士，宰相、执政家子弟也纷纷举进士的原因。李昉子李宗谔耻以门荫入官，举进士；吕夷简子吕公著门荫入仕，后举进士；王化基子王举正进士及第；王博文子王畴进士及第；韩亿子韩综以荫入官，后举进士，韩绛、韩缜，进士及第；宰相李迪子李柬之召试赐进士出身，李承之进士及第，柬之子孝基进士高第，唱名至墀下，仁宗对侍臣说："此李迪孙邪？能世其家，可尚也。"② 由皇帝至各级官僚之家不以阀阅为高，而以能世举进士为贵，可见当时风气。所以在这样重科名的大形势中北方原有勋贵子孙无特杰出者，便逐渐衰落，后起之人大多是通过科举上达者。

由于南方文化有十国时期发展的基础，特别是南唐、后蜀、吴越普遍高于北方地区，南人文学较优，在进士科考试中占有优势。治平元年（1064）司马光、欧阳修的辩论颇可窥见当时南人及第员数较多的情形。司马光云："古之取士以郡国户口多少为率……今或数路之中全无一人及第，则所遗多矣。"③ 因此请求每路分别判定等级，"各随其短长每十人中取一人奏名"，以均衡各地及第人数。欧阳修强烈反对：

> 东南之俗好文，故进士多而经学少；西北之人尚质，故进士少而经
> 学多。所以科场取士东南多取进士，西北多取经学者，各因其材性所长，
> 而各随其多少取之……今东南州军进士取解者，二三千人处只解二三十
> 人，是百人取一人，盖已痛裁抑之矣。西北州军取解，至多处不过百人，
> 而所解至十余人，是十人取一人，比之东南十倍假借之也。东南之士于

① 《宋史》卷二百六十五，第 9146 页。
② 《宋史》卷三百一十，第 10179 页。
③ 《贡院乞逐路取人状》，〔宋〕司马光《温国文正司马公文集》卷三十，本卷第 4 页。

千人中解十人，其初选已精矣，故至南省，所试合格者多。西北之士学业不及东南，当发解时又十倍优假之，盖其初选已滥矣，故至南省，所试不合格者多。今若一例以十人取一人，则东南之人合格而落者多矣，西北之人不合格而得者多矣。至于他路，理不可齐，偶有一路合格人多，亦限以十一落之，偶有一路合格人少，亦须充足十一之数，使合落者得，合得者落，取舍颠倒，能否混淆。[1]

司马光的建议没有被采纳，取人仍按原有办法实行，东南州军虽然发解比例不及北方高，但及第人数仍然超越北方。王明清《挥麈后录》卷三云："国初每岁发榜取士极少，如安德裕作魁日九人而已，盖天下未能混一也。至太宗朝浸多，所得率江南之秀。"可见由太宗朝至英宗朝，进士科大体是南人占优势，科举又提供了相对公平的机会，这种情况下南人势力遂逐渐崛起。分析从太祖到神宗时代宰相、执政中南北士人比例就可清晰看出这种趋势。

表一：从宋太祖到神宗时期宰辅中南北士人比例统计表

帝王	宰相		参知政事、枢密使、枢密副使	
	北人	南人	北人	南人
太祖	范质 W，王溥 W，魏仁溥 L，赵普 F，沈义伦 F，薛居正 W。（6人，100%）		吴廷祚 J，赵普 F，李处耘 J，李崇矩 J，王仁瞻 J，薛居正 W，吕余庆 W，刘熙古 W，卢多逊 W，楚昭辅 F，沈义伦 F。（11人，100%）	

---

[1] 《论逐路取人札子》，《欧阳修全集》卷一百一十三，第1717页。

| 帝王 | 宰相 | | 参知政事、枢密使、枢密副使 | |
	北人	南人	北人	南人
太宗	薛居正W，沈义伦F，卢多逊W，赵普F，宋琪W，李昉W，吕蒙正S，张齐贤S，吕端M。 （9人，100%）		曹彬J，卢多逊W，楚昭辅F，石熙载W，窦偁W，郭贽S，柴禹锡L，王显L，弭德超L，宋琪W，李昉W，李穆W，吕蒙正S，李至S，张齐贤S，王沔S，辛仲甫F，张宏S，赵昌言S，杨守一L，张逊L，温仲舒S，寇准S，贾黄中S，李沆S，吕端M，赵镕L，向敏中S，钱若水S，李昌龄S。 （30人，88%）	陈恕S，刘昌言S，苏易简S，张泊W。 （4人，12%）
真宗	吕端M，张齐贤S，李沆S，吕蒙正S，向敏中S，毕士安S，寇准S，王旦S，李迪S，冯拯S。 （10人，83%）	王钦若S，丁谓S。 （2人，17%）	温仲舒S，王化基S，李惟清Z，李至S，李沆S，曹彬J，夏侯峤S，向敏中S，杨砺S，宋湜S，王显L，周莹L，王继英L，王旦S，冯拯S，毕士安S，赵安仁S，韩崇训M，马知节M，王嗣宗S，曹利用M，张耆（即张旻）L，王曾S，张知白S，任中正S，李迪S，周起S，曹玮J。 （28人，85%）	陈尧叟S，王钦若S，丁谓S，钱惟演Z，张士逊S。 （5人，15%）

帝王	宰相		参知政事、枢密使、枢密副使	
	北人	南人	北人	南人
仁宗	冯拯S，王曾S，张知白S，吕夷简S，李迪S，王随S，贾昌朝S，文彦博S，宋庠S，庞籍S，梁适S，富弼Z，韩琦S。（13人，57%）	丁谓S，王钦若S，张士逊S，陈尧佐S，章得象S，晏殊S，杜衍S，陈执中M，刘沆S，曾公亮S。（10人，43%）	曹利用M，吕夷简S，鲁宗道S，张知白S，张耆L，姜遵S，范雍S，王曙S，杨崇勋M，王随S，王德用J，宋绶S，蔡齐S，王曾S，韩亿S，王鬷S，石中立M，李若谷S，王博文S，张观Z，夏守赟L，宋庠S，王贻永M，晁宗悫S，王举正S，任中师S，贾昌朝S，富弼Z，韩琦S，庞籍S，丁度Z，文彦博S，高若讷S，明镐S，梁适S，王尧臣S，狄青J，田况S，程戡S，张昇S，赵概S，吴奎S。（42人，67%）	钱惟演Z，晏殊S，夏竦Z，陈尧佐S，赵稹S，李谘S，盛度S，章得象S，陈执中M，杜衍S，郑戩S，范仲淹S，吴育S，刘沆S，孙沔S，曾公亮S，孙抃S，欧阳修S，陈旭（即陈升之）S，包拯S，胡宿S。（21人，33%）
英宗	韩琦S。（1人，50%）	曾公亮S。（1人，50%）	富弼Z，王畴S，吴奎S，文彦博S，吕公弼M，郭逵J。（6人，86%）	陈旭S。（1人，14%）

帝王	宰相		参知政事、枢密使、枢密副使	
	北人	南人	北人	南人
神宗	韩琦S，富弼Z，韩绛S，韩缜S。（4人，40%）	曾公亮S，陈旭S，王安石S，吴充S，王珪S，蔡确S。（6人，60%）	吴奎S，吕公弼M，张方平Z，韩绛S，司马光S，蔡挺S，文彦博S，孙固S，吕公著S，薛向M，韩缜S，安焘S，李清臣S。（13人，43%）	赵抃S，邵亢Z，唐介S，陈旭S，王安石S，冯京S，吴充S，王珪S，吕惠卿S，王韶S，元绛S，曾孝宽M，蔡确S，章惇S，张璪S，蒲宗孟S，王安礼S。（17人，56%）

说明：

本表据《宋宰辅表》(《宋史》卷二百十、二百十一）及《宋史》传记制。表中字母：（L）吏职入官；（F）藩府幕僚；（J）军吏；（M）门荫、驸马；（W）五代进士、契丹进士；（S）宋代进士、赐进士；（Z）诸科、制科、召试秘阁或学士院。L13人，F10人，J10人，M16人，W17人，S162人，Z12。

由上表可以看到，太祖朝宰辅全为北人，太宗时统一完成，执政中开始出现南人，张洎、陈恕、刘昌言、苏易简，四人身份极具南北融合初期的特点：张洎南唐旧臣；陈恕先为江西县吏，南方平，礼部侍郎王明知洪州推荐应举；刘昌言闽中降臣，两举进士；苏易简，后蜀降臣苏协子。真宗朝北人仍然占据绝对优势，"南方下国人不宜冠多士"[1]"祖宗朝未尝有南人当国者"[2]等北方本位观点依然占据"公议"地位，

---

① 〔宋〕李焘《长编》卷八十四，第1920页。

② 《宋史》卷二百八十二，第9548页。

但也就是在真宗朝风气开始发生扭转。早在景德中真宗即言："朝廷取士，惟才是求，四海一家，岂限遐迩？"[1] 已经显示了不以地区为轻重的观点，同时不相南人的坚冰也在真宗朝打破，说明重北轻南观点的影响力已大幅减弱。到仁宗朝南人遂大量上升，入相者几与北人平分秋色，执政人数也占到三分之一，至神宗朝南人势力遂超越北人。

南人政治地位的提高，使他们在文学、学术、士风方面影响力不断增强，新风气多启自南人。晁以道云："本朝文物之盛，自国初至昭陵时，并从江南来。二徐兄弟（铉、锴，案：锴未入宋已去世）以儒学显，二杨叔侄（亿、纮）以词章进，刁衍、杜镐以明习典故用，而晏丞相、欧阳少师，巍乎为一世龙门，纪纲法度，号令文章，灿然具备，有三代风度。庆历间，人材彬彬，号称众多，不减武、宣者，盖诸公实有力焉，然皆出于大江之南。"[2] 晁以道注意到了南人影响与文化兴盛、人才涌现的关系，所论较为概括。具体来说，文坛、学校、士风方面大率由南人引领风尚。如徐铉入宋后"以宿儒为士子所宗"[3]，杨亿引领西昆风尚，影响遍及天下，《六一诗话》云："西昆集行，后进学者争效之，风雅一变，谓'西昆体'，繇是唐贤诸诗集，几废而不行。"进入仁宗时代，欧阳修登上文坛，其初在洛阳钱惟演幕府时，与梅尧臣、尹洙等唱和议论，便有革新诗文风气的构想，梅尧臣《依韵和王平甫见寄》云："文章革浮浇，近世无如韩……其后渐衰微，余袭犹未殚。我朝三四公，合力兴愤叹……谢公唱西都，予预欧尹观。乃复元和盛，一变谁为难。"后欧阳修地位渐高，兼其文章流传影响广泛，遂能通过主持贡举的机会，将革新理念贯穿其中，使诗文风气发生很大的转变。《宋史·欧阳修传》云，"宋兴且百年，而文章体裁，犹仍五季余习。锼刻骈偶，淟涩弗振，士因陋守旧，论卑气弱。苏舜元、舜钦、柳开、穆修

① 〔宋〕李焘《长编》卷六十，第 1341 页。

② 〔宋〕朱弁《曲洧旧闻》卷一，北京：中华书局 2002 年，第 97 页。

③ 《宋史》卷四百四十一，第 13043 页。

辈，咸有意作而张之，而力不足"[①]，至欧阳修一振而新之。之后曾巩、王安石、苏轼、苏辙、黄庭坚等南人继起，创新不断，可见北宋文坛大率由南人主导。学校之兴、对人才之奖拔，南人亦有力其间。晏殊知应天府"延范仲淹以教生徒。自五代以来，天下学校废，兴学自殊始"[②]。范仲淹继承了这种风气，为苏州守时"首建郡学，聘胡瑗为师……自是苏学为诸郡倡"[③]。奖拔后进南人亦多为之，如杨亿"喜诲诱后进，以成名者众"[④]。晏殊"平居好贤，当世知名之士，如范仲淹、孔道辅皆出其门。及为相，益务进贤材"[⑤]。欧阳修奖引后进，如恐不及，赏识之下，率为闻人，"曾巩，王安石，苏洵，洵子轼、辙，布衣屏处，未为人知，修即游其声誉，谓必显于世"[⑥]。在振作士风方面，范仲淹崇尚名节，勇于有为，他这种完全不同于唐末五代士人的气度，为北宋士人首树榜样，"每感激论天下事，奋不顾身，一时士大夫矫厉尚风节，自仲淹倡之"[⑦]。欧阳修等庆历中争议时事，意气昂昂，宁遭贬谪而不畏权势，亦对士人影响极大，天下闻其名而皆欲效之，此两人尤为南人中振厉士风之杰出代表（关于"士风"后文有详细论述，此处从略）。南北融合过程是一个大的文化迁移交流过程，它使南北双方都获益其间。南北士大夫的知识结构发生了很大变化，文学、经术并得重视；南北交流使得北宋在政治、文化等领域出现多种新风，形成振作奋发的局面。这些因素综合作用遂形成北宋中期人才代兴、层出不穷的局面。

三、文化教育普及

北宋中期教育普及化、文化产品生产能力的提高是人才大盛的另

---

① 《宋史》卷三百一十九，第 10375 页。
② 《宋史》卷三百一十一，第 10196 页。
③ 《宋史》卷三百一十四，第 10276 页。
④ 《宋史》卷三百零五，第 10083 页。
⑤ 《宋史》卷三百一十四，第 10197 页。
⑥ 《宋史》卷三百一十九，第 10381 页。
⑦ 《宋史》卷三百一十四，第 10286 页。

一个重要原因。从北宋官学与民间讲学的发展状况来看，熙丰多士之局的出现也是一个必然结果。国初正规学校只有国子监，监舍仍为后周显德二年（955）所建，宋太祖下令增修，并三幸太学，但到开宝八年（975）国子监生徒不过七十人，且"内有系籍而不至者"①。景德四年（1007），设立西京国子监。明道、景祐间累诏州郡立学，赐田给书，学校相继兴起。但基本情况是"惟藩镇立学""大郡始有学，而小郡犹未置也"②。学校大规模兴起是在庆历中，时范仲淹《上仁宗答诏条陈十事》，"精贡举"条曰：

> 今诸道学校如得明师，尚可教人六经，传治国治人之道。而国家乃专以辞赋取进士、以墨义取诸科，士皆舍大方而趋小道，虽济济盈庭，求有才有识者，十无一二。况天下危困之人如此，固当教以经济之业，取以经济之才，庶可救其不逮……臣请诸路州郡有学校处，奏举通经有道之士，专于教授，务在兴行……则天下讲学必兴……③

其后亦有臣僚上言："自古取士之术，皆本学校。太平以来，学校行矣，未尝设官典教，以重其任。今使士角科举一日之长，岂如素养士于天下也！"④

仁宗将范仲淹的建议交与大臣讨论，得到宋祁、王拱辰、张方平、欧阳修、梅挚、曾公亮等人的支持。于是庆历四年（1044）诏："州若县皆立学，本道使者选属部官为教授，三年而代；选于吏员不足，取于乡里宿学有道业者，三年无私谴，以名闻。士须在学习业三百日，乃听预秋赋……"⑤《会要》载："庆历诏诸路州府军监各令立学，学者二百

---

① 《学校考三·太学》，〔元〕马端临《文献通考》卷四十二，第395页上。
② 〔清〕徐松《宋会要辑稿》崇儒二之三，第2188页。
③ 〔宋〕赵汝愚《宋朝诸臣奏议》卷一百四十七，上海：上海古籍出版社1999年，第1670页。
④ 〔清〕徐松《宋会要辑稿》崇儒二之四，第2189页。
⑤ 〔宋〕李焘《长编》卷一百四十七，第3564页。

人以上，许更置县学。于是州郡不置学者鲜矣。"①

熙宁中继续在各地兴建、扩大官学，补充师资，增加拨给学田数量。国子监则做了较大的改革，熙宁四年（1071）十月创立"三舍法"，按学业优秀程度划归外舍、内舍、上舍。先是中书言增广太学，益置生员，外舍不限员，内舍二百员，上舍一百员，后于五年下诏外舍以七百人为额。②后又增创律学，生员益多，"熙宁初用经术取士，广辟黉舍，分为二学，增置生徒，总二千八百人，日给以食"③。从宋初官学只有国子监，生员不到七十人，发展到中央官学学生达到近三千人，全国各州县庠序皆备，这个跨越是巨大的，所产生的效果也是非常明显的。苏轼曰："朝廷自庆历、熙宁、绍圣以来，三致意于学矣。虽荒服郡县必有学。"④

官学之外，发达的民间讲学是宋代教育普及的重要力量。宋开国以来就鼓励民间办学：

> 天禧四年二月，以密州莒县马耆山讲九经杨光辅为四门国子助教，赐绢二十四，委州长吏常切存问。光辅居山聚徒讲学三十余年，时年七十余。知州王博文上言，而有是命。⑤

这样的民间学塾在全国各地均有，政府的态度一直是予以鼓励，最有代表性的莫过于白鹿洞、睢阳、石鼓、岳麓四大书院。

庐山白鹿洞，"元系唐朝李渤隐居之所，南唐之世，因建书院，买田以给生徒，立师以掌教导，号为国学。四方之士多来受业……至国初

---

① 〔清〕徐松《宋会要辑稿》崇儒二之三，第 2188 页。
② 〔宋〕李焘《长编》卷二百三十七，第 5768 页。
③ 《学校下·辟雍》，〔宋〕王应麟《玉海》卷一百一十二，景印文渊阁四库全书，第 946 册，第 44 页。
④ 《南安军学记》，《苏轼文集》卷十一，北京：中华书局 1986 年，第 373 页。
⑤ 〔清〕徐松《宋会要辑稿》崇儒二之二，第 2188 页。

时，学徒犹数十百人"①。宋朝对之采取鼓励政策：

> 太平兴国二年，知江州周述言庐山白鹿洞学徒常数千百人，乞赐九经肄习。诏国子监给本，仍传送之。②
>
> 太宗太平兴国五年六月，以江州白鹿洞主明起为蔡州褒信县主簿，赐陈裕三传出身。起、裕并以讲学为业，太宗闻之，故有是命。所以劝儒业、荣乡校。③

睢阳书院，原为戚同文讲习之所，"大中祥符二年二月二十四日，诏应天府新建书院以府民曹诚为本府助教，国初有戚同文者通五经业高尚不仕，聚徒教授常百余人……同文卒后，无能继其业者……至是诚出家财即同文旧居建学舍百五十间，聚书千五百余卷，愿以学舍入官，令同文孙奉郎舜宾主之，召明经艺者讲习。本府以闻，故有是命，并赐院额"④。

石鼓书院，唐元和间衡州李宽所建，国初赐额。⑤

岳麓书院则创建于宋代：

> 潭州岳麓书院，开宝九年知州事朱洞之所作也。后四十有五年，李允则来为请于朝，因得赐书藏焉。是时山长周式以行义著，祥符八年召见便殿，拜国子主簿使归教授，始诏因旧名赐额，仍增给中秘书，于是书院之称闻天下。⑥

---

① 《申修白鹿洞书院状》，〔宋〕朱熹《晦庵先生朱文公文集》卷二十，《朱子全书》，上海：上海古籍出版社 2002 年，第二十一册，第 905 页。

② 《学校考七·郡国乡党之学》，〔元〕马端临《文献通考》卷四十六，第 431 页中。

③ 〔清〕徐松《宋会要辑稿》崇儒二之四一，第 2207 页。

④ 〔清〕徐松《宋会要辑稿》崇儒二之二，第 2188 页。

⑤ 〔清〕徐松《宋会要辑稿》崇儒二之四一，第 2207 页。

⑥ 《潭州重修岳麓书院记》，〔宋〕张栻《南轩集》卷十，景印文渊阁四库全书，第 1167 册，第 506 页。

宋初四大书院之外，又有西京嵩阳书院，赐额于至道二年（996）；江宁府茅山书院，赐田于天圣二年（1024）。嵩阳、茅山后逐渐无闻，独四大书院名声显赫。"是时未有州县之学，先有乡党之学，盖州县之学有司奉诏旨所建也，故或作或辍，不免具文。乡党之学，贤士大夫留意斯文者所建也，故前规后随，皆务兴起。后来所至书院尤多，而其田土之赐，教养之规，往往过于州县学，盖皆欲仿四书院云。"① 由此可知在庆历大规模兴学以前，民间办学、讲学甚至是社会中主要的教育力量，对于培养人才起到了巨大作用，许多士大夫最初接受的教育，都来自于这种乡党之学。

配合社会教育不断发展的是印刷术的进步，使书籍遍传天下、广泛流布。印刷术之发明或言始于隋，或言起于唐，争论颇多。然印刷术之使用，至晚唐始广，初限于小集、诗歌、字书等，正式刊印经史巨著，则始于五代。后唐长兴三年（932）二月，中书门下奏"请依石经文字刻'九经'印版"，得到了明宗的支持。② 宋国子监，不仅是全国最高学府、教育主管机构，同时也具有出版书籍的职能，设有专门的刻书机构。"淳化五年，判国子监李至言：'国子监旧有印书钱物所，名为近俗，乞改为国子监书库官。'始置书库监官，以京朝官充，掌印经史群书，以备朝廷宣索赐予之用，及出鬻而收其直，以上于官。"③ 这说明国初即有印书机构，宋开国以来常赐各处九经或其他书籍也能说明这一点："至道二年七月六日赐嵩山书院额及印本九经，从本道转运使之请也。""咸平四年六月，诏诸路郡县有学校聚徒讲诵之所，赐九经书一部。"④ "出鬻而收其直"说明国子监印书不仅用于国家赏赐，也向民间出售，这大大方便了普通读书人。印书品种和数量也不断增加。淳化五年（994）李至上言："五经书疏已板行，惟二《传》、二《礼》、《孝

① 〔元〕马端临《文献通考》卷四十六，第431页下。
② 《经籍》，〔宋〕王溥《五代会要》卷八，上海：上海古籍出版社1978年，第128页。
③ 《宋史》卷一百六十五，第3916页。
④ 〔清〕徐松《宋会要辑稿》崇儒二之二，第2188页。

经》、《论语》、《尔雅》七经疏未备……今直讲崔颐正、孙奭、崔偓佺皆励精强学，博通经义，望令重加雠校，以备刊刻。"[1] 这一建议被采纳，同年《史记》《汉书》《后汉书》也选官分校，遣人下杭州镂版印行。景德二年（1005），真宗幸国子监检阅书库，问祭酒邢昺版印了多少书，昺答曰："国初不及四千，今十余万，经、传、正义皆具。"并感叹道："臣少时业儒，每见学徒不能具经疏，盖传写不给，今板本大备，士庶家皆有之，斯乃儒者逢时之幸也。"[2]

除国子监外，官方刻书机构尚有崇文院（昭文馆、史馆、集贤院）。各路茶盐司、安抚司、转运司、漕司。各州学（府学、军学）等。私刻则有私宅、家塾、书棚、书坊、书肆、书铺等。苏轼感慨："余犹见老儒先生，自言其少时，欲求《史记》《汉书》而不可得，幸而得之，皆自手书。近岁市人转相摹刻，诸子百家之书，日传万纸，学者之书，多且易致如此。"[3]可知当时版印书籍方便，且各地均有。

书籍流布与教育普及相辅相成，从此教育成为社会之公器，不再是高门大族的特权，无人得而私占，寒门子弟亦得学习文章，讲经论道。故海内硕学之士日多，以文成名者遂前后相继而起。特别是自仁宗朝以来，斯文振兴，得人至多，名公巨卿、文坛豪杰出于其时者不可胜数。晁以道《题弟子问》诗云："人物昭陵一代倾，墨庄夫子著书成。我生既晚复何恨，解叩青霜钟大鸣。"他的这一感慨也是同时代许多士大夫的感慨，当时人才大盛的局面的确令人艳羡。仁宗后期、英宗治平时期由科举进身的一批人才，后来都成为熙丰诗坛最活跃、成就最高的诗人。

---

[1] 《宋史》卷二百六十六，第9177页。
[2] 〔清〕徐乾学《资治通鉴后编》卷二十四，景印文渊阁四库全书，第342册，第320页。
[3] 《李氏山房藏书记》，《苏轼文集》卷十一，第359页。

第二节 庆历—熙丰之政治文化

一、变革潮流激荡

北宋庆历、熙丰政坛最大的特点在于变革创新。这首先由现实状况触发。太祖、太宗二朝处于统治全面建立期，统一国家、建立制度，有振厉奋发之气，真宗朝沿袭因循，坐守成宪，宰相李沆云："居重位实无补，惟中外所陈利害，一切报罢之，此少以报国尔。朝廷防制，纤悉备具，或徇所陈请，施行一事，即所伤多矣，陆象先曰'庸人扰之'是已。"[①] 李沆后被称为"圣相"，为官僚们所推崇，则当时国事措置情况亦可大致了然。在这种因袭中北宋三大痼疾"冗官、冗兵、冗费"越来越严重。"三冗"之局启于太宗后期，至道三年（997）三月太宗驾崩，五月知扬州王禹偁上《准诏上疏言五事》，希望朝廷：一、"谨边防，通盟好，使辇运之民有所休息"；二、"减冗兵，并冗吏，使山泽之饶稍流于下"；三、"艰难选举，使入官不滥"；四、"沙汰僧尼，使民无耗"；五、"亲大人，远小人"。[②] 奏疏直言时弊，可以看出当时财政状况已由太祖朝的从容优裕转入可堪忧心的局面。军事上雍熙北伐大败，西北边境开始以守为主，王夫之《宋论》卷二云，"歧沟一蹶，终宋不振"，对这个军事转折点的把握是准确的，北宋积贫积弱之局实启于太宗末年。真宗生长太平，未历艰难，无特杰出才能，面对澶州军情惶惶欲逃，唯欲以金帛了事。澶渊和议在减少战争、与民休息方面有一定积极意义，但真宗作为国家首脑在军事上的消极态度，只能使宋军进一步

---

① 《宋史》卷二百八十二，第 9540 页。

② 〔宋〕李焘《长编》卷四十二，第 897—898 页。

趋于软弱被动，并言"数十年之后，当有捍御之者"①，其不欲忧勤之意十分明显。真宗不仅军事上不能振起武威，财政方面亦以天书封禅等闹剧造成惊人靡费，使问题重重的国家面临更严峻的形势，正如苏轼所谓"天下有治平之名，而无治平之实"②。宋养士百年，士人终于不能坐视危局，而欲有所作为。如果说真宗初年王禹偁痛陈时弊是个别现象的话，那么至于仁宗、神宗时代希望改革则成为一种潮流，根本原因就在于国家现实的确不容乐观。

李淑景祐中上《时政十议》，其说为：议国体、灾旱、言事、大臣、择官、贡举、制科、阅武、时令、入合等。③宋祁宝元二年（1039）有《上仁宗论三冗三费》，重点议改革任官制度、裁撤厢军，希望皇帝"能诏三班审官院、内诸司、流内铨明立限员，以为定法。自今以往，门荫、流外、贡举之色实置选限，稍务择人，俟有阙官，计员补吏，内则省息奉廪，外则静一浮华"，"敕天下厢军，今日以后，除州军须要防托，别留三百人，自余更不收补，已在籍者许备役作。如此，则中下之家悉入农业，又得力耕者数十万"④。庆历三年（1043）七月韩琦上疏，提出"宜先行者七事"：清政本；念边事；擢贤才；备河北；固河东；收民心；宫洛邑等。又陈八事，大略谓："当今救弊之术，不过选将帅，明按察，丰财利，抑侥幸，进有能之吏，退不才之官，去冗食之人，谨入官之路。然数事之举，谤必随之。愿委信辅臣，听其措置，虽有怨谤，断在不疑。则纪纲渐振而太平可期，二敌岂足为国之患哉！"⑤范仲淹天圣三年（1025）为大理寺丞时有《上仁宗时务十一事》，其重要内容包括：希望皇帝敕谕词臣改变当时学术风气及文

---

① 〔明〕陈邦瞻《宋史纪事本末》卷二十一，《历代纪事本末》，北京：中华书局1997年，第1302页。
② 《策略一》，《苏轼文集》卷八，第226页。
③ 〔宋〕李焘《长编》卷一百一十四，第2663—2667页。
④ 〔宋〕赵汝愚《宋朝诸臣奏议》卷一百零一，第1084页。
⑤ 〔宋〕李焘《长编》卷一百四十二，第3413—3414页。

风；谨慎边事，文武并重，择贤才委以边任，选壮士以备非常；清馆阁之选，无因恩幸滥进；赏劝台谏，激励锐气；严格恩荫、胥吏入官之途，以减冗官；近忠臣，远佞臣等。中有言曰："刑法之吏言丝发之重轻，钱谷之司举锱铢之利病，则往往谓之急务，响应而行。或有言政教之源流，议风俗之厚薄，陈圣贤之事业，论文武之得失，则往往谓之迂说，废而不行。岂朝廷薄远大之谋，好浅末之议哉？伏望圣慈纳人之谋、用人之议，不以远大为迂说，不以浅末为急务，则王道大成，天下幸甚。"这里论"急务""迂说"的轻重之别，已显示出范仲淹在治国方略上颇有远图。天圣五年（1027）丁母忧期间有《上执政书》，其变法思想更为明确："固邦本、厚民力、重名器、备戎狄、杜奸雄、明国听也。固邦本者在乎举县令、择郡守以救民之弊也；厚民力者在乎复游散、去冗僭以阜时之财也；重名器者在乎慎选举、敦教育使代不乏材也；备戎狄者在乎育将材、实边郡使敌无觊觎也；杜奸雄者在乎朝廷无过，生灵无怨，以绝乱之阶也；明国听者在乎保直臣、斥佞人以致君于有道也。"①庆历三年（1043）仁宗开天章阁访当世之急务，时范已擢为参政，遂有《上仁宗答诏条陈十事》，提出更为全面的改革计划：一、明黜陟，提出"复位文武百官磨勘"的主张，以达到"人人自劝，天下兴治"，"使天下政事无不举"；二、抑侥幸，即杀任子之恩、慎馆阁之选；三、精贡举，包括改革科举考试制度、兴办学校两个方面，其目的在于"为天下举人先取履行，次取艺业，将以正教化之本，育卿士之材也"；四、择官长，此条即《上执政书》中固邦本所论"举县令、择郡守"，即重亲民官的选择荐举，扫除往日尸素苟且之风；五、均公田，即厚禄养廉；六、厚农桑，即讲究水利农田之事；七、修武备，欲仿唐府兵之制，强兵节财；八、减徭役，合县邑以省徭役庶宽民力也；九、覃恩幸，即将各种大赦、推恩、消除逋欠的措施落到实处；十、重命令，针对国家命令繁多、烦而无信、轻而弗禀、上失其威、下

---

① 《上执政书》，〔清〕范能濬编《范仲淹全集》，南京：凤凰出版社2004年，第184页。

受其弊的状况加以改革。这些条目中有的已见于《时务十一事》《上执政书》，但比之更精审明确。范仲淹经历边疆，对边事也多有建议，如《上仁宗攻守二策》《上仁宗和守攻备四策》等。富弼因使辽，又守河北数郡，亦多言边事，如《上仁宗论西夏八事》《上仁宗河北守御十三策》《上仁宗论河北七事》等章，又有论"法制"的奏章，这些建议可以说是对范仲淹修武备、重命令的补充。① 此外名臣如蔡襄、欧阳修、余靖对财利、边事、人才、官制等项多所论列，皆欲使朝政有修举振作之效。嘉祐四年（1059）王安石进《上仁宗皇帝言事书》，煌煌近万言，论"改易更革"之道，以人才为先，阐述了对人才"教、养、取、任"之道，并提出"因天下之力，以生天下之财"的思想，后来王氏变法以改革科举为急、以理财为核心的思想已具见此篇。当时中下层臣僚如苏舜钦②、崔公孺③、赵师民④、苏轼⑤等皆对改革提出了较完整的意见。从上到下士大夫皆欲兴利除弊，改革在当时可谓大势所趋，忧国忧民者率有封章，皆欲皇帝"日新盛德，以鼓动天下久安怠惰之气"⑥。如陈亮所云："方庆历、嘉祐，世之名士常患法之不变也。"⑦ 最终，大声疾呼"有为之时，莫急于今日"⑧的王安石在熙宁中将这场变革的思想洪流引向高潮。

政坛变革之风另一个来源是学术转型，即宋学的出现。宋学广义讲是包括宋代哲学、宗教、政治、文艺等各方面在内的一朝之文化；狭义讲指传统儒学在宋代发展生成的新流派，此处所言即狭义宋学。北宋开

---

① 〔宋〕李焘《长编》卷一百四十三，第 3456 页。
② 参见《上范公参政书》，《苏舜钦集编年校注》卷八，成都：巴蜀书社 1991 年，第 527—548 页。
③ 参见《故尚书比部员外郎崔君墓志铭》，〔宋〕韩琦《安阳集编年笺注》卷四十九，成都：巴蜀书社 2000 年，第 1517 页。
④ 参见〔宋〕李焘《长编》卷一百四十六，第 3544 页。
⑤ 嘉祐六年（1061）应制科所上数十篇策论以论改革为核心，参见《苏轼文集》卷九，第 226—279 页。
⑥ 《策略五》，《苏轼文集》卷八，第 239 页。
⑦ 《铨选资格》，《陈亮集》卷十二，北京：中华书局 1987 年，第 134 页。
⑧ 《上时政疏》，刘成国点校《王安石集》卷三十九，北京：中华书局 2021 年，第 663 页。

国至仁宗初期六七十年时间里，传统儒学基本沿袭汉、唐注疏之学，士人谨守先儒传注，无敢异议，更少有敢以己意议论发明者。孙复《寄范天章书二》云："国家以王弼、韩康伯之《易》，左氏、公羊、穀梁、杜预、何休、范宁之《春秋》，毛苌、郑康成之《诗》，孔安国之《尚书》，镂板藏于太学，颁于天下。又每岁礼闱设科取士，执为准的。多士较艺之际，有一违戾于注说者，即皆驳放而斥逐之。"①反映了当时的儒学存在的状态。不满于现状往往是创新的开端。进入仁宗时期，儒学开始由因袭成说走上以"经世致用"为目标，通过联系现实以阐发新意的发展道路，成为推动士大夫产生变革思想的另一个基本动力。

范仲淹是较早打开宋学风气的人，《朱子语类》卷一百二十九云："自范文正以来，已有好议论。如山东有孙明复，徂徕有石守道，湖州有胡安定，到后来遂有周子、程子、张子出。故程子平生不敢忘此数公，依旧尊他。"朱熹将范仲淹置于宋初三先生之首，推崇可见。天圣中范仲淹为应天府学教授时，其治学方法已与前人有很大不同，上引孙复同一书信云："后之作疏者无所发明，但委曲踵于旧之注说而已。复不佞，游于执事之墙藩者有年矣！执事病注说之乱六经，六经之未明，复亦闻之矣。"可见范仲淹不屑前人注疏之学，倾向重新解释经义。范仲淹同时期所作《上执政书》（天圣五年，1027）亦显示了这种不同的治学倾向："明经之士，全暗指归。讲议未尝闻，威仪未尝学，官于民上，贻笑不暇，责其能政，百有一焉。"②明经之士自然不可能于经典一无所通，但范仲淹的标准已经改变，他不认为掌握章句音义为"通经"，关键要明经典之"指归"，即要通义理、创新经义；通义理的最终目的是要临民而用，不至于贻笑百姓，体现了宋学"通经致用"的精神。范仲淹不仅任教于应天府，后来还执教国子监。张方平说："始者，学士执亲之丧于南都，暇日以道义教徒于乡之庠，诱人乐善，孜孜

---

① 〔宋〕孙复《孙明复小集》，景印文渊阁四库全书，第1090册，第171页。

② 《上执政书》，〔清〕范能濬编《范仲淹全集》，第190页。

不足……经术兴于南郡，士林归乎北海，慕仰高义，心用激发。"[①]可知其讲学产生了广泛影响。

范仲淹开风气之先，关于这一点钱穆论曰："安定同时有范仲淹希文，即聘安定为苏州教授者。泰山孙明复亦希文在睢阳掌学时所激厉索游孙秀才也。安定、泰山、徂徕三人，既先后游希文门，而江西李泰伯，希文知润县，亦罗致教授郡学……而希文在陕，横渠张子以兵书来见，希文授以《中庸》……王安石之于希文，亦推之为一世之师。盖自朝廷之有高平，学校之有安定，而宋学规模遂建。后人以濂溪为宋学开山，或乃上推之于陈抟，皆非宋儒渊源之真也。"[②]与范同时或稍晚的这一批学者，都具有"经世致用"的思想。孙复是宋学草创阶段的著名学者，专门从事著述授徒之业，庆历二年（1042）因范仲淹举荐任国子监直讲，在经筵"讲说多异先儒"[③]。平生著述主要有《易说》六十四篇和《春秋尊王发微》十二卷，后者影响尤大，其书把《春秋》中"尊王攘夷平"之说凸显出来，而在其中更突出强调"尊王"，这与以加强中央集权为焦点的北宋政治有密不可分的联系。孙复的著作强调从"心"与"用"两个方面来改造和发展传统儒学，大抵代表了此后宋学发展的方向。欧阳修在《孙明复先生墓志铭》中说："先生治《春秋》不惑传注，不为曲说以乱经，其言简易，得于经之本义为多。"欧阳修以疑经闻名，他对孙复的推崇态度，可知当时学术风气的变化。《四库简明目录》卷三认为："孙复以后说《春秋》者，名为弃传从经，实则强经以从己。"从恪守古人疏解的角度上看，这自然不可取，因为有太多作者主观因素介入，但宋儒要"通经致用"，解释方法不得不发生变化。孙复的弟子石介、士建中、张洞等，皆以"不惑注疏"，复道致用之学著称于时。

---

① 〔宋〕张方平《上河中同理范学士书》，《乐全集》卷三十一，曾枣庄、刘琳主编《全宋文》卷八百零四，成都：巴蜀书社1991年，第337页。
② 钱穆《中国近三百年学术史》，北京：商务印书馆1997年，第3—4页。
③ 《宋史》卷四百三十二，第12833页。

当时将儒学与实用紧密联系的另一个学者是胡瑗，王得臣《麈史》卷一曾记录他讲经的方式：

> 安定胡翼之，皇祐、至和间国子直讲，朝廷命主太学。时千余士，日讲《易》，余执经在诸生列。先生每引当世之事明之。至《小畜》，以谓："畜，止也，以刚止君也。"已乃言及中令赵公相艺祖日，上令择一谏臣，中令具名以闻，上却之弗用。异日又问，中令复上前札子，亦却之。如此者三，仍碎其奏，掷于地。中令辄怀归。他日复问，中令仍补所碎札子呈于上，上乃大悟，卒用其人。①

赵普此事宋人多述之，如欧阳修《上杜中丞论举官书》(《欧阳修全集》卷四十七)、司马光《涑水记闻》卷一等。引之以讲解经义，则是胡瑗的首创，讲《易》不讲推算之学，而借其说以发挥道理，反映了在怀疑经传基础上发展起来的联系现实、创造性解说经典的学风。保存下来的胡氏著述《周易口义》《洪范口义》都体现了这种特色。时人称其"文章皆傅经义，必以理胜"②。胡瑗不仅在太学如此，早在苏、湖讲学阶段，就开始积极贯彻"明体达用"的教育宗旨：

> 圣人之道，有体、有用、有文。君臣父子、仁义礼乐，历世不可变者，其体也；《诗》、《书》、史、传、子、集，垂法后世者，其文也。举而措之天下，能润泽斯民，归于皇极者，其用也。国家累朝取士，不以体用为本，而尚声律浮华之词，是以风俗偷薄。臣师当宝元、明道之间，尤病其失，遂以明体达用之学授诸生，夙夜勤瘁，二十余年，专切学校。始于苏、湖，终于太学，出其门者无虑数千余人。故今学者明夫圣人体用，以为政教之本，皆臣师之功，非安石比也。③

---

① 〔宋〕王得臣《麈史》，上海：上海古籍出版社 2012 年，第 18 页。
② 《太常博士致仕胡君墓志》，《蔡襄全集》卷三，福州：福建人民出版社 1999 年，第 728 页。
③ 《安定学案》，〔清〕黄宗羲《宋元学案》卷一，北京：中华书局 1986 年，第 25 页。

从这里所揭示的胡瑗的教育宗旨来看，他认为儒家"圣人之道"包括了"体""文""用"三个方面的内容。"体"是恒久不变的君臣父子和仁义礼乐之道；"文"代表了以儒家为主的中国道德传统和文化传统的基本文献；"用"则是把儒家学说具体贯彻到社会政治秩序中去，即用之以经世济民、拯救时弊。胡瑗"明体达用"之学中自然也包含"道德性命之学"，但"内圣"与"外王"在儒家本为并存之义，"内圣"之存正无害于"外王"之用。

后起之学者如李觏著《周礼致太平论》，直接引《周礼》所述，发挥论证了内治、国用、军卫、刑禁、宫人、教道六个方面的问题，其中以"国用"为重点，阐述了平均土地、减免徭役等问题。李觏实际上是把《周礼》作为矫正社会弊端的理想模式来看待，并依据《周礼》提出了自己的解决问题的主张，对待经典完全是一种实用的态度。"岂徒解经而已哉！唯圣人、君子知其有为言之也。"[1] 王安石新学重视"致用"的特色更为鲜明，他的《三经新义》就是作为指导当世变法的理论依据而编撰的，具有十分明显的经世取向，这在"三经"的序文中都有论说，其中以《周礼义序》论之最明：

> 惟道之在政事，其贵贱有位，其先后有序，其多寡有数，其迟数有时，制而用之存乎法，推而行之存乎人。其人足以任官，其官足以行法，莫盛乎成周之时；其法可施于后世，其文有见于载籍，莫具乎《周官》之书。[2]

正因为《周礼》之书在"政事"方面有"任官""行法"的作用，所以才有必要加以重新诠释，而阐释宗旨则"以所观乎今，考所学乎古"，

---

① 《周礼致太平论》，《李觏集》，北京：中华书局1981年，第67页。
② 《周礼义序》，〔宋〕王安石《王文公文集》卷三十六，上海：上海人民出版社1974年，第426页。

可见其释古用今之意。王安石参大政之前与神宗的一段对话，亦极能说明其学经世致用之意：

> 上曰："朕知卿久，非今日也。人皆不能知卿，以为卿但知经术，不可以经世务。"安石对曰："经术者，所以经世务也，果不足以经世务，则经术何赖焉！"①

王安石嘉祐中《上仁宗皇帝书》中造就人才的议论也是从实用的角度出发，可知"致用"是其学术之一贯倾向。王安石最终得君行道，其学术遂成为北宋涌起的诸家新儒学中最显之一派。

张载"关学"亦重"道学""政事"相结合。张载一生始终关心政局发展，后来虽与王安石意见相左，但从来没有公开反对"新法"。他的"通经致用"思想在《经学理窟》中有明确表述，与李觏、王安石相似，也很重视《周礼》。《经学理窟》开篇即是言《周礼》和井田，并认为"治天下之术，必自此始"②。吕大临在《横渠先生行状》中曰：

> 先生慨然有意三代之治，望道而欲见，论治人先务，未始不以经界为急，讲求法制，粲然备具，要之可以行于今，如有用我者，举而措之尔。③

这一评论很好地总结了张载学术的特色，说明张载探讨古道是有志于经世济民的。二程曾与张载讨论"关学"致用学风，称赞曰："关中之士，语学而及政，论政而及礼乐兵刑之学，庶几善学者。"张载答曰："如其诚然，则志大不为名，亦知学贵于有用也。学古道以待今，则后

---

① 〔清〕黄以周等辑注，顾吉辰点校《续资治通鉴长编拾补》卷四，北京：中华书局 2004 年，第 153 页。案：以下简称《长编拾补》。

② 《经学理窟》，《张载集》，北京：中华书局 1978 年，第 249 页。

③ 《张载集》附录，第 384 页。

世之谬，不必屑屑而难之，举而措之可也。"① 可见关心当世，注重通过儒家之学解决现实问题是"关学"的一大特色。

此外邵雍、二程之学虽较他人更倾向于内在，但二家之学同样是内圣外王之学，修养道德同时也注重实用。程颢评价邵雍的学术是"内圣外王之道"②，其代表作《皇极经世》强调"学以人事为大"，《四库全书总目》论曰："《经世》一书，虽明天道而实责成于人事，洵粹然儒者之言，固非谶纬术数家所可同年而语也。"因其有用意于治道处，故有如此评价。二程是性理学派的代表，认为"学也者，使人求于内也，不求于内而求于外，非圣人之学也"③。但是程颐早年《上仁宗皇帝书》《为家君应诏上英宗皇帝书》，程颢《论王霸札子》《论十事札子》都表现了强烈的变革要求，可见二程并非不重外王，只不过后来出于对抗"新学"等原因遂更注重"内圣"之学。总之，庆历以来各学派在不同程度上均有"经世致用"的意图，这是当时社会变革思潮的又一原动力。

二、与士大夫共治天下

从中国历史的发展中我们可以看到"士"与"仕"是共生体，二者不仅无法相离，而且士阶层地位的改变与统治者对士态度的不同，会形成不同的政治局面。所以钱穆说："士之本身地位及其活动内容与其对外态势各不同，而中国历史演进，亦随之而有种种之不同。亦可谓中国史之演进，乃由士之一阶层为之主持与领导。"④ "与士大夫共治天下"的观念并不始于北宋，这句话包括两个问题，一是"士大夫"指哪一部分人，另外"共治"的实质如何。"士大夫"一词汉代已常见，《汉书·高祖纪》封功臣诏云："与贤士、大夫共定天下，共安揖之。"其

---

① 《张载集》附录，第 384 页。
② 〔宋〕程颐、程颢《二程集》，北京：中华书局 2004 年，第 673 页。
③ 〔宋〕程颐、程颢《二程集》，第 319 页。
④ 钱穆《国史大纲》，北京：商务印书馆 1996 年，第 561 页。

时"士大夫"主要指与高祖共同打天下的文武功臣。西汉后期宣帝云："与我共治天下者，其惟良二千石乎！"指社会上层人士而言。东汉光武帝对臣子云："梦想贤士共成功业，岂有二哉！"又云："方与士大夫共此功名耳！"① 东汉时社会阶层结构已与西汉不同，有学者指出这时的所谓"士大夫"，自不仅限于追随光武起事的少数功臣，而可以在概念上将士族、大姓、官僚、缙绅、豪右、强宗……不同的社会称号统一起来。尽管这些人的社会成分在大同之中仍存在着小异。自此之后，由魏晋降至隋唐，与"士族"共治天下的局面基本没有改变。"共治"的实质怎样呢？汉高祖求贤诏云："今吾以天之灵，贤士、大夫定有天下，以为一家……贤人已与我共平之矣，而不与吾共安利之，可乎？贤士、大夫有肯从我游者，吾能尊显之。"② 唐太宗云："昔汉高祖止是山东一匹夫，以其平定天下，主尊臣贵。卿等读书，见其行迹，至今以为美谈，心怀敬重。卿等不贵我官爵耶？"③ 从汉高祖傲慢的语气，到唐太宗操纵士族升降的行为，这种"共治"中王权至上的本质是明显的。进入宋代，前边论"文官体系性质变化"提到宋之文官体系中主流不再是士族大姓阶层，而是借由科举上达的中下层士人，这一阶层虽然依赖王权而起，但社会阶层的升降变动与统治者对士人态度的变化，使他们改变了对自己在政治格局中地位的看法，开始以主人翁的姿态活跃于政治舞台，他们获得发言权、意见得到尊重、生命得到保障，这是以前历史上所未有过的，仁、神时代是体现这种"共治"局面最典型的时期。

第一，取士制度保证了士人入仕途径畅通，随着国家逐步转入文治，士大夫受到前所未有的重用与礼遇。对北宋统治者来说，建国于五代之后有很多问题需要面对，武人跋扈、文化凋敝、吏治隳颓、门阀掌权等，宋代统治者对改变这个局面想到了很好的对策，即延揽人才，重

---

① 《晋书》卷六十九，北京：中华书局 1974 年，第 1840 页；《后汉书》卷五十，北京：中华书局 1965 年，第 734 页；《后汉书》卷五十二，第 772 页。
② 《汉书》卷一，上海：上海古籍出版社 2003 年，第 53 页。
③ 《旧唐书》卷六十五，北京：中华书局 1975 年，第 2444 页。

用平民士大夫，所以从开国之初就十分重视科举取士。关于科举取士制度的改革及公平性的加强前边论之已详，此处从略。士人一旦科举及第，便荣登仕籍，特别是中进士科者，入官品位及升迁速度大大优于其他途径入仕者，进士名列前茅者，更是飞黄腾达、出将入相。仁宗朝举行了十三次科举考试，取进士四千五百七十人，"其甲第之三人凡三十有九，其后不至于公卿者，五人而已"①。自太宗朝以来，科举取士名额骤增，宋朝取这些新进士入官，对官僚阶层进行了大换血，州县官直至待制以上的主要官员几乎全部由进士出身者担任，其他途径入官者，也要千方百计获得赐进士、同进士的出身。蔡襄《国论要目·任材》所论大臣、近侍之臣、钱谷之司、边防大帅、天下转运使、知州郡者率为文士的情形很好地证明了重用文臣的情况。太祖至神宗朝宰相共计四十七人，除去入宋以前进士范质、王溥、卢多逊、宋琪、李昉五人，在剩下的四十二人中有三十六人是进士、制科出身。可见科举出身的士大夫确实能够参与到宋代核心政治权力之中，统治者与士大夫"共治"的局面是十分明显的。

宋代给予士大夫的恩遇也超过了中国历史上其他各朝。首先宋太祖立下"不杀士大夫""不杀谏官"这样的家法给北宋统治带来了极大影响，重文态度给了士大夫从政很大的优势与自由度，使他们得以畅所欲言。同时又尽可能提高他们的待遇，赵翼《廿二史札记》中所总结的"宋制禄之厚""宋恩荫之滥""宋恩赏之厚"可以看出士大夫享受的礼遇恩宠。即便犯罪，也多能获得从轻发落，偶加之以刑亦不至于死，动辄杀戮的情形则闻所未闻。帝王的权威虽在，但士大夫的人格却得到了保证，从而形成了"君臣一体"的政治局面。汉、唐均为盛世，汉高祖、唐太宗均为明主，然其时与士大夫"共治"，"以势临道""以权相胁"的意味是很重的，唯独宋代皇权虽高，士大夫亦得侧身其间从容论道，君臣之间相与讲论以求公允，使这种"共治"带上了些许

---

① 《宋史》卷一百五十五，第3616页。

"民主"色彩。

从士大夫方面来说，首先，他们通习儒家经典以科举入仕，君臣父子之理铭刻于心，上至宰相，下至普通官员，可以说没有一个人会对帝位产生觊觎之心，而宋代官僚体制相互牵制监督的因素，也杜绝了他们产生不臣思想的可能。仁宗去世后欧阳修对太后言："仁宗在位久，德泽在人。故一日晏驾，天下奉戴嗣君，无一人敢异同者。今太后一妇人，臣等五六书生耳，非仁宗遗意，天下谁肯听从。"① 从这里我们可以看到皇权的力量，及以"书生"起家的士大夫们对皇权的服从。其次，很多士大夫以"片文遇主"而获超升，这极大地激发了他们报国参政的热情。仁宗朝宰相李迪云："迪起布衣至宰相，有以报国，死犹不恨。"② 当时一大批起自寒门的士大夫，如范仲淹、杜衍、欧阳修等皆奋发振厉，与他们感戴皇帝的知遇之恩有着直接联系。再者从基本经济地位来说，宋代士大夫一般没有前代门阀士族那样的经济实力，更无豪强家族拥兵自重的能力，所以士大夫一旦离开皇权很难保持荣华富贵，如论者所云："这些文人士大夫出身寒微，没有世家势力作为社会背景，故也没有深厚的社会根基和实力，其荣辱盛衰皆掌握在帝王手中，即使位极人臣，也不会对赵宋王朝构成潜在威胁。"③ 这样士大夫就对皇权产生了一种荣辱与共的感情，帝王与士大夫相互需要，最终形成了"共治"局面。

第二，国家保证了士大夫充分参政议政的权力。

入仕的权力如上所论有了保障，那么言论的自由怎样呢？北宋诸帝一直标榜自己"不以言罪人"。宋太宗时雍丘尉武程论减后宫人数，宰相李昉请求黜责，太宗曰："朕曷尝以言罪人，但念程不知耳。"④ 仁

---

① 《宋史》卷三百一十九，第 10379 页。
② 《宋史》卷三百一十，第 10173 页。
③ 《宋代士大夫的境遇与士大夫精神》，诸葛忆兵《宋代文史考论》，中华书局 2002 年，第 259 页。
④ 〔宋〕李焘《长编》卷三十四，第 751 页。

宗时张昇论事被贬，谏官曰："忠直之言，人臣所难也，陛下不可以为罪。"仁宗曰："朕未尝以言罪人，如昇之直，朕当用之也。"①皇帝有不罪、不杀言者的原则，臣僚自然敢于直言上谏，因此北宋涌现出诸多敢言之臣。程颐在总结本朝善政时自豪地指出"百年未尝诛杀大臣"②。生命既然不受威胁，议论自由便有了最根本的保障，但可直行无妨。尤其是仁宗时代，随着国家政治改革浪潮的兴起，政治又相对清明，士大夫普遍具有"开口揽时事，议论争煌煌"的精神。王夫之厌恶宋廷议论纷争的现象，对仁宗朝士人议论蜂起的行为尤为不满：

> 在昔李太初（李沆）、王子明（王旦）以实心体国，奠七十余年社稷生民于阜安者，一变而为尚口纷哎之朝廷，摇四海于三寸之管，谁尸其咎？岂非倡之者在堂皇，和之者尽士类，其所由来者渐乎！宰执有条奏矣，侍从有条奏矣，庶僚有条奏矣，有司有条奏矣；乃至草茅之士，有喙斯鸣，无不可有条奏矣。
>
> 言满天下，蔚然可观，相传为不讳之朝。故当时士民与后世之闻其风者，所甚歆仰于仁宗，皆仁宗之失也。于是而宋兴以来敦庞笃厚之风，荡然不足以存矣。
>
> 仁宗之世……置神器于八达之衢，过者得评其长短而移易之，日刊月敝，以抵于败亡。③

"倡之者在堂皇，和之者尽士类"即指皇帝鼓励言论、臣僚积极响应的状态，凡关心政治者皆可上言也是当时的实情。王夫之攻击宋人议论导致朝政纷乱，致宋世走向衰败，此观点是否为确论且置一边。但他以上所表达的反对观点，却恰从反面证明了士人有充分的参政权力。赵宋一朝不仅因为祖宗家法养成士人好议敢议之风，同时在制度上也做出能使

---

① 〔宋〕王称《东都事略》卷七十一，景印文渊阁四库全书，第 382 册，第 456 页。
② 〔宋〕程颐、程颢《二程集》，第 159 页。
③ 〔清〕王夫之《宋论》，北京：中华书局 1964 年，第 83、87、88 页。

朝政处于众人"公议"状态的改革，主要是在皇帝控制的台谏与政府之间形成相互牵制的机制。

台谏官是士大夫敢言之代表，北宋台谏制度改革增强了两个机构的功能，不仅对重臣形成监督牵制，客观上也使士大夫更积极主动地参议朝政。主要改革措施有：一、改言官之名，端拱元年（988）二月，以左右补阙为左右司谏，左右拾遗为左右正言。改名动机是因当时补阙、拾遗任当献纳，却多循默无为，所以"欲立新名，使各修其职业"①。唐代补阙、拾遗本寓拾补人君过失之意，宋代谏官则"凡朝政阙失，大臣至百官任非其人，三省至于百司事有违失，皆得谏正"②，监督对象由皇帝转向宰相、百官，职权范围转移并扩大。二、设专职谏官，又以门下省为谏院，谏院遂成为独立机关，与御史台并列，合称台谏。起初谏官多是其他官员兼任，真宗天禧元年（1027）二月，"诏别置谏官、御史各六员，增其月俸，不兼他职，每月须一员奏事。或有急务，听非时入对"③。仁宗明道元年（1032）七月，以门下省为谏院，置谏院自此始。④三、台谏官由皇帝亲自除授。台谏官论事多而无隐，执政渐生畏忌，皇帝置谏官的目的达到了，但执政手中握有官员选任的权力，难免选择亲信担任台谏官员，这自然不是皇帝希望发生的事。宝元元年（1038），宋祁提出："谏官、御史由宰司之进拔者，非陛下之利也。"同年十二月，仁宗下诏："御史阙员，朕自择举。"庆历四年（1044）下诏："自今除台谏官，毋得用见任辅臣所荐之人。"⑤于是谏院进一步独立，成为和御史台一样受皇帝直接指挥的监察百官的机构。从此台、谏事权愈加混而为一，在议政方面享有极大的自由度。欧阳修论谏官曰："今世之

① 〔宋〕李焘《长编》卷二十九，第647页。
② 《宋史》卷一百六十一，第3778页。
③ 〔宋〕李焘《长编》卷八十九，第2040页。
④ 〔宋〕李焘《长编》卷一百一十一，第2585页。
⑤ 〔宋〕李焘《长编》卷一百二十一，第2855页；《宋史》卷十，第206页；〔宋〕李焘《长编》卷一百五十一，第3691页。

官，自九卿、百执事外，至一郡县吏，非无贵官大职可以行其道也。然县越其封，郡逾其境，虽贤守长不得行，以其有守也。吏部之官不得理兵部，鸿胪之卿不得理光禄，以其有司也。若天下之失得、生民之利害、社稷之大计，惟所见闻而不系职司者，独宰相可行之，谏官可言之尔。故士学古怀道者仕于时，不得为宰相，必为谏官，谏官虽卑，与宰相等……宰相尊，行其道；谏官卑，行其言。言行，道亦行也。"[①]苏轼论台谏风采云："自建隆以来，未尝罪一言者，纵有薄责，旋即超升，许以风闻，而无官长，风采所系，不问尊卑，言及乘舆，则天子改容；事关廊庙，则宰相待罪。故仁宗之世，议者讥宰相但奉行台谏风旨而已。圣人深意，流俗岂知。台谏固未必皆贤，所言亦未必皆是，然须养其锐气而借之重权者，岂徒然哉，将以折奸臣之萌，而救内重之弊也。"[②]可见言官品位虽不甚高，事权却不小，台谏之设对中书的力量形成牵制，可以对权臣弄权舞弊防患于未然，使政事处置更加公允，政令推行更加有力。陈亮《中兴论·论执要之道》云：

> 臣闻之故老言，仁宗朝，有劝仁宗以收揽权柄，凡事皆从中出，勿令人臣弄威福。仁宗曰："卿言固善，然措置天下事，正不欲专从朕出。若自朕出，皆是则可，有一不然，难以遽改。不若付之公议，令宰相行之。行之而天下不以为便，则台谏公言其失，改之为易。"

可见付之"公议"的本质是为了政事更好地实施，颁布之前议论可以使政令更趋于合理，颁布之后议论可以及时修正错误。虽然当时的实际状态并没有这样理想，但这种"公议"制度基本保证了政令之出非皇帝独裁或宰相专权，使政事大体处于稳定平衡状态，利处大于它所产生的弊端。北宋前中期政治相对清明，不可谓不得力于这种"与士大夫共治天

---

① 《上范司谏书》，《欧阳修全集》卷六十七，第973页。
② 《上神宗皇帝书》，《苏轼文集》卷二十五，第740页。

下”的制度设计。

第三节　古文运动与士风

　　士风非具象之物，它是一种抽象化的特征，可以反映一个社会中士人总体行事之风格态度。士风与社会是否稳定、政治是否清明、统治者对待士人态度、士人的生存状态均有关系。前边对于北宋士人的入仕途径、政治状况已有介绍，这些方面进步的因素对于士风改善无疑有很大帮助，但士人作为社会中的知识阶层，其“风习”是与社会所崇尚之文风、学术紧密相关的。五代政权动荡，国无恒主，士无恒守，儒生文士栖身于武人政权下，儒家道德虽存之于书册，而少有人行之于实际。士风趋向两极，要么明哲保身，要么急功近利，而尤以后者为多，致士风极其颓堕。欧阳修论曰：“至于儒者，以仁义忠信为学，享人之禄，任人之国者，不顾其存亡，皆恬然以苟生为得，非徒不知愧，而反以其得为荣者，可胜数哉！”[①] 宋代立国之初士风并未立刻扭转，但至于庆历中，我们明显感觉到士风有焕然一新之态，这个渐变的过程与古文运动直接相关。古文运动之所以与士风相关，在于它并不是一个单纯的文学运动。古文提倡始于宋初，提倡者如柳开、穆修等人，柳重道，穆则道、文并重。但无论哪一派都不是单纯从遣词造句等技术层面去提倡古文，而是从复兴儒学的角度去提倡古文，在立足点上都强调士人要以儒道立身，然后以古文传达古道，所以古文运动可以说是属于全社会范围内儒学复兴运动的一部分。士人接受古文、改变文风的过程，也是接受、深化儒道修养的过程，古文、运动故而能促进士风的转变。

　　古文运动前期是重道胜文的，柳开（947—1001）《应责》开篇云：“或责曰：子处今之世好古文与古人之道，其不思乎？苟思之，则子胡

---

① 《新五代史》卷三十三，北京：中华书局1974年，第355页。

能食乎粟，衣乎帛，安于众哉？众人所鄙贱之，子独贵尚之，孰从子之化也？忽焉将见子穷饿而死矣！"[1] 由"众人所鄙贱"之语可以看出宋初士人好尚离儒道甚远，文风浮靡自不必说，所以柳开要提倡"古道"，倡古意在救今。柳开并论述了为什么要写作"古其理，高其意，随言短长，应变作制，同古人之行事"的古文，他说："欲行古人之道，反类今人之文，譬乎游于海者，乘之以骥，可乎哉！苟不可，则吾从于古文。"可见柳开写古文最大的目的是为提倡古道服务。穆修（979—1032）对当时文人不尚古道、不习古文的行为亦有评说，《答乔适书》曰："盖古道息绝不行于时已久，今世士子习尚浅近，非章句声偶之辞不置耳目，浮轨滥辙，相迹而奔，靡有异途焉。其间独敢以古文语者，则与语怪者同也。众又排诉之，罪毁之，不目以为迂，则指以为惑，谓之背时远名，阔于富贵，先进则莫有誉之者，同侪则莫有附之者。其人苟无自知之明，守之不以固，持之不以坚，则莫不惧而疑悔，而思忽焉，旦复去此而即彼矣。"当时无论"先进""同侪"，对于向古道、学古文者都目为异类，可见士人中的绝大多数人风习尚未改变。石介（1005—1045）《怪说》攻击西昆文风："今杨亿穷妍极态，缀风月，弄花草，淫巧侈丽，浮华纂组；刓镂圣人之经，破碎圣人之言，离析圣人之意，蠹伤圣人之道。"[2]《上蔡副枢书》曰："今夫文者，以风云为之体，花木为之象，辞华为之质，韵句为之数，声律为之本，雕镂为之饰，组绣为之美，浮浅为之容，华丹为之明，对偶为之纲，郑卫为之声。浮薄相扇，风流忘返。遗两仪、三纲、五常、九畴而为之文也，弃礼乐、孝悌、功业、教化、刑政、号令而为之文也。圣人职之，君子章之，庶人由之。君臣何由明，父子何由亲，夫妇何由顺，尊卑何由纪，贵贱何由叙，内外何由别？而化日以薄，风日以淫，俗日以僻，此其为今之时弊也。"[3] 以上三人撰文活动时期分别是太宗朝、真宗朝、仁宗前

---

① 《应责》，〔宋〕柳开《河东先生集》卷一，本卷第 10 页，影印四部丛刊初编。

② 《怪说》，〔宋〕石介《徂徕石先生文集》卷五，北京：中华书局 1984 年，第 61 页。

③ 《上蔡副枢书》，〔宋〕石介《徂徕石先生文集》卷十三，第 142 页。

期，可以看出虽然柳、穆、石等人倡导如此尽力，但当时社会总体上儒学复兴的气氛还不够浓厚，所以三人及其生徒多被目为特立独行者。再者他们的古文还没有摆脱生涩的特点，虽然倡"道"热情极高，但文不足以传道，如石介所云："仆文字实不足动人，然仆之心能专正道，不敢跬步叛去圣人。"① 如此传道当然难以收到理想效果。此外前期古文家社会地位不是很高，而如柳开粗豪狂诞、石介邀名激诡，就个人品行来说也不足以成为天下士子的榜样，除去部分门人弟子，他们产生的影响力十分有限。从宋初沿袭五代浮靡文风到后来西昆华丽文风盛行，古文始终未能占上风，古道亦未能占上风。

范仲淹、欧阳修大力提倡古道，并写出文、义俱美的古文后，上述情况开始发生急剧转变。通常论述到北宋士风转变，大家都会引用范仲淹的例子，《宋史》卷三百一十四其本传云："每感激论天下事，奋不顾身，一时士大夫矫厉尚风节，自仲淹倡之。"但是，为什么振起士风者是范仲淹？早于范仲淹或与其同时者，以忠纯为国论，李昉、吕蒙正、张齐贤、吕端、向敏中、毕士安、李沆、王旦、寇准等人无不忠；以鲠直敢言论，王禹偁、李迪、包拯、马知节、王曾、鲁宗道、张昪等无不敢言；以慎重名器论，张知白、章得象、王曙、蔡齐、杜衍等皆清约自重，抑制侥幸；以文章影响论，杨亿、刘筠等风采不衰几四十年；以倡道坚决论，柳开、孙复、石介等堪为楷模。这些人物之风采均传于当时，但却都未能成为令全天下士人奋起自励的表率。范仲淹优于众人之处在于，他不仅政事杰出勇于有为，而且能以文倡道，又能以身行道。范仲淹很早就认识到文章与风化直接相关，天圣三年（1025）《奏上时务书》云：

> 国之文章应于风化，风化厚薄见于文章。是故观虞夏之书，足以明帝王之道；览南朝之文，足以知衰靡之化。故圣人之理天下也，文弊则

---

① 《答欧阳永叔书》，〔宋〕石介《徂徕石先生文集》卷十五，第174页。

救之以质，质弊则救之以文。质弊而不救，则晦而不彰；文弊而不救，则华而将落。前代之季，不能自救，以至于大乱，乃有来者，起而救之。故文章之薄，则为君子之忧；风化其坏，则为来者之资。

天圣八年（1030）《上时相议制举书》也表达了相同的思想：

今文庠不振，师道久缺；为学者不根乎经籍，从政者罕议乎教化。故文章柔靡，风俗巧伪；选用之际，常患才难。某闻前代盛衰，与文消息；观虞夏之纯，则可见王道之正；观南朝之丽，则知国风之衰；惟圣人质文相救，变而无穷。前代之季，不能自救，则有来者，起而救之。

基于这样的认识，范仲淹在古文运动步入高潮时期写出了一批重要文章，如《近名论》直接提倡"名教"，反对道家忘名之说，认为孔子《春秋》是"名教之书也，善者褒之，不善者贬之，使后世君臣爱令名而劝，畏恶名而慎矣"。又曰："人不爱名，则虽有刑法干戈，不可止其恶也。"因此"圣人敦奖名教，以激劝天下"[1]，希望在上位者奖劝民众，使重名节。《桐庐郡严先生祠堂记》作于明道二年（1032），光武、严子陵的故事我们都熟知，其实严子陵不受光武之官原因有多样，班固《汉书·逸民列传》卷首指出逸民之隐"或隐居以求其志，或回避以全其道，或静己以镇其躁，或去危以图其安，或垢俗以动其概，或疵物以激其清"，并不一定均为儒家之"道"，而范仲淹解释二人动机为"相尚以道"，因为光武与严子陵所重均在"道"，所以光武贵而不以势临故人，严光贫而不屈己求利禄，于是论曰："微先生，不能成光武之大；微光武，岂能遂先生之高哉？而使贪夫廉，懦夫立，是大有功于名教也。"这样隐逸之士成为了大有功于"名教"者。严子陵隐逸动机已难确知，但范仲淹如此解释的动机却很明确，就是要通过严光的事件为

---

① 《近名论》，〔清〕范能濬编《范仲淹全集》，第 132 页。

当世树立重操守、慎名节的风范。作于庆历六年（1046）的《岳阳楼记》，更是将儒家君臣之义、君子任重道远之义、为官仁民爱物之义发挥到了极致："居庙堂之高，则忧其民；处江湖之远，则忧其君；是进亦忧，退亦忧。然则，何时而乐耶？其必曰：'先天下之忧而忧，后天下之乐而乐。'""先忧后乐"之说是儒家入世思想发展的一个里程碑，它表现出了范仲淹不以个人得失为虑，而始终怀抱济民振世之志的高尚情怀。不仅足资以自励，更足资以为天下士大夫立身行事之准则。范仲淹不仅阐述这样的思想，他在现实政治生活中也一直履行这些道理。在谏垣则直言无隐，处边陲则忘我抗敌，居政府则改革弊政，在这个过程中虽屡遭贬谪而不改忠君爱民之志。实际上作《岳阳楼记》之时作者正因庆历新政失败被外放邓州为官，通常失势者不免哀叹忠心遭谗、怀才不遇，但范仲淹却将个人得失放在一边。一以天下忧患为自己忧患，则其高尚的为人为政风范岂能不令世人为之动容？所以范仲淹之成为士人楷模，不仅是政事功业，更是因其对儒家之"道"的倡导与遵行，而范仲淹"道"的传播与扩大，则是借助古文运动而深入人心。

与范仲淹一同革新政事的欧阳修，不仅在新政中发挥了重要作用，更是古文运动的主将，通过自己渐高的文名扩大了儒家之"道"的影响。范仲淹在《尹师鲁河南集序》中言："洛阳尹师鲁，少有高识，不逐时辈，从穆伯长游，力为古文。而师鲁深于《春秋》，故其文谨严，辞约而理精，章奏疏议，大见风采，士林方耸慕焉。遽得欧阳永叔，从而大振之，由是天下之文一变而古，其深有功于道欤！"这是为尹师鲁文集所作序言，自然以赞扬尹洙为主，但"遽得欧阳永叔，从而大振之"一语仍让我们感到在这场通过古文复兴古道的运动中欧阳修实际上发挥了比尹洙更大的作用。欧阳修在倡导古道方面与前辈古文家的思想是一致的，其《与张秀才棐第二书》曰：

> 君子之于学也务为道，为道必求知古，知古明道，而后履之以身，施之于事，而又见于文章而发之，以信后世。其道，周公、孔子、孟轲

之徒常履而行之者是也；其文章，则六经所载至今而取信者是也。其道易知而可法，其言易明而可行。[1]

可见欧阳修之古文也是以"道"为根本基础，其在《答吴充秀才书》中所主张"道胜文至"之说，殆非仅专意于文者。若欧阳修仅用力于文辞，以当时情势论，名声成就不过齐于杨、刘而已，人待之也不过文士而已，正因为其古文为蕴"道"之文，所以其文不止于文，而可以达"道"；又因为欧阳修避免了一般古文家文字过于古朴、行文缺乏生气的毛病，写出辞畅意达的古文，引动士人学习风尚，就更有利于"道"的传播。《上范司谏书》《与黄校书论文章书》《与高司谏书》《原弊》《本论》《朋党论》等中于时病、不为空言的文章，及《新五代史》等著述，在士人中产生了极大影响，"其言简而明，信而通，引物连类，折之至理，以服人心。超然独骛，众莫能及，故天下翕然师尊之"[2]。

欧阳修不仅提倡古道，亦如范仲淹一样倡言名教、名节。他曾论曰："夫所谓名节之士者，知廉耻，修礼让，不利于苟得，不牵于苟随，而惟义之所处。白刃之威有所不避，折枝之易有所不为，而惟义之所守。其立于朝廷，进退举止皆可以为天下法也。"[3]欧阳修不仅如此立论，也如此立身，为官自重名节，凡国家弊端、大臣过失无不尽言，即便面临个人得失也在所不惜。所以同时及后世人对其评价极高："公素禀忠义，遭时遇主，自任言责，无所顾忌，横身正路，风节凛然。"[4]"天资刚劲，见义勇为，虽机阱在前，触发之不顾。放逐流离，至于再三，志气自若也。"[5]

---

[1] 《与张秀才棐第二书》，《欧阳修全集》卷六十七，第 977 页。

[2] 《宋史》卷三百一十九，第 10380 页。

[3] 《论包拯除三司使上书》，《欧阳修全集》卷一百一十二，第 1692 页。

[4] 《故观文殿学士太子少师致仕赠太子太师欧阳公墓志铭》，〔宋〕韩琦《安阳集编年笺注》，第 1535 页。

[5] 《宋史》卷三百一十九，第 10380 页。

欧阳修以儒家之道为根基写作古文，改变了宋初文人回避社会矛盾、玩弄辞章技巧的创作倾向，在吸引士人学习古文的同时，也触发了他们回归儒道、济世救民的热情，使士人鄙弃巧伪苟且之行，争以学行卓立为高。所以苏轼在《六一居士集叙》中论曰："宋兴七十余年，民不知兵，富而教之，至天圣、景祐极矣，而斯文终有愧于古。士亦因陋守旧，论卑而气弱。自欧阳子出，天下争自濯磨，以通经学古为高，以救时行道为贤，以犯颜纳谏为忠。长育成就，至嘉祐末，号称多士。欧阳子之功为多。"①

由范仲淹、欧阳修等人倡导的儒家道德准则得到了士人广泛认同，在五代凋丧的儒家道德精神不仅得到了恢复，而且发展到了一个更高的水平。在改革弊政的潮流中，士大夫通经致用，发挥了儒家"外王"之学，在古文运动中，士大夫高倡古道，则提升了儒家"内圣"之学，自此时起北宋士风与前期判然两别。所以除去取士公平、士大夫待遇提高、文化水平显著增长等因素外，士大夫通过古文运动发扬儒家道德义理是士风转变的又一重要原因。熙宁、元丰时人才济济、政治相对开明、士风高昂激荡，为宋诗发展提供了最好的时代环境。

第四节　熙丰诗坛概况

北宋诗坛总体来说有两大特点，第一，诗人们的"诗学生活"在形式上与前代相比更加丰富。宋代诗人的"诗学生活"一般包括为准备科举考试所进行的诗歌学习；家人亲友之间的唱和；同学、同年之间的唱和；向有名望的诗人、官员、学者投赠诗卷；参加各种公、私聚会，这种聚会上吟咏诗歌通常是必不可少的内容；应别人请求题写关于园林、亭台楼阁等特定景物的诗歌；游览山水园林、寺庙道观或差役、旅行、宦游中经过某处即兴题写诗歌；参与皇家宴饮游乐活动应制作诗等。除

---

① 《六一居士集叙》，《苏轼文集》卷十，第 316 页。

了参加皇家文学活动是少数达官文人的特权外，其他形式的诗学活动，几乎每个文人都会经历。第二，诗人群体范围扩大，诗歌活动兴盛。宋代一个突出现象是中下层士大夫及平民诗人数量极多，远超六朝、唐代。翻阅《先秦汉魏晋南北朝诗》，会发现凡存诗数量较多的文人，多为达官贵族，唱和活动也多只存在于贵族文人之间。如汉魏之际，曹氏父子文学集团；西晋贾谧门下"二十四友"；东晋谢氏家族"乌衣之游"，王羲之等人的"兰亭雅集"；南齐萧子良文学集团；南梁萧衍、萧统文学集团，萧纲文学集团等。这种局面给人的感觉是只有中心，也仅有中心，诗学并没有在全社会范围内形成整体影响。到了唐代，随着科举考试的制度化，诗赋取士使诗歌逐步扩大了它的应用影响范围，中下层士大夫和平民诗人越来越多。据清人《全唐诗》及今人陈尚君《全唐诗补编》，计有作者三千六百余人，诗作五万五千余首。宋代继承了这一趋势，更完善的科举制度，更多的读书机会，更先进的书籍制造方式，使宋代文人数量激增。《全宋诗》收录宋代作者近万人，诗作二十余万首。本书统计北宋诗人二千九百二十一人（具体时限划定下文有论，此处从略），诗作九万三千八百余首。仅这一部分诗人的作品数量已经超过了《全唐诗》。诗人数量众多、创作群体活跃、创作力旺盛是北宋诗坛的重要特征。

从诗歌发展角度来说，宋初至熙宁、元丰间诗歌经历了一个由沿袭到新变的发展过程。由于五代对文化的剧烈颠覆，所以宋初谈不上有什么自己的文化积累，所做的工作是恢复、完善与提升，当时诗坛只能以前人为榜样，向前代去寻求养料。时代相近、文化距离较为接近的诗人自然引起人们较多关注。宋初最早流行的是白体，再准确地说应该是效仿白居易诗中的唱和诗和流连光景的作品，这与宋初文臣的地位是相适应的。南来文臣不敢多言，也不敢抒发深刻真挚之情；北方宠臣保有富贵，自然歌颂太平，而诸人之好文、处台阁清要又与白居易在生活形态上相近，宜其以白为宗师。稍晚之王禹偁别有气象，但当时诗坛毕竟以白体为主。在白体流行近五十年之后，真宗时期诗坛上出现了另外两种诗体：晚唐体、西昆体。《蔡宽夫诗话》说："唐末五代，流俗以诗自名者……大抵皆宗贾岛辈，谓之贾岛格，而于李、杜特不少假借。"[1] 此即沿袭晚唐体之渊源，当时代表作家有潘阆、魏野、林逋、九僧和寇准等人。西昆体则是宋立国后影响最大的诗体，欧阳修《六一诗话》云："盖自杨、刘唱和，《西昆集》行，后进学者争效之，风雅一变，谓西昆体。由是唐贤诸诗集几废而不行。"[2] 可想见西昆文华倾代之盛况，当时诗坛虽无多少新变却有几许繁荣。但西昆体取材狭窄、过分雕琢的风格终究难以担当一代之诗的重任，虽然风行当时，却无法振起诗道。欧阳修感慨曰："近时苏梅二穷士尔，主张风雅，人士归之。自二穷士死，文士满朝，而使斯道寂然中绝，每念此事窃叹。乃知文士满朝，而诗道寂然，不但近岁，祖宗盛时因已然矣。"[3] 欧阳修不仅对本朝初期诗歌不满，对于经过自己及同道革新的诗坛仍觉"诗道寂然"，可见一代宗师希望出现的是真正能表现宋代士大夫精神面貌与创作风格的诗歌。欧阳修通过自己的创作传达了这种理念，而有宋以来积累百年的文化也到了开花结果之时，熙丰诗坛的变化是对宋代诗歌发展陷入困境的突破，也是时代发展的必然。

另外宋初诗人基本聚集于"两极"，一为台阁诗人，一为江湖散人。这个不大引人注目的现象，与人才问题有密切关系。宋初中下层官员主要还是五代旧人，自太宗朝（976—998）放宽科举及第之门，大量汲引文人入仕，中下层官员才逐步替换为科举及第者，文化水平比以前的官员有大幅提升。这些中下层官员不仅是政治上的中坚力量，也是文坛的中坚力量。所以，宋初诗坛主流人物集中于台阁说明了当时社会中人才积累还不够，及至仁宗天圣中如欧阳修、梅尧臣、尹洙、谢绛等人以州县小官而积极议论革新文风、振作诗道，并且取得全国性的影响，

---

① 〔宋〕蔡居厚《蔡宽夫诗话》，郭绍虞辑《宋诗话辑佚》，北京：中华书局1980年。

② 〔宋〕欧阳修《六一诗话》，〔清〕何文焕辑《历代诗话》，北京：中华书局2004年，第255页。

③ 〔宋〕刘克庄《后村诗话》卷二，北京：中华书局1983年，第22页。

嘉祐中苏轼闻名全国之时也不过是州郡属官而已，且当时进士起家处小官擅文名者非轼一人，可见文化重心已经下移，文化积累与人才造就都远超宋初水平，这个时期诗坛进入发展创新阶段自然水到渠成。

就熙丰诗坛来说，基本情况是怎样的呢？明胡应麟《诗薮》杂编卷五总结云，"宋世人才之盛，亡出庆历、熙宁间，大都尽入欧、苏、王三氏门下"，并列出其中杰出者："韩稚圭、宋子京、范希文、石曼卿、梅圣俞、蔡君谟、苏明允、余希古、刘原父、丁元珍、谢伯初、孙巨源、郑毅夫、江邻几、苏才翁、子美等，皆永叔友也；王歧公、王文公、曾子固、苏子瞻、子由、王深父、容季、子直、李清臣、方子通等，皆六一徒也。王平甫、王晋卿、米元章、张子野、滕元发、刘季孙、文与可、陈述古、徐仲车、张安道、刘道原、李公择、李端叔、苏子容、晁君成、孔毅父、杨次公、蒋颖叔等，皆与子瞻善者；黄鲁直、秦少游、陈无己、张文潜、唐子西、李方叔、赵德麟、秦少章、毛泽民、苏养直、刑惇夫、晁以道、晁之道、李文叔、晁伯宇、马子才、廖明略、王定国、王子立、潘大观、潘邠老、姜君弼，皆从东坡游者。荆公所交，则刘贡父、王申父、俞清老、秀老、杨公济、袁世弼、王仲至、宋次道、方子通，门士则郭功父、王逢原、蔡天启、贺方回、龙太初、刘巨济、叶致远二弟一子，俱才隽知名，妻吴国及妹、诸女，悉能诗，古未有也。"[1]（此处所提及人物详细情况见本书附录）这是一个笼统的概括，主要以欧阳修、苏轼、王安石三人交游为重点。在时间界限上虽然作者自己限定"庆历、熙宁间"，但实际上是比较模糊的，从部分年辈较晚的诗人看，时间跨度已至绍圣末。不过这个概括基本反映出了当时诗坛的核心群体。

为了能够更清楚地看清熙丰诗坛的基本状态，笔者依据《全宋诗》前三十册，对北宋（960—1127）诗人作了统计，结果如下：

---

[1] 〔明〕胡应麟《诗薮》杂编卷五，吴文治主编《明诗话全编》，南京：江苏古籍出版社 1997 年，第 5698 页。

表二：北宋四期诗人、诗歌数量统计表

诗歌、诗人数 / 时期	诗人数量（人）	诗歌数量（首）	平均数（首/人）
沿袭期 960—1030（71 年）	642	11377	17
复古期 1031—1060（30 年）	665	25373	38
创新期 1061—1101（41 年）	1141	38104	33
凝定期 1102—1127（26 年）	473	18964	40
合计：960—1127（168 年）	2921	93818	32

表三：北宋诗人数量分布统计表

存诗 10 首以上者 / 时期	10 首	11—49 首	50—99 首	100—499 首	500—999 首	1000—1999 首	2000 首以上	总计（人）
沿袭期 960—1030（71 年）	11	43	12	18	3	1	/	88
复古期 1031—1060（30 年）	9	35	6	25	8	5	1	89
创新期 1061—1101（41 年）	9	75	8	44	12	5	3	156

时期＼存诗10首以上者	10首	11—49首	50—99首	100—499首	500—999首	1000—1999首	2000首以上	总计（人）
凝定期1102—1127（26年）	6	34	8	19	11	3	／	81

说明：

一、本表据《全宋诗》前三十册统计，分期标准采取陈植锷《宋诗的分期及其标准》（《文学遗产》1986年第4期）。凡五代人入宋以后，有确切生、卒年，或登第、仕履经历可考尚在世二十年者，当有不少诗篇作于北宋，即卒于979年以后者纳入统计范围；凡北宋灭亡（1027）以前已四十岁者，以诗人平均年龄七十岁计，至四十岁时应属创作成熟期，有相当数量作品完成于北宋，即1088年以前出生的诗人列入考察范围。此外虽有诗篇存世，但生卒年不详，也无明确线索可考者，因无法确定其归属时期，暂未纳入统计；诗人生卒年可考，但仅有残句者，亦暂不计入内。按以上条件统计北宋存诗一首以上诗人2921人。

二、诗篇数量统计。残章不计，存目诗不计，联句诗不重复计算，归入其中一个主要作者名下。

三、诗人达到创作水平需要一个成长时期，因此各期之间诗人归属，以三十岁为划分界限。1002年以后出生者归入第二期，1032年以后出生者归第三期，1073年以后出生者归入第四期。

四、表三统计诗人选择存诗10首以上者，原因在于今存诗10首以上者在当时基本上是具有一定名气或者名气较大的诗人，通过分析他们能够看出诗坛发展的一种基本态势。

五、表三中具体诗人名字见本书附录表格。

六、表格的优势在于凭借长时间、大数量的统计，看出宏观态势。但由于数量统计的需要，界限划分比较僵化，而文学史实际发展状态是非常不规则的，所以表格只作为具体分析的一种参考。

由于诗人数量众多，生卒年不可确考者很多，再作细致划分较为不易，所以没有将熙丰时期（1068—1085）作为一个统计时段。但从以上统计表中至少可以看出以下特点：

第一，表二创新期41年无论诗人数量还是诗歌数量均超过沿袭期、复古期，甚至两期101年诗人、诗歌总数都无法超过创新期。可见这一时期，由于社会生活稳定，经济发展，文化发达，诗人数量急速攀升，创作极为繁盛活跃。

第二，表三各个数量段中，创新期诗人从绝对数量上来说在存诗10首、1000—1999首两个数量段少于复古期（创新期比复古期多11年），在50—99首数量段与复古期持平，在其他数量段都超过了前两期。特别是存诗11—49首与存诗100—499首两个数量段的诗人数量激增，这部分诗人大多数当时都有诗文集传世，虽然只有少数人文集较为完整地流传到现在，但他们在当时多为具有影响的诗人。创新期存诗2000首以上者在各期中也是最多的，均为北宋一流诗人。优秀诗人大量涌现，是促成诗歌发展变化主要的条件，也说明这个时期是宋诗发展的绝佳时期。

以上统计表以作家生卒年为依据决定其归属时期，其实诗歌发展阶段的划分应该以作家的"创作年龄"为依据，但创作年龄是一个难以把握的依据，有人很早就显示出才华，有人则较晚；有人创作持续高产，有人则不同时期创作成果丰枯不同。所以选择生理年龄为依据是为方便统计，生理年龄的缺陷在于它较为僵化刻板，在本书附录载有详细人名的表格中，我们可以看到有部分属于不同"创作期"的作家被划分到同一时期，在于其年龄限定如此。文学史的实际情况并不会严格按照理想的时间划分来表现，能够代表一个时期的作家也许并不是同一个年龄层上的人，但是从他们所起的作用和实际创作时间来看则属于同一批人。所以如上统计结果在考察长时段范围内的创作成就方面是成功的，具体分析某一时段则需结合更多关联因素，以使对文学史的考察更接近于当时的真实状态。法国学者埃斯卡尔皮用"组"的概念解决这种问题，"'组'是指一群年龄不同的作家（尽管有一种年龄占了大多数），这群作家在某些事件发生时'起来讲话'，占领文学舞台，并有意无意地在某段时间中闭关自守，禁止他人完成新的使命"[1]。我们选取复古期、创新期存诗 1000 首以上的诗人，就可以看到这样的现象。

表四：复古期、创新期存诗 1000 首以上诗人

时期　存诗千首以上诗人	1000—1999 首	2000 首以上
复古期 1031—1060（30 年）	邵雍（1011—1077） 刘敞（1019—1068） 司马光（1019—1086） 王安石（1021—1086） 刘攽（1023—1089）	梅尧臣（1002—1060）
创新期 1061—1101（41 年）	韦骧（1033—1105） 郭祥正（1035—1113） 苏辙（1039—1112） 彭汝砺（1042—1095） 释德洪（1071—1128）	苏轼（1036—1101） 黄庭坚（1045—1105） 张耒（1054—1114）

在年龄层上属于复古期的邵雍、司马光、王安石、刘攽四人的创作跨度都很大，邵雍在最后十年由于与洛阳文人官僚交往密切，创作很活跃。司马光熙宁中闲居洛阳，也创作了较多的诗歌。刘攽交游广泛，一直活跃在诗坛上。王安石最为典型，从表面上来看他属于复古期（1031—1060），但是这个阶段主要是从事变法活动，诗歌创作数量骤减，熙宁罢相后则再次进入一个创作丰收期。以上诸人都可以说是跨越两期的诗人。

本书在纵的方向上希望能对"宋调"成立的过程作出较为详细的考察，所以重点论述王安石、苏轼、黄庭坚三家诗歌；横向则希望突出熙丰诗坛活跃繁盛的状态，所以考察了当时主要的文人群体，即以司马光

---

[1] 〔法〕罗贝尔·埃斯卡尔皮著，符锦勇译《文学社会学》，上海：上海译文出版社 1988 年，第 43 页。

为代表的洛阳文人群、王安石新党文人群、苏门文人群、黄庭坚及江西派诸人。黄庭坚所领起的江西诸人因主要活动时期不在熙丰，所以不作太详细的讨论。此外对三大集团之外的文人群体也稍有涉及，以见出主流之外诗人群体的活跃状态。

对文人群体的考察，论述重点是洛阳、新党、苏门三个集团，这样的划分是依据当时诗人之间的实际状态作出的，并不是一种主观臆断。这三个集团中的每一个都不提倡唯一的或共同遵循的诗歌创作准则，所以三个集团只是"文人群"而不是诗派。三个集团的形成不仅因为文学，也存在政治、学术上的因素。洛阳集团的形成具有一定的偶然性，因为熙宁变法一些反对王安石的士大夫求外放做官，其中一些人选择洛阳作为闲退之所，他们入洛后与当地士大夫交往融洽，诗酒往来，形成这个文人群体。其特点如下：主体是反对变法的高级官僚，他们虽不在政治中心，但对政治发展保持密切关注，在政治上持保守态度，对政治发展具有影响力；在创作上多表现闲退、归老、悠游林泉等主题，风格接近"白体"。

我们上边提到胡应麟总结庆历、熙宁间人才"大都尽入欧、苏、王三氏门下"，从实际的发展关系来看，王、苏二门皆出欧门，而走上了不同的路线。在宋初文学革新过程中关于"文"与"道"关系的讨论，本有重道轻文与文道并重两派。柳开、孙复、石介等人是重道一派；穆修、尹洙兄弟、苏舜钦兄弟、欧阳修等人则是文道并重。王安石之学虽不直承柳、孙、石等人，但当时儒学复兴，学者以经学救世、通经致用为急务，王氏之学以经学为基础，王氏之志以治国安邦为重，故其立身不以"文"标榜自我，而以行"道"为高，这是他一贯的准则。所以当欧阳修赠诗"翰林风月三千首，吏部文章二百年"（《赠王介甫》）推重其诗文，欲付斯文之责时，王安石答以"欲传道义心犹在，强学文章力已穷。他日若能窥孟子，终身何敢望韩公"（《奉酬永叔见赠》）。韩愈亦是重"道"者，但王安石云"何敢望韩公"，在于欧阳修诗中强调的是韩愈"文"的一面，故答如此。王安石可谓是"余事作诗人"的典型，重道、重政胜于文的观点我们后边还有详细论述，此处从略。王安石这样的基本观点也造成了新党文人群独特的风貌：这个群体本由变法而聚集，其中又有不少王安石的学生，所以在群体中形成重政事、重经学的风气。其中骨干人物均善文，但均以政事为重，不少人相继成为北宋后期政坛重臣，所以新党文人群的政治影响大于文学影响，在诗文创作上诸人基本各自保持自己的特色。

与新党文人群不同，苏门文人群则继承了韩愈、欧阳修以来"文道并重"的观点。韩愈《答李翊书》说："将蕲至于古之立言者，则无望其速成，无诱于势利，养其根而俟其实，加其膏而希其光。根之茂者其实遂，膏之沃者其光晔；仁义之人，其言蔼如也。"[1] 这里韩愈论"道""文"关系，认为要写好文章必须深于"道"的修养，儒道了然于胸中，其发为文辞必然充沛繁茂，这是既讲道也讲文的。欧阳修在《答吴充秀才书》中说：

> 夫学者未始不为道，而至者鲜焉。非道之于人远也，学者有所溺焉尔。盖文之为言，难工而可喜，易悦而自足，世之学者往往溺之，一有工焉，则曰："吾学足矣。"甚者至弃百事不关于心，曰："吾文士也，职于文而已。"此其所以至之鲜也……圣人之文，虽不可及，然大抵道胜者，文不难而自至也。故孟子皇皇不暇著书，荀卿盖亦晚而有作。若子云、仲淹方勉焉以模言语，此道未足而强言者也。后之惑者，徒见前世之文传，以为学者文而已，故愈力愈勤而愈不至。[2]

这里"道胜"并非道超过文的意思，而是道盛大、充溢于学者胸中之意，与韩愈《答李翊书》中的观点比较，可以说是完全相同，只不过换了一种表述方法而已。欧阳修曾教导苏轼曰："我所谓文，必与道俱。

---

① 《答李翊书》，《韩愈文集汇校笺注》卷六，北京：中华书局 2010 年，第 700 页。
② 《答吴充秀才书》，《欧阳修全集》，第 664 页。

见利而迁，则非我徒。"①苏轼很好地继承了这一观点，后评价韩愈云"文起八代之衰，而道济天下之溺"（《潮州韩文公庙碑》），强调其文道并重；论欧阳修云"自汉以来，道术不出于孔氏，而乱天下者多矣。晋以老庄亡，梁以佛亡，莫或正之，五百余年而后得韩愈，学者以愈配孟子，盖庶几焉。愈之后二百有余年而后得欧阳子，其学推韩愈、孟子以达于孔氏，著礼乐仁义之实，以合于大道。其言简而明，信而通，引物连类，折之于至理，以服人心，故天下翕然师尊之……士无贤不肖不谋而同曰'欧阳子，今之韩愈也'"（《六一居士集叙》），仍然是文道并重的观点。受苏轼影响，苏门文人均持此观点。秦观《韩愈论》曰："钩列、庄之微，挟苏、张之辩，摭班、马之实，猎屈、宋之英，本之以《诗》《书》，折之于孔氏，此成体之文，韩愈之作是也。"②其言"本之以《诗》《书》，折之于孔氏"，即强调韩愈既讲究辞章技巧，又以儒道为文章根本。黄庭坚更是多次教导后学文道并重，其《与徐师川书》云："诗政欲如此作。其未至者探经术未深。"③《与徐甥师川》其一曰："前承示谕'自当用十年之功，养心探道'，每咏叹此语，诚能如是，足以追配古人。"其二曰："甥读书益有味否？顷精治一经，知古人关捩子，然后所见书传，知其指归，观世故在吾术内……文章乃其粉泽，要须探其根本，根本固则世故之风雨不能漂摇。"④《与济川侄》云："但须勤读书令精博，极养心使纯静，根本若深，不患枝叶不茂也。"⑤黄庭坚此类教人以道德、孝友忠信为根本的文章很多，不遍举。虽然黄庭坚的观点不无几分道学色彩，殆受当时学术影响所致，但从韩愈至于欧阳修、苏轼一脉相承的文道并重观点则很清晰。张耒云："六经以下，至于诸子百氏，骚人辩士论述，大抵皆将以为寓理之具也。是故理胜者文

① 《祭欧阳文忠公夫人文》，《苏轼文集》卷六十三，第 1956 页。

② 《韩愈论》，〔宋〕秦观《淮海集笺注》，上海：上海古籍出版社 1994 年，第 751 页。

③ 《与徐师川书》，《黄庭坚全集》，成都：四川大学出版社 2001 年，第 479 页。

④ 《与徐甥师川》，《黄庭坚全集》，第 485 页。

⑤ 《与济川侄》，《黄庭坚全集》，第 498 页。

不期工而工，理诎者巧为粉泽而隙间百出……故学文之端，急于明理。夫不知为文者，无所复道；如知文而不务理，求文之工，世未尝有是也。"[1] 亦是秉承欧公"道胜文至"的观点。苏门直承欧阳之学，苏轼又以文坛盟主为其领袖，故苏门重视文学创作，处于文坛中心地位，文学影响大于政治影响，是直接推动北宋中期文学发展的重要群体。后来在黄庭坚影响下又直接形成江西诗派，成为北宋后期南宋初期诗坛发展的主要力量。文学因素外，苏门文人的聚集也有政治因素，诸人大体皆反对新法，二苏最为激烈。元祐中司马光执政全废新法，苏轼又争执欲留其中便民者，复有洛、蜀党争，苏轼被贬后，苏门诸人大体皆遭贬谪，其于政事能同一进退可以看出结盟中的政治因素；诸人相互之间关系始终如一，又能看出文学、政治之外道义、友情交往之深，此则优于新党文人之松散反复。

第五节　宋调的特征

任何事物都有它存在、发展的土壤，人的存在需要自然的、社会的各种物质及精神的滋养，产生于人的思想情感的诗歌，则以人为其根本存在土壤。当人的因素发生变化时，由心而出之言，由言而成之诗自然也会发生变化。宋代经济形态与唐以前至唐代相比产生了巨大变化，贵族官僚按照等级世袭占田制度瓦解，宋代地主主要以购买方式扩大土地占有；地主对农民的剥削方式主要是出租土地获得实物地租，前代的劳役地租成为次要剥削方式；隋唐以来，门阀地主庄园中的部曲、徒附带有农奴性质，其户籍注在主人名下，宋朝则把这部分人编入国家户籍，与地主无人身依附关系，只要经济关系解除，他们就可以自由流动。学术上如前所论也走上了不同的道路，开辟了与"汉学"相异的"宋

---

① 《答李推官书》，《张耒集》，北京：中华书局1990年，第829页。

学"，同时儒释道三家进一步融合。政治方面由于科举改革、官员构成变化等因素也呈现了与以往不同的面貌。由唐而宋，人存在的基础发生了极大的变化。"时运"变化如此，人的思想自然不能不变，因人而成的诗歌也自然也不能不变。诗评家曰："盖一代之诗，有盛必有衰，其始也由衰而返乎盛，盛极而衰即伏其中。于是能者又出奇以求其盛，而变之上者则中兴，变之下者则愈降。古人所谓'若无新变，不能代雄'是也。"① 以此言验之唐宋两代诗歌发展，无不如此。具体到宋代来说，宋初白体、晚唐体、西昆体尚沿袭唐五代遗风，因其时社会、文化转型尚未完成，当时的诗人"力不足以挽时尚，则风气转移人，其势顺而易"，所以宋初是个承转时期，也比较重要，但毕竟没有完成新变的任务。至梅尧臣、欧阳修、苏舜钦登上诗坛，风气开始转变，所谓"力足以挽时趋，则人转移风气，其势逆以难，遂变而臻于上"，宋诗开始走出自己的发展道路。其后王安石、苏轼、黄庭坚以盖代豪才周旋翰苑，风气于是乎大变，而宋诗最终独立于唐诗之外，形成自己独特风格，本书以历世论家所提之"宋调"概括之。

一、前人对宋调的批评

"宋调"之立来自唐宋比较，南宋时论家已认为本朝诗歌可独立于唐诗之外。严羽《沧浪诗话》曰："本朝诸公分明别是一副言语。"又曰："唐人与本朝人诗，未论工拙，直是气象不同。"② 张戒《岁寒堂诗话》曰："国朝诸人诗为一等，唐人诗为一等，六朝诗为一等，陶阮、建安七子、两汉为一等，《风》《骚》为一等。"陈岩肖《庚溪诗话》曰："本朝诗人与唐世相亢，其所得各不同，而俱自有妙处，不必相蹈袭也。"③ 刘克庄《后村集》卷二十四："或曰：'本朝理学、古文高出前

---

① 朱庭珍《筱园诗话》，郭绍虞编《清诗话续编》，上海：上海古籍出版社1983年，第2328—2329页。
② 〔宋〕严羽《沧浪诗话》，〔清〕何文焕辑《历代诗话》，第695页。
③ 丁福保辑《历代诗话续编》，北京：中华书局1983年，第182、451页。

代，惟诗视唐似有愧色。'余曰：'此谓不能言者也，其能言者岂惟不愧于唐，盖过之矣！'"严羽、张戒都是贬宋诗者，但也不能不承认本朝诗的确大异唐音，陈岩肖观点公允，刘克庄则对本朝诗颇为自豪，但其以为宋人胜过唐人的观点难以服众。后世学者续有品评，王若虚《滹南诗话》曰："宋人之诗，虽大体衰于前古，要亦有以自立，不必尽居其后也。"俞弁《逸老堂诗话》曰："古今诗人措语工拙不同，岂可以唐宋轻重论之。余讶世人但知宗唐，于宋则弃不收……谁谓诗盛于唐而坏于宋哉？瞿宗吉〔瞿佑〕有'举世宗唐恐未公'之句，信然！"都穆《南濠诗话》曰："昔人谓'诗盛于唐，坏于宋'，近亦有谓元诗过宋诗者，陋哉见也。刘后村云：'宋诗岂惟不愧于唐，盖过之矣。'予观欧、梅、苏、黄、二陈至石湖、放翁诸公，其诗视唐未可便谓之过，然真无愧色者也。"[1]贺贻孙《诗筏》曰："宋人虽无唐人气象，犹不失宋人本色，若近时人，气象非不甚似唐人，而本色相去远矣。"[2]以上诸人所论大体是以朝代为界限来区别唐诗与宋诗。

也有人主张不分唐宋，宋末戴昺《答妄论唐宋诗体者》云："不用雕镂呕肺肠，词能达意即文章。性情原自无今古，格调何须辨宋唐。"这是从人的情感角度出发，但是从历史发展来看，人类情感有无古今的部分，即人类共通的情感，这是我们可以理解古人的基础，但也有不同的地方，此则我们区别古人的地方，所以戴昺的论断不够全面。袁枚《续诗品》云："偏则成魔，分唐界宋。"[3]《养一斋诗话》引袁枚语云："唐、宋者，历代之国号，与诗无与；诗者，各人之性情，与唐、宋无与。"袁枚主张"性灵"，当时诗坛又有宗唐、宗宋之争，所以袁枚是从"戒偏"的角度去谈不分唐宋的，与叶矫然《龙性堂诗话》中"坚守唐调而抹杀宋、元，则拘墟而不广大"[4]的论断在本质上是一样的。

① 丁福保辑《历代诗话续编》，第 529、1300、1344 页。
② 〔清〕贺贻孙《诗筏》，郭绍虞编《清诗话续编》，第 181 页。
③ 〔清〕袁枚《续诗品》，丁福保辑《清诗话》，上海：上海古籍出版社 1978 年，第 1035 页。
④ 郭绍虞编《清诗话续编》，第 2073、940 页。

钱锺书主张诗分唐宋，但不是简单以朝代变化来决定区分界限。"唐诗、宋诗，亦非仅朝代之别，乃体格性分之殊……非曰唐诗必出唐人，宋诗必出宋人也。"这里提出了两个界划标准，一以"体格"区分："余窃谓就诗论诗，正当本体裁以划时期，不必尽与朝政国事之治乱盛衰吻合。"又引席勒的话云："所谓古今之别，非谓时代，乃言体制。"这里"体裁""体制"不是我们通常所说的诗歌具体文本体裁，而是不同风格下的诗之总体状态，即作者所谓"体格"。一以"性分"区别："天下有两种人，斯分两种诗。唐诗多以风神情韵擅长，宋诗多以筋骨思理见胜。""夫人禀性，各有偏至。发为声诗，高明者近唐，沈潜者近宋，有不期而然者。故自宋以来，历元、明、清，才人辈出，而所作不能出唐宋之范围，皆可分唐宋之畛域。"[①] 这是从诗人才性气质出发而论。钱先生的观点是立足整个诗史来谈，在宏观上拈出"唐""宋"视为两种诗学的代表，故不以朝代为局限。从微观角度来说，"宋调"的成立与时代"风会"有密切关系。如我们开头所论，诞生于唐宋两种文化类型下的人其实是"不同类型的人"，故有不同类型的诗，所以朝代意义在探讨具体诗歌流变时是不得不顾及的因素。本书具体论述熙宁、元丰时期宋诗特点的成立过程，所以"宋调"还是立足于宋代之诗来谈。

对"宋调"特征最早作出系统表述的是严羽《沧浪诗话》："诗者，吟咏情性也……近代诸公乃作奇特解会，遂以文字为诗，以才学为诗，以议论为诗，夫岂不工，终非古人之诗也。"我们通常注意到严羽是宗唐派，提出"以盛唐为法"，但推其根本，严羽是情志并举的"重情派"。《尚书·尧典》曰："诗言志。"这个"志"是合思想、志向、抱负、情感而言的。正因为源头如此，我们就不难理解为什么《诗经》中有不少议论说理的诗篇。随着《礼记·乐记》"情动于中，故形于声"、《毛诗序》"吟咏情性"的提出，至陆机《文赋》"缘情绮靡"观点的提

---

① 以上所引见钱锺书《谈艺录》，北京：生活·读书·新知三联书店 2007 年，第 2—7 页。

出，诗歌重情的一面迅速发展。至六朝时，"诗言志"理论在发展中大致形成三个支派，即"重志""情志并举""重情（缘情）"，除去极端重情派和极端重理派，大部分理论家都是情志并举而所有偏重的。严羽即是更偏重于情韵的理论家，其曰："诗者，吟咏情性也。"论唐诗曰："盛唐诸人，惟在兴趣，羚羊挂角，无迹可求。故其妙处，透彻玲珑，不可凑泊。如空中之音，相中之色，水中之月，镜中之象，言有尽而意无穷。"论宋诗曰："于一唱三叹之音，有所歉焉。""且其作多务使事，不问兴致。"又曰："诗有词、理、意兴。南朝人尚词而病于理；本朝人尚理而病于意兴；唐人尚意兴而理在其中。汉魏之诗，词、理、意兴，无迹可求。"[1] 严羽所提到的"兴趣""兴致""意兴""一唱三叹之音"其实都是指唐诗中那种充满形象性的情韵相生的境界，即便有理要表达，也要深深蕴含在情韵中去表达，《沧浪诗话》中的论断皆以此为标准。如"孟襄阳学力下韩退之远甚，而其诗独出退之之上"，又曰"谢灵运之诗，无一篇不佳"；对李、杜没有微词，但对杜甫这位开宋诗蹊径的诗家的创造性所论不深，只言其为"集大成者"；对韩愈除论其《琴操》高古，在诗体中列有"韩昌黎体"，又在《答吴景仙书》中曰"韩退之固当别论"，此外对这个与宋诗关系极密切的中唐大家无一理论表述。这些地方都可以看出严羽的去取标准以是否有"比兴""情韵""兴象"为原则，而这个标准对于研究诗歌来说是不够全面的，这就造成他考察宋诗得出了偏颇的结论。宋诗的确具有严羽所说的三个毛病，并尽可以用这几点概括，但宋诗的优点却没有得到充分认识，严羽的出发点是"攻弊略优"，所以他的概括是有局限的。严羽之后关于宋诗特征的讨论一直没有中断，各朝诗家所论大体不出严羽范围，因古人论述多是片段式言论，每个人的言论又往往偏重于一两个问题，故不再列举，下边在具体概括"宋调"

---

① 〔宋〕严羽《沧浪诗话》，〔清〕何文焕辑《历代诗话》，第 696 页。

特征时会加以介绍。

近现代人有不少关于宋诗的研究成果，如李维的《诗史》（1920 年）、胡云翼《宋诗研究》（1930 年）、柯敦伯《宋文学史》（1934 年）、梁昆《宋诗派别论》（1939 年），这些著作对宋诗特征均有所揭示，但非专门论证"宋调"的著作。较早对"宋调"特征作出专论的是缪钺《论宋诗》（1940 年），文章开头通过唐宋比较突出宋诗在创作上"以意胜"，在审美上重"气骨"的特征，并从内容、技巧两方面加以论述。"就内容论，宋诗较唐诗更为广阔"，但"宋诗内容虽扩增，而情味不及唐人之醇厚"，"虽尽事理之精微，而乏兴象之华妙"；"就技巧论，宋诗较唐诗更为精细"，但是"唐人尚天人相伴，在有意无意之间，宋人则纯出于有意，欲以人巧夺天工"。所以作者认为宋诗总体的长处在于"深折，隽永，瘦劲，洗剥，渺寂，无近境陈言，冶态凡响"[①]。王水照《宋代诗歌的艺术特点和教训》（1978 年）[②] 主要是从严羽的理论出发，讨论了宋诗散文化、议论化、以才学为诗的倾向在其发展中的成功与失败之处，虽然如作者在"附记"中所言，"在把握宋诗总体评价及对宋诗缺点原因的探讨上，均有片面性"，但是文章对宋诗缺点的深入分析对今天研究宋诗者仍极具参考价值。徐复观《宋诗特征试论》（1978 年）[③] 也是专论宋调的成果，文章通过考察宋诗主要作家而给出宋调发展过程和特征。开头论述了诗分唐宋问题；第二部分重点讨论"宋诗特征基线的画出者"，通过研究宋诗发展史上的先锋作家，呈现了宋调发展过程，"宋诗特征的形成，在苏、黄以前，应举出梅尧臣、苏舜钦、欧阳修、王安石四人……梅、苏、欧、王诸人的风格，并不完全相同，但有一共同倾向，即是要从唐人比较浓丽膏腴的风格中摆脱出来，甚至在用意、用字上也想从唐诗惯用

---

① 缪钺《诗词散论》，上海：上海古籍出版社 1982 年，第 35—51 页。
② 《王水照自选集》，上海：上海教育出版社 2000 年，第 81—104 页。
③ 徐复观《中国文学精神》，上海：上海书店出版社 2006 年，第 455—488 页。

的格套中摆脱出来，以开辟出新的境界"；第三、四部分论述"黄山谷在宋诗中的地位及杜诗的影响"及"黄山谷的诗论"；在考察清楚宋调发展过程和宋调代表者的特质之后，从"前人对宋诗的批评"出发，从"宋诗的内容、宋诗的表现方法及宋诗的形象"三个方面对宋诗的特征进行了讨论。与其他论家不同的是，徐先生并没有将每个方面独立讨论，而是因三方面相互关联的关系展开论述。首先讨论了宋诗在内容上以"意"为主的问题，认为"意"是"经过理性的澄汰而成为更凝敛坚实的感情"，因此表达方法便多有"议论的性质"。其次讨论了宋诗尚"气格"的问题，这与宋诗"直遂"的表达效果及语言上"精严确切"相关。最后论述宋诗的整体"风格"，作者认为不论"瘦健""瘦劲"，还是"粗劲""生涩"，都可以归结到山谷提出的"简易而大巧出焉，平淡而山高水深"之说的成功与失败的各种不同程度之上。通观全文是从考察宋诗发展过程和辨析前人评价的基础上讨论宋诗特质的。谢宇衡《宋诗臆说》①认为"宋调"即体现在"宋诗"概念中的艺术素质，强调宋诗与其产生的时代的关系："尽管作为一个理论概念的'宋诗'并不等同于整个宋诗，但离开宋代这个具体历史朝代，离开整个宋诗，所谓'宋调'也还是难于理解。"文章后半重点考察了形成"宋调"的历史环境：社会环境和文学自身发展的环境。此外探讨宋诗特质的文章还有胡念贻《关于宋诗的成就和特色》（《学习与思考》1984 年第 2 期），霍松林、邓小军《论宋诗》（《文史哲》1989 年第 2 期），刘乃昌、王少华《宋诗论略》（《江西社会科学》1992 年第 1 期），胡明《关于宋诗》（《文学评论》1997 年第 1 期）等，或从宋诗艺术特色，或从文化特质，或从源流发展方面对宋诗的特征进行了研究。以上研究成果对宋调考察已很深入，笔者研读之际获益良多。

---

① 《文学遗产》1986 年第 3 期，第 32—36 页。

二、宋调的基本特征

"宋调"的含义有广狭之分，广义"宋调"可指宋朝一代之诗歌；有时论家也用之指诗歌史上超越朝代限制而与宋诗同质的诗歌；狭义的"宋调"则指与狭义的"唐诗""唐音"相对而言的宋代诗歌及其所具有的独立风格。此处所论为后者。

（一）题材、技巧突破

吴乔《围炉诗话》云："宋人专寻唐人不是处，实于己无益。"[①] 吴是"尊唐派"，但所谈之理抓住了宋人用心处，即从"寻唐人不是处"走出了自己的道路。"宋调"之特征首先在于能"破"，包括题材上的突破，体裁上的突破与技巧上的突破。首先是题材上的突破。经过梅尧臣、苏轼、黄庭坚等人的努力，宋诗变成了题材最为广泛的诗歌。凡唐人认为不能入诗、不宜入诗的题材，若行政、商业、学术、禅理、轶闻等，宋人皆欲以诗表达。翁方纲《石洲诗话》对此有总结："如熙宁、元祐一切用人行政，往往有史传所不及载，而于诸公赠答议论之章，略见其概。至如茶马、盐法、河渠、市货，一一皆可推析。南渡而后，如武林之遗事，汴土之旧闻，故老名臣之言行、学术，师承之绪论、渊源，莫不借诗以资考据。而其言之是非得失，与其声之贞淫正变，亦从可互按焉。"[②] 唐人不屑的细小题材，也进入了宋人视野。日常生活中与文人相关的诸多意象在宋诗中地位大大提升，如咏书籍、绘画、书法、笔、墨、纸、砚、茶的诗歌大多数作者都有。生活琐事也成为表现对象，梅尧臣就写了不少这类诗作，皆从古人未赋的角度出发；苏、黄咏饮食、咏日常用具、咏朋友间谈谐趣闻的诗作更多。这些诗在艺术上并不都是成功的，但可以看出宋人不墨守成规的用心。

---

① 〔清〕吴乔《围炉诗话》，郭绍虞编《清诗话续编》，第 607 页。
② 〔清〕翁方纲《石洲诗话》，郭绍虞编《清诗话续编》，第 1428 页。

比题材上的突破更重要的是由唐入宋"破体"现象越来越明显。文体论的发展始于魏晋时期，如曹丕《典论·论文》、陆机《文赋》，随后有挚虞《文章流别论》、刘勰《文心雕龙》，逐步发展了对文体的认识。刘勰《文心雕龙》仅作为题目标示的文体大类就有三十四类，所以到唐代时我国古代文体类别已基本齐备，各种文体的特征也有明确区分，到中晚唐，前代已有各种文体都已经进入完全成熟的发展状态。后人若要写出新意，必须别寻路径，所以从中晚唐至于北宋"破体为文"的趋势一直在发展，宋人自己就很关注这种现象：

> 退之作记，记其事尔；今之记乃论也。少游谓《醉翁亭记》亦用赋体。
> 范文正公为《岳阳楼记》，用对语说时景，世以为奇。尹师鲁读之曰："传奇体尔。"传奇，唐裴铏所著小说也。
> 退之以文为诗，子瞻以诗为词，如教坊雷大使之舞，虽极天下之工，要非本色。
> 秦少游诗如词。①
> 荆公评文章，常先体制而后文之工拙，盖尝观苏子瞻《醉白堂记》，戏曰："文词虽极工，然不是《醉白堂记》，《韩白优劣论》耳。"②
> 东坡之文妙天下，然皆非本色，与其他文人之文、诗人之诗不同。文非欧曾之文，诗非山谷之诗，四六非荆公四六，然皆自极其妙。③

上面所举的现象有"以赋为记""以传奇为记""以文为诗""以词为诗""以诗为词""以论为记"，而东坡文章破体之处尤多，可以看出宋代文人有一种"打通"各种文体的倾向。当然，此举并不是要抹杀文体界限，而是积极借鉴不同文体的表现手法，来达到旧体翻新、出奇制

---

① 〔宋〕陈师道《后山诗话》，〔清〕何文焕辑《历代诗话》，第 309、310、309、312 页。
② 《书王元之竹楼记后》，《黄庭坚全集》，第 660 页。
③ 〔宋〕曾季狸《艇斋诗话》，丁福保辑《历代诗话续编》，第 323 页。

胜的效果。比如"以文为诗",引进散文中的议论、直叙、铺陈排比手法,及章法多变的特色,诗歌容易写得有气势、纵横跌宕。如韩愈、苏轼的作品"倾竭变化,如雷震河汉,可惊可快,必无复可憾者,盖以其文人之诗也。诗犹文也,尽如口语,岂不更胜?彼一偏一曲,自擅诗人诗,局局焉,靡靡焉,无所用其四体"①,破体为诗的方法成了北宋诗人手中创新的利器。有这样的背景存在就可以明白,为什么韩愈打开的"以文为诗"的大门没有被关上,在宋代反而大行其道,并引发其他文体中变体的出现。

技巧突破的另一方面是,对于各种诗歌技巧他们趋于精研求深。上边的"破体为诗"可以说是横向上扩展诗歌可资运用的技巧的范围,这里则是纵向上对于已有各种技巧求用之精深高妙。如欧阳修聚星堂"白战",苏轼"尖""叉"韵雪诗,王安石和苏轼雪诗,黄庭坚和苏轼险韵作品及其他险韵诗歌。这些都是极端的例子,但一流文人乐此不疲的举动不仅是"以诗为戏"炫耀技巧,而是诗坛追求技艺"精深"的普遍风尚在起作用。除了音韵方面,在用典、字法、句法、章法等一切方面,宋人莫不追求将旧有技巧发挥得淋漓尽致,以此来求得更大程度的创新。与这种追求相适应的是,宋代士大夫普遍喜好讨论诗法,而且分门别类极其精细,有时追究一字、一典、一句的妙处,至于连篇累牍去考证论述,诗话著作遂大量出现。诗话的流行是宋人精研诗法的很好的证明,显示了他们总结诗法与追求突破的努力。

(二)尚意诗观

宋调的第二大特征在于尚"意",关于这一点前辈学者已多有论及。程千帆《读〈宋诗精华录〉》(1940年)认为:"唐人之诗,主情者也,情亦莫深于唐……宋人之诗,主意者也,意亦莫高于宋。"② 缪

---

① 《赵仲仁诗序》,《刘辰翁集》,南昌:江西人民出版社1987年,第172页。
② 程千帆《古诗考索》,上海:上海古籍出版社1984年,第384页。

钱《论宋诗》（1940 年）认为："唐诗以韵胜，故浑雅，而贵蕴藉空灵；宋诗以意胜，故精能，而贵深折透辟。"① 徐复观《宋诗特征论》（1978 年）认为宋诗主"意"，这个"意"不是一般所说意志之意，而是以想象为主的思中，加入了较多的理性成分，"是经过理性澄汰而成为更凝敛坚实的感情"②。秦寰明《宋诗的复雅崇格倾向》认为："唐诗的主情，决定了其创作必然以情绪的感发为特质，而施之于物则必然以自然为宗，注重写景。宋人则认为其情志既不知其所止，则写景亦若'乱云敷空，寒月照水'，由此而有晚唐五代诗之重厄。鉴于此，宋诗转求于意，认为主于意是诗歌崇格的根本。"③ 黄景进《从宋人论"意"与"语"看宋诗特色之形成——以梅尧臣、苏轼、黄庭坚为中心》梳理了梅、苏、黄三人对"命意""造语"关系逐步发展创新的理论，讨论了宋诗理性、好议论、意思显露、题材广泛等特色的形成与宋诗"以意为主"皆有极大关系。④ 这些已有研究成果为进一步探讨宋诗尚意特征提供了可贵的经验与启示。

关于尚意特征的形成与宋人好尚理性思考的关系，研究者所论已多而精，笔者不再重复，这里主要从诗坛发展的角度来探索宋诗尚意特征的出现与发展。从由唐至宋的发展来看，重"意"问题的提出不始于宋人，中晚唐诗人已经提到"意"的问题。《苕溪渔隐丛话》前集卷八引《诗眼》云："世俗所谓乐天《金针集》殊鄙浅，然其中有可取者，'炼句不如炼意'，非老于文学，不能道此。"杜牧《答庄充书》云："凡为文以意为主，以气为辅，以辞彩章句为兵卫，未有主强盛而辅不飘逸者，兵卫不华赫而庄整者。四者高下圆折步骤，随主所指，如鸟随凤，鱼随龙，师众随汤武，腾天潜泉，横裂天下，无不如意。"《献诗启》云："某苦心为诗，惟求高绝，不务奇丽，不涉习俗，不今不古，

---

① 缪钺《诗词散论》，第 36 页。
② 徐复观《中国文学精神》，第 482 页。
③ 《中国社会科学》1993 年第 4 期，第 169 页。
④ 《第一届宋代文学学术研讨会论文集》，高雄：丽文出版社 1995 年，第 63—90 页。

处于中间。既无其才，徒有其奇，成篇在纸，多自焚之。"[1]"炼句不如炼意"提出以"意"统句，而不斤斤于华词奇语。《答庄充书》更是从整体上提出"文以意为主"，文若立意成功，则握翰运笔所向披靡。"惟求高绝，不务奇丽"，所谓高绝者亦"意"也，并指出徒有章句华丽出奇，却无才华所生"意"之绝妙，则成篇亦无价值。处于中晚唐时期的文家提到"意"的问题值得思考，任何理论问题的提出都不是徒然的，在我们看来显而易见的东西，在当时也许是很现实尖锐的问题。以上引文暗示出当时有一批作者是专务章句奇丽的，联系韩愈以后的古文家的言论更可看出这种风习。韩、柳是古文集大成者，同时也是后来趋于怪丽的开导者，韩愈的大弟子李翱便言："义虽深，理虽富，词不工者不成文。"[2]裴度《寄李翱书》提出反对意见："观弟近日制作，大旨常以时世之文，多偶对俪句，属缀风云，羁束声韵，为文之病甚矣，故以雄词远致，一以矫之，则是以文字为意也……故文人之异，在气格之高下，思致之浅深，不在其碟裂章句，隳废声韵也。"[3]裴度这里的"气格""思致"合而言之即"意"，李翱为求文之奇而专于章句上寻出路在他看来是不可取的。皇甫湜、孙樵在这条路上走得更远，皇甫湜《答李生第一书》云："夫意新则异于常，异于常则怪矣；词高则出于众，出于众则奇矣。虎豹之文不得不炳于犬羊，鸾凤之音不得不锵于乌鹊，金玉之光不得不炫于瓦石，非有意先之也，乃自然也。"[4]此处则竟然言"意新则怪"，宋人必不赞同此论，即今人来看意新亦不至于便"怪"，关键是作者欲突出"词高出奇"的观点，并且认为意不必"先"词，此论重章句之奇可谓极致。由以上所举文人言论可知，当时文坛有一种追求章句奇丽的风气，宋人已注意到这个特点。吴可曰："唐末人诗，

① 〔唐〕杜牧《樊川文集》，上海：上海古籍出版社1978年，第194、242页。
② 《答朱载言书》，〔唐〕李翱《李文公集》卷六，本卷第40页，影印四部丛刊初编。
③ 《全唐文》卷五百三十七，北京：中华书局1983年，第5461页。
④ 〔唐〕皇甫湜《皇甫持正集》卷四，本卷第3页，影印四部丛刊初编。

虽格不高而有衰陋之气，然造语成就。"① 多数诗人"炼句"重于"炼意"，于是出现了一大批追求刻苦炼句的诗人：

> 唐人作诗尽一生心力为之，故能名世传后。如"吟安一个字，捻断数茎须"（卢延让《苦吟》），如"句向夜深得，心从天外归"（刘昭禹，残句），如"尽日觅不得，有时还自来"（贯休，残句，见《瀛奎律髓》卷十二），如"两句三年得，一吟双泪流"（贾岛《题诗后》），如"欲识吟诗苦，秋霜若在心"（姚合《心怀霜》），如"吟成五字句，用破一生心"（方干《贻钱塘县路明府》），如"才吟五字句，又白几茎须"（方干《赠喻凫》），如"蟾蜍影里清吟苦，舴艋身中白发生"（方干《赠钱塘湖上唐处士》），如"为人性僻耽佳句，语不惊人死不休"（杜甫《江上值水如海势聊短述》），……如"搜天斡地觅诗情"（元稹《和乐天赠杨秘书》），如"夜吟晓不休，苦吟鬼神愁。如何不自闲，心与身为仇"（孟郊《夜感自遣》）之类是也，惟知者可以语此。今人以卤莽灭裂之心，率尔出言便欲过人，恐无此理。②

总结这段话的人当时可能没有意识到——这些提倡苦吟的诗人均为中晚唐人，晚唐尤著。我想这并非出于作者有意，实是初盛时期无此风气，言论自少；中晚重章句，诗人专意觅句，备尝其中辛苦，故有是言。与此风相适应的是晚唐五代出现了大批"诗格"著作③，所探讨多是辞章句律问题，宋人于此深讥之。《蔡宽夫诗话》云：

> 唐末五代俗流以诗自名者，多好妄立格法，取前人诗句为例，议论锋出，甚有"狮子跳掷""毒龙顾尾"之势，览之每使人拊掌不已。大抵皆宗贾岛辈，谓之"贾岛格"，而于李、杜特不少假借，李白"女娲弄黄

① 〔宋〕吴可《藏海诗话》，丁福保辑《历代诗话续编》，第 329 页。
② 〔明〕镏绩《霏雪录》卷下，景印文渊阁四库全书，第 866 册，第 689 页。
③ 罗根泽《中国文学批评史》，上海：上海古籍出版社 1984 年，第 186—220 页。

土，抟作愚下人。散在六合间，蒙蒙若埃尘"目曰"调笑格"，以为谈
笑之资。杜子美"冉冉谷中寺，娟娟林外峰。栏干更上处，结缔坐来重"
目为"病格"，以为言语突兀，声势蹇涩。此岂韩退之所谓"蚍蜉憾大
木，可笑不自量"者邪！①

此处即可见宋人大不屑于此种雕刻章句，以辞采、声律、格式为诗的做
法。除去社会时代、个人才性不同等原因外，晚唐诗由于重"句"之奇
丽而趋于两个极端，一方面走向清奇僻涩，另一方面走向丰缛华丽，最
终造成诗作体格卑弱。所以晚唐诗人纵多好语，而宋人不深许，对佳句
流传极多的郑谷、许浑二人的评价即可见一斑。欧阳修曰："郑谷诗名盛
于唐末，号《云台编》……其诗极有意思，亦多佳句，但其格不甚高。"②
叶梦得《石林诗话》曰："'开帘风动竹，疑是故人来'与'徘徊花上月，
空度可怜宵'，此两联虽见唐人小说中，其实佳句也。郑谷诗'睡轻可
忍风敲竹，饮散那堪月在花'意盖与此同，然论其格力，适堪揭酒家壁
与市人书扇耳。天下事每患自以为工处，着力太过，何但诗也！"又评
郑谷"乱飘僧舍茶烟湿，密洒歌楼酒力微"曰："气格如此其卑。"③许浑
诗五代孙光宪已论曰"许浑诗，李远赋，不如不做"谓其有章句而意不
深刻。陈师道评曰"近世无高学，举俗爱许浑"④谓俗流徒爱其句工，而
不求意格之高远。葛立方《韵语阳秋》论之更详：

> 陈去非尝为余言："唐人皆苦思作诗，所谓'吟安一个字，捻断数茎
> 须''句向夜深得，心从天外归''吟成五字句，用破一生心''蟪蛄影里
> 清吟苦，舴艋舟中白发生'之类者是也。故造语皆工，得句皆奇，但韵
> 格不高，故不能参少陵逸步。后之学诗者，倘或能取唐人语而掇入少陵

---

① 〔宋〕胡仔《苕溪渔隐丛话》前集卷五十五，北京：人民文学出版社 1962 年，第 375 页。
② 〔宋〕欧阳修《六一诗话》，〔清〕何文焕辑《历代诗话》，第 265 页。
③ 〔宋〕叶梦得《石林诗话》，〔清〕何文焕辑《历代诗话》，第 410、436 页。
④ 〔明〕杨慎《升庵诗话》，丁福保辑《历代诗话续编》，第 821 页。

绳墨步骤中，此连胸之术也。"余尝以此语似叶少蕴，少蕴云："李益诗云'开门风动竹，疑是故人来'，沈亚之诗云'徘徊花上月，虚度可怜宵'，皆佳句也。郑谷摄取而用之，乃云'睡轻可忍风敲竹，饮散那堪月在花'，真可与李、沈作仆奴。"由是论之，作诗者兴致先自高远，则去非之言可用；倘不然，便与郑都官无异。[1]

以上评价郑谷"格"不高、卑弱，认为许浑诗非"高学"，考郑、许二人所缺，正是"意"之高致，因为"格"之崇卑与"意"之高下是紧密相关的，正如葛立方所论唯作者"兴致"——"意"高远，才能保证作品"格"之高扬，否则纵满纸丽语奇句，也难跻身一流诗人之列。

宋人注意到"晚唐诗失之太巧，只务外华，而气弱格卑，流为词体"[2]的弊病，便开始走向新的方向，但起初风气扭转并不容易。宋初学晚唐之西昆体即很重视辞章功夫，出于对这种风气的反拨，到欧阳修等人发动诗文改革时，梅尧臣提出"意新语工"的理论：

> 圣俞常语予曰："诗家虽率意，而造语亦难。若意新语工，得前人所未道者，斯为善也。必能状难写之景，如在目前，含不尽之意，见于言外，然后为至矣。"[3]

这句话虽然强调"造语亦难"，但大前提是"率意"，即遵于意，在此基础上"意""语"皆有创新，最终达到涵泳不尽的效果。联系梅《答裴送序意》诗"安取唐季二三子，区区物象磨穷年"，则重视诗歌整体立意格调之高，以成诗道之大，就更毋庸怀疑了。所以笔者以为，宋诗"以意为主"观念第一阶段的发展在于逆转唐末五代诗过求辞章工巧的局面，之后随着宋代儒学全面复兴及三教融合局面的出现，宋人理性

---

① 〔宋〕葛立方《韵语阳秋》，〔清〕何文焕辑《历代诗话》，第493页。
② 〔宋〕吴可《藏海诗话》，丁福保辑《历代诗话续编》，第331页。
③ 〔宋〕欧阳修《六一诗话》，〔清〕何文焕辑《历代诗话》，第267页。

思维强化，对外物的思考更加深入透彻，"以意为主"向更高的层次发展。这个"意"，不仅是统摄全篇的主导，而且"意"本身要深得外物之"理"与"妙"，如此文章才有气格高妙之效，这个阶段的发展苏轼可为代表。苏轼曾经教授过后辈文章要以意为主：

> 坡尝诲（葛延之）以作文之法曰："儋州虽数百家之聚，州人之所须，取之市而足，然不可徒得也，必有一物以摄之，然后为己用。所谓一物者，钱是也。作文亦然，天下之事，散在经子史中，不可徒使，必得一物以摄之，然后为己用。所谓一物者，意是也。不得钱不可以取物，不得意不可以明事，此作文之要也。"①

这里讲究以意为主的意思是很清楚的，并强调是作文最关键的要领，但这个意到底是怎样的"意"呢？其《净因院画记》云：

> 余尝论画，以为人禽宫室器用皆有常形。至于山石竹木，水波烟云，虽无常形，而有常理。常形之失，人皆知之。常理之不当，虽晓画者有不知。故凡可以欺世而取名者，必托于无常形者也。虽然，常形之失，止于所失，而不能病其全，若常理之不当，则举废之矣。以其形之无常，是以其理不可不谨也。世之工人，或能曲尽其形，而至于其理，非高人逸才不能辨。②

此虽论画，亦与诗文相通，摹形之失，尚不害物之全，但理之不当，则全盘皆废。言之于诗，表现外物，言辞或有不到，未甚为害。若立"意"不高，失物之妙，则全篇乏味。所以世间诗匠多工于"曲尽其形"的功夫，也能做到缀句成篇，但对于"物理"认识却无法达到深妙

---

① 〔宋〕葛立方《韵语阳秋》，〔清〕何文焕辑《历代诗话》，第 509 页。
② 《净因院画记》，《苏轼文集》卷十一，第 367 页。

之境，然此处正是诗人最需用心的地方，是直接关系"意"之高下的枢机所在。所以只认识到以意为主还不够，能使意高妙才能最终发挥振起全篇的作用。所以他在《答谢民师书》中感叹"求物之妙，如系风捕影，能使是物了然于心者，盖千万人而不一遇也"，但是作者一旦能探得外物之妙，施之文章自有奇效，"诗以意为主，文词次之，或意深义高，虽文词平易，自是奇作"[①]。苏轼诗文的成功，十分之九在于立意的成功，《潜溪诗眼》云："东坡作文工于命意，必超然独立于众人之上。"[②]可谓深得苏轼用心所在。

苏轼之后黄庭坚进一步发展了重意理论，秦寰明《宋诗的复雅崇格倾向》认为黄庭坚诗最突出的特点是"格高"，"宋诗之求格无如江西，江西之求格无如山谷"[③]。格高与重意是紧密相关的，唯有诗人用意深远，诗作方能自然高致。黄庭坚《与王观复书一》曰："所送新诗皆兴寄高远，但语生硬不谐律吕，或词气不逮初造意时，此病亦只是读书未精博耳……好作奇语，自是文章病，但当以理为主，理得而辞顺，文章自然出群拔萃。"对王观复"语生硬"的毛病，黄庭坚并没有就事论事令其雕琢字句，而是说文当"以理为主"，即"以意为主"，得佳意才能运语如神，达到自然出群的效果，否则纵苦思得奇语，全篇义理馁弱，终是废文，奇语亦无所用，且好奇语本身即非文章正途。在写给王观复的另一文中，黄庭坚强调学习前人也要以"意"为主，"意者读书未破万卷，观古人之文章未能尽得其规摹，及所总览笼络，但知玩其山龙黼黻成章耶？故手书柳子厚诗数篇遗之，欲知子厚如此学陶渊明，乃为能近之耳。如白乐天自云效陶渊明数十篇，终不近也"[④]。学古人不要仅玩味其字句，眩目于"山龙黼黻"之章，最要者得古人之"意"，柳学陶语不似而神相近，白学陶语相近而神终不似，这说明只学章句及外

---

① 〔宋〕刘攽《中山诗话》，〔清〕何文焕辑《历代诗话》，第 285 页。
② 〔宋〕胡仔《苕溪渔隐丛话》前集卷四，第 22 页。
③ 《中国社会科学》1993 年第 4 期，第 175 页。
④ 《跋柳子厚诗》，《黄庭坚全集》，第 656 页。

在态度是徒然的，要以"意"为旨归才能得文之神理。

黄氏有"点铁成金"（《与洪甥驹父》）、"夺胎换骨"（《冷斋夜话》卷一）、"以俗为雅，以故为新"（《再次韵杨明叔并序》）的理论，这四种方法之核心，其实全在一"意"字。如"意"不能新、巧、奇、高，如何能使古人陈言变为灵丹一粒？又如何能使俗语雅化、用旧如新？即"夺胎法"虽用古人意，亦是重其意，以意统辞。此外山谷尝论曰"随人作计终后人"（《题乐毅论后》），"文章最忌随人后"（《赠谢敞王博喻》），"着鞭莫落人后"（《赠高子勉》），皆是从诗歌总体谈创新，其中命意的创新当然是最重要的因素。黄庭坚是苏轼之后最重"意"之诗人，人多言其诗作造语新奇，但这只是诗之表象，黄诗最成功处如苏轼一样，也在于意格高超精妙。

从宋初反对晚唐雕章琢句，至苏、黄深求"物理"之妙的尚意观，宋诗经历了巨大的变化，逐渐具有了深刻、多理、瘦劲、耐人回味的特征。"唐诗多以丰神情韵擅长，宋诗多以思理筋骨见胜"[1]，"唐诗如啖荔枝，一颗入口，则甘芳盈颊；宋诗如食橄榄，初觉生涩，而回味隽永"[2]，这些特征的出现均是尚意诗观发展的结果。

（三）平淡的审美取向

唐宋诗之区别不仅体现在题材、技法、意格等方面，在诗歌总体风格上也大相径庭，这从根本上说是文化差异的结果。傅乐成《唐型文化与宋型文化》中言："大体说来，唐代文化以接受外来文化为主，其文化精神及动态是复杂而进取的。唐代后期的儒学复兴运动，只是开始风气，在当时并没多大作用。到宋，各派思想主流如佛、道、儒诸家，已趋融合，渐成一统之局，遂有民族本位文化的理学的产生，其文化精神及动态亦转趋单纯与收敛。"[3]与此种文化上的收缩内敛相适应的是，

---

① 钱锺书《谈艺录》，第 3 页。

② 缪钺《诗词散论》，第 36 页。

③ 康乐、彭明辉主编《史学方法与历史解释》，北京：中国大百科全书出版社 2005 年，第 383 页。

自六朝以来，文重"情丽"，曹丕《典论·论文》提出"诗赋欲丽"，陆机《文赋》曰"诗缘情而绮靡"，《文心雕龙·明诗》曰"俪采百字之偶，争价一句之奇，情必极貌以写物，辞必穷力而追新，此近世之所竞也"，及至于唐，诗歌审美领域内始终以"情丽"为主，到了宋代，诗人转而重内心修养、事理思考、文人意趣，遂在诗歌审美上特重与"情丽"相对之"平淡"。

梅尧臣是北宋前期力倡"平淡"的诗家，其《读邵不疑学士诗卷》曰"作诗无古今，唯造平淡难"，《依韵和晏相公》曰"因吟适情性，稍欲到平淡"。他不仅认为平淡是诗歌创作的极致境界，在创作中也努力追求此种风格。评论者也多从这个角度去体认其创作。欧阳修曰："圣俞覃思精微，以深远闲淡为意……《水谷夜行诗》略道其一二云：'梅翁事清切，石齿漱寒濑。作诗三十年，视我尤后辈。文词愈清新，心意虽老大。譬如妖韶女，老自有余态。近诗尤古硬，咀嚼苦难嘬。又如食橄榄，真味久愈在。'"晏殊喜其"寒鱼犹着底，白鹭已飞前""絮暖鮆鱼繁，露添莼菜紫"等清淡之句。魏泰认为梅诗"虽乏高致，而平淡有工"。[1]胡仔曰："圣俞诗工于平淡，自成一家，如《东溪》云：'野凫眠岸有闲意，老树着花无丑。'《枝山行》云：'人家在何许，云外一声鸡。'《春阴》云：'鸠鸣桑叶吐，村暗杏花残。'《杜鹃》云：'月树啼方急，山房人未眠。'似此等句，须细味之，方见其用意也。"[2]

梅尧臣后诸大家也纷纷追求"平淡"之境。王安石晚年回归田园，《移柳》曰："临流遇兴还能赋，自比渊明或未惭。"其金陵诗能"追逐李、杜、陶、谢"，有"深婉不迫之趣"[3]，与追求平淡的创作理念有紧密关系。黄彻《碧溪诗话》引王诗评曰："皆淡泊中味。"[4]吴之振《宋诗钞》评曰："闲淡。"查为仁《莲坡诗话》亦曰："极平淡中意味无

---

① 〔清〕何文焕辑《历代诗话》，第268、269、327页。
② 〔宋〕胡仔《苕溪渔隐丛话》后集卷二十四，第175页。
③ 〔清〕何文焕辑《历代诗话》，第383、419页。
④ 〔宋〕黄彻《碧溪诗话》，丁福保辑《历代诗话续编》，第372页。

穷。"① 苏轼亦喜平淡，曰："所贵乎枯淡者，谓其外枯而中膏，似淡而实美，渊明、子厚之流是也。若中边皆枯淡，亦何足道。佛云：'如人食蜜，中边皆甜。'"又曰："吾于诗人无所甚好，独好渊明之诗。渊明作诗不多，然其诗质而实绮，癯而实腴，自曹、刘、鲍、谢、李、杜诸人，皆莫及也。"又曰："至于诗亦然。苏、李之天成，曹、刘之自得，陶、谢之超然，盖亦至矣……李、杜之后，诗人继作，虽间有远韵，而才不逮意。独韦应物、柳宗元发纤秾于简古，寄至味于淡泊，非余子所及也。"② 黄庭坚尝论陶诗曰："所谓不烦绳削而自合者。"又曰："老夫久不观陶、谢诗，觉胸次幅塞，因学书尽此卷，觉沉瀤生于牙颊间也。杜子美云：'安得思如陶谢手，令渠述作与同游。'真知言哉！"《与洪驹父书》曰："学功夫已多，读书贯穿，自当造平淡。"③ 在宋诗成就的过程中，诸大家皆赏"平淡"，于前代诗人中特重陶渊明。陶诗在其当代以至于唐未甚为贵，至宋则几乎是人无异词的赞赏。在中国诗史上五柳先生自不及浣花翁地位高，但在宋代诗学批评领域，陶、杜实际并驾齐驱，甚至在诗人自我层面上，爱陶更过于杜。因为陶诗以关注自我、深入探道为内核，以平淡闲远出之的风格，正与宋人精微内敛，追求深远意蕴的精神相合，所以宋人之学陶特别能显示其诗尊"平淡"的旨趣。

基于文化特质的内在驱动和理论上的提倡，宋人追求平淡成为普遍风习，但宋人讲究的平淡，绝非散缓无力、不堪回味、语言拙易之平淡。梅尧臣认为"义理虽通，语涉浅俗而可笑者"是诗病④，可知梅之平淡绝非追求表面语言的浅易素朴。欧阳修评梅诗曰"古硬"，认为如食橄榄，回味悠长，《梅圣俞墓志铭并序》又曰"其初喜清丽闲肆平淡，久则涵演深远，间亦琢刻以出怪巧，然气完力余，益老以劲"，这

---

① 〔清〕查为仁《莲坡诗话》，丁福保辑《清诗话》，第 498 页。
② 《书黄子思诗集后》，《苏轼文集》卷六十七，第 2124 页；《子瞻和陶渊明诗集引》，《苏辙集》卷二十三，北京：中华书局 1990 年，第 1110 页。
③ 《黄庭坚全集》，第 665、678、1365 页。
④ 〔宋〕欧阳修《六一诗话》，〔清〕何文焕辑《历代诗话》，第 268 页。

说明梅诗追求"深"与"新"从未止步，他的平淡是与这两方面相结合的平淡。《竹坡诗话》云："士大夫学陶渊明作诗，往往故为平淡之语。而不知渊明制作之妙，已在其中矣。"《韵语阳秋》云："今之人多作拙易语，而自以为平淡，识者未尝不绝倒也。"① 王安石云："看似寻常最奇崛，成如容易却艰辛。"(《题张司业诗》)"寻常"即平淡境界，诗作自然闲远的态度必以诗人的艰苦思考为基础。苏轼"外枯中膏""质而实绮，癯而实腴""发纤秾于简古，寄至味于淡泊"，所论也是韵味深厚的平淡，这种思想在《与二郎侄书》中表达更完整："凡文字少小时须令气象峥嵘，采色绚烂，渐老渐熟，乃造平淡；其实不是平淡，绚烂之极也。汝只见爷伯而今平淡，一向只学此样，何不取旧日应举时文字看，高下抑扬，如龙蛇捉不住，当且学此。只书字亦然，善思吾言！"② 平淡是"绚烂之极"，是长期积累的功效，都说明平淡绝非容易可到，少年人对作文之道理解不深，炼意炼句功夫不高，只能模仿外在态度，很难达致由内而外的平淡。黄庭坚亦认为平淡是诗人深入诗道，长期积累的结果，《与王观复书二》曰："但熟观杜子美到夔州后古律诗，便得句法简易，而大巧出焉。平淡而山高水深，似欲不可企及。文章成就，更无斧凿痕，乃为佳作耳。"③ 杜甫自言"晚节渐于诗律细"，对诗歌艺术追求更精深，但黄庭坚认为这反而达到了"平淡"境界，因为技巧的纯熟已臻化境，诗句给人印象自然天成，看似不着力、不用巧，实际上却是深极方淡。可知宋人之平淡是极用力的平淡，是在意、句、格诸处"寸寸挽强弓"的平淡，宋人追求此种深含内蕴的平淡，再与其重意重理的特征相结合，遂使宋诗具一种老境美，黄庭坚所谓"皮毛剥落尽，惟有真实在"。以此而论，平淡可谓构成宋诗审美特质最重要的因素。

---

① 〔清〕何文焕辑《历代诗话》，第 340、483 页。
② 《与二郎侄书》，《苏轼文集》卷四，第 2523 页。
③ 《与王观复书二》，《黄庭坚全集》，第 471 页。

第二章　司马光与洛阳文人集团

第一节　洛社形成的原因

洛阳文人集团的形成与当时政治的发展及洛阳特殊的文化地位、地理环境有着紧密的联系。

王安石入相，熙宁变法拉开序幕。朝中大臣多希望新宰相继承前任辅弼大臣"老成持重"的执政态度，不久却发现，向以"恬退"自守的王介甫正在酝酿一场巨变，未用于嘉祐之学，此时得而尽用于熙宁。在变法准备阶段，已有大臣上疏希望皇帝罢免王安石，谏官吕诲言："安石之迹，固无远略，唯务改作，立异于人，徒文言而饰非，将罔上而欺下！臣窃忧之，误天下苍生，必斯人也。"①及青苗、免役诸法施行，议论鼎沸，神宗问王安石何以如此，王安石曰："陛下作法，宰相摇之于上，御史中丞摇之于下，方镇摇之于外。则人情何为而不至此耶？"②"宰相摇之于上"者，指执政曾公亮、陈升之并不完全赞同新法，与王安石每有争执。"御史中丞摇之于下"者，指中丞吕公著，及台谏官李常、张戬、程颢、孙觉等皆言新法不便，上章乞罢。"方镇摇

---

① 〔清〕黄以周等《长编拾补》卷四，第179页。
② 〔清〕黄以周等《长编拾补》卷七，第340页。

之于外"，指韩琦、欧阳修等在外以使相领州郡者，亦言新法宜罢。面对台谏及众大臣的攻击，神宗曾谕王安石稍修改新法，以合众论。王安石曰："陛下方以道胜流俗，与战无异，今少自却即坐，为流俗所胜矣。"[1]在王安石看来，这场争论非此即彼，无中间道路可循，绝对不能妥协。新法难于实行，在于朝中大臣议论不一，煽动人情，部分州郡或行或止，致百姓心怀犹豫而推行不利，所以当务之急在于统一思想、遏制持不同政见者势力。故熙宁三年（1070）二月，神宗欲命司马光为枢密副使时，王安石曰："光虽好为异论，然其才岂能害政！但如光者，异论之人倚以为重，今擢在高位，则是为异论之人立赤帜也。"[2]五月，神宗又欲起用欧阳修，王安石曰："臣固尝论，修在政府必无补时事，但使为异论者附之，转更纷纷耳。"[3]为了不使政敌妨碍新政实施，王安石尽量减少他们在朝中担任要职的机会，而不喜新法者亦因言不得用纷纷求去。从熙宁二年（1069）起，持"异论"者多出朝或致仕。熙宁三年八月神宗对王安石说："两府阙人多，须更得数人。"大臣的集体引退，当时至有"党锢"之论，御史中丞杨绘奏曰："今旧臣告归或屏于外者悉未老，范镇年六十三、吕诲五十八、欧阳修六十五而致仕，富弼六十八被劾引疾，司马光、王陶皆五十而求闲散。"[4]这些士大夫都是因为政见不同而出朝，其中富弼、吕公著、司马光、范镇、范纯仁、程颢、文彦博等人此后一段时间皆居于洛阳，诗文往来，形成一个唱和团体。熙宁政治改革是这个唱和集团形成的重要客观原因。

较早求退的是富弼，"王安石用事，雅不与弼合，弼度不能争，多称疾求退"。熙宁二年拜武宁节度使、同中书门下平章事、判河南，改亳州。在亳州富弼并不奉行新法，"四上章乞解使相，不许。又乞给假就西京养疾，未报。会青苗狱起，弼因不敢言"。后命知汝州，逾两

---

① 〔清〕黄以周等《长编拾补》卷七，第 339 页。
② 〔清〕黄以周等《长编拾补》卷七，第 317 页。
③ 〔宋〕李焘《长编》卷二百一十一，第 5135 页。
④ 〔宋〕李焘《长编》卷二百二十四，第 5207、5232、5449 页。

月，称疾求归，言："新法臣所不晓，不可以治郡，愿归洛养疾。"于是熙宁四年（1071）九月"左仆射知汝州富弼，许以西京养疾"。①

文彦博因与王安石议事不合，熙宁三年（1070）二月即上章求去，四年间，上章二十余次。熙宁六年（1073）四月罢枢密使，出判河阳。后判大名府。元丰三年（1080）九月除太尉，判河南府，即洛阳居住。②

司马光反对新法最激烈，数论法不可行，熙宁三年二月六上《辞枢密副使札子》，其间与王安石辩论新法，书信三复往来，互不能服。三年九月上《奏弹王安石表》曰"臣之与安石犹冰炭之不可共器，若寒暑之不可同时"，求去益急。九月出知永兴军，未逾一年再求去。熙宁四年四月，判西京留司御史台。③ 至元丰八年（1085）入朝，居洛十五年。

吕公著因力请罢条例司及青苗等法，熙宁三年四月落御史中丞，出知颍州，后知棣州。熙宁五年（1072）入京被置于闲散之太常寺，故力求去，八月以翰林侍读学士提举崇福宫。吕公著再获起用在熙宁十年（1077），起知河阳。④ 其在洛阳居住五年，邵雍《四贤吟》亦可为证，诗曰："彦国之言铺陈，晦叔之言简当。君实之言优游，伯淳之言调畅。四贤洛阳之名望，是以在人之上。有宋熙宁之间，大为一时之壮。"

范纯仁以奏弹王安石熙宁二年（1069）八月罢同知谏院，后历知州、转运等。元丰元年（1078）因事夺职知信阳军，移齐州，"丐罢，提举西京留司御史台。时耆贤多在洛，纯仁及司马光，皆好客而家贫，相约为真率会，脱粟一饭，酒数行，洛中以为胜事"。⑤ 范纯仁确切至

---

① 〔清〕黄以周等《长编拾补》卷五，第 241 页；〔宋〕李焘《长编》卷二百二十三，第 5437 页；《富弼传》，《宋史》卷三百一十三，第 10256 页；〔宋〕李焘《长编》卷二百二十六，第 5514 页。

② 〔宋〕李焘《长编》卷二百四十四，第 5944—5945 页；〔宋〕徐自明《宋宰辅编年录校补》，北京：中华书局 1986 年，第 486 页。

③ 〔清〕顾栋高编《司马光年谱》，第 143、148 页；〔宋〕司马光《传家集》卷十七，景印文渊阁四库全书，第 1094 册，第 187 页；〔清〕顾栋高编《司马光年谱》，第 167 页。

④ 〔宋〕李焘《长编》卷二百一十、卷二百三十七、卷二百八十，第 5095、5758、6863 页。

⑤ 〔清〕黄以周等《长编拾补》卷五，第 221—222 页；《宋史》卷三百一十四，第 10286 页。

洛时间，记载不详，但熙丰间规定内外官并以三年为任，两年半与两年者亦有①，实际情况则更为复杂，有时不到一年已经调任。按正常情况推算，范纯仁最早可于元丰四年（1081）至洛，至晚则于元丰六年（1083）至洛，因其离开时间为元丰七年（1084）五月，"权管勾西京留守司御史台范纯仁权知河中府"②。以其居洛与诸人交往唱和情况看，至洛时间应该早于元丰六年。

范镇、韩维情况比较特殊，二人均居颍州，但与洛阳诗人唱和频繁，也可算作这一群体的成员。范镇以言青苗不听，荐苏轼、孔文仲不用，四上章求去，熙宁三年（1070）十月以户部侍郎致仕。③范镇与司马光友谊深厚，原打算居洛阳，后买田颍昌，故司马光《和景仁卜居许下》诗小序言："景仁顷见许居洛，今而背之，故诗中颇致其怨。"不过颍州界首至西京一百九十里，往来方便，范镇常赴洛阳访问友人，司马光曰："去岁洛城中，嬉游处处同。"（《春日思景仁》）范纯仁形容范镇致仕后的生活曰："还乡慰多士，入洛访诸公。"（《和君实陪潞公子华景仁宴集各一首》）可见他与洛阳诗人交游之频繁。

韩维虽是神宗藩邸旧僚、王安石好友，但因政见不同，也受到排挤。熙宁四年（1071）神宗欲用韩维为御史中丞，王安石言"维必同俗，非上所建立，更令异论益炽"，于是作罢。熙宁五年乞任外官，出知襄州，随后知许州（即颍昌府），元丰四年再知颍昌府，元丰五年（1082）再任。④韩维集中与司马光、文彦博等人唱和的诗作比比皆是，诗中每提及飞邮寄诗，如"南园百草雨中秋，把烛题诗寄驿邮"（《去冬蒙君实示嘉篇，懒拙不即修谢，临书走笔，深愧浼渎》），"诗成洛社腾邮置，梦绕伊川捧杖从"（《次韵和相公九月八日所赐诗》），也是洛社诗文唱和活动积极的参与者。

---

① 〔清〕徐松《宋会要辑稿》职官五六之二四，第3637页；《宋会要辑稿》职官二四之二至三，第2893页。
② 〔宋〕李焘《长编》卷三百四十五，第8289页。
③ 〔宋〕李焘《长编》卷二百一十六，第5263页。
④ 〔宋〕李焘《长编》卷三百二十九，第5406、5719、6083、7562、7916页。

洛阳诗人则以邵雍为代表。邵雍（1011—1077）从仁宗皇祐元年（1049）起即居住洛阳，终生未仕，以学问著述名扬天下，获世人尊崇，在洛阳民间、士林极有影响[1]，自言：“满天下士情能接，遍洛阳园身可游。”（《安乐窝中吟》）与退居洛阳的士大夫交往极为密切，有诗曰：“侯门见说深如海，三十年来掉臂行。”（《龙门道中作》）

二程兄弟此时也居住洛阳讲学。程颢熙宁三年（1070）因与新法不合，乞外任，熙宁十年（1077）曾知河南府，后入京，元丰三年（1080）罢归，居洛讲学。程颐则元祐之前多在洛阳讲学。此外还有参加“耆英会”“同甲会”“同年会”“真率会”“九老会”“五老会”“四老会”“六老会”之诸人：席汝言、王尚恭、赵丙、刘几、冯行己、楚建中、王慎言、张问、张焘、王拱辰、司马旦、程珦、祖无择、张宗益、史照、鲜于侁、宋子才、李几先等。[2]

熙宁变法使一些极具声望的士大夫引退或出任外官，恰在熙丰间齐集洛阳，成为唱和集团的核心人物，与其他致仕或居于洛阳的士大夫交往，形成了洛中唱和群体。与宋代其他士大夫交游群体一样，文学交游不可能完全没有政治因素，这一上层士大夫交游群体更与政治有不可分割的联系：这个群体的成员在政治上都属于“保守派”。熙丰洛阳诗歌群体形成除上述政治因素外，还有文化、地理方面的原因。洛阳为汉、魏、晋、唐旧都，衣冠胄裔累世相承，文化发达，良材辈出，“西洛古帝都，衣冠走集地”（富弼《留守太尉相公就居为耆年之会承命赋诗》），“闲居须是洛中居，天下闲居皆莫如。文物四方贤俊地，山川千古帝王都”（邵雍《闲居吟》），宋又以洛阳为西京，文物昌明，声达四方，此为士大夫卜居原因之一；其二，洛阳水路、陆路往来各处皆方便，所谓“四方道里均”，其距汴梁尤近，是一些闲退后仍然关心朝政的士大夫的理想居所。此外洛阳不仅周围多山水之观，城中复有苑囿

---

① 〔宋〕邵伯温《邵氏闻见录》卷十八，北京：中华书局1983年，第195页。
② 〔宋〕邵伯温《邵氏闻见录》卷十，第104—105页。

之盛，虽经五代兵火，名园胜迹终有规模。宋一统天下，太平百年，园林兴建再次进入高峰时期，《洛阳名园记》仅记载有盛名者十九座，未载者数倍于此。司马光曰："洛阳名园不胜记，门巷相连如栉齿。"（《题太原通判杨郎中希元新买水北园》）风景绝佳，人情和乐，此亦为士大夫钟情之处。洛阳如此得天独厚的人文地理条件，吸引了众多文人士大夫栖居其处，人文荟萃，鼎盛一时。张琰《〈洛阳名园记〉序》曰："夫洛阳，帝王东西宅，为天下之中。土圭日影，得阴阳之和；嵩少瀍涧，钟山水之秀；名公大人，为冠冕之望；天匠地孕，为花卉之奇；加以富贵利达优游闲暇之士，配造物而相妩媚，争妍竞巧于鼎新革故之际。馆榭池台风俗之习，岁时嬉游，声诗之播扬，图画之传写，古今华夏莫比。"[1]

程子曰："熙宁中，洛阳以清德为朝廷尊礼者，大臣曰富韩公，侍从曰司马温公、吕申公，位卿监以清德早退者十余人，好学乐善，有行义者几二十人。邵先生隐居谢聘皆相从，忠厚之风，闻于天下。"[2]熙丰间士大夫聚集于此，诗文往来，唱和清谈，风雅冠绝一时。范纯仁曰："伊洛相逢日，忠贤盛集时。游从敦气义，唱和若埙篪。"（《蜀郡范公景仁挽词三首》）又曰："唯喜洛城俦侣盛，从容相遇即衔杯。"（《妙觉晚吟呈席上诸公》）文彦博曰："洛下衣冠今最盛。"（《再酬富公一绝》）邵雍曰："太平之盛事，天下之美才。人间无事日，都向洛中来。"（《里闬吟》）由诸人之诗可见当时洛阳诗人交往唱酬之盛况。

第二节　洛社诗歌创作

洛阳群体的诗人主要包括富弼、文彦博、司马光、吕公著、范纯仁、邵雍、范镇、韩维、程颢、程颐、席汝言、王尚恭、赵丙、刘几、

---

[1] 〔宋〕李格非《洛阳名园记》卷首，上海：上海古籍出版社1993年，第240页。

[2] 〔明〕胡广《性理大全书》卷六十四，景印文渊阁四库全书，第710册，第403页。

冯行己、楚建中、王慎言、张问、张焘、王拱辰、司马旦、程珦、祖无择、张宗益、史照、鲜于侁、宋子才、李几先等，群体以达官为主，是典型的官僚唱和群体。由于举行了频繁的诗酒集会、清谈、出游等活动，洛阳时期他们的诗作以交游酬酢类居多，格调以富贵闲适、雍容优雅为主。但这个群体中也有别调，邵雍、司马光的创作与众人有所不同，后文将作专门论述。之所以单独论述二人创作有如下原因：一、从创作实绩来说，邵雍存诗 1514 首，司马光存诗 1233 首，数量及风格的多样化都超过其他诗人。二、从影响力方面来说，邵雍、司马光堪称洛社核心人物。首先，邵雍、司马光均有多方面造诣，在整体学术、思想修养上要胜众人一筹。《邵雍传》载："富弼、司马光、吕公著诸贤退居洛中，雅敬雍，恒相从游。""司马光兄事雍，二人纯德尤乡里所慕向，父子昆弟每相饬曰：'毋为不善，恐司马端明、邵先生知。'士之道洛者，有不之公府，必之雍。雍德气粹然，望之知其贤，然不事表襮，不设防畛，群居燕笑终日，不为甚异。与人言，乐道其善而隐其恶。有就问学则答之，未尝强以语人。人无贵贱少长，一接以诚，故贤者悦其德，不贤者服其化。一时洛中人才特盛，而忠厚之风闻天下。"[1] 可知当时洛中以学问道德服人者首推尧夫、君实二人。其次，洛阳宴游唱和风气虽然不起于司马光，但熙丰时期司马光邀友人聚会，独标"真率"，与一般聚会还是有所区别的。吕希哲《吕氏杂记》曰："（温公）优游多暇，访求河南境内佳山水处……十数年间倦于登览，于是乃与楚正叔通议、王安之朝议耆老者六七人，相与会于城中之名园古寺，且为之约果实不过五物，殽膳不过五品，酒则无算，以为俭则易供，简则易继也，命之曰'真率会'。文潞公时以太尉守洛，求欲附名于其间，温公为其显，弗纳也。一日潞公伺其为会，戒厨中具盛馔，直往造焉。温公笑而延之，戏曰：'俗却此会矣！'相与欢饮夜分而散，亦一时之盛事也。"司马光与诸人聚会不强调物质，所重者率性同心、诗酒

---

① 《宋史》卷四百二十七，第 12727 页。

清谈，所谓"苟非兴趣同，珍殽徒绮错"（司马光《张明叔兄弟雨中见过弄水轩，投壶赌酒，薄暮而散，诘朝以诗谢之》）。文彦博亟于参加真率会亦因其会之"人"与"事"雅有情趣，《闻近有真率会呈提举端明（司马）》诗曰："近知雅会名真率，率意从心各任真……务简去华方尽适，古来彭泽是其人。"所以司马光真率会可谓是一种以"道"相尚的聚会，以文学、道德因素为主，但也不无政治因素，在当时比较特殊而且影响较大。再次，从政治声望来说，司马光因反对新法出朝，又辞去枢密副使的任命，一时间赢得巨大声誉，同时众人对他的政治前途也普遍抱有期望，所以往来任官于洛及居洛的士大夫均极看重与司马光的交往。洛阳群体看似以富弼、文彦博居首，特以其官高爵显，人有此印象，实际上邵雍、司马光二人可谓洛阳群体真正的文化核心与交游核心。

一、雅集唱和

宋人宴游活动本多，洛阳得天独厚的园林景观，更刺激了这种活动，"岁正月梅已花，二月桃李杂花盛，三月牡丹开，于花盛处作园囿，四方伎艺举集，都人士女载酒争出，择园亭胜地，上下池台间，引满歌呼，不复问其主人"[①]。洛社诗人对此亦有描述，范纯仁曰："盈畹花如笑，倾都客若狂。"（《和王太中游洛述怀》）邵雍曰："洛阳交友皆奇杰，递赏名园只似家。"（《和君实端明洛阳看花》）又曰："洛下园池不闭门，洞天休用别寻春。"（《洛下园池》）遍赏名园、探景寻胜、诗酒雅会，"客来必命酒"之俗，与"对景有诗癖"之人相遇合，发为诗歌是极自然不过的事。洛下士大夫聚会宴游的另一原因是追慕前贤、踵继风雅。唐武宗会昌五年（845）白居易致仕居洛，时年七十四岁，"尝与胡杲、吉皎、郑据、刘真、卢真、张浑、狄兼谟、卢贞燕集，皆

---

① 〔宋〕邵伯温《邵氏闻见录》卷十七，第186页。

高年不事者，人慕之，绘为'九老图'"①。白居易有《胡、吉、郑、刘、卢、张等六贤皆多年寿，予亦次焉，偶于弊居合成尚齿之会，七老相顾，既醉甚欢。静而思之，此会稀有，因成七言六韵以纪之，传好事者》诗记录当时盛会情形。白居易所开这种风气，在晚唐五代乱世中无人继续。宋兴以来，文人不仅喜欢白诗，也倾慕白居易的生活形态，耆旧雅集之举在优游太平的士大夫中又找到了知音。洛阳文人举行的聚会计有"四老会""五老会""六老会""九老会""穷九老会""真率会""同年会""同甲会""耆英会"等。洛阳诗人正是在清谈的和乐气氛中，在追慕前贤的动机下，频繁宴游唱和，将洛社诗歌创作推向高潮。如邵雍所形容："清谈已是欢情极，更把狂诗当管弦。"(《年老逢春十三首》)

以六老会、真率会、耆英会诗歌为例可见当时唱和盛况及作品风格。邵雍六老会诗很有代表性，《依韵和王安之少卿六老诗仍见率成七首》：

> 六人相聚会时康，耆甚来由不放狂。遍地园林同己有，满天风月助诗忙。文章高摘汉唐艳，骚雅浓薰李杜香。水际竹边闲适处，更无尘事只清凉。(之四)
>
> 六客同游一醉乡，又非流俗所言狂。追游共喜清平久，唱和争寻惊策忙。荐酒月陂林果熟，发茶金谷井泉香。千年松下麈谈麈，襟袖无风亦自凉。(之五)

古人尝言良辰、美景、赏心、乐事、贤主、嘉宾难以一时俱全，但洛阳诗人之聚会这些令人愉悦的因素一样不缺。众人虽以酒相聚，但非烂醉之俗会，而是酒以为助、诗以为主的雅会，所以才能从心底感到如上诗歌中所表现的放旷却又清雅的乐趣。邵作极为准确地反映了洛社聚会清

---

① 《新唐书》卷一百一十九，北京：中华书局1975年，第4304页。

谈赋诗的特色，这种聚会对上层士大夫极具吸引力。

司马光熙宁四年（1071）归洛后也加入了文酒雅集的行列："洛阳相识尽名流，骑马游胜下马游。乘兴东西无不到，但逢青眼即淹留。"（《看花四绝句》）在大量参加惯常聚会之后，司马光倡导了以清谈作诗为主要内容的真率会，真率会的举行约在熙宁末元丰初。真率诸人聚会频繁，司马光表现与真率诸人交往的诗曰"平时一二日，不见已相思"，每会必唱酬尽欢而散，"清谈胜妙药，高韵敌凉飔"（《酬安之谢光兄弟见过》）。其《三月三十日微雨，偶成诗二十四韵，书怀献留守开府太尉，兼呈真率诸公》曰：

> 春尽少欢意，昏昏睡思添。正忧花意索，更用雨声兼。乍语莺喉涩，慵飞柳絮黏。落英红没砌，茂草碧侵帘。宝相锦铺架，酴醾雪拥檐。沼萍浮钿靥，林笋露犀尖。坐惜光风驶，行愁畏日炎。追随任尘甑，歌笑望霜髯。落笔诗情放，飞觥酒令严。金丹呼胜彩，玉烛擢新签。傲岸冠巾侧，淋浪襟袖沾。饥仍留瘦马，归必待清蟾。筋力虽无几，娱游亦未厌。脱身离薄领，适性得闲阎。多病非辞贵，无才岂养恬。清涂诚愧忝，微禄已伤廉。日费须三爵，年支仰数缣。糇粮粗能足，蓍蔡不烦占。河洛今为盛，图书昔所潜。家家花启户，处处酒飘帘。温饱资兼爱，安平倚具瞻。愚夫犹乐育，下客愈执谦。落拓形骸逸，优游岁月淹。余生信多幸，狂醉亦无嫌。

诗开头七联写暮春景色，既写落花风雨给人的残败之感，也注意到了生机勃勃的景物，酴醾如雪正盛、林笋经雨冒出嫩尖，所以感觉上并非完全写愁绪，而是闲适中微有轻愁。"追随"以下六联写真率会的场景，"落笔诗情放，飞觥酒令严"写出了诗酒相酬的性质，对宴会中人物状态的表现及"归必待清蟾"所暗示的晚归，都表明雅集气氛热烈欢畅，大家尽兴方散。"脱身"以下五联宕开笔墨写自己的闲退生活，以知足和乐为意。之后五联赞美洛阳地美人佳、民风淳厚，最后以感叹自己幸居此地、幸逢此时作结。诗落笔和畅，风格平稳舒徐。其他作品如《用安之韵招君从、安之、正叔、不疑南园为真率会二首》："真率春来频宴聚，不过东里即西家。小园容易邀嘉客，馔具虽无亦有花。"《和潞公真率会诗》："洛下衣冠爱惜春，相从小饮任天真。随家所有自可乐，为具更微谁笑贫。不待珍羞方下箸，只将佳景便娱宾。庚公此兴知非浅，藜藿终难继主人。"都以自然坦夷之语表现了真率会频繁举行，诸人雅意相从的状态。

耆英会作于元丰五年（1082）正月，预会者十二人，富弼、文彦博、席汝言、王尚恭、赵丙、刘几、冯行己、楚建中、王慎言、张问、张焘、司马光，王拱辰时在北京，致书希望寓名其间，故共十三人，皆"图形妙觉僧舍"，见司马光所作《洛阳耆英会序》^①，耆英会诗富弼、文彦博作品较佳^②，富弼作《伏承留府太尉相公就敝居为耆年之会，承命赋诗，谨录上呈，伏惟采览》：

> 西洛古帝都，衣冠走集地。岂惟名利场，骤为耆德会。大尹吾旧相，旷怀轻富贵。日与退老游，台阁并省寺。予惭最衰老，亦许预其次。遂欲省仪容，烂然形绘事。闽峤访精笔，鲛绡布绝艺。今复崇宴衎，聊以示慈惠。幽居近铜驼，荒敝仍湫底。塞路移君庖，盈车载春醴。献酬互相趣，观处不知止。商岭有四翁，晋林惟七子。较我集诸贤，盛衰何远迩。并事实可矜，传之为千祀。

从洛阳优越人文环境起笔，写方今"耆德"聚集，"退老"皆台阁、省

① 《洛阳耆英会序》，〔宋〕司马光《温国文正司马公文集》卷六十五，本卷第 9 页。
② 参见〔明〕陶宗仪《说郛》卷七十五《洛中耆英会》，《说郛三种》，上海：上海古籍出版社1988 年影印本，第 3519 页。傅璇琮等编《全宋诗》，北京：北京大学出版社 1991—1998 年，富弼，第 3365 页；席汝言，第 3466 页；王尚恭，第 3818 页；赵丙，第 4269 页；刘几，第4273 页；冯行己，第 4273 页；楚建中，第 4442 页；王慎言，第 4449 页；张问，第 4875 页；张焘，第 4874 页；王拱辰，第 4839 页。

寺之清要官员。"烂然形绘事"即请画师为众人画肖像事。"今复崇宴衍"开始具体写宴聚盛况，唱酬乐趣，诗末通过与商山四皓、竹林七贤对比突出其会之盛。用铺叙手法于五古之中，迤逦自然布局，欢情雅趣雍容达于笔端。

文彦博《耆英会诗》诗曰：

> 九老唐贤形绘事，元丰今胜会昌春。垂肩素发皆时彦，挥麈清谈尽席珍。染翰不停诗思健，飞觞无算酒行频。兰亭雅集夸修禊，洛社英游贵序宾。自愧空疏陪几杖，更容款密奉簪绅。当筵尚齿尤多幸，十二人中第二人。

此诗将耆英会与白居易九老会相比，认为今更胜昔，与富弼诗中认为今会胜古贤人之游的思路一致，同样表露了欢悦中欲此会名传"千祀"的自信之情。诗采用近体，语健情畅，风格明快。其他人的作品风貌大体相同，内容不外对耆英盛况的描述及对富弼、文彦博二人功德的赞颂。

北宋身居高位的士大夫们常表达一种归隐之心。"自顾丘壑志，何施轩冕颜。终当谢绯服，戢翼榆枋间。"（宋庠《秋晚禁庐独坐》）"生平丘壑心，顾慕独延眵。"（宋庠《岁晚许昌城隅登楼作》）"我亦山中人，素怀归山志。"（文彦博《招刘伯寿秘监》）"我本岩壑性，落身名利场。"（韩维《和江十浮光隐者》）"逍遥愧簪绂，梦想怀林丘。"（司马光《秋怀呈景仁》）这些想法一则出于士大夫素来的钟情田园林下生活的文化传统，一则出于"功成名遂身退"的想法。所以除去雅集唱和诗之外，这些诗人也有部分闲适舒志的诗歌。如富弼《岁在癸丑，年始七十，正旦日书事》：

> 先圣明明许纵心，山川风月恣游寻。此中若更论规矩，籍外闲人不易禁。

《弼承索近诗复贶佳句，辄次元韵奉和，诗以语志，不必更及乎诗也，伏惟一览而已》曰：

> 出入高车耀缙绅，从来天幸喜逢辰。道孤常恐难逃悔，性拙徒能不失真。风雨坐生无妄疾，林泉归作自由身。岁寒未必输松柏，已见人间七十春。

"山川风月恣游寻""林泉归作自由身"均道出了诗人退居之后乐享荣华、悠闲自适的情感状态。

文彦博《余于洛城建春门内，循城得池数百亩。其池乃唐之药园，因学徐勉作东田，引水一支灌其中。岁月渐久，景物已老；乔木修竹，森然四合；菱莲蒲芰，于沼于沚；结茅构宇，务实去华；野意山情，颇以自适，故作是诗》云：

> 引得清伊一派通，三湾相接势无穷。便成渺渺江湖趣，更有萧萧芦苇风。西洛故年为胜地，东田今日属衰翁。药园事迹分明在，尽见云卿旧记中。

与富弼相同，皆是表达了功成名就、富贵退隐的悠然乐趣。

洛阳文人集团参与者多为曾出入两府、职守一方的达官，他们在洛阳营建园林、雅集唱和，一似白居易当年归居洛阳的风雅情态。生活形态相似，情感相通，所欣赏与追求的美学范式就会具有相似性。五老会、六老会、九老会、耆英会等都是直接模仿白居易等人的唱和活动。所以这个群体的诗风可以说继承了宋初台阁唱和的风气，受白居易影响很大，诗作多是"知足保和，吟玩性情"或"诱于一时一物，发于一笑一吟，率然成章"的作品，风格则以雍容闲雅为主调。这个群体是北宋中期社会、经济发展鼎盛时期上层社会士大夫生活的一个缩影，他们的作品与北宋诗歌发展关系不大，但在表现士大夫生活形态方面是值得关注的。

二、邵雍的创作

关于邵雍的研究成果较多。中华人民共和国成立前的成果主要存在于各种文学史著作中，如谢无量《中国大文学史》、郑振铎《插图本中国文学史》、柯敦伯《宋文学史》、方孝岳《中国文学批评》、林庚《中国文学简史》中皆论及邵雍，基本上持客观态度，论断也比较深刻，但都是从大处着眼，总体来说比较概括。二十世纪八十年代后除文学史、文学批评史涉及邵雍以外，其他研究专著与单篇论文也不少，研究的角度也开始丰富起来，关于邵雍文学创作的方法、内容、思想、风格、审美等方面均有研究成果出现。如关于创作方法，马积高认为邵雍诗论的基础是他的"以物观物"说，"所谓'以物观物'是对'以我观物'而言的，即排除个人的感情，而去体察万物，从而达到所谓'穷理''尽性''知命'"①。在内容上，刘天利认为理学诗派的主题是"阐发性理"与"抒写闲适情趣"②。吕肖奂认为理学家诗表现内容以"义理为最重要"，"理学家从'孔颜乐处''曾点意思'入手，把山水风月当作怡情体道的对象，从而使端庄敬肃的儒家思想也具有了新鲜活泼的诗意，山水风月诗因此成为理学诗派的主要内容，这一作法改变了六朝以及唐代的山水风月诗一般只与老庄、佛禅相关的局面"③。对于邵雍的创作思想，程杰认为是"咏适性情为意"④。许总主编的《理学文艺史纲》认为："邵雍直陈胸臆，务求浅切，'兴来如宿构，未始用雕镌'的创作态度，明显体现为'不复以文字为长，意所欲言，自舒胸臆，原脱然于诗法之外'的特点，不仅不计工拙，甚至有意突破诗的法度乃至传

---

① 马积高《宋明理学与文学》，长沙：湖南师范大学出版社1989年，第44页。
② 刘天利《宋代理学诗派研究》，浙江大学2002年博士论文，第28、33页。
③ 吕肖奂《宋诗体派论》，成都：四川民族出版社2002年，第280、282页。
④ 程杰《宋诗学导论》，天津：天津人民出版社1999年，第102页。

统创作习惯。"① 张海鸥认为邵雍诗学是"快乐诗学"②，对于邵雍思想的复杂性似乎考虑不够全面。魏崇周提出邵雍之乐有四个向度："儒家世外之乐""自私之乐""劳攘之乐""顺境之乐"③。这样的分析更加全面。风格方面，吕肖奂认为理学家诗"词平音淡"，邵诗"整体情调欢快畅达，是以悲哀之音为主的传统诗歌中少有的乐诗"。邓红梅认为邵诗以"自在"取胜，"在诗学途径上空诸依傍，在写作心态上随意闲适，不讲究格律的经验和语言表达艺术，是宋代诗歌主流之外的别调。但这并不意味着邵雍诗歌与时代诗歌风尚完全分离。在自在和自得的创作心态支持下，他将所谓的'宋型诗歌'带向了诗歌这种文体所能承受的变异之极限，到达了诗与散文的分界线"。④ 以上两文在指出邵诗风格创新方面具有启发性。邵诗的审美境界方面，范希春认为邵之美学思想是"忘情尽性境界"。李青春认为邵雍"观物"说"实质上乃是一种艺术化或审美化的人生境界"。刘天利认为理学诗派的审美取向是"题材内容的雅正，意象的清和，艺术表现的平易自然"。吕肖奂认为"从审美理想和情趣上讲，理学诗人都继承发挥了《诗大序》中温柔敦厚的诗美说"。王竞芬指出邵诗境界是"逍遥安乐"。⑤

邵雍是诗人，但与其他诗人又大有区别，读其他诗人之诗，似乎不必太过分关注其所持学术，但读邵雍之诗，欲深得其意，却需要了解其学术，否则他只浅浅写来，大家浅浅读去，但知他爱花草云月，个中真意却未必了然。邵雍自认是一个纯粹儒者，《击壤集自序》言："名教

---

① 许总《理学文艺史纲》，南京：江苏教育出版社 2001 年，第 116 页。

② 张海鸥《邵雍的快乐诗学》，《中山大学学报》2004 年第 1 期。

③ 魏崇周《邵雍文学思想研究》，首都师范大学 2007 年博士论文，第 139—146 页。

④ 吕肖奂《宋诗体派论》，第 278、288 页；邓红梅《论"邵康节体"诗歌特征及其对于宋代诗坛的意义》，《山东师范大学学报》2005 年第 2 期。

⑤ 范希春《宋代中期儒家文艺美学思想研究》，中国社会科学院 2001 年博士论文，第 38 页；李青春《宋学与宋代文学观念》，北京：北京师范大学出版社 2001 年，第 206 页；刘天利《宋代理学诗派研究》，浙江大学 2002 年博士论文，第 43 页；吕肖奂《宋诗体派论》，第 276 页；王竞芬《逍遥安乐的审美人生——略论邵雍儒道兼综的境界美学》，《安徽师范大学学报》2004 年第 6 期。

之乐，固有万万焉。"《安乐吟》中说自己"不佞禅伯，不谀方士"。当时禅宗大行于世，所以对释道二家，他主要批评释家，《再答王宣徽》云："自有吾儒乐，人多不肯循。以禅为乐事，又起一重尘。"儒道本已自足，但世人厌弃，反以学禅为乐，徒增障碍而难得真解。同样的意思也表达于《学佛吟》中："饱食丰衣不易过，日长时节奈愁何。求名少日投宣圣，怕死老年亲释迦。妄欲断缘缘愈重，徼求去病病还多。长江一片常如练，幸自无风又起波。"士大夫少年追求功名投身儒门，晚年害怕死苦而亲释家，是庸人自扰愈增烦恼，哪如自己不杂学而明，常保持心地澄静。程颐评邵雍曰："某接人多矣，不杂者三人：张子厚、邵尧夫、司马君实。"又曰："世之信道笃而不惑异端者，洛之尧夫、秦之子厚而已。"[1] 就当时释教流行状况而言，邵雍学行可谓不杂，但他学说中的某些观点，比如"以物观物"的概念，"不以我观物者，以物观物之谓也，既能以物观物，又安有我于其间哉！是知我亦人也，人亦我也，我与人皆物也"[2] 与道家的"亲近自然""齐物"，释家之"佛性平等""是法平等""佛不异于我"，皆有相通之处。至朱熹时已对此有评论："直卿问：'康节诗，尝有庄老之说，如何？'曰：'便是他有些子这个。'……'二程谓其粹而不杂，以今观之，亦不可谓不杂。'"又曰："康节之学，近似释氏，但却又挨傍消息盈虚者言之。"[3] 实际上在三教融合的时代，"融合"作为一个大背景、时代底色，似乎没有哪一个士大夫能走得出这块时代的画布，所以纯粹是相对的纯粹。程颢评价邵雍的学术是"内圣外王之道"，宋代绝大多数士大夫内圣之道都难离三教因素，外王之道则可归于儒学。

学术如斯，其个性亦与之相辅相成。程颢曰："听其议论，振古之豪杰也。惜其无所用于世。"《邵尧夫先生墓志铭》中又曰："先生少时，自雄其材，慷慨有大志。既学，力慕高原，谓先王之事为可必

---

① 〔宋〕程颐、程颢《二程集》，第 21、70 页。
② 〔宋〕邵雍《皇极经世书》卷十二，景印文渊阁四库全书，第 803 册，第 1050 页。
③ 〔宋〕黎靖德编《朱子语类》卷一百，北京：中华书局 1986 年，第 2543、2544 页。

致。"程颐曰："尧夫豪杰之士，根本不帖帖地。伯淳尝戏以'乱世之
奸雄中，道学之有所得者'。然无礼不恭极甚。"又曰："其为人则直是
无礼不恭，惟是侮玩，虽天理，亦为之侮玩。"又曰："君实笃厚，晦
叔谨严，尧夫放旷。"① 二程兄弟目邵雍为豪杰，正符合其内圣外王之
学，但同时又对邵雍个性放旷皆有批评，一以戏语出之曰"乱世之奸
雄"，一以直语出之曰"无礼不恭极甚"，深意则同。程颐是儒者中有
名的"慎敬派"，其评价尤能揭示出邵雍性格中类于道家的放旷因素。
邵雍是这样一个有用世之豪才，而最终选择归隐道路的儒者，其为人坦
夷浑厚，不见圭角，内中则高明英迈，迥出千古，从心所欲逍遥放旷，
却也从不违逾儒者规矩。

　　邵雍诗歌创作观点集中表述于《击壤集自序》中，他说自己写诗
是"自乐""乐时""（乐）万物之自得"，这是他创作主导方向；诗歌
创作的目的与标准则是言"天下大义"，以观"兴废治乱"，能使"善
恶明著"以为垂训之道，反对近世诗人"穷戚则职于怨憝，荣达则专于
淫泆"，只沉溺于个人情好。涉及基本创作态度时提出"以道观道，以
性观性，以心观心，以身观身，以物观物"的观点，认为"以道观性，
以性观心，以心观身，以身观物，然犹未离乎害者也"。因为如此观照
无法保证"观"可以得到正确的结果，且会有"只缘身在此山中"的迷
惑。如果还原各物的本真属性、本来面目、本体位置，反能看得清楚透
彻，不会丧失"观"的清醒性与客观角度。"诚为能以物观物，而两不
伤者焉。盖其间情累都忘去尔"，这实质上是"我"超越于外物的一种
"观"，不使"自我"溺于"外物"之中，"虽曰吟咏情性，曾何累于性
情"，所以邵雍写诗真性流露、态度超然，如其自言"兴来如宿构，未
始用雕镌"（《谈诗吟》）。

　　邵雍自言有诗三千："击壤三千首，行窝二十家。"（《击壤吟》）
"莺花旧管三千首，风月初收二百题。"（《首尾吟》）笔者据《全宋诗》

---

① 〔宋〕程颐、程颢《二程集》，第 673、32、45、87 页。

统计，今存诗 1514 首。邵诗主要内容是"自乐""乐时""（乐）万物之自得"，魏了翁《邵氏击壤集序》进一步概括为"凡立乎皇王帝霸之兴替，春秋冬夏之代谢，阴阳五行之运化，风云月露之霁暗，山川草木之荣悴，惟意所驱，周流贯彻，融液摆落。盖左右逢原，略无毫发凝滞倚着之意"①，内容是较为广泛的。其中表现儒家道德、义理、人情世事方面的说理之作居多，有部分咏史诗，也有一些表现不平愤懑、关心时事的作品，数量不是很多，剩下的一大部分是表现隐居生活、自我感怀、唱酬、游历的诗歌。说理、咏史、议论时事作品只能表现邵雍的一个侧面，不能亲切体会到邵雍之"人"。结合以上所论邵雍之学术与为人，邵雍的特点用他自己的话来说就是"江山气度，风月情怀"（《自作真赞》），或者"风月情怀，江湖性气"（《安乐吟》），能够全面体现他如此情志，及无往而不在之"乐意"的，只有最后一部分诗作，读之既能感受其"道"，亦能感受其"情"。其他诗作，限于篇幅，不作涉及。

邵雍本有大志，隐居的选择在他来说不无遗憾。但入世难免有与人与事龃龉不合之时，不得不妥协，不得不隐忍，退隐却最大限度地使他的情怀得到舒放，将自己的真性情尽情挥洒，也在真正的意义上成就了邵雍。他表现自己隐居生活曰：

> 有物轻醇号太和，半醺中最得春多。灵丹换骨还如否，白日升天似得么。尽快意时仍起舞，到忘言处只讴歌。宾朋莫怪无拘检，真乐攻心不奈何。（《林下五吟》之三）
> 自从三度绝韦编，不读书来十二年。大覻子中消白日，小车儿上看青天。闲为水竹云山主，静得风花雪月权。俯仰之间无所愧，任他人谤似神仙。（《小车吟》）

① 〔宋〕魏了翁《鹤山集》卷五十二，景印文渊阁四库全书，第 1172 册，第 584 页。

隐居生活使他养得胸中"太和"之气，其中"真乐"神仙也难比拟，作者快意之时甚至不免手之舞之、足之蹈之，心通神会处则凭借诗歌来表达，隐居生活的逍遥放旷可见一斑。邵雍冬夏读书，春秋乘小车出游，"小车出游"是其洛阳生活的一个重要特点，他写《小车吟》数首，此诗犹能表现自得自适之情，程颢所谓："尧夫自是悠悠。"①

邵诗颇多感春之作，《击壤集》中写春天及与春相关的诗无虑上百首，写秋只寥寥几首。他的一组特殊诗作——《笺年老逢春八首》颇能体现其观春的心态：

　　年老逢春春莫疑，笺云：物理窥开后，人情照破时。且无形可见，只有意能知。

　　老年才会惜芳菲。笺云：一岁正荣处，三春特盛时。是花堪爱惜，况见好花枝。

　　自知一赏有分付，笺云：群卉争妍处，奇花独异时。东君深意思，亦恐要人知。

　　谁让万金无子遗。笺云：白日偏催处，黄金欲尽时。侈心都用了，始得一开眉。

　　美酒饮教微醉后，笺云：瓮头喷液处，盏面起花时。有客来相访，通名曰伏羲。

　　好花看到半开时。笺云：风轻如笑处，露重似啼时。只向笑啼处，浓香惹满衣。

　　这般意思难名状，笺云：阴阳初感处，天地未分时。言语既难到，丹青何处施。

　　只恐人间都未知。笺云：酒到醺酣处，花当烂漫时。醺酣归酩酊，烂漫入离披。

---

① 〔宋〕程颐、程颢《二程集》，第 32 页。

以下合原句与笺注稍作解释。首句，老年逢春不免伤感，但老人要春莫疑自己欢欣之态度，因为在通达物理之后，于人之悲喜已了然于胸中，故能不为之束缚；第二句承接上句写自知时光不多，故更加珍惜春景；第三句，自知自己的观赏是别有寄托的，自然界的奇特安排恐怕也是有深意要流露给世人，接下来开始写自己所感悟的真意；第四句，问是谁让珍贵如万金的时光流逝得些微无剩，答白日西沉处，是时光欲尽之时，这个时候，只有将放辟邪侈之心都舍去，始能体会春日之妙；五、六两句表达的意思相近，都是写观赏体会必择那恰到好处的境界，过与不及都不好；七、八两句言个中真意难以名状，即那种与天相通、和融驰荡的感觉难以言辞表述，而世人亦多未能体会。邵雍为什么如此爱写春天？一则自曾点浴沂咏归之后，春日在儒者眼中别有一层意味，常作为表现儒者优雅和乐与天地相通状态的外在环境象征；另外邵雍在"观物体"诗（这一体诗歌有数十首，都是表达他对外物、世事的一些基本观念）中言"莫作伤心事，伤心不益身"（《观物吟四首》），这是邵雍持心的一个基本观点，是洞察物理之后的明澈，很多事情他都只看正面，而不及其他。朱熹尝论之曰："康节凡事只到半中央便止，如'看花切勿看离披'是也。"[1] 邵雍"四时惟爱春"（《乐春吟》），对自然物候的欣赏也可谓是"只到半中央便止"，洞烛物理之后，赞春尚不及，悲秋伤春则属明知故犯，作态的成分多，真感的成分少，故不写那一类诗。感春之作突出表现了邵雍胸中常怀浩然安乐之气的人生境界，可为感怀寄意之作的代表。

邵雍亦好山水，有不少游玩山水之作，如：

> 数朝从款走烟霞，纵意凭栏看物华。百尺楼台通鸟道，一川烟水属僧家。直须心逸方为乐，始信官荣未足夸。此景得游无事日，也宜知幸福无涯。（《龙门石楼看伊川》）

---

① 〔宋〕黎靖德编《朱子语类》卷一百，第 2544 页。

他游览山水的自然潇洒情态与大多数士大夫并无区别，只是"欢欣"情态更胜他人，其他山水之作也多类此。写交游的诗作我们在上节"雅集唱和"中已涉及，此处不再重复。需要指出的是邵雍虽为人坦夷，乐与人交，但也有严格原则，他尝于诗中言"会有四不赴"（《四事吟》），自注"公会、生会、广会、醉会"，可知他所乐于参加的是士大夫之间的"诗酒雅会""清谈偕游"，其他红尘热闹、求名求利的聚会他并无嗜好。

邵诗形式上的特点是"不限声律，不沿爱恶，不立固必，不希名誉，如鉴之应形，如钟之应声"（《击壤集自序》），这是由其"兴来如宿构，未始用雕镌"（《谈诗吟》）的自然感发创作态度决定的。还有另一原因，《击壤集自序》有曰："人谓风雅之道行于古，而不行于今，殆非通论。"见于他人文集保留的言论如曰："须信画前元有易，自从删后更无诗。"① 由这两则文论看，他颇有意于恢复风雅，则可知他一任自然的作诗方法，实际也是在追求一种"古雅"效果，可以说是"复古"，但与主流诗坛之复古又不同。欧阳修等人的复古是通过复古以成就一些新的原则，而邵雍的复古则是通过复古而放弃一些原则，减少形式对精神的束缚，所以出现了这样邵氏独特的"殊无纪律"（《和赵充道秘丞见赠》）的诗篇。总体说来邵雍的作品总贯穿着欢乐意味，保持着光明气度、冲和心态，以及闲静中明照万物的智慧。诗写得淡，情韵却浓，时时有自豪、自适的激情蕴藏其中，如他自己所形容："又温柔。又峻烈。又风流，又激切。"（《尧夫吟》）在他来说，作诗是不要矫饰的，是真性的自然流露。邵雍的创作从某种角度上看可以说是北宋熙丰盛世在儒者身上的一种具体表达。

三、司马光洛阳时期创作

司马光洛阳时期创作的作品，有表现自己闲退生活的诗作，如闲适

---

① 〔宋〕程颐、程颢《二程集》，第45页。

诗、游览诗、唱和诗、咏物诗等作品。① 退居洛阳看似淡出政治，但从内心来说司马光无时无刻不关心着朝政发展，所以表面悠游林泉的生活形态下隐藏着深刻的忧国之思及对被排挤出朝的郁结不舒之情，这是他洛阳时期创作的另一重要内容，也是创作成就较高的部分。

司马光入洛后营建了自己的居所，"（熙宁）六年买田二十亩于尊贤坊北，辟以为园"。司马光称自己为"迂叟"，形容自己的生活："迂叟平日多处堂中读书，上师圣人，下友群贤，窥仁义之原，探礼乐之绪，自未始有形之前，暨四达无穷之外，事物之理，举集目前，所病者学之未至，夫又何求于人、何待于外哉！志倦体疲，则投竿取鱼，执衽采药，决渠灌花，操斧剖竹，濯热盥手，临高纵目，逍遥徜徉，唯意所适。明月时至，清风自来，行无所牵，止无所泥，耳目肺肠悉为已有，踽踽焉，洋洋焉，不知天壤之间，复有何乐可以代此也。"② 其时修通鉴书局亦移至洛阳，故司马光居洛生活，诚如记中所言，读书灌园，自得其乐。静居乐志的生活，可从诗人作品中窥见：

> 春风与汝不相关，何事潜来入我园。曲沼揉蓝通底绿，新梅剪彩压枝繁。短莎乍见殊堪喜，鸣鸟初闻未觉喧。凭仗东君徐按辔，旋添花卉伴芳樽。（《独乐园新春》）
>
> 闲居虽懒放，未得便无营。伐木添山色，穿渠擘水声。经霜收芋美，带雨接花成。前日邻翁至，柴门扫叶迎。（《闲居呈复古》）

司马光在《花庵独坐》中描述过独乐园的整体状态："荒园才一亩，意足已为多。虽不居丘壑，常如隐薜萝。"其中花木药草多由他亲持花锄

---

① 对司马光的研究多侧重于其政治、史学方面，文学研究较少，各种综合文学史中间有涉及，多是一笔带过，也有部分研究者开始关注司马光的诗歌，如王守芝《司马光诗歌与其思想之关系》，陕西师范大学 2003 年硕士论文；马东瑶《司马光与熙丰时期的洛阳诗坛》，《中国文化研究》2004 年第 2 期，第 50—59 页。

② 《独乐园记》，〔宋〕司马光《温国文正司马公文集》卷六十六，本卷第 9 页。

细心培植，所以当春天到来，春水荡漾，草木焕发生机，诗人感慨眼前景物清新，心中充满喜悦，"曲沼"四句很好地表现了这种情态。《闲居呈复古》与上一首相比，更多表现了"我"的情态，写自己经营小园的忙碌与趣味，及邻里关系的和谐。读这样的诗让我们感觉市朝已远，红尘尽去，作者完全融入了闲居生活，与当初在朝中争议是非、激昂慷慨的他判若两人，仿佛不再是做官之人，只是一位怡然自得的灌园翁而已。

园居生活之外，司马光也常登览附近名山胜迹。"司马温公既居洛时，往夏院展墓，省其兄郎中公，为其群从乡人说书讲学。或乘兴游荆、华诸山以归。多游寿安山，买屋瓷窑畔，为休息之地。尝同范景仁过韩城，抵登封，憩峻极下院，登嵩顶，入崇福宫、会善寺，由辕辕道至龙门，游广爱、奉先诸寺，上华严阁、千佛岩，寻高公堂，渡潜溪，入广化寺，观唐郭汾阳铁像，涉伊水至香山皇龛，憩石楼，临八节滩，过白公显堂。凡所经从多有诗什，自作序，曰《游山录》，士大夫争传之。"[1] 游览的作品如：

> 清波见白鸥，静林闻啄木。泉细入平沙，云闲出幽谷。(《寿安杂诗十首·永济渡》)
> 日暖孤台迥，露浓幽径微。茅斋举白饮，沙溆踏青归。照水清满眼，穿林香湿衣。莫言春尚浅，已有杏花飞。(《游瀍上刘氏园》)

这一部分诗作取晚唐一路，追求清雅闲淡意味，虽造语取境不及晚唐诗人深刻细腻，亦自富有韵致、清秀可读。唱和诗我们前边已论及，此处不再重复，咏物诗价值不高，略之。

司马光曾带着调侃的语气在一次聚会后说："儒衣武弁聚华轩，尽

---

[1] 〔宋〕邵伯温《邵氏闻见录》卷十一，第 117 页。王辟之《渑水燕谈录》(北京：中华书局1981 年，第 49—50 页) 所记与《闻见录》不完全相同，邵伯温及闻司马光言行，并与之交往，邵记可信度更高。

是西都冷落官。"（《和王少卿十日与留台国子监崇福宫诸官赴王尹赏菊之会》）虽被朝廷冷落，但优游林泉安享闲逸的生活，并不能让他忘记朝廷天下。士人自幼接受儒家教育，儒家出仕行道的观念早已深入心中。孔子曰："君臣之义，如之何其废之？"（《论语·微子》）强调"士"不可忘君，不能逃避对"君""国"的责任。范仲淹将之发挥为"先忧后乐"的思想，进退荣辱皆不忘天下，已成为宋代士大夫政治生命的自然组成部分。在洛阳士大夫中，司马光不是官位最高者，却是"时望"最隆者，众人都把改变时局的愿望寄托在他的身上。韩琦写信给司马光曰："伏承被命，再领西台，在于高职，固有优游之乐，其如苍生之望何？此中外之所以郁郁也。"[1]熙宁十年（1077）吕公著起知河阳，饯行宴会上吕、司马二人辩论不已，程颢作诗曰："二龙闲卧洛波清，几岁优游在洛城。愿得二公齐出处，一时同起为苍生。"[2]司马光亦被认为是可以拯救苍生的人物，可见他在士大夫中赢得的信任。司马光对政治压抑感受深刻，对国事的担忧也一直盘桓心头，所以洛阳诗作中以表现这两方面情感为核心的抒怀之诗写得最好。

四月清和雨乍晴，南山当户转分明。更无柳絮随风起，惟有葵花向日倾。（《居洛初夏作》）

园僻青春深，衣寒积雨阕。中宵酒力散，卧对满窗月。旁观万象寂，远听群动绝。只疑玉壶冰，未应比明洁。（《南园饮罢留宿，诘朝呈鲜于子骏、范尧夫、彝叟兄弟》）

第一首诗写初夏景物形象鲜明，境界恬静，吟之仿佛身处和风丽景之中。但若仅视之为景诗，则失之浅。司马光论诗尊儒家诗教，讲究温柔敦厚、含蓄蕴藉，《续诗话》曰："古人为诗，贵于意在言外，使人思

---

① 〔宋〕吕本中《紫微诗话》卷一，〔清〕何文焕辑《历代诗话》，第373页。
② 〔宋〕邵伯温《邵氏闻见录》卷十二，第126页。

而得之，故言之者无罪，闻之者足以戒也。近世诗人，唯杜子美最得诗人之体，如‘国破山河在，城春草木深。感时花溅泪，恨别鸟惊心。’山河在，明无余物矣；草木深，明无人矣；花鸟平时可娱之物，见之而泣，闻之而悲，则时可知矣。他皆类此，不可遍举。”又曰："熙宁初，魏公（韩琦）罢相，留守北京，新进多陵慢之。魏公郁郁不得志，尝为诗云：‘花去晓丛蜂蝶乱，雨匀春圃桔槔闲。’时人称其微婉。"①知道司马光这样的论诗宗旨，就可以明白"更无柳絮随风起，惟有葵花向日倾"不仅是景语，前一句寄寓自己不会如柳絮随风一样趋时附会之意，联系实际即言他绝对不会赞同王安石的政治主张，末一句表白自己的忠心，即便在被排挤出朝的现在，也如葵花向日，无丝毫改变。此句化用了杜甫"葵藿倾太阳，物性固莫夺"句，但以意使事，妙能达心，并不使人生厌。第二首诗写南园聚会散去后，中宵酒醒，景物清空幽复，本应萧散无虑的作者却对月难眠，陷入沉思。"只疑玉壶冰，未应比明洁"是全诗关键，仍然是"意在言外"之语。联系《初到洛中书怀》"所存旧业惟清白，不负明君有朴忠"，我们可以知道作者对国家、君主是一片忠诚，即便与王安石忿争激烈，也是出于公心而非私利，所以说旧业清白。如此则"只疑"二句之妙可发，表面写"玉壶冰"不足以比月之明洁，同时暗示"玉壶冰"不足以表现自己之品格操守，衷心隐于曲笔之中，出语含蓄，达意高明。

　　司马光熙宁七年（1074）因星变灾异上《应诏言朝政阙失状》，熙宁九年（1076）王安石二次罢相，吴充入相，次年四月作《与吴相书》，建议罢去新法："窃见国家自行新法已来，中外恟恟，人无愚智咸知其非……苟不罢青苗、免役、保甲、市易之法，息征伐之谋，而欲求其成效，是犹恶汤之沸而益薪鼓橐，欲适鄢郢而北辕疾驱也，所求必不果矣！"②元丰五年（1082）因病预作《遗表》仍求革除四法，其忧

---

① 〔宋〕司马光《温公续诗话》，〔清〕何文焕辑《历代诗话》，第277、279页。
② 〔宋〕司马光《温国文正司马公文集》卷六十一，本卷第4页。

心溢于言表："臣窃见十年以来，天下以言为讳，大臣偷安于禄位，小臣苟免于罪戾。闾阎之民，憔悴困穷，无所控告；宗庙社稷，危于累卵，可为寒心。"① 元丰八年（1085）三月神宗驾崩，司马光在三、四月间连上《乞开言路札子》《进修心治国之要札子》《乞去新法病民伤国者疏》《乞罢保甲状》《乞罢将官状》等数道奏折，非素日关心国事者，岂能有此举动？可知他从未忘怀国事，其忧国忧民之心也表现在诗歌里。《苦雨》诗曰：

> 今春忧亢阳，引领望云族。首夏忽滂沱，意为苍生福。自尔无虚日，高原亦沾足。连年困饥馑，此际庶和熟。如何涉秋序，沈阴仍惨黩。长檐泻潺湲，昼夜浩相续。喧豗流潦怒，突兀坏垣秃。驾牛泥没鼻，跨马水平腹。瓦斛松漫白，道废草浓绿。污莱闷下田，漏湿怜破屋。纵横委地麻，狼藉卧陇谷。怯闻饥婴啼，愁听寡妇哭。闲官虽无责，饱食愧有禄。世纷久去心，物役奈经目。郁陶聊秉笔，狂简已盈幅。

诗作表现了秋日阴雨连绵，洪水侵害农田、毁坏房屋，人民生活困顿的情景。表达了自己虽有经世之心，却无实际权力去帮助民众的郁苦心情。郑獬《读司马君实撰吕献可墓志》诗有曰："知君不独悲忠义，又有兼忧天下心。"具有"兼忧天下之心"是司马光的突出特点，故可理解末三联牵挂民生却无能为力，而颇有几分孤愤的心情，此处亦是诗作最动人的地方。

《酬赵少卿丙药园见赠》曰：

> 鄙性苦迂僻，有园名独乐。满城争种花，治地惟种药。栽培亲荷锸，购买屡倾橐。纵横百余区，所识恨不博。身病尚未攻，何论疗民瘼。

---

① 〔宋〕司马光《温国文正司马公文集》卷五十七，本卷第18页。

赵丙赠诗已佚，但犹可推知其中有劝司马光为民而起之意，而君实谢曰"身病尚未攻，何论疗民瘝"，出语自嘲，其实是在竭力隐忍深心。熙宁四年（1071）司马光离京前《上神宗论王安石》曰："臣之才识，固安石之所愚；臣之议论，固安石之所非；今日所言，陛下之所谓谗慝者也。"① 其《独乐园记》结尾云："或咎迂叟曰：'吾闻君子所乐必与人共之，今吾子独取足于己不以及人，其可乎？'迂叟谢曰：'叟愚，何得比君子，自乐恐不足，安能及人？况叟之所乐者薄陋鄙野，皆世之所弃也，虽推以与人，人且不取，岂得强之乎？必也有人肯同此乐，则再拜而献之矣，安敢专之哉！'"② 则可了然此诗平静中之不平静处，"独乐"之中的倔强与郁结难舒。这种欲有所行却不得施展的心情，凝成诗人无限愁绪。《普明寺荷塘上置酒》曰：

> 菡萏飘零水寂寥，败荷疏柳共萧条。烟斜雨细愁无限，醇酒千分不易消。

普明为白居易故宅，是洛阳一处名景，诗人夏末秋初来游，萧条景物引起无限愁绪，但"醇酒千分不易消"之深愁不只是怅伤时序变迁，更有年华消纵报国无路的感慨。诗采用写景寄意的方法。司马光语录体作品《迂书》中有《无益》一条作于元丰六年（1083），颇能表现诗人矛盾心情："言而无益，不若勿言；为而无益，不若勿为；余久知之，病未能行也。"③ "病未能行"实出于不能弃国事于不顾，故虽屡不见用，而难闭口不言。后来在上哲宗的奏疏中，司马光描述了自己退伏间里时的心情，"虽身处于外，区区之心，晨夕寤寐何尝不在先帝之左右"，"自是闭口不敢复预朝廷论议，十有一年矣。然每睹生民之愁怨，忧社稷之

---

① 〔宋〕赵汝愚《宋朝诸臣奏议》卷一百一十五，第 1255 页。
② 〔宋〕司马光《温国文正司马公文集》卷六十六，本卷第 10 页。
③ 〔宋〕司马光《温国文正司马公文集》卷七十四，本卷第 12 页。

贴危，于中夜之间，一念及此，未尝不失声长叹也"[1]。所以司马光在洛阳虽然"居山神可养"（《独乐园七题·见山台》），但忧国之心片刻未能去怀。

从创作宗旨上来说，司马光遵循儒家"温柔敦厚""乐而不淫，哀而不伤""主文而谲谏，言之者无罪，闻之者足以戒"的主张，《续诗话》中一些评论便体现了这样的观点，如曰："苏州进士丁偓试《迩英延讲艺》诗云：'白虎前芳掩，金华旧事轻。天心非不寤，垂意在苍生。'有古诗讽谏之体。"论魏野数首借事寓意的诗曰："有诗人规戒之风。"[2] 这些评论均从儒家诗教出发，结合前文所引诗作，我们可以看出他在具体创作中的确贯彻了这样的主张。此外司马光也强调诗要"有为而作"，《答齐州司法张秘校正彦书》曰："近世之诗，大抵华而不实，虽壮丽如曹、刘、鲍、谢，亦无益于用。光忝与足下以经术相知，诚不敢以此为献，所可献者在于相与讲明道义而已。"[3] 当然司马光之诗也并非均为"有益于用"之作，诗家主张与实际创作有脱节亦在所难免。

在诗风上趋向于晚唐体，这也是宋初名臣诗人的一个共同特征。我们前边所论闲适、写景的作品均能看出这种风格，所以获得"实自清醇"[4] 的评价，诗集中同类作品很多。其诗话选择佳句的标准亦可证明他的风格趋向，如认为郑文宝"杜曲花香浓似酒，灞陵春色老于人"为"难得之句"，林逋"疏影横斜水清浅，暗香浮动月黄昏"句"曲尽梅之体态"，欣赏寇准"野水无人渡，孤舟尽日横"句，进士耿仙芝"浅水短芜调马地，澹云微雨养花天"亦为其所赞，[5] 均体现了他好尚清新淡雅的诗风。

---

① 〔宋〕司马光《上哲宗论新法便民者存之病民者去之》，〔宋〕赵汝愚《宋朝诸臣奏议》卷一百一十七，第1283页。

② 〔宋〕司马光《温公续诗话》，〔清〕何文焕辑《历代诗话》，第275—276页。

③ 〔宋〕司马光《温国文正司马公文集》卷六十，本卷第13页。

④ 〔清〕吴乔《围炉诗话》，郭绍虞编《清诗话续编》，第630页。

⑤ 〔宋〕司马光《温公续诗话》，〔清〕何文焕辑《历代诗话》，第275、277、280页。

司马光诗作体裁长于五律、五古，七律、七绝亦有可赏处。长于五言是晚唐体诗人的共同特征，因其所模仿对象姚合、贾岛等人均擅五言。司马光五言出色亦应得益于梅尧臣的指导。梅尧臣是宋代极擅五言的作者，其诗六十卷，五古、五律最多。赵令畤《侯鲭录》卷六曰："梅圣俞诗世称五字之妙。"司马光极倾心于梅尧臣，曾多次向他虚心请教，《王书记以近诗三篇相示，各撮其意，以诗赓之·投圣俞》中写自己登门拜访梅尧臣，"论诗久未出"，受益匪浅，回家之后仍然觉得非常振奋，"归来面扬扬，气若饫粱肉"。《同钱君倚过梅圣俞》云："王畿天下枢，薄领日填积……近指圣俞居，安能不往觌。一室静萧然，昏碑帖古壁。叩阶读新诗，迷闇得指摘。笑言殊未足，黯然日将夕。"从诗作不仅可以了解到二人友情欢洽，也可以从"论诗久未出""迷闇得指摘"等语看出司马光的确从梅尧臣那里得到不少作诗指点，所以其诗学晚唐清雅外亦有学梅平淡处。

司马光诗语言不作太多修饰，《答孔文仲司户书》云："孔子曰：'辞达而已矣。'明其足以通意，斯止矣，无事于华藻宏辩也。必也以华藻宏辩为贤，则屈、宋、唐、景、庄、列、杨、墨、苏、张、范、蔡皆不在七十子之后也。颜子不违如愚，仲弓仁而不佞，夫岂尚辞哉？"[①]司马光的"辞达"止于通意，所以诗作基本没有华辞胜意的地方，但遣词用语却也没有达到因朴而茂、以淡至深的境界。总体来说司马光诗作成就不是很高，难与王、苏、黄等人并驾齐驱，与宋诗发展关系不大，但足以自成面目。

---

① 〔宋〕司马光《温国文正司马公文集》卷六十，本卷第 3 页。

第三章 王安石及新党文人群体

第一节 王安石前后期诗风变化

研究王安石诗歌的人都会注意到自熙宁九年（1076）年罢相后，王安石诗风的明显转变。《后山诗话》载黄庭坚曰："荆公之诗，暮年方妙。"张舜民云："王介甫诗如空中之音，相中之色，欲有执着而曾不可得。"[①] 适合这一评价的王诗无疑是晚年作品。《彦周诗话》云："荆公钟山诗，超然迈伦，能追逐李、杜、陶、谢。"[②]《漫叟诗话》云："荆公定林后诗，精深华妙，非少作之比。"[③] 又有人论曰："可怜一代经纶业，不抵钟山几首诗。"[④] 似此类论述仍多，不遍举。其中叶梦得所论最为全面，《石林诗话》卷中云：

> 王荆公少以意气自许，故诗语惟其所向，不复更为涵蓄。如"天下苍生待霖雨，不知龙向此中蟠"，又"浓绿万枝红一点，动人春色不须多""平治险秽非无力，润泽焦枯是有材"之类，皆直道其胸中事。后

---

① 〔元〕马端临《文献通考》卷二百四十四，第 1931 页。
② 〔宋〕许顗《彦周诗话》，〔清〕何文焕辑《历代诗话》，第 383 页。
③ 〔宋〕胡仔《苕溪渔隐丛话》前集卷三十三，第 222 页。
④ 〔宋〕杨万里《诚斋诗话》，丁福保辑《历代诗话续编》，第 159 页。

为群牧判官，从宋次道尽假唐人诗集，博观而约取，晚年始尽深婉不迫之趣。

叶梦得分王诗为三期，早年显露不含蓄，中年深研唐诗有所得，晚年深婉不迫。后世如清代吴之振《宋诗钞》，民国柯敦伯《宋文学史》（1934 年），程千帆、吴新雷《两宋文学史》（1991 年）均取叶说。其实两期说也基本从叶氏的总结演化而来，文学史中如游国恩主编《中国文学史》（1963 年）、许总《宋诗史》（1992 年）、袁行霈主编《中国文学史》（1999 年）都持两期说。两期主要以熙宁九年（1076）二次罢相为划分界限，两期说着眼于王安石诗风之"变"。也有学者认为王安石诗歌发展不存在大的变化，代表者高克勤《论王安石的诗文分期》[①] 认为王安石诗文风格发展不是突变性的，三分、二分都失之粗疏简略，分王诗为五期：初入仕途（1041—1054），入京为官（1055—1063），居丧讲学（1063—1067），执政变法（1067—1076），隐居钟山（1077—1086）。这样划分有助于更细密的过程研究，但是无须因此而否定王安石晚年诗风之"变"。莫砺锋《论王荆公体》[②] 也认为晚年诗风发生很大转变这种说法不确切。关于这一点，下边将作详细讨论。此处笔者仍以两期划分来进行论述。

一、前期诗歌

王安石（1021—1086）生于抚州临川，少年时代即随父游宦，主要生活在东南地区，在临川、韶州居住时间较久，父亲秩满调官随赴汴京，十七岁因父任江宁通判居金陵。王安石的经历使他在社会阅历上较同龄人丰富，这对于培养观察思考能力很有帮助。他从少年时代即以天下为己任，渴望成就非同一般的功业。《闲居遣兴》云："惨惨秋阴绿

① 文章写于 1986 年，见高克勤《王安石与北宋文学研究》，上海：复旦大学出版社 2006 年，第 3—28 页。
② 《南京大学学报》1994 年第 1 期，第 23—24 页。

树昏，荒城高处闭柴门。愁消日月忘身世，静对溪山忆酒樽。南去干戈何日解，东来驿骑此时奔。谁将天下安危事，一把诗书子细论。"当时南方有兵戈之事，故有"南去干戈"二句，关心国家大事。"谁将"二句则毫不掩饰自己有经纬天下之志。诗歌通过环境的寂寞惨淡，衬托出了内心的热烈激昂与远大志向。所以李壁注曰："此足见公所存，早便规模三代，意非不美。"其时王安石只有十五岁，《忆昨诗示诸外弟》中"此时少壮自负恃，意气与日争光辉"形容的正是这个时期。至金陵后王安石勤力读书："明年（案：1037年）亲作建昌吏，四月挽船江上矶。端居感慨忽自瘔，青天闪烁无停晖。男儿少壮不树立，挟此穷老将安归。吟哦图书谢庆吊，坐室寂寞生伊威。材疏命贱不自揣，欲与稷契遐相希。"庆历二年（1042）进士高第，随后为淮南判官，调知鄞县，通判舒州，入京任群牧判官，又出任常州知州，移提点江东刑狱；嘉祐四年（1059）任三司度支判官，后知制诰；嘉祐八年（1063）因母丧解官归江宁。这一时期王安石主要在基层任职，对民生、国政不断加深了解，逐步形成了系统的变法思想，也部分实践了改革主张，所至之处，均有治绩。熙宁元年（1068）受召越次入对，与神宗颇为相得，二年参知政事，三年拜相，至熙宁末是主持朝政变法时期。

王安石前期任地方官接触民生较多，同时又有经营天下之志，所以创作了不少反映现实状况的社会政治诗，如作于庆历六年（1046）的《河北民》："河北民，生近二边长苦辛，家家养子学耕织，输与官家事夷狄。今年大旱千里赤，州县仍催给河役。老小相携来就南，南人丰年自无食。悲愁白日天地昏，路傍过者无颜色。汝生不及贞观中，斗粟数钱无兵戎。"河北与辽国、西夏接壤，是北宋边防重镇，人民负担较重，军旅、岁币所需均要民间供给，如此非灾年民已不堪劳苦，遇到灾年只能流徙他乡。天灾固可畏，官府的盘剥亦与之不相上下，沉痛地刻画了底层人民的悲惨生活。结尾提及贞观之治，其实是通过对比批判现在统治者治国之过失。《收盐》云："州家飞符来比栉，海中收盐今复密。穷囚破屋正嗟欷，吏兵操舟去复出。海中诸岛古不毛，岛夷为生今独劳。不煎海水饿死耳，谁肯坐守无亡逃。尔来盗贼往往有，劫杀贾客沉其艘。一民之生重天下，君子忍与争秋毫？"此为庆历八年（1048）知鄞县时作，当时盐法峻急，禁民间贩卖私盐，并遣兵卒在沿海地区抓捕私自制售者，沿海居民不堪其扰。同时所作《上运使孙司谏书》曰："伏见阁下令吏民出钱购人捕盐，窃以为过矣。海旁之盐，虽日杀人而禁之，势不止也。今重诱之，使相捕告，则州县之狱必蕃，而民之陷刑者将众，无赖奸人将乘此势于海旁渔业之地搔动艚户，使不得成其业。艚户失业，则必有合而为盗，贼杀以相仇者，此不可不以为虑也。"由此我们可以看到盐法之弊端及对人民的损害，故诗末尾云："一民之生重天下，君子忍与争秋毫。"李壁注曰："君子不以天下易一夫之命，何况与竞锱铢之利而陷之于死地？"批判锋芒直指残民之政。作于皇祐五年（1053）舒州通判任上的《兼并》，所针对的问题更为深刻与广泛。北宋改变过去的均田法及按照官品、门第分配田产的办法，放开对田地的限制，宋朝官员可以随意购置田产成为大小地主，地主通过科举也可以成为大小官员。官员、地主合为一体，占据了全国大部分土地。自耕农的田地，一户多不过几十亩，少只有三五亩。宋太宗时李觉言"富者有弥望之田，贫者无卓锥之地"[1]，反映了兼并剧烈的状况。至仁宗时更加严重，广大农民和中小地主纷纷破产。王安石痛心这一现象，故发为诗作，曰：

> 三代子百姓，公私无异财。人主擅操柄，如天持斗魁。赋予皆自我，兼并乃奸回。奸回法有诛，势亦无自来。后世始倒持，黔首遂难裁。秦王不知此，更筑怀清台。礼义日已偷，圣经久埋埃。法尚有存者，欲言时所咍。俗吏不知方，掊克乃为材。俗儒不知变，兼并可无摧。利孔至百出，小人私阖开。有司与之争，民愈可怜哉。

---

① 〔宋〕李焘《长编》卷二十七，第621页。

首八句以三代为榜样，言其时田地平均，禁止兼并，公私无异财，社会状态良好。中间八句写后世重商贾之行，经典之义被抛弃，人们唯利是图，兼并遂大行，坚持古法者成为人们的笑料。末八句写方今之势，俗吏不知治国大略，唯务搜敛，一般的儒者不知变革，认为兼并不可动摇，民间兼并剧烈再加上官府的剥削，人民生活愈加可怜。诗作表达了对现实的强烈不满，观点极其鲜明，具有很强的战斗力。王安石从同情人民的角度出发希望改变社会现实，自然不被广大的利益享受阶层所认可，苏辙的反对言论即很具代表性："能使富民安其富而不横，贫民安其贫而不匮，贫富相恃，以为长久，而天下定矣。王介甫，小丈夫也，不忍贫民而深疾富民，志欲破富民以惠贫民，不知其不可也。"[①] 同类诗作还有不少，《发廪》亦针对兼并而作，"后世不复古，贫穷主兼并"，小民因之破产，"崎岖山谷间，百室无一盈"，表达了"我尝不忍此，愿今井地平"的愿望。《感事》云："贱子昔在野，心哀此黔首。丰年不饱食，水旱尚何有。虽无剽盗起，万一且不久。特愁吏之为，十室灾八九。原田败粟麦，欲诉嗟无赇。闲关幸见省，笞扑随其后。况是交冬春，老弱就僵仆。州家闭仓庾，县吏鞭租负。乡邻铢两征，坐逮空南亩……"表达对人民强烈的同情心，诗末尾自责的同时自勉认真对待职责，表明作者在其位则尽其力、谋其政之意。《促织》"只向贫家促机杼，几家能有一钩丝"，对官府横征暴敛进行了无情的揭露。《酬王詹叔奉使江东访茶法利害见寄》反映东南茶法之弊："永惟东南害，茶法盖其首。私藏与窃贩，犴狱常纷纠。输将一不足，往往死鞭棰。"其他若《省兵》《读诏书》《闵旱》《寓言十五首·其四》《郊行》等诗作都表现出忧国忧民之心。

　　王安石前期另一系列具有特色的作品是熙宁二年、三年创作的五十多首咏史诗，在变法初期创作大量咏史作品是一件值得思考的事。熙宁初王安石、神宗君臣遇合，变法诸事迅速推行，但反对之声一浪高过

---

① 《诗病五事》，《苏辙集》卷八，第 1230 页。

一浪，这个时候作为一国之宰的王安石处于风口浪尖之上，他当时也定然意识到了这一点。在这样的历史关头变法要不要继续？如何继续？如何坚持？都是亟须解决的问题。阅读这批作品我们可以感觉到王安石曾把自己置身于历史长河中去考虑，他在思考历史事件与人物，同时也在思考自己，因今思古、以古考今。所以这批作品的创作与他的政治经历有紧密联系，甚至可以说入主朝政是这批咏史诗出现的直接触发因素。这些诗作有一部分直接为变法而发，如《孟子》："沉魄浮魂不可招，遗编一读想风标。何妨举世嫌迂阔，故有斯人慰寂寥。"当时讥刺王安石不通世务、新法不可行者极多，轻则言安石"但知经术，不晓世务""性不晓事而愎"，此尚属情理之论，重则攻击詈骂，不一而足。这样的情形给王安石不小的压力，他借咏孟子的机会倾吐怀抱，表明欲追攀前贤，坚持目标不为世俗动摇的态度。《商鞅》云："自古驱民在信诚，一言为重百金轻。今人未可非商鞅，商鞅能令政必行。"表达了坚决推行新法的态度。《赐也》："赐也能言未识真，误将心许汉阴人。桔槔俯仰妨何事？抱瓮区区老此身。"汉阴老人报瓮灌园费力多而收效微，不是与保守派抱残守缺的态度一样吗？人何必执着旧法而不用新法，以为新法害"道"，其实"法"不过工具而已，就像桔槔之用自与他事无干，新法之行又何能妨"道"？另一部分则纵论古人，时出高奇之意。如《王章》："志士轩昂非自谋，近臣常为国深忧。区区女子无高意，追念牛衣暖即休。"这首诗写王章也是写王安石自己，志士系心所在者国家天下，而非一己之安危得失，其出处行动皆以此心为心，这与熙宁元年《松间》"丈夫出处非无意，猿鹤从来自不知"的用意完全相同。《范增二首》其一曰："中原秦鹿待新羁，力战纷纷此一时。有道吊民天即助，不知何用牧羊儿。"其二曰："鄛人七十谩多奇，为汉殴民了不知。谁合军中称亚父，直须推让外黄儿。"这两首诗其实都在讥讽范增有国士之名，而无国士之智，第一首强调能否得民心关键在于"治道"之高下，而不在于使用巧伪手段；第二首认为范增号善计策，然辅佐项羽不能因奇致胜，亦不能止其专杀，其势反为对手所乘，非真有奇谋者。其他若《韩信》"将军北面师降虏，此事人间久寂寥"、《贾生》"爵位自高言尽废，古来何啻万公卿"、《张良》"洛阳贾谊才能薄，扰扰空令绛灌疑"均具特见，令人耳目一新，是从政治家的角度作出的评论，不仅仅是书生翻案之语。

这批作品总体上议论纵横，思想深刻，"荆公咏史诗，最于义理精深"①。对于咏史诗的创作，费衮曰："诗人咏史最难。须要在作史者不到处，别生眼目。正如断案，不为胥吏所欺，一两语中，须能说出本情。使后人看之，便是一篇史赞。此非具眼者不能。自唐以来，本朝诗人最工为之。"② 王安石当在最工此体之列，这些作品的成功除去王安石博学高才、性格奇崛等因素，还有两点值得一提：第一，作者不被史书束缚手脚，其《读史》曰"糟粕所传非粹美，丹青难写是精神"，就是说史书不可能完全传达当时人物的灵魂，所以作者须要自具心解，即费衮"别生眼目"之意；第二则是他"历史当事人"的身份，这个"当事人"不是说王安石亲历过去历史，而是说他当时就处在历史发展的关键时刻，一如他所表现的那些人物，他的举动就在影响历史、书写历史，他对这一点必有自觉，因而他能够更深刻地理解历史，体会那些人物的心情与抉择，作品遂能超越常人琐屑陈旧之论。

除抒发个人怀抱、政治诗、咏史诗等富有代表性的作品外，王安石同时也创作很多其他类型的诗歌，比如表现亲情的作品及部分写景诗，但这个时期诗风的主流确如叶梦得所云"惟其所向，不复更为涵蓄"。这一方面是个人才性抱负的原因，另一方面也受到大环境的影响，王安石青年时代正是北宋诗文革新运动如火如荼之际，欧、梅、苏等人以有为而作、重意尚气的创作改变西昆错彩繁辞的风格。叶梦得曰："欧阳文忠公诗始矫'昆体'，专以气格为主，故其言多平易疏畅。"③ 王安石庆历、嘉祐中与欧阳修多往来，深得教益，他自己也极力反对西昆体

---

① 〔宋〕曾季狸《艇斋诗话》，丁福保辑《历代诗话续编》，第 320 页。
② 〔宋〕费衮《梁溪漫志》卷七，上海：上海古籍出版社 1985 年，第 75 页。
③ 〔宋〕叶梦得《石林诗话》，〔清〕何文焕辑《历代诗话》，第 407 页。

（见《张刑部诗序》），所以崇尚气格、以议论为诗、以文为诗、诗风直露等特点，也来源于对文坛变革风气的积极响应。

二、诗风之变

叶梦得论述王安石诗风变化的原因除提到唐诗的因素外，在本节开头所引的那一段话末尾写道："乃知文字虽工拙有定限，然亦必视初壮，虽此公，方其未至时，亦不能力强而遽至也。"① 叶氏认为王安石早晚诗风是大不相同的，但论述比较概括。仔细分析这个观点，笔者以为"视初壮"发生变化的原因包括一个人的阅历与作诗技巧，两者都会影响诗风，但就重要性来讲，前者超过后者，因为决定诗歌基本风格的是内在"情志"，技巧只能发挥辅助的作用。有学者认为王安石诗文风格发展前后期不存在一个较大的变化，如高克勤《论王安石的诗文分期》："王安石诗文风格的发展并不是突变性的，而有一个逐步发展的过程。"莫砺锋《论王荆公体》："后代的学者也大多认为王安石的创作态度在晚年发生了很大的转变，诗风才变得精丽工巧。然而当我们把王诗大致上按写作年代的先后细读一过后，却发现这种说法并不确切。"两篇文章都认为王安石重视诗歌创作技巧，工丽风格在早期就有这样的因素，所以晚期风格水到渠成。如高文论述道："风格有本身的发展过程，王安石这时期诗中工于对偶、精于用典的修辞艺术在前期诗中早露端倪。"莫文认为："从艺术角度看，王安石的晚期诗正是其早期诗的自然延伸，晚期诗的'雅丽精绝'正是诗人经过长期的艺术追求而瓜熟蒂落、水到渠成的自然结果。在此方面，王安石诗歌创作两个阶段之间的关系是量变而非质变，换句话说，王安石晚期诗歌创作的变化是写作方式更加精细了，诗歌技艺更加纯熟了。"这都是侧重于技巧的方面，莫文第一、二部分即论述了前后期技巧发展的继承关系。一个诗人作诗的技巧必然是持续发展的，愈久愈工，所以从技巧方面很难看出较大的

① 〔宋〕叶梦得《石林诗话》，〔清〕何文焕辑《历代诗话》，第419页。

跨越与发展，而且诗风改变与否技巧不是关键因素。再者作为后世研究者总是存在一个缺陷，就是我们阅读了一个作家的所有作品，然后对其诗歌发展作出评论，这个时候我们心中有可能存在一个预定的模式，就是认为他的诗歌发展方向一定是"已存在的"那个样子。王安石是一个各体皆工、创作内容多样的诗人，假设我们回到王安石的时代，在他中年时期对他晚年诗歌发展方向作出推测，肯定会有许多不同答案。所以王安石晚年诗风趋向清丽高妙不是一个必然结果，其中也有偶然因素，就是说引起较大"变化"的因素还是存在的。文学史上的例子比如庾信，他前期诗文华丽绮艳，但并非没有一二抒发个人信念情操凄怆感发的作品，如果不出使北朝，多半不会向后者发展。正是出使北朝羁留难归，使他的内心情感、创作态度发生巨大变化，才导致后期苍凉劲健、沉郁顿挫作品的出现。从庾信来讲，其作诗技艺必然一直在发展，但技艺和早期诗中的个别因子都不是促成转变的根本原因，王安石亦是如此。

此外王安石前期也有不少工丽的写景诗，可是为什么还要说有个较大变化呢？因为变化与否也不在于写景诗之"外貌"的相似性，关键看内在的理路与情感是否发生了变化。所以笔者认为王安石前后期（以熙宁九年罢相为界限）诗风存在一个较大的变化，主要原因在于诗人前后期自我定位与心态的不同。

首先是角色转换，在王安石身上政治生命与文学生命二者的轻重，前后期完全不同。王安石少即善诗文，"其属文动笔如飞，初若不经意，既成，见者皆服其精妙"①。但王安石前期并不以文沾沾自喜，也不以文士自居。当欧阳修于嘉祐元年（1056）推誉曰"翰林风月三千首，吏部文章二百年"（《赠王介甫》），认为他有主盟文坛的能力，王答曰"他日若能窥孟子，终身何敢望韩公"（《奉酬永叔见赠》），表现了自己最高的目标不在文学而在政治。同年所作另一首诗再次表达了相同的意思："韩公既去岂能追，孟子有来还不拒。"（《秋怀》）之前皇祐四年

---

① 《宋史》卷三二七，第 10541 页。

（1052）《奉招吉甫》曰"犹将余力寄风骚"，也表明自己主要志向在政治，诗文只是余事。在文论方面，王安石前期也表现为政治家身份占主导。《张刑部诗序》认为张诗"明而不华"，无西昆"粉墨青朱，颠错丛庞，无文章黼黻之序"的弊端，是重道胜文的观点。《上人书》曰："所谓文者，务为有补于世而已矣。所谓辞者，犹器之有刻镂绘画也。诚使巧且华，不必适用；诚使适用，亦不必巧且华。要之以适用为本，以刻镂绘画为之容而已。"强调文欲适用，不必过分雕刻求工，仍以达意重道为本。嘉祐五年（1060）编成《唐百家诗选》，序文寥寥数语，有曰"废日力于此，良可悔也"，此似与文学无关却流露了作者当时的文学态度，可以看出他认为诗文是"小道"，非最紧要之务，故而叹息。熙宁中又提出"华辞无用"的观点，认为人若"从事于放辞而不知道，适足以乱俗害理"[1]。这可以说是他前期重道观点发展的极致，当时他的政治事业正在顶峰。《东轩笔录》卷五所载之事也可证明他当时所持观点："王荆公初为参知政事，闲日因阅晏元献公小词而笑曰：'为宰相而作小词可乎？'……时吕惠卿为馆职，亦在坐，遽曰：'为政必先放郑声，况自为之乎！'"[2]则王安石的态度不言而喻。与此相反的另一条线索是，王安石同时也是有很高艺术标准的诗人，《灵谷诗序》赞扬舅父吴某"镵刻万物，而接之以藻绘，非夫诗人之巧者，亦孰能至于此！"《杜甫画像》对杜甫诗歌艺术表现出倾心爱好："力能排天斡九地，壮颜毅色不可求。浩荡八极中，生物岂不稠？丑妍巨细千万殊，竟莫见以何雕镂。"他前期也创作了不少注重技巧、求新奇工丽的作品（参看莫文），但这一条线索所反映的理念却非前期创作的主流，前期为其赢得声誉的也非风格清丽之作，而是诸如《明妃曲》等立意新奇、议论纵横的咏史类作品，及《虎图》《登飞来峰》《龙泉寺石井》一类尚气格的作品，所以王安石前期"政"重于文、"道"重于文的观点是

----

① 〔宋〕李焘《长编》卷二百十一，第5135页。
② 〔宋〕魏泰《东轩笔录》，北京：中华书局1983年，第52页。

占主导的。

晚年罢相，王安石的政治生命让位于艺术生命，后者在闲适生活中得到极大舒展。前期在诗歌技巧上有不少进取开拓的地方，但尚未达极妙之境，此时王安石专意于诗歌，其诗艺与前期相比确有"精进"。陈师道云："公平生文体数变，暮年诗益工，用意益苦。"[①] 叶梦得云："王荆公晚年，诗律尤精严，造语用字，间不容发，然意与言会，言随意遣，浑然天成，殆不见有牵率排比处。"[②] 他举"含风鸭绿鳞鳞起，弄日鹅黄袅袅垂"（《南浦》）、"细数落花因坐久，缓寻芳草得归迟"（《北山》）作代表，其实王安石晚年佳句多不胜数，如"微风淡水竹，静日暖烟萝"（《与道原过西庄遂游宝乘》）、"岸迥重重柳，川低渺渺河"（《晚归》）、"春风取花去，酬我以清阴"（《半山春晚即事》）、"行寻香草遍，归漾晚云闲"（《寄西庵禅师行详》）、"寒荚着天榆历历，净华浮海桂团团"（《岭云》）、"小桥风露扁舟月，迷鸟羁雌竟往来"（《随意》）等，都达到了自然浑成，不见"牵率排比"的境界，早年非无佳句，但视此终有间。此外，从政治中退舍也直接影响了王安石创作焦点的选择。王安石后期表现个人抱负的诗基本不作，偶尔为之，也写得较为隐晦，如《示永庆院秀老》，间有怀古感慨、咏史之作，政治生命的退缩是不再写此类作品的根本原因。作为艺术家的王安石的复苏让他将更多注意力转移到了山林景物与隐居生活。

诗风改变另一原因在于"心境"的变化。王安石晚年诗作主流是清丽优雅的写景诗，人谓其风格为"舒闲容与"。这种诗风的形成外在的字法、句法、用典等技巧的发展有一定作用，但关键还是内在主导精神变化所致。前人论诗曰："诗出于人。有子美之人，而后有子美之诗。"[③] 又曰："诗有何法？胸襟大一分，诗进一分耳。"[④] 这就是说诗歌

---

① 〔宋〕陈师道《后山诗话》，〔清〕何文焕辑《历代诗话》，第 304 页。

② 〔宋〕叶梦得《石林诗话》，〔清〕何文焕辑《历代诗话》，第 406 页。

③ 〔清〕吴乔《围炉诗话》，郭绍虞编《清诗话续编》，第 583 页。

④ 〔清〕潘德舆《养一斋诗话》，郭绍虞编《清诗话续编》，第 2025 页。

艺术之发展与人之精神境界直接相关,有此心方能有此诗,心性涵养精进,诗之体格性分亦精进。王安石晚年心境状态与前期相比的重大变化是导致其诗风变化的直接原因。王安石有过闲居之时,但此次与前两次都不同。治平丁忧期间(1063—1067)是极欲有所作为的,《古松》《华藏院此君亭》等作品流露当时心境;熙宁七年(1074)四月初次罢相,还颇多怨愤遗憾之语,"人间投老事纷纷,才薄何能强致君"(《人间》)、"功名落落难求值,日月沄沄去不回"(《次韵答陈正叔二首》)、"勋业无成照水羞,黄尘入眼见山愁"(《杂咏》),显然心有未甘。当时新法有很多事情还须继续努力,罢相出于保守派施压所致,非神宗本意,亦非王安石自愿,所以没有功成身退的感觉,反觉"勋业无成"。《六年》曰:"六年湖海老侵寻,千里归来一寸心。回望国门搔短发,九天宫阙五云深。"李壁注曰:"此见公深追神宗之遇,虽已在田里,不忘朝廷也。"初次罢相的王安石显然没有放下功业之心,于国政有未了之意,所以八年(1075)二月复相,得到任命"即倍道来"。但复相之后情形与初次为相时大不相同。神宗在位已九年,总揽朝政,对王安石不再言听计从,二人关系有微妙变化,观点渐生分歧。再者吕惠卿无耻背叛,兴事倾轧。这些事情都让王安石感觉在朝中已无太多可以施展的余地,而爱子王雱遽逝,又是沉重一击,使他最终放弃继续为相。作于熙宁八年(1075)的《偶成二首》淋漓尽致地表现了英雄失路的悲哀:

> 渐老偏谙世上情,已知吾事独难行。脱身负米将求志,戮力求田岂为名。高论颇随衰俗废,壮怀难值故人倾。相逢始觉宽愁病,搔首还添白发生。

> 怀抱难开醉易醒,晓歌悲壮动秋城。年光断送朱颜去,世事栽培白发生。三亩未成幽处宅,一身还逐众人行。可怜蜗角能多少,独与区区触事争。

时光流逝，自己理想中的辉煌相业最终没能成就，"已知吾事独难行""高论颇随衰俗废"表现了诗人极度的失落与无可奈何。这种不得不承认失败的语气，让我们感觉诗人一下子衰老了许多，与当初意气昂昂、雷厉风行的王介甫相比，形成极大反差。酒难消愁、悲慨长歌，"怀抱"二句写出了作者深彻骨髓的悲哀，"可怜蜗角"则表达对朝中党争的厌恶，小人为争夺利益呶呶不休，不惜弄权相倾，志士的事业竟被毁于这种无谓的蜗角蛮触之斗，遗憾固也，而终无可如何。在这样的心情中熙宁九年（1076）十月王安石二次罢相。

回到金陵的王安石，不免仍有未能忘情处，如《杖藜》中所表现的"未忘余习"的自己，但是他明白时移世易，自己于朝政已无可为之势，最终也接受了这个事实，同时党争的压力也驱使为政主体更多回归内在世界。[1] 钱基博论王安石曰："只缘'拗相公'三字，横梗在人胸中，牢不可破。不知相公当官尽拗，而行己自厚；人固不易知，知人亦未易也。昔李翱状韩愈，谓其气厚而性通；吾论安石以谓行峻而情挚。人岂可以一端尽？"[2] 对相业的最终失望，让王安石回归了挚情的自我，再加上对佛学更深入地浸染研习，大体说来，晚年的王安石是一任萧散、恬淡冲和的。

> 王荆公领观使，归金陵，居钟山下，出即乘驴。余尝谒之，既退，见其乘之而出，一卒牵之而行。问其指使，相何之。指使曰："若牵卒在前听牵卒，若牵卒在后即听驴矣。或相公欲止即止，或坐松石之下，或憩田野耕凿之家，或入寺随行。未尝无书，或乘而诵之，或憩而诵之。仍以囊盛饼十数枚。相公食罢，即遗牵卒。牵卒之余，即饲驴矣。或田野间人持饭饮献者，亦为食之。"盖初无定所，或数步复归，近于无心者也。[3]
> 陈秀公罢相，以镇江军节度使判扬州。其先茔在润州，而镇江即本

① 沈松勤《北宋党争与"荆公体"》，《文学遗产》1999 年第 4 期。
② 钱基博《中国文学史》，上海：东方出版中心 2008 年，第 492 页。
③ 丁传靖编《宋人轶事汇编》，北京：中华书局 2003 年，第 497 页。

镇也。每岁十月旦寒食，诏许两往镇江展省，两州送迎，旌旗舳舰，官吏锦绣，相属于道。是时王荆公居蒋山，骑驴出入。会荆公病愈，秀公请于朝，许带人从往省荆公，诏许之。舟楫衔尾，蔽江而下，街告而于舟中喝道不绝，人皆叹之。荆公闻其来，以二人肩鼠尾轿，迎于江上，秀公鼓旗舰舳正喝道，荆公忽于芦苇间驻车以俟。秀公令就岸，大船回旋久之，乃能泊而相见。秀公大惭。其归也，令罢舟中喝道。[①]

对过去的一切不是简单的淡忘，因为那场声势浩大的改革实在不容易淡忘，但沉溺其中，只能徒然陷于无益的痛苦之中。王安石的过人之处在于，他能够控制自己，他对过去采取了举重若轻的"放下"态度。乘驴出行听任牵卒、或任驴自行之自然任意，对普通食物甘之如饴，且分与牵卒与驴子，不拒绝田野农人献食，不嫌粗淡而欣然享用，都说明王安石内心超然，不起分别心，自在随缘，正是参悟佛理有所得的状态。陈升之往来扫墓，乘舟奢华官吏供迎，说明他极其在乎自己的身份，喜好世俗赞美羡慕，而同是宰相的王安石不过乘小轿一顶。相形之下，可以看出王安石对于过去的辉煌采取了淡然的态度。这两件事都说明王安石心态与早期大不相同，对于世间事无复执着，表现出一种来则应之、去则不留的心态。王安石在给友人的信中即明确表达过这种思想："此事（案：王旁婚姻之事）一切不复关怀，陶渊明所谓'身如逆旅舍，我为当去客'，于未去间，凡事缘督应之而已。"[②] 正是因为内在生命发生了如此深刻的变化，发为歌诗才有了那种常人笔力难以企及的"舒闲容与"之态，有如斯之心境方有如斯之诗境。

三、金陵十年诗歌艺术

　　王安石现存诗 1727 首（据《全宋诗》统计），由于王安石诗只有

---

① 〔宋〕王铚《默记》卷中，第 24 页。
② 《与耿天骘书二》，〔宋〕王安石《王文公文集》卷四，第 52 页。

部分能确定系年（李德身编著《王安石诗文系年》，西安：陕西人民教育出版社 1987 年），结合《王荆公诗注补笺》（李壁注，李之亮补笺，成都：巴蜀书社 2002 年）、《王荆公年谱考略》（蔡上翔著，上海：上海人民出版社 1973 年）等资料，笔者统计熙宁、元丰时期王安石诗作约 770 首，占总数 45% 左右。其中熙宁时期确切可考者 184 首（实际创作数量应多于此），多数为罢相后所作，这也可以证明他晚年诗歌创作再次进入一个收获期。王安石前期创作走向欧阳修等人所开辟的宋调风格是毫无疑问的，晚期在古体、律诗方面皆有进境，绝句更是超群绝伦，论家多评荆公绝句回归唐音，唐音固然有之，但王安石的唐音决非简单"摹拟复现"，以下就王安石古体、律诗、绝句的特色与宋调的关系作出讨论。

（一）古诗

　　王安石古诗主要学习杜甫、韩愈。杜甫是诗歌发展史上里程碑式的人物，对古体、近体体制技巧的完备发展均有贡献。王渔洋论七言古诗曰："以李太白为正宗，杜子美为大家。"此从体制出发，论断看似奇怪，却把握住了诗史生变的节点，太白为"正宗"，是因为太白七言更近汉魏六朝一路发展而来的特色，子美为"大家"则在于其不仅能继承古诗风调，更能引入新元素，如散文化、议论化手法。正因为杜甫开拓了古体境界，所以王渔洋敢断言："七言古诗，诸公一调。唯杜甫横绝古今，同时大匠，无敢抗行。"[1] 杜五古"活于大谢，深于鲍照，盖尽有建安、黄初之实际，而并有王、孟诸公之虚神，不可执一以观之"[2]。可以说五古与七古一样均能深得古法而变化生新。杜之后学杜古体者莫深于韩愈。韩愈重气尚奇，发展了杜甫"以意为主，以独造为宗，以奇拔

---

① 〔清〕王士祺《新编渔洋杜诗话》，张忠纲编《杜甫诗话六种校注》，济南：齐鲁书社 2002 年，第 467、469 页。

② 〔清〕翁方纲《石洲诗话》，郭绍虞编《清诗话续编》，第 1376 页。

沉雄为贵"①的特点，将之发扬深入。赵翼曰，"至昌黎时，李、杜已在前，纵极力变化，终不能再开一径。惟少陵奇险处，尚有可推扩，故一眼觑定，欲从此辟山开道，自成一家。此昌黎注意所在也"②，抓住了韩愈学杜的关键所在。韩愈除以气势为胜外，因长于古文，遂大量将古文创作方法引入诗中，形成中唐以来一大变化。

王安石前期学杜、韩成就不小，但因功力经验等方面所限，字句、篇章模仿痕迹明显。如《虎图》通篇章法采取杜诗《画鹘行》的布置，首写画作气势夺人，然后赞叹画师技艺绝伦，继写画中内容，作精细表现，结尾留想象空间，令人回味思索。《纯甫出僧惠崇画要予作诗》中"移我倏然堕洲渚"以下开始描写画中景，以"往时所历今在眼"一句引起，采用虚实结合之法，表现画作技艺高超，如呈实景于眼前，与杜甫《奉先刘少府新画山水障歌》中"悄然坐我潇湘下"句后以"反思前夜风雨急"引起景物表现的结构完全相同，字句、结构上的模仿均很明显。《寄曾子固》为五古长篇，多僻字，押仄韵，布局以古文章法行之，未脱韩愈诘屈好奇风格。《送程公辟之豫章》中设主客两方，通过"客"之口表达"我"欲表达的内容，使一首普通送别诗变得饶有趣味，与韩愈《泷吏》采用相同结构。早年诗作已经表现出很多宋诗的特征，如以古文章法入诗，《寄曾子固》就很典型。起首赞美子固，对比我之不才，引起想念之情；次写子固美才不遇，生计困窘，叹息天下太平而士怀才难显，赞美子固高节如古人，引发对世风"趋舍唯利害"的不满，相比之下"而君信斯道，不问身穷泰"的品质更为可敬；从"何由日亲炙，病体同砭艾"开始写思念切磋学问，想象子固千里命驾的情景，以期待相见作结。如此布局完全是引入古文腾挪接续之法，且诗非以比兴抒情发妙，而是以叙述议论动人，可作一篇"思友文"来读。又如以散文语言入诗，表现在运用长短句、散

---

① 〔清〕田同之《西圃诗说》，郭绍虞编《清诗话续编》，第 752 页。
② 〔清〕赵翼《瓯北诗话》，郭绍虞编《清诗话续编》，第 1164 页。

文化直陈句法、大量使用虚词等方面。长短参差的句子如《和吴冲卿鸦树石屏》，三、五、七、九乃至十字以上的句子，错综成篇，虽无权桠拗聱之感，但却没有李白长短句歌行的音乐感，如"吾又以此知妙伟之作不在百世后"这样的句子，完全是散文笔法。《酬王伯虎》《寄丁中允》等亦多散文句法，虚字使用也很明显，如"先生不试乃能尔，诚令得志如何哉"（《寄赠胡先生》）、"尔无如彼何，可畏宁独人"（《车螯二首》），一句之中数个虚字，其他若"而""亦""唯""焉"等皆常见。再如议论说理入诗，《发廪》《兼并》《感事》《河北民》《收盐》《明妃曲》等皆以议论点睛取胜。以上特征在晚期诗作中皆有，如《游土山示蔡天启秘校》《再用前韵寄蔡天启》《用前韵戏赠叶致远直讲》《次韵约之谢惠诗》《同王浚贤良赋龟得升字》诸诗多用古文章法；《寄蔡氏女子二首》《白鹤吟示觉海元公》句式参差，以上诸诗及《赠李士云》《邀望之过我庐》《寄吴氏女子》中虚字亦多，"或""而""乃""耳""岂""矣""邪""欤""之"等大量出现；议论成分在这些诗中亦时时可见。王安石在欧阳修等人所开创的诗文革新的道路上一直没有停步，扩大了古诗散文化的倾向。

王安石晚年古诗高妙处，则不在能得古人具体技法，而在能纯以"意"运，驭法纯熟而自成体格。所以"其佳处，不在能与古人合，而在能与古人离"[①]。其能离古人，在于其造意尚"深峻"。如五古《用前韵戏赠叶致远直讲》其中间一段曰："或撞关以攻，或觑眼而鏖。或赢行伺击，或猛出追蹑。垂成忽破坏，中断俄连接。或外示闲暇，伐事先和燮。或冒突超越，鼓行令震迭。或粗见形势，驱除令远蹀。或开拓疆境，欲并包揔摄。或仅残尺寸，如黑子着靥。或横溃解散，如尸僵血喋。或惭如告亡，或喜如献捷。陷敌未甘虏，报仇方借侠。淬输宁断头，悔误乃批颊。"葛立方谓之："曲尽围棋之态。非笔力可以回万钧，

---

① 《与稚存论诗书》，〔清〕袁枚《小仓山房文集》卷三十一，杭州：浙江古籍出版社 2015 年，第 637 页。

岂易至此？取退之《南山诗》读之，若可齐驱并驾也。"① 此诗高明处绝非仅用了韩愈的"或"字句式，"或"字句人得而用之，何荆公独高？首先，韩愈所写南山实有其景，即便想象也有实景作为基础；荆公写围棋则全是想象，从这个角度来说，荆公的运思更具挑战性。其次，高山巨川容易写得雄浑；围棋为文人游戏，写起来不易达到惊心动魄、气势雄奇的效果，但王安石却达到了。清人王寿昌曰："昔人谓狮子搏象用全力，搏兔亦用全力。余以为杜诗亦然。"② 王安石此诗亦然，以军旅战阵写尺幅棋枰上事，以大写小遂有奇效，这种方法后来苏、黄也屡屡使用。第三，以战争事比拟棋局，早于荆公或与其同时代人多有之，如刘禹锡"雁行布阵众未晓，虎穴得子人皆惊"（《观棋歌送儇师西游》），赵抃"春昼僧房静，楸枰战气豪……决胜周旋久，阴谋计较劳"（《次韵何若谷中隐堂观棋》），强至"斗智不斗力，一枰思解围。防人甚勍敌，平地有危机。蜗角争先后，狼心竞是非"（《观棋》），韦骧"不卜天时不背山，枯棋遇敌战谈间。藏机闇伏三千楯，侵道雄窥百二关"（《观棋》）。这些诗作所写场景皆不及荆公动人心魄，唯邵雍《观棋长吟》"搜罗神鬼聚胸臆，措致山河入范围。局合龙蛇成阵斗，劫残鸿雁破行飞。杀多项羽坑秦卒，败剧苻坚畏晋师。座上戈铤尝击搏，面前冰炭旋更移。死生共抵两家事，胜负都由一着时"气势差近，笔力劗刻仍不及荆公。命意"深峻"是以上三个特点达成的基础，所以此诗看似韩诗痕迹极重，但其高处则在尚意，此外宋诗描写对象文人化、笔法开掘深细的特色于此亦可见之。

如果说以上这首诗古人痕迹犹重，那么下边两首则完全脱离字句模仿。《葛蕴作巫山高，爱其飘逸，因亦作两首》其二曰：

　　巫山高，偃薄江水之滔滔。水于天下实至险，山亦起伏为波涛。其

---

① 〔宋〕葛立方《韵语阳秋》，〔清〕何文焕辑《历代诗话》，第 623 页。
② 〔清〕王寿昌《小清华园诗谈》，郭绍虞编《清诗话续编》，第 1878 页。

巅冥冥不可见，崖岸斗绝悲猿猱。赤枫青枥生满谷，山鬼白日樵人遭。窈窕阳台彼神女，朝朝暮暮能云雨。以云为衣月为褚，乘光服暗无留阻。昆仑曾城道可取，方丈蓬莱多伴侣。块独守此嗟何求，况乃低徊梦中语。

《藏海诗话》云："学诗当以杜为体，以苏黄为用，拂拭之则自然波峻，读之铿锵。盖杜之妙处藏于内，苏黄之妙发于外，用工夫体学杜之妙处恐难到，用功多而效少。"[1] 杜诗最妙在"意"与"气"，而后才是"辞"，学"辞"易，欲造其"意"达其"气"则至难，须要学力胸怀的修养积累，所以说杜之妙不易到。王安石此诗未在字句、结构上刻意求同于老杜，但诗之神态，内在浑厚郁勃之气，实得杜意。形象生新，诗情浓郁，字句雄健，却不涉险怪，酣畅淋漓，略无窒涩，也避免了韩诗诘屈聱牙的弊病。元丰中所作《题燕侍郎山水图》亦是得杜神韵的作品：

往时濯足潇湘浦，独上九疑寻二女。苍梧之野烟漠漠，断垄连冈散平楚。暮年伤心波浪阻，不意画中能更睹。燕公侍书燕王府，王求一笔终不与。奏论谏死误当赦，全活至今何可数。仁人义士埋黄土，祇有粉墨归囊褚。

谢榛曰："学李杜者，勿执于句字之间，当率意熟读，久而得之。此提魂摄魄之法也。"[2] 观此诗学杜颇有"提魂摄魄"之致。许彦周曰："画山水诗少陵数首，后无人可继者，惟荆公《观燕公山水》诗，前六句差近之。"[3] 后方东树承此评曰："看半山章法谨严，全从杜公来，不自以古文法行之也。"[4] 笔者以为此诗写画亦论人，既写出了画作高超，又赞

---

① 〔宋〕吴可《藏海诗话》，丁福保辑《历代诗话续编》，第 331 页。
② 〔明〕谢榛《四溟诗话》，丁福保辑《历代诗话续编》，第 1164 页。
③ 〔宋〕许顗《彦周诗话》，〔清〕何文焕辑《历代诗话》，第 387 页。
④ 〔清〕方东树《昭昧詹言》，北京：人民文学出版社 1961 年，第 287 页。

扬作者品格，达到了人画相衬的效果。篇幅虽短却颇得杜甫《丹青引赠曹将军霸》之神韵，做到了"气象雄浑，句中有力，而纡徐不失言外之意"①，若非深得杜意者，欲短章之中具此笔力，实无可能。

王安石之尚意由其晚年论诗亦可见：

> 蔡天启云："荆公每称老杜'钩帘宿鹭起，丸药流莺啭'之句，以为用意高妙，五字之模楷。他日公作诗，得'青山扪虱坐，黄鸟挟书眠'，自谓不减杜语，以为得意，然不能举全篇。"余尝顷以语薛肇明，肇明后被旨编公集，求之，终莫得。或云，公但得此一联，未尝成章也。②

> 元丰中王文公在金陵，东坡自黄北迁，日与公游……东坡渡江至仪真，《和游蒋山》诗寄金陵守王胜之益柔，公亟取读之，至"峰多巧障日，江远欲浮天"，乃抚几曰："老夫平生作诗，无此二句。"又在蒋山时，以近制示东坡，东坡云："若'积李兮缟夜，崇桃分炫昼'，自屈宋没世，旷千余年，无复离骚句法，乃今见之。"荆公曰："非子瞻见谀，自负亦如此，然未尝为俗子道也。"③

以上所论皆是五古句法，老杜"钩帘宿鹭起，丸药流莺啭"（《水阁朝霁奉简云安严明府》），可释为：宿鹭惊起于钩帘之际，流莺鸣叫如丸药般圆转（具有以外界之声显室内之静的效果）。荆公诗可释为：静对青山闲坐扪虱，挟书在黄鸟声中入眠（有"鸟鸣山更幽"的效果）。老杜用了错综句法，荆公亦用之；老杜后句采用以动衬静的方法，荆公亦用之；两联均表闲居情态，确有不分胜负之处。明人张綖曰荆公一联以"工刻"④得老杜意，信其造意直追老杜。东坡一联用语无甚特殊而荆公爱之，在于造意新奇。东坡赞荆公"积李兮缟夜，崇桃兮炫昼"，得

① 〔宋〕叶梦得《石林诗话》，〔清〕何文焕辑《历代诗话》，第 432 页。
② 〔宋〕叶梦得《石林诗话》，〔清〕何文焕辑《历代诗话》，第 406 页。
③ 〔宋〕胡仔《苕溪渔隐丛话》前集卷三十五，第 236 页。
④ 〔清〕仇兆鳌《杜诗详注》，北京：中华书局 1979 年，第 1249 页。

"离骚句法"，这里"句法"绝非仅指类似《离骚》的句式，千百年中作楚辞者何其多也，岂必独许荆公？东坡所谓"句法"应是结合立意、情韵、意境而言的诗句总体特征，所重者在"意"。荆公暮年每求方驾古人，可知其炼意勤深，所造之境遂亦高妙。

陆时雍论老杜古诗曰："夫一往而至者，情也。必然必不然者，意也。意死而情活，意迹而情神，意近而情远，意伪而情真，情意之分，古今所由判矣。少陵精矣、刻矣、高矣、卓矣，然而未齐于古人者，以意胜也。"[1] 老杜尚意对唐人来说可谓别调，韩愈循此路发展扩大，荆公续有进境，晚年古诗尤为典型，深悟杜韩本领，登其堂奥，得其真法，而运以己意，遂能自成面目。

（二）律诗

王安石律诗总体来说章法谨严，对仗工妙，脉络畅达，得杜甫、李商隐之法为多。五律在盛唐已完全成熟，七律在杜之前犹未成熟，杜甫对七律内容、技巧等方面的开拓有很大贡献。杜诗"不惟写景，兼复言情，不为言情，兼复使典，七律之蹊径，至是益大开"[2]。中唐七律的发展有刘长卿之流畅，白居易之纡徐坦易，刘禹锡之骨力豪劲，张籍、王建之清空疏丽，等等。到晚唐则李商隐崛起，商隐诸体皆工，近体尤胜，在晚唐为大家。其七律能学老杜命意曲折，章法、句法谨严中富于变化，其独擅处则在抒情深隐婉转，语言秾丽雅赡，遂形成一种精工密丽而又不乏沉郁雄奇的风格。《一瓢诗话》云："有唐一代诗人，唯李玉溪直入浣花之室。"《岘佣说诗》云："义山七律，得于少陵者深，故秾丽之中，时带沉郁。如《重有感》《筹笔驿》等篇，气足神完，直登其堂，入其室矣。"皆为中的之评。

通过考察王安石诗作，笔者以为王安石学杜、学李并非同时并进。

---

① 〔清〕仇兆鳌《杜诗详注》，第 525 页。
② 〔清〕赵翼《瓯北诗话》，郭绍虞编《清诗话续编》，第 1342 页。

当荆公进入诗坛之时，西昆之风尤盛，二十三岁时所作《张刑部诗序》抨击西昆体曰："杨、刘以其文词染当世，学者迷其端原，靡靡然穷日力以摹之，粉墨青朱，颠错丛庞，无文章黼黻之序，其属情藉事，不可考据也。"中年入京做群牧判官时（1055—1056）曾编《唐百家诗选》，李商隐诗一首未选，可见其前中期对西昆所宗之李商隐是有一定排斥性的，虽然并非不读李诗，但以李为主要学习对象是不可能的。所以前中期主要是学杜，《老杜诗后集序》所谓"考古之诗，尤爱杜甫氏作者"，此篇序言记载王安石令鄞期间（1047—1050）得杜甫遗诗，此时是他深入研究杜诗的开始。后来编选《四家诗选》，又置老杜于首位，《四家诗选》完成于元丰中，元丰二年（1079）曾有诗曰"永怀少陵诗"（《弯碕》），可以说王安石一生学杜从未中断。前期并非绝不学李，但以杜为主，后期并非不再学杜，而是杜已成为根本，又旁探李之妙境。

《遁斋闲览》记载王安石论杜诗特点曰：

> 至于甫，则悲欢穷泰，发敛抑扬，疾徐纵横，无施不可。故其诗有平淡简易者，有绵丽精确者，有严重威武若三军之帅者，有奋迅驰骤若泛驾之马者，有淡泊闲静若山谷隐士者，有风流酝藉若贵介公子者。盖其诗绪密而思深，观者苟不能臻其阃奥，未易识其妙处，夫岂浅近者所能窥哉？此甫所以光掩前人，而后来无继也。元稹以谓兼人所独专，斯言信矣。[1]

能认识到杜诗有如许之多的妙境，也希望遍学老杜优点，但各人才性不同，后学往往只能得老杜一体，王安石也不例外。他偏爱老杜"绪密思深"，刻炼、重意、尚气一类，青年时代律诗重意尚气的特征尤为明显，如《闲居遣兴》《读镇南邸报癸未四月作》《寄孙正之》《送苏屯

---

① 〔宋〕胡仔《苕溪渔隐丛话》前集卷六，第 37 页。

田广西转运》《读诏书》《寄石鼓陈伯庸》《太白岩》《闵旱》等皆为此类作品，有些作品或伤于直快。中年以来于诗道涵养益深，佳作迭出，五律如《壬辰寒食》《自白土村入北寺二首》《旅思》，七律如《葛溪驿》《思王逢原二首》《示长安君》《金陵怀古四首》等皆步骤老杜，学而能化，自成面目。此处以《旅思》《葛溪驿》为例稍作说明，并可以和后边所论晚期诗作形成对比。

五律《旅思》云："此身南北老，愁见问征途。地大蟠三楚，天低入五湖。看云心共远，步月影同孤。慷慨秋风起，悲歌不为鲈。"此诗额联是典型的老杜句法，杜诗中此种律句极多，如"绿垂风折笋，红绽雨肥梅"（《陪郑广文游何将军山林十首》），"犬迎曾宿客，鸦护落巢儿"（《重过何氏五首》），"寺忆新游处，桥怜再渡时……野润烟光薄，沙暄日色迟"（《后游》）。这种句法第二字不管是动词或形容词，皆为着力处，且往往会与惯常不放在一起的词语搭配，意思新鲜；节奏上则变"二三"为"一一三"，读起来有变化峻健之感。颈联则从老杜《江汉》"片云天共远，永夜月同孤"化来。诗作于安石任提点江东刑狱时，已入仕十七年，虽升任中高层官员，但这样的处境与内心想要实现的目标还有很大差距，当时也没看到任何转变的契机，所以宦游中生出沧桑漂泊、时不我待之感。所以句法等学之皆为皮毛，此诗最佳处则是有上述那种慷慨沉雄之气盘旋在内，可以感觉到主人公对前途虽觉迷茫却执着追求的态度，与《江汉》之情怀气格相同。

七律《葛溪驿》云："缺月昏昏漏未央，一灯明灭照秋床。病身最觉风霜早，归梦不知山水长。坐感岁时歌慷慨，起看天地色凄凉。鸣蝉更乱行人耳，正抱疏桐叶半黄。"此诗意脉细腻，诗句间关合紧密，首联统摄后六句，"病身"、"归梦"、"起看"、耳闻，皆从"床"字出，"风霜"、"岁时"、"鸣蝉"、黄叶皆从"秋"字出；山水之长、天地之色、桐叶之黄，是见月而生之旅情，病身所感、慷慨凄凉、鸣蝉乱耳则是孤灯所引之人生况味；诗至颈联情感翻澜腾踊，身则秋气侵袭好梦不成，心则悲感光阴易去壮志未酬，此情此境，人何以堪？颈联通常为顺承之句，最易流于平弱，如王安石其他表现羁旅情绪的《西去》《过山即事》《舟还江南阻风有怀伯兄》诸诗颈联就显得平淡无力，不及此诗颈联能宕开境界。此种章法实自杜诗中来。杜诗善于发端，往往起首有笼罩全篇之势，写到第四句，似乎要说的话都已说完，可是到了五六两句，忽然又转换一个新的意思，开出一个新的境界，喷薄出更为汹涌、更为壮阔的波澜，但又不是一泻无余，总是荡漾萦回，和篇首遥相照映，显得气固神完，情韵不匮，如《九日蓝田崔氏庄》《将赴荆南寄别李剑州》《宿府》皆是此类。王诗采用这种结构，所以颈联神力圆足，末联续加渲染，遂造浑成。章法极其细密，而气韵不衰，诚如纪昀所评："老健深稳，意境殊自不凡。"①

　　由以上分析可知王安石前期学杜已深得其趣，晚年在此基础上开始更多关注李商隐。《蔡宽夫诗话》云：

　　　　王荆公晚年亦喜称义山诗，以为唐人知学老杜而得其藩篱，惟义山一人而已。每诵其"雪岭未归天外使，松州犹驻殿前军""永忆江湖归白发，欲回天地入扁舟"与"池光不受月，暮气欲沈山""江海三年客，乾坤百战场"之类，虽老杜亡以过也。义山诗合处，信有过人，若其用事深僻，语工而意不及，自是其短，世人反以为奇而效之，故昆体之弊适重其失，义山本不至是云。②

这里所引李诗不管内容如何，都有一个共同特点即"绪密思深"，而颇具骨力气格，这是李商隐学杜最有心得处，也是王安石学杜、李诗体会最深的特点。不过"绪密思深"既有尚气格的一路，亦有委婉奥隐的一路，老杜两者都有，多前者，李商隐亦然，而偏重后者，荆公前期偏重气格，晚年得杜、李启示，亦能学深奥委婉的手法。

---

① 〔元〕方回《瀛奎律髓汇评》，上海：上海古籍出版社 2005 年，第 1295 页。
② 〔宋〕胡仔《苕溪渔隐丛话》前集卷二十二，第 146 页。

晚年重气格的作品我们不再多论，此非晚期最重要的特征，我们主要探索王诗晚年深隐委婉一路。刘勰曰："隐也者，文外之重旨者也。"[1] 重旨者辞约而意富，含味无穷，故有"秘响旁通，伏采潜发"的效果，所以古人贵"隐"，以"含蓄"为诗文第一妙义。老杜便很典型，越是牵情动怀处越不直说，力避倾困倒廪，特别善于通过情景交融的方式暗示、烘托，如此则耐人寻绎。如《曲江二首》其二"穿花蛱蝶深深见，点水蜻蜓款款飞"，诗内在情感是表达"沉饮聊自遣"的失意情绪，却偏偏点缀美妙春景，在惜春情怀中带出放旷无奈的意绪。《秋兴八首》其三"信宿渔人还泛泛，清秋燕子故飞飞"，以清丽、宁静写"剪不断、理还乱"的烦闷心绪。李商隐极善学老杜此种，语言更温婉华美，意境更幽深奥隐。《重过圣女祠》"一春梦雨常飘瓦，尽日灵风不满旗"，此联就写景状物来说已极富神韵，不过它更出色的地方是通过意境的朦胧缥缈，给人以丰富的联想与暗示，有不尽之意。《二月二日》"花须柳眼各无赖，紫蝶黄蜂俱有情"，看似写诗人对秾丽春色流连陶醉，实则暗表因春色美好而触动伤感。这种创作手法使诗句富内蕴，增强了情、意的容纳力，因而更具表现力。王安石晚年诗作极得力于此种笔法。七律如：

> 倦童疲马放松门，自把长筇倚石根。江月转空为白昼，岭云分暝与黄昏。鼠摇岑寂声随起，鸦矫荒寒影对翻。当此不知谁主客，道人忘我我忘言。（《登宝公塔》）

> 百年春梦去悠悠，不复吹箫向此留。野草自花还自落，鸣鸠相乳亦相酬。旧蹊埋没开新径，朱户欹斜见画楼。欲把一杯无伴侣，眼看兴废使人愁。（《午枕》）

《登宝公塔》写登定林寺前冈宝公塔之所见所感，首联童仆、马匹

---

① 〔梁〕刘勰《文心雕龙注》，北京：人民文学出版社 1958 年，第 632 页。

疲倦，想来荆公亦非精力十足，常人多半另择良时而登，但公犹欲挂杖而登，颇有一种倔强之气在内。颔联写塔上所见，江月皓明驱走苍茫暮色，将黝黑夜空照如白昼；岭间浮云加深夜色，像是将暝色分给黄昏。这两句写江上山间黄昏入夜时光影变化，极为工妙。夜空本不可转，暝色也不能分，然诗云"转空""分暝"，造语极是新鲜；以拟人化手法赋予江月、岭云生命意趣，颇为生动；本来入夜却言转为白昼，黄昏本是虚无却说分予暝色，又具有虚邈灵幻之美。颈联，"鼠摇"即松鼠爬树的动态，这种响动本来十分微弱，但犹可听见，说明山野空寂，古塔阒静；乌鸦在夜空中飞过本晦昧不明，然其影可鉴，表现了月色的明朗。这两句通过细微描写，表现了山间入夜时分的宁静与荒寒。这四句似乎只是极工致的景句，但是结合创作时间，我们会有不同看法。诗作于熙宁十年（1077），作者罢相不久，罢相是无可奈何而罢，非功成身退而罢，所以虽归林泉，心实沉郁。中间四句绘出孤寂缥缈、荒寒宁静之境，不无美感，然当此之际欲赞耶？欲恨耶？欲愁耶？如此空茫之景、如许伤心遗憾，不如无言、不如不再想、不如忘却，实际上暗示了诗人内心之索寞、幽独、伤怀。如果没这种暗蕴的情感，结尾两句就只是一般的谈禅说道而已，决不会有翛然自在的动人意态。正因作者写景能够融情，所以结尾之感慨不落空，首联中的倔强亦可领会。一字不及愁绪，却达到了连篇累牍都难以说尽的效果。

《午枕》作于元丰末期。起首"百年春梦"，既实写诗人午睡入梦恍恍百年，又寓有政治上的感慨。诗人一生从政，致力新法，但神宗去世以后，新法渐被废除，内心十分痛苦。"去悠悠"三字，有无限惋惜之意。《列仙传》记萧史、弄玉吹箫跨凤飞升，这里用之是说自己没有神仙道术可以跨越现实长留梦中。首联叙事点题，借梦境寄慨。颔联笔法颇似老杜"映阶碧草自春色，隔叶黄鹂空好音"及李商隐"花须柳眼各无赖，紫蝶黄蜂俱有情"，野草花开花落衰而复荣，鸣鸠相乳相酬生意欣欣，实际上以外物之无情，写观者之不堪，以自然界周而复始生机勃然，写人事变迁无常，极为婉转深隐，若不细加推敲，只当是平淡景句。颈联既可能是诗人望中实景，也可能是因感慨而写虚景，金陵六朝古都，尤易让人生发古今兴亡之感。诗人陷入寂寞愁闷之中，欲借酒驱愁，却无人相伴，"伴侣"不仅指酒伴，实际上是写元丰末期因政治形势逆转，以前投机新法者又倒向保守派，真正坚持新法者能有几人？所以诗人备感孤独，尤其面对神宗去世、新法岌岌可危的状态，诗人愁绪愈无可排遣，"兴废"之愁既感于往昔，亦感于今朝。午枕飘然一梦却生出如此感慨，诗看似吊古闲愁，实则深含隐衷。

七律比五律多二字，对仗、平仄等变化遂比五言增繁，字法、句法变化无穷，实不易驾驭，遂于诸体之中号为至难。《渔洋诗话》引人语曰"七律较五律多二字耳，其难什倍。譬开硬弩，只到七分，若到十分满，古今亦罕矣"[1]，并认为唐宋作者，求其十分满者，唯杜甫、李颀、李商隐、陆游数家。笔者以为荆公七律未便方驾老杜、商隐，但其晚作律法精严，含蓄蕴藉，达到了很高的艺术境界，就有宋一代来说，亦可谓达致"十分满者"。

荆公晚年五律亦佳，如：

> 月映林塘淡，风含笑语凉。俯窥怜绿净，小立伫幽香。携幼寻新荳，扶衰坐野航。延缘久未已，岁晚惜流光。（《岁晚》）
>
> 径暖草如积，山晴花更繁。纵横一川水，高下数家村。静憩鸡鸣午，荒寻犬吠昏。归来向人说，疑是武陵源。（《径暖》）

"岁晚"这里指阴历九月左右，夏景尤继，但"此景过后更无景"，故以"岁晚"为题。据荆公诗作，钟山居所有池塘清溪，不仅遍植荷花，且与外界相通。《示元度》曰："今年钟山南，随分作园囿。凿池沟吾庐，碧水寒可漱。"《寄吴氏女子》又云："芙荷美花实，弥漫争沟泾。诸孙肯来游，谁谓川无舲。"这样就很容易理解诗意了，明月临空，透

---

① 〔清〕王士祺《新编渔洋杜诗话》，张忠纲编《杜甫诗话六种校注》，第 450 页。

过树林将月光洒在清波之上，景色动人，荆公与家人赏景笑谈，气氛轻松欢快，景之诱人，情之欢跃，也为后边小舟出游作了伏笔。荷花花期六月至九月，果熟期则九月至十月，此时犹有花存，所以有颔联赏花醉香之笔，"俯窥"而"怜"写出动作之轻，"小立"而"伫"写出时间较久，都表现了诗人对荷花的喜爱。这个时候也是"菂"即莲子成熟之时，孙辈必闹着要坐船去摘莲蓬，所以颈联"携幼"出游，诗人虽自感腿脚不灵便，但犹要"扶衰"相陪，暗示了心情的愉快。小船沿着花岸久久向前，林塘之美让诗人不禁怜惜美好光景之易逝而更珍惜此游；同舟孙辈的雀跃，似乎也让诗人感觉到了自己的衰老，而更珍惜晚年的光阴。诗意如同诗中还未回航的小舟一样缓行荡漾，余韵无穷。《漫叟诗话》云："荆公定林后诗，精深华妙，非少作之比。尝作《岁晚》……自以比谢灵运，议者亦以为然。"[1]此诗的确有谢诗清雅空灵的味道。

　　《径暖》是一幅绝好的暮春寻幽图。暮春蒋山如何，是否真如荆公所绘？张文潜云："余自金陵月堂谒蒋帝祠，初出北门始辨色，行平野中，时暮春，人家桃李未谢，西望城壁壕水，或绝或流，多鸂鶒白鹭，迤逦近山，风物夭秀，如行锦绣图画中，旧读荆公诗多称蒋山景物，信不诬也。"[2]可知蒋山美名不虚，又适逢荆公妙笔。首联点明季节，且此日爽朗晴好，诗人独行幽径，花草繁茂，花色在阳光下更加鲜亮，这是近景。随后诗人远眺，河流蜿蜒如带，山间自然散落村居民宅，"纵横""高下"给人以经纬交织的立体印象，语简意丰，诗人烹炼字句的功夫很高。颈联只要有过村镇生活体验的人就会感叹这两句极为自然细腻，午时乡间农人休息，村落非常安静，这时鸡的确会偶尔鸣叫，这是农村生活的常态，一派悠闲恬淡氛围。诗人乘兴寻幽日暮方返，这时农人收工回家，村落中有小小的热闹场景，村舍里的狗受到惊动便叫起

---

①〔宋〕胡仔《苕溪渔隐丛话》前集卷三十三，第222页。

②〔宋〕胡仔《苕溪渔隐丛话》前集卷三十四，第228页。

来，正如陶渊明所写"狗吠深巷中"，是典型农家生活情态。一个卸任的宰相步行此间，将此种自然宁静的生活与自己以前所面对的险恶风波相比，岂能不赞叹此处为世外桃源！

律诗盛于唐，而五言律尤盛，太白、襄阳、右丞、达夫、嘉州以外，"子美变化尤高，在牝牡骊黄之外"[①]。正因杜五律情韵高深、变化多端，历来被认为学五律入手之正宗，王安石于杜颇学其用意深刻、景语含情及曲折笔法。中唐清词丽句之后晚唐五律"上者风力郁盘，次者情思曲挚，又次者则筋骨尽露"[②]。李商隐极擅"情思曲挚"一类，且多有不用典实、神骨高秀之句，如"石梁高泻月，樵路细侵云"（《题郑大有隐居》）、"月澄新涨水，星见欲销云"（《夜出西溪》）、"落时犹自舞，扫后更闻香"（《和张秀才落花有感》）等。荆公既爱"池光不受月，野气欲沈山"（《戏赠张书记》）句，自深谙商隐此种笔力情韵，除去以上两诗中的佳句外，他如"岸凉竹娟娟，水净菱帖帖。虾摇浮游须，鱼鼓嬉戏鬣"（《自喻》）、"月出映潭底，烟升隐墟落。寒鱼占窟聚，瞑鸟投枝泊"（《示张秘校》）、"花发蜂递绕，果垂猿对攀。独寻寒水度，欲趁夕阳还"（《北山暮归示道人》）、"草长流翠碧，花远没黄鹂"（《东皋》）等，既能学谢灵运之清新自然，复得杜、李之意、情、景相融之韵致，又有自己淡雅、萧散作风及禅意的融入，遂成就典雅工丽、闲适淡泊的风格，为北宋五言大家。翁方纲曰："唐宋而后，必不得已而欲及于五律，则王半山略取数章，东坡、山谷尚甚少也。"[③]荆公五律信自不凡。

律诗之难，因为有固定格律限制，字法、句法、创作手法均需用力，荆公晚年作品在各方面均有出色表现。善于炼字我们上边已有所介绍，字法方面尚有其他特点，比如善用双声叠韵，杜甫、李商隐皆擅此道，荆公用之亦极佳。如"岸凉竹娟娟，水净菱帖帖"（《自喻》）、"萧

① 〔清〕宋荦《漫堂说诗》，丁福保辑《清诗话》，第 418 页。
② 〔清〕潘德舆《养一斋诗话》卷四，郭绍虞编《清诗话续编》，第 2069 页。
③ 翁方纲《复初斋文集》卷十八，台北：文海出版社 1969 年。

萧新犊卧，冉冉暮鸦翻"（《光宅》）、"偶攀黄黄柳，却望青青巘"（《上南岗》）、"翳翳陂路静，交交园屋深"（《半山春晚即事》）、"栩栩幽人梦，夭夭老者居"（《独饭》）、"寒荚着天榆历历，净华浮海桂团团"（《岭云》）等。荆公律诗亦善用动词，此亦得老杜之法，如我们以上所举诗中加点字，以及"苔争庵径路，云补衲穿空"（《白云然师》）、"江光凌翠气，洲色乱黄云"（《怀吴显道》）、"疏钟挟谷响，悲梵入樵歌"（《重游草堂次韵三首》）、"碧合晚云霞上起，红争朝日雪边流"（《酴醾金沙二花合发》）、"树含宿雨红初入，草倚朝阳绿更生"（《次韵陈绎学士小园即事》）等。荆公亦善用虚字，如《定林院》中二联云："因脱水边屦，就敷床上衾。但留云对宿，仍值月相寻。"四个虚字的使用，表现了动作的随意性，更突出了诗人超然洒脱的态度。《欹眠》云："清话非无寄，幽期故不忘。扁舟亦在眼，终自懒衣裳。"虽与朋友有约，终于没有前去，虚字的使用极好地表现了诗人意绪沉郁的状态。《怀古二首》颔、颈联亦皆连续使用虚字，"那知饭不偿，所喜菊犹存。亦有床坐好，但无车马喧""非无饭满钵，亦有酒盈樽。不起华边坐，常开柳际门"。虚字较多使用始于老杜诗中，属于别调，是引起诗作散文化的原因之一，宋人则大量使用。

句法方面除去惯常的偶句外，荆公亦善于使用流水对，如以上使用虚字的《定林院》《怀古二首》中二联均为流水对，读起来畅达适意。李商隐善当句对，荆公学之亦多有。如"花发蜂递绕，果垂猿对攀"（《北山暮归示道人》）、"山高水深鱼鸟乐，车马迹绝人长闲"（《忆蒋山》）、"穿梅入柳曾莫逆，度岭缘冈初不谋"（《次韵酬朱昌叔六首》）。荆公也喜用老杜"香稻啄余鹦鹉粒"式的错综句，如：

> 行寻香草遍，归漾晚云闲。（《自府中归寄西庵行详》）——行遍寻香草，归闲漾晚云。
>
> 宽闲每逆竹，危朽漫牵萝。（《重游草堂次韵三首》）——竹每逆宽闲，萝漫牵危朽。

> 苔争庵径路，云补衲穿空。(《白云然师》)——庵径路苔争，衲穿空云补。

按照惯常结构，句子应如破折号后边所示，但那样就失去了新鲜感与紧凑结构的张力，重点意象也难以突出。

在创作手法方面，荆公律诗善用典，尝云："诗家病使事太多，盖皆取其与题合者类之，如此乃是编事，虽工何益？若能自出己意，借事以相发明，变态错出，则用事虽多，亦何所妨？"[1] 所以诗作中多用事典，晚年作品中不仅用经史子集中典故，佛典中事亦多用之，亦善于点化前人诗句（见本书附录）。这些均是由宋人博学及三教融合等情况所致。此外则于诗中多发议论，这些均为日后宋调发展之因子。

总体来说荆公晚年律诗艺术价值很高，颇有唐音，《养一斋诗话》云："宋人作七律，多以瘦硬斩绝学杜，岂知杜者！如'落花游丝白日静，鸣鸠乳燕青春深''楚江巫峡半云雨，清簟疏帘看弈棋''更为后会知何处，忽漫相逢是别筵'……何其风流自赏，摇曳生姿，岂专以为枯笔画松者？"[2] 宋人五律学杜世称后山、简斋，但"语皆粗硬，乏温醇之气"[3]，宋人学杜者确多如潘、乔二人所论，若荆公晚年之安闲容与、深含绵邈，可免此讥。推求荆公晚年律诗精妙之原因，一则重视含蓄原则，二则不舍唐诗之丰神情韵，三则融入宋人重学、尚意等特征，故入唐人中几可乱真，但终具宋调，置宋诸家中则唐音最浓，戛戛独造，自成一格。

（三）绝句

王安石绝句历来备受称赞，黄庭坚云："荆公暮年作小诗，雅丽精

---

① 《蔡宽夫诗话》，〔宋〕魏庆之《诗人玉屑》卷七，上海：上海古籍出版社 1978 年，第 147 页。
② 〔清〕潘德舆《养一斋诗话》，郭绍虞编《清诗话续编》，第 2060 页。
③ 〔清〕乔亿《剑溪说诗》，郭绍虞编《清诗话续编》，第 1093 页。

绝，脱去流俗；每讽味之，便觉沆瀣生牙颊间。"①杨万里云："五七字绝句最少，而最难工，虽作者亦难得四句全好者，晚唐人与介甫最工于此。"②绝句起源有两种说法，一者从"五言短古，七言短歌"变化而来，唐人赋予它以声律；二者认为绝句是截取律诗四句，或首尾二联，或前二联或后二联，或中间二联，因有"截句""断句"之称。不论起源如何，都要在四句之内完成起承转合的步骤。律诗比起古诗可周旋的空间已很小，绝句与律诗相比笔墨空间更为狭窄，所以体制虽小，却要求艺术功力精深，如书法中笔繁之字易写，笔简之字难工，因笔画少所以不能有败笔，绝句亦然。绝句在盛唐诗人手中发展已相当纯熟，壮丽山河、雄奇边塞、戍卒愁绪、深宫寂寥、朋友情意、林泉幽思无不拢入笔下，而技巧娴熟，境界或壮丽、或清雅、或劲健、或自然、或悲慨、或委曲，引人留连不尽，杜甫用绝句写时事、咏史、谈艺的作品更进一步开拓了绝句的创作范围。总体说来，盛唐时期的绝句视野开阔、气度高华雍容。中唐以来唐王朝国力衰弱，战事连绵不绝，党争激烈，文人出路受到压抑，开始更多地关注独善的处境与内在心灵世界，所以中晚唐绝句，气格或不如盛唐，而细腻优雅处则不减盛唐，甚或过之。王安石晚年绝句题材多样，最佳者为情景交融的作品，既有晚唐之细腻清秀，又上窥盛唐之醇美含蓄。

王氏绝句胜处如下。第一，善取境。皎然曰："取境之时，须至难、至险，始见奇句。成篇之后，观其气貌，有似等闲，不思而得，此高手也。"③钟山景物固佳，但天下佳山水可媲钟山者自不少，见佳山水之诗人亦不少，但并不是每个诗人都能把与世长新的山水表现得新境迭出，王安石在钟山的活动范围不过去往北山、南浦、东冈等处，却总能写出新鲜意味，就在于善取境。如：

---

① 〔宋〕胡仔《苕溪渔隐丛话》前集卷三十五，第234页。
② 〔宋〕杨万里《诚斋诗话》，丁福保辑《历代诗话续编》，第141页。
③ 〔唐〕皎然《诗式》，〔清〕何文焕辑《历代诗话》，第37页。

木末北山烟冉冉，草根南涧水泠泠。缲成白雪桑重绿，割尽黄云稻正青。(《木末》)

爱此江边好，留连至日斜。眠分黄犊草，坐占白鸥沙。(《题舫子》)

随月出山去，寻云相伴归。春晨花上露，芳气着人衣。(《山中》)

《木末》之取境在"清丽"，作者驻足南涧耳闻潺潺水声，远望北山袅袅青烟升上林端，一派清幽景致。后两句仍然是望中所见，谓春风吹柳絮如雪的季节过后，夏季桑叶又绿，小麦收后，晚稻正青。诗人所写为大片眺望之景，视觉效果极好，再加上颜色的点染，虽然所表现的并非名花奇树，却给人清丽无比的感觉。《题舫子》《山中》的取境则在"自由""放旷"。"分"黄犊之草，"占"白鸥之沙；逐月而去，与云同来，看初日照露，觉花香袭人。读这两首诗感觉诗人所写情态，仿佛不是这红尘中事；诗中主角，仿佛不是这红尘中人。可以清晰感受到诗人与自然万物和谐无间、逍遥自在的风度，禅家所谓"大千沙界内，一个自由身"①。皎然云，"诗人诗思初发，取境偏高，则一首举体便高；取境偏逸，则一首举体便逸"②，王安石晚年绝句正是善用取境，且多融入禅意，所以或丽、或雅、或幽、或逸，格致动人。

第二，善于细腻刻画，曲折达意。如《示公佐》："残生伤性老耽书，年少东来复起予。各据槁梧同不寐，偶然闻雨落阶除。"此诗表现一老一少两个读书人，晚上对坐而谈，第三句表现了谈论兴味之浓厚热烈，二人毫无睡意；末句尤妙，偶然"闻雨"，则不知雨何时而落，一则暗示是小雨，二则暗示谈话惬意，忘记了时间也忽略周围变化。诗不写清谈、不写环境优雅，但是谈论之投机入神与境界之雅妙非常都表现了出来。《北山》："北山输绿涨横陂，直堑回塘滟滟时。细数落花因坐久，缓寻芳草得归迟。"首二句铺垫出整体境界，正值春夏相交季节，

---

① 〔宋〕释普济《五灯会元》卷十九，北京：中华书局1984年，第1259页。

② 〔唐〕皎然《诗式》，〔清〕何文焕辑《历代诗话》，第35页。

山野浓绿，塘水明洁。晴暖佳日，诗人漫步山间，落花不过落花而已，普通人看过了也就罢了，但是诗人不仅在赏落花，更"细数"，以至于"久坐"，深深表现了惜春不舍的情怀。诗人起身欲行之时的那一声叹息，我们虽然听不到，但是完全可以体会得出。虽不舍也无奈，逝去的终究难以挽回，"缓"步而归的老态中有多少伤感，不仅为已逝的自然之春，也为不堪回首的政治生命。意绪极为幽隐深密，不细细寻绎，则会与诗人用心失之交臂。

第三，善于说理，其高者理、情、景交融，不露声色，自含理趣。如《北陂杏花》："一陂春水绕花身，身影妖娆各占春。纵被春风吹作雪，绝胜南陌碾成尘。"北陂人迹少至，杏花清雅寂寞；南陌车水马龙，杏花得人赏叹。但北陂杏花纵被春风吹落，犹自荡漾清波，暗随流水到天涯，不辱高洁情怀；南陌杏花虽得红尘美誉，终不免零落泥涂，与尘垢为伍。"作雪""成尘"分别为高洁独立、污浊媚俗品格的暗喻。诗人因推行新法不肯妥协，被迫辞相退隐，虽如此内心不改夙愿，坚持自己的理想，诗中后两句正暗隐如此心迹。"纵被""绝胜"语气坚决悲壮，绝好体现了作者一贯的果敢独立作风，所以《宋诗精华录》评曰："末二句恰是自己身分。"此诗花、人、情、景交融为一，深含理趣、骨力，是此类诗中之上品。其次或能结合形象而说理，如《即事》："云从无心来，还向无心去。无心无处寻，莫觅无心处。"世界事本无起处，亦无归结之处，"无心"而来，"无心"而去，如此看待心中自然获得清净。"无心"是当下一种状态，若执着寻找一个"无心处"则又会陷入烦恼。王安石这首诗表达了对佛法"于相离相"的理解。虽然借"云"而言，但是"理"的成分显然未能很好地与情、景结合。其他如《书定林院窗》《昭文斋米黻题余定林所居因作》《真赞》《传神自赞》《题半山寺壁二首》《答俞秀老》《题定林壁》《书定林院窗二首》《梦》《老嫌》《偶书》等作品皆似《即事》，唐音含蓄回味因素退隐，宋调显豁说理成分突出，在艺术价值上不及情理交融的作品。

第四，王安石绝句之所以能把人人眼中之山水表现为人人笔下所无之景致，除具有上节所论律诗诸特点外，还特别善用比喻、借代、典故、色彩渲染、境界暗示等艺术手法。如"含风鸭绿粼粼起，弄日鹅黄袅袅垂"(《南浦》)既有比喻也有借代，两种手法融合无间，虽不提水、柳二字，碧波春柳之态已尽揽读者眼中。"缫成白雪桑重绿，割尽黄云稻正青"(《木末》)、"浓绿扶疏云对起，醉红撩乱雪争开"(《池上看金沙花数枝过酴醾架盛开》)、"细红如雪点平沙"(《钟山晚步》)也是比喻、借代合用。此种手法并非王安石首创，李商隐就极擅此法，《吕氏童蒙训》："义山《雨》诗'撼撼度瓜园，依依傍水轩'，此不待说雨，自然知是雨也，后来鲁直、无已诸人多用此体作咏物诗，不待分明说尽，只仿佛形容，便见妙处。"[①]吕本中没有注意到，其实王安石早于黄、陈已大量使用这种手法。王安石也善于在绝句中用典，且能同时能兼顾对偶，如"一水护田将绿绕，两山排闼送青来"(《书湖阴先生壁》)，上句"护田"自《汉书》中来，下句"排闼"亦取自《汉书》。"周颙宅作阿兰若，娄约身归窣堵坡"(《与道原游西庄过宝乘》)，周颙、娄约均为南朝人，"阿兰若""窣堵坡"均为梵语。"新营枣域我檀越，曾悟布毛谁比丘"(《示报宁长老》)，"枣域""檀越""布毛""比丘"皆释家事。可知叶梦得"荆公诗用法甚严"[②]所论不虚。色彩点染亦是王氏一绝，如以上所举《南浦》《木末》数诗，他如"池散田田碧，台敷灼灼红"(《送吕望之》)、"春风过柳绿如缲，晴日蒸红出小桃"(《春风》)、"草头蛱蝶黄花晚，菱角蜻蜓翠蔓深"(《钟山即事》)、"无限残红着地飞，溪头烟树翠相围"(《暮春》)等，色彩渲染增丽画面，感性特征突出，易于引人想象，此其最大之作用。王安石绝句还善于通过诗句本身构筑的境界去暗示，如《春风》："春风过柳绿如缲，晴日蒸红出小桃。池暖水香鱼出处，一环清浪涌亭皋。"第三句虽言"水香"，但据上下诗境，实则写飘到水面上的桃花的香气，而非水

---

① 〔宋〕胡仔《苕溪渔隐丛话》前集卷四十七，第 325 页。
② 〔宋〕叶梦得《石林诗话》，〔清〕何文焕辑《历代诗话》，第 422 页。

自己生香。《山樱》："山樱抱石映松枝，比并余花发最迟。赖有春风嫌寂寞，吹香渡水报人知。"《金陵绝句》："水际柴门一半开，小桥分路入青苔。背人照影无穷柳，隔屋吹香并是梅。"此二诗作者眼前并无樱花、梅花，但是"吹香"二字，暗示了花开香逸的状态。

总体来说王安石前期绝句宋调颇露，如直抒怀抱的作品《龙泉寺石井》《登飞来峰》《苏州道中顺风》《临吴亭》，关心时事的作品《促织》《郊行》《出塞》《入塞》，及大量咏史绝句，都表现出好议论、直露、畅快的风格，"宋调"特征极为明显。当然前期也有如《若耶溪归兴》《出金陵》《泊船瓜州》等情景交融的佳作，但终少晚作意味曲折、委婉荡漾之致。皎然论诗有"四离"："虽期道情而离深僻，虽用经史而离书生，虽尚高逸而离迂远，虽欲飞动而离轻浮。"① 王安石其他作品或未能符合这样的标准，但晚年抒情写景的绝句确乎达到了"四离"的要求，有理趣而不着理语，用典故而不掉书袋，情怀雅逸悲慨而非迂腐愤世，诗语妍丽华妙而不觉轻艳浮荡，诚为古今杰作。

第二节　王安石与宋调

王安石"平生文体数变"，晚年出现较大变化，所以历来对王诗的评价，亦出现走极端各执一词的说法。如苏轼言："（王安石）七言诗终有晚唐气味。"② 张芸叟言："王介甫如空中之音，相中之色，欲有寻绎，不可得矣。"③ 张邦基言："七言绝句，唐人之作，往往皆妙。顷时王荆公多喜为之，极清婉，无以加焉。"④ 杨诚斋推崇荆公绝句，其语见上节所引。元人毋逢辰序《笺注王荆文公诗集》云："诗学盛于

① 〔唐〕皎然《诗式》，〔清〕何文焕辑《历代诗话》，第 28 页。
② 〔宋〕赵令畤《侯鲭录》卷七，北京：中华书局 2002 年，第 182 页。
③ 〔宋〕赵与时《宾退录》卷二，上海：上海古籍出版社 1983 年，第 21 页。
④ 〔宋〕张邦基《墨庄漫录》卷六，北京：中华书局 2002 年，第 180 页。

唐，理学盛于宋，先儒之至论也。其论诸贤大家数，甚而有五言七言散文之消，独于临川王文正公之诗，莫有置其喙者……公之诗，非宋人之诗，乃宋诗之唐者也。"[①] 元人袁桷《书汤西楼诗后》："自西昆体盛，襞积组错，梅、欧诸公发为自然之声，穷极幽隐，而诗有三宗焉。夫律正不拘，语脾意赡者，为临川之宗……惟临川莫有继者，于是唐声绝矣。"[②] 如上论家立论角度，均侧重王安石晚年创作。另一些评论家则有不同态度。徐俯言："荆公诗多学唐人，然百首不如晚唐人一首。"[③] 胡应麟言："介甫五七言绝，当代共推，特以工致胜耳，于唐自远……七言诸绝，宋调垒出，实苏、黄之前导也。"又言："六一虽洗削西昆，然体尚平正……至介甫创撰新奇，唐人格调，始一大变。苏、黄继起，古法荡然。推原科斗时事，实舒王生此厉阶。"[④] 徐复观言："积极奠定宋诗基础的，应推王安石。王安石学博才高，思深律严，晚年所走路数与山谷相同，而学问才气及胸次远过于山谷。宋诗之特征，至他而始完备，后人对宋诗所作或好或坏的批评，皆可在他的诗中看出。"[⑤] 这些论家则是从王安石创作整体出发，侧重其宋调特征。

就王诗全体而论，宋调、唐音实可平分秋色。其诗前期宋调显豁，价值最高的作品往往是富含宋调的作品，如抒发个人怀抱、关心时事、咏史类作品，健劲畅达，议论横生，词气显露，多宋人笔法。晚期心态深隐，趋向唐音，价值最高者为情韵交融的作品，其中有直追唐人可以乱真的作品，但是也有外貌似唐，而内中尚意、富学之作，此种则与唐韵异趣，实具宋调内质，徐复观所谓"晚年所走路数与山谷相同"者。具体来说，王诗宋调表现主要有如下几点：

① 《王荆文公诗李壁注》，上海：上海古籍出版社 1993 年，第 6 页。
② 〔元〕袁桷《清容居士集》卷四十八，本卷第 5 页，影印四部丛刊初编。
③ 〔宋〕曾季狸《艇斋诗话》，丁福保辑《历代诗话续编》，第 293 页。
④ 〔明〕胡应麟《诗薮》，吴文治主编《明诗话全编》，第 5627、5614 页。
⑤ 徐复观《中国文学精神》，第 461 页。

一、好议论说理。王安石之前王禹偁、欧阳修、梅尧臣、苏舜钦等人诗中已多议论，王安石有过之无不及，这一点在前期诗作中表现尤为明显，如前文所论，故吴之振曰："安石诗独是议论过多，亦是一病耳。"[①] 晚期诗作中亦有较多说理作品，高者能做到情理交融，如《北陂杏花》，古诗中叙议亦能有机结合，如《酬王浚贤良松泉二诗》《同王浚贤良赋龟得升字》等作品。其下者则多直接说理，如《拟寒山拾得二十首》《杂咏八首》及部分律诗、绝句，有损诗作的艺术性。这除去宋代士风好议及宋人普遍精儒学好明辨的原因之外，禅学的融入也是一个原因，能融合诗禅王安石应该是有宋第一人，梁启超论以禅入诗："虽非诗之正宗，然自东坡后，熔佛典语入诗者颇多，此体实自荆公导之也。"[②] 此类作品能以常语或虽用禅语而能凸显禅意者最佳，直接谈禅则堕恶趣。

二、才学化因素颇为深刻。最明显者用典，由前几节的论述我们可以知道，王安石不反对用典，强调以己意驱遣典故，不为典故所牵制。其用典杂出儒经、史书、佛书、庄老之书，而如《石林诗话》中所记用典以汉人语对汉人语，以释家语对释家语，在追求诗意巧妙浑成的前提下，这样的用典方法实非小家所能望其项背。王安石大部分作品用典是成功的，有助诗意表达。即便晚年写景抒情作品中亦能自然用典，不着痕迹，如：

> 漱甘凉病齿，坐旷息烦襟。因脱水边屦，就敷床上衾。但留云对宿，仍值月相寻。真乐非无寄，悲虫亦好音。（《定林院》）

此诗完全可以当没有典故的诗来读，但其中却有四处用典，"漱甘"暗用《晋书·孙楚传》"枕石漱流"之典，符合作者退隐身份。水边脱

① 〔清〕吴之振《宋诗钞》卷十八，第 564 页。
② 梁启超《王安石传》，海口：海南出版社 2001 年，第 228 页。

屦,《北山移文》曰"屣万乘其如脱",为隐者轻视世间富贵之举。又王勃《山林兴序》:"簪裾见屈,轻脱履于西阳;山水来游,重横琴于南涧。"(《全唐文》卷一百八十四)诗人罢相归钟山,实心有不惬,可谓"簪裾见屈",所以水边脱屦看似随意之举,知其用典,就可以感觉到诗人放达不羁的意态。岩上敷衾,暗用古语"独立不惭影,独寝不愧衾"。"真乐"出《列子·仲尼》:"无乐无知,是真乐真知。"晋张湛注:"都无所乐,都无所知,则能乐天下之乐,知天下之知,而我无心者也。""无心"是指无机巧之心。诗人自问出处以道,未尝杂有机心,故退居林下,能乐天下之乐,故听虫吟亦无不妙。此种用典可谓融盐入水,不知者不为碍,知之者自得深趣。东坡尝因《雪》诗中所使之事为荆公所识而叹曰:"学荆公者,岂有此博学哉!"[1]荆公暮年抒情写景之作意味隽永的原因之一,也在于能自然融入才学,所以回味悠长。似此种尚意、尚学之作与唐韵确已疏离,后来山谷追步此径。梁启超曰:"山谷为江西派之祖,其特色在拗硬深窈,生气远出,然此体实开自荆公。"[2]此论所言不外尚意深刻,这一路的确是王安石首开其端。其他才学化因素如大量点化前人诗句,是典型向书本求诗材的做法,但王安石的点化多有自己的实际体会,非简单"偷句"(参看本书附录)。集句亦自荆公大兴。晋代傅咸、唐代韦蟾,但只"寥寥数句,声韵仅谐"[3]而已,宋初石曼卿曾为,王安石集中则大量存在。笔记载王安石做集句"虽累数十韵,皆倾刻而就,词意相属如出诸已,他人极力效之终不及也"[4]。最著名者《胡笳十八拍》,"浑然天成,绝无痕迹,如蔡文姬肺肝间流出"[5]。荆公还有药名诗、人名诗、回文诗,这些融才学入诗的做法,是"宋调"的显露,对后来诗人有广泛影响。

---

① 〔宋〕赵令畤《侯鲭录》卷一,第50页。
② 梁启超《王安石传》,第224页。
③ 《香屑集》提要,《四库全书总目》卷一七三,北京:中华书局1965年,第1529页。
④ 〔宋〕胡仔《苕溪渔隐丛话》前集卷三十五,第238页。
⑤ 〔宋〕严羽《沧浪诗话》,〔清〕何文焕辑《历代诗话》,第698页。

三、诗作散文化。在古诗中以散文章法、句法、字法（主要是虚字）入诗我们前边已论及，律诗中使用散文句法与虚字前已举数例，他例如"今尊子云者皆是，得子云心亦无几"（《扬雄》）、"退之醇孟轲，而驳荀扬氏"（《读墨》）、"何言野人意，能助令君忧"（《慎县修路者》）、"犹依食贫地，已愧省烦人"（《初憩和州》）、"不知此地从君处，亦有他人继我不"（《怀舒州山水呈昌叔》）、"竟欲从君饮，犹便读我书"（《晚兴和冲卿学士》）、"胜事阆州虽或有，终非吾土岂如归"（《段约之园亭》）、"翛然无所为，自得而已矣"（《书八功德水》）、"已能为我迁神足，便可随方长圣胎"（《荣上人遽欲归以诗留之》）、"生皆堕天帙，隐或寄公朝"（《草堂》），这些皆为宋调笔法。

王安石少年才气发扬，又适逢北宋诗文革新之时，其才健识高，宗杜学韩，遂轻兵突进，纵横捭阖，将杜、韩以来诗歌发展的新途径扩大，将议论、散文化等手法引进宋诗，不仅继承了欧阳修等人词气直遂的诗风，更融入了自己劲健奇崛之气；但其另有深情挚性的一面，晚年深造唐诗缘情阃域，主流趋向唐音，但情感内质则犹是宋调，且在更为细密的层次如思理、意境方面发展了宋调因素。正如徐复观所说，"后人对宋诗所作或好或坏的批评，皆可在他的诗中看出"，宋诗好议论、多才学、讲究技巧、融合释道思想入诗等特征在王安石这里都鲜明地表现出来，他是体现宋调风范的第一人。

第三节　新党文人群体

一、新党文人群主要人物

新党文人群的形成与洛阳文人集团有一定的相似性，都与熙宁变法有直接关系，体现了政治变动对文坛的影响。新党文人群可以说是王安石一手造就的，虽然初衷并不是为了形成一个文学集团，但是在不断为变法事业寻求人才的同时客观上形成了一个文人群体。造就人才是王安石变法方案中的一个重点,早在嘉祐四年(1059)所作《上仁宗皇帝言事书》就指出:"在位之人才不足,而草野闾巷之间,亦未见其多也。夫人才不足,则陛下虽欲改易更革天下之事,以合先王之意,大臣虽有能当陛下之意而欲领此者,九州之大,四海之远,孰能称陛下之指,以一一推行此,而人人蒙其施者乎?"并引孟子所言"徒法不能以自行"之语,强调"方今之急,在于人才而已"。王安石之所以提出这样的观点也是吸取庆历新政的教训。庆历新政范仲淹虽然提出较为系统的变革纲领,但从人才方面来说,响应变革者主要是一部分京官,没能在中下层官吏选拔中培植自己的力量,所以在党议加剧、反对派大肆攻击的状态下,仁宗自然动摇,变法"锐之于始而不究其终"[1],追根究底,是后继力量不足造成的。王安石认识到了这一点,所以得君之后就开始大规模选拔任用能够帮助自己的人才,后来虽然党争加剧,议论汹汹,都不能动摇变法活动的开展。

熙宁变法开始后王安石通过多种途径培植自己的人才,主要途径有三:一、从中下层官吏中提拔有才干者;二、通过科举考试选拔倾向于新法者;三、安插自己的亲信担任学官,改变学术趋向,影响青年士人。

从中下层官吏中提拔有才干者。当时的情势是"上方以政事试练天下之材,下至布衣疏远或州县吏,有以片言小善不知其人而超擢不日至侍从者"[2]。虽然任命官员皆为皇命,但对人才任用起主导作用的还是王安石。熙宁二年(1069)二月王安石请以吕惠卿为制置司检详文字。[3]九月知海州怀仁县曾布转著作佐郎,至熙宁四年(1071)七月知制诰,"从选人至知制诰,止一年十个月"[4],这种升迁速度是异乎寻常的,一

---

① 〔明〕陈邦瞻《宋史纪事本末》卷二十九,第 1329 页。
② 〔清〕黄以周等《长编拾补》卷五,第 237 页。
③ 〔清〕黄以周等《长编拾补》卷四,第 155 页。
④ 〔宋〕李焘《长编》卷二百二十五,第 5481 页。

第三章　王安石及新党文人群体　　155

方面曾布能力过人，另一方面则在于他全力支持新法。十一月，枢密副使韩绛同制置三司条例司。① 熙宁三年（1070）四月王庭筠、刘瑾、朱温其、钱长卿、杜纯等并为编敕删定官。同月，前秀州军事判官李定为太子中允权监察御史里行，是"自幕官擢台职"的特例，"御史之官旧制须太常博士经两任通判方许奏举，景祐初以资任相当者少，始许举通判未满任者"。由李定之用可见赞同新法者受到的特殊奖拔。同月，淮南转运使谢景温为工部郎中兼侍御史知杂事。熙宁三年五月张琥（即张璪）编修中书条例，十一月为集贤校理，四年正月为太子中允、同知谏院兼管国子监，也是升迁较快的一个。熙宁三年七月，赐秘书省正字唐坰进士出身，四年八月任命为权监察御史里行。熙宁三年九月，秘书郎、集贤校理李清臣为中书吏房检正公事。十月，职方员外郎邓绾为集贤校理、检正中书孔目房公事。十一月，以邓润甫编修中书条例。熙宁四年正月，度支员外郎集贤校理陈绎直舍人院、知审官东院、判户部勾院。二月，馆阁校勘、同判登闻鼓蒲宗孟权检正中书孔目房公事。八月，著作佐郎蔡确为太子中允权监察御史里行，前旌德县尉王雱为太子中允崇政殿说书。十一月，大理寺丞、馆阁校勘沈括检正中书刑房公事。十二月，武宁军节度推官、前知南川县张商英为光禄寺丞、权检正中书礼房公事，五年三月，为太子中允、权监察御史里行。熙宁五年（1072）正月，试校书郎王安礼为著作佐郎、崇文院校书。三月，黄岩县主簿曾肇为崇文院校书、兼国子监直讲。② 以上所举仅是得到提拔官员的一部分，但已经可以看出王安石在人事方面作了较为全面的调整，在自己周围聚集了一大批富有才干的青年人。

---

① 〔清〕黄以周等《长编拾补》卷六，第 253 页。

② 〔宋〕李焘《长编》，王庭筠等，第 5094 页；李定，第 5103、5105、5107 页；谢景温，第 5104 页；张琥，第 5131、5282、5325 页；唐坰，第 5170、5505 页；李清臣，第 5245 页；邓绾，第 5277 页；邓润甫，第 5282 页；陈绎，第 5322 页；蒲宗孟，第 5347 页；蔡确，第 5505 页；王雱，第 5507 页；沈括，第 5542 页；张商英，第 5559、5614 页；王安礼，第 5582 页；曾肇，第 5612 页。

通过科举考试选拔倾向于新法的人才。在新党文人中，赵挺之、叶祖洽、陆佃、蔡京、蔡卞皆为熙宁三年（1070）进士。熙宁三年进士考试，是变法派执政以来准备较为充分，意在改变士人舆论趋向的一次科举考试。是年三月策进士，神宗本意以苏轼为考官，但王安石言苏轼所学乖异，不可考策，乃以为编排官，而以吕惠卿为主考，可见变法派不欲反对派主持这次考试。① 在是否定叶祖洽为第一名的问题上苏轼、吕惠卿发生争执："熙宁初策试进士祖洽所对专投合用事者，考官宋敏求、苏轼欲黜之，吕惠卿擢为第一。"② 叶受吕欣赏关键在于其赞扬新法，其对策曰："祖宗以来至于今，纪纲法度，苟简因循而不举者，诚不为少。"又云："与忠智豪杰之臣合谋，而鼎新之。"③ 迎合了当时的变法气氛，故被擢为第一。科举考试是士人舆论的风向标，如苏轼所论："夫科场之文，风俗所系，所收者天下莫不以为法，所弃者天下莫不以为戒……利之所在，人无不化。今始以策取士，而士之在甲科者，多以谄谀得之。天下观望，谁敢不然。"④ 其实这种效果正是变法派期望达到的。同科所中之赵挺之、陆佃、蔡京、蔡卞后来都成为变法派的骨干，文献记载中没有特别提及诸人答策迎合时政，但不违背当道，没有指摘时弊的言论是可以确定的。同年九月考试贤良方正直言极谏科，也表现出同样的意图，应试者五人：孔文仲、吕陶、张绘、钱勰、侯溥。孔文仲对策指陈时病语最切直，初考宋敏求、蒲宗孟置第三等，覆考王珪、陈睦置第四等，详定官韩维从初考。第三等为北宋制科最高等，其对策之学识水准毋庸置疑，而神宗批曰："详观其条对，大抵意尚流俗而后是非，又毁薄时政，援正先王之经而辄失义理。朝廷比设直言极谏之科，以开扩聪明来天下贤智之士者，岂非谓能以天下之情告上者谓之直

---

① 〔宋〕施宿《东坡先生年谱》，四川大学中文系编《苏轼资料汇编》下编，北京：中华书局1994年，第1655页。
② 《宋史》卷三百五十四，第11167页。
③ 《参定叶祖洽廷试策状二首》，《苏轼文集》卷二十八，第804页。
④ 《拟进士对御试策一道并引状》，《苏轼文集》卷九，第301页。

言，人君有污德恶政而能忘其卑高之势以道争之谓之极谏者乎？以此人之学识恐不足收录以惑天下之观听。"① 因为没有迎合时政，所以落得黜落下场。熙宁六年（1073）三月神宗谕王安石曰："今岁南省所取多知名举人，士皆趣义理之学，极为美事。"② 可见变法派利用科举选择适用之才的意图已经使科场风气完全转变。

安插亲信担任学官，改变学术趋向，影响青年士人。苏嘉事件是一个典型例证。熙宁四年（1071）十一月国子监考试，学生苏嘉对策中论时政之失，讲官置为上等，直讲苏液向王安石报告了这个情况，于是学官焦千之、王汝翼、梁师孟、颜复、卢侗皆被罢，而独留苏液，更用陆佃（王安石学生）、龚原（王安石甥婿）为国子监直讲。③ 林希《野史》记载此事云："以李定、常秩同判监，令选用学官，非执政喜者不预。陆佃、黎宗孟、叶涛、曾肇、沈季长（长，介妹婿；涛，其侄婿；佃，门人；肇，布弟也）。佃等夜在介斋，授口义，旦至学讲之，无一语出已者。其设三舍皆欲引用其党耳。"④ 苏嘉事件很典型地说明了变法派意欲控制造就人才机构的意图，以此改变学术导向，使青年士人逐渐倾向自己一派。

变法派在人事上大肆调整，更换重要机构臣僚，自然引来反对派的议论，而在这个过程中"新党文人群"的轮廓也逐渐在众臣舌战中清晰起来。司马光曰："今观安石引援亲党，盘据津要，摈排异已，占固权宠。"⑤ 新党中不得意者也反过来攻击王安石，唐坰初以王安石荐举骤用为谏官，数论事不听，遂转而攻击王安石，其疏曰："安石用曾布为腹心，张琥、李定为爪牙，刘孝孙、张商英为鹰犬，元绛、陈绎为厮役。

① 〔宋〕李焘《长编》卷二百十五，第 5245 页。
② 〔宋〕李焘《长编》卷二百四十三，第 5917 页。
③ 〔宋〕李焘《长编》卷二百十八，第 5545 页。
④ 〔宋〕李焘《长编》卷二百十八，熙宁四年十一月戊申条附注，第 5546 页。
⑤ 〔宋〕司马光《上神宗论王安石》，〔宋〕赵汝愚《宋朝诸臣奏议》卷一百一十五，第 1255 页。

逆意者久不召还，附同者虽不肖为贤。"① 元祐中梁焘论蔡确时也开出了
王安石亲党名单："蔡确、章惇、吕惠卿、张璪、安焘、蒲宗孟、王安
礼、曾布、曾肇、彭汝砺、陆佃、谢景温、黄履、吕嘉问、沈括、舒
亶、叶祖洽、赵挺之、张商英等三十人。"② 综合诸人所论，及考察他们
的文学业绩，新党中文学出众者有：韩绛、谢景温、蒲宗孟、邓润甫、
黄履、李定、沈括、蒋之奇、吕嘉问、李清臣、吕惠卿、龚原、王安
礼、安焘、林希、章惇、曾布、蔡确、张璪、赵挺之、叶祖洽、舒亶、
彭汝砺、陆佃、张商英、王雱、曾肇、蔡京、蔡卞、蔡肇等人。（案：
以年龄大小排列，诸人传记资料及其著作等内容见本书附录）

　　他们中有不少杰出者，如吕惠卿，嘉祐二年（1057）进士，与苏
轼同科，早受知欧阳修，嘉祐三年（1058）欧公与王安石信中言吕曰：
"吕惠卿，学者罕能及，更与切磨之，无所不至也。"嘉祐六年（1061）
又在举荐札子中赞其"材识明敏，文艺优通，好古饬躬，可谓端雅之
士"③。沈遘称其"修身高材，好学不倦，其议论文章，皆足以过人"④。
连反对派的司马光也不得不承认吕惠卿"诚文学辩慧"⑤。吕惠卿有如此
才具又赞同新法，自然得到王安石赏识，熙宁二年（1069）二月为制
置司检详文字，不久即迁集贤校理、崇政殿说书。"说书"之职非文学、
经术优长者难以胜任，吕惠卿此时不过三十八岁，可知其才能优异。吕
惠卿在政事、文学方面的杰出表现，也获得了神宗青睐。王安石向神
宗言章惇才高，神宗曰："必不如吕惠卿。"在谈论知制诰、起居注人
选时，神宗又曰："惠卿胜曾布。"王安石请留曾布修中书条例时，神
宗又曰："惠卿吏文尤精密，不须留布也。"神宗对吕惠卿文学吏能的

---

① 〔宋〕李焘《长编》卷二百三十七，第 5778 页。
② 〔宋〕徐自明《宋宰辅编年录校补》卷九，第 537 页。
③ 《与王文公介甫》，《欧阳修全集》，第 2368 页；《举刘攽、吕惠卿充馆职札子》，《欧阳修
　　全集》，第 1715 页。
④ 《举胡宗愈、吕惠卿札子》，〔宋〕沈遘、沈括、沈辽撰《沈氏三先生文集》，影印四部丛刊
　　三编，上海：上海书店出版社 1986 年。
⑤ 〔清〕黄以周等《长编拾补》卷五附录，第 245 页。

欣赏溢于言表，熙宁六年（1073）命知制诰吕惠卿兼修撰国子监经义，充分说明惠卿经术之得。① 熙宁七年（1074）翰林学士有阙，王安石即曰："惠卿居常岂有后布，其大才岂不可为学士？今学士有阙，乃阙而不补，臣所未喻，陛下处人才宜各当其分。"② 这些都说明吕惠卿文学才能卓越。孙觌《东平集序》曰：

> 观文殿学士东平吕公（惠卿），以文学、政事被遇神宗皇帝……公自远方召见，擢侍讲帷，掌内外制，由三司吏遂跻丞辅，魁名硕实，为世大儒。一时学士大夫慕其风声，奔走谈说以不及为恐……公亲逢圣主，明道术于绝学之后，续微言于将坠之余。志合言行，应期而出，不数年，遂参大政。谋谟讽议，劝讲论思，典册施之朝廷，乐歌荐之郊庙；扶衰救敝，尊主庇民之言；丰财裕国，治兵御戎之策。弥缝政事之体，不谬于古；推原道德之旨，不悖于今。声气相交，风动云兴，如龙吟虎啸，如凤鸣高冈之上也。辞丽义密，追古作者……公所著书，又有《孝经》《论语》注解，《周易大传》，《尚书》《周礼》义，《毛诗集传》，注《老子道德经》《庄子内篇》凡若干卷，皆不列于此，而注《庄子》方盛行于世。③

由前边诸人对吕惠卿的评价，及其任官经历来看，孙觌称其擅长文学、经术确非虚美之词。但吕氏诗作今仅存四首，《解日字谜》《戏题风乞儿扇》带有谐谑性质，为即兴之作，可以看出其应对敏捷。《答逢原》《留题兴安王庙》修辞工稳，从容不迫，无穷窘之态。残句"鱼出清波庖脍玉，菊含寒露酒浮金"化自苏舜钦"笠泽鲈肥人脍玉，洞庭橘熟客

---

① 神宗三次论吕惠卿见李焘《长编》卷二百二十二、卷二百三十八、卷二百四十一，第5398、5790、5884页。
② 〔宋〕李焘《长编》卷二百五十，第5917、6095页。
③ 〔宋〕孙觌《鸿庆居士集》卷三十，景印文渊阁四库全书，第1135册，第297—298页。

分金"①, "南北战争蜗两角, 古今兴废貉同丘"化自白居易"相争两蜗角, 所得一牛毛"②, 颇具巧思, 可谓"点铁成金"者。惜存诗数少, 难以考见其整体诗风及诗歌成就。

再如曾布。我们前边提到曾布"从选人至知制诰, 止一年十个月", 知制诰之职非文才拔萃者不可担任, 可见其文能出众。布有文集三十卷, 已佚。今存诗十首, 存词八首, 其中《水调歌头》排遍七首, 演绎唐人沈亚之《冯燕传》, 叙事曲折婉转, 遣词工丽, 与原传并为优秀作品。从旁人的评价中也可得知曾布具有高超的文学才能。熙宁四年初, 神宗言陈绎制辞不工, 欲用曾布, 疑布所领事已多。王安石曰: "布兼之亦不困。"遂以曾布直舍人院。熙宁四年七月, 神宗欲用张琥（即张璪）、陈襄、陈绎、王益柔为知制诰, 王安石言: "琥不如布。"于是遂用曾布。熙宁四年（1071）十月, 知制诰王益柔以草高丽国答诏非工罢兼直学士院, 而以曾布兼直学士院。由此数次提拔任用, 可见曾布文才之美, 撰写各类表章对他来说是轻而易举的事情, 即便身兼数职也不会对他造成负担。③

布弟曾肇亦具美才。"举进士, 调黄岩簿, 用荐为郑州教授, 擢崇文校书、馆阁校勘兼国子监直讲、同知太常礼院。太常自秦以来, 礼文残缺, 先儒各以臆说, 无所稽据。肇在职, 多所厘正……曾公亮薨, 肇状其行, 神宗览而嘉之, 迁国史编修官。进吏部郎中, 迁右司为《神宗实录》检讨。元祐初擢起居舍人, 未几为中书舍人……徽宗即位, 复召为中书舍人……元祐臣僚被谴者, 咸以赦思甄叙, 肇请并录死者, 作训词, 哀厚恻怛, 读者为之感怆。迁翰林学士兼侍读。"④ 其《行状》载著作有《曲阜集》四十卷、《外集》十卷、《奏议》十二卷、《迩英进故事》一卷、《元祐外制集》十二卷、《庚辰外制集》三卷、《内制集》五

---

① 〔宋〕胡仔《苕溪渔隐丛话》后集卷二十四, 第176页。

② 〔宋〕吴曾《能改斋漫录》卷八, 上海: 上海古籍出版社1979年, 第212页。

③ 〔宋〕李焘《长编》卷二百二十七, 第5341、5478、5527页。

④ 《宋史》卷三百一十九, 第10392—10394页。

卷、《尚书讲义》八卷、《曾氏谱图》一卷。①《四库全书总目》曰："其制诰亦尔雅典则，得训词之体，虽深厚不及其兄巩，而渊懿温纯，犹能不失家法。"② 在当时亦是文坛一杰。

王安石子王雱亦是新党中文学卓著者。史曰雱"性敏甚，未冠已著书数万言"，所作策论及注《道德经》镂板鬻于市，广泛流传，名声遂达于神宗，邓绾、曾布等力荐，于是熙宁四年（1071）八月，拜为太子中允、崇政殿说书。"神宗数留与语"，十分欣赏其才能。熙宁六年（1073）三月，遂命与吕惠卿同修撰国子监经义，亦是用其所长。国子监经义修成擢天章阁待制。熙宁八年（1075）与朝臣谈论官员任命时曰："拔擢自系朝廷，如王雱自说书作待制，朕自待雱别，他人说书岂可便要作待制！"③ 可见神宗赏识王雱最重要的还是因其文能出众，而不仅因为王安石的关系。

李定、蒲宗孟、邓润甫、沈括、李清臣、彭汝砺等文学才能皆出类拔萃。李定自州县幕僚擢为言官遭多人反对，熙宁三年（1070）四月司马光曰："李定有何异能，而拔用不次？"神宗曰："孙觉荐之，邵抗亦言定有文学，恬退。朕召与之言，诚有经术，故欲以言职试之。"④熙宁六年五月神宗欲令李定判吏部铨，王安石曰："铨司今不阙人，如定吏能诚不过人，文字亦可取。"神宗问与张琥相比如何？王安石以为胜琥，于是命李定兼直舍人院。⑤ 由上所论可知神宗、王安石均认为李定在经术、文学方面有长处。蒲宗孟治平中因水灾地震上书斥大臣及宫禁、宦寺，熙宁元年（1068）改著作佐郎，神宗见其名曰："是尝言水灾地震邪！"可见治平上书不仅观点激烈，文字亦十分了得，否则不会给神宗留下深刻印象。于是召试学士院以为馆阁校勘、检正中书户房兼

---

① 〔宋〕曾肇《曲阜集》卷四附录，景印文渊阁四库全书，第1101册，第407页。

② 《曲阜集》提要，《四库全书总目》卷一百五十三，第1322页。

③ 《宋史》卷三二七，第10551页；〔宋〕李焘《长编》卷二百六十三，第6449页。

④ 〔宋〕李焘《长编》卷二百一十，第5112页。

⑤ 〔宋〕李焘《长编》卷二百十五，第5955页。

修条例，进集贤校理。不久同修起居注、直舍人院、知制诰。神宗又称其有史才，命同修两朝国史，为翰林学士兼侍读。[1]邓润甫亦文才出众，熙宁中曾布举润甫经筵馆职，诏取润甫应制科进卷，神宗览其文除集贤校理、直舍人院，改知谏院、知制诰。元丰中"以龙图阁直学士知成都府，召复翰林学士兼掌皇子合笺记，一时制作，独倚润甫焉。哲宗立，惟润甫在院，一夕草制二十有二。进承旨，修撰《神宗实录》"[2]。沈括"博学善文，于天文、方志、律历、音乐、医药、卜算，无所不通，皆有所论著。又纪平日与宾客言者为《笔谈》，多载朝廷故实、耆旧出处，传于世"[3]。黄庭坚服膺沈括博学："存中博极群书，至于《左氏春秋传》、班固《汉书》，取之左右逢其原，真笃学之士也。"[4]《四库全书总目》亦评曰："括博闻强记，一时罕有其匹……不甚以文章著，然学有根底，所作亦宏赡淹雅，具有典则，其四六表启尤凝重不佻，有古作者之遗。"[5]李清臣"七岁知读书，日数千言，暂经过目辄诵……应材识兼茂科，欧阳修壮其文，以比苏轼。治平二年试秘阁，考官韩维曰：'荀卿氏笔力也。'试文至中书，修迎语曰：'不置李清臣于第一，则谬矣。'启视如言"[6]。可知清臣少即聪慧，文学优长。熙丰中建大理寺、筑都城，皆命作记，简重宏放，文体自成一家，是新党中极善作文字者。彭汝砺，治平二年（1065）举进士第一。王安石有《赠彭器资》诗曰："文章浩渺足波澜，行义迢迢有归处。"[7]《四库总目》曰："史称汝砺词命雅正，有古人风，而诗笔亦谐婉可讽。明瞿佑《归田诗话》尝极推其情致缠绵……在北宋诸人之中，固亦褎然一作手矣。"[8]由以上所论

---

① 《宋史》卷三百二十八，第 10571 页。

② 《宋史》卷三百四十三，第 10912 页。

③ 《宋史》三百三十一，第 10657 页。

④ 《题王观复所作文后》，《黄庭坚全集》，第 671 页。

⑤ 《长兴集》提要，《四库全书总目》卷一百五十四，第 1333 页。

⑥ 《宋史》卷三百二十八，第 10561 页。

⑦ 李壁注："赠诗时，器资未入朝。"（《王荆公诗注补笺》，成都：巴蜀书社 2002 年，第 61 页）

⑧ 《鄱阳集》提要，《四库全书总目》卷一百五十四，第 1322 页。

可知新党群体不仅文人众多，而且皆才具不俗。

二、新党文人群特点

第一，新党文人构成，多南方人、王安石门生姻亲及其一手提拔之人物。

多南方人乍看起来是一种偶然，但实际上却反映了北宋政治发展过程中由地域经济文化发展引起的分野。钱穆论王安石变法曰："他新法之招人反对，根本上似乎还有一个新旧思想的冲突。所谓新旧思想之冲突，亦可说是两种态度之冲突。此两种态度，隐约表现在南北地域的区分上。"[①] 本书附录中所统计新党 31 人中，除韩绛开封雍丘（今河南杞县）人，李清臣安阳（今属河南）人，安焘开封（今属河南）人，赵挺之密州诸城（今属山东）人之外，其余 27 位均南方人。31 人中北人为相者韩绛、赵挺之，南人则王安石、章惇、曾布、蔡确、张商英、蔡京；北人为参知政事、枢密使、枢密副使者李清臣、安焘；南人则蒲宗孟、邓润甫、黄履、吕惠卿、王安礼、林希、张璪、蔡卞。可见南人在新党中占绝对优势。之所以如此，在于北宋统一之后，进入稳定发展期，经济重心南移的步伐加快，至北宋中叶南方经济已开始超越北方。由于经济的发展与工商业的发达，南方新兴的中低社会阶层势力日益扩大，文化相对繁盛，也渐次开始主导和掌控北宋政治的话语权（参见第一章第一节中"南人政治地位上升与政治、文化新风"一段）。此外新党中多王安石姻亲、门生，其中有子王雱、婿蔡卞、侄婿叶涛、甥婿龚原，谢景温亦姻家；曾肇、陆佃、龚原、李定等皆曾从学于安石；其余众人则大多是在熙丰中受到提拔任用，参与新法制定与实施者。因此新党在人际关系、学术方面联系相对紧密，在整体风貌上则具有新锐之气。

第二，新党文人群并未建立明显的诗学交往形态，诸人之间虽有往

---

① 钱穆《国史大纲》，第 581 页。

来唱和，但无共同提倡的风格取向，也缺乏统一的诗学活动。

这首先要从王安石熙宁以前的文学活动与熙宁中的文学观点说起。王安石早年以文学、政事名闻天下，又受知于欧阳修，欧公知其将来必能追步前代诗文巨擘，故寄望其能担负文坛宗主之责。王安石当时也积极参与文学活动，《漫叟诗话》载："荆公尝在欧公坐上赋《虎图》，众客未落笔，而荆公章已就。欧公亟取读之，为之击节称叹，坐客搁笔不敢作。"[1] 嘉祐四年（1059）在京城所作《明妃曲二首》，欧阳修、司马光、曾巩、刘敞等人均有和作。嘉祐五年（1060）在京任三司度支判官时编有《唐百家诗选》。以上活动，都说明他对诗学的留意与重视，可知熙丰变法以前王安石并不排斥文章之士与文学活动。但王安石并不认为自己是文章之士，他首先是一个政治家，所以入主政府后从治理国家、推进变法事业的角度考虑，王安石对待文学及文章之士的态度发生了一定的转变。

熙宁三年（1070）五月，神宗欲用欧阳修为执政，在王安石劝说下放弃了这一想法。不久神宗与王安石论文章，以为华辞无用，不如吏材有益。安石对曰："华辞诚无用，有吏材则能治人，人受其利。若从事于放辞而不知道，适足以乱俗害理。如欧阳修文章于今诚为卓越，然不知经，不识义理，非《周礼》，毁《系辞》，中间学士为其所误几至大坏。"[2] 此处王安石的观点极为鲜明，"华辞无用"显示出在政事、文学二者中，王安石更重政事，并以欧阳修为从事"华辞"无补于事的典型。王安石对欧阳修的才能并不否定，在与神宗讨论时也认为欧之才能胜过邵亢、赵抃、吕公弼、司马光，并认为其性行皆善；嘉祐中所作《奉酬永叔见赠》《上欧阳永叔书》也可知对欧阳修非常敬仰。但此时出于消除异论者的需要，则攻击欧阳修不过文章之士，可见其在变法开始后文学态度的转变。熙宁四年（1071）讨论直舍人院人选，王安石

---

① 〔宋〕胡仔《苕溪渔隐丛话》前集卷三十四，第 230 页。参见李壁《王荆文公诗笺注》卷七《虎图》诗注。时为嘉祐元年，见李德身《王安石诗文系年》（西安：陕西人民教育出版社 1987 年）。
② 〔宋〕李焘《长编》卷二百十一，第 5135 页。

再次表达"华辞无用"的观点:

> 安石因言:"制辞太繁,如磨勘转常参官之类,何须作语称誉其美,非王言之体,兼令在官者以从事华辞费日力。"上曰:"常参官多不识,每转官,盛称其材行,皆非实,诚无谓。"安石曰:"臣愚以为但可撰定语辞,云:'朕录尔劳,序进厥位,往率职事,服朕命,钦哉!'他仿此撰定,则甚省得词臣心力,却使专思虑于实事,亦于王言之体为当。"冯京以为不可。上卒从安石言。①

省词臣心力,使专思实事,可以看出王安石在变法开始之后对文学与人才皆从实用的角度出发。因此在词臣的任命上宁选择无异论肯做事者,也不追求最佳人选,所以神宗虽不满陈绎、许将文字,仍然加以任用,冯京推荐刘攽、曾巩、苏轼直舍人院,则未得行。②熙宁五年(1072)九月,御史张商英言:"近日典掌诰命,多不得其人,如陈绎、王益柔、许将皆今之所谓辞臣也。然绎之文如款段逐骥,筋力虽劳而不成步骤;益柔之文如野妪织机,虽能成幅而终非锦绣;将之文如稚子吹埙,终日暗呜而不合律吕。此三人者,恐不足以发挥帝宪,号令四海。乞精择名臣,俾司诏命。"结果书上不报,原因在于王安石曰:"制诰诚难其人,然于政事亦非急切。"③由此可明熙宁中王安石对待文学的态度几乎一律从实用出发。当时馆阁风气也发生了变化。熙宁七年(1074)知河中府、太常丞、集贤校理鞠真卿以在郡无政绩,一岁中燕饮九十余会而罢。王安石对神宗言:"旧俗大抵多如此,陛下躬服勤俭,此俗已顿革,在京两制非复往时,但务过从而已。"神宗曰:"馆阁亦一变矣。"④自宋初以来文人喜尚雅集,馆阁尤盛,至熙丰则大异往时。元祐中

---

① 〔宋〕李焘《长编》卷二百二十,第5341—5342页。
② 〔宋〕李焘《长编》卷二百二十,第5342页。
③ 〔宋〕李焘《长编》卷二百三十八,第5789页。
④ 〔宋〕李焘《长编》卷二百五十,第6091页。

苏轼有一首诗题曰:《见子由与孔常父唱和诗辄次其韵,余昔在馆中,同舍出入,辄相聚饮酒赋诗,近岁不复讲,故终篇及之,庶几诸公稍复其旧,亦太平盛事也》,也可证明熙丰中馆阁风气的变化。在科举方面王安石力主罢诗赋,以经义策论取士,[①]由此改变了科场风气。熙宁六年(1073)三月神宗谕王安石曰:"今岁南省所取多知名举人,士皆趣义理之学,极为美事。"[②]可见罢诗赋,用经义策论的效果。

作为新党领袖的王安石如此,唯其马首是瞻的新党诸人自然不敢放逸。《东轩笔录》卷五曰:"王荆公初为参知政事,闲日因阅晏元献公小词而笑曰:'为宰相而作小词可乎?'……时吕惠卿为馆职,亦在坐,遽曰:'为政必先放郑声,况自为之乎!'"这则记载从侧面表现了当时新党文人对文学创作的态度。从熙宁元年至熙宁九年(1068—1076)第二次罢相,王安石作诗两百多首[③],同期苏轼作诗511首[④],远远超过王安石。首先,政事繁忙是王安石无暇作诗的一个重要原因。熙宁元年未做宰相时,是年可编年者33首,熙宁二年可编年者仅8首,其后除熙宁三年外,至罢相每年不过十多首。其次,宴饮聚会是当时文人普遍的交往方式,很多诗歌作品就产生于这种场合或因之而发,而王安石素不喜饮酒宴乐,也很少因此与同僚往来唱和。在外任职过扬州时,知府刘敞为其接风洗尘,席间官妓罗列庭下,这本是宋代士大夫惯常的宴聚模式,但"介甫作色不肯就坐,原父辨论久之,遂去营妓"[⑤],足见其性格严谨。司马光所言也可为证:"昔与王介甫同为群牧司判官,包孝肃公为使,时号清严。一日群牧司牡丹盛开,包公置酒赏之,公举酒相劝,某素不喜酒,亦强饮。介甫终席不饮,包公不能强也。"[⑥]其集中熙

---

① 殿试罢诗赋始于熙宁三年,礼部罢诗赋始于熙宁六年(祝尚书《宋代科举与文学考论》,郑州:大象出版社2006年,第234—235页)。

② 〔宋〕李焘《长编》卷二百四十三,第5917页。

③ 可编年诗184首,据李德身《王安石诗文系年》统计。

④ 根据《苏轼诗集》(中华书局1982年)统计。

⑤ 〔宋〕赵令畤《侯鲭录》卷三,第93页。

⑥ 〔宋〕邵伯温《邵氏闻见录》卷十,第108页。

宁期间所写饮酒聚会或与同僚唱和的诗歌很少，这与其个性严肃、自奉至简有很大关系。归金陵后他说自己"弦歌无旧习"（《示耿天骘》），信知其语不虚。第三，最主要的原因在于他当时以政治家自持，重经世之学而轻雕章刻句之业、重政事而轻文学的观点在起作用。《寓简》评王安石"刻意于文，而不肯以文名，究心于诗，而不肯以诗名"①，恐怕正是从这个角度出发的。王安石熙宁三年（1070）可编年诗69首，看似较多，但其中50首是咏史诗，基本上是从变法的角度和当时的形势出发去评价历史人物及事件，可以看出其"论古为今"，不为"闲笔"的用意。王安石文集保存较为完整，可以看出熙宁中王安石与新党诸人几无唱和，即便与往来密切、文学可得的吕惠卿、曾布等人也无唱和篇章。元丰退野则与吕嘉问、陈绎、叶涛、蔡肇、蔡卞等有较多唱和赠答诗作。

新党诸人之间依当时士大夫惯常唱和风气，也有诗篇往来，以文集保存较完整的彭汝砺、陆佃两家来考察。彭汝砺集中《送蒋颖叔帅临洮》《送蒋司勋（之奇）赴河北漕使》《蒋颖叔以广陵诗见赠次其韵》《和颖叔寄佛印》《子发南楼饯颖叔适以使事出行因寄拙句》《再寄颖叔一首》《黎阳大佛高七十尺和颖叔侍郎韵》《和颖叔游宗华并一绝奉呈》《临江驿中庭有大柏因寄颖叔》是与蒋之奇唱和的诗歌；《昨日饯赵教授行，会饮秀楚堂，晚徙樱桃花下，夜月上，正夫设烛于花下，光明煜耀，昔所未见，正夫因约赋诗》《再用前韵二首》《次正夫登沛中歌风台》《次正夫相寄佳句》《次正夫宿留侯庙韵》《次正夫途中怀亲韵》《次正夫途中蔬食韵》《正夫卧疾，予往访之，正夫置酒，因作是诗》《再用前韵》《寄正夫判官》《拙句送通判学士正夫》《送正夫之郓》《答赵正夫》《以去年诗再答正夫》是与赵挺之往来之作；《奉怀深父学士友兄二首》《问龚深之疾往复三首》《和深父学士》《和深父伤字韵》《深父学士示易诗四首某辄和韵》《和深之饮字》《奉寄深之学士、子开侍郎》《记使人语呈子开侍郎、深之学士二兄》《送子开侍郎出守徐州》

① 〔宋〕沈作喆《寓简》卷八，丛书集成初编，上海：商务印书馆1937年，第61页。

是与龚原及曾肇的唱和作品。以上诸人与彭汝砺往来诗均不见于现存诗作中，但借汝砺之诗可以看出他们交往的情态。曾肇《曲阜集》卷三《祭彭江州文》曰："我生昏愚，与世殊适。惟子好我，论心莫逆。我先我后，子为羽翼。我有过咎，子为药石。子今云亡，我善谁责？岂无他人，莫如子直。呜呼！器资，念昔太学相从之初，绸缪缱绻二十余年，中间省闼并典赞书，出入风议惟与子俱。"亦可证实二人相交至深，当时诗篇往来当不只以上数篇。陆佃集中有《依韵和彭器资直讲》《思岩老呈彭器资》《依韵和彭器资直讲二首》《寄龚深父给事》《寄龚深之曾子开》《依韵和曾子开舍人从驾孟飨景灵宫四首》数诗为与彭汝砺、龚原、曾肇唱和之作。当然这些诗作并不都作于熙丰年间，熙丰年间他们在王安石领导下从事变法活动，限于当时气氛所作不甚丰富。总体上来说新党人士唱和之风与当时其他集团的士大夫并无二致，只是他们之中并无领导诗坛风气之人，在创作上也没有表现出更多的新变开拓之功，所以在诗坛上整体影响并不大，而且多数人文集失传，难以确见当日情形。仅从以上情况来推断，新党文人所进行的规模较大、群体性较强的文学活动并不多，或者几乎没有，而苏门文人往往一人制作众人相和，互相切磋，于诗道极为有益，这也是两个文人集团相互区别的特点之一。

第三，新党文人群的聚集政治因素大于诗学因素，结构松散、受政治活动变化影响大，王安石固为当时诗坛重镇，但因无提倡，临川之宗后继乏人。

新党内部情况十分复杂，其中人物或进或出，或同或异，如唐坰、谢景温、吕惠卿等先后与王安石反目；韩绛、蒲宗孟、李清臣等与旧党中人过从亦密。熙宁末王、吕交恶，又有"王党、吕党"之说。熙宁八年御史蔡承禧奏曰："臣累言参知政事吕惠卿奸邪不法……如章惇、李定、徐禧之徒皆为死党，曾旼、刘泾、叶唐懿、周常、徐伸之徒，又为奔走。"[1]所以新党文人群首先是政治集团，他们的聚合具有鲜明的政治

---

[1] 〔宋〕李焘《长编》卷二百六十九，第 6589 页。

性，交谊缺乏稳固性。比方回稍晚的袁桷，在考察宋诗流变时提出临川之宗、眉山之宗、江西之宗的划分，并指出眉山、江西盛，"惟临川莫有继者"①。考当日王门情形，可以说人才济济，极为鼎盛。《渑水燕谈录》云："荆公之时，学者得出其门下者，自以为荣，一被称与，往往名重天下。"②林希《野史·政府客篇》云："相客日在中朝议事，然犹不日到介门……日为不足，又夜宿其家，既欲邀固恩宠，以至数为勤，且以自诧于同列。由是争进者，不以日往为非，而以不得早通为愧。"③荆公有时与客谈论至三四鼓方休，可谓宾客盈门，高朋满座，可见当时士人踊跃求进于王门的热情。但是王安石去世后，除亲人外只有数位布衣之交及陆佃等门生前去祭奠。张舜民《哀王荆公》之二曰："乡闾匍匐苟相哀，得路青云更肯来。若使风光解流转，莫将桃李等闲栽。"之三曰："今日江湖从学者，人人讳道是门生。"元丰末、元祐初固然有党争的大背景在，但也充分说明当日投身王门者大多数皆有明确的政治目的，并非真正倾心于王安石的文学、经术，所以日后也无所谓故旧之情。且王氏一派重点在于变法改革与经世之学，文学活动并不是他们交往中最重要的活动，所以新党文人虽多擅长文学者，在文学方面联系却较为松散，无意于在当时文坛上倡导风气；创作上保持各自为政的局面，未能形成一个流派，而是形成了一个以政治交往为主、文学交往为辅的群体。从实际情形来说，王门人才之多应该说超过了后来的苏门、黄门，但与苏门相比，新党文人群政治意义大于文学意义，苏门则文学意义大于政治意义。王安石诗风虽然没有得到与其交往密切的门生弟子的传承，但对宋诗整体发展流变则影响深远。

---

① 《书汤西楼诗后》，〔元〕袁桷《清容居士集》卷四十八，本卷第5页，影印四部丛刊初编。
② 〔宋〕王辟之《渑水燕谈录》卷十，第126页。
③ 〔宋〕李焘《长编》卷二百二十六附注，第5508—5509页。

第四章　苏轼的创作及其对诗坛的带动

第一节　苏轼熙丰时期的创作

苏轼现存诗 2823 首，可编年诗 2453 首（据《苏轼诗集》统计）。从熙宁二年至元丰八年（1069—1085），即苏轼 34 岁—50 岁 17 年间共作诗 1176 首，占其可编年诗歌总数的 48% 左右；二次出蜀及凤翔任上（1059—1065）7 年创作 220 首，占 9% 左右；元祐（1086—1093）8 年 598 首，约占 24%；贬谪岭海（1094—1101）8 年 459 首，约占 19% 左右。苏轼熙丰时期创作数量多、质量高、体裁全面、题材广泛，是他诗歌创作全面成熟期与高峰期，苏轼的代表作 90% 以上都创作于这个时期。

一、古诗

苏轼诸体皆善，相较而言，长于七言短于五言，古体中七古尤佳，体现较多创新变化特点，故此处所论以七古为主。每种诗体大致都有一种品格、基调，七古成于鲍照，其诗畅朗俊发，后继李白之飘逸飞动、杜甫之沉郁顿挫、韩愈之雄奇激荡，形成一种纵横捭阖、飞扬流宕的品格，此为七古主调。其他如王维、高适、岑参、李颀、李贺、张籍、王建、元稹、白居易皆为好手，但均难与李、杜、韩抗衡。清代学者于七古特色认识尤为深刻。钱泳曰：“七古以气格为主，非有天姿高妙，笔力之雄健，音节之铿锵，未易言也。”① 张谦宜曰：“七古，须有峰岚离奇，烟云断续之妙。”② 潘德舆曰：“七古词澜笔阵，排宕纵横，枵腹短才，万难施手。”③ 皆是从七古品格出发，抓住了此体创作之关键。苏轼才气纵发，文风变幻出奇，尤与此体相合。从取法上来说苏轼宗李、杜、韩，但习其体气法度，而非模拟声容态度。苏轼从出蜀至凤翔时期已尝试创作了不少古诗，佳者如《凤翔八观》《辛丑十一月十九日既与子由别于郑州西门之外，马上赋诗一篇寄之》《入峡》《出峡》等已非常人所及，随着熙丰思想、经历的丰富，苏轼古诗创作也进入了更高的发展阶段。

苏轼熙丰时期古诗创作完全成熟，写出了众多杰出作品，风格多样，立意章法变幻莫测。比如同是游山之作，数篇各具意态，无一相同。《腊日游孤山访惠勤惠思二僧》立意在突出孤山景物清妙及此游淡泊之欢。起笔写景，西湖平日游人众多，但腊日又是欲雪阴天，则少有人至，“天欲雪，云满湖，楼台明灭山有无。水清石出鱼可数，林深无人鸟相呼”，此五句准确捕捉到了特定时节、天气下孤山清幽之美。中写僧人生活萧然恬静，与前之画面意境统一。结尾整驾返家，“出山回望云木合，但见野鹘盘浮图”，云木隐约合暮色，亦照应开头欲雪天气，浮图则照应访僧之事，景物依然清幽淡泊。唐诗到此多作结，苏轼则更推一笔，“兹游淡泊欢有余，到家恍如梦蓬蓬。作诗火急追亡逋，清景一失后难摹”，出山回望一刻诗人必有惆怅离世之感，此景岂非梦中仙隐之境？今夕何夕，此身何处？若无这四句，读者思绪只能盘旋回味景物清幽，有此四句则作者内心对景物之感动、下笔情不可遏的状态

① 〔清〕钱泳《履园谭诗》，丁福保辑《清诗话》，第 872 页。
② 〔清〕张谦宜《茧斋诗谈》，郭绍虞编《清诗话续编》，第 803 页。
③ 〔清〕潘德舆《养一斋诗话》，郭绍虞编《清诗话续编》，第 2029 页。

亦飞跃而出，让读者更深地体会到此行乐趣。《法惠寺横翠阁》立意在抒发乡思及古今兴亡变迁感慨。起笔只写吴山，以为只是写景，望中伤春，"春来故国归无期"，转入乡思，由乡思生岁月消逝之感，进而引起对古今兴亡变迁之感叹，"雕栏能得几时好，不独凭栏人易老。百年兴废更堪哀，悬知草莽化池台"。到得此处常人不免言人生苦短，山长青人不在，苏轼则以"游人寻我旧游处，但觅吴山横处来"作结，不仅包含前意，且更深入一层，追想"后之览者，亦将有感于斯人"，仍有伤感，但更多的是自豪，相信自己可与吴山俱存，名垂千古，显出豪放旷达情怀。《游径山》，作者起笔写山水概貌，首六句以"众峰来自天目山，势若骏马奔平川"领起，仰观众峰轩昂涌动，俯瞰幽谷深渊峻峙，极具气势。中写径山长老道行高深，超然独立；"尔来废兴"两句写世事之变，"飞楼涌殿"四句写山中景物自若似无时光印痕，两相交错更突出了"变迁"之感，为后边引起感慨作足铺垫。众生共处天宇之下，扰攘相煎，觉世路狭隘，实际表现自己被排挤出朝不得施展的抑郁心情，但观山如此，山中人如斯，作者亦释然。至此才明白前边表现景物壮阔、山僧得道超然一方面是题中之意，另一方面为后边作者自我解脱作了铺垫，立意不可谓不深，章法不可谓不密。《游径山》从大势着笔，写出了径山气势不凡，《再游径山》变化了写法。起首"老人登山汗如濯"看似平淡，但可见出对径山的喜爱，虽费力如此犹不惜力而来。接下来写径山景物不再概括表现，而是工笔实写，"含晖亭""凌霄峰""白云峰""明月庵"皆径山景物，诗人巧嵌诗中。之后八句所涉典故均径山故事，这样写景可谓"量身定做"，只能是径山，绝移不到别处。转笔表现感慨之后，结尾两句巧语出之，本来感叹年老登临机会不多，但未就此打住，反说因此更要频游，此则照应开头挥汗登山，使那个平淡的句子变得富于兴致。《游道场山何山》，一、二句点出游何山，三、四曰："我从山水窟中来，尚爱此山看不足。"此联上句把自己推到绝境：山水游遍，此山更如何落笔？下句则别有一线生机，即"看不足"处，故后边未顺游踪铺叙，专写触动心神的景物：陂湖萦绕青山、松声如惊湍掠石、僧舍依清溪而建、香桂合抱参天，仿佛现代电影蒙太奇手法，只四个镜头的组合，何山神韵便尽现笔端。结尾借何山典故写欲隐不得之情。以上数诗同写游山，所同者笔力雄纵，气势开阖自如，境界变幻不穷；所不同者则立意章法各有妙处。其他如同是和人寄茶，《和钱安道寄惠建茶》作于杭州，通过以人喻茶及相互对比手法，写出各种茶叶的特性，中间又暗隐作者对时事、时人的讥弹，这种写法可谓空前；《和蒋夔寄茶》作于密州，不再品第茶叶，而是通过对比南北风俗不同，突出自己随遇而安，淡忘得失的心境，亦因之宽慰老友。两诗致谢友人寄茶，兼顾友情、茶事，所表现的作者独特心情、人生处境是一致的，诗风妙趣横生亦同，但立意、章法布置则相异。同是题画马诗，《书韩干牧马图》《韩干马十四匹》不同；同是友人求为书法厅堂题诗，《石苍舒醉墨堂》《孙莘老求墨妙亭诗》不同。苏轼应酬诗特多，其中亦有佳者，同是送别诗，《送蔡冠卿知饶州》《送刘道原归觐南康》《送杭州杜戚陈三掾罢官归乡》《送李公恕赴阙》《送沈逵赴广南》《送杨杰》各自不同。

由以上例证可以看出苏轼古诗成功的第一个原因是立意章法变幻不穷。从作者的角度来说是才气恢张的结果。苏轼曾对友人云："某平生无快意事，惟作文章，意之所到，则笔力曲折，无不尽意。自谓世间乐事，无逾此者。"[①] 则其人之爱文好文可知。苏轼诗文之所以新意迭出，不仅是长期学习的结果，另一方面也确实在其天赋过人。苏轼天生一种自由挥洒、追新出奇的态度是其诗文灵气之来源，否则宋代学可比肩苏轼者亦自不少，但写作诗文终难逾越苏轼。其弟苏辙便是佳例，辙曰："子瞻之文奇，予文但稳耳。"[②] 苏氏兄弟之学不相上下，然子由诗文始终不能胜过子瞻，正是《典论·论文》所谓"至于引气不齐，巧拙有素，虽在父兄不能以移子弟"之才性、秉赋差异造成的。《侯鲭录》有

---

① 〔宋〕何薳《春渚纪闻》卷六，北京：中华书局1983年，第84页。
② 〔宋〕苏籀《栾城遗言》，景印文渊阁四库全书，第864册，第174页。

两则论书之语，鲁直评东坡书云："学问文章之气，郁郁葱葱，散于笔墨之间，此所以他人终莫能及。"东坡云："吾酒后乘兴作数十字，觉酒气拂拂，从十指出也。"[①]笔者以为移此二语形容苏轼诗歌创作亦然，诗是其学问与充溢勃发之才气融合迸发的结果，七言古诗之变幻纵横最能显出此种独特之处。

从创作角度来说是工于命意的结果，宋诗尚意，在苏轼这里表现尤为明显。《潜溪诗眼》曰："老坡作文，工于命意，必超然独立于众人之上。"[②]《西清诗话》曰："东坡公诗，天才宏放，宜与日月争光。凡古人所不到处，发明殆尽，'万斛泉源'，未为过也。"[③]《老生常谈》曰："余谓东坡一集，其命题有极琐屑，他人断不得好诗者，公偏能于无奇处生奇，无新处生新……是其天机活泼，法律精深，其成文也，如风水相遭，亦不知其所以然之故。后人千辛万苦，弄来了无生气，总是读的书不多，心源养得不灵妙耳。"[④]用以上所举诸例衡此数论，可知坡诗确不负众人赏叹。苏轼论诗有"无穷出清新"（《书晁补之所藏与可画竹三首》）、"出新意于法度之中"（《书吴道子画后》）的命题，这些文论观点表明苏轼积极追求创新，对诗歌之立意、章法尤下苦功。写诗之所以对东坡具有长久的吸引力，非仅因为其擅长此道，更因其不断追求创新。创作活动对东坡来说像是一种冒险，他不知道自己会遇到什么，但他始终相信自己能对付得了，每遇险境，他都能用"随物赋形"[⑤]的办法让自己跳出前人窠臼，焕发一个新的意思，创造一种新的意境。他不会局限在某一种陈套中，不会为每一种题材限定立意套路，更不会采取相同的布置。他是活泼的人，诗与人一样活泼。

从艺术角度来说，对各种写作技巧灵活、创造性的运用是苏轼古诗

---

① 〔宋〕赵令畤《侯鲭录》卷四，第73、109页。
② 〔宋〕胡仔《苕溪渔隐丛话》前集卷四，第22页。
③ 〔宋〕胡仔《苕溪渔隐丛话》后集卷三十三，第257页。
④ 〔清〕延君寿《老生常谈》，郭绍虞编《清诗话续编》，第1844页。
⑤ 《自评文》，《苏轼文集》卷六十六，第2069页。

成功的另一个原因。苏轼古诗艺术特点多不胜数，最要者：

一、以文为诗。我们在第一章第五节论宋调"题材、技巧的突破"时曾提到宋代文人倾向于"破体为文"，这个特点在苏轼诗文中尤为明显。《艇斋诗话》曰："东坡之文妙天下，然皆非本色，与其他文人之文、诗人之诗不同。文非欧曾之文，诗非山谷之诗，四六非荆公四六，然皆自极其妙。"① 清人薛雪曰："学诗读诗，学文读文，此古今一定之法，余独以为不然。诗不必在古人诗上，文不必在古人文上。"② 这个道理我想苏轼当初必也了然于心。其文意态万千，古今少有其匹，清人吴乔曰："子瞻之文，方可与子美之诗作匹，皆是匠心操笔，无所不可者也。子瞻作诗，亦用其作文之意。"③ 苏诗之妙确实得力于其文之妙。首先，章法布置不主故常，如我们上边所分析各篇，其他如《书韩干牧马图》，纪昀曰："通首傍衬，只结处一着本位，章法奇绝。"④ 五古《中秋月寄子由》起首言去年看月，今年卧病，至"抚枕三叹息，扶杖起相从"，若入常人手，以下便追想去年，伤感今夕，草草结局。但苏轼却写道："天风不相哀，吹我落琼宫。白露入肝肺，夜吟如秋虫。坐令太白豪，化为东野穷。"宕一笔写自己清夜孤吟之态，抚今追昔之意不言而喻，且不脱"卧病"二字，可谓工于展势，妙于布局。此类例子举不胜举。其次，多用赋的笔法，善于将抒情、叙述、议论相结合。这一点多得老杜启示，苏叔党云："东坡尝语后辈，作古诗当以老杜《北征》为法。"⑤《北征》"以序事倾尽为工"，"穷极笔力，如太史公纪、传"⑥，其中又多议论，在唐人中已是别格，这种写法在宋代则广为诗人接受。苏轼古诗虽非篇篇如此，但大部分都能做到情、叙、议三者结合，三者

---

① 〔宋〕曾季狸《艇斋诗话》，丁福保辑《历代诗话续编》，第 323 页。

② 〔清〕薛雪《一瓢诗话》，丁福保辑《清诗话》，第 691 页。

③ 〔清〕吴乔《围炉诗话》，郭绍虞编《清诗话续编》，第 608 页。

④ 《苏轼诗集》，北京：中华书局 1982 年，第 723 页。

⑤ 〔宋〕吴可《藏海诗话》，丁福保辑《历代诗话续编》，第 340 页。

⑥ 〔宋〕叶梦得《石林诗话》，〔清〕何文焕辑《历代诗话》，第 411 页。

在篇章中的分量随所写之事变化错置，意态自然，可谓善学老杜。再次，善于议论说理。苏轼文章优点之一是议论蜂起，词澜不穷，这在古诗中也表现鲜明。延君寿曰："天地生一传人，从小即心地活泼，理解神透。如东坡《入峡》诗：'闻到黄精草，丛生绿玉篸。尽应充食饮，不见有彭聃。'《八阵碛》云：'神兵非学到，自古不留诀。至人已心悟，后世徒妄说。'《双凫观》云：'双凫偶为戏，聊以惊世玩。不然神仙迹，罗网安能攀！'以年谱按之，公作此诗不过二十岁，若钝根人有老死悟心不生者，难以语此。"① 延君寿所举诸诗是出蜀时的作品，可以说苏轼作品从一开始议论特色就很明显，熙丰时期议论作品更多，或直接说理、或推开一层说理，同时善于融典故于议论中，又时时夹杂诙谐讽刺意味，所以比平常人议论深刻而富于趣味，如《泗州僧伽塔》《戏子由》《寄刘孝叔》《百步洪》《张安道见示近诗》《吴中田妇叹》《次韵孔文仲推官见赠》《次韵李公择梅花》《问大冶长老乞桃花茶栽东坡》《和孔郎中荆林马上见寄》等，触目皆是。刘熙载云："遇他人以为极艰苦之境，而能外形骸以理自胜，此韩、苏两家诗意所同。"② 关键就在于其说理精深、独到、有趣。

二、善用典。用之贴切不着痕迹。如"窦融既入朝，吴芮空记面"（《自净土步至功臣寺》），所用典故分别见《后汉·窦融传》《汉书·吴芮传》及《三国志·诸葛诞传注》，苏轼以窦融事比钱俶率国入宋，用吴芮事谓国虽亡而钱氏子孙在临安者尚多，恰到好处，所以既省笔墨，又含义丰富，纪昀曰："窦融二句，用得的当，叙得简净，他人须四五句方了。"③"稽山不是无贺老，我自兴尽回酒船"（《寄吴德仁兼简陈季常》），用贺知章典写友人致仕归隐，用王子猷"雪夜访戴"之典写自己访友不遇，均为文人雅事，极切所言。用典含蓄弦外有音。如"龚黄满朝人更苦，不如却作河伯妇"（《吴中田妇叹》）、"王良挟策飞上天，

① 〔清〕延君寿《老生常谈》，郭绍虞编《清诗话续编》，第 1815 页。
② 《艺概》卷二，《刘熙载集》，上海：华东师范大学出版社 1993 年，第 103 页。
③ 《苏轼诗集》，第 347 页。

何必俯首服短辕"(《书韩干牧马图》)、"道逢阳虎呼与言，心知其非口诺唯"(《戏子由》)、"孔融不肯下曹操，汲黯本自轻张汤"(《送刘道原归觐南康》)等，皆非简单用典，都与时事时政相关。用典以故为新。①如"明年定起故将军，未肯先诛霸陵尉"(《铁沟行赠乔太博》)，用李广诛霸陵尉事，但说"未肯先诛"，就突出了友人宽怀厚德的个性。"任从饱死笑方朔，肯为雨立求秦优"(《戏子由》)，典出《汉书·东方朔传》"侏儒饱欲死，臣朔饥欲死"，《史记·滑稽列传》优旃在秦始皇面前为雨中守卫的武士求情。这里嘲笑东方朔哭穷，又言不肯低头求秦优美言，实际上表明坚持立场不与当朝执政妥协的意思，旧的典故经苏轼一点拨便焕然生色。此外苏轼用典有诙谐幽默的特色，还善于与其他手法如比喻、拟人结合运用。

三、善比喻。苏轼比喻多新奇。如以人比物，《和钱安道寄惠建茶》以古人性格比茶性，"纵复苦硬终可录，汲黯少戆宽饶猛……其间绝品岂不佳，张禹纵贤非骨鲠。"《寓居定惠院之东杂花满山有海棠一株土人不知贵也》："也知造物有深意，故遣佳人在空谷……朱唇得酒晕生脸，翠袖卷纱红映肉……雨中有泪亦凄怆，月下无人更清淑。"《杜沂游武昌以酴醾花菩萨泉见饷》："凄凉吴宫阙，红粉埋故苑。至今微月夜，笙箫来绝巘。余妍入此花，千载尚清婉。"皆以人喻物，托物寓意，独创一格。清人多言宋诗少比兴，似此类可谓不善比兴乎？苏轼善于连续比喻，运用多种意象使所喻之物更容易为读者感受。如《监试呈诸试官》："缅怀嘉祐初，文格变已甚。千金碎全璧，百衲收寸锦。调和椒桂酽，咀嚼沙砾磣。广眉成半额，学步归踯躅。"连续三个比喻将当时太学体拗涩险怪文风表现得形象生动。《百步洪》："长洪斗落生跳波，轻舟南下如投梭。水师绝叫凫雁起，乱石一线争磋磨。有如兔走鹰隼落，骏马下注千丈坡。断弦离柱箭脱手，飞电过隙珠翻荷。"将百步洪水势迅疾险绝的状态表现得淋漓尽致。其他形象妥帖的比喻所

---

① 《评韩柳诗》，《苏轼文集》卷六十七，第2109页。

在皆是，如"兴来一挥百纸尽，骏马倏忽踏九州"（《石苍舒醉墨堂》）、"微风万顷靴文细，断霞半空鱼尾赤"（《游金山寺》）、"世事如今腊酒浓，交情自古春云薄"（《和欧阳少师寄赵少师次韵》）、"众人事纷扰，志士独悄悄。何异琵琶弦，常遭腰鼓闹"（《正月九日有美堂饮，醉归径睡……》）、"新诗如洗出，不受外垢蒙。清风入齿牙，出语如风松"（《僧惠勤初罢僧职》）、"城市不识江湖幽，如与螳蛄语春秋。试令江湖处城市，却似麋鹿游汀洲"（《和蔡准郎中见邀游西湖》）。故清人潘清《挹翠楼诗话》卷一云："东坡诗擅长处，全在用譬喻法，既将境地拓开，又觉波澜层出，且无难押之韵。学者悟得此诀，则引申触类，变化无穷。岂尚有窘迫之患哉！"比喻在苏诗中使用广泛，苏诗之具有"烟云满纸，咳唾琳琅"的特色，比喻手法功不可没。

四、善学古人。苏轼古体主要学习李白、杜甫、韩愈。学李白能得其纵横驰骋之势与神奇惝恍之态，清人林昌彝《射鹰楼诗话》卷十四曰："后人为七古诗，动学太白长短句，此何异刻云端之木雁，琢箭上之铜仙耶？试看东坡，毕生何尝不私淑太白，所为七古为长短句者，有几首耶？此东坡诗所以独步北宋，为一大家也。"学古人贵在得其精神，而非仅习其外在形式，所以苏轼俊逸或许不如李白，但超旷的态度则绝相似。杜甫之能耐在于因事成章，极尽笔力，各自不同，用典亦以己意驱遣，出神入化。实际上杜甫的胜处和苏轼评价自己特点一样——善于"随物赋形"，不管面对何种题材，总能笔至意随。王士禛云"子瞻得杜气"[1]，应该就是从这个角度作出的评价。气者流转无形，但又是为文之根本，子瞻学杜得到了老杜善变之法。学韩愈则学其诗文气势，于比喻、用典亦多有所得。此外苏轼亦能学白居易之流畅。王士禛《带经堂诗话》卷二十九论古诗曰："若李太白、杜子美、韩退之三家，横绝万古，后之能追风蹑景，唯苏长公一人耳。"苏轼学古人精神、技巧，而不摹拟字句，故能自成一体，两宋无匹，后世学之者众多，亦难

---

① 〔清〕王士禛《新编渔洋杜诗话》，张忠纲编《杜甫诗话六种校注》，第425页。

以超越苏轼。

二、律诗

苏轼律诗亦七言胜五言，故所论以七律为主。昔人论诗有"有我无我"[1] 之说，即诗作能否表现作者性情、学问、抱负，若自真性情流出则自然各具声口，迥然相异。朱庭珍曰："夫所谓诗中有我者，不依傍前人门户，不模仿前人形似，抒写性情，绝无成见，称心而言，自鸣其天。勿论大篇短章，皆乘兴而作，意尽则止。我有我之精神结构，我有我之意境寄托，我有我之气体面目，我有我之材力准绳，决不拾人牙慧，落寻常窠臼蹊径之中。任举一篇一联，皆我之诗，非前人所已言之诗，亦非时人意中所有之诗也。是为诗中有我。"[2] 苏轼律诗于唐宋诸大家之后又能开拓境界，在其能自写性情学问，熙丰时期律诗最上乘者为一气相生、旋转自如、具其品性才力之作。如《出颍口初见淮山，是日至寿州》作于赴杭州通判路上，表现"贤人去国"，"行道迟迟，中心有违"，情感含蓄隐约，情景浑融，神完气足。《新城道中二首》，其一以写景为主，笔触中含有一种跃动的轻快气息，表现了雨晴后山乡景物的清新优美与春来农家欣欣向荣的忙碌生活，其二着重抒情，情中有景。起首曰"身世悠悠我此行"，作者有官位非白衣秀才，此行是公务非闲游，本无需发出这样的感慨，但现在感慨如此深刻，暗示了作者心情沉郁。如此也便可理解下边"听溪声"显然有种沉思的意味，也可以理解"散材"自喻之深意。组诗中诗篇虽各自独立，但往往互有联系，杜甫组诗最为明显，苏轼这两首诗也有内在联系。第一首诗的轻快表现出了作者行走乡间时的轻松惬意，第二首中迷茫沉郁的心情则揭示即便在这样美好的环境中，作者内心的隐忧还是不能解除，表明作者受到排挤的压抑心情始终存在。《有美堂暴雨》将黑云密集、疾雷惊人、风狂

---

① 〔清〕吴乔曰："读唐人诗集，知其性情，知其学问，知其立志。明人以声音笑貌学唐人……故读其诗集，千人一体。"（《答万季野诗问》，丁福保辑《清诗话》，第 26 页）
② 〔清〕朱庭珍《筱园诗话》，郭绍虞编《清诗话续编》，第 2343 页。

涛涌、暴雨狂泻湖面的状态表现得有声有色，想象大胆、瑰伟、独特。纪昀认为"矿气太重"，然此诗正不当如此论，苏轼有云"作诗火急追亡逋"，作者有感于眼前翻江倒海之景，产生喷薄涌动的创作激情，此时若仍矜持含蓄，岂能写出如此气势。据表现对象的不同而赋形歌咏正是苏轼的优点。《书普慈长老壁》《竹阁》《病中游祖塔院》一类诗作则自然闲适、清疏妥帖，与宋初晚唐体一味求清秀孤寂不同。纪昀评《祖塔院》一首曰："此种已居然剑南派。"钱锺书《宋诗选注》说陆游除爱国诗外，还有"一方面是闲适细腻，咀嚼出日常生活的深永的滋味，熨帖出当前景物的曲折的情状"，正好为纪昀的观点作注。就宋诗发展来说，苏轼的这种表现个人优雅闲适生活的诗作实具有创新意义。《夜至永乐文长老院，文时卧病退院》《过永乐文长老已卒》二首则通体深意，意沉而语优美，平淡而涵泳不尽，另具一种风度，颇与"气象峥嵘，彩色绚烂"者相异。《雪后书北台壁二首》第一首写落雪时感觉，整首诗未直笔写雪，而是通过听觉、身体感受温度变化写一夜落雪，雪之大则通过"试扫北台看马耳，未随埋没有双尖"自然显现。第二首则写雪晴眺望，颔联比喻形象而富于气势，极好地写出了远眺所见景象之壮观，颈联雪兆丰年则表现出作者对百姓生计的关切。二诗用险韵而一气呵成，"才高气雄，下笔前无古人"[1]。《祭常山回小猎》可与《江城子·老夫聊发少年狂》对看，作者豪放雄壮情怀一气盘旋而出。《游卢山次韵章传道》《和晁同年九日见寄》亦颇具豪放之气，但诗中自嘲之语又暗示与时局不合之情，故而显得沉着排宕。《正月二十日往歧亭，郡人潘、古、郭三人送余于女王城东禅庄院》《正月二十日与潘、郭二生出郊寻春，忽记去年是日同至女王城，作诗乃和前韵》似乎平静而深含隐衷，才触伤感而已放达，平淡中含深挚伤痛之情，此种真其真性中流出。似此类皆熙丰时期杰出作品，其他如《是日宿水陆寺寄北山清顺僧二首》《九日寻臻阇梨遂泛小舟至勤师院二首》《除夜野宿常

---

① 《瀛奎律髓汇评》卷二十一，第 880 页。

州城外二首》《元日过丹阳，明日立春，寄鲁元翰》《常润道中有怀钱塘寄述古五首》《杭州牡丹开时，仆犹在常润，周令作诗见寄，次其韵，复次一首送赴阙》《平山堂次王居卿祠部韵》《送春》《寄吕穆仲寺丞》《同年王中甫挽词》《和孔君亮郎中见赠》《宿州次韵刘泾》《座上赋戴花得天字》《次颜长道韵送傅侪》《次韵答孙侔》《初到黄州》《红梅三首》亦皆言情深挚之作；《宿九仙山》《惠山谒钱道人烹小龙团登绝顶望太湖》《刁景纯赏瑞香花忆先朝侍宴次韵》《苏州闾丘江君二家雨中饮酒二首》《润州甘露寺弹筝》《雪夜独宿柏仙》《留别释迦院牡丹呈赵侪》《台头寺雨中送李邦直赴史馆分韵得忆字人字兼寄孙巨源二首》《泛舟城南会者五人分韵赋诗得人皆苦炎字四首》《雪后到干明寺遂宿》《六年正月二十日复出东门仍用前韵》等亦皆温雅可诵。这些诗作风格各异，但皆具苏轼之性格、才气特征，是他在不同境遇下，生活、情绪各个侧面的表现。其他唱和应酬凑韵凑篇之作则不佳。

古诗部分提到苏诗有才气、工立意章法、善用典、善比喻，不仅是古诗的特点，也是苏诗普遍的特点，有些特点比如章法变化、用典、议论等在律诗中也很突出，故而此处再作进一步论述，此外还有其他精彩之处。

第一，章法多变。或成竹在胸，操纵随手，自起至结，首尾元气贯注，相生相顾，熔成一片，如《出颍口初见淮山是日至寿州》《有美堂暴雨》《和刘道原咏史》《祭常山回小猎》《和晁同年九日见寄》等篇。因律诗最重开篇，部分诗作起笔得势，首联警策，三、四展宽一层，五、六起而振拓，结句则相机取神，或宕开一步、或追入一层、或照应开头、或纡徐取姿，总能就势而行自然有神，如《竹阁》《新城道中二首》《闻洮西捷报》《寄黎眉州》《钱安道席上令歌者道服》《赠治易僧智周》《初到黄州》《宿九仙山》《惠山谒钱道人烹小龙团登绝顶望太湖》《润州甘露寺弹筝》等。或起势平淡，三四着力凝练求警策，五六放缓一步舒上下之气，结句又提笔振作以为归宿，如《书普慈长老壁》、《夜至永乐文长老院，文时卧病退院》、《过永乐文长老已卒》、

《雪后书北台壁》其二、《正月二十日往歧亭，郡人潘、古、郭三人送余于女王城东禅庄院》、《正月二十日与潘、郭二生出郊寻春，忽记去年是日同至女王城，作诗乃和前韵》、《送春》、《雪夜独宿柏仙》等。当然东坡千变万化，又不可执一律拘。

第二，讲究句法。葛立方《韵语阳秋》卷二载山谷语云"东坡作诗，未知句法"，实际上是二者所关注的重点不同，东坡诗句多在炼意，山谷非不炼意，但对字句押韵等方面也十分重视。后人亦有类似山谷的言论，如施补华曰："东坡能行气不能炼句，故七律每走而不守。"[1]赵翼曰："坡诗有云：'清诗要锻炼，方得铅中银。'然坡诗实不以锻炼为工，其妙处在乎心地空明，自然流出，一似全不着力，而自然沁入心脾，此其独绝也。"[2]东坡律诗句法最重炼意，而炼意讲究常中出奇。以下数则诗话载东坡论句法：

《王直方诗话》云东坡有言："世间事忍笑为易，惟读王祈大夫诗不笑为难。"祈尝谓东坡云："有竹诗两句最为得意。"因诵曰："叶垂千口剑，干耸万条枪。"坡曰："好则极好，只是十条竹竿，一个叶儿也。"

《王直方诗话》云王禹锡行第十六，与东坡有姻连，尝作《贺知县喜雨》诗云："打叶雨拳随手去，吹凉风口逐人来。"自以为得意。东坡见之曰："十六郎作诗怎得如此不入规矩？"禹锡云："盖是醉中所作。"异日又持一大轴呈坡，坡读之云："尔复醉邪？"[3]

东坡尝曰：渊明诗初看若散缓，熟看有奇句。如"日暮巾柴车，路暗光已夕。归人望烟火，稚子候檐隙。"又曰："采菊东篱下，悠然见南山。"又："暖暖远人村，依依墟里烟。犬吠深巷中，鸡鸣桑树颠。"大率才高意远，则所寓得其妙，造语精到之至，遂能如此，似大匠运斤不见斧凿之痕。不知者困疲精力，至死不之悟，而俗人亦谓之佳。如曰：

① 〔清〕施补华《岘佣说诗》，丁福保辑《清诗话》，第994页。
② 〔清〕赵翼《瓯北诗话》，郭绍虞编《清诗话续编》，第1196页。
③ 〔宋〕胡仔《苕溪渔隐丛话》前集卷五十五，第376、378页。

"一千里色中秋月，十万军声半夜潮。"又曰："蝴蝶梦中家万里，子规枝上月三更。"又曰："深秋帘幕千家雨，落日楼台一笛风。"皆如寒乞相，一览便尽，初如秀整，熟视无神气，以其字露也。东坡作对则不然，如曰"山中老宿依然在，案上楞严已不看"之类，更无龃龉之态，细味对甚的，而字不露，此其得渊明之遗意耳。[1]

王祈、王禹锡二人之句雅俗先不论，就语言和表现手法来说有新奇处，但为"奇"忘记了作诗之本。诗非徒然而作，或抒情或蕴意，两诗空有奇语，毫无意味，读之感觉不到任何诗情，一似村学夫子训练学生造句而已，虽奇而无用。东坡所引陶渊明数句则闲淡悠远，意味深美，可知东坡重者在"才高意远"，非奇字奇语等小家筋节。其熙丰诗句如"长淮忽迷天远近，青山久与船低昂"（《出颍口初见淮山是日至寿州》）、"倦客再游行老矣，高僧一笑故依然"（《书普慈长老壁》）、"官事无穷何日了，菊花有信不吾欺"（《次韵张十七九日赠子由》）、"人似秋鸿来有信，事如春梦了无痕"（《正月二十日与潘、郭二生出郊寻春，忽记去年是日同至女王城作诗，乃和前韵》）、"旧游似梦徒能说，逐客如僧岂有家"（《泗州除夜雪中黄师是送酥酒二首》）、"弄风骄马跑空立，趁兔苍鹰掠地飞"（《祭常山回小猎》）、"尘容已似服辕驹，野性犹同纵壑鱼"（《游卢山次韵章传道》）、"露布朝驰玉关塞，捷书夜到甘泉宫"（《闻洮西捷报》），语则易解，意则或深、或远、或壮，整体意思深入，皆富于兴感寄托，非徒为好语奇语，似此等方可谓奇句。

在炼意的前提下苏诗也讲究对仗工稳。《冷斋夜话》卷一载东坡曰："世间之物，未有无对者，皆自然生成之象，虽文字之语亦然，但学者不思耳。"《栾城遗言》记苏辙言曰："东坡律诗最忌属对偏枯，不容一句不善者。"由以上所引数联也可见东坡对仗之工，其他巧对如"酒阑病客惟思睡，蜜熟黄蜂亦懒飞"（《送春》）、"梦惊忽有穿窗片，夜静惟

---

① 〔宋〕释惠洪《冷斋夜话》卷一，北京：中华书局1988年，第13页。

闻泻竹声"(《雪夜独宿柏仙》)、"三过门间老病死,一弹指顷去来今"(《过永乐文长老已卒》)、"岂忆日斜庚子后,忽惊岁在已辰年"(《孔长源挽词》),皆能结合所写之事,或自然以物相对,或以意、以典相对,穷尽变化。

第三,用典前已论及,但与古诗比起来,律诗用典更密集,更显示其才学挥洒自如。如"因病得闲殊不恶,安心是药更无方"(《病中游祖塔院》)、"散材畏见搜林斧……试向桑田问耦耕"(《新城道中二首》)、"名高不朽终安用,日饮无何计亦良"(《和刘道原咏史》)、"尘容已似服辕驹,野性犹同纵壑鱼"(《游卢山次韵章传道》)、"断弦挂壁知音丧,挥尘空山乱石听"(《赠治易僧智周》)此类,知典者领会自深,不知典者亦不妨阅读,无丝毫牵强痕迹,所谓"用事也如空说"①。如《和刘道原咏史》:"仲尼忧世接舆狂,臧穀虽殊竟两亡。吴客漫陈豪士赋,桓侯初笑越人方。名高不朽终安用,日饮无何计亦良。独掩陈编吊兴废,窗前山雨夜浪浪。"前六句皆用典,属对自然,典故的运用使不满时局的意思表现得含蓄深刻。《太守徐君猷、通守孟亨之皆不饮酒,以诗戏之云》:"孟嘉嗜酒桓温笑,徐邈狂言孟德疑。公独未知其趣尔,臣今时复一中之。风流自有高人识,通介宁随薄俗移。二子有灵应抚掌,吾孙还有独醒时。"全篇用典,不仅切合二人之姓,且皆为饮酒之事,最重要的是能借典故写出人物性情风度,所以用典无堆叠炫耀之感,似此类皆极高明。但有时不免全用才学作诗,如《贺陈述古弟章生子》《张子野年八十五尚闻买妾述古令作诗》《戏孙公素》等诗通体用典,不见性情唯见玩笑诙谐,才学信然,机智信然,但于诗道则未为高明,在东坡则属发于一时兴致,但后学不加辨别,不免于诗中滥用故实。

第四,苏轼律诗亦多议论。如《和刘道原见寄》:"敢向清时怨不容,直嗟吾道与君东。坐谈足使淮南惧,归去方知冀北空。独鹤不须惊

---

① 〔宋〕吴沆《环溪诗话》卷下,北京:中华书局 1988 年,第 148 页。

夜旦，群乌未可辨雌雄。庐山自古不到处，得与幽人子细穷。"整首议论，用语朴素，多虚字，具有散文化特征，是典型的宋调作品。这种诗在苏轼集中非上品，但数量很多，如《次韵和王巩六首》之五、《次韵答邦直子由五首》之四、《次韵答元素》、《与潘三失解后饮酒》、《次韵孔毅甫集古人句见赠五首》等。散见诗中的议论之句则不可胜数，首先佳者或兼能抒情，或用典讽喻，或用翻案议论之法，如"莫负黄花九日期，人生穷达可无时"（《杭州牡丹开时，仆犹在常润，周令作诗见寄，次其韵，复次一首送赴阙》）、"聚散细思都是梦，身名渐觉两非亲"（《至济南，李公择以诗相迎，次其韵二首》）、"人事无涯生有涯，逝将归钓汉江槎"（《次韵陈海州乘槎亭》）、"人未放归江北路，天教看尽浙西山"（《与毛令方尉游西菩提寺二首》）、"病马已无千里志，骚人长负一秋悲"（《和晁同年九日见寄》）、"相逢不用忙归去，明日黄花蝶也愁"（《九日次韵王巩》）、"羞为毛遂囊中颖，未许朱云地下游"（《次韵答邦直子由五首》）、"闻道鹓鸿满台阁，网罗应不到沙鸥"（《次韵答邦直子由五首》）、"迂疏自笑成何事，冷淡谁能用许功"（《次韵孙秘丞见赠》）、"千里论交一言足，与君盖亦不须倾"（《次韵答孙侔》）、"蒋济谓能来阮藉，薛宣直欲吏朱云"（《重寄一首》）、"新学已皆从许子，诸生犹自畏何蕃"（《次韵答顿起二首》）。其次则多直接议论者，如"恨无负郭田二顷，空有载行书五车"（《送乔施州》）、"晚觉文章真小技，早知富贵有危机"（《宿州次韵刘泾》）、"如君才业真堪用，顾我衰迟不足论"（《同年王中甫挽词》）、"疏狂似我人谁顾，坎轲怜君志未移"（《次韵王定国马上见寄》）、"我本疏顽固当尔，子犹沦落况其余"（《次韵孙莘老见赠，时莘老移庐州，因以别之》）、"旧事真成一梦过，高谈为洗五年忙"（《余去金山五年而复至，次旧诗韵赠宝觉长老》）、"世事饱谙思束手，主恩未报耻归田"（《喜王定国北归第五桥》）。其他如"康济此身殊有道，医治外物本无方"（《留别金山宝觉圆通二长老》）、"说静故知犹有动，无闲底处更求忙"（《柳子玉亦见和，因以送之，兼寄其兄子璋道人》）、"圆间有物物间空，岂有圆空入井中"（《记梦》)等直接以理语写之者最下。

七律至杜甫曲尽变化为一高峰，格调、句法、字法、章法，无美不备，无奇不臻，横绝古今，莫有越之者。故后人取法多以杜甫为宗，但所得不同。我们在上节提到苏轼学杜"得其气"，古诗如此，律诗亦如此，学杜得其变化流转之妙。昔人谓："苏眉山天才俊逸，潇洒风流，嘻笑怒骂，皆成文章，又因其学力宏赡，无入不得……其长诗差可追随二公（杜甫、韩愈），余则不在语言文字间与之铢寸较量也。"① 又有云："宋人七律，精微无过王半山，至于东坡，则更作得出耳。阮亭尝言东坡七律不可学，此专以盛唐格律言之，其实非通论也。"② 所谓"不在语言文字间与之铢寸较量"及"更作得出"，即言苏轼不亦步亦趋模拟古人，掌握基本技法之后能变化创新，此其所以能自立一宗。

三、绝句

叶燮曰："宋人七绝，种族各别，然出奇入幽，不可端倪处，竟有轶驾唐人者。若必曰唐，曰供奉，曰龙标以律之，则失之矣。杜七绝轮困奇矫，不可名状，在杜集中，另是一格，宋人大概学之。宋人七绝，大约学杜者什六七，学李商隐者什三四。"③ 时代变化，的确不能仅以个别杰出作家的作品为某一体裁的必然标准。北宋诸家绝句各有擅场，但皆从学唐入手。唐人前后有大不相同处，王世贞曰："七言绝句盛唐主气，气完而意不尽工；中晚唐主意，意工而气不甚完。"④ 乔亿云："读古人诗，要分别古人气象。盛唐诗有极不工者，气象却好；晚唐诗有极工者，气象却不好。"⑤ 大体说来，盛唐绝句高华神妙、韵味深厚，确是以"气"贯意，中晚唐则变"气"之飘逸自然为"意"之精确刻露，产

① 〔清〕薛雪《一瓢诗话》，丁福保辑《清诗话》，第 689 页。

② 〔清〕翁方纲《石洲诗话》，郭绍虞编《清诗话续编》，第 1437 页。

③ 〔清〕叶燮《原诗》，丁福保辑《清诗话》，第 610 页。

④ 〔明〕王世贞《弇州四部稿》卷一百四十七，景印文渊阁四库全书，第 1281 册，第 382 页。

⑤ 〔清〕乔亿《剑溪说诗》，郭绍虞编《清诗话续编》，第 1096 页。

生多种风格。胡应麟曰："中唐绝如刘长卿、韩翃、李益、刘禹锡，尚多可讽咏。晚唐则李义山、温庭筠、杜牧、许浑、郑谷，然途轨纷出，渐入宋、元，多歧亡羊。"又曰："七言绝则李（商隐）、许（浑）、杜（牧）、赵（嘏）、崔（鲁）、郑（谷）、温（庭筠）、韦（庄），皆极力此道。然纯驳相揉，所当细参。"[①] 许学夷曰："开成（836—840）七言绝，许浑、杜牧、李商隐、温庭筠，声皆浏亮，语多快心，此又大历（766—779）之降，依正变也。中间入议论，便是宋人门户。"[②] 所谓"途轨纷出""纯驳相揉""语多快心"者，即中晚唐风格趋于显露、议论，变化盛唐之处。宋人推崇盛唐，但因时代关系，于中晚唐反多得启示，各家所取不同。如王安石多偏唐音，苏轼有学李、杜处，然于中晚唐生变处留心较多，如学刘禹锡、杜牧、李商隐等人用典及议论显豁之作，又融合自己才力加以创新，遂成就独特风格。

　　苏轼是个活跃乐观、才华横溢的人，熙丰时期正处壮年创作力爆发时期，才气纵发，灵感跃动，构意独特，施之于绝句往往多奇思妙想，吐句快意，而较少沉着盘桓。《冷斋诗话》载东坡云："诗以奇趣为宗，反常合道为趣。熟味此诗（案：柳宗元《渔翁》）有奇趣，然其尾两句，虽不必亦可。"[③] 苏轼之所以认为《渔翁》末尾两句"回看天际下中流，岩上无心云相逐"破坏了"奇趣"，在于"烟消日出不见人，欸乃一声山水绿"已足以暗示渔翁放舟远去，水云自闲之意，不必末尾刻意点出。可知苏轼于诗追求一种"神趣"，而不钻唐诗重"神韵"的牛角尖，遂构成了趣多、致多，而神韵却少的特点。如"忽悟过溪还一笑，水禽惊落翠毛衣"（《和文与可洋川园池三十首·过溪亭》）、"何人更似苏夫子，不是花时肯独来"（《冬至日独游吉祥寺》）、"幸有清溪三百曲，不辞相送到黄州"（《梅花二首》）、"只恐夜深花睡去，更烧高烛照红妆"（《海棠》）、"惆怅东栏二株雪，人生看得几清

---

① 〔明〕胡应麟《诗薮》内编卷六，吴文治主编《明诗话全编》，第 5529、5537 页。
② 〔明〕许学夷《诗源辩体》卷三十，北京：人民文学出版社 1987 年，第 292 页。
③ 〔宋〕胡仔《苕溪渔隐丛话》前集卷十九，第 124 页。

明"(《东栏梨花》），以上诗句皆有一种灵动的意味萦绕诗中，少唐诗那样浓浓的情韵，却颇能显示诗句背后主人公的优雅意趣，语言上也显露得多，不似唐诗那般蕴藉。若"水枕能令山俯仰，风船解与月徘徊"(《六月二十七日望湖楼醉书五首》其二）、"山水照人迷向背，只寻孤塔认西东"(《虔州八境图》）、"此生此夜不长好，明月明年何处看"(《中秋月》）、"月与高人本有期，挂檐低户映蛾眉"(《和文与可洋川园池三十首·待月台》），则写景富于奇趣，人非沉溺于景一往情深，而是玩味景物，自得意趣。"东海若知明主意，应教斥卤变桑田"(《八月十五日看潮五绝》）、"赢得儿童语音好，一年强半在城中"(《山村五绝》）、"岂是闻韶解忘味，尔来三月食无盐"(《山村五绝》）、"化工只欲呈新巧，不放闲花得少休"(《和述古冬日牡丹四首》），则讽刺富于奇趣，使议论更具锋芒。"不把瑠璃闲照佛，始知无尽本无灯"(《上元过祥符寺，僧可久房萧然无灯火》）、"弹指未终千偈了，向人还道本无言"(《和文与可洋川园池三十首·无言亭》）、"待得微甘回齿颊，已输崖蜜十分甜"(《橄榄》）、"不识庐山真面目，只缘身在此山中"(《题西林壁》），则富于哲理禅趣，令人回味思索，于人生世事之理有所领悟。"人老簪花不自羞，花应羞上老人头"(《吉祥寺赏牡丹》）、"对花无信花应恨，直恐明年便不开"(《吉祥寺花将落而述古不至》）、"太守问花花有语，为君零落为君开"(《述古闻之，明日即来，坐上复用前韵同赋》）、"明日春阴花未老，故应未忍着酥煎"(《雨中明庆赏牡丹》）、"写真虽是文夫子，我亦真堂作记人"(《和文与可洋川园池三十首·此君庵》），这些诗句更为直露，有些直似白话，非一流佳句，但其中所蕴之文人戏谑雅趣亦颇为引人入胜。

苏轼七绝另一个突出特点是具有潇洒天纵之气，乔亿云："坡公七绝具迈往之气。"[①] 笔者以为这"迈往"之气具有三方面的指向，一则为豪迈俊逸之气，如《六月二十七日望湖楼醉书五首》其一："黑云翻墨

---

① 〔清〕乔亿《剑溪说诗》，郭绍虞编《清诗话续编》，第 1096 页。

未遮山，白雨跳珠乱入船。卷地风来忽吹散，望湖楼下水如天。"黑云翻滚急雨倾盆之后，清风掠空，湖水满溢清波，天水空廓。这种景象人多见之历之，却未必能写如苏轼，原因在于没有苏轼之气度，没有苏轼对于山水的感悟。朱庭珍云："夫文贵有内心，诗家亦然，而于山水诗尤要。盖有内心，则不惟写山水之形胜，并传山水之性情，兼得山水之精神，探天根而入月窟，冥契真诠，立跻圣域矣。"① 正由于苏轼内心有俊逸之气，遇迅疾变幻之景，遂成此佳作。"迈往"之气的另一方面是苏诗具有一往挚情之处，如"惆怅东栏二株雪，人生看得几清明"（《东栏梨花》）、"此生此夜不长好，明月明年何处看"（《中秋月》）、"夜半潮来风又熟，卧吹箫管到扬州"（《金山梦中作》）、"客来梦觉知何处，挂起西窗浪接天"（《南堂五首》其五）。此等诗句看似柔软秀丽，但细细体会，其兴象自然，内中情感不仅仅是一时一地之感，竟是一种经历沧桑之后的萧然感慨，一气浑成，自然神到。正是这种内在真挚之情具有"迈往"的特征，而不能仅从字面去判断。"迈往"之气的第三方面是苏诗往往表现出一种执着坚毅之气，典型作品如《东坡》："雨洗东坡月色清，市人行尽野人行。莫嫌荦确坡头路，自爱铿然曳杖声。"读此诗能蓦然于人心中激起独立不羁之意，让人明白诗人心中自有一段坚执不可动摇之处。纪昀论此诗曰："风致不凡。"王文诰曰："此类句出自天成，人不可学。"② 诚然，言辞易学，其气则难学而有之。

　　苏轼七绝的第三个重要特点是能"新"。苏轼诗论中有"清新"的概念，其云："无穷出清新。"（《书晁补之所藏与可画竹》）又云："诗画本一律，天工与清新。"（《书鄢陵王主簿所画折枝二首》）。天工、清新实际上大致同于梅圣俞之"意新语工，得前人所未道者……状难写之景如在目前"。苏轼绝句很能体现其善于出新、创新的特色。

　　首先是用意新。如"人老簪花不自羞，花应羞上老人头"（《吉祥

---

① 〔清〕朱庭珍《筱园诗话》，郭绍虞编《清诗话续编》，第2344页。
② 《苏轼诗集》，第1183页。

寺赏牡丹》），此联上句虽然写出了人老簪花的狂态，但直接描写只是平叙，未甚引人，下句花因自感美貌而羞插老人头上，则加倍烘托出了人之老态、狂态，且语带诙谐，富于趣味。"唤作拒霜知未称，细思却是最宜霜。"（《和陈述古拒霜花》）陈襄原唱云："容易便开三百朵，此心应不畏秋霜。"苏轼诗句否定之后加以肯定，比原唱更进一层，暗比陈述古见斥而保持自己立场的态度。"故人应在千山外，不寄梅花远信来。"（《虔州八境图》其三）古人有折梅赠友表达思念之情者，并有诗云："江南无所有，聊赠一枝春。"苏轼则反其意用之，既写出了思念，也写出了相隔遥远。"故知无定河边柳，得共中原雪絮春"（《闻捷》）与此同一手法，古人诗有"可怜无定河边骨，犹是春闺梦里人""羌笛何须怨杨柳，春风不度玉门关"，苏轼反两诗之意用之，且因内中有这样的文化涵义，诗句更耐人寻味。"不识庐山真面目，只缘身在此山中"（《题西林壁》）则完全以新意取胜，前此未有人于诗中写过这样道理。

其次取境新。如《六月二十七日望湖楼醉书五首》其一，古人写雨诗很多，但写夏日水边登楼观雨的较少，与苏轼此诗取材相似的如裴度《夏日对雨》："登楼逃盛暑，万象正尘埃。对面雷嗔树，当阶雨趁人。檐疏蛛网重，地湿燕泥新。吟罢清风起，荷香满四邻。"二诗体裁不同，但构思基本相同，先写雨势之狂，后写雨过之平静清新，动静结合。苏轼所处的境界也有雷电、避雨游人、清风荷花，但苏轼没有过多表现细节，而专集中于云、雨、风之大势，诗上下两联节奏转换亦如急雨一般，遂给人耳目一新之感。再如《梅花》："何人把酒慰深幽，开自无聊落更愁。幸有清溪三百曲，不辞相送到黄州。"第二联纯取想象之虚境，而情味深厚，人惜花、花惜人之意浓浓萦绕。《海棠》："东风袅袅泛崇光，香雾霏霏月转廊。只恐夜深花睡去，更烧高烛照红妆。"白日花之美只言"泛崇光"，丝毫不做细节表现，专取夜晚不舍离去燃烛观花落笔，则花之美与爱花之切不言而喻。《惠崇春江晚景》："竹外桃花三两枝，春江水暖鸭先知。蒌蒿满地芦芽短，正是河豚欲上时。"前三句实写，末句非画作所能表现，可知是虚写。但我们知道河豚欲上之时正是"春洲生荻芽，春岸飞杨花"的初春季节，所以末句虽未言初春而实际还是写初春，这样所有的物象都是春风初至时的典型景物，所以读之觉春意盎然，兴象深妙。

再次造语新。如"水枕能令山俯仰，风船解与月徘徊。"（《六月二十七日望湖楼醉书五首》其二）诗句意思并不新奇，卧舟中看山，船上下浮动觉山势起伏，小舟风中荡漾，明月临空，仿佛与舟同行，但造语新奇，"水枕""风船"暗含船的动态，"能令""解与"使小舟有拟人意味，而"山俯仰""月徘徊"使山、月亦具拟人意味。这样一个不甚新奇的意思，因造语之新而再次焕发美感。再如"谁道山中食无肉，玉池清水自生肥""风来震泽帆初饱，雨入松江水渐肥"（《次韵沈长官三首》），"水肥""帆饱"都来自俗语，苏轼引入诗中形象贴切，令人耳目一新。《和何长官六言次韵》："贫家何以娱客，但知抹月批风。"禅宗有"薄批明月，细抹清风"之语，苏轼"抹月批风"戏用之，读起来觉得新鲜。再如《刘监仓家煎米粉作饼子，余云：为甚酥。潘邠老家造逡巡酒，余饮之，云：莫作醋，错着水来否？后数日，携家饮郊外，因作小诗戏刘公，求之》："野饮花间百物无，杖头惟挂一葫芦。已倾潘子错着水，更觅君家为甚酥。"诗虽戏为之不足重，但将日常生活中语融入创作则实为巧妙。《竹坡诗话》载李之仪记东坡语云："街谈市语皆可入诗，但要人镕化耳。"[1] 可知苏轼不仅善于造语，将常意写出新奇，善于变化语典，以故为新，也善于熔炼各种俗语出新，故而其诗与他人作品相比常让人觉得新鲜有趣。

苏轼诗歌喜欢写出新鲜感，但并不是所有的创新都是成功的。陈师道云"诗欲其好则不能好矣……苏子瞻以新"[2]，张戒云"苏端明诗，专以刻意为工"[3]。都认为他刻意求新过头，但总体说来苏轼之求新利大于弊。宋代最善于以故为新、常中出奇、融合各种学问写出新意的诗人非

① 〔宋〕周紫芝《竹坡诗话》，〔清〕何文焕辑《历代诗话》，第 354 页。
② 〔宋〕陈师道《后山诗话》，〔清〕何文焕辑《历代诗话》，第 306 页。
③ 〔宋〕张戒《岁寒堂诗话》，丁福保辑《历代诗话续编》，第 464 页。

苏轼莫属。绝句在用典、议论、比喻、句法、章法等方面亦有特色，这些我们前边在相关章节已多有涉及，此处不再论述。

第二节　苏轼与宋调

苏轼是宋诗发展过程中至关重要的人物，其创作有多方面的开拓与创新，对宋诗的发展主要起到了极大作用。

第一，苏轼解决了欧、苏、梅诗风革新后出现的问题。宋初诗歌变化可以说是一个发展提高的过程，也可以说是一个救弊不暇的过程。入宋以来诗坛基本上为中晚唐诗风笼罩。[①] 以时代先后而论，白体为先导，风行于太祖、太宗朝（960—997）；太宗后期至真宗时，出现了晚唐体；真宗景德年间（1004—1007）西昆体兴起，其声势达于仁宗朝。白体流行于上层士大夫之间，多为应酬消遣之作，内容上留连光景，形式上唱和次韵，风格则平易清雅，不求雄浑典丽。这种诗风一则是对晚唐五代的一种承袭，另一方面宋至于太宗时期方实现南北统一，这种诗风的流行也是士大夫回避政治风险粉饰太平的一种选择。白体之弊是容易流于浅俗，《六一诗话》云："仁宗朝，有数达官，以诗知名。常慕'白乐天体'，故其语多得于容易。尝有一联云：'有禄肥妻子，无恩及吏民。'有戏之者云：'昨日通衢遇一辎軿车，载极重，而羸牛甚苦，

---

① 《蔡宽夫诗话》云："国初因袭五代之余，士大夫皆宗白乐天诗，故王黄州主盟一时。祥符、天禧之间，杨文公、刘中山、钱思公专喜李义山，故昆体之作，翕然一变。"（《宋诗话辑佚》卷下）《送罗寿可诗序》云："宋划五代旧习，诗有白体、昆体、晚唐体。白体如李文正（昉）、徐常侍昆仲（铉、锴）、王元之（禹偁）、王汉谋（奇）；昆体则有杨（亿）、刘（筠）《西昆集》传世，二宋（庠、祁）、张乖崖（咏）、钱僖公（惟演）、丁崖州（谓）皆是；晚唐体则九僧最逼真，寇莱公（准）、鲁三交（交）、林和靖（逋）、魏仲先父子（野、闲）、潘逍遥（阆）、赵清献（抃）之祖（湘）。凡数十家，深涵茂育，气极势盛。"（〔元〕方回《桐江续集》卷三十二，景印文渊阁四库全书，第1193册，第662页）

岂非足下肥妻子乎？'闻者传以为笑。"① 此虽笑谈，但白体之弊可见一斑。继白体兴起的晚唐体未始不是对白体浅易作风的反驳。晚唐体宗贾岛、姚合，姚诗不如贾诗凄苦，但划去浮艳，务为瘦炼，冥搜物象，抒清拔之气，二人相同。所以晚唐体诗风刻炼深细、清秀雅致，与白体相异。但晚唐体亦有自己致命弊端，《六一诗话》载："当时有进士许洞者，善为辞章，俊逸之士也。因会诸诗僧分题，出一纸，约曰：'不得犯此一字。'其字乃山、水、风、云、竹、石、花、草、雪、霜、星、月、禽、鸟之类，于是诸僧皆阁笔。"九僧是晚唐体代表诗人，从这则诗话可以看出晚唐体关注的社会生活面过于狭窄，作品虽清逸可喜但不免有寒局之气。后起宗李商隐之昆体可以说是对以上二体的否定。西昆诸人融才学以救浅俗，辞藻华美以救寒俭，笔法曲折以救平易，以台阁文人士大夫的雍容典雅洗削五代以来的颓弱萎靡，这是它的优点。但缺点也随之而来：西昆立足于模仿，缺乏自立精神；过于典饰密丽的风格带来掉书袋式华丽浮泛的毛病；与白体多表现闲适生活、晚唐体多表现自然物象而境界狭窄的毛病一样，西昆体主要集中于咏史、咏物及文士生活，也有题材狭窄的弊端。宋初三体虽区别很大，但也有一些共同特征：作品很少反映现实生活中的重大问题；讲究艺术形式；多唱和酬答之作。

随着儒学复兴，士大夫主体意识兴起、政治热情高涨，在文学领域也寻求突破。他们对宋初三体都不满意，尤其不满西昆作风。石介从道的方面批判西昆体，欧阳修、梅尧臣等人从文道结合的方面攻击西昆弊端，欧阳修遂倡导诗文革新，在梅尧臣、苏舜钦等人响应下，诗风发生了转变。"欧阳公出而一变为李太白、韩昌黎之诗，苏子美二难相为颉颃，梅圣俞则宋诗之出类者也，晚唐于是退舍。"② 不仅晚唐退舍，西昆亦因之衰歇。欧阳修学韩主要体现在散文句法、章法和以议论入诗

---

① 〔宋〕欧阳修《六一诗话》，〔清〕何文焕辑《历代诗话》，第 264 页。
② 〔元〕方回《桐江续集》卷三十二，景印文渊阁四库全书，第 1193 册，第 662 页。

等，此是宋调一路；学李主要得益于语言气韵之清新流畅，与欧诗特有的委婉平易态度相结合，便形成流丽婉转的风格，此则近唐一路。欧诗近唐一路有情韵："欧公情韵幽折，往反咏唱，令人低徊欲绝，一唱三叹，而有遗音，如啖橄榄，时有余味，但才力稍弱耳。"①欧诗此类作品有情致之美，但这一方面体现诗体革新特征较少。学韩是体现革新的主要方面，是促成宋调发展的因素，欧诗这一路自有佳篇，但总体来说无论古诗、律诗均伤于直致，宋人早有议论。叶梦得曰："欧阳文忠公诗始矫'昆体'，专以气格为主，故其言多平易疏畅，律诗意所到处，虽语有不伦，亦不复问。而学之者往往遂失于快直，倾囷倒廪，无复余地。"②清人贺裳曰："欧公古诗苦无兴比，惟工赋体耳。至若叙事处，滔滔汩汩，累百千言，不衍不支，宛如面谈，亦其得也。所惜意随言尽，无复余音绕梁之意。又篇中曲折变化处亦少。公喜学韩，韩本诗之别派，其佳处又非学可到，故公诗常有浅直之恨。"③梅尧臣是欧阳修诗风革新的得力助手，欧评梅诗曰："其初喜清丽、闲肆、平淡，久则涵演深远，间亦琢刻以出怪巧，然气完力余，益老以劲。"（《梅圣俞墓志铭》）这个概括就梅诗佳作来说是准确的。但梅诗尚有大量试图创新的作品，过于求真而流于鄙俗，钱锺书谓："他要矫正华而不实、大而无当的习气，就每每一本正经地用些笨重干燥很不像诗的词句来写琐碎丑恶不大入诗的事物。"④过于朴直而流于乏味，朱熹谓之"不是平淡，乃是枯槁"⑤。这既是改革者付出的代价，也可说是还没有找到更好的表现方法。苏舜钦情感激昂，喜以诗歌反映时政，抒发强烈的政治感慨，也喜欢表现雄奇阔大的景物，有时气势流于粗豪，作品有不够含蓄、不够精练的缺点。

---

① 〔清〕方东树《昭昧詹言》，第 276 页。
② 〔宋〕叶梦得《石林诗话》，〔清〕何文焕辑《历代诗话》，第 407 页。
③ 〔清〕贺裳《载酒园诗话》，郭绍虞编《清诗话续编》，第 411 页。
④ 钱锺书《宋诗选注》，北京：生活·读书·新知三联书店 2002 年，第 22 页。
⑤ 〔宋〕黎靖德编《朱子语类》卷一三九，第 3313 页。

王安石是宋调形成承前启后的人物，但王安石的尴尬在于，其前期追随欧公改革风气，诗风直遂畅达，晚年则回归唐音，虽然政治压抑是主要因素，但也不乏对早年直露诗风的反思。如果此时没有可与王安石抗衡的大家继续推动宋诗发展，在王安石的影响下宋诗发展很可能陷于一个徘徊境地：到底是继承欧、梅改革风气，还是回向唐诗寻找出路？幸有苏轼崛起，他几乎解决了宋诗在这个发展转折点上所面临的所有问题。

　　在学韩及继承欧阳修畅达诗风方面苏轼没有偏离，但对于欧诗之平衍圆熟、伤于浅直，梅尧臣、苏舜钦之辞尽于言、言尽于意、发挥铺写、竭尽乃止的状态并不满意。造成这些缺点的原因主要有四方面：一、章法变化少；二、议论手法过于直接，所议之理不够精深；三、散文化，赋多于比；四、才力不足。苏轼很好地解决了这几方面的缺陷。我们在前边论述过苏轼诗立意章法变幻不穷，从作者的角度来说是才气恢张的结果；从创作角度来说是工于命意的结果；从学习前人的角度来说，苏轼既有韩之排奡纵横，亦有欧之流畅，最重要的是能学老杜之因事赋形，曲折成章。所以苏轼长诗或有行气疾纵的缺点，却绝少呆板排列、令人昏昏欲睡的篇章。议论说理更是苏轼的拿手好戏，前文亦有论述，总体来说其议论有如下特点：善于借助形象表达议论，使读者易于把握其所议之理并获得深刻印象；善于将议论与叙述描写紧密结合，边叙边议，张弛有度，相互生发，达到单独叙述或议论难以达到的效果；再者诗中所议之理多精妙深刻，不仅富有理趣，而且常以幽默讽刺笔调去表现，或用翻案法别开生面，笔力所及，无不顿然生色。都说宋诗散文化有赋无比，苏轼诗中赋的手法固多，比的手法也不在少数，且大都比托巧妙，兴象自然，不仅贴切而且时具讽刺幽默效果，这是他优于改革初期诗人的地方，具体例证可参见前边各节论述。才力方面且不论天赋，单从后天刻意的角度来说。欧、梅、苏等开创时期诗人并未特别强调才学，如欧学韩主要关注其题材广泛，笔力高超，用韵独特顺畅："退之笔力，无施不可……然其资谈笑，助谐谑，叙人情，状物态，一寓于诗，而曲尽其妙。此在雄文大手，固不足论，而予独爱其工于用韵也。盖得其韵宽，则波澜横溢，泛入傍韵，乍还乍离，出入回合，殆不可拘以常格……得韵窄，则不复傍出，而因难见巧，愈险愈奇。"① 苏轼亦能学韩用韵，关注的范围则更过于其师。《王直方诗话》记东坡语云："诗之美者莫如韩退之，然诗格之变自退之始。"② 这里对韩愈评价极高，但他处又云："退之于诗，本无解处，以才高而好尔。"③ 两处议论看似矛盾，细究其实则不矛盾，前者说韩愈诗美关注的是其"诗格之变"，韩愈变处正是以文为诗、以才学为诗，与后边"才高而好"的观点实质上是一致的。赵翼曾说韩愈一眼觑定少陵奇险处加以推扩，自成一家，笔者以为苏轼对韩愈亦有一眼觑定处，即韩之"才学"，韩愈使事、修辞、押韵各个方面都堪称典范，苏轼在这些方面也极力追求，被张戒列为北宋最擅此道者之一。苏轼并曾论孟浩然"韵高而才短，如造内法酒手而无材料"④。这些都说明他学韩的焦点在"才学"。这一点帮助他改变了欧、梅、苏等人身上浅直的毛病，以才学为诗让苏轼做到了：一、诗歌涵义深折委婉，不流于浅显；二、诗歌从语言到精神趋于雅化；三、诗境拓得开，意象、情境丰富多变。以上所论特点可以概括入"以文为诗""以才学为诗"两个大概念中，苏轼用这两个方法成功解决了前辈遗留的问题，苏诗佳作中不少篇章都是成功使用这些方法的典范。

取材日常化，吟咏生活细节及各种琐碎事物，是宋诗的突出特点，梅尧臣对拓宽题材有一定贡献，但如我们上边提到的，他的这些诗作有时流于鄙俗。苏轼不反对取材日常化，他是梅尧臣之后表现题材最广的诗家。"汉魏以前，诗格简古，世间一切细事长语，皆着不得。其势必久而渐穷，赖杜诗一出，乃稍为开扩，庶几可尽天下之情事。韩一衍之，苏再衍之，于是情与事，无不可尽。"⑤ 对梅诗流于鄙俗的缺点，苏

① 〔宋〕欧阳修《六一诗话》，〔清〕何文焕辑《历代诗话》，第 272 页。
② 〔宋〕胡仔《苕溪渔隐丛话》前集卷十七，第 109 页。
③ 〔宋〕陈师道《后山诗话》，〔清〕何文焕辑《历代诗话》，第 304 页。
④ 〔宋〕陈师道《后山诗话》，〔清〕何文焕辑《历代诗话》，第 308 页。
⑤ 〔明〕李东阳《麓堂诗话》，丁福保辑《历代诗话续编》，第 1386 页。

轼用"以俗为雅"原则加以修正。"以俗为雅"是从"用事"角度提出的（《评柳诗二则》），但实际上贯彻于苏轼创作的各个方面。其熙丰中作品如《纸帐》《地炉》《富阳妙庭观董双成故宅，发地得丹，鼎覆以铜盘，承以瑠璃盆，盆既破碎，丹亦为人争夺持去，今独盘鼎在耳二首》《唐道人言天目山上俯视雷雨，每大雷电，但闻云中如婴儿声，殊不闻雷震也》《无锡道中赋水车》《蝎虎》《春菜》《舶趠风》《铁拄杖》《浚井》《是日偶至野人汪氏之居，有神降于其室，自称天人李全，字德通，善篆字，用笔奇妙，而字不可识，云天篆也，与予言，有所会者。复作一篇仍用前韵》《谢人惠云巾方舄二首》《谢陈季常惠一揞巾》《食甘》《元修菜》《和黄鲁直食笋次韵》等诗，运用多种艺术手法写得饶有趣味，关键是这些题材有的看似不能写好，但苏轼偏能将俗物、俗事写得富于可读性。延君寿云："余谓东坡一集，其命题有极琐屑，他人断不得好诗者，公偏能于无奇处生奇，无新处生新。"[1]其命意灵活出奇自不必说，但命意中始终遵循"以俗为雅"态度是使这些诗富于文人趣味的重要原因。苏轼不仅开拓题材以俗为雅，他还积极改造民间文学，如《〈陌上花三首〉引》曰："游九仙山闻里中儿歌《陌上花》。父老云：吴越王妃每岁春必归临安，王以书遗妃曰：'陌上花开，可缓缓归矣。'吴人用其语为歌，含思宛转，听之凄然，而其词鄙野，为易之云。"《〈玉盘盂二首〉叙》云："东武旧俗，每岁四月大会于南禅、资福两寺，以芍药供佛。而今岁最盛，凡七千余朵，皆重跗累萼，繁丽丰硕。中有白花正圆如覆盂，其下十余叶稍大，承之如盘，姿格绝异，独出于七千朵之上……而其名甚俚，乃为易之。"《〈薄薄酒二首〉叙》云："胶西先生赵明叔，家贫好饮，不择酒而醉。常云：'薄薄酒，胜茶汤。丑丑妇，胜空房。'其言虽俚，而近乎达。故推而广之，以补东州之乐府。"苏轼也善于将方言俗语融入诗中，这一点我们在绝句部分已论及，此处从略。从这些例证中可以看出他"以俗为雅"的态度是一

---

① 〔清〕延君寿《老生常谈》，郭绍虞编《清诗话续编》，第 1844 页。

贯的，是渗透于创作的各个方面的。不仅诗文不可俗，人亦不可俗，在《於潜僧绿筠轩》中苏轼云："人瘦尚可肥，士俗不可医。"在推动北宋文学"雅化"的过程中苏轼发挥了关键作用，后来黄庭坚进一步发展了这种创作理念。

第二，苏轼使宋诗的抒情心理发生了本质性的变化。唐音、宋调二者的抒情模式是不同的，试举例对比。抒发时光易逝、人生苦短之感是古今诗人的共同主题，每个朝代几乎每个诗人都会写这样的篇章，且以李白、苏轼诗作对比：

> 青天有月来几时？我今停杯一问之。人攀明月不可得，月行却与人相随……今人不见古时月，今月曾经照古人。古人今人若流水，共看明月皆如此。唯愿当歌对酒时，月光长照金樽里。（李白《把酒问月》）
> ……我生乘化日夜逝，坐觉一念逾新罗。纷纷争夺醉梦里，岂信荆棘埋铜驼。觉来俯仰失千劫，回视此水殊委蛇。君看岸边苍石上，古来篙眼如蜂窠。但应此心无所住，造物虽驶如余何。回船上马各归去，多言诮诮师所呵。（苏轼《百步洪二首》其一）

读这两首诗都可以让人深深感动，觉荡气回肠，但两诗动人的机制却不同。两诗抒情及哲理表达在结尾都达到了高潮，但李白之当歌对酒、月照金樽是伤感后的放达，酒醒月沉之后所留还是伤感。苏轼观水引起心中电光火石般的思考与惊诧，但"心无所住""造物虽驶如余何"的态度，使我们明白他悲伤过了、痛心过了，最终在人生处境的最深层次上对这一切表达了理解，他不再悲哀，骑马归去的苏轼是微笑的。李白的超脱是情感暂时的超脱，苏轼的超脱是理智长久的超脱。所以李白之动人情多于理，苏轼之动人理多于情；李白沉浸于情感之中完全为情所左右，苏轼亦沉浸于感慨之情但最终能以"观物"的态度将之纳于理智的轨道。二者抒情模式的区别大致也是唐音、宋调抒情模式的区别。

宋人这种"观物"式超脱的理智态度并不始于苏轼，早期富于代表性的有范仲淹之"不以物喜，不以己悲"（《岳阳楼记》），邵雍在《伊川击壤集自序》中亦有类似思想："以道观性，以性观心，以心观身，以身观物；治则治矣，然犹未离乎害者也。不若以道观道，以性观性，以心观心，以身观身，以物观物；则虽欲相伤，其可得乎？"从这些地方可以看出宋儒思想的转型，但将这种"观物"思想发展丰富，并自然融入诗文创作中则当推苏轼为代表。苏轼在不止一处表现过这种思想，《超然台记》云："凡物皆有可观。苟有可观，皆有可乐，非必怪奇玮丽者也……人之所欲无穷，而物之可以足吾欲者有尽。美恶之辨战乎中，而去取之择交乎前，则可乐者常少，而可悲者常多……彼游于物之内，而不游于物之外。物非有大小也，自其内而观之，未有不高且大者也。彼挟其高大以临我，则我常眩乱反复，如隙中之观斗，又乌知胜负之所在？是以美恶横生，而忧乐出焉。可不大哀乎！"《宝绘堂记》云："君子可以寓意于物，而不可以留意于物。寓意于物，虽微物足以为乐，虽尤物不足以为病。留意于物，虽微物足以为病，虽尤物不足以为乐。"这里"游于物之内"即"留意于物"，"游于物之外"即"寓意于物"，都是强调主体要完整自持，不为外物所左右。在《前赤壁赋》中苏轼再次形象地表达了宋人的这种独特思想，前半部分浩歌饮酒，听箫声而悲感顿生，此与唐人无异，结尾思而复乐，通过对理的思辨再次获得欢欣则是典型的宋人心理机制，这种心理机制被苏轼普遍地运用于他的诗歌创作之中。苏轼常常处在普通人难以承受的痛苦处境之中，但他的诗歌最常让读者感觉到的却是智慧与旷达。所以日人吉川幸次郎说苏轼"扬弃了悲哀"，"宋以前的诗，以悲哀为主题，由来已久。而摆脱悲哀，正是宋诗最重要的特色。使这种摆脱完全成为可能的是苏轼。在他之前的欧阳修已具有这种倾向，但欧阳修尚不完全是自觉的。他是把保持平静的心境这种消极态度作为创作方法的。梅尧臣也是这样"[①]。这种区别于唐及唐以前诗人的文化心理的形成是宋诗发生变化的深层原因。

---

① 〔日〕吉川幸次郎《中国诗史》，上海：复旦大学出版社 2001 年，第 270 页。

在欧、梅、苏、王之后苏轼进一步推进了宋诗的改革，其笔高才雄，熙丰中又正处于创作高峰期，不仅在创作层面使宋诗完全脱离唐诗附庸的地位，在心理层面也使宋诗精神发生了彻底的变化，宋诗至此有了自己成功的榜样。

第三节　围绕苏轼形成的诗人群体

一、苏轼为官各地对熙丰诗坛产生的影响

苏轼在嘉祐、治平间通过参加进士、制科等考试，与士大夫交游，以及诗文传播，已经建立起了极高的文名。关于苏轼声名鹊起的记载很多，我们只看两条就足以说明当时苏轼诗文传播之广泛及影响之巨大：

> 今参知政事欧阳公修为翰林学士，得其文而异之，以献于上。既而欧阳公为礼部，又得其二子之文，擢之高等，于是三人之文章咸传于世。得而读之者，皆为之惊，或叹不可及，或慕而效之。自京师至于海隅障徼，学士大夫莫不人知其名，家有其书。①
>
> 东坡诗文落笔，辄为人所传诵，每一篇到，欧阳公为终日喜，前辈类如此。一日，与棐论文及坡公，叹曰："汝记吾言，三十年后，世上人更不道着我也。"②

由以上记载看，苏轼在嘉祐、治平时已跨入当朝一流文人行列。为苏轼积极延誉奔走的欧阳修向以道统、文统自任，他在后辈中发现了苏轼这样的奇才，又将这一责任托付于苏轼。苏轼不止一次在文章中回忆

---

① 《苏明允哀词》，《曾巩集》卷四十一，北京：中华书局1984年，第560页。
② 〔宋〕朱弁《曲洧旧闻》卷八，第204页。

欧阳修对自己的推重与信任："昔吾举进士，试于礼部，欧阳文忠公见吾文，曰：'此我辈人也，吾当避之。'"[1] "轼自龆龀，以学为嬉⋯⋯十有五年，乃克见公。公为拊掌，欢笑改容。此我辈人，余子莫群。我老将休，付子斯文。再拜稽首，过矣公言。虽知其过，不敢不勉。"[2] 李廌《师友谈记》也记载了类似的言论："东坡尝言：'文章之任，亦在名世之士相与主盟，则其道不坠。方今太平之盛，文士辈出，要使一时之文有所宗主。昔欧阳文忠常以是任付与某，故不敢不勉。异时文章盟主，责在诸君，亦如文忠之付授也。'"对于欧阳修付与传承斯文之责虽然惶恐谦逊，但是"不敢不勉"之语，也显示出苏轼不负师言的决心与蹈厉振奋的气概。凭借欧阳修的赞誉与自己诗文的实力，苏轼在熙丰年间成为了当时文人追逐学习的文坛领袖。他积极与士人交往，诗文唱酬，讲论学问，在后辈中发现英才，奖拔延誉，唯恐不及。宋人对苏轼与人交往的态度有生动描述：

> 子瞻虽才行高世，而遇人温厚，有片善可取者，辄与之倾尽城府，论辩唱酬，间以谈谑，以是尤为士大夫所爱。[3]

> 东坡先生，人有尺寸之长，琐屑之文，虽非其徒，骤加奖借⋯⋯至于士大夫之善，又可知也。观其措意，盖将揽天下之英才，提拂诱掖，教裁成就之耳。夫马一骖骥坂，则价十倍；士一登龙门，则声烜赫，足以高当时而名后世矣。呜呼，惜公逝矣，而吾不及见之矣。[4]

苏轼内心对道统、文统有义不容辞的责任感，性格又温和、开朗、善谈辩，所以熙丰时期为官各地，与儒、释、道三教文士俱广泛交往，形成了极大影响。在交往的文人中其杰出者逐渐脱颖而出，形成了苏门核心

---

① 《太息送秦少章》，《苏轼文集》卷六十四，第 1979 页。
② 《祭欧阳文忠公夫人文》，《苏轼文集》卷六十三，第 1956 页。
③ 〔宋〕王辟之《渑水燕谈录》卷四，第 42 页。
④ 〔宋〕张表臣《珊瑚钩诗话》卷一，〔清〕何文焕辑《历代诗话》，第 453 页。

文人群。

苏轼为官杭、密、徐、湖，及贬谪黄州时期，交游者众多（笔者对与苏轼唱酬者作了统计表，附于书后），其中与苏辙、陈襄、周邠、李公择、孙觉、刘攽、李清臣、王巩、孔平仲、道潜等人唱和较多。除去与这些同僚密友往来唱和外，苏轼任职各地时也经常举行集体性文学活动，扩大了文学影响，带动了当地文人的创作。

杭州是苏轼与文人墨客频繁交流的时期，苏轼与周邠等人组成诗社，凡出行、游玩、宴饮往往有诗，详细论述见第六章。自杭州赴密州时与杨绘、张先、刘述、陈舜俞、李常会于湖州，赋诗填词，风雅之声传于当时，此则所谓"前六客"者。[①] 此后官于各地也经常与众人举行赋诗活动。在密州与僚属乔叙（禹功）、段绎（释之）、赵成伯、赵杲卿（明叔）等唱和较多。明朱存理《赵氏铁网珊瑚》载苏轼《游卢山次韵章传道》诗帖，诗末云："阅讫，幸即付去人送公弼郎中、禹功太博、明叔教授，各乞一首，轼上。"[②] 可见在唱和活动中苏轼常常是邀请者与组织者。诸人文酒聚会中所成之诗有《立春日病中邀安国，仍请率禹功同来，仆虽不能饮，当请成伯主会，某当杖策倚几于其间，观诸公醉笑以拨滞闷也》《闻乔太博换左藏知钦州，以诗招饮》《乔将行，烹鹅鹿出刀剑以饮客，以诗戏之》《奉和成伯兼戏禹功》等。《和鲁人孔周翰题诗二首》叙曰："孔周翰尝为仙源令，中秋夜以事留于东武官舍中，时陈君宗古、任君建中皆在郡。其后十七年中秋，周翰持节过郡，而二君已亡，感时怀旧，留诗于壁。又其后五年中秋，轼与客饮于超然台上，闻周翰乞此郡，客有诵其诗者，乃次其韵二篇，以为他日一笑。"苏轼举行的会客饮酒活动多难与诗分离，此叙中所言，也可印证《超然台记》中"雨雪之朝，风月之夕，予未尝不在，客未尝不从"之乐哉游乎的情态确为实录，诗歌无疑是这种活动中必不可少的项目。

---

① 见苏轼《次韵答元素》并引，《苏轼诗集》卷二十一，第 1114 页；〔宋〕施宿《东坡先生年谱》，四川大学中文系编《苏轼资料汇编》，第 1662 页。
② 《苏轼诗集》卷十三，第 619 页。

在徐州《人日猎城南会者十人，以"身轻一鸟过，枪急万人呼"为韵，轼得鸟字》《游桓山会者十人，以"春水满四泽，夏云多奇峰"为韵，得泽字》《月夜与客饮杏花下》《端午遍游诸寺得禅字》等诗作所反映的也是多人参加的赋诗活动；黄楼竣工，苏轼邀郡人参加庆祝仪式，《九日黄楼作》诗中自注曰"坐客三十余人，多知名之士"，坐客名字已不可考，但苏轼作为一郡长官，必遍邀当地名流，所以苏轼不仅是行政长官，其实也是地方文学活动的倡导者。此后经常在黄楼举行诗酒相聚、吟唱挥毫的文学活动，其盛况舒焕（字尧文，苏轼知徐州时为州教授，过从甚密，唱和诗数篇）后来对李昭玘感叹曰："此苏公燕集之地也，酒后喜为文章，尽箧中无留纸，如方盘大斛，泻出珠贝，照烂磊落，铄手夺目，众人排摔，争先取之，惟恐其攫之不多也。是时，晚风落日，远山逶迤，川流无波，白鸟上下。窃思昔年席上之乐，徘徊俯仰，欲去不能。盖中心眷焉者，不独在夫山水一时之览也。"又曰："先生与人交，略去圭角，洞见肺腑，恐其不亲已，人亦自忘其鄙吝，而不知所以化。"[①] 可见当时黄楼文会之盛。苏轼诗文中只能见到部分当时的参与者，没有留下名字的参与者又不知凡几。众人乐从苏轼游者，不仅仅在于希望获得几纸题字，盖其接人温厚，谈论精辟，乐于诲人，开诚相待，这种文坛宗师的风范对于相交者的影响更为深刻——"盖中心眷焉者，不独在夫山水一时之览也"。这种聚会形成的广泛影响，使苏轼文坛领袖的形象更为丰满。与在密州一样，唱和活动中苏轼常主动发出邀请，《百步洪二首》叙曰："一以遗参寥，一以寄定国，且示颜长道、舒尧文，邀同赋云。"五六人同赋一题，唱和往来不仅增进友情，亦是切磋诗艺的好机会，"诗可以群"的功能，得到了很好的发挥与运用，苏轼对众人创作的带动与促进作用是显而易见的。在湖州虽然时间短暂，但是赴任途中遇道潜、秦观于高邮，遂俱至湖州，不久王适（子立）、王遹（子敏）兄弟来从，于是有《与客游道场何山得鸟

---

① 〔宋〕李昭玘《上眉阳先生》，《乐静集》卷十，景印文渊阁四库全书，第 1122 册，第 303 页。

字》《泛舟城南，会者五人，分韵赋诗，得人皆苦炎字四首》《与王郎昆仲及儿子迈迈遶城观荷花，登岘山亭，晚入飞英寺，分韵得月明星稀四首》《城南县尉水亭得长字》等诗，在湖州仍不间断有赋诗活动。

黄州时期虽然"闭门思过"，但其性格固不好静，太守徐君猷及郡中属官不以苏轼为迁谪之人而远之，相交颇密。苏轼与当地士人亦多交往，"潘大临、潘大观皆有诗名，何颉之自号樗叟，陈慥自号龙丘，东坡谪黄州，与之游"[1]。《避暑录话》曰："子瞻在黄州及岭表，每旦起，不招客相与语，则必出而访客。所与游者，亦不尽择，各随其人高下，谈谐放荡，不复为畛畦。有不能谈者，则强之说鬼。或辞无有，则曰姑妄言之，于是闻者无不绝倒，皆尽欢而后去。设一日无客，则歉然若有疾。其家子弟尝为予言之如此也。"《西山戏题武昌王居士》小叙曰："予往在武昌西山九曲亭……坐客皆笑，同请赋此诗。"可见与客出游，谈谐赋诗，时时有之。前、后《赤壁赋》中与客携酒出游，扁舟江上，浩歌吟咏，亦可印证与当地士人的文学活动。同时苏轼的文学影响并未因为贬谪有所降低，诗文仍然通过出版、传抄或口耳相传等途径广泛传播，否则也不会因为"小舟从此逝，江海寄余生"之句而被疑挂冠而去[2]，甚至喧传至神宗之耳。

所以苏轼对于熙丰诗坛的影响是极为深刻和广泛的。苏轼通过与士人谈学问、论义理、诗文往来，在自己的周围形成了一个人数众多的交往圈子，再加上诗文集的出版，在当时影响巨大，俨然一代文宗。

二、苏门核心群体形成

熙丰间追随苏轼求教者很多。如在杭州有孙志康，苏过《孙志康墓铭》云："熙宁初，先君通守钱塘，孙君介夫使其子志康赍所业以见，愿留授经于门下，时年未弱冠也。先君嘉之，使与余长兄游。既卒业

---

① 〔宋〕王象之《舆地纪胜》卷四十九，北京：中华书局 1992 年，第 1975—1976 页。
② 〔宋〕叶梦得《避暑录话》卷上，景印文渊阁四库全书，第 863 册，第 656 页。

归，自是走四方，为文章士。"[1] 志康名勰，元祐三年（1088）进士，文集四十卷已佚，现存诗一首。为官徐州时，是苏轼结交士人较为集中的一个时期，这个时期有张大亨（嘉父）来学，别后致简曰："公少年高才，不患不达，但志于存养，孟子所谓'心勿忘勿助长'者，此当铭之座右。"再简曰："君年少气盛，但愿积学，不忧无人知。"[2] 可见极欣赏张大亨之才气。元丰八年（1085）赴登州途中遇到张大亨，亦喜形于颜色，有《过泗上喜见张嘉父二首》，"明窗一榻共秋闲"之句显示曾相与谈论诗文。后苏轼至惠州，大亨仍然向苏轼求教，苏轼指点其治《春秋》，今大亨有《春秋五礼例宗》十卷、《春秋通训》十六卷传世，存诗一首。[3] 梁先来学，"异哉梁子清而修，不远千里从我游"。苏轼勉以笃实发愤："学如富贾在博收，仰取俛拾无遗筹。道大如天不可求，修其可见致其幽。愿子笃实慎勿浮，发愤忘食乐忘忧。"（《代书答梁先》）梁先（吉老）通经学，小楷精绝，年辈可能与苏轼比较接近。[4] 另一位年辈较接近的是张恕（忠甫），张方平之子，借求斋名的机会，向苏轼请教为学之道，苏轼作《张寺丞益斋》，为讲"为学务日益""为道贵日损"之理。又有王适（子立）、王通（子敏）兄弟求教，苏轼极欣赏二人，《王子立墓志铭》曰："子立讳适，赵郡临城人也。始予为徐州，子立为州学生，知其贤而有文……与其弟通子敏，皆从余于吴兴，学道日进，东南之士称之。"[5] 苏轼在黄州答李方叔简中亦向其赞二人："侄婿王适子立，近过此……其人可与讲论，词学德性，皆过人也。其弟通，亦不甚相远。"[6] 由以上诸人游从之事可以看出

---

① 〔宋〕苏过《斜川集》卷五，上海：商务印书馆1935年，丛书集成初编。参见〔宋〕苏轼《刚说》，《苏轼文集》卷十，第338页。

② 《与张嘉父七首》，《苏轼文集》卷五十三，第1562—1563页。

③ 《全宋诗》，第12984页。

④ 参见《李宪仲哀词》小序，《全宋诗》，第9359页。

⑤ 《王子立墓志铭》，《苏轼文集》卷十五，第466页。参见〔宋〕苏辙《祭王子敏奉议文》，《苏辙集》卷二十，第1102页；参见《王子立秀才文集引》，《苏辙集》卷二十一，第1109页。

⑥ 《答李方叔十七首》，《苏轼文集》卷五十三，第1577页。

苏轼对诲人以学，奖掖后进的事业十分在意。"东坡喜奖与后进，有一言之善，则极口褒赏，使其有闻于世而后已，故受其奖拂者，亦踊跃自勉，乐于修进，而终为令器。若东坡者，其有功于斯文哉，其有功于斯文哉！"[①]在众多游从者中，苏门核心群体——晁补之、张耒、秦观、黄庭坚、陈师道、李廌六人逐渐脱颖而出，苏轼对于诸人也给予了非同一般的评价与关爱。关于苏轼与诸人交往及群体形成已有不少研究成果，如刘焕阳《晁补之与苏轼交游考》（《江西师范大学学报》1997年第5期），王水照《苏门的形成与人才网络的特点》（《王水照自选集》，上海：上海教育出版社2000年），萧庆伟、陶然《论苏门之立》（《浙江大学学报》2001年第3期），崔铭《试论"苏子瞻于四学士中最善少游"》（《唐都学刊》2002年第2期），崔铭《从少公之客到长公之徒——论张耒与二苏的关系》（《求是学刊》2002年第5期），杨胜宽《陈师道与苏轼交谊考》（《乐山师范学院学报》2004年第3期），孔凡礼《苏轼与黄庭坚》（文章写于2006年2月，孔凡礼《宋代文史论丛》，北京：学苑出版社2006年）等文章。

六人中晁补之与苏轼结交最早。《上苏公书》曰："某济北之鄙人，生二十年矣，其才力学术不足以自致于阁下之前。独幸阁下官于吴，而某亦侍亲从宦于吴也，故愿随吴人拜堂庑，而望清光焉。"[②]补之之所以能得到接近苏轼的机会在于其父晁端友时为杭州新城令，苏轼曰："乃者官于杭，杭之新城令晁君君成讳端友者，君子人也。吾与之游三年。"晁端友年龄长苏轼七岁，故苏轼后来有诗曰："少年独识晁新城。"（《次韵晁无咎学士相迎》）苏轼熙宁四年（1071）末到杭州，所说"游三年"应是1072—1074年。补之师从苏轼学习约两年（苏轼熙宁七年［1074］九月罢杭州通判任），其自述亦如此："在门下二年，所闻于左右，不曾为今日名第计也。"[③]可见晁补之不仅仅从苏轼处

---

① 〔宋〕葛立方《韵语阳秋》卷一，〔清〕何文焕辑《历代诗话》，第489页。
② 《上苏公书》，〔宋〕晁补之《济北晁先生鸡肋集》卷五十一，本卷第14页，影印四部丛刊初编。
③ 《及第谢苏公书》，〔宋〕晁补之《济北晁先生鸡肋集》卷五十二，本卷第4页。

学到了写诗作文的知识，在为人行事方面也感染其风范，深为之折服，与苏轼一生的师友之谊也奠定于此时。补之才具极佳，"其凌丽奇卓出于天才，非酝酿而成者"①。苏轼爱其才，两年之中尽力教之。晁曾向友人叙述从学苏轼的情形："辱在先生门下，虽疾风苦雨，晨起夜半，有所请质，必待见先生而后去。先生亦与之优游，讲析不记寝食，必意尽而后止。"又曰："此文苏公谓某如此作，此文某所作，苏公以为然者也。"②晁补之出名因为《七述》，按张耒的说法，"今端明苏公轼通判杭州……公谒见苏公，出《七述》，公读之，叹曰：'吾可以阁笔矣。'"③似乎此文为补之早年所作，见到苏轼后作为谒见之资。但《七述》序文中提到作文是受到苏轼启发，"予尝获侍于苏公，苏公为予道杭之山川人物，雄秀奇丽，夸靡饶阜，名不能殚者。且称枚乘、曹植《七发》《七启》之文，以谓引物连类，能究情状，退而深思，仿其事为《七述》"。所以我们不排除补之在见苏轼之前已曾试作《七述》，但此赋定稿应在受苏轼指导之后。由于《七述》词采俊爽，铺写妙丽，大得苏轼赞叹，因为之延誉，于是补之由此名声传扬于士大夫间。

张耒（1054—1114），"幼颖异，十三岁能为文，十七时作《函关赋》，已传人口"④，游学陈州，苏辙为州教授，见而爱之。据其自述："仆年十八九时，居陈学。"⑤张耒生于至和元年（1054），十八九正是熙宁四年、五年（1071、1072）之时。苏轼熙宁四年七月出都赴陈州，九月离去，在陈七十余日，张耒应该有拜谒苏轼的机会，交往必始于此时。张耒元丰六年（1073）中进士，随即官于各地，元祐以前与二苏少有见面机会，但时时关注二苏消息，有诗文往来。熙宁八年（1075）任临淮主簿，涟水令盛侨传示苏轼《后杞菊赋》，张耒因作

① 《晁无咎墓志铭》，《张耒集》卷六十一，第 900 页。
② 〔宋〕李昭玘《乐静集》卷十，景印文渊阁四库全书，第 1122 册，第 302 页。
③ 《晁无咎墓志铭》，《张耒集》卷六十一，第 900 页。
④ 《宋史》卷四百四十四，第 13113 页。
⑤ 《与鲁直书》，《张耒集》卷五十五，第 827 页。

《杞菊赋》，小序："予不达世事，自初得官，即不欲仕。而亲老矣，家苦贫，冀升斗之粟，以纾其朝夕之急。然到官岁余，困于往来奔走之费，而家之窘迫益甚向日，悲愁叹嗟自以为无聊。既读《后杞菊赋》，而后洞然如先生者犹如是，则予而后可以无叹也。"可见不独喜苏轼之文，亦深服其人之性情与风度，也可看出对苏轼的关注。熙宁九年（1076）作《超然台赋》，序云："苏子瞻守密，作台于囿，名以超然，命诸公赋之。予在东海，子瞻令贡父来命。"这一次是苏轼主动邀请张耒作文，可见已很熟悉。熙丰中与苏辙唱和诗较多，如《寄子由先生》《再寄》等，苏辙亦有《次韵张耒见寄》等诗。元丰八年（1085）张耒有书信及文章寄苏轼，苏轼作《答张文潜县丞书》，赞其文似子由"汪洋淡泊，有一唱三叹之声"[1]。论及当时文坛风气不正，希望文潜等人力为扭转，曰："仆老矣，使后生犹得见古人之大全者，正赖黄鲁直、秦少游、晁无咎、陈履常与君等数人耳。"则师弟子之情已极深厚。

陈师道（1053—1102），彭城人，二人的交往始于苏轼为徐州知州时。熙宁十年（1077）苏轼带领徐州军民成功抗击洪水，让陈师道对这位久闻大名的使君有了更深的了解，对苏轼的才能极为钦佩。所以当黄楼落成，苏轼"使其客陈师道以为之铭"时，他欣然答应，并在序文中赞扬苏轼善于为政，"巡行内外，吏民向化。兴于事功，法施四邑"[2]。因陈师道早年跟随曾巩学文章，所以并未自列于弟子行，坚持以"客"的身份与苏轼交往。在《秦少游字叙》中亦曰："熙宁元丰间，眉山苏公之守徐，余以民事太守，间见如客。"[3]苏轼让陈师道为黄楼作铭文，说明两人已较熟悉。苏轼好召僚属宾客于黄楼举行诗文酒会，想必师道也数次参加。上一节我们曾提及黄楼文学活动给舒焕留下了美好印象，这种痕迹也显示在陈师道的诗文中。其《黄楼》诗并不夸饰黄楼

① 参见邵祖寿《张文潜先生年谱》，《张耒集》附录一，第983页。
② 《黄楼铭》并序，〔宋〕陈师道《后山居士文集》卷十七，上海：上海古籍出版社1984年影印宋刻版，第752页。
③ 〔宋〕陈师道《后山居士文集》卷十六，第723页。

如何华美雄壮，而曰"楼以风流胜"，说明陈师道寄情黄楼者，非单纯以其景观之胜，实感慨于当年诗酒风雅之会。《寄题披云楼》曰："宾主纵贤终少在，只今未可压黄楼。"所以有此句，《南乡子》引中提到了原因："晁大夫增饰披云，务欲压黄楼。"殊不知黄楼无形之美更胜有形之美，当年之高风远韵岂是"增饰"所能企及。此二诗皆作于元符中，若非当初直接参与黄楼文学活动，定不会有如此深切感慨。

熙丰时期一见如故，交往较多者是秦观（1049—1100）。苏轼对秦观的初次印象得之于题壁："东坡初未识秦少游，少游知其将复过维扬，作坡笔语，题壁于一山中寺，东坡果不能辨，大惊。及见孙莘老，出少游诗词数百篇，读之，乃叹曰：'向书壁者岂此郎邪？'"①此事发生于熙宁七年（1074）十月，时苏轼罢杭州任赴密州途经高邮。元丰元年（1078）秦观入京应举，过徐州，二人首次见面。离去时呈《别子瞻》诗，对苏轼推崇备至，苏轼作《次韵秦观秀才见赠，秦与孙莘老李公择甚熟，将入京应举》，中曰："故人坐上见君文，谓是古人吁莫测……江湖放浪久全真，忽然一鸣惊倒人。从横所值无不可，知君不怕新书新。"提及在孙觉座上见其诗文，又赞其才气惊人，科举之事定能一举成功。二人相得甚欢，"扬秦子过焉，丰醴备乐，如师弟子"②。约秋天再见，"秦君与家兄子瞻约秋后再游彭城"（苏辙《次韵秦观秀才携李公择书相访》诗中原注）。结果秦观礼部试未中，参寥作诗安慰，苏轼亦次韵为抱不平，即《次韵参寥师寄秦太虚三绝句，时秦君举进士不得》，并简太虚曰："此不足为太虚损益，但吊有司之不幸尔。"③秦观很感激苏轼的安慰，曰："把玩弥日，如晤玉音，释然不知穷困憔悴之去也。"④同年苏轼邀请秦观作《黄楼赋》，秦观作之寄去，并索苏轼

---

① 〔宋〕释惠洪《冷斋夜话》卷一，第9页。

② 〔宋〕陈师道《后山居士文集》卷十六，第723页。

③ 《答秦太虚》，《苏轼文集》卷五十二，第1534页。

④ 《与苏先生简》，〔宋〕秦观《淮海集笺注》卷三十，第984页。

近文与《芙蓉城》诗。① 元丰二年（1079）初春，苏轼遣人给秦观送去诗书及药物，秦曰"又得先生所赐诗书，称借过当，副之药物"②云云。四月苏轼移知湖州，至高邮与秦观相见，适秦观赴越省亲，参寥赴杭，遂同行，同游惠山、垂虹亭，有《与子瞻会松江得浪字》《同子瞻端午日游诸寺赋得深字》，这次相聚约月余，别后有《德清道中还寄子瞻》。苏轼旋即被捕，秦观急忙返回吴兴探问情况，在《与苏黄州简》中叙及当时心情："以先生之道，仰不愧天，俯不怍人，内不愧心，某虽至愚，亦知无足忧者。但虑道途顿撼，起居饮食之失常，是以西乡惘惘，有儿女子之怀，殆不能自克也。"③ 由其中眷念牵挂之情足见二人相交之深。此书作于苏轼到黄州以后，文末表示一有机会即前去相探。在部分亲友故交避苏轼唯恐不及之时，秦观一如既往的真情让苏轼倍感温暖，随即报以长文《答秦太虚书》，勉励秦观作文著书，并以旷达的笔调描述自己在黄州的生活，让秦观不必担心，亦用心良苦。由以上论述可知，熙丰期间，苏门文人中秦观与苏轼交往最频繁，感情也最为深厚亲切。

黄庭坚（1045—1105）是苏门中诗文成就仅次于苏轼者。像苏轼早年向往见到欧阳修一样，黄庭坚少年时代久闻二苏大名，"诵执事之文而愿见二十余年矣"④。苏轼初知黄庭坚之名在熙宁五年（1072）十二月，时庭坚岳父孙觉知湖州，苏轼因公事至湖，遂相聚饮酒，座上见其诗文。⑤ 随后密州任结束赴京师途中，过齐州，与黄庭坚舅父李公择相聚，公择亦出庭坚诗文。苏轼元丰元年（1078）所作《答黄庭坚书》中叙及当日情形：

① 《与苏先生第二简》，〔宋〕秦观《淮海集笺注》卷三十，第 986 页。
② 《与苏先生第三简》，〔宋〕秦观《淮海集笺注》卷三十，第 988 页。
③ 《与苏黄州简》，〔宋〕秦观《淮海集笺注》卷三十，第 1006 页。
④ 《寄苏子由书三首》，《黄庭坚全集》，第 459 页；孔凡礼《苏辙年谱》，北京：学苑出版社 2001 年，第 243 页。
⑤ 孔凡礼《苏轼年谱》卷十一，北京：中华书局 1998 年，第 234 页。

轼始见足下诗文于孙莘老之坐上，耸然异之，以为非今世之人也。莘老言："此人人知之者尚少，子可为称扬其名。"轼笑曰："此人如精金美玉，不即人而人即之，将逃名而不可得，何以我称扬为？"……其后过李公择于济南，则见足下之诗文愈多，而得其为人益详，意其超逸绝尘，独立万物之表，驭风骑气，以与造物者游，非独今世之君子所不能用，虽如轼之放浪自弃，与世阔疏者，亦莫得而友也。

从现存黄庭坚早期作品来看，已显示出非凡的创作能力，所以苏轼的评价实因其作品而发，并非因是故交子弟而出于客气虚饰。苏轼的赞誉，孙、李二人定然传达给了黄庭坚，在得到这样充分的认可之后，黄庭坚元丰元年给自己慕名已久的苏轼去信，感激苏轼在士林中赞扬自己"使有黄钟大吕之重"，并表达了以苏轼为知音的感慨与喜悦："《诗》云：我思古人，实获我心。心之所期，可为知者道，难为俗人言。"① 这是苏、黄正式交流的开始。黄庭坚随信附《古风》二首，第一首以梅子比喻苏轼，古者大鼎调羹，必不能缺盐梅，"古来和鼎实，此物升庙廊"，黄庭坚以此言苏轼有宰辅之器，如今梅子被"掷置官道傍"，则为苏轼被排挤出朝抱不平。第二首以松树比喻苏轼，以茯苓比喻苏门贤士。黄庭坚在信中言："阁下学问文章度越前辈，大雅恺悌，约博后来。立朝以直言见排，补郡辄上最课，可谓声实于中，内外称职。"可见不仅在文章上，在立朝气节上也崇敬苏轼，认同苏轼的价值观。所以他在诗中自谦以菟丝比喻自己，菟丝子虽然是柔弱的小草，但他认为"小草有远志，相依在平生……小大才则殊，气味固相似"，说明他们之间的师友关系是建立在共同的价值取向上的，是君子之间因学问、气节相尚的知心之交。苏轼随即报以我们上边提到的那封书信，称赞鲁直之诗"托物引类，真得古诗人之风"，并有《次韵黄鲁直见赠古风二首》。随后二人时有诗文往来，元丰七年（1084）苏轼量移汝州，摆脱罪人身份，

---

① 《上苏子瞻书》，《黄庭坚全集》，第 457 页。

向朝廷请得常州居住。黄庭坚随即有《次韵清虚喜子瞻得常州》，虽非直接与苏轼唱和的诗篇，但可看出他时时关注苏轼消息，"喜色浸淫动搢绅，俞音下报谪仙人"句也表现出非同一般的喜悦心情。不久东坡入朝，二人首次见面①，元祐中诗歌唱酬，交往益密。

李廌（1059—1109）在六人之中年纪最小，与苏轼交往时间也比较晚。《宋史·李廌传》云："谒苏轼于黄州，赞文求知。轼谓其笔墨澜翻，有飞沙走石之势。拊其背曰：'子之才，万人敌也，抗之以高节，莫之能御矣。'"在黄州共答方叔四简，通问较多。其中或论学问、或介绍学人与李相识。方叔丧亲，苏轼欲去吊唁，但罪责在身，不可越界出行，便遣儿子前去，可见相交亦厚。元丰八年（1085）苏轼至南都，李廌来见："廌自阳翟见余于南京，泣曰：'吾祖母边、母马、前母张与君之丧，皆未葬，贫不敢以饥寒为戚，顾四丧未举，死不瞑目矣。'适会故人梁先吉老闻余当归阳羡，以绢十匹丝百两为贶，辞之不可，乃以遗廌。"②当时苏轼绝禄数年，衣食匮乏，而能急人所急，可见苏轼古道热肠，关爱弟子之情。《李廌传》曰："又数年，再见轼。轼阅其所著，叹曰：'张耒、秦观之流也。'"黄州初见，"再见轼"应指此次相见。能与秦、张并驰，可知其时方叔诗文已成熟可观，能自树立。

由以上的考证论述，可知到元丰八年，苏轼与六君子皆已熟悉往来。这一年晁补之33岁（27岁及第），张耒32岁（20岁及第），陈师道33岁，秦观37岁（37岁及第），黄庭坚41岁（23岁及第），李廌27岁。各人在创作上也均已取得不小成就，在士林中已具影响。晁补之20岁参谒苏轼，得到赞誉，开始扬名士林。张耒17岁作《函关赋》已传人口，游学先后见到二苏，与之交往名气大增。陈师道早参曾巩，笃志苦学，文名著于当地，得与苏轼交往，名声更显，其人高介有节，人多称之，故元祐初在京师，傅尧俞、章惇皆欲结识，可知师道名

---

① 《题东坡像》，《黄庭坚全集》，第1588页。

② 《李宪仲哀词》并引，《全宋诗》，第9359页。

声并非去京师后才建立，而是熙丰间已成名。秦观及第较晚，但所与往来者若孙觉、苏轼等皆交游极广，名气也逐渐建立。苏轼离金陵后致信王安石曰："向屡言高邮进士秦观太虚，公亦粗知其人……愿公少借齿牙，使增重于世。"[①] 王安石《回苏子瞻简》曰："得秦君诗手不能舍，叶致远适见，亦以为清新妩丽与鲍谢似之，不知公意如何？"从王安石回简看，秦观诗作当时已很成熟，具有自己鲜明的风格特色。黄庭坚在诸人中间年龄最大，成名亦早，下文将论及，此处从略。除李廌外，诸人在元祐前均已成名十年以上，创作也已进入成熟阶段。苏门之名盛于元祐，苏门之实则建立于熙丰中，而且具有旺盛创作力的苏门诸人在熙丰中已经活跃于诗坛之上。

---

① 《与王荆公》，《苏轼文集》卷五十，第 1444 页。

第五章 黄庭坚与后起之江西诗派

第一节 黄庭坚熙丰时期的创作

黄庭坚才华显露与诗名建立都较早。十七岁从舅父李公择就学淮南，同学俞清老形容其"奇逸通脱，真骥子堕地也"①，可以让我们感受到青年黄庭坚才华超群拔萃。治平元年（1064）赴礼部试未第，治平三年（1066）再赴乡举膺首选。时主文衡者庐陵李询，诗以《野无遗贤》命题，庭坚诗云："渭水空藏月，傅岩深锁烟。"询击节称赏，以为此人不唯文理冠场，异日当以诗名擅四海。② 科举考试对士子名声的建立有很大影响。再加上其舅父李公择、岳父孙觉都是交游广泛的士大夫，黄庭坚的名声自科举考试之后逐渐传播开来。治平四年（1067）黄庭坚登第，调汝州叶县尉，熙宁元年（1068）九月到任，时富弼镇汝州③，"初甚欲见黄山谷"④，富弼之欲见黄庭坚，必然因其文名、诗名甚隆，欲有所汲引，虽然两人不很投机，但这则材料至少说明黄庭坚作为青年诗人的名声已建立起来。张耒（1054—1114）曰："仆年十八九

---

① 〔宋〕叶梦得《避暑录话》卷上，景印文渊阁四库全书，第 863 册，第 664 页。

② 〔宋〕赵与虤《娱书堂诗话》，丁福保辑《历代诗话续编》，第 488 页。

③ 《宋史》卷三百一十三，第 10249 页。

④ 〔清〕潘永因《宋稗类钞》卷二十四，北京：书目文献出版社 1985 年。

时，居陈学，同舍生有自江南来者，藉藉能道鲁直名。"① 十八九岁时正是熙宁四年、五年（1071、1072），可知黄庭坚名声确已由江南传至北方。此后名声不断扩大，黄𥱼《山谷年谱》引《垂虹诗话》云："山谷尉叶县日，作《新寨》诗，有'俗学近知回首晚，病身全觉折腰难'之句，传至都，半山老人见之，击节称叹，谓黄某清才，非奔走俗吏。遂除北都教授，即为潞公所知。"诗作于熙宁四年，正当王安石执政期间，士人争得其提携而不可得，他的品题对黄庭坚产生积极影响是可信的。庭坚随后参加学官遴选考试，被任命为北京国子监教授。

在众人对黄庭坚的赞扬汲引中，苏轼对他的影响无疑最大。熙宁五年苏轼因公事至湖州，与时任湖州太守的孙觉相见，孙觉拿出黄庭坚诗文，希望苏轼为称扬其名，苏轼赞叹曰："此人如精金美玉，不即人而人即之，将逃名而不可得。"（《答黄庭坚书》）可见山谷诗文才气深深打动了东坡。在东坡离开湖州后，山谷可能在叶县解职后赴湖州拜谒孙觉，故而东坡有诗曰："江夏无双应未去，恨无文字相娱嬉。"（《再用前韵寄莘老》）并自注曰："黄庭坚，莘老婿，能文。"诗中对未能与黄庭坚有文字往来稍感遗憾，可见东坡对山谷诗文印象之佳。由于苏轼的称扬，黄庭坚名气更盛，张耒曰："礼部苏公在钱塘始称鲁直文章，士之慕苏公者皆喜道足下。"② 熙宁十年（1077）正月，苏轼罢密州任赴京师，与黄庭坚舅父李常（时为齐州守）会于齐州，在那里见到更多黄庭坚的作品，自然有不少新作。苏轼认为比起以前的作品，更加成熟，境界更高，并由作品探其为人，"意其超逸绝尘，独立万物之表，驭风骑气，以与造物者游"（《答黄庭坚书》）。可知山谷诗文这个时候已经非常出色了。在继续赴京途中，于汶上遇李师中（诚之）与晁补之，在聚会坐上又谈到黄庭坚，并乘兴吟诵黄庭坚作品。晁补之云：

---

① 《与鲁直书》，《张耒集》卷五十五，第 827 页。
② 《与鲁直书》，《张耒集》卷五十五，第 827 页。

湖州太守诸儒长，可独进贤无上赏。曾语黄公四座惊，竞吟佳句汶阳城。（原注：丁巳年余谒苏湖州于汶上，座中为余诵鲁直诗。）（《用寄成季韵呈鲁直》）

诗作于元丰二年（1079），时苏轼知湖州，故以苏湖州称之，所写则是熙宁十年（丁巳）之事。黄庭坚的作品能够如此打动苏轼，可见他其时的作品已相当成熟，显示出自己独特的风格。

苏门另一位高足秦观亦早闻鲁直诗名，元丰三年（1080）两人正式订交。是年黄庭坚36岁，赴江西太和县任，路过高邮往访秦观，二人诗文赠答，相处愉快。稍后秦观有《与黄鲁直简》云："每览《焦尾》《敝帚》两编，辄怅然终日，殆忘食事，昔人千里命驾，良有以也。"《与李德叟简》云："其《敝帚》《焦尾》两编，文章高古，邈然有二汉之风，今时交游中以文墨自业者，未见其比，所谓珠玉在傍，觉人形秽，信此言也。"又《与参寥大师简》云："黄鲁直近从此赴太和令，来相访，为留两日。得渠新诗一编，高古妙绝，吾属未有其比。仆顷不自揆，妄欲与之后先而驱，今乃知不及远甚。"[1] 少游本是强志盛气、好大见奇之人，对庭坚诗作倾倒如此，可见其时作品已非同一般。

黄庭坚元丰八年（1085）六月入京开始馆阁生涯，元祐二年（1087）初苏轼仿效黄庭坚诗体作《送杨孟容》，黄庭坚有次韵作品《子瞻诗句妙一世，乃云效庭坚体，盖退之戏效孟郊、樊宗师之比，以文滑稽耳，恐后生不解，故以韵道之》。这里提到"庭坚体"的概念。一个诗人形成具有自己独特风格的诗体非三五日可速就，必积数年之力而成。虽然元祐中与师友讲究切磋对诗艺提高有帮助，却不可能在一年多时间之内形成一种诗体。所以据以上黄庭坚的成长经历和诸人对其评价，我们有理由相信黄庭坚的作品到元丰末年已进入成熟阶段。

---

① 〔宋〕秦观《淮海集笺注》卷三十，第999、1005、1010页。

黄庭坚现存诗一千九百多首[①]，可以从数量上比较黄庭坚前后期作品。笔者依据《黄庭坚诗集注》作出统计有诗 1920 首，元祐以前诗作 1037 首（诗歌编年依据黄𥦆《山谷年谱》、郑永晓《黄庭坚年谱新编》），占总体数量 54%；熙丰时期诗作 980 首，占总体数量 51%。考虑到黄庭坚中年有"焚诗"之举[②]，元祐以前数量应该更多。古人对黄庭坚创作何时已经成熟有两种意见，一种认为成熟于熙丰时期，《耆旧续闻》云："鲁直少有诗名，未入馆时，在叶县、吉州、太和、德平，诗已卓绝。"[③]一种认为元祐前仍属"少作"，元祐后方完全成熟，如洪炎《豫章黄先生退听堂录序》曰："初，鲁直为叶县尉、北京教授、知太和县、监德平镇，诗文已无虑千数。《退听》所录，太和止数篇，德平十得四五，入馆之后不合者盖鲜，窃意少时所作虽或好诗，传播尚多，不若入馆之后为全粹也。"[④]魏了翁《黄太史文集序》曰："公年三十有四，上苏长公诗，其志已卓荦不凡，然犹是少作也。迨元祐初，与众贤汇进，博文蓄德，大非前比。元祐中末，涉历忧患。极于绍圣、元符以后，流落黔戎，浮沈于荆、鄂、永、宜之间，则阅理益多，落华就实，直造简远，前辈所谓黔州以后句法尤高。"[⑤]宋以后论者大体以持后者意见居多。现代学者亦对黄诗分期及各期创作情况有研究，如黄启方《黄庭坚诗的三个问题——诗作分期、诗体变易及诗论的建立》划元丰元年（1078）以前为一期，元丰元年至元祐八年（1093）为一期，其余为第三期，但并未对每期价值作出具体评价。钱志熙《黄庭坚诗分期初论》（《温州师院学报》1989 年第 4 期）分为四期，少作、熙丰时期、馆阁时期、贬谪时期，并认为"黄诗在元丰初就已进入成

---

① 《全宋诗》收录 2170 首，其中包括偈颂。另莫砺锋先生统计有 1960 首左右（莫砺锋《怎样读黄庭坚诗》，《文史知识》1994 年第 4 期）。

② 〔宋〕叶梦得《避暑录话》卷上，景印文渊阁四库全书，第 863 册，第 664 页。

③ 〔宋〕陈鹄《西塘集耆旧续闻》卷三，北京：中华书局 2002 年，第 313 页。

④ 〔宋〕洪炎《豫章黄先生退听堂录序》，《黄庭坚全集》附录，第 2379 页。

⑤ 〔宋〕魏了翁《黄太史文集序》，《黄庭坚全集》附录，第 2384 页。

熟期的创作"。其专著《黄庭坚诗学体系研究》（北京：北京大学出版
社 2003 年）亦承袭了这一观点。莫砺锋《论黄庭坚诗歌创作的三个阶
段》（《文学遗产》1995 年第 3 期）划分三期为元丰八年（1085）之前、
元丰八年入馆后至元祐八年（1093）、绍圣元年（1094）至崇宁四年
（1105），也认为黄庭坚独特诗风在早期已形成。仔细探究黄庭坚熙丰
创作，其时作品确已显示出了"庭坚体"诸特征。本书在吸取前辈学者
研究成果的基础上分体探究黄诗特色，及其在王安石、苏轼之后对宋诗
发展的推动。

　　关于黄庭坚的诗歌艺术及其与宋调的关系研究文章很多，笔者这
里总结部分与论题相关的研究成果。关于黄诗艺术特点的研究有：孙
文葵《黄庭坚诗歌艺术风格浅谈》（《河北师范大学学报》1984 年第
1 期）、曾子鲁《试论黄庭坚诗歌用比的变与新》（《成都大学学报》1986
年第 1 期）、洪柏昭《论山谷诗的瘦硬》（《江西师范大学学报》1986 年
第 2 期）、陈俊山《"山谷体"漫论》（《江西师范大学学报》1986 年第
2 期）、胡守仁《论山谷七律》（《江西师范大学学报》1986 年第 2 期）、
薛祥生《论黄庭坚的诗论及其创作》（《山东师范大学学报》1986 年
第 2 期）、叶华《试言山谷诗章句之美》（《安徽大学学报》1987 年
第 4 期）、李宪法《黄庭坚诗歌的章法、句法和字法》（《齐鲁学刊》
1987 年第 5 期）、程效《黄庭坚诗歌的用典及其艺术手法》（《争鸣》
1987 年第 5 期）、吴晟《试论黄庭坚体》（《南昌大学学报》1995 年第
6 期）等；关于诗歌理论研究的文章有：刘大杰《黄庭坚的诗论》（《文
学评论》1964 年第 1 期）、吴调公《黄庭坚诗论再评价》（《社会科学
战线》1984 年第 4 期）、孙乃修《黄庭坚诗论再探讨》（《文学遗产》
1986 年第 3 期）、费秉勋《黄庭坚诗艺发微》（《文学遗产》1987 年
第 3 期）、莫砺锋《黄庭坚"夺胎换骨"辨》（《中国社会科学》1983
年第 5 期）、曾子鲁《"夺胎换骨"与"点铁成金"刍议》（《江西师范
大学学报》1986 年第 2 期）、祝振玉《"夺胎换骨"说质疑》（《上海师
范大学学报》1987 年第 1 期）、杨庆存《黄庭坚"点铁成金""夺胎换

骨"说新论》(《齐鲁学刊》1992 年第 1 期)、张福勋《"夺胎换骨"辨说》(《中国人民大学学报》1995 年第 1 期)、熊一坚《"夺胎换骨"之我见》(《江西社会科学》1995 年第 12 期)、陈定玉《黄庭坚"夺胎换骨"法议》(《文艺理论研究》1997 年第 5 期)等;关于黄庭坚对后世影响及其文学史地位的文章有:朱安群《黄庭坚是宋诗风范的主要体现者》(《江西师范大学学报》1986 年第 2 期)、许总《黄庭坚影响成因论》(《文学遗产》1991 年第 4 期)、朱惠国《论黄庭坚的创新意识及其文学史意义》(《宁波师院学报》1993 年第 3 期)等;关于黄庭坚研究的综合学术专著有:黄宝华《黄庭坚评传》(南京:南京大学出版社 1998 年)、钱志熙《黄庭坚诗学体系研究》(北京:北京大学出版社 2003 年)、黄启方《黄庭坚研究论集》(合肥:安徽人民出版社 2005 年)等。这些成果对理解黄庭坚诗歌、诗学有很大帮助。

一、古诗

黄庭坚是各体皆工的诗人,其古体诗成就如同苏轼一样也很突出,古之论家曰:"(鲁直)诗,律不如古,古不如乐府。"[1] 又有曰:"(黄庭坚)只当读其古诗、歌行、绝句。"[2] 他的古诗的确显示了独特的艺术魅力,对"庭坚体"(山谷体)诸特征表现也较多。

熙丰时期黄诗古体内容选材是多方面的,早期多偏向感物兴思一类传统题材,后来随着生活面扩大,表现范围亦有所扩大,但黄庭坚基本性格趋向内敛,除部分反映社会现实的题材外,更多关注的是自己周围的生活事件,如自己的经历遭逢、亲情感慨、朋侪交游、文人情趣等。在创作上这个时期正处于上升发展期,追求创新与变化。黄庭坚古诗的突出特点主要有以下几方面:

第一,善于用韵。古诗形式比较自由,不受格律束缚,不拘对仗、

---

① 〔宋〕张嵲《豫章集序》,《黄庭坚全集》附录,第 2383 页。
② 〔清〕王士禛《然镫记闻》,丁福保辑《清诗话》,第 120 页。

平仄，押韵宽，除柏梁体句句押韵外，一般都是隔句押韵，韵脚可平可仄，可换韵，篇幅长短不限。用韵在古人手中是依据汉字特点、追求入乐效果自然施为的技巧，"古人视诗甚高，视韵甚轻，随意转叶而已，以诗乃吾之心声，韵以谐人口吻故也"①。随着汉字声韵规律的发现，诗歌用韵方式日趋细密。艺术中原来的某一"点"到后来往往会发展成一个"面"，简单的技巧会演变为复杂精密的技艺。大致说来，唐以前古诗用韵布置兼顾诗意、音乐、章法，偏重于音韵和谐，后来则与章法、意脉、用典、趣味的关系更加紧密，甚至于故意突出"韵"的作用，以用韵方式的变化求得诗作创新。韩愈就很典型，他尝试突破常规去用韵，如七古自古以来转韵为常体，但韩愈作品中一韵到底者很多；喜用窄韵，一篇之中，步步押险韵；诗句反平为仄，移仄为平处很多；古诗全平全仄处也不少。所以欧阳修感叹："其得韵宽，则波澜横溢，泛入傍韵，乍还乍离，出入回合，殆不可拘以常格……得韵窄，则不复傍出，而因难见巧，愈险愈奇。"②事实证明韩愈用韵的方式不仅给具体诗作带来变化，也引起了诗歌风格的变化，欧阳修看出用韵是可以造成诗歌突破的一种办法，后来王、苏、黄也都从韩愈这里学到不少用韵的技巧，"因难见巧"思想表现得更加鲜明。

　　黄庭坚创作了大量次韵、叠韵古诗。魏晋以来，作诗唱和，皆以文寓意，至于盛唐尤尚此风，洪迈曰："古人酬和诗，必答其来意，非若今人为次韵所局也。观《文选》所编何劭、张华、卢谌、刘琨、二陆、三谢诸人赠答，可知已。唐人尤多，不可具载。姑取杜集数篇，略纪于此。高适寄杜公云：'愧尔东西南北人。'杜则云：'东西南北更堪论。'高又有诗云：'草玄今已毕，此外更何言？'杜则云：'草玄吾岂敢，赋或似相如。'严武寄杜云：'兴发会能驰骏马，终须重到使君滩。'杜则云：'枉沐旌麾出城府，草茅无径欲教锄。'……皆钟磬在虡，扣之则

① 〔清〕吴乔《围炉诗话》，郭绍虞编《清诗话续编》，第486页。
② 〔宋〕欧阳修《六一诗话》，〔清〕何文焕辑《历代诗话》，第272页。

应，往来反复，于是乎有余味矣。"① 中晚唐诗人普遍关注用韵之事，韩愈与张籍、皇甫持正等人唱和诗已有次韵、依韵、用韵等法，元白、皮陆等旗鼓相当的唱和诗又更发展了次韵一体。赵翼《瓯北诗话》卷四云："次韵实自元白始，依次押韵，前后不差，此古所未有也。"李重华云："次韵一道，唐代极盛时，殊未及之。至元、白、皮、陆始因难见巧，虽亦多勉强凑合处。宋则眉山最擅其能，至有七古长篇押至数十韵者，特以才气过人可耳。"② 可以看出自中唐以来，诗人间唱和在表现酬答之意的同时，也追求才学的展现、诗艺的比拼，及趣味性的表现，用韵方法与技巧渐多，次韵尤其突出，至北宋发展为普遍风气。但次韵之风并非入宋即盛，刘攽《中山诗话》云："唐诗赓和，有次韵（原注：先后无易），有依韵（原注：同在一韵），有用韵（原注：用彼韵不必次），吏部《和皇甫陆浑山火》是也。今人多不晓。"刘攽年辈与王安石相仿，可见至少在欧阳修提倡韩诗用韵之后直至王安石时代，虽然不少诗人热衷此道，但尚未形成对整个诗坛的影响。至苏轼大开此风，黄更追之，遂有广泛影响。但苏、黄皆非仅求次韵出奇之辈，次韵虽有束缚，于苏黄才力亦非大碍，很多次韵诗都超过了原唱，晁以道论苏云："其和人诗，用韵妥帖圆成，无一字不平稳，盖天才能驱驾，如孙、吴用兵，虽市井乌合，亦皆为我臂指，左、右、前、却，在我顾盼间，莫不听顺也。前、后集似此类者甚多，往往有唱首不能逮者。"③ 黄虽天才不及苏，但用韵亦多妙处。如元丰二年（1079）与晁补之、廖正一唱和七古"山"字韵诗：

> 晁子抱材耕谷口，世有高贤践台斗。顷随计吏西入关，关夫数日传车还。封侯半属妄校尉，射虎猛将犹行间。无因自致青云上，浪说诸公见嗟赏。骥伏盐车不称情，轻裘肥马凰凤城。归来作诗谢同列，句与桃

① 〔宋〕洪迈《容斋随笔》卷十六，上海：上海古籍出版社 1996 年第 210 页。
② 〔清〕李重华《贞一斋诗说》，丁福保辑《清诗话》，第 929 页。
③ 〔宋〕朱弁《风月堂诗话》卷下，北京：中华书局 1988 年，第 108 页。

李争春荣。十年山林廖居士，今随诏书称举子。文章宏丽学西京，新有诗声似侯喜。君不见古来良为知音难，绝弦不为时人弹。已喜琼枝在我侧，更恨桂树无由攀。千里风期初不隔，独怜形迹滞河山。（《次韵晁补之廖正一赠答诗》）

吾观三江五湖口，汤汤谁能议升斗。物诚有之士则然，晚得廖子喜往还。学如云梦吞八九，文若壮士开黄间。十年呻吟江湖上，青枫白鸥付心赏。未减北郭汉先生，五府交书不到城。相者举肥骥空老，山中无人桂自荣。君既不能如钟世美，匦函上书动天子。且向华阴郡下作参军，要令公怒令公喜。君不见晁家乐府可管弦，惜无倾城为一弹。从军补掾百僚底，九关虎豹何由攀。男儿身健事未定，且莫著书藏名山。（《再次韵呈廖明略》）

君不见生不愿为牛后，宁为鸡口。吾闻向来得道人，终古不忝如维斗。希价咸阳诸少年，可推令往挽令还。俗学风波能自拔，我识廖侯眉宇间。省庭无人与争长，主司得之如受赏。东家一笑市尽倾，略无下蔡与阳城。生珠之水砂砾润，生玉之山草木荣。观君词章亦如此，谅知躬行有如子。更约探囊阅旧文，蛛丝灯花助我喜。贤乐堂前竹影斑，好鸟自语莫令弹。北邻著作相劳苦，整驾调子邀同攀。应烦下榻煮茶药，坐待月轮衔屋山。（《走答明略，适尧民来相约奉谒，故篇末及之》）

可以忘忧惟有酒，清圣浊贤皆可口。得日过君饮不多，明日解醒无五斗。古木清荫丹井栏，夜来凉月屋头还。论文拨置形骸外，得意相忘樽俎间。冰壶不可与夏虫绘，秋月不可与俗士赏。已得樽前两友生，更思一士济阳城。虽无四至九卿之规画，犹有千秋万岁之真荣。空名未食太仓米，今作斑衣老莱子。卿家嗣宗望尔来，不独我闻足音喜。西风索寞叶初干，长铗归来亦罢弹。穷巷蓬蒿深一尺，朱门廉陛高难攀。吾侪相逢置是事，百世之下仰高山。（《答明略并寄无咎》）

夏云凉生土囊口，周鼎汤盘见科斗。清风古气满眼前，乃是户曹报章还。只今书生无此语，已在贞元元和间。一夫鄂鄂独无望，千夫唯唯皆论赏。野人泣血漫相明，和氏之璧无连城。参军挂笏看云气，此中安知枯与荣。我梦浮天波万里，扁舟去作鸱夷子。两士风流对酒樽，四无人声鸟语喜。梦回扰扰仍世间，心如伤弓怯虚弹。不堪市井逐乾没，且愿朋旧相追攀。寄声小掾笃行李，落日东面空云山。(《再次韵呈明略并寄无咎》)

挟策读书计糊口，故人南箕与北斗。江南江北万重山，千里寄书声不还。当时朱弦写心曲，果在高山深水间。枯桐满腹生蛛网，忍向时人觅清赏。廖侯文字得我惊，五岳纵横守严城。万夫之下不称屈，定知名满四海非真荣。富于春秋已如此，他日卜邻长儿子。一丘各自有林泉，扶将白头亲燕喜。秋风日暮衣裳单，深巷落叶已如弹。数来会面复能几，六龙去人不可攀。短歌涧公更一和，聊乞淮南作小山。(《再答明略二首》)

廖侯言如不出口，铨量古今胆如斗。度越崔张与二班，古风萧萧笔追还。前日辞家来射策，声名藉甚诸公间。华阴白云锁千嶂，胜日一谈谁能赏。君不见襄时子产识然明，知音郁郁闲佳城。勿以匣中之明月，计较粪上之朝荣。我去丘园十年矣，种桑可蚕犊生子。使年七十今中半，能朝四暮三浪忧喜。据席谈经只强颜，不安时论取讥弹。爱君草木同臭味，颇似瓜葛相依攀。我有仙方煮白石，何时期君蓝田山。(《再答明略二首》)

以上次友人韵，先后七首，用韵特点有：韵脚及首句入韵处，百分之九十以上都用典，与诗意结合，无丝毫无凑韵之态，如"行间""黄间"皆用《汉书·李广传》中语；"令公喜"用《晋书·郗超传》典，"助我喜"用《西京杂记》中典，"燕喜"用《诗经》语，"浪忧喜"用《庄子》典；"口"字，用到了《战国策》、《三国志·徐邈传》、宋玉《风赋》、《左传》、《礼记·檀弓》中的事典或语典。用语杂出经史不仅合韵合意，而且富于造语生新的效果。古诗首句入不入韵皆可，此处七首皆入韵；首句外中间四次转韵，三至六句、七至十二句、十三至十六句、十七至二十二句，其中第三、七、十三、十七句本无须入韵，亦皆用韵，可知作者在形式上故意制造变化中求整齐的效果。而且黄庭坚短诗常频繁转韵，长诗如《奉和王世弼寄上七兄先生用其韵》，七十五韵一百五十句，却一韵到底，因难见巧之用意十分明显。普通作者一叠七首必然穷于应付，以上诗作则立意各异，造语不穷，押韵自然。

宽韵通过转韵等方式增加波澜，窄韵则无复转韵，难中求奇。同是元丰二年所作的《见子瞻"粲"字韵诗，和答三人，四返不困而愈崛奇，辄次韵寄彭门三首》五古即是窄韵出奇之作：

> 公才如洪河，灌注天下半。风日未尝撄，昼夜圣所叹。名世二十年，穷无歌舞玩。入宫又见妒，徒友飞鸟散。一饱事难谐，五车书作伴。风雨暗楼台，鸡鸣自昏旦。虽非锦绣赠，欲报青玉案。文似离骚经，诗窥关雎乱。贱生恨学晚，曾未奉巾盥。昨蒙双鲤鱼，远托郑人缓。风义薄秋天，神明还旧贯。更磨荐祢墨，推挽起疲懦。忽忽未嗣音，微阳归候炭。仁风从东来，拭目望斋馆。乌声日日春，柳色弄晴暖。漫有酒盈樽，何因见此粲。

> 人生等尺捶，岂耐日取半。谁能如秋虫，长夜向壁叹。朝四与暮三，适为狙公玩。臭腐暂神奇，暗噫即飘散。我观万世中，独立无介伴。小黠而大痴，夜气不及旦。低首甘赉养，尻脽登俎案。所以终日饮，醉眠朱碧乱。无人明此心，忍垢待濯盥。仰看东飞云，只使衣带缓。先生古人学，百氏一以贯。见义勇必为，少作衰俗懦。忠言愿回天，不忍敩吞炭。还从股肱郡，待诏图书馆。投壶得赐金，侏儒余饱暖。宁令东方公，但索长安粲。

> 元龙湖海士，毁誉略相半。下床卧许君，上床自永叹。丈夫属有念，人物非所玩。坐令结欢客，化为烟雾散。武功有大略，亦复寡朋伴。咏歌思见之，长夜鸣蝎旦。东南望彭门，官道平如案。简书束缚人，一水不能乱。斯文媿粗粝，可用主蘋盥。诚求活国医，何忍弃和缓。开疆日百里，都内钱朽贯。铭功甚俊伟，乃见儒生懦。且当置是事，勿使冰作

炭。上帝群玉府，道家蓬莱馆。曲肱夏簟寒，炙背冬屋暖。只令文字垂，
万世星斗粲。

这一组与前一组七古相比造语更增奇崛，有些地方初看觉得生硬不妥，
深入玩味则能体会妙处，如"灌注天下半"，这个句子读起来有一种斩
绝之感，常语曰"半天下"，但这里为押韵，颠倒语序，反觉气势夺
人。"风日未尝撄，昼夜圣所叹"，是凝缩《庄子》《论语》中语而成，
上句形容水势不因风吹日晒而有所变化，就像苏轼不为外界各种打击
所动一样，比喻十分新奇，于是作者联想到"子在川上曰：逝者如斯
夫！"原句中是没有"叹"字，但状态是感叹，所以用"叹"字既不离
原典，亦符合作者想表达的对苏轼高才的赞叹之情。其他如"人生等尺
捶，岂耐日取半""朝四与暮三，适为狙公玩""斯文媲柜碧，可用圭
瓒盥"等句皆引典作比，这种比喻本体、喻体相差较远，诗句意象新
奇。"玩""盥"虽不好押，但此处亦能自然吻合。其他韵脚处语则杂用
经史语，如"飞鸟散""郑人缓""日取半"出《庄子》；"自昏旦""见
此粲"出《诗经》；"关雎乱"出《论语》；"归候炭"出《汉书》；"长
安粲"出《汉纪》等。如果比较苏轼原唱与黄庭坚次韵诗，会发现二者
虽然都大量用典，但苏诗趋于通脱畅达，黄诗读起来则有奇崛生拗之
感。追求诗意深而用韵巧是造成诗句生新的一个重要原因。

黄庭坚还善于作限韵古诗。其法取一句诗或一句成语名言，按顺
序以其中的单字为每首诗的韵部，句中之字也需用在韵脚处。这种预定
诗歌用韵的做法也是典型的因难见巧的作风。如《庭坚得邑太和，六舅
按节出同安，邂逅于皖公溪口，风雨阻留十日，对榻夜语，因咏"谁知
风雨夜，复此对床眠"，别后更觉斯言可念，列置十字，字为八句，寄
呈十首》《赋"未见君子，忧心靡乐"八韵寄李师载》《用"明发不寐，
有怀二人"为韵寄李秉彝德叟》《以"同心之言，其臭如兰"为韵寄李
子先》等均为元丰中作品，这样的组诗，不仅要照顾用韵，而且诗作要
关合题目中选作韵部的诗句的意思。有这样的限制难度是显而易见的，

但即便如此黄庭坚仍能运笔自如，如寄李师载的见、靡、心三韵，寄李子先的同、心、臭、如、兰五韵均为佳作。

此外黄庭坚七古有一韵到底之作，有分韵赋诗之作，有以同一个字为韵脚的诗，有三句一换韵的诗，有颠倒语序押韵之诗，等等。总之，黄庭坚十分重视押韵技巧，尝试多种用韵方法，竭力求新求变，是宋代最擅用韵的作家之一。张戒曰："以押韵为工，始于韩退之而极于苏、黄。"[1] 费衮曰："作诗押韵是一奇，荆公、东坡、鲁直押韵最工。"[2] 金人郑厚论宋以来次韵诗云："诗之有韵，如风中之竹，石间之泉，柳上之莺，墙下之蛩，风行铎鸣，自成音响，岂容拟议。夫笑而呵呵，叹而唧唧，皆天籁也，岂有择呵呵声而笑，择唧唧声而叹者哉？"[3] 郑氏之语有一定道理，但忽视了创作方式的多样性，次韵、限韵相对于惯常的作诗方法可谓是逆向思维，只要经营得当，亦能写出好诗。

第二，章法布置独特。先说组诗的章法，黄庭坚组诗大多有内在的联系，如第一组虽然唱和的时间较长，但七首还是形成了一个有机的整体，前两首赞扬朋友文行出群，却不得当道赏识，为高才沉沦下位抱不平，以知音期许，表现出惺惺相惜之情，也勉励朋友努力从事于将来；中间三首在赞扬朋友诗文高超、坚持学问立场的同时，突出表现文友往来的欢乐；余二首则仍然表达相惜相赏之情，并相邀异日归隐林泉。从相识交往到卜邻归隐，整体布置上意思逐步深入发展。"粲"字韵诗亦然，第一首写对苏轼才学、气节的佩服，及自己愿意从学的愿望；第二首写人生短暂，欲求高洁之友常不可得，而苏轼正是这样一位万世难得一遇的榜样，同时对苏轼政治遭遇表示同情与不平；第三首则进一步写若用苏轼必能兴起政事，但不如豁达于世间事，但作文字，必可垂范后世。从相识佩服友人的文学才能，到赞扬友人文行卓越，到肯定友人的政治才能，复以赞扬文学作结，不仅逐步深入，而且对友人文章、政事

---

① 〔宋〕张戒《岁寒堂诗话》，丁福保辑《历代诗话续编》，第 452 页。
② 〔宋〕费衮《梁溪漫志》卷七，第 74 页。
③ 〔金〕王若虚《滹南诗话》，丁福保辑《历代诗话续编》，第 515 页。

做了全面表现，最后又突出文学才能，照应起首，"公才如洪河，灌注天下半"与"只令文字垂，万世星斗粲"的呼应关系是非常明显的，这样三首诗各自独立又相互补充、相互照应。限韵诗的章法上边已涉及，即整体意思要与限韵诗句、文句之意相合。黄庭坚组诗这样的布置学杜而来，杜甫组诗通常都是每首各司其职，诸诗合起来又是一个有机整体。

具体到一首诗的章法布置，黄庭坚古诗表现出与王安石、苏轼古诗章法的不同。读王、苏诗可以明显看出古文章法布置的痕迹，主要以"意"操纵前后，腾挪变换，形式与音韵完全附属于"意"的表现。黄庭坚亦以意脉为主，但形式、音韵的作用大增。如《送醇父归蔡》起结各六句为七古，中间二十八句为五古，首尾六句转两韵，中间一韵。首六句以景物起兴写友人将离去，中间写与友人切磋相处的乐趣，像电影镜头中对过去的回顾，结尾六句照应开头写饯行送别。这种章法结构，"形式"所起的作用非常明显。再如上边与晁补之、廖正一唱和组诗，因为七首次韵，韵脚已无可变化，为了不让诗作显得板滞，作者将长短句作为一个变化因素运用其中，除第五首均为七言外，其他诗作中长短句不仅句式变化，在诗中的位置亦不确定，这样几首诗的章法给人以"同而不同"的感觉。章法与音韵变化亦关系密切，如七古《和谢公定征南谣》全诗二十五韵五十句。前十四句用一韵，表现战争兴起，驱兵出师；"营平"四句转韵以概括笔法表现战争浩大规模，也暗示战争的糜费；转韵写战事残酷，并对择将不善作出批评，表达了"任人而已，其在多乎"的思想；再转韵批判边臣兴事；再转则从边地的情况写实际无须大动干戈；结尾四句两转韵，强调怀柔致远。此诗转韵与达意相统一，音韵的节奏同时关合着意脉转折，表意细密。《送王郎》二十二韵，前十句看似通押"英""青"两韵，但其中又有分别，六句九言长句同押"庚"韵，七言句则押"青"韵，"酒浇胸次之磊块，菊制短世之颓龄"在六句九言句的前四后二之间形成小的停顿，同时又在意思上与首二句照应；三、四句则与七、八句照应；"江山万里头俱白，骨肉十年眼终青"承上启下，而"龄""青"两韵在形式上俱为七言，与九言句交错又形成一种对比变化。以上表达送别深情；之后八句押"晓"韵，表达相处的愉快并勉励王郎继续力学修德；末四句转"家"韵，设想王郎归家的悠游生活，诗意表达与用韵关系紧密。七古转韵者多，五古一韵到底者多，韩愈、苏轼以来七古一韵到底者增多，黄庭坚亦有不少。如《别蒋颖叔》押下平声"豪"韵，一气而下，词气排宕，虽无苏轼文章式的纵横开阖，却有层层推进的细密布置。前八句写蒋颖叔政事、文学皆佳，身居高位，可以大有作为，是一个总起；中间十句回顾蒋在各地为官之功勋政绩；接着"衣食京师看上计，陛下文武收英髦"照应前边"三品衣鱼人仰首，不见全牛可下刀"，写蒋颖叔新近得到皇帝褒奖，"衣食"句本来应该放在前边写，但却挪到后边，采用了逆叙笔法；接着六句写蒋颖叔为官礼贤儒雅、消遥洒脱之态；最后引用典故感叹作结束。《次韵李之纯少监惠砚》十韵二十句，押"尤"韵，前十二句写黄公山之神奇与气势，后八句写砚出此山，这样无须刻画砚之美，而其美自现。由此可以看出不转韵也不用特殊句式时，黄诗会着力于意脉布置的断续、隐显、先后变化，总之不会平衍而出。贺贻孙曰："古诗之妙，在首尾一意而转折处多，前后一气而变换处多。或意转而句不转，或句转而意不转；或气换而句不换，或句换而气不换。不转而转，故愈转而意愈不穷；不换而换，故愈换而气愈不竭。善作诗者，能留不穷之意，蓄不竭之气，则几于化。"[1] 以上诸作及黄氏其他作品多有这样的特点，如《送王郎》前十句即所谓"句转而意不转"；《别蒋颖叔》《次韵李之纯少监惠砚》则"意转而句不转"；《赠张仲谋》《寄陈适用》《以右军书数种赠丘十四》"句换而气不换"；《奉和王世弼寄上七兄先生用其韵》《次韵谢外舅病不能拜复官夏雨眠起之什》则"气换而句不换"。前人对黄诗这种转折多变、草蛇灰线的章法有典型论述：

---

① 〔清〕贺贻孙《诗筏》，郭绍虞编《清诗话续编》，第138页。

山谷之妙，起无端，接无端，大笔如椽，转折如龙虎，扫弃一切，独提精要之语。每每承接处，中亘万里，不相联属，非寻常意计所及。①

此论指出了黄诗章法开阖大而又针线密的突出特色，但对于形成原因没有提及。依据上边所作分析，笔者以为意脉、形式、用韵三者交错关合，是造成黄庭坚古诗章法密而多变的根本原因。

　　第三，风格多样化。诗歌在本质上是情感的自然流露，所以诗风与性情性格紧密相连，黄诗给人总体印象是奇崛渊奥，这与他的性格直接相关。黄庭坚性格中有两种矛盾的东西交织在一起，他既有出世的清逸超旷，又有入世的老成持重，两者糅合，使得他具有一种异于常人的"奇崛"之气，再加上其人早慧，随着学习修养的深入，这种性格特征愈加明显。十五六岁游学淮南，同学俞清老形容他"奇逸通脱，真骥子堕地也"②。从这一评价里我们可以感觉到俞清老的诧叹之情。《孙公谈圃》卷下也载有黄庭坚性情给人诧异印象的事情："鲁直得洪州解头，赴省试，公（孙升）与乔希圣数人待榜。相传鲁直为省元，同舍置酒。有仆自门披发大呼而入，举三指，问之，乃公与同舍三人，鲁直不与。坐上数人皆散去，至有流涕者，鲁直饮酒自若。饮酒罢，与公同看榜，不少见于颜色。"这是黄庭坚初次参加省试，当时只二十岁，未及第而丝毫不介于怀，有人恐怕至老也难悟入此境，但年轻的黄庭坚却既有郁勃豪气又显得超然淡定。熙宁元年（1068）赴叶县尉前所作《清明》《徐孺子祠堂》表现出清高傲骨，可见他对入仕保持着一种清醒态度，绝不会为仕宦利禄改变自己，所以入官后才会有"俗学近知回首晚，病身全觉难折腰"之叹，这都与他素日性情相合。以此，我们也就不奇怪苏轼熙宁中读其诗文后的评价："然观其文，以求其为人，必轻外物而自重者，今之君子莫能用也。其后过李公择于济南，则见足下之诗文愈

① 〔清〕方东树《昭昧詹言》，第314页。
② 〔宋〕叶梦得《避暑录话》卷上，景印文渊阁四库全书，第863册，第664页。

多，而得其为人益详，意其超逸绝尘，独立万物之表，驭风骑气，以与造物者游，非独今世之君子所不能用，虽如轼之放浪自弃，与世阔疏者，亦莫得而友也。"（《答黄鲁直书》）后晁补之论黄庭坚为人、为文关系云："鲁直于怡心养气，能为人所不为，故用于读书、为文字，致思高远，亦似其为人。"（《书鲁直题高求父扬清亭诗后》）黄庭坚诗文的奇崛自立，根源正在于其"能为人所不为"的性格，这种性格在青年阶段已经养成，越来越多地表现于诗文之中，随着阅历加深、思想境界提高、诗艺纯熟、题材变化开拓，诗风也进入暗蕴奇崛之气而又成熟多变的阶段。

深情隽永、清空畅达风格。清人贺裳曰："读黄豫章诗，当取其清空平易者。"[①]并举作于元丰七年的《题宛陵张待举曲肱亭》为代表，评曰："不甚矫揉，政自佳。"黄庭坚气质中有出世超旷之气，为人又孝友重情，故在表现山水景物、出世之思、亲友之情题材时多有清畅深情之作，早期至晚期都有这样的作品。如治平中《溪上吟》《清江引》《次韵叔父圣谟咏莺迁谷》《次韵十九叔父台源》《留几复饮》《再留几复》《寄傅君倚同年》等；熙丰以来的作品，如《送蒲元礼南归》《晓起临汝》《过家》《上冢》《次韵师厚五月十六日视田悼李彦深》《赣上食莲有感》《寄陈适用》《留王郎世弼》《次韵吴宣义三径怀友》《和答外舅孙莘老》《寄裴仲谋》等。如《赣上食莲有感》写对家人的思念，同时表达辞官归隐与家人团聚的愿望，这些感情与思想，全部思灌注到"莲"的每一个可以依托的局部形象、特性之中，联想新奇，表意贴切。《过家》通过表现家乡旧所熟悉的景物、人事的今昔变化，引出深切感慨，结尾又通过"灯花"的细节表现忧亲之情，以梦萦故乡作结，情深挚而意婉转。"字字矜炼，佳处如食橄榄，味美于回。"[②]这样婉转深挚、情韵生动的作品，颇有汉魏古诗、乐府歌谣咏叹兴寄之风，

---

① 〔清〕贺裳《载酒园诗话》，郭绍虞编《清诗话续编》，第432页。
② 高步瀛《唐宋诗举要》，上海：上海古籍出版社1978年，第138页。

张嵲所说"盖鲁直所学诗，源流甚远，自以为出于《诗》与《楚辞》，过矣。盖规模汉、魏以下，而得其仿佛者也。故其佳处往往与古乐府、《玉台新咏》中诸人所作合"①，正是从这个角度作出的评价。七古如《送醇父归蔡》《还家呈伯氏》《送苏太祝归石城》《送张仲谋》《对酒歌答谢公静》《奉送周元翁锁吉州司法厅赴礼部试》《送王郎》等则具有畅达之风。

锤炼浑厚的风格。如《流民叹》《和谢公定征南谣》《上大蒙笼》《劳坑入前城》《答永新宗令寄石耳》等作品。《流民叹》是文学史上为数不多的表现地震灾害的佳作，全诗叙议结合，论从事出，其间熔铸诸多典故，典重厚实，婉而多讽，格调庄重。《和谢公定征南谣》表现熙宁末交趾入寇，朝廷发兵平边之事，首叙战事兴起，中间夹叙夹议写战争的糜费与残酷，结尾借古事影射开边无益，怀柔为佳。重大题材，章法布置平稳有节序，叙议比例适中，持论中正，黄爵滋评曰："句格老重之至。"后三篇锤炼浑厚中又时露奇气。《上大蒙笼》，时诗人在太和任上，为推销官盐深入山区，目睹乡民悲惨生活，不仅写出了官盐抑配给人民带来的困扰，也暗示其他盘剥政策使人民陷于困顿之中，即便逃至深山也难幸免。诗前六句描写深山老林幽僻荒凉、黄雾迷濛，地上残留着野兽出没的踪迹，林中阴风呼啸，崖上藤萝缭绕，笔蕴奇气，有效地渲染了凄厉的气氛，为下边写山民生活作了铺垫。《劳坑入前城》紧承上一首而作，首二句以地名关合旅况艰险劳顿，显出巧思；接写竹林幽深，野兽出没，以"森"字状豪猪嗥叫，写出了凄厉之感，让人毛骨悚然。又写天昏地暗，山风呼啸，分别以"瘦""饕"形容"日""风"，都可见其用字奇险，具有强烈的修辞效果。诗末则讽刺食盐抑配，抨击苛政。《答永新宗令寄石耳》诗开头借古人事迹明志，实为全诗之纲。从下面所接一句看，又似为对宗令的称许，妙在两可之间。前半通过对石耳这一山珍的描绘，将感谢馈赠之意写足，采用

① 〔宋〕张嵲《豫章集序》，《黄庭坚全集》附录，第2383页。

赋笔，学韩愈手法。诗后半在感慨中寄寓规箴之意，曲笔规劝，收到了"主文谲谏"的效果。无论前半的"赋笔"，还是全诗赞而后讽的章法，都能见出黄诗出奇制胜的特色。可以看出这些诗作题材多与民生相关，宜其采用浑厚风格，中寓奇气亦有助于增强表现效果。

奇崛多变的风格。每个诗人都有自己的基本创作思维，对比苏黄两人创作理念的不同也许更能理解黄诗的奇崛。苏轼二十四岁时感悟创作曰："夫昔之为文者，非能为之为工，乃不能不为之为工也。山川之有云雾，草木之有华，充满勃郁，而见于外，夫虽欲无有，其可得耶！自少闻家君之论文，以为古之圣人有所不能自已而作者。故轼与弟辙为文至多，而未尝敢有作文之意。"① 黄庭坚二十三岁及第时则曰："诗非苦思不可为，余得第后始知此。"② 苏轼强调自然生发自然成就，黄庭坚则强调苦思以求独创。黄庭坚既有这样的创作态度，再加上其思想性格本多奇崛之气，熙丰中技巧愈加成熟，遂成就一种奇肆多变的风格。如我们上边所引元丰二年（1079）叠作七首的次韵作品《次韵晁补之廖正一赠答诗》《再次韵呈廖明略》《走答明略，适尧民来相约奉谒，故篇末及之》《答明略并寄无咎》《再次韵呈明略并寄无咎》《再答明略二首》，我们已经看到，诗作是七言为主的杂言体，句式长短错落，篇中三度换韵，这种情况下，常人作一二篇之后恐怕再难下笔，而山谷一作七首，既在组诗整体章法上显示出友情逐渐加深之意，而每一首又各自成章，各表情思，毫无涩笔凑韵的窘迫。虽限于韵脚，但句式、章法布置亦各自不同，从内容到形式都能感觉到作者立意求奇的态度。"粲"字韵诗亦然，不仅作了《见子瞻"粲"字韵诗，和答三人，四返不困而愈崛奇，辄次韵寄彭门三首》，后来《再和寄子瞻闻得湖州》《次韵答尧民》亦用"粲"韵，窄韵押之数四，而各具奇思，非常人能到。其他诗作如《萧巽葛敏修二学子和予食笋诗次韵答之二首》《演雅》《送彦

---

① 《南行前集叙》，《苏轼文集》卷十，第 323 页。
② 《黄庭坚全集》，第 2379 页。

孚主簿》《次韵李之纯少监惠砚》《送张材翁赴秦签》《奉送时中摄东曹狱掾》《次韵叔父夷仲送夏君玉赴零陵主簿》《次韵伯氏长芦寺下》《过致政屯田刘公隐庐》《大雷口阻风》亦各有奇崛妙构之处。

诙谐幽默风格。山谷诗歌中年以来形成一种具有文人气质的幽默风格，不只要写出"趣"，而且要写出"不俗之趣"。具有代表性的如七古《戏赠彦深》，起首写李彦深家徒四壁，依然好书不舍，其妻与子亦能甘贫共苦，接下来通过写彦深家日常生活，继续渲染其贫："世传寒士有食籍，一生当饭百瓮菹。冥冥主张审如此，附郭小圃宜勤锄。葱秧青青葵甲绿，早韭晚菘羹糁熟。充虚解战赖汤饼，芼以荠蒌与甘菊。几日怜槐已着花，一心咒笋莫成竹。"此段语气幽默，读罢令人莞尔，能真切感觉到主人之贫，亦能感觉到主人在陋巷不改其乐的从容。从"群儿笑聱穷百巧"开始转入议论，言世人有富贵极盛者不免饥寒而死，未如李彦深无事而贫，表达富贵如过眼烟云，不若养道自全为佳之理。诗作在诙谐幽默的笔调中既刻画出了不俗之人，亦传达了不俗之理，亦谐亦庄，引人入胜。其他作品如《竹轩咏雪呈外舅谢师厚并调李彦深》《戏和于寺丞乞王醇老米》《以小团龙及半挺赠无咎并诗用前韵为戏》等皆具此种风格。

二、律诗

黄庭坚律诗之中尤擅七律，其创新特点也多表现于此体，故本节论述以七律为主。七律易作又难作，易作，是因为律诗发展成熟后，形成一些固定格式、章法、句法，人易于模仿成章；难作，若欲自出机杼，不陷前人窠臼则至难。叶燮云："七言律诗，是第一棘手难入法门。融各体之法、各种之意，括而包之于八句，是八句者诗家总持三昧之门也。"[①] 由唐至宋律诗在创意、题材、技巧等方面渐难开拓，很容易步人后尘，黄诗出现则令人耳目一新，当时论家云："七言律诗极难做，盖

---

① 〔清〕叶燮《原诗》，丁福保辑《清诗话》，第610页。

易得俗，是以山谷别为一体。"① "易得俗"即立意布置、遣辞用语易随大流，黄庭坚之"别为一体"由其能独创生新。黄庭坚诗论中"句法"占有重要地位，甚至可以说是其诗论的核心部分："所寄诗醇淡而有句法。"② "所寄吉州旧句，并得见诸贤和篇，皆清丽有句法。"③ "但熟观杜子美到夔州后古律诗，便得句法。简易而大巧出焉，平淡而山高水深，似欲不可企及，文章成就，更无斧凿痕，乃为佳作耳。"④ "大体作省题诗，尤当用老杜句法。"⑤ "请读老杜诗，精其句法。"⑥ 句法讲究之精，律诗最为突出，我们就通过分析句法来探讨黄庭坚熙丰时期在律诗上的创新。

黄氏句法理论包含丰富，主要有以下几方面。第一，炼句以意为主。我们在第一章第五节宋调"尚意诗观"部分，对黄庭坚尚意理论有过较详细的考察，他不仅在理论上有认识，也将自己的理念贯彻于创作之中。普闻《诗论》即举黄庭坚为善作"意句"的代表：

> 诗家云炼字莫如炼句，炼句莫若得格，格高本乎琢句，句高则格胜矣。天下之诗，莫出乎二句，一曰意句，二曰境句。境句易琢，意句难制。境句人皆得之，独意句不得其妙者，盖不知其旨也。所以鲁直、荆公之诗出乎流辈者，以其得意句之妙也。何则？盖意从境中宣出……妙在斯耳。鲁直《寄黄从善》诗云"我居北海君南海，寄雁传书谢不能。桃李春风一杯酒，江湖夜雨十年灯"云云。初二句为小破题，第三第四为颔联。大凡颔联皆宜意对。春风桃李但一杯，而想象无聊屡空为甚，飘蓬寒雨十年灯之下，未见青云得路之便，其羁孤未遇之叹具见矣。其

---

① 〔宋〕吴可《藏海诗话》，丁福保辑《历代诗话续编》，第 355 页。
② 《答何静翁书》，《黄庭坚全集》，第 464 页。
③ 《与徐师川书四》，《黄庭坚全集》，第 1868 页。
④ 《与王观复书》，《黄庭坚全集》，第 471 页。
⑤ 《与洪驹父书》，《黄庭坚全集》，第 484 页。
⑥ 《与孙克秀才》，《黄庭坚全集》，第 1925 页。

意句亦就境中宣出，桃李春风、江湖夜雨，皆境也。昧者不知，直谓境句，谬矣。①

这里论者提出"境句""意句"之别，笔者以为"境句"是仅能刻画境中之物的诗句，如晚唐律诗佳句极多，但"景尽句中，句外并无神韵"②，那一类诗句都可算作"境句"；"意句"则是依于实境又超于实境的诗句，是有深意盘旋于言辞之上的诗句。这样的诗句少数得之灵感，多数出于作者艰苦锤炼。皎然《诗式》云："或曰诗不要苦思，苦思则丧天真。此甚不然。因当绎虑于险中，采奇于象外，状飞动之趣，写真奥之思。"黄庭坚式的创作多属此类，"桃李"一联用语无奇，所奇者包容了宽幅的时空境界与巨大的沧桑感，读之让人感慨万千。这样的诗句依托于言辞成立，但它所引起的感染力已远远超越了那十四个字，是真能"采奇于象外""写真奥之思"，如此诗句格韵自高，非俗人俗句可比。

黄庭坚熙丰中诗句追求格意高绝已普遍体现于创作中。如《渔父二首》"蒹葭浩荡双蓬鬓，风雨飘零一钓蓑"一联既对渔父生活情境作了凝缩化的表现，亦写出渔父独立不羁、不与世妥协的状态。《冲雪宿新寨忽忽不乐》"山衔斗柄三星没，雪共月明千里寒"一联写夜深、月高、雪寒，但同时也表现出了不寐思家的情绪。《次韵外舅喜王正仲三丈奉诏祷南岳，回至襄阳，舍驿马就舟见过三首》"灯火诗书如梦寐，麒麟图画属浮云"一联表现岳父与友人相见的喜悦，通过时空跨越、世事浮云的沧桑感更表现出了这种友情的珍贵。《汴岸置酒赠黄十七》"黄流不解涴明月，碧树为我生凉秋"一联既是实写汴岸景色，又在这景色中映现一种超脱尘俗势利、冰清玉洁的人格特征。《题落星寺四首》第一首主要表现寺庙形势之奇，景色之美，"蜜房各自开牖户，蚁穴或梦

---

① 〔宋〕普闻《诗论》，〔明〕陶宗仪《说郛三种》，上海：上海古籍出版社 1988 年影印本，第 3672 页。案：文中《寄黄从善》应是《寄黄几复》之误，几复名介。

② 〔清〕施补华《岘佣说诗》，《清诗话》，第 993 页。

封侯王"一联，既写出了远观落星寺建筑的直感，亦写出自己仿佛置身仙境，而生南柯一梦之感，衬托出落星寺之奇；第三首"蜂房各自开户牖，处处煮茶藤一枝"一联，既表现僧人日常生活，又在这静谧优雅中表现出超逸脱俗之情。《登快阁》"落木千山天远大，澄江一道月分明"一联不仅展现了远望之迥阔境界及月映江面的近景，更折射出诗人旷远明澈的情怀。似此等诗句无俗语亦无俗意。

　　观察黄庭坚的"意句"我们会发现这样的特征：与社会生活关系不太紧密，但立意不俗，选像求新，意格极高，有时甚至是离奇。如"无钩狂象听人语，露地白牛看月斜"（《何造诚作浩然堂，陈义甚高，然颇喜度世飞升之说，筑屋饭方士，愿乘六气游天地间，故作浩然词二章赠之》、"眼见人情如格五，心知外物等朝三"（《漫书呈仲谋》）、"心似蛛丝游碧落，身如蜩甲化枯枝。湘东一目诚甘死，天下中分尚可持"（《弈棋二首呈任公渐》）、"白璧明珠多按剑，浊泾清渭要同流"（《闰月访同年李夷伯子真于河上子真以诗谢次韵》）、"囊中收得劫初铃，夜静月明师子吼"（《赠王环中》）、"不逢坏衲乞香饭，惟见白头垂钓丝"（《赠郑交》）等。梁启超论李商隐诗曰："义山的《锦瑟》《碧城》《圣女祠》等诗，讲的什么事，我理会不着。拆开一句一句的叫我解释，我连文义也解不出来。但我觉得他美，读起来令我精神上得一种新鲜的愉快。须知美是多方面的，美是含有神秘性的。"[1] 笔者以为黄庭坚的诗句也善于营造这样一种神秘性，与李商隐神秘于"情"不同，黄庭坚着力在神秘于"意"。这种诗句初看不得要领，细加寻绎则妙意迭出。东坡评黄诗云："读鲁直诗，如见鲁仲连、李太白，不敢复论鄙事。虽若不适用，然不为无补。"[2] 窃以为"不适用"就是为这种追求格韵高绝，不甚顾及"言必中当世之过"的诗句而发，社会功能减弱，艺术功能增强，这种诗句，在宋诗发展过程中确属鲁直独创。

---

① 《饮冰室文集·中国韵文里头所表现的情感》，梁启超《饮冰室合集》，北京：中华书局1989年，第四册，饮冰室文集之三十七，第120页。
② 〔宋〕葛立方《韵语阳秋》卷二，〔清〕何文焕辑《历代诗话》，第497页。

第二，善用比喻、拟人、借代手法，时与用典结合（关于黄诗用典之多与来源之广，前人已多有论章，此处不再重复，所要强调的一点就是用典往往是与上述手法结合在一起发生作用的），产生新异效果。之前欧阳修、王安石、苏轼已使用这些手法，如欧阳修所提倡的"白战"，就是通过比喻、拟人、暗示等方法写雪，将"雪"这一旧题写出新意；如王安石《次韵和甫咏雪》《春风》《与微之同赋梅花得香字三首》《黄梅花》《次韵徐仲元咏梅二首》《酴醾金沙二花合发》《读眉山集次韵雪诗五首》《次韵王胜之咏雪》《暮春》《沟上梅花》，苏轼《和子由渑池怀旧》、《楼观》、《风水洞二首和李节推》其一、《新城道中二首》其一、《癸丑春分后雪》、《有美堂暴雨》、《刁同年草堂》、《子玉家宴用前韵见寄复答之》、《常润道中有怀钱塘寄述古五首》其三、《无锡道中赋水车》、《与毛令方尉游西菩提寺二首》其一、《雪后书北台壁二首》、《谢人见和前篇二首》、《次韵张十七九日赠子由》、《送竹几与谢秀才》等，或用比喻、或用拟人、或形容暗示，都起到了很好的效果。以上都是律诗中的例子，在诸人古诗、绝句中当然也不乏其例。苏轼曾提出"论画以形似，见与儿童邻。赋诗必此诗，定非知诗人"（《书鄢陵王主簿所画折枝图二首》）的理论，这一方面强调勿拘于形而忘其神，另一方面强调作者的思维要打得开、拓得远，不要局限于熟悉的意象。在这方面黄庭坚堪称超越前辈。比喻手法如："眼见人情如格五，心知外物等朝三。"（《漫书呈仲谋》）"格五"是一种古代棋戏，相斗"常置人与险处"，以喻人情淡薄狡诈，"朝三"当是用《庄子·齐物论》狙公赋芋之典，比喻外物表象让人迷惑，其实皆为虚饰。"清于夷则初秋律，美似芙蓉八月花"（《谢仲谋示新诗》）、"清似钓船闻夜雨，壮如军垒动秋鼙"（《和答任仲微赠别》）两联都是赞誉友人诗作，尤其后一则，不是以具体物象，而是以"情境"作比，更觉新鲜。"心似蛛丝游碧落，身如蜩甲化枯枝"（《弈棋二首呈任公渐》）写下棋者出神苦思，如老僧入定的状态十分传神。"似逢海若谈秋水，始觉醯鸡守瓮天"（《再次韵奉答子由》）用庄子《秋水》《田子方》篇的典故，比喻对方学识渊博而自己浅薄狭陋。"人如旋磨观群蚁，田似围棋据一枰"（《题安福李令朝华亭》）表现登亭眺望的远景，匆匆碌碌的行人好像磨盘上随磨转动的盲目的蚂蚁，田地则仿佛纵横交错的棋枰。"露湿何郎试汤饼，日烘荀令炷炉香"（《观王主簿家酴醾》）用了《世说新语》的典故，露水沾润的酴醾花仿佛何郎吃汤饼后愈加白皙的面色，日光照射花香四溢仿佛荀令君燃起香炉。其他如"湖稻初春云子白"①（《寄张仲谋次韵》）、"长虹垂地若篆字"（《雨晴过石塘留宿赠大中供奉》）、"吏事困人如缚虎"（《次韵答蒲元礼病起》）、"联句敏于山吐月，举觞疾甚海吞潮"（《和答张仲谋泛舟之诗》）、"映日圆光万颗余，如观宝藏隔虾须"（《景珍太博见示旧倡和蒲萄诗因而次韵》）、"人骑一马钝如蛙"（《稚川约晚过进叔次前韵太稚川并呈进叔》）、"公移猥甚丛生笋，讼牒纷如蜜分窠"（《寄袁守廖献卿》）等句的比喻都很新鲜，总体来说黄庭坚的比喻"本体"和"喻体"相距甚远，故意避开人们惯用的意象，且能糅合典故于其中，所以让人耳目一新。

拟人手法如："浮云不作苞桑计，只有荒山意绪长。"（《初至叶县》）"苞桑"为桑树之本，后用指帝王居安思危则国家根基稳固。"苞桑计""意绪长"一般与人连用，这里与云、山连用，以浮云之变与荒山之不变写出时光的流逝。"风软鸟声相应酬。"（《闰月访同年李夷伯子真于河上，子真以诗谢次韵》）鸟不可能"应酬"，但用"应酬"于此则生动表现了鸟儿呼朋引伴之态。"藤萝得意干云日"（《徐孺子祠堂》）以"得意"写藤萝的长势，诗句整体又兼比兴，喻小人得势。"微风拂掠生春思，小雨廉纤洗暗妆。"（《次韵赏梅》）梅花而生春思、有妆容，显然是以拟人手法表现梅之美妙情态。"身闲心苦一春锄。"（《池口风雨留三日》）春锄（白鹭）给人闲雅印象，诗人用"身闲心苦"形容它，实际上这个"苦"是诗人将自己的感情投射于外物，拟人中又含比兴。其他若"秋水寒沙鱼得计"（《次韵郭右曹》）、"万物得秋将老成"（《呈

---

① 《汉武故事》载"云子"为道家仙药，一种白色小石，细长而圆，状如饭粒，以喻新稻。

马粹老范德孺》）、"蝇说冰霜如梦寐，鹦闻钟鼓亦惊猜"（《题神移仁寿塔》）、"鸳鸯终日爱水镜，菡萏晚风雕舞衣"（《赠郑交》）都用了拟人手法，且"蝇说"联巧妙运用了《庄子》中《秋水》《达生》二篇的典故，"鸳鸯"联则用了《襄阳记》《晋书》中的语典。这种写法早于黄庭坚者大多偶一为之，黄庭坚则大量使用，不仅律诗，古诗中亦如此。宋人吴沆曰："山谷除拗体似杜而外，唯以物为人一体最可法，于诗则为新巧，于理则未为大害……山谷诗文中无非以物为人者，此所以擅一时之名而度越流辈也。"① 这种写法能使普通意象焕发新意，又用典于其中，有时兼寓比兴，有一箭数雕之效，言山谷以此名盛一时并非过分夸张。

借代的一种是不直接说出所要表达的人或事物，而以与它密切相关的人或事物来代替。如："坐隐不知岩穴乐，手谈胜与俗人言。"（《弈棋二首呈任公渐》）"坐隐""手谈"均指下围棋，典出《世说新语·巧艺》。"行望村帘沽白蚁"（《送杜子卿归西淮》）中以"白蚁"代酒。"语言少味无阿堵，冰雪相看有此君。"（《次韵外舅喜王正仲三丈奉诏祷南岳，回至襄阳，舍驿马就舟见过三首》）"阿堵"是晋代俗语，意为"这个""此物"等，出《世说新语·规箴》；"此君"指竹，出《世说新语·任诞》。"白眼举觞三百杯。"（《过方城寻七叔祖旧题》）"白眼"代指不合世俗的傲岸态度，典出《世说新语·简傲》。"天上日清消蝃蝀。"（《和早秋雨中书怀呈张邓州》）"蝃蝀"指虹。"缩项鱼肥炊稻饭，扶头酒熟卧芦花。"（《次韵答任仲微》）"缩项鱼"指鳊，"扶头酒"指易醉之酒。"霜林收鸭脚，春网荐琴高。"（《送舅氏野夫之宣城二首》）"鸭脚"指银杏，"琴高"代鱼。任渊注认为《列仙传》载仙人琴高乘赤鲤事，特指为鲤鱼；赵与时《宾退录》则解释琴高隐居处有小鱼，他处所无，号琴高鱼，故用以指代。黄庭坚在这方面很能显示其才学广博的特征，常用别人意想不到或者很难涉及的语典、事典与借代相结合，

---

① 〔宋〕吴沆《环溪诗话》卷中，第 133 页。

增添诗歌古雅色彩，富有新奇、巧妙、多趣之效，但有时难免过火，犯过于冷僻之病，江西后学此弊更甚。

借代的另一种是借写事物的功用、特点、状态来表现这一事物。《冷斋夜话》云："用事琢句，妙在言其用不言其名耳。此法唯荆公、东坡、山谷三老知之。"[①]《吕氏童蒙训》曰："义山《雨》诗'摵摵度瓜园，依依傍水轩'，此不待说雨，自然知是雨也，后来鲁直、无已诸人多用此体作咏物诗，不待分明说尽，只仿佛形容，便见妙处。"[②] 以上两则诗话所论，其实就是此种借代。其句如"淡薄似能知我意，幽闲元不为人芳"（《次韵赏梅》）、"梦阑半枕听飘瓦，睡起高堂看入帘。剩与月明分夜砌，即成春溜滴晴檐"（《春雪呈张仲谋》）、"润到竹根肥腊笋，暖开蔬甲助春盘"（《次韵张秘校喜雪三首》）、"直气虽冲云汉上，高材终恐斧斤寻"（《陈氏园咏竹》）、"夜愁风起飘星去，晓喜天晴缀露珠"（《景珍太博见示旧倡和蒲萄诗因而次韵》），写梅、雪、竹、葡萄皆不言及本物，只结合情境形容暗示诸物独具之特点，而物之形神毕现，工妙可喜，卓胜简单比况。

第三，善于创新诗句节奏。在古诗部分我们谈到黄庭坚精于用韵，在音韵安排有固定格式的律诗中，音韵的作用更为突出，同时遣词用语对诗句节奏亦有影响，黄庭坚的作品显示了其在节奏掌控方面变化创新的才能。对于一句诗来说，至少有三个层次的节奏：诗句本身的平仄音调会形成一种节奏；词语之间的组合会形成一种节奏（单音词、双音词、词与词的搭配、前后词语的紧密程度）；诗句本身的词句形式有固定格式，打破这种格式，也会形成节奏的变化。这两种节奏之中任何一种的变化，都会引起句子节奏的变化，若两种变化同时出现，那么这句诗必然会因为交错的节奏变化而产生独特的美感。

诗句平仄上的变化以他的拗体律诗为代表。拗体杜甫所作较多，有

---

① 〔宋〕释惠洪《冷斋夜话》卷四，第 37 页。
② 〔宋〕胡仔《苕溪渔隐丛话》前集卷四十七，第 325 页。

二十多首，其《愁》诗原注云"强戏为吴体"，可知是有意为之。"吴体"是否就是拗律，学界看法不一，但吴体平仄变化出常与拗体相同，方回即认为拗体即吴体："拗字诗老杜集七言诗中谓之吴体……不止句中拗一字，往往神出鬼没，虽拗字甚多，而骨格愈峻峭。"[①] 黄庭坚诗学杜甫，尤尚创新出奇，偏好拗体，创作了不少篇章。如人们熟悉的《题落星寺》：

星宫游空何时落，	——————| ，	——||——| ，
着地亦化为宝坊。	||||—|—。	|||||——。
诗人昼吟山入座，	——|——|| ，	||——||| ，
醉客夜愕江撼床。	||||—|—。	——|||——。
蜜房各自开牖户，	|——|——| ，	——||——| ，
蚁穴或梦封侯王。	||||———。	||——|——。
不知青云梯几级，	|————|| ，	——||——| ，
更借瘦藤寻上方。	|||——|—。	——|||——。

后边一组是正常的平仄格式，相较之下，前边所标诗歌真实的平仄格式则变化很大。第一句六个平声，第二句除去韵脚的平声，犯孤平。第三句第二字应仄而平，与上句失粘，第四句第二字应平而仄，五、六字平仄倒置，同样犯孤平。第五句第六字应平而仄，第六句末尾犯三平调。第七句第二字应仄而平，第八句第二字应平而仄，第四字应仄而平，五、六字平仄颠倒。方回曰："此学老杜所谓拗字吴体格。"按固定的格律写作，好处在于音律协婉，吟诵顺畅，但久之人们对这种熟得不能再熟的音调会产生审美疲劳，我想这应是杜甫执意写作拗律、黄庭坚力拓此道的原因。读上边这首诗，是七律但又不同于惯常的七律，音调读来饶有趣味，结合诗意的新奇，成功地达到了"惊醒"读者的目

---

① 〔元〕方回《瀛奎律髓汇评》卷二十五，第 1107 页。

的。熙丰时期其他类似的诗作有《二月丁卯喜雨吴体为北门留守文潞公作》《次韵外舅喜王正仲三丈奉诏祷南岳，回至襄阳，舍驿马就舟见过三首》《赠郑交》《寄黄几复》等。黄庭坚的这种创作方法受到了当时诗人的赞赏，张耒曰："以声律作诗，其末流也，而唐至今谨守之。独鲁直一扫古今，直出胸臆，破弃声律，作五七言，如金石未作，钟声和鸣，浑然天成，有言外意。近来作诗者颇有此体，然自吾鲁直始也。"①

　　另一种变化就是词语之间组合形成一种节奏，因为词与词之间搭配习惯、结合紧密程度不一，在一句诗中会形成多种不同节奏。七言诗最常见的节奏是"二二三"（细分又有"二二二一"与"二二一二"），但黄庭坚的诗句则极尽变化之能事：

> 心游万里不知远，身与一山相对闲。（《观叔祖少卿弈棋》）
> 影落华亭千尺月，梦通岐下六州王。（《叔父钓亭》）
> 心在青云故人处，身行红雨乱花间。（《道中寄景珍兼简瘦元镇》）
> 雪压群山晴后白，月临千里夜深寒。（《呈王明复陈季张》）
> 蛙号池上晚来雨，鹊转南枝夜深月。（《秋怀二首》）
> 睡添乡梦客床冷，瘦尽腰围衣带长。（《何主簿萧斋郎赠诗思家戏和答之》）
> 风乱竹枝垂地影，霜干桐叶落阶声。（《宿广惠寺》）

这里句子的节奏为"一一二三"，这种句式通常首字是主语，第二字为谓语，前两个字通常并不能结合为一个表达完整意思的词语。黄庭坚偏爱这种句式，熙丰中诗作用此句式者不下数十首。

> 风与蛛丝迥碧落，日将槐影下瑶墀。（《几复韵题伯氏思堂》）
> 人乞祭余骄妾妇，士甘焚死不公侯。（《清明》）

---

① 〔宋〕胡仔《苕溪渔隐丛话》前集卷四十七，第 319 页。

枕落梦魂飞蛱蝶，灯残风雨送芭蕉。(《红蕉洞独宿》)

　　酒倾玉盏垂莲尽，鲙簇金盘下箸空。(《再赠陈季张拒霜花二首》)

　　橘摘金苞随驿使，禾春玉粒送官仓。(《戏咏江南土风》)

这几句看似与"一一二三"结构相同，但前边所举例子第五字都不是动词，这里的例子第五字则均为动词，实际上形成了"一一二一二"的节奏。以下几句则更为特殊：

　　来游者多蹊自成。(《叠屏岩》)

　　独乘舟去值花雨，(《送陈氏女弟至石塘河》)

　　县楼三十六峰寒，(《和答登封王晦之登楼见寄》)

　　心随汝水春波动，兴与并门夜月高。(《过平舆怀李子先，时在并州》)

　　已荒里社田园了，可奈春风桃李何。(《寄袁守廖献卿》)

　　诗罢春风荣草木，书成快剑斩蛟鼍。(《袁州刘司法亦和予摩字诗因次韵寄之》)

　　露湿何郎试汤饼，日烘荀令炷炉香。(《观王主簿家酴醾》)

　　凤何时来驾归鸿，(《题罗山人览辉楼》)

前两句为"三一三"节奏；第三句为"二五"节奏；第四、第五两联相同，"汝水春波""并门夜月"与"动""高"，"里社田园""春风桃李"与"了""何"，分属句子不同成分，可以分开，是"一一四一"的节奏；第六、第七联，后五字都是对前二字所表状态之比拟形容，且"诗罢""书成""露湿""日烘"皆非固定词语，所以是"一一五"的节奏。第七句则是"一三三"的节奏。

　　五言诗最常见的是"二三"句式，黄庭坚亦有多种变化：

　　柳分榆荚翠，桃上竹梢红。(《次韵春游别说道二首》)

　　山重鸟影尽，露下月华湿。(《蒲城道中寄怀伯氏》)

江水不胜绿，檐花无赖红。(《次韵春游别说道二首》)

兰芽依客土，柳色过邻墙。(《呻吟斋睡起五首呈世弼》)

蓬蒿贪雨露，松竹见冰霜。(《和外舅夙兴三首》)

与菊乱佳色，共葵倾太阳。(《次韵师厚萱草》)

起予者白鸥。(《次盱眙同前韵》)

前两联都是"一一二一"，因为最后一个修饰词也可以看作是独立的；第三联是"二二一"；四、五两联是"二一二"；第六联前二字严格来说并非一个词，实际上"与""共"为连词，而"菊""葵"为对象，"乱""倾"为动词，构成了"一一一二"的节奏；第七联则是"三二"的节奏。

除去以上两种变化，诗句固有格式的变化也会引起节奏变化，就律诗来说即对仗的变化。律诗额、颈二联对偶，是为达到音调和谐、词气顺畅的效果，但过于追求工切，则会流于俗滑圆熟，晚唐诗的一个缺点就是句子精工，但少变化与骨力，比如许浑，诗音调谐美，但宋人多不许可，就在于其句调太熟太滑，读起来很顺畅，却无更多变格与新意。刘熙载《艺概·诗概》曰："声谐语俪，往往易工难化。"音调谐美没有什么不好，也容易写得漂亮，但过求则反易丧失天真自然美感，难臻化境。杜甫早已开始尝试打破工整对仗格局，《瀛奎律髓》卷十四评杜甫《早起》曰："五六意足，不必拘对而有味，而不止晚唐矣。"黄庭坚追求诗歌写出新意，治平时期已开始使用这种手法，后来则更为繁：

作者七人俱老大，昂藏却立古衣冠。(《七台峰》)

瞻相白马津亭路，寂寞双凫古县前。(《次韵寄渭州舅氏》)

谁与至尊分盱食，北门卧镇司徒公。(《二月丁卯喜雨吴体为北门留守文潞公作》)

遥知数夜寻山宿，便是全家避世人。(《和答刘太博携家游庐山见寄》)

川涂事鸡鸣，身亦逐群动。霜清鱼下流，橘柚入包贡。(《晓放汴舟》)

翁从旁舍来收网，我适临渊不羡鱼。（《池口风雨留三日》）

桃李能言妙歌舞，樽前一曲断人肠。（《戏赠南安倅柳朝散》）

麦根肥润桑叶大，春垄未鉬蚕未眠。（《次韵舍弟喜雨》）

明月清风共一家，全以山川为眼界。（《高至言筑亭于家圃以奉亲，总其观览之富，命曰溪亭，乞余赋诗，余先君之敝庐，望高子所筑不过十牛鸣耳，故余未尝登临，而得其胜处》）

西风一横笛，金气与高明。（《次韵刘景文登邺王台见思五首》）

嫁作荡子妇，寒机泣到明。绿琴蛛网遍，弦绝不成声。（《次韵刘景文登邺王台见思五首》）

这些诗句对偶不切的程度各不相同，或词性不对，或全句不对，纯以散句写之。明人陆时雍曰："诗之所以病者，在过求之也，过求则真隐而伪行矣。"[1] 在众人过于求工而雕丧天然、陈陈相因之际，黄庭坚这样的做法出奇制胜。在宽对之中也有形式上相对而其实词性不同的对仗句，这种可以说是暗中的变化，比如"微风不动天如醉，润物无声春有功"（《二月丁卯喜雨吴体为北门留守文潞公作》），"家酿已随刻漏下，园花更开三四红""平章息女能为妇，欢喜儿曹解缀文"（《次韵外舅喜王正仲三丈奉诏祷南岳，回至襄阳，舍驿马就舟见过三首》），"白璧明珠多按剑，浊泾清渭要同流。日晴花色自深浅，风软鸟声相应酬"（《闰月访同年李夷伯子真于河上，子真以诗谢次韵》），"园地除瓜犹入市，水田收秫未全贫"（《和师厚秋半时复官分司西都》），"邻田鸡黍留熊也，风雨关河走阿秦"（《同韵和元明兄知命弟九日相忆二首》），等等，这些诗句中动词或与形容词、副词、名词相对，形容词或与名词相对，产生了不变而变的效果。在对偶不切的句子中有一种富有代表性的句式，即"流水对"，上下联之间往往一气呵成，分别独立来读没有意义，至少是意义不全。如上边"作者七人""谁与至尊""遥知数夜""明月

---

① 〔明〕陆时雍《诗镜总论》，丁福保辑《历代诗话续编》，第 1417 页。

清风"联均是，再如"君家旧事皆青史，今日高材未白头"（《郭明甫作西斋于颍尾请予赋诗二首》）、"谁言游刃有余地，自信无功可补天"（《次韵寄上七兄》）。对偶不切是在两句中形成的打破格式的节奏变化，有时候是一种隐性变化，可变之处很多，容易写出新意，收到于无新处出新、无奇处出奇的效果。

与黄庭坚极求不工形成鲜明对比的是，他另一方面对工整有极严的追求，张耒《明道杂志》载："苏长公有诗云：'身行万里半天下，僧卧一庵初白头。'黄九云：'初日头。'问其义，但云：'若此僧负暄于初日耳。'余不然，黄甚不平，曰：'岂有用白对天乎？'余异日问苏公，公曰：'若是黄九要改作日头，也不奈他何。'"可以说黄庭坚一面追求工对，另一面又极求"不工"，其"不工"非简单求异，而是寓"巧""奇"于其中，以变求诗句整体的"工"与"新"。总体说来黄庭坚变化句子节奏就是要达到他所强调的"宁律不协，而不使句弱"[①]的目的。

第四，用字造语力求精深、新异、不俗。用字方面黄庭坚最突出的特点是讲究"句眼"，其《赠高子勉四首》之四赞杜甫诗曰："拾遗句中有眼。"《荆南签判向和卿用予六言见惠次韵奉酬四首》之三曰："安排一字有神。"《跋高子勉诗》曰："高子勉作诗以杜子美为标准，用一事如军中之令，置一字如关门之键。"[②]理论的提出多以实践为先，黄庭坚正是早期有丰富的经验，所以后来论诗教人才会提出这样的理论。需要注意的是黄氏不简单言"炼字""用字"，而言"置字""安排一字"，笔者以为黄氏在强调他所说的"句眼"并不等于炼字。炼字的目的在于找到恰切合适、富于表现力的字，"句眼"则包括两方面的内容，一要选择恰当的字，二要安排在合适的位置，只有两方面都做到了，这样的关键之字才可称为"句眼"。如钱锺书所言："夫曰'安

---

① 《题意可诗后》，《黄庭坚全集》，第665页。
② 《黄庭坚全集》，第669页。

排'，曰'安'，曰'稳'，则'难'不尽在于字面之选择新警，而复在于句中之位置贴适，俾此一字与句中乃至篇中他字相处无间，相得益彰。倘用某字，固足以见巧出奇，而入句不能适馆如归，却似生客闯座，或金屑入眼，于是乎虽爱必捐，别求朋合。盖非就字以选字，乃就章句而选字。"①

句眼主要落在句中动词上，形容词、副词也有。关于位置安排古人亦有论及，如《吕氏童蒙训》记江西后学潘邠老言："七言诗第五字要响，如'返照入江翻石壁，归云拥树失山村'，翻字、失字是响字也。五言诗第三字要响，如'圆荷浮小叶，细麦落轻花'，浮字、落字是响字也。所谓响者，致力处也。"吕本中认为潘法拘泥："予窃以为字字当活，活则字字自响。"②实际上潘、吕二人的意见都有偏颇处，潘稍显死板；吕言当"字字活"则过火，若要字字活则等于无重点，也就无所谓句眼。相比之下还是他们的前辈黄庭坚的做法更为实际，他并不限定"句眼"位置，第三、第五字固然重要，在其他位置安排得当同样能产生精彩效果，关键是依据诗意需要来做出决定。如：

> 紫燕黄鹂驱日月，朱樱红杏落条枚。（《和答赵令同前韵》）
> 安知宋玉在邻墙，笑立春晴照粉光。（《次韵赏梅》）
> 惊起归鸿不成字，辞柯落叶最知秋。（《次韵任君官舍秋雨》）
> 剩与月明分夜砌，即成春溜滴晴檐。（《春雪呈张仲谋》）
> 螳螂怒臂当车辙，鹦鹉能言着锁关。（《去贤斋》）

这几句中的加点字有一个共同特点是都具有拟人意味。紫燕、黄鹂是不可能驱赶日月的，但一个"驱"字生动地表现出在春鸟的叫声中，春日一天天远去的情形。梅花"笑立"，此处试改为"独立""倚立""伫

---

① 钱锺书《谈艺录》，第44—45页。
② 〔宋〕胡仔《苕溪渔隐丛话》前集卷十三，第88页。

立""傲立""玉立""挺立"放在诗中皆不合适，因为"笑"字不仅写出了梅花灿然开放、明媚清丽之态，且与结尾担心梅花凋落泥土的悲意形成对比，如果换掉"笑"字，诗意表现就会受到影响，可见"笑"字影响的绝非仅仅一句诗。"辞"亦有拟人意味，渲染出不舍之情，更衬托出秋日情怀。"分"字很传神，仿佛"雪"会与"月"争夺谁将石阶铺满白色的权力。螳螂"怒臂"，而不是"伸臂""展臂""出臂""探臂""横臂"，"怒"这一情绪化的词语写活了螳螂奋然挡车的行为。其他例子如：

> 震雷将雨度绝壑，远水粘天吞钓舟。（《四月末天气陡然如秋，遂御夹衣游北沙亭观江涨》）
> 雪压群山晴后白，月临千里夜深寒。（《呈王明复陈季张》）
> 兰芽依客土，柳色过邻墙。（《呻吟斋睡起五首呈世弼》）
> 天青印鸟迹，云黑卷犀渠。（《和庭诲雨后》）
> 润到竹根肥腊笋，暖开蔬甲助春盘。（《次韵张秘校喜雪三首》）
> 瓜田余蔓有荒陇，梨子压枝铺短墙。（《曹村道中》）
> 幽兰被径闻风早，薄雾乘空见月迟。（《答李康文》）
> 黄流不解浣明月，碧树为我生凉秋。（《汴岸置酒赠黄十七》）

"将"字表现出了雷声泛空，飞雨横洒山川的景象，"粘"字则表现出水势升高，仿佛将小船推向天边的状态，二字与题目中"观江涨"是贴合的。"压"有厚重之感，用以表现群山积雪很恰当，"临"字有广阔无处不在的感觉，"压""临"二字很好地配合了两句诗要表现的壮观阔大的境界。"依"写出了兰花稚嫩却茁壮生长的样子，"过"则表现出柳条垂垂，摇曳墙边的样子。"天青印鸟迹"一句写鸟高飞的时候，肉眼望去鸟儿的位移并不明显，仿佛停留在天空深处，"印"字写出了这种独特感觉。下边一联如果去掉"润""暖"二字，会变得毫无灵气，正是这两个字清楚地写出了雪的作用，是诗句的核心字眼。"铺"写出了梨子压低树枝，紧挨墙头的样子，这里很难换一个更合适的字表现这一景象。"乘"有升起并弥漫飘散的感觉，如果直接换作"升"，则失去了弥漫的意味，换作"漫"或者"满"，虽有弥漫感却无渐升之态，均不如"乘"。"浣"字比"污""染""沾"等字更典雅贴切，"生"字写出了秋风吹树生凉的感觉。奇字用于句中不一定能出奇，平常字安排得当却有奇效，这就是"句眼"的好处——不仅富有表现力而且与诗歌整体意境、前后诗意表达密切相关，炼一字产生了超越一字的效果。"炼句炼字，诗家小乘，然出自名手，皆臻化境……炼字如壁龙点睛，鳞甲飞动，一字之警，能使全句皆奇。若炼一句只是一句，炼一字只是一字，非诗人也。"①

黄庭坚在《题意可诗后》提出："用字不工，不使语俗。"②"不使语俗"是他在造语方面最重要的观点。语言若"陈""熟""浅""粗"均易流于庸俗萎靡、气度馁弱，黄庭坚在造语方面力避凡陈，有生新多变的特征，他主要采用如下方法来创新语言：

一、浓缩转构事典语典，造语出新。如："无钩狂象听人语，露地白牛看月斜。"（《何造诚作浩然堂，陈义甚高，然颇喜度世飞升之说，筑屋饭方士，愿乘六气游天地间，故作浩然词二章赠之》）佛《遗教经》云放逸之心譬如狂象无钩，难可禁制，唐严叔敖《兴善寺大广智不空三藏碑》记载了狂象奔突，师以慈眼视之，不旋踵而象伏地不起之事，黄庭坚将这两处典故浓缩升华为上句。《传灯录》记载大安禅师山中修行三十年，看养一头水牯牛至通人言语，渐通佛性之事，原文有曰："如今变作个露地白牛，常在面前，终日露迥迥地，趁亦不去。"③下句即出此。"家鸡正有稁头肥。"（《寄张仲谋次韵》）此句在古诗《送吴彦归番阳》中亦出现，是五字"家鸡稁头肥"，史容注曰："稁，禾秆也，头有余粒，鸡食之而肥。又《北史·齐本纪》曰：时有童谣云：

---

① 〔清〕贺贻孙《诗筏》，郭绍虞编《清诗话续编》，第 141 页。
② 《黄庭坚全集》，第 665 页。
③ 〔宋〕释普济《五灯会元》卷四，第 191 页。

'一束藁，两头然。'藁头云者，山谷摘字多此类。""百斛几痕牛领疮。"（《再次韵和吉老》）此句整个是对白居易《官牛诗》的一个浓缩，将白诗九十一字的内容凝为七字，而造语则全新。由以上三例可以看出黄庭坚浓缩事典之义造为新语的能力极强。以上均为不常用之典故，对于熟典熟语，黄诗亦能用之如新。"拔剑一卮戏下酒，剖符千户舞阳城。"（《题樊侯庙二首》）樊哙鸿门宴救沛公与后来封舞阳侯事众所熟知，欲用而不俗很难，但黄诗造语如此，英雄气勃然发于词间，令人迥觉新异。"白璧明珠多按剑。"（《闰月访同年李夷伯子真于河上，子真以诗谢次韵》）《史记·鲁仲连邹阳列传》："臣闻明月之珠，夜光之璧，以闇投人于道路，人无不按剑相眄者，何则？无因而至前也。"李白《古风》有"献君君按剑，怀宝空长吁"句。"百年不负胶投漆，万事相依葛与瓜。"（《病起次韵和稚川进叔唱酬之什》）情如胶漆，亲密如瓜葛相连是人们熟悉的词语，但黄庭坚造为"胶投漆""葛与瓜"则觉新鲜。同一典故、词语用于不同之处亦极力变化求新。如"相对百年终眼青"（《南屏山》）、"白眼举觞三百杯"（《过方城寻七叔祖旧题》）、"故人相见自青眼"（次韵盖郎中率郭郎中休官二首》）、"穷乡相见眼俱青"（《南安试院无酒饮，周道辅自赣上携一榼，时时对酌，惟恐尽，试毕仆夫言尚有余樽，木芙蓉盛开戏呈道辅》）、"人物深藏青白眼"（《癸亥立春日煮茗于石池寺，见庚戌中盛二十舅中叔为县时题名，叹此寺不日而成，哀县学敝而不能复》）、"末俗相看终眼白"（《奉答固道》）、"俗眼只如当日白"（《元丰癸亥经行石潭寺，见旧和栖蟾诗甚可笑，因削树灭藁别和一章》）、"眼中故旧青常在"（《次韵清虚》），这些诗句均用阮籍之典，但造语各个不同。其他频繁使用的事典如：黄粱梦、南柯一梦、家徒四壁、匠石斫鼻等。黄庭坚虽同典重用，但造语不同，所以常用常新。

二、意境创新带动语言创新。如："日晴圭角升虹气，月冷明珠割蚌胎。"（《群玉峰》）上句写晴天时山峦峰碳如圭角，上边笼罩虹气，下句写夜晚明月皓洁似割蚌而出明珠。"风与蛛丝迥碧落，日将槐影下瑶墀。"（《几复韵题伯氏思堂》）风助蛛丝飞扬远游碧落，太阳使槐影落在瑶犀之上。"水鸟风林成佛事,粥鱼斋鼓到江船。"(《赠清隐持正禅师》)上句即万物皆有佛性之意,下句写寺庙传来的声音,人们惯常写钟声,但山谷则写寺庙斋粥、作佛事时敲击木鱼与鼓的声音,打破了停泊寺庙附近必写钟声的传统。"五更归梦三百里,一日思亲十二时。"(《思亲汝州作》)化自唐人朱昼"一别一千日,一日十二忆。苦心无闲时,今夕见玉色"。原诗写友情,黄庭坚则用来写亲情,而且情感表达更为深刻。"河天月晕鱼分子,槲叶风微鹿养茸。"(《夏日梦伯兄寄江南》)化自唐人吴融"暖漾鱼遗子,晴游鹿引麛"句,意象大体一致,意境却有差别。吴诗均表现白日,黄诗上句则将意象挪至夜晚,下句将"晴游"具体化为"槲叶风微";原诗用"鹿引麛"(大鹿带领小鹿)表示自由之态,黄诗则用"鹿养茸"达到了相同的效果。似此等例子还有很多,不再多举。

三、将俗常语、俗常事雅写之。如:"炙背宵眠榾柮火,嚼冰晨饭萨波蕹。"(《雪中连日行役戏书简同僚》)榾柮指木柴块,树根疙瘩;萨波蕹,指一种腌渍的蔬菜。所写不过晚上烧柴取暖,早晨吃冷饭咸菜的事情,但造语如此却将俗事俗语写得颇有文人趣味。"兴来活煮牛心熟,醉罢红炉鸭脚焦。"(《和答张仲谋泛舟之诗》)所写煮牛心、烤银杏是宴会常有之事,但造语新鲜,同时也写出了张仲谋豪爽好饮的富贵公子之态。"玉酥炼得三危露,石火烧成一片春。"(《世弼惠诗求舜泉,辄欲以长安酥共泛一杯,次韵戏答》)"舜泉"史容注曰:"河北酒名。""酥"有洁白柔软之意,诗中写煎茶,"长安酥"应指泉水,故"玉酥"句意为:以长安酥煮成的茶味道甘美仿佛三危山的露水。古人以"石铫"煎茶,故"石火"句意为:石铫中茶汤沸腾香气四溢仿佛酝酿出一片春色。煎茶在文人是常事,写的人也很多,但黄庭坚如此写更增雅趣。

四、运用错综句造成词语搭配陌生化,使诗句语言新异出奇。这种方法杜甫于律诗中首创并较多使用,典型诗句如《秋兴》:"香稻啄余鹦鹉粒,碧梧栖老凤凰枝。"王安石亦喜为之,《溏南诗话》载:"王仲至召试馆职诗有'日斜奏罢长杨赋'之句，荆公改为'奏赋长杨罢'，云如此语乃健。"①《扪虱新话》卷八又记荆公欲改杜荀鹤"江湖不见飞禽影，岩谷惟闻折竹声"为"禽飞影""竹折声"，理由亦相同。荆公自己诗作中也有不少例子，见前文所引。所谓能使"语健"，即语言的表现力、吸引力更强，通过改变组合关系及顺序的确可以产生这种效果。黄诗如"三釜古人干禄意，一年慈母望归心"（《初望淮山》）、"黄堂不是欠陈蕃"（《徐孺子祠堂》）、"诗酒一年谈笑隔"（《夏日梦伯兄寄江南》）、"语燕无人窥井栏"（《次韵汉公招七兄》）、"问安儿女音书少，破笑壶觞梦寐同"（《次韵君庸寓慈云寺待诏惠钱不至》）及上边所引"月冷明珠割蚌胎""炙背宵眠榾柮火，嚼冰晨饭萨波蘦"都采用了错综语序的方法，这些句子由于语序的故意颠倒，表面呈现错综搭配关系，让人觉得新鲜，比普通句子更能激起读者的兴趣去探求思考，同时读起来也产生了一种语言上的紧张感，故有新生健劲之效。

在造语新生部分还需提及的是夺胎换骨、点铁成金，此二法主要是从造语的角度提出的理论。山谷《答洪驹父书》云："自作语最难，老杜作诗，退之作文，无一字无来处。盖后人读书少，故谓韩、杜自作此语耳，古之能为文章者，真能陶冶万物，虽取古人之陈言入于翰墨，如灵丹一粒，点铁成金也。"②《冷斋夜话》卷一引山谷语曰："诗意无穷，而人之才有限，以有限之才，追无穷之意，虽渊明、少陵不得工也。然不易其意而造其语，谓之换骨法；窥入其意而形容之，谓之夺胎法。"理论提出时间较晚，但由以上所引的例子可以看出其在实践中早已开始使用这些办法。稍早之王安石、苏轼也已大量使用这两种方法。魏泰有类似提法："诗恶蹈袭古人之意，亦有袭而愈工若出于己者。盖思之愈精，则造语愈深也。"③也有激烈的反对者，金人王若虚即斥黄诗"剽窃"。是否"剽窃"，还需分别。首先，唐宋以前从用事的角度来说，

---

① 〔金〕王若虚《滹南诗话》，丁福保辑《历代诗话续编》，第 525 页。
② 《黄庭坚全集》，第 473 页。
③ 〔宋〕魏泰《临汉隐居诗话》，〔清〕何文焕辑《历代诗话》，第 328 页。

这是一种正常的作诗方法，最近已有学者阐明这个问题，祝总斌《王荆公诗"作贼"说质疑——试探唐宋及其以前指斥诗歌剽窃的标准问题》说："唐宋以前的诗文评论，几乎很少涉及'作贼'问题。各类作品，只要不是全部或基本上取自他人，虽径直沿袭、抄录他人一些语句以为己用，或模拟、沿袭他人文体、格式、句法构成自己特色，是没有人将它视为'作贼'的，相反这似乎倒是一种相当流行的写作方法、风气。"①笔者很赞同祝先生的观点，因为很多诗人所化用的诗句是人人皆知的名句，却不顾忌会因此遭致指摘；再者翻阅宋人诗话、笔记，讨论化用诗句问题比比皆是，几乎没有人用"剽窃"一词，对化用不成功的诗句才会批评"依仿太甚""用之无功"。其次，黄庭坚一生奇崛自立，不愿随人作计，他这样作诗，虽用古人材料但力求融入自己的创意，其用心之苦之细，我们是能看出来的。虽然点铁成金、夺胎换骨并不总是成功的，也有依赖前人启发的弊端，但其出发角度是追求创新则毫无疑问。

第五，句法布置与"警策"之句。《潜溪诗眼》记山谷言："文章必谨布置。"范温随后引杜甫《赠韦见素》解释山谷之意，曰："如官府甲第，厅堂房室，各有定处不可乱也。韩文公《原道》与《书》之《尧典》盖如此，其他皆谓之'变体'可也。盖'变体'如行云流水，初无定质，出于精微，夺乎天造，不可以形器求矣。"②文章讲求顺序是文家早有的认识，如刘勰《文心雕龙·章句》所论："夫设情有宅，置言有位……章句在篇，如茧之抽绪。原始要终，体必鳞次……跗萼相衔，首尾一体……搜句忌于颠倒，裁章贵于顺序。"但这只是基本要求，即讲究"布置"，而山谷所言要"谨"，则要考量精求，不能仅达至"顺序"即可，而要将最关键的句子安排到最恰当、最能发挥作用的地方。这里就涉及"警策"之句的安排。陆机《文赋》曰："或文繁理富而意

① 《国学研究》第十八卷，北京：北京大学出版社 2006 年，第 124 页。
② 〔宋〕胡仔《苕溪渔隐丛话》前集卷十，第 63 页。

不指适。极无两致，尽不可益；立片言而居要，乃一篇之警策，虽众辞之有条，必待兹而效绩。"这一句需"居要"是关键，且要起到引发其他诗句表现力的作用。但"警策"之句并非一定是佳句、秀句，对此钱锺书先生有精彩论述："《文赋》此节之'警策'不可与后世常称之'警句'混为一谈。采撷以入《摘句图》或《两句集》之佳言、隽语，可脱离篇章而逞精采；若夫'一篇警策'，则端赖'文繁理富'之'众辞'衬映辅佐，苟'片言'孑立，却往往平易无奇，语亦犹人而不足惊人。"①

山谷律诗之所以杰出，也在于其深得"布置"之妙。如：

> 秋风渐渐苍葭老，波浪悠悠白鬓翁。范子几年思狡兔，吕公何处兆非熊。天寒两岸识渔火，日落几人收钓筒。不困田租与王役，一船妻子乐无穷。(《渔父二首》)

这里颔联、颈联位置调换并不影响诗意，但原诗"范子"二句在前则有讲究。首先，颔联是宕开一笔写，摆脱就渔父写渔父的局限，以入世之功臣与出世之渔父形成对比，渲染了深厚的历史、时空意味。如果置于颈联的位置，方宕开而急收束，就显得气促。其次，首联刻画渔父所处境界及其形象，颈联写渔父的日常生活状态，颔联居中正好与前后形成对比，结构平衡，如果挪至五六的位置，就前六句来说显得头重脚轻。这首诗虽然颔联对仗工整、造语新生，但关键句却是"一船妻子乐无穷"，如果没有这一句，其他句子都缺少依托与归宿。试将首尾两联互换位置，诗作仍可成就，但以"白鬓翁"收尾有漂泊悲意，以"乐无穷"收尾，前边所写苍葭波浪非但无沧桑之意，反可映衬自由之态。再如：

> 故园相见略雍容，睡起南窗日射红。诗酒一年谈笑隔，江山千里梦

---

① 钱锺书《管锥编》，北京：中华书局 1986 年，第 1198 页。

魂通。河天月晕鱼分子，槲叶风微鹿养茸。几度白砂青影里，审听嘶马自撑筇。(《夏日梦伯兄寄江南》)

因为有"梦"，此诗将尾联移至开头为梦中事，中四句可渲染为梦中情思与景物（颈联意象跳跃性大，也很适合表现梦境），首联移至末尾表现梦醒，如此安排，表达感梦伤别之意亦无不可，但全诗就没有情感的起伏，只是叙述一个梦，最后淡然而醒，为什么这样说呢？"故园相见略雍容"淡淡点出梦中相见，看不出特别的思念与感慨，"诗酒"二句加深思念程度，往日欢笑历历在目。"河天"二句我们前边提到化自"暖漾鱼遗子，晴游鹿引麛"，所以"鹿养茸"句仍然暗含着原句鹿群嬉游的意象，就会明白这里实则借动物孕育生命、大者呵护小者形成一个亲情的暗中触发，自然引动回忆：幼年时好多次手里拿着游戏的竹杖，在家门前细听远处马儿嘶叫，兴奋地期待兄长出现，诗歌感情的爆发点正是那个翘首盼望的小男孩。先说梦然后感情逐渐增强，直至最后的高潮。此联若移至开头，仿佛谜底先于谜面出现，气机先泄，无妙可谈。也有诗作"警策句"与"警句"是合而为一的，如"黄流不解浣明月，碧树为我生凉秋"(《汴岸置酒赠黄十七》)、"百体观来身是幻，万夫争处首先回"(《喜太守毕朝散致政》)、"桃李春风一杯酒，江湖夜雨十年灯"(《寄黄几复》)等。黄诗细密布置，随处可见，律诗表现最为明显。对于黄庭坚的"布置"能力，方东树的评价很能切中要害："山谷之妙，起无端，接无端，大笔如椽，转折如龙虎，扫弃一切，独提精要之语。每每承接处，中亘万里，不相联属，非寻常意计所及。此小家何由知之，亦无此力，故作家不易得也。奇思，奇句，奇气。"[1] 在不影响诗意的前提下，用心考量诗句位置安排确能增强诗歌的表现力。

黄庭坚的律诗是句法的艺术，我们几乎不可能离开句法来谈论他的律诗。读苏轼诗大多数时候无须在句上盘桓，因为苏诗多在整体意与气

---

① 〔清〕方东树《昭昧詹言》，第 314 页。

上用功，而黄诗整体气势之高妙、意韵之精深逊色苏诗，细部雕琢功力则实过之。所以读黄诗了解其细部结构，整体用意自明，若不解细部，对其诗意妙处体会至少会丧失一半。黄诗句法变化之处极多，对于黄诗之变，宋人及后人都有评说：

> 苏轼云："黄鲁直诗文如蝤蛑江瑶柱，格韵高绝，盘飧尽废，然不可多食，多食则发风动气。"[1]
>
> 王士禛谓黄七律："必不可学。"[2]
>
> 方东树云："大抵山谷所能，在句法上远，凡起一句，不知其所从何来，断非寻常人胸臆中所有；寻常人胸臆口吻中当作尔语者，山谷则所不必然也。此寻常俗人，所以凡近蹈故，庸人皆能，不羞雷同，如山谷，方能脱除凡近。每篇之中，每句逆接，无一是恒人意料所及，句句远来。"[3]

以上三家所论，方语恰可为苏、王之语作注，黄诗特点就是求远求新，变处极多，初学者若自己体格未立，先学黄诗之"变"与"新"，适如多食海鲜"发风动气"，反成病灶；王言"必不可学"，也是怕后学走火入魔，画虎不成反类犬，偏离"诗道"真义。三家立论角度有同异，但都强调黄诗之"变"。人们所公认的"庭坚体"奇崛奥峭的风格，非凭空如此，落到实处，实则全在其句法。由前文分析可知熙丰时期黄诗句法多变特点已很成熟，在此基础之上，"庭坚体"也自成就，后来自然更有进益，但黄氏诗法的主要创新成就完成于熙丰时期是可以肯定的。

三、绝句

古、律之外，黄庭坚创作了大量绝句，据莫砺峰统计，山谷现存绝

---

① 〔宋〕苏轼《仇池笔记》卷上，上海：华东师范大学出版社 1983 年，第 235 页。
② 〔清〕王士禛《新编渔洋杜诗话》，张忠纲编《杜甫诗话六种校注》，第 444 页。
③ 〔清〕方东树《昭昧詹言》，第 314 页。

句 749 首，是黄诗重要组成部分，其中五绝 96 首，六绝 63 首，七绝 590 首。[①] 因黄诗部分诗作编年不确定，据《黄庭坚诗集注》统计，熙丰时期各体诗作分别占如上分体统计比例为：五绝占总数三分之一强，六绝占四分之一左右，七绝占总数二分之一弱，数量达 260 多首，是绝句创作的重心所在。就各体诗作的成就来说，五绝、六绝变化较少，沿袭唐人成分较多，七绝对宋调发展贡献最多，故以讨论七绝为主。

上一节重点论述了黄庭坚的句法，那些句法特征在绝句中同样适用，故句法问题此处就不再过多涉及，而重点探求其他方面的变化。黄庭坚绝句与古、律诗一样，特点在于能为旧有诗体引入变化元素，创造出风格迥异前人的作品。黄庭坚评价王安石诗有"格高体下"之论，《后山诗话》载："鲁直谓荆公之诗，暮年方妙，然格高而体下。如云：'似闻青秧底，复作龟兆坼。'乃前人所未道。又云：'扶舆度阳焰，窈窕一川花。'虽前人亦未易道也，然学二谢，失于巧尔。"[②]"格高"者，诗歌内容、格调、兴寄是高妙的；"体下"者，作为内容载体的形式采用不同诗体则有很大区别，王诗晚年颇学晋宋山水诗体，兼取晚唐体特色，有不少论者认为荆公诗体失之"弱"，也即山谷所谓"体下"。山谷虽如此论荆公，考其早年诗体亦未甚为高。现存治平、熙宁绝句部分写得平直少余味，其他很多表现自然风物与流连光景的作品，则不脱齐梁体的味道，但从熙宁中期开始已逐渐引入变化因素，至元丰中则变态百出。黄庭坚诗体之变主要引入以下元素：

第一，重于理性思考。黄庭坚在其绝句中提出"观化"概念，作于熙宁时期的《观化十五首》[③] 小序曰："南山之役，偶得小诗一十五首，

---

① 莫砺峰《推陈出新的宋诗》，沈阳：辽宁古籍出版社 1995 年，第 148 页。
② 〔宋〕陈师道《后山诗话》，〔清〕何文焕辑《历代诗话》，第 306 页。
③ 此诗收于李彤所编《外集》，黄𪧐《山谷年谱》编于崇宁元年（1102），并解释曰："此诗原载外集，其间诗中有'流落来从绵上州'之句，且多言乡里景物，故附于此。"但是从小序中所言之事看，当是早年任县官时行役所作，且诗中多处提到饮酒，与山谷晚年戒酒事不符，应为早年之作。

书示同怀，不及料简铨次。夫物与我若有境，吾不见其边，忧与乐相过乎前，不知其所以然，此其物化欤？亦可以观矣，故寄名曰观化。"人和物之间仿佛是有界限的，但是"我"看不到这个边界在哪里（或者说如何把握），人因为外物的变化引起内心忧愁、快乐的产生，"我"不知道这到底包含怎样的道理，这就是所谓的"物化"吗？笔者以为这里"物化"的意思是"物的感召力量"，即古人所言外物"摇荡性情"的作用。而山谷提出对"物化"可以"观"——冷静思考与把握，这种对待外物的态度，超越了"感"的层次。在宋以前诗人对外物的态度主要属于"感"的范畴，诗人被外界的情况所激动着、感染着，内心情绪也多是借外物而激荡。但入宋之后，如邵雍、王安石、苏轼（参看前文"邵雍诗歌创作""王安石诗风之变""苏轼与宋调"部分）等人，诗作中都表现出"观物""观化"的精神，诗人们深刻地思考"物""我"关系，不再过多地受到外物的影响，并进而开始将内心情绪、自我精神投射于外物，黄庭坚诗亦显示出宋儒的这种典型的理性特征。这组诗从诗体与表现手法看非一流作品，但其所以重要，在于显示了作者这种独特的内在精神。其中有以直接论理的方式创作的作品：

> 身前身后与谁同，花落花开毕竟空。千里追奔两蜗角，百年得意大槐宫。（其十三）
> 淘沙邂逅得黄金，莫便沙中着意寻。指月向人人不会，清宵印在碧潭心。（其十四）

第十三首以佛教色空之理和《庄子》中典故，表现人生之虚幻；第十四首则指出人们在寻找人生意义的道路上，往往迷于枝节而不能领会真意。其余包含写景、思友、思家、饮酒、风俗等多种内容，并非每一首都表现出关于生命的思考，但写景之作有些特殊，如：

> 生涯萧洒似吾庐，人在青山远近居。泉响风摇苍玉佩，月高云插水

晶梳。（其二）

     风烟漠漠半阴晴，人道春归不见形。嫩草已侵冰面绿，平芜还破烧痕青。（其四）

诗作光明洁丽，春意盎然。儒家诗教的一个特点是强调儒者修身养气，内中道义宏博，外化为诗就会有自然和美、充实光明的美学特征，这也是黄庭坚一直坚持的基本观点。在黄庭坚之前邵雍的诗作就很典型地体现了这种特征，程颢论邵雍"梧桐月向怀中照，杨柳风来面上吹"，曰："真风流人豪也。"[①] 程颢自己的创作也有这样的特征，其曰：《诗》可以兴，某自再见茂叔后，吟风弄月以归，有'吾与点也'之意。"[②] 曾点在"浴乎沂，风乎舞雩，咏而归"（《论语·先进》）的行动中，其吟咏与内在道德相结合，表现出自然、充实、和乐、风雅的儒者风范，是后世儒者所向往的榜样。所以组诗中的写景诗虽不加入"理"的内容，但却有这种"观物"而内心充实的儒道之意在里边。

    其他具有表现这种观化特征的诗作有：《次韵元礼春怀十首》之二、《再和元礼春怀十首》之十、《十月十五日早饭清都观逍遥堂》、《杂诗四首》、《绝句》、《杂诗》、《和李才甫先辈快阁五首》、《漫兴》、《绝句》、《题前定录赠李伯牖二首》等，其中《杂诗四首》之一有曰"观化悟来俱是妄，渐疏人事与天亲"，可以说是对这类诗作富于内在理性精神的最好总结。虽然表面是写景，但寄托遥深，就如同文人之画与画工之画的区别，画工之画只是景物而已，文人之画却能于景物之间寄托深刻意韵。

    对于"观化"组诗的分析让我们看到山谷诗歌理性特征产生很早，思考也很深刻。这种思想特征的形成，一方面是他的个性所致。山谷有一种与世疏离的态度，他的很多诗作流露出这种气质，如"安得酒船三万斛，棹歌长入白鸥群"（《观化十五首》之七）、"文章真向古人

---

① 〔宋〕程颐、程颢《二程集》，第 413 页。
② 〔宋〕程颐、程颢《二程集》，第 59 页。

疏，聊有孤怀与世殊"（《次韵答邵之才》）、"满船明月从此去，本是江湖寂寞人"（《到官归志浩然二绝句》）、"万事转头同堕甑，一身随世作虚舟"（《和李才甫先辈快阁五首》之三）等，这是他产生"观化"思想的基础，使他有一种"冷眼"观世界的态度，也表明山谷是个更自我、更加关注内心思考的诗人。另一个原因是当时学术界儒、释、道三家的发展方向对普通士大夫的影响：儒家发展为道学、释家禅宗成为主流、道家内丹胜于外丹——均指向内在，讲究通过修养心性来提升自我境界，进而消解外在环境给予个体的压力，这也造成士大夫更注重内在理性的思考。直接议论时事、咏史诗所表现出的议论精神可以说是宋儒外王之道的体现，这种"观化"的儒者理性精神则是"内圣"之道，是宋儒独有的特征。

第二，善用幽默写意笔法。我们前边在古诗部分提到，进入元丰时期，山谷古诗明显表现出一种幽默风格——文人化的不俗之趣，这种变化也同样发生于绝句之中。绝句的幽默风格早期已露端倪，如：

> 闻道邻家有酒瓶，三更不卧叩柴扃。我身便是鸱夷榼，肯学《离骚》要独醒。（《次韵元礼春怀十首》之十）

因为嘴馋渴酒，三更不睡叩门求酒，比喻自己身体就是盛酒的袋子、杯子，而且还拿自己馋酒的行动与屈原独醒之意作比，这里人物的行动、情态与对自己的比喻都是夸张的、超常的，所以产生了一种戏谑幽默之感。这种特征至元丰中更加明显，如：

> 雪里过门多恶客，春阴只恼有情人。睡魔正仰茶料理，急遣溪童碾玉尘。（《催公静碾茶》）
> 偶逢携酒便与饮，竟别我为何等人。兔月龙团不当惜，长卿消渴肺生尘。（《用前韵戏公静》）

前边在句法部分提到山谷造语方面善于"将俗常语、俗常事雅写之"以出新，他这样做的时候也会产生另一个效果——诗歌整体意韵富于幽默趣味。如这里客来饮茶、酒后饮茶本是常事，但作者第一首写睡魔降临，急催友人遣童仆碾茶，意态上仿佛大敌当前；第二首前两句用典，说自己饮酒，不像阮籍那样品评人物区别对待，而是逢酒便饮，更为洒脱，然后以酒徒口气对朋友说，所藏好茶不当过分珍惜，我现在渴得肺里都起尘土了，言下之意还是催促友人速速上茶。再比如饮食之事：

> 青州从事难再得，墙底数樽犹未眠。商略督邮风味恶，不堪持到蛤蜊前。(《醇道得蛤蜊，复索舜泉，舜泉已酌尽，官酒不堪，不敢送》)
>
> 云屋吹灯燃豆萁，古来壮士亦长饥。广文不得载酒去，且咏《太玄》庖蛤蜊。(《送蛤蜊与李明叔诸公》)
>
> 盗跖人肝常自饱，首阳薇蕨向来饥。谁能着意知许事，且为元长食蛤蜊。(《戏赠世弼用前韵》)
>
> 伯乐无传骥空老，重华不见士长饥。从来万事乖名实，岂但药翁论蛤蜊。(《世弼病方家不善论蛤蜊之功戏答》)
>
> 春蔬照映庚郎贫，遣骑持笼佐茹荤。却得斋厨厌滋味，白鹅存掌鳖留裙。(《奉和孙奉议谢送菜》)

以上题目很容易写俗，写成一般的赠答诗，但山谷驱遣典故将之雅化。酒不好不堪送只是个带口信的题材，但山谷运用典故将这样一个不可能有"诗"的情节写出了诗意，平添许多趣味。中间三首主题相对严肃，但每一首后两句都将前二句所形成的巨大的沉重感消弭于很具体的事件中，在"化重为轻"的过程中作者放达不羁、逍遥得趣的意态亦自显现。第五首，将送菜的行动写得如持节封侯一般，以大写小，后边又用典言菜肴之美，这样友人殷勤送菜、作者尽享美味的意思表达得趣而不俗，二人交情也不言自明，极富文人气息。有时作者选取的俗事题材本身富于趣味，复极力渲染，更是妙趣横生：

秋来鼠辈欺猫死，窥瓮翻盘搅夜眠。闻道狸奴将数子，买鱼穿柳聘衔蝉。(《乞猫》)

养得狸奴立战功，将军细柳有家风。一箪未厌鱼餐薄，四壁当令鼠穴空。(《谢周文之送猫儿》)

乞猫是日常有趣小事，山谷用"聘"的行动已让人捧腹，第二首又以猫主人姓周而顺势用汉代名将周亚夫之典，将猫写为"战士"，夸张但却符合猫儿捕猎者的身份，真是趣上加趣。《后山诗话》云《乞猫》诗："虽滑而可喜，千载而下，读者如新。"由于运用不寻常的幽默笔法，诗作确如后山所言，千载之后，仍倍觉得生动亲切。

有时山谷将优美的事物"俗"写之，以"错置""错搭"来达到幽默效应：

鲁公笔法屋漏雨，未减右军锥画沙。可惜团团新月面，故教零乱黑云遮。(《书扇》)

幽丛秀色可揽撷，煮饼菊苗深注汤。饮冰食蘖浪自古，摩挲满怀春草香。(《三月乙巳来赋盐万岁乡，且搜祢匡赋之家，晏饭此舍，遂留宿，是日大风，自采菊苗荐汤饼二首》之二)

书扇本是一件雅事，但山谷不仅引"屋漏雨""锥画沙"这样字面较俗的语典形容墨迹，且以黑云遮月来形容新书扇面，这样题扇之雅仿佛成了涂鸦，产生了打趣戏谑的效果。菊花常与隐士、秋日、饮酒等意象搭配，表现清雅之意，是典型的雅物。这里写食菊，当然古人也写食菊，如屈原"餐秋菊之落英"，表现高傲不俗之意，这里却将菊与汤饼共煮，大有摧折风雅之态，但食饱又"摩挲满怀春草香"，此又非俗人所为，前后联系，作者之贫与爱菊之痴态栩栩如生。将事物置于似乎不可能出现的境界，游戏出之，反而更真切地达到了表现目的。

以上所写题目除去《书扇》比较文雅以外，其余皆可谓俗题。这些题目在唐人是不能入诗也不屑入诗的，是不易写好更不易写得有趣的，但山谷笔出偏锋，不限于就物写物，而是运用比喻、拟人、借代、夸张等多种手法，将雅与俗、大与小、严肃与戏谑、美与丑等关系错位颠倒，转换人、物、事所处情境、所具意味，造成"雅谑""雅趣"，产生了全新的效果。幽默笔法出现主要有以下几个原因：个性因素；文人交往的"雅趣"追求；文人生活趣味的变化导致选材变化，新的材料要求更新更好的表现手法；与山谷"不犯世故之锋"[1]兴托深远的文艺观也有一定关系，山谷后期一些议论时政的绝句即以戏谑笔法达致讽刺效果。

第三，结构有创新变化。绝句是以少胜多的艺术，四句完成诗意表达，而且还要留有回味余地，这就要求作者在涉及创作的任一方面都不能松懈，结构安排尤须用力。从初唐至盛唐，绝句日益成熟，并发展到高峰阶段，"起承转合"被认为是最适合绝句的结构方法，但从杜甫开始，这种平稳的结构开始被有意打破。杜甫尝试根据内容表达自由布置章法，有时运用歌行的章法，一气直下，不做跌宕起伏、照应回旋之笔，有时则前二句、后二句成为相对独立的表意单位，成为两层的结构。黄庭坚借鉴杜甫的章法结构，在变化出新的程度上比杜甫有过之无不及。以下诗篇的结构就超出常规：

山狭江深屋翠崖，夜钟声自瓮中来。长松偃蹇苍龙卧，六月涧泉轰怒雷。（《双涧寺二首》之二）

骑虎度诸岭，入鸥同一波。香寒明鼻观，日永称头陀。（《题海首座壁》）

万木霜摇落，山呈斧凿痕。痴蝇思附尾，惊鹤畏乘轩。（《次韵吉老十小诗》之二）

日短循除庑，溪寒出白科。官居图画里，小鸭睡枯荷。（《次韵吉老

---

① 《答晁元忠书》，《黄庭坚全集》，第462页。

十小诗》之三）

寒水几痕落，秋山万窍号。红梨啄乌鹊，残菊挂蟏蛸。（《次韵吉老十小诗》之五）

可以看出以上诗歌的结构方式很独特，四句平行并列，没有所谓轻重主次之分工，整首诗就是对某一境界的呈现，作者也正是要通过这种类似自然的呈现，让读者自己在境界中有所感悟。

鸟鸣未觉常先晓，笋蕨登盘始见春。敛手还他能者作，从来刀笔不如人。（《到官归志浩然二绝句》之二）

当时倒着接䍦回，不但碧桃邀我来。白蚁拨醅官酒满，紫绵揉色海棠开。（《戏答诸君追和予去年醉碧桃》）

桑户居然同物化，青灯犹在读书檠。身如陌上狂风过，心似夜来新月明。（《朱道人下世》）

以上三首都是两句为一层，前后两层的结构。此类结构或者前边起兴，后边直抒胸臆，如第一首；或者前边是个引子，后边递进渲染，如第二首；或者前边表现一种境界、意思，后边做出解释，如这里第三首，以及前文所引《观化十五首》之二、之四、之十三。这种结构前后两层还有多种关系，不再一一列举。

文章真向古人疏，聊有孤怀与世殊。陋质不堪华衮赠，可能薏苡似明珠。（《次韵答邵之才》）

舫斋苍竹雨声中，一曲琵琶酒一钟。恰似浔阳江上听，只无明月与丹枫。（《侯尉家听琵琶》）

以上二首以及前边所引《乞猫》《谢周文之送猫儿》均为一气直下的结构。平常起承转合结构至第三句总要宕开一笔，第四句回应主题或引出远意。这里第三句并没有离开前两句的表意序列，仍然接前两句意思继续说下去，是类似文章一气而下的结构。山谷绝句结构还有很多变化形态，以上聊举常见者，其他变化形态皆可举一反三，此处不再罗列分析。

绝句是短小体裁，结构变化对于艺术效果影响明显。纪昀曰："涪翁绝句佳者往往断绝孤迥，骨韵天拔，如侧径峭崖，风泉泠泠然。粗莽支离，十居七八，又作平调，率无味，人固有能不能耳。"[①]纪昀此处非仅论结构问题，但结构变化对山谷绝句风格的形成无疑至关重要，变而不佳是创新不可避免要付出的代价，纪氏后半所论亦不虚。在古诗部分我们提到过山谷诗结构有布局细腻、草蛇灰线的特征，在律诗部分重点讨论了其句之细密布置与关键句的作用，此处我们探究了绝句结构的多变。分体而论是为了更好地揭示每种诗体的最重要的特点，其实以上各种章法特点普遍存在于山谷各体诗作之中，而且正如笔者在古诗部分指出的，结构、命意、音韵等手段结合作用是构成黄诗章法密而多变的根本原因，结构如不与其他因素有机结合，仅为变而变，是没有意义的。

第二节　黄庭坚与宋调

在宋诗发展的道路上，王、苏、黄在很多变化的方面有一种前后相续的默契，比如"观物"的理性内敛心态，比如才学、议论的大量入诗，比如点铁成金、夺胎换骨等法的使用（王、苏虽未提出概念，实际已在运用）等。黄之变化尤为剧烈，黄学杜，重在学杜改变唐诗的地方；黄学苏，得其变化精神，而非亦步亦趋学苏之模样。黄庭坚从苏轼处所得最重要的一点是"以俗为雅，以故为新"，其晚年指导后学自道此为其诗法总纲，曰："试举一纲而张万目。盖以俗为雅，以故为新，

---

① 《书黄山谷集后》，《黄庭坚全集》附录五，第 2516 页。

百战百胜，如孙吴之兵，棘端可以破镞，如甘蝇飞卫之射，此诗人之奇也……我昔从公（苏轼）得之为多，故今以此事相付。"[①]"以俗为雅，以故为新"最早提出者是梅圣俞，《后山诗话》："闽士有好诗者，不用陈语常谈，写投梅圣俞。答书曰：'子诗诚工，但未能以故为新，以俗为雅尔。'"[②]后苏轼特用以指用典之法（《题柳子厚诗》），实则在创作中是普遍使用的，至黄庭坚在理论上复以此法为通则，其熙丰诗歌变化创新成就的取得实皆以此法为导向。

以故为新，以俗为雅——实际上就是一种"陌生化"的原则。"陌生化（反常化）"是俄国形式主义评论家什克洛夫斯基提出的一个文艺理论概念，他说："那种被称为艺术的东西的存在，正是为了唤回人对生活的感受，使人感受到事物……艺术的目的是使你对事物的感觉如同你所见的视象那样，而不是如同你所认知的那样；艺术的手法是事物'反常化'的手法，是复杂化形式的手法，它增加了感受的难度和时延；艺术是一种体验事物之创造的方式，而被创造物在艺术中已无足轻重。"[③]也就是说艺术之所以存在，就是为恢复人们对生活的感觉，就是为了使人感受到事物，而不是仅仅知道事物。艺术的技巧就是使对象陌生，使形式变得困难，增加感觉的难度和时间的长度，因为感觉过程本身就是审美目的，必须设法延长。考察黄庭坚所使用的各种诗法，无不是为了使表现对象陌生化、增加人们感觉的难度与理解时间的长度：其句法立意求深刻尖新而富有余味；句子语言通过借代、用典、错综组合、引入俗语、超常比喻等方式，能将常境常语写得焕然一新；章法布置古人追求稳顺畅达，表意即可，黄庭坚则无法止步于常体，他想尽一切办法改变结构方式，变体之多令人目不暇接；声韵方面，大多数人只追求和谐流畅即可，这既限于创作观念也限于实际能力，黄于音韵修养

---

① 《山谷内集诗注》卷十二，《黄庭坚诗集注》，北京：中华书局 2003 年，第 441 页。

② 〔宋〕陈师道《后山诗话》，〔清〕何文焕辑《历代诗话》，第 314 页。

③ 〔俄〕维克托·什克洛夫斯《作为手法的艺术》，什克洛夫斯基等著、方珊等译《俄国形式主义文论选》，北京：生活·读书·新知三联书店 1989 年，第 6 页。

深厚，学问又博，敢斗险韵而出奇无穷。其他方面变化仍多，不再列举。总之黄诗以表面互不相关而内里存在联系的诸种因素的对立、冲突与联系，给人以感觉的刺激、情感的震动或理性的升华，在内容与形式上违反人们习见的常情、常理、常事，故而能够在艺术上超越常境。这就是为什么人们初读黄诗往往摸不着头脑，经过仔细阅读、深入考究，最终能理解作者用意时，无不赞叹黄诗心思之巧、用意之深、布置之奇，他的作品最大限度延长了人们"感觉的过程"，增加了美感延续的长度，所以深深吸引读者。

克雷奇在《心理学纲要》中指出，人们对外界的刺激有"趋新""好奇"的特点，而那些"完全确实的情境（无新奇、无惊奇、无挑战）是极少引起兴趣或维持兴趣的"[①]。所以新奇的东西才能唤起人们的兴趣，才能在新的视角、新的层面上发掘出自我本质力量的新的层次，并进而保持它，而"陌生化"正是化熟悉为新奇的利器。现代文艺理论家系统地提出了"陌生化"的原则，心理学家解释了"陌生化"起作用的原理，中国古人理论虽然未成为一个体系，但已了然此中奥秘，并将之大胆运用于创作之中，"以故为新，以俗为雅"可以说是陌生化的核心。黄庭坚正是以"陌生化"的原则达成了与唐诗的疏离，变化改造旧法，造就审美特点不同的新诗体；也达成了与同在一条发展道路上的诗人的疏离，最典型的例子就是苏轼。二人同在宋诗的发展道路上，也遵循一些共同的原则，但作品差别极大，就在于黄庭坚离开苏轼已铺就的熟路，更取艰难深刻之法，遂能成就自己的诗体。

经过王安石、苏轼的发展，宋诗已经显现了自己的面目，但尚未完全定型。王安石有宋调但晚年又偏向于唐音，宋调之在王安石仿佛神龙在云，时现一鳞半爪，难见全体；宋调特征在苏轼的创作中表现比较完全，但苏轼是天才式的笔力，别人很难总结出一套完整的诗法，苏轼自己也没有建立完整的诗学体系；发展到黄庭坚，他通过自己的变化创

---

① 〔美〕克雷奇等著，周先庚等译《心理学纲要》，北京：文化教育出版社 1981 年，第 383 页。

新，不仅更鲜明地表现出宋诗的特色，而且建立了以句法为核心，旁及字法、章法的完整诗学体系，最终完成了宋调的建构。如果确立一个具体的时间，笔者以为黄庭坚诗体的创新成就大部分完成于熙丰时期，作为宋调最典型代表的"庭坚体"元丰末已完全成熟，黄庭坚也成为宋调最杰出的代表诗人。

宋诗建立的过程就仿佛一幅山水画的创作过程，王安石点画出最初的轮廓，画中初有山水草木之意；苏轼才高意远，运笔如神，纵横挥洒间，山石峥嵘、流瀑飞溅、飞虹跨涧、小舟横江、草树房屋、人烟村舍一时俱全，画的主体构架呈现眼前；至黄庭坚则着色渲染，将每一处景物以新异的笔法修饰精工，运意必求深刻，落笔必求有法，刻画必讲格调，经他添墨润色，画作最终告成，风格与前代之画也遂判然两别。

第三节　学黄风气与江西诗派

熙丰以来黄庭坚的影响迅速扩大。我们前边提到秦观对人一再称赞黄庭坚诗，陈师道自叙一见黄庭坚，尽焚其稿而学之。张耒《赠无咎以既见君子云胡不喜为韵八首》曰："诗坛李杜后，黄子擅奇勋。"这一评价是极高的，直接将黄庭坚与李、杜并列，可以看出张耒对黄庭坚开拓新诗风的赞赏，认为他是继李、杜之后能开创绝大境界的诗人。而且黄庭坚自己也有言论提及秦、张曾接受过他的作诗方法："往在元祐初，始与秦少游、张文潜论诗，二公初不谓然。久之，东坡先生以为一代之诗，当推鲁直，而二公遂舍其旧而图新。方其改辕易辙，如枯弦敝轸，虽成声，而疏阔跌宕，不满人耳；少焉遂能使师旷忘味，钟期改容也。"[①] 可见苏门中人并不拘泥于师弟子名号，对于诗道采取了切磋琢

---

① 《与王周彦书三》，《黄庭坚全集》，第 1838 页。

磨、相互促进的态度，而黄庭坚在当时确是独领一时风骚，赢得众人赏叹。后辈诗人如周行己《寄鲁直学士》曰："当今文伯眉阳苏，新词的皪垂明珠。我公江南独继步，名誉籍甚传清都。达人嗜好与俗异，谁欲海边逐臭夫。小生结发读书史，隐悯每愿脱世儒。几载俯首黄堂趋，争嗳梁藻从群枭。野人鼓瑟不解竽，悠悠举目谁与娱。幸有达者黄与苏，谁复局蹐如辕驹。古来志士耻沈没，参军慷慨曳长裾。相知宁论贵贱敌，诗奏终使兰艾殊。当时仲宣亦小弱，蔡公叹其才不如。乃知士子名未立，须藉显达齿论余。婴儿失乳投母哺，当亦饮食琼浆壶。"这首诗将苏黄并提，给予了黄庭坚很高的评价，不仅文学上推崇，在人格上也很欣赏黄庭坚的清介不俗的态度。李彭《上黄太史鲁直诗》曰："扈圣当元祐，雄名独擅场。"则写出了黄庭坚在元祐中名气如日中天的情形。以上诸人写作诗文皆是从正面表现对黄的倾慕与追随态度，另外有一些情况可以从侧面显现黄庭坚在当时产生的影响。葛立方《韵语阳秋》卷十二曰："柳展如，东坡甥也，不问道于东坡，而问道于山谷。"柳闳字展如，东坡妹婿柳文远之子，柳展如求学时代正是黄庭坚在诗坛的鼎盛时期。此条笔记作者似乎只是叙述事件而没表现自己的态度，但实际上态度已经蕴含其中。无论从名气、影响还是亲疏关系来说，柳问道于东坡是正常合理的事情，但柳学诗却择山谷而不择东坡，可以说是时代风气对青年学子影响的最好证明。

学术界对于江西诗派研究已经取得了很多成果，资料整理方面有傅璇琮《黄庭坚与江西诗派卷》（北京：中华书局 1978 年），诗派成立及相关问题研究有谢思炜《吕本中与〈江西宗派图〉》（《文学遗产》1985 年第 3 期）、莫砺锋《吕本中〈江西诗社宗派图〉考辨》（《文史》第 26 辑，北京：中华书局 1986 年）、秦寰明《吕本中〈江西诗社宗派图〉创作时间考辨》（《文教资料》1989 年第 6 期）、孙鲲《〈江西诗社宗派图〉写作年代献疑》（《九江师专学报》1991 年第 4 期）、黄宝华《〈江西诗社宗派图〉的写定与〈江西诗派〉总集的刊行》（《文学遗产》1999 年第 6 期），综合性专著有龚鹏程《江西诗社宗派研究》（台北：文史哲出版社 1983 年）、莫砺锋《江西诗派研究》（济南：齐鲁书社 1986 年）、伍晓蔓《江西宗派研究》（成都：巴蜀书社 2005 年）、韦海英《江西诗派诸家考论》（北京：北京大学出版社 2005 年）等。

  江西诗派的形成是一个自然过程，黄庭坚的诗风影响范围不断扩大，而且黄庭坚本人像欧阳修、苏轼一样喜欢指导后学，影响了一大批青年才俊。我们可以通过黄与诸人的通信，看出这种影响的痕迹。《与徐师川书》曰："所寄诗超然出尘垢之外，甚善。恨君知刻意于学问时不得从容朝夕耳……江季恭不幸可惜！此君不死，可仿佛孙莘老也。潘邠老居忧莫不贫否？胡少汲甚有志，欲慕古人，不知今何如？"[1] 黄庭坚对外甥徐俯非常欣赏，每每赞其诗才，并勉励其苦学。这里还提到了江端礼（季恭）、潘大临（邠老）、胡直孺（少汲）。《与徐甥师川》曰："洪、潘皆是佳少年，但未得严师畏友追琢其相耳，忠信孝友立，则见其参于前，在舆则见其倚于衡，常久而后安之，若但绣其馨帨，又安能美七尺之躯哉？非甥辈有可以追配古人之才，老舅不出此言也。"[2] 洪指洪朋、洪刍、洪炎、洪羽，潘指潘大临，赞他们皆是佳少年，皆有可以追配古人之才。《与潘邠老》曰："所惠诗卷，疾读数回，词意相得，皆奇作也。自顷未尝得见笔墨绪余，不谓公已能至此，钦叹钦叹未足。此心此文乃如明月夜光，终不可掩，岂待不肖推挽？"[3] 对邠老赞赏不已。《书倦壳轩诗后》曰："潘邠老密得诗津于东坡，盖天下奇才也。予因邠老故识二何，二何尝从吾友陈无已学问，此其渊源深远矣。洪氏四甥，才器不同，要之皆能独秀于林者也。师川亦予甥也，比之武事，万人敌也。因五甥又得潘延之之孙子真，虽未识面，如观虎皮，知其啸于林而百兽伏也。夫九人者，皆可望以名世，子犹能阅世二十年，当见

---

① 《黄庭坚全集》，第 479 页。

② 《黄庭坚全集》，第 485 页。

③ 《黄庭坚全集》，第 487 页。

服周穆之箱绝尘万里矣。"① 这里提到九人：潘邠老，二何其中之一为何颙，另一人学术界存在争论，黄庭坚既然提到二何，除何颙之外，何氏必然另有一人文采了得②，本节非专文考察何氏家族，故不再扩展，"洪氏四甥"朋、刍、炎、羽四人，徐俯（师川），潘淳（子真，隐逸名士潘兴嗣［延之］之孙，有《潘子真诗话》流传，诗文了得）。黄庭坚推重以上九人，可以看出他慧眼识才以及对于后学的关心。《与洪驹父书》曰："所寄诗，每开卷，叹息弥日。若斋心服形之功亦至于此，老舅以为白首之托也。如甥才秀如此，不患当路诸人不知，但勤官业，怀璧自爱耳。邠老才性极明敏，相与琢磨，去尽少年之色，须用董梧之鉏痛治之耳。"又曰："潘邠老聪明强敏，相从以讲学为事，乃佳耳。"③《与韩纯翁宣义》曰："如子苍之诗，今不易得，要是读书数千卷，以忠义孝友为根本，更取六经之义味灌溉之耳。"④ 对韩驹也是赞不绝口。《答何斯举书四》曰："观斯举诗句，多自得之，他日七八少年，皆当压倒老夫。"⑤ 此处"七八少年"必指前边所提及的可望以诗名世之九人。《与洪氏四甥书五》曰："方君诗如凤雏出壳，虽未得翔于千仞，竟是真凤凰耳。今几许春秋？性行何如？治经术否？潘子真近有书来，倾倒甚至，亦未暇作报。盎父知读书有味否？"⑥ 此处所提"方君"未审何人，从信内容看应该是洪氏兄弟向黄庭坚提及的友人，并且寄诗请黄庭坚点评，而黄也很欣赏这位后学，这里又提及潘子真，可见黄庭坚与倾向于

---

① 《黄庭坚全集》，第 742 页。

② 胡仔《苕溪渔隐丛话》前集卷四十八之《宗派图》列有何觊，赵彦卫《云麓漫抄》卷十四所载《宗派图》中没有二何，祝穆《古今事文类聚别集》卷十"江西诗谱"、明彭大翼撰《山堂肆考》卷一百二十七引《苕溪渔隐丛话》作何颜，《后村先生大全集》卷九十五《江西诗派总序》列有何顗。谢思炜《吕本中与〈江西宗派图〉》（《文学遗产》1985 年第 3 期）认为何觊、何颜都是何颙之误，而何顗另有其人，周裕锴《何颙考》（《九江师专学报》1991 年第 4 期）同意谢思炜说法。

③ 《黄庭坚全集》，第 1365 页。

④ 《黄庭坚全集》，第 1377 页。

⑤ 《黄庭坚全集》，第 1858 页。

⑥ 《黄庭坚全集》，第 1869 页。

跟自己学习的青年诗人都保持着良好而密切的联系，且不殚烦琐地告诉他们读书方法、作诗门径。而这些年轻人在黄庭坚的影响下，也比较自觉地实践着黄氏的诗学观念，并因为地缘、亲缘、学习倾向等关系组成了较为集中的唱和交流群体，这就是北宋末年的"豫章诗社"。张元干《苏养直诗帖跋尾六篇》云："往在豫章，问句法于东湖先生徐师川。是时洪刍驹父、弟炎玉父、苏坚伯固、子庠养直、潘淳子真、吕本中居仁、汪藻彦章、向子諲伯恭，为同社诗酒之乐。予既冠矣，亦获攘臂其间。大观庚寅（1110）、辛卯（案：应为政和元年，即1111年）岁也。九人者宰木久已拱矣，独予华发苍颜，羁寓西湖之上……念向来社中人物之盛，予虽有愧群公，尚幸强健云。"其他未提的江西诗人如谢逸、谢薖兄弟（临川人，今属江西）、李彭（建昌人，今江西永修西北）等与社中人也有交往，可知大观、政和中在豫章形成了一个以徐俯、洪氏兄弟为核心的诗社群体。孙觌《鸿庆居士文集》卷三十《西山老文集序》云："元祐中，豫章黄鲁直独以诗鸣。当是时，江右之学诗者皆自黄氏。至靖康、建炎间，鲁直之甥徐师川、二洪驹父、玉父皆以诗人进居从官大臣之列，一时学士大夫向慕作为江西宗派，如佛氏传心，推次甲乙，绘而为图。凡挂一名其中，有荣辉焉。"虽然后来杨万里《江西宗派诗序》辩论曰："江西宗派诗者，诗江西也，人非皆江西也。"但事实上因为黄庭坚是江西人，后辈学之者又大多是江西人，而且北宋末年徐俯等人组成的诗社又确实在当时产生了不小的影响，所以后来吕本中拈出"江西"二字，可知并非随意而定。而豫章诗社对于江西诗派的形成也起到较为关键的作用。宋吴垧《五总志》论苏黄曰："师坡者萃于浙右，师谷者萃于江左，以余观之，大是云门盛于吴，临济盛于楚。云门老婆心切，接人易与，人人自得，以为得法，而于众中求脚根点地者，百无二三焉！临济棒喝分明，勘辩极峻，虽得法者少，往往崭然见头角，如徐师川、余荀龙、洪玉父昆弟、欧阳元老皆黄门登堂入室者，实自足以名家。噫！坡谷之道一也，特立法与嗣法者不同耳，彼吴人指楚人为江西之流，大非公论。""棒喝分明"点中了黄门一大特点，就是黄庭坚不论自己作诗还是教导后学，都极重"法度"，讲究规律、规则，这样就很容易表现出鲜明的特征，而东坡作诗以才气俊发擅场，人虽能得启示于苏诗，但却不易模仿追步。所以苏门诸人都得教益于苏轼，却也各自不同，而黄门诸人却有很多共同特点，在事实上形成了一个派别。

南渡初吕本中（1084—1145）做出了总结。[①]胡仔《苕溪渔隐丛话》前集卷四十八记载："吕居仁近时以诗得名，自言传衣江西，尝作《宗派图》，自豫章以降，列陈师道、潘大临、谢逸、洪刍、饶节、僧祖可、徐俯、洪朋、林敏修、洪炎、汪革、李锗、韩驹、李彭、晁冲之、江端本、杨符、谢薖、夏倪、林敏功、潘大观、何觊、王直方、僧善权、高荷，合二十五人，以为法嗣，谓其源流皆出豫章也。"赵彦卫《云麓漫抄》卷十四曰："吕居仁作《江西诗社宗派图》……宗派之祖曰山谷，其次陈师道（无己）、潘大临（邠老）、谢逸（无逸）、洪朋（龟父）、洪刍（驹父）、饶节（德操，乃如璧也）、祖可（正平）、徐俯（师川）、林修（子仁，案：此处'林修'应为'林敏修'，字子来，其兄林敏功，字子仁，赵彦卫误记）、洪炎（玉父）、汪革（信民）、李锗（希声）、韩驹（子苍）、李彭（商老）、晁冲之（叔用）、江端本（子之）、杨符（信祖）、谢薖（幼槃）、夏倪（均父）、林敏功、潘大观、王直方（立之）、善权（巽中）、高荷（子勉）。凡二十五人，居仁其一也。"两份名单皆为宋人所记录，应该最为可

---

① 关于《江西诗社宗派图》确实作于何时，学术界存在争论，龚鹏程《江西诗社宗派研究》、谢思炜《吕本中与〈江西宗派图〉》、莫砺锋《吕本中〈江西诗社宗派图〉考辨》《江西诗派研究》、秦寰明《吕本中〈江西诗社宗派图〉创作时间考辩》、孙鲲《〈江西诗社宗派图〉写作年代献疑》、黄宝华《〈江西诗社宗派图〉的写定与〈江西诗派〉总集的刊行》、韦海英《关于〈江西诗社宗派图〉的写成时间及次第问题》（《江西诗派诸家考论》）、黄启方《吕本中与"宗派图"之完成》（《黄庭坚研究论集》，合肥：安徽人民出版社2005年12月）、王琦珍《吕本中与〈江西诗社宗派图〉的制作》（《黄庭坚与江西诗派》，南昌：江西高校出版社2006年）皆论及，以上学者共提出四种看法：作于徽宗崇宁元年（1102）或次年初；作于绍兴三年（1133）；作于建炎元年（1127）至二年；作于靖康建炎至绍兴三年之间。

信。两人记录稍有差异，《云麓漫抄》没有何觊而增添吕本中，其所录林修，应为林敏修之误，其他均相同。江西诸人除黄庭坚（1045—1105）、陈师道（1053—1102）活跃在熙丰诗坛外，其他人生年分布在1059—1084 区间（详情参看本书附录），年辈较晚，他们的活跃期均在元祐之后，所以江西诸后辈未纳入本书考察范围，这里仅对黄庭坚产生的影响和江西流派之形成论述如上。

第六章 熙丰时期各地结社唱和群体

第一节 宦游唱和群体

宦游唱和群体的形成与宋朝官员任期制度有密切关系。士人通过科举或其他途径进入仕途，便开始了任职经历。宋初承袭五代之制，对地方官普遍实行一年一考、三考为一任的任期制。但随着官员人数增多，有时竟致无阙可注的局面，曾下令近地二年半以上换任，远地二年以上差替，[①] 意图通过缩短任期加快官员升迁频率，加速官员流动，调节员多阙少的矛盾。总体来说北宋地方官任期，神宗朝以前普遍以三年为一任，哲宗朝以后幕职州县官、京朝官任知县者仍以三年为任，京朝官出常调者，则以满二年为任。但在宋代冗官充斥的形势下，官员实际任期，尤其是监司郡守等要官的任期比制度规定的还要短，因此宋代做官之人流动性很大，频繁转换于各地之间。他们之中大多数是通过科举入官之人，都具有较高的文学素养，一般喜好与同僚、地方文人诗文往来、宴游过从，因而形成了大量的宦游唱和群体。

---

① 〔清〕徐松《宋会要辑稿》职官十一之一至二，第 2623 页；〔宋〕李焘《长编》卷八十五，第 1948 页。

一、西湖酬酢——苏轼杭州诗社活动

　　苏轼对诗社活动并不陌生。嘉祐四年（1059）与弟辙随父二次进京，途中父子三人唱和，形成《南行集》，"己亥之岁，侍行适楚……而山川之秀美，风俗之朴陋，贤人君子之遗迹，与凡耳目之所接者，杂然有触于中，而发于咏叹。盖家君之作与弟辙之文皆在，凡一百篇，谓之《南行集》"[①]。治平中官凤翔，与弟辙唱和往来上百首，编辑为《岐梁唱和诗集》，见苏辙《次韵姚孝孙判官见还岐梁唱和诗集》。当时"诗社"一般因为同僚、同年、亲戚、朋友等关系形成，苏轼与父亲、弟弟之间的唱和就属于家人之间形成的诗社活动，虽然只是两三人唱和，但诗社活动的形式是完整的。且如《岐梁唱和诗集》为友人借观，已然进入传播途径，形成了一定的影响。第一次任官杭州（1071—1074）是苏轼创作发展上的一个重要时期，这个阶段苏轼形成自己成熟风格。苏轼不仅喜好诗文而且也喜欢与人交往，在杭州他结识了大批情趣相投的同僚、友人，乌台诗案以前杭州是他结交诗友最多的地方（详见本书附录）。当时经常往来的上司、同僚有陈襄（述古）、周邠（开祖）、鲁有开（元翰）、李杞（坚甫）、吕仲甫（穆仲）等；友人有孙觉（莘老）、李常（公择）；平民文士有贾收（耘老）、李无悔（行中）、汪覃等；僧人有惠勤、惠思、守诠、清顺、冲师、可久、惟肃、义诠、志诠等。虽然苏轼没有在文章或诗歌小序中明确写出与友人结社，但是在诗作中我们仍然能够看出他确实把当时频繁的交游唱和看作诗社活动：

　　　　载酒无人过子云，掩关昼卧客书裙。歌喉不共听珠贯，醉面何因作缬纹。僧侣且陪香火社，诗坛欲敛鹡鸰军。凭君遍绕湖边寺，涨渌晴来已十分。（《会客有美堂周邠长官与数僧同泛湖往北山，湖中闻堂上歌笑声以诗见寄，因和二首时周有服》）

[①]　《南行前集叙》，《苏轼文集》卷十，第323页。

此诗作于熙宁六年（1073）。"诗坛"一般有两个意思——"诗会""诗歌界"，这一首中"诗坛"从具体的语境和作者实际活动来分析，应该是"诗会、诗社"的意思，而不是指当时整个的诗歌界。因为从题目看苏轼所咏歌的是一次具体的活动，"诗坛欲敛鹳鹅军"是作者自况，与上句中的"香火社"相对。况且周邠在当时并不是非常有名的诗人，没必要扩大到用诗歌界来作为陪衬，所以此处"诗坛"的确切含义应该是"诗会、诗社"。在当时的活动中苏轼、周邠是比较核心的人物，二人是同年，时周任钱塘宰，与苏轼唱和频繁，相交颇厚。其他唱和诗作有《病中独游净慈谒本长老，周长官以诗见寄仍邀游灵隐，因次韵答之》曰："卧闻禅老入南山，净扫清风五百间。我与世疏宜独往，君缘诗好不容攀。自知乐事年年减，难得高人日日闲。欲问云公觅心地，要知何处是无还。"《与周长官、李秀才游径山，二君先以诗见寄，次其韵二首》曰："嗟我与世人，何异笑百步。功名一破甑，弃置何用顾。更凭陶靖节，往问征夫路。"二诗流露了自己被朝廷排挤的郁结心情，不是交往深厚的友人，作者一般是不会这样去写的。《径山道中次韵答周长官兼赠苏寺丞》曰："缅怀周与李，能作洛生咏。明朝二子至，诗律严号令。篮舆置纸笔，得句轻千乘。"诗歌所表现的应该是苏轼与友人当时游玩咏诗生活的一种常态。"诗律严号令"说明了友人相聚作诗，互斗文采的状态；"篮舆置纸笔"表明诗人出行一般笔墨随身，得句便书，也说明了与友人的聚会通常都会有诗文活动；"得句轻千乘"则表明了参与者乐在其中的状态。"周与李"中的"李"指李行中（字无悔）秀才，"本雪川人，徙居淞江，高尚不仕，独以诗酒自娱"[1]，苏轼在杭州时多与交往唱和，李秀才作醉眠亭，有《自题醉眠亭》诗，苏轼、苏辙、李常、张先、陈舜俞等皆有和诗。[2]《九日湖上寻周、李二君不见，君亦见寻于湖上，以诗见寄，明日乃次其韵》这首诗亦是与周

---

[1] 〔宋〕龚明之《中吴纪闻》卷四，景印文渊阁四库全书，第589册，第334页。
[2] 《苏轼诗集》卷十二，第585—586页。

邠、李行中唱和之作，可见此数人交往之频繁。《五月十日与吕仲甫、周邠、僧惠勤、惠思、清顺、可久、惟肃、义诠同泛湖游北山》诗题目显示除周邠、李行中外，经常参与出游唱和活动的人还有吕仲甫（字穆仲，吕蒙正之孙）及数位僧人。苏轼与吕仲甫唱和的诗作有《曾元恕游龙山吕穆仲不至》《自径山回得吕察推诗用其韵招之宿湖上》等。《宿望湖楼再和》有曰："我行得所嗜，十日忘家宅。但恨无友生，诗病莫诃诘。君来试吟咏，定作鹤头侧。改罢心愈疑，满纸蛟蛇黑。"可见视吕为唱和之佳友。与李杞唱和的诗篇有《李杞寺丞见和前篇，复用元韵答之》《再和》《游灵隐寺得来诗复用前韵》。与鲁有开（元翰）交往的作品有《九日舟中望见有美堂上鲁少卿饮处以诗戏之》《元翰少卿宠惠谷帘水一器、龙团二枚，仍以新诗为赆，叹味不已，次韵奉和》等，《元日过丹阳，明日立春，寄鲁元翰》曰："白发苍颜谁肯记，晓来频嚏为何人。"这是苏轼外出公干时写给鲁元翰的，诗句在微带诙谐的气氛中表达了自己的思念之情，表明二人在杭州频繁往来，感情笃厚。与僧人交往的作品有《上元过祥符寺，僧可久房萧然无灯火》、《僧清顺新作垂云亭》、《腊日游孤山访惠勤惠思二僧》、《僧惠勤初罢僧职》、《孤山二咏》并引等。

　　苏轼《元日次韵张先子野见和七夕寄莘老之作》曰"酒社我为敌，诗坛子有功"，也是针对诗社活动而言。苏轼将离杭时，又与杨绘（元素）、张先（子野）、刘述（孝叔）、陈舜俞（令举）、李常（公择）五人会于湖州，置酒松江垂虹亭，赋诗唱和，所谓"前六客"。[1]任湖州守时所作《次韵周开祖长官见寄》曰"近忆张陈与老刘"，即指张先、陈舜俞、刘述。写于湖州的《答周开祖》短简曰"到郡不见令举，此恨何极，尝奠其殡，不觉一恸……李无悔近见访，留此旬余，亦许秋凉再过也"，再次提及陈舜俞、李无悔，可见均为当时共同交往的友人，否则无须相告。

---

① 〔宋〕施宿《东坡先生年谱》，四川大学中文系编《苏轼资料汇编》，第1662页。

苏轼在杭州唱和较多的另一位诗人是杭守陈襄（1017—1080）。襄字述古，历仕仁、英、神三朝，擅长文学。[①]李纲《古灵陈述古文集序》论其诗曰"平淡如韦应物"，是一位年辈较高的诗人。他前此曾担任陈州太守，与苏辙相处融洽，任杭州太守更是喜欢苏轼诗才，往来唱和不断，可以从苏轼诗作中看出：《盐官部役戏呈同事兼寄述古》《正月二十一日病后述古邀往城外寻春》《有以官法酒见饷者因用前韵求述古为移厨饮湖上》《吉祥寺花将落而述古不至》《述古闻之，明日即来，坐上复用前韵同赋》《与述古自有美堂乘月夜归》《初自径山归，述古召饮介亭以病先起》《明日重九亦以病不赴述古会再用前韵》《次韵述古过周长官夜饮》《和柳子玉喜雪次韵仍呈述古》《常润道中有怀钱塘寄述古五首》《和陈述古拒霜花》《和述古冬日牡丹四首》，等等。

苏轼作于熙宁六年（1073）的《汪覃秀才久留山中以诗见寄次其韵》曰：

> 季子应嗔不下机，弃家来伴碧云师。中秋冷坐无因醉，半月长斋未肯辞。掷简摇毫无怍色（汪善书托写众人诗），投名入社有新诗。飞腾桂籍他年事，莫忘山中采药时。

其中自注言"托写众人诗"，必是与同社诸人唱和之诗篇，从汪覃作诗"投名入社"，也可看出苏轼确实认为当时的唱和往来是一种诗社活动。但因当时诗社活动的松散性、随意性与人员的流动性，并没有像后来诗社一样留下完整的参与人员名单。不过以上诸诗已可说明苏轼当时与同僚、友人、上司频繁唱和的活动，是一种自然形成的诗社形式。苏轼后来对这个时期的诗社活动颇为留恋，在密州写信给周邠曰："别后，每到佳山水处，未尝不怀想谈笑。出京北去，风俗既椎鲁，而游从

---

① 熙宁五年秋至熙宁七年秋（1072—1074）在任，《古灵先生年谱》，〔宋〕陈襄《古灵集》卷二十五，景印文渊阁四库全书，第 1093 册，第 723 页。

诗酒如开祖者，岂可复得？"①后来又作诗曰："西湖三载与君同，马入尘埃鹤入笼。"（《次韵周邠寄雁荡山图二首》）写与鲁元翰诗曰："忆在钱塘岁，情好均弟昆。"（《鲁元翰少卿知卫州》）元丰二年（1079）出任湖州守有机会故地重游，《次韵周开祖长官见寄》云"忆昔湖山共寻胜，相逢杯酒两忘忧。醉看梅雪清香过，夜棹风船骇汗流。百首共成山上集，三人俱作月中游"，回忆了当时畅游作诗的愉快生活；在元丰八年（1085）所作的《次韵周邠》诗曰："何日西湖寻旧赏，淡烟疏雨暗渔蓑。"想来他对西湖的怀念应不止于灵秀风景，当时那些志趣相投的友人，以及丰富多彩的唱和活动都是他记忆中难以割舍的珍藏。

二、武川至富川——韦骧宦游唱和

韦骧（1033—1105），字子骏，钱塘人，少以文谒王安石，大得称赞，由是知名士林。②仁宗皇祐五年（1053）进士，调睦州寿昌县尉，以母丧不赴。服阕后官兴国军司理参军，历知婺州武义县、袁州萍乡县、通州海门县，通判滁州、楚州。入为少府监主簿。哲宗元祐元年（1086），擢利州路转运判官，移福建路。元祐七年（1092），召为主客郎中③，久之出为夔路提刑，知明州。晚年提举杭州洞霄宫。他和苏轼年辈相近，同样活跃在熙丰年间，《四库全书总目》评之曰："虽未能接迹欧、梅，要亦一时才杰之士。"韦骧文集基本完整，存诗达1148首。诗以意驱遣驰骋，不刻意于字句之间，风格清丽通脱，艺术成就较高。《四库全书总目》评曰："其古体诗亦已不完，而梗概尚具，观其气格，大抵不屑屑于规抚唐人，而密咏恬吟，颇有自然之趣。"④韦骧虽早受王安石赏识，但并没有表现出主动接近新党的态度。熙丰中基本出

---

① 《与周开祖四首》，《苏轼文集》卷五十六，第1668页。
② 〔清〕陆心源《宋史翼》卷二十六，北京：中华书局1991年，第274页。《韦骧传》，《咸淳临安志》卷六十六，《宋元方志丛刊》，北京：中华书局1990年，第3959页。
③ 〔宋〕李焘《长编》卷四百七十七，第11374页。
④ 《钱塘集》提要，《四库全书总目》卷一百五十三，第1318页。

任县令、通判等中下层官吏，对于新法也没有过多评价。与新党中人陈绛交往密切，但也仅限于宦游之地，与王安石友耿天骘（《和耿天骘觅彩梅花得开字》）亦有交往。由韦骧的诗作可以看出其人非汲汲求利之徒，其《将赴富川》诗曰："利心汲汲人皆是，巧宦悠悠我不关。"对待新旧党争与熙宁变法基本采取超然态度。韦骧喜与人唱和，并且有意识地组织诗社，集中多处提到与同僚、友人结社唱和的情况。

　　武川诗社是韦骧为官武义时与同僚、友人组织的唱和诗社。[①] 以宋代通常守丧三年、官员一任亦三年推算，韦骧任武义县令约在嘉祐、治平中，武义别称武川。[②] 在武川主要是与永宁县令颜复、本县县尉朱伯英唱和。颜复嘉祐六年（1061）赐进士出身[③]，不久知永宁县[④]，则在永宁县任职时间应在嘉祐末、治平中，与韦骧任职武义时间基本相符合。颜复（1034—1090），鲁人，出身书香世家，其父颜太初号凫绎处士，博学好义，喜为诗，多讥切时事，后以名儒为南京国子监说书。[⑤] 苏轼《凫绎先生诗集叙》即为颜太初所作。颜复得其父传授，亦能诗善文。苏轼在《答陈师仲书》《与舒教授、张山人、参寥师同游戏马台书西轩壁兼简颜长道二首》《〈百步洪二首〉小序》等诗文中多次提到与颜复有交往唱和，可知其人善于歌诗吟咏，所以任职永宁时与韦骧及部分属官唱和频繁也就不足为怪。颜复今存诗三首[⑥]，皆非与韦唱和之作；朱伯英其人失考，诗作皆佚，唱和情况都保留在韦骧诗作中：

---

① 武义属婺州东阳郡保宁军节度管辖（〔宋〕王存《元丰九域志》卷五，北京：中华书局1984年，第213页）。

② 刘养中《熟桥记》："婺据浙上游，控制括苍以西，姑蔑以东。其最当孔道，莫如武川。首于永，趾于金、于兰，与三邑相错，溪山道理相缀属，间道走温、处，下达严滩、钱塘，其要津则熟溪。"（《浙江通志》卷二十二，北京：中华书局2001年，第735页）

③ 〔宋〕李焘《长编》卷一百九十三，第4667页。

④ 属温州永嘉郡军事管辖（〔宋〕王存《元丰九域志》卷五，第216页；《宋史》卷三百四十七，第11009页）。

⑤ 《宋史》卷四百四十二，第13086页。

⑥ 《全宋诗》，第8408页。

故岁局重城，填然思不清。归来见春老，何处慰诗情。顾我几茅塞，知君已怏盈。社坛当未废，旧约可寻盟。(《自郡还寄长道》)

往还赓唱百余篇，草草编联后或前。语气有时凌夜月，词源何啻泻春泉。须知吏隐能遗俗，不独山栖解乐天。屈指代期秋信逼，封人莫厌屡驰笺。(《和颜长道寄三首·阅武川倡酬》)

因为缺少史料，不知两人最初相识于何时，但是据第一首诗大约可知在知武义以前二人很可能已经相识。此时两县相邻，而且往往因为公务见面，获得更多交流机会。诗作提到"社坛"，可知诗人是有意识地组织诗社活动。韦骧很庆幸有这样一位志趣相投的友人诗文往来，《试士毕同长道东归》曰："投午未行三十里，和诗已及半千言。"《和颜长道见寄》曰："东邻幸有颜明府，清旷襟怀且共吟。"可见二人欢然唱和的状态，所以公闲之余便提笔创作，诗筒飞传。由《和颜长道寄三首·阅武川倡酬》首句可知，唱和诗作达到百余篇，并且经过整理编辑，很可能当时形成了唱和诗集，惜未能流传。两人分别后，仍有诗作往来，《和淮阳颜长道见寄》《再和颜长道见寄》二诗都表达了对唱和生活的怀念，并邀约"再吟再和都缄寄"。集中与颜复唱和诗作有二十多首，与朱伯英唱和有十多首。朱伯英家有园馆之胜，多召韦骧作诗酒之会，《和朱尉见招》《和朱伯英后圃见招》等诗反映了聚会情况。与朱伯英的交往也是非常愉快的，所以后来有诗作表达对当时交游的怀念：

武川当日一分襟，会合乖期向武林。从此参辰不相比，由来岁月渐加深。书邮远道烦新寄，诗社前盟约再寻。何以报君双白璧，南楼高处独萦心。(《和朱伯英新州诗见寄二首》)

"诗社前盟约再寻"表明了对"同社"身份的体认。由这首诗和以上与颜复别后唱和诗可知，韦骧与诗友都保持了真挚深厚的感情。诗社活动不仅有清谈宴游中的诗艺比拼，如韦骧所形容"险语高词尔转相"（《谢朱伯英遗诗》）、"赓酬韵斗严"（《县斋即事》）、"诗锋阒里磨"（《寒雨夜会得歌字》），同时也涉及学术、人生问题的探讨，如《回长道中论》即是一首谈论学问的作品，很可能是就颜复的文章发表的意见。若"且希五柳先生醉，莫似清江使者灵"（《和颜长道见寄三首·县斋肆笔》）、"吾侪固有襟期远，肯向明时容易闲"（《和淮阳颜长道见寄》）等诗则在唱和的同时也表明了一种人生价值取向。由此可知，诗社是一种复合性的活动，包含文学、学术等多重内容，社中人不仅尚友以文，亦尚友以道。这也充分表明宋代文人自觉的文学结盟往往与政治、学术、道德观点有密切联系，文人群体大多具有相似的政治、学术观点。除与以上两人交往频繁外，韦骧当时尚有与章太守、沈通判、永康徐尉及县学士子往来之作，可以证明他的诗歌交游圈是比较广泛的，作为爱好吟咏的诗人，以自己为主要动力，活跃了当地的诗歌创作。

集中诗作表明韦骧在后来宦游生涯中一直保持着这种与人结社唱和的习惯。武义之后，韦骧熙宁中历知袁州萍乡县、通州海门县。[①]集中有与太守孙叔康、通判潘通甫唱和数十首，由《送潘通甫沿牒淮东》《和行海门》二首可知当时在淮南东路，唱和应发生于通州海门县任上，孙、潘二人诗不传。唱和内容比较丰富，有行役公务中生发感慨寄诗通问，如《按水旱之灾将毕呈叔康太守》《和通甫见赠二首》《和通甫道中先寄》《和潘通甫寄孙太守》《和潘通甫陈贴港道中作》等；有即兴、即景抒情唱和之作，如《和潘通甫芍药十韵》《暑雨言怀和潘倅十八韵》《和潘通甫芍药》《和潘通甫中春即事》《和季春初牡丹花》《和晚春雨霁》《和落花》《和木香花》《和以双头牡丹赠叔康太守》《和晚晴书事》《和孙叔康探梅二十八韵》《和观雪二十韵》《和潘通甫颐斋书事》《和中夏清虚堂》《和凌霄花》等；由于与孙、潘二人同郡不

---

① 通州属淮南东路（〔宋〕王存《元丰九域志》卷五，第199页）。

同地，平日均是诗筒往来，"今日诗筒互酬唱"（《和通甫见赠二首》）、"更奉诗筒先寄贶"（《和通甫道中先寄》），唱和诗也充分发挥了书信功能，如《寄橙与孙叔康》《和孙叔康以诗寄芋》《又借韵寄太守叔康》《和太守叔康以诗答桃》《又借韵谢惠茶》《寄橘柚》等，充满了文人情趣，表现出了宋代诗人特有的关注生活、题材广泛的特点。在唱和中作者也很注意诗歌技巧的运用，凡次韵、借韵、用韵等或在题中表明或注于题下，《和雪三十韵》为次韵孙叔康诗，《又和倒韵》则将原次之韵倒用，表现了唱和中斗才较艺的特点。

随后通判滁州，与太守陈绎唱和达六十多首。陈绎（1021—1088）进士及第，为馆阁校勘、集贤校理，刊定《前汉书》，英宗称其文学，升任实录检讨官。神宗立，入直舍人院、修起居注、知制诰，拜翰林学士。[①] 陈绎熙宁九年（1076）十二月得命知滁州，可知此次唱和持续时间为熙宁末至元丰初。[②] 韦骧在滁州常随陈绎出游或参加各种聚会，《次韵答和叔见招茅庵弈棋》《次韵和同游溪北竹园》《和腊日初晴会同僚射饮投壶》《和岁节见招城上闲步》《和见招游城东园》等诗皆可反映他们的活动。在交游唱和中由于宴会赋诗要求或作者追求奇趣、炫耀技巧等原因，在形式上表现出更多特性。如这个阶段创作了不少联句诗，《雪后游琅邪山联句》《坐中闻击鼓驱傩声戏联数韵》《上元后南溪泛舟联句》《滁上闲日阴晴联句》《雨后城上种蜀葵效辘轳体联句》《画舫泛春偶联一绝》等，也有不少出游时的口占诗。在用韵方面则有次韵、分韵、颠倒用韵。还有限制诗歌用字、用韵的作法，如《赋新笋》（原注：用杜子美诗语为首句）、《再和前韵仍以峨字为首尾》等。在取材上仍然能看出宋人开掘深细及趋向日常化、文人化的特色，如《行县坐野馆食次得所贶手墨兼惠雀鲊兔馔因以鄙句驰谢》《和因观罩鱼矸鲙》《和柳眼》《谢惠瓦墩》《谢惠山花菜》《赋石棋子以机字韵》等。从这

---

① 《宋史》卷三百二十九，第 10614 页。
② 〔宋〕李焘《长编》卷二百七十九，第 6844 页。

些诗作中可以看出士大夫在日常交往中对诗歌技巧的注重与灵活应用，以及唱和创作中充满趣味、轻松欢快的气氛。诗作之情调、句法均流露宋诗的特征。

韦骧滁州任后通判楚州，入京为少府监主簿，哲宗元祐元年（1086），擢利州路转运判官，后移福建路。《谢转司农上提转状》曰："而某衰迟晚节，偎俍外藩，分符积年，专剧无效……聊自养于微躯。咫尺乡闾，优游物局，作疏闲之身计，期终毕于天年……未谐私谋，旋领职于富川。"可知在福建时有任官富川的经历。[1] 其《忆富川四首》其三曰：

> 渴忆富川好，优游度岁时。白云藏治署，苍竹对书帷。弈战侵遗算，诗坛让拥麾。还乡固佳况，畴昔尚深思。

由"还乡固佳况"可大概推知这首诗写于作者晚年归居钱塘后，回忆在富川仍然像以往一样结交诗友往来唱和，为宦游生涯增添许多乐趣。韦骧作为熙丰时期爱好文学的中层官吏，他的经历很能代表当时一般士大夫的诗歌交往模式。

三、彭城诗社——贺铸与徐州诗人

彭城诗社是贺铸任职彭城（徐州）时与友人弦歌往来形成的一个诗社组织。贺铸（1052—1125）字方回，卫州共城（今河南辉县）人。《宋史》本传亦评曰："博学强记，工语言，深婉丽密，如次组绣。"[2]《王直方诗话》记载贺铸有《题定林寺》绝句，"荆公见之，大加称赏，缘此知名"，是熙丰年间有名的青年诗人。贺铸元丰五年（1082）八月到徐州，任宝丰监钱官，元祐元年（1086）正月卸任，期间与在彭城所交友人唱和往来，结为诗社。[3]《庆湖遗老诗

---

[1] 富川属福建路贺州临贺郡军事管辖（〔宋〕王存《元丰九域志》卷九，第413页）。

[2] 《宋史》卷四百四十三，第13103页。

[3] 夏承焘《唐宋词人年谱》，上海：上海古籍出版社1979年，第281—283页。

集》卷二《读李益诗》小序曰："甲子夏，与彭城诗社诸君分阅唐诸家诗……"《田园乐》小序曰："甲子（元丰七年，1084）八月，与彭城诗社诸君会南台佛祠。"[1] 同年十二月所作《部兵之狄丘道中怀寄彭城社友》题中亦提到的"彭城社友"[2]，反映了诗社的存在。元祐五年（1090）所作《怀寄彭城朋好十首》[3]，历数当时所交之十人：寇元弼、张谋父、刘士真、张天骥、董初、陈传道、王会之、王通、寇应之、王文举。

《彭城三咏》小序曰："元丰甲子（1084），予与彭城张仲连谋父、东莱寇昌朝元弼、彭城陈师中传道、临城王适子立、宋城王玒文举，采徐方陈迹分咏之。予得戏马台、斩蛇泽、歌风台三题，即赋焉。戏马台在郡城之南，斩蛇泽在丰县西二十里，歌风台在沛县郭中。"[4]《三月二十日游南台》小序曰："与陈传道、张谋父、王文举乙丑（元丰八年，1085）同赋，互取姓为韵，予得陈字。"[5]《题张氏白云庄》小序曰："彭城张谋父居泗州之东山，耕田数百里，中择爽垲，列树松竹，结茅其间，榜曰白云庄。甲子九月，置酒招予与寇、陈、王、李四子，酒酣赋诗，予得云字。"[6]《渔歌》小序曰："甲子十二月，张谋父、陈传道、王子立会于彭城东禅佛祠，分渔、樵、农、牧四题以代酒令，予赋渔歌。"[7] 由以上诸诗小序可知，经常参与唱和者为寇昌朝元弼、张仲连谋父、陈师中传道、王玒文举、王适子立。

张仲连字谋父。隐居不仕，由以上所引《题张氏白云庄》可知自建白云庄居住，是喜好文艺的地方士人。贺铸复有《和人游白云庄二首》《招寇元弼兼呈白云庄张隐居》《留别张白云谋父》等诗，可知在徐州

---

① 《全宋诗》，第 12520 页。
② 《全宋诗》，第 12521 页。
③ 《全宋诗》，第 12582 页。
④ 《全宋诗》，第 12498 页。
⑤ 《全宋诗》，第 12521 页。
⑥ 《全宋诗》，第 12545 页。
⑦ 《全宋诗》，第 12499 页。

时张氏白云庄很可能是大家经常聚会的一个地方，也表明张谋父是诗社的积极参与者。

寇昌朝字元弼，曾与苏轼交往，见苏轼离徐州时所作《留别叔通、元弼、坦夫》，可以知道是爱好文学、喜与人交游的士人。贺铸《怀寄寇元弼》小序言："时寇官荆山戍，乙丑九月彭城赋。"诗云："君投管库可知非，我饱官粮又愿违。"据此可知寇昌朝曾于元丰八年（1085）九月离开徐州，赴荆山任监税一类的小官。

陈师仲（据苏轼《答陈师仲书》，中当为仲）字传道，后山之兄，曾与苏轼交往，苏轼赞扬其"曩在徐州得一再见，及见颜长道辈皆言足下文词卓伟，志节高亮"（《答陈师仲书》），可知文学才能不弱。贺铸《送陈传道摄官双沟》诗序曰："乙丑（1085）六月，陈发彭城，舣舟汉祠下者累日。予方抱疾，不遑出饯，因赋是诗。"《夏夜怀寄传道》小序曰："陈摄领双沟戍税局，乙丑彭城作。"可知传道元丰八年离开彭城赴双沟任监税一类官吏，但当年十月即离开了双沟。[①]

王玭字文举，贺铸《送寇元弼王文举》小序曰："文举乃元弼女兄之子，而复妻以女。寇之官符离之荆山戍，王亦从行。乙丑（1085）八月彭城赋。"可知元弼为文举舅氏，二人又是翁婿关系。虽然文举离开徐州，但唱和活动没有中断，贺铸《答王文举》诗序曰："王诗有'何日面青山，相并两茅屋'之句，乙丑九月彭城赋。"可知文举离开后仍然寄诗给贺铸，继续唱和活动。

王适字子立，赵郡临城人。曾祖赠中书令，祖父官至工部侍郎知枢密院，父亲官职做到知州一级，是宋代典型的读书入仕家庭出身的士人，早习文学，又能自求精进，故而诗文优通。[②] 本书在第四章第三节中"苏轼为官各地对熙丰诗坛产生的影响""苏门核心群体形成"部分

---

① 贺铸《题渊明轩》小序曰："陈传道葺双沟官舍，濒水之北轩，索名于我，因命曰渊明轩。陈即日去职，予高斯人，为赋是诗寄题轩上，乙丑十月彭城作。"（《全宋诗》，第 12563 页）

② 《王子立墓志铭》，《苏轼文集》卷十五，第 467 页；《忆王子立》，〔宋〕苏轼《东坡志林》，北京：中华书局 1981 年，第 5 页；〔宋〕苏辙《王子立秀才文集引》，《苏辙集》卷二十一，第 1109 页。

及上一节都提到过王适，相关内容不再重复，由他与苏轼、苏辙的唱和可知创作颇丰。元丰七年（1084）王适赴徐州应解试，苏辙《次韵王适留别》曰："远谪劳君两度行，复将文字试平衡。"[1] 正是贺铸在徐州时间，诗社活动也主要集中于元丰七年、八年之中。

诗社唱和作诗多即景即事而赋，如《彭城三咏》《三月二十日游南台》小序中所提及的分题、分韵赋诗等形式，其他唱和次韵则更为普遍。彭城诗社的例子很好地说明在中下层官吏、士人中诗社活动是非常普遍的，而且这种活动在当时是诗人们的一种普遍选择，同侪朋好三五人，便往往结社唱和。当时他们可能不认为自己的活动有什么特殊性，但这种遍及各地的诗社组织可能正是熙丰乃至北宋诗坛的一大特色。这种形式能在诗人中间形成亲密关系，能够增进对于诗学的探讨，直接引发大量创作，而且诗社创作往往有"较艺"的特性，诗人在比拼诗艺的同时，也提升了自己的创作水平，所以诗社活动是一种友情加艺术的综合性文艺发展模式。很多诗人都非常怀念诗社活动，贺铸也不例外。创作于元祐四年（1089）的《送潘仲宝兼寄彭城交旧》云："风雨扁舟幸少留，为君持酒话徐州。白鱼紫蟹秋初美，戏马飞鸣梦屡游。二阮年来知健否，季真老去尽归休。白云庄畔多闲地，不惜横刀直换牛。"绍圣二年（1095）的《怀寄寇元弼、王文举十首》之十曰："偶得悲秋句，还惊旧社空。中庭步明月，朗咏与西风。"可知诗社诸人当年唱和酬赠、诗酒文会活动成了贺铸终身难忘的记忆，也说明诗社是一种能够激发诗人创作热情的十分有效的活动形式。

宦游唱和群体以居官者为核心，同僚自然不免唱和往来，与地方文人则多因"以文会友"而相识。活动一般包括宴饮、出游、闲暇聚会、访问友人、公务活动等。他们的交往有很大的偶然性，如古人所形容"千里风云契，一朝心赏同"，也不能持续很长时间，但这种交往形式，以文学为媒介，以道义相激赏，使他们在心灵层面上保持更为亲密的交

---

[1]　孔凡礼《苏辙年谱》，第 269 页。

流状态，为平淡漂泊的宦游生活增添了无限乐趣，也是地方诗歌活动的主要形式之一。

第二节　地方士人群体

以上所论是以宦游士大夫为核心的唱和群体，也有以地方士人为核心的唱和群体。地方士人是一个较为宽泛的概念，指有一定经济实力与文化背景，曾参加过科举考试或出任过一些官职，但因为各种原因很早退居还乡者；或出身于官宦、耕读之家（家族有读书传统，相继有不少人考中进士或担任文职官员）者；或专门治学以学问名世者。这一类人在地方文化生活中发挥着重要作用。

邓小南教授《北宋苏州的士人家族交游圈——以朱长文之交游为核心的考察》[1]一文对熙丰年间活跃在苏州的以朱长文（1039—1098）为核心的士人群体作出了详细的考察。朱长文字伯原，吴郡（今江苏苏州）人。仁宗嘉祐二年（1057）进士，因为年未及冠，吏部限年未即用。[2]次年授许州司户参军，又因坠马伤足，遂不仕。家有园圃，多台榭池沼竹石花木之胜，士大夫乐于往游，知州章伯望名其居处为乐圃坊，人遂呼之为乐圃先生，今存诗166首。与朱交往最为密切的诗友是方惟深、杨懿儒。方惟深（1040—1122）字子通，原籍莆田（今属福建），父葬长洲（今江苏苏州），遂定居，举乡贡第一，试进士不第，遂与弟躬耕不仕，今存诗27首。[3]杨懿儒字彝父，原籍福建浦城，后

---

① 《国学研究》第三卷，北京：北京大学出版社1995年，第451—488页。

② 《乐圃先生墓表》，〔宋〕米芾《宝晋英光集》卷七，景印文渊阁四库全书，第1116册，第133页。

③ 《莆阳方子通墓志铭》，〔宋〕程俱《北山小集》卷三十三，本卷第7页，影印四部丛刊续编，上海：上海书店出版社1985年。

居苏州，杨彝父"三预乡贡，五试礼部，卒不第"[①]。朱、方、杨三人在北宋中后期都曾被称为"隐逸"，在吴郡都具有较大的影响，具有类似境况的士人还有俞子文、叶绍公等人，他们结成了一个较为稳定的唱和群体，是典型的地方士人群体。苏州还有类似洛阳的致仕归老士大夫的耆旧之集，我们在论述洛阳群体时曾提及，邓小南文中也有论述，此处不再涉及。马东瑶《文化视域中的北宋熙丰诗坛》一书考察了两个地方诗人群，一个即朱长文乐圃群体，另一个是以郭祥正为中心在当涂形成的唱和交游圈。以上已有学者作出详细考察的群体，笔者不再重复。熙丰年间地方唱和群体应该是很繁盛的，除去以上两个群体外，吕南公与友人形成的灌园唱和群体也比较典型。

吕南公（1047—1086）字次儒，建昌南城（今属江西）人。于书无所不读，于文不肯缀辑陈言。熙宁中以新经取士，南公一试进士不第，因不喜新学，遂弃科举之事，退筑室灌园，以耕读讲学为业，有《灌园集》三十卷。元祐初立十科荐士，曾肇等人上疏，称其读书为文，不事俗学，安贫守道，志希古人，堪充师表科，未及授官而卒。[②]其《与汪秘校论文书》自言于列、庄、六经、百家、十八代史，因文见道，沈酣而演绎之，私心自许，谓文学之事，虽使圣人复生，不得废吾所是，惟当勒成一家，俟之百世。又云："若尧舜以来，扬马以前，与夫韩柳之作，此某所谓文者。若乃场屋诡伪劫剽穿凿猥冗之文，则某之所耻者……必若黄河泰山，峻厚高简，浑灏奔注，与天地齐同，而日月不能老者，此某之所以究心。"可知其人立意取法不同世俗，观其集虽未能达致所言之标准，但足以自成一家。

吕南公科举考试不利后返乡定居，在家乡过着平淡的耕读生活，即其自己所谓"十五年前胆气粗，拟将文字换金珠。科场委顿成何事，耕稼辛勤落晚途"（《陪道先兄游麻源辄赋二小诗》）。在这个期间他以往

---

① 《承奉郎致仕杨君墓铭》，〔宋〕程俱《北山小集》卷三十三，本卷第 12 页。
② 《宋史》卷四百四十四，第 13122 页。

结识的友人或与他同在南城，或出外做官，但不管情况如何变化，他和其中几位都保持了长时间的诗歌唱和关系，他们是傅野（亨甫）、傅济道、陈道先、江子发。

傅野字亨甫，南城人。吕南公《傅野墓志铭》曰："幼有节操，屹然慕古豪杰风，逮以进士试数不中，而人推其才学。"后拜李觏为师，以学行知名。"窃以往昔庆历、皇祐之间，世路靖康，廊庙大臣，以洗拔文人为先务，布衣起茂材，因以至宰辅，其下或为列卿，至尤不幸犹不失禄养。于此之时，盱江之湄，辞学渠魁，声动天下者有李泰伯，而陈汉郎与老丈为之流亚。"①其生卒年失考，由此处所言可知其青壮年时代在庆历、皇祐时期，年辈高于灌园先生。其人好为诗，吕南公形容曰："君辞高古，于诗最奇崛，常执韩柳李杜编语人曰：必知此乃当下笔。尝客舒州，与建人黄莘、余翼文酒相酬，士民传美，以为未有。"可以看出学诗有追求，并喜与人唱和。与王韶有交，韶为建昌司理掾，荐为军学教授，后韶治熙河，奏为熙学教授，官满补明州定海尉。观傅野经历，与吕南公有一定的相似性，又是同乡，都爱好文学，吕南公曰："某区区于老丈下风，知审颠末，自以为最深。"②因为脾气爱好相投，所以结为诗友。傅野诗今无存，唱和交往的过程都保留在吕南公集中。《亨父录示山斋即事五篇索和，遂次其韵》有曰"此心终异俗，吾道更同谁"，表明与傅野是相期以道的挚交。《忆亨甫》曰"伊昔坐学舍，萧条恨长贫。题诗日数首，大醉必继句"。表现了傅野在乡间未出仕时的诗酒生涯，其时与吕南公交往必多。《送傅亨父》云："相公坐东府，简拔无留才。贤良得帅权，志与冯赵偕。以策屈群力，勃如飞蚊来。河湟多新田，陇渭少惊埃。壮矣功利举，趣时各贤哉。谁言夫子喙，不在此日开。手把经纶书，想望黄金台。相期衢道亨，纸墨皆云雷。腊雪拍马睫，朔风穿仆怀。虽云行路难，足免壮士哀。去去合利

---

① 《与傅亨甫书》，〔宋〕吕南公《灌园集》卷十二，景印文渊阁四库全书，第1123册，第124页。
② 《与傅亨甫书》，〔宋〕吕南公《灌园集》卷十二，景印文渊阁四库全书，第1123册，第124页。

见，少微近三台。得志亦遄归，我有贺酒杯。”时傅野赴熙河教授任，吕南公对傅野此次出仕表达了热切期望，希望友人能借这个机会大展宏图。《再寄亨父》中曰：“匹马辞家腊雪初，二年名姓入铨书。熊罴帅府招韩愈，邑里经筵失仲舒”，再次表达了对友人文才学术的推崇，比之韩愈、董仲舒。其他唱和诗作有《金陵递中示到亨父老丈去年秋初见寄诗书，捧咏无穷之意不胜私感，因成四韵奉呈》《赠亨父次温伯韵》《金陵寄示亨父》《寄亨父》《次韵酬亨父见寄》。

傅济道，济道应为其字，名失考。应亦南城人，与吕南公友善，年辈亦接近。吕南公《复傅济道书》曰“济道未三十而得官”，可知其年轻时基本在南城居住。《济道过饮偶成长句》曰：

> 酤酒榷吏杓，买鱼市儿篮。虽非烂肠宴，亦知足一酣。冬景忽卓午，晴云丧昙昙。室庐绝丝竹，文字入笑谈。以此称出俗，相看庶无惭。解衫挂前楹，岂问布与蓝。追讲石陂会，秋霜正黄柑。傅翁最后至，啸咏能交参。题诗庑东阁，醉卧堂西庵。……

从“文字入笑谈”“啸咏能交参”可知当时的聚会正是一种文酒雅集，而诸人皆为相熟的诗友，所提及“石陂会”应为众人前此的另一次诗酒之会。后傅济道得官漳浦，将赴任，吕南公作《送傅济道之漳浦尉》诗，并作《送傅济道赴漳浦序》。有趣的是别人送行作序多赞美友人才能，期望将来大有作为，吕南公文章则劝友人饮酒：“尝论士之所以贤，在全乎其美，不全其美，非所以贤也。全美之事有二，曰能文，曰饮酒。盖博学而力行者士之正功，而无得于文酒则龌龊不奇，短缺而卑。譬如为车，高箱畅轴，辀轸毂辐，莫不材集，四骊六辔，襄而总之，其于厚载致远何陆之不可行？然一不置辖，则虽有善御，无以运动；一不载脂，则虽运不流。故文之于士犹辖，而酒犹脂，使遂无之何害，其为致用之名顾聚而莫运，运而莫流，终亦不奇而已。”吕南公之意并非让友人沉湎酒乡，而是认为“酒”是文士气概的一种表现，是对内心豪气的一种滋养，士人的胸襟气度可以通过饮酒这种特殊的方式得到表现，得到强化。从这一篇文章中也可以看出二人情感笃厚，傅济道居乡时必与吕多有饮酒赋诗活动。后有《寄济道》《答济道》《次韵济道见寄》数诗。

陈道先，道先应为其字，名、乡贯及生卒年均失考，但与吕南公往来诗歌最多，由此推测或亦其乡人，或曾为官南城，其诗今无存。吕南公《和道先从义同过张掾梅花下饮二首》曰：

> 山人如寒松，无可媚莺蝶。谅非清峻契，谁肯略顾接。春城偶来至，豪士懒举睫。幽幽法曹厅，一往乃敢辄。主人虽壮齿，酷爱文字业。相看论古书，术不计勇怯。陈家俊公子，德义敦庆叶。闻我适过从，逢衣遽披摄。老成北扉掾，喜客若渔猎。招呼倒清樽，促迫信重迭。梅花香树下，共醉死牛胁。勿忧侵暮冷，坐我有毡氍。飞飞落梅英，绕座不待折。煌煌画蜡烛，未夜已戒设。征诗为罚令，献白作饮节。谭高衡或争，笑猛倒还绝。李侯解县印，心注象魏阙。座中惜分袂，劝酒更酷烈。春先显父笋，冬外尹吉鳖。肴佳俎未竟，酒美壶频竭。更筹屡闻转，归乘不许谒。谁能避酩酊，但恨落角月。

诗涉及四人，"山人"是诗人自指，首四句表现出了诗人不合流俗、清介自守的态度，因为诗人具有这样奇崛的性格，所以可知与陈公子（道先）、张掾、李侯的友情完全是出于文字、性情之交，而非利益往来。"主人虽壮齿，酷爱文字业。相看论古书，术不计勇怯"四句也表明他们的交往以共同的对于文学的爱好为基础，所以也就显得特别真挚。"征诗"以下四句表现了诗酒之会的热闹有趣，交流欢畅的状态。以吕南公之善文好饮来说，他在这样的聚会中应该是核心的人物，也应该是唱和的主角。《答道先难交困新知二首》表现出一种坚持己道，无人理解而又不能与世妥协的情感，有几分落寞、又有几分倔强执着，不是对挚友难以言谈此种心情，所谓：可为知者道，难与俗人言。吕南公是科场不得意而选择隐居的士人典型，而且宁甘寂寞也不放弃自己的坚持，其《中山感怀》云："西村灌园生，好尚只坟史。"《陪道先兄游麻源辄赋二小诗》云："科场委顿成何事，耕稼辛勤落晚途。"从吕南公这样的性格与学术追求看，可知二人的交往基于共同的对文学的爱好，及对对方品格的倾慕。《道先贤良寄示长篇辄此酬和略希一笑》云："穷山终岁拥书坐，涧谷曷日兴云涛。浮沉非工俗子恶，只与笔砚为朋曹……作为文章世不用，似对妇女论钤韬。欲陈肝胆自荐进，恐类众蚁观连鳌。尝闻声气有求应，此日寂寞谁相遭。当歌无和亦已矣，岂意或有怜悲嗷。"《和酬道先贤良见寄新句》云："中林独往寡襟期，只与耕桑治町畦。迟晚识君真幸会，生平于世似分携。"《奉别道先》云："邂逅过从两载强，诗书存问满藜床。光荣得路谁非友，道义心知独不忘。"《道先贤良以其到郡未及相见，遽寄四韵谨以酬之》云："衣裘破敝身谋拙，齿发凋残世味疏。人正弃捐吾独取，似君风谊更谁欤。"以上数诗再次印证了文人群体的形成在文学之外，更有道义相赏的成分。从"邂逅过从两载强"二句还可知二人交往唱和有两年多时间，往来诗歌颇多，《缄题道先诗句尚多未和酬者因书短律奉寄》云"王弘一酎何曾送，崔立千篇不住来。"以夸张的笔调写出了唱和创作之频繁。其他唱和诗作有《道先贤良以南公出山愆期，示诗见促，谨依来韵奉答》《以双井茶寄道先从以长句》《偶游仙都道先以长句见寄依韵奉答》《寄陈道先》《立春雪冻，有怀道先贤良，展诵腊除见寄长篇，辄反其韵为诗奉寄》《和道先南城逢相工》《和酬道先雪中见寄》《道先游仙都至李尊师故居，见余早岁题赠拙句存于屋壁，辄寄四韵重相叹赏，谨有赓酬》《答道先寄酒柴荆》。

以地方士人为核心的唱和群体一般有这样几个特点：第一，有大致相同的政治倾向及关于社会人生的见解；第二，多半为同乡人群体，也与官员往来，但限于志同道合者；第三，若友人一直共居一地或相距不远，唱和活动会持续较长时间，甚至是终身往来；第四，地方士人中的核心人物如朱长文、吕南公这样的人都具有很大的影响。如朱长文在吴郡与士大夫广泛交往，又以道德、学术闻名，声动京师，元祐时与楚州徐积、福州陈烈齐名，时号"三先生"。吕南公亦以道德、学术立身，不乐王氏之学，罢科举进身之途，转而专意于学问文章，著书立说名达于四方。元祐中曾肇《荐章处厚、吕南公、秦观状》称之曰："读书为文不事俗学，安贫守道志希古人……不求人知，自足丘壑。江南素称多士，如南公言行卓然少有其比，臣今保举堪充师表科。"曾肇并有《寄吕南公》诗云"主人第一河南守，之子无双江夏才。会见吹嘘上云汉，可能憔悴隐蒿莱。风骚寓兴垂金薤，翰墨传家富玉杯。倾盖相知胜白首，扁舟临别重徘徊"，表达了对吕才能的欣赏与相知之意，一时朝廷大臣亦多称吕之学行，可见其影响。所以这些诗人往往是地方文化活动的核心力量，他们甚至能通过自己的学术、诗文创作活动影响一方风气，而且唱和活动的名声并不局限于乡里，同时因其中人员的流动诗作也会有较大的传播范围。

由以上对各地文人士大夫唱和活动窥斑见豹式的考察，可知熙丰时期爱好文艺的宦游士大夫一般都会与同僚或当地诗人唱和，地方未入仕者或在野归老的士大夫们也会组织各种诗社唱和活动。可以看出在各个地方，各种层次的诗歌创作活动都存在。这些诗人群体、诗社活动并不一定都与诗歌创新、诗歌流派发展有关，但他们的存在表明了诗坛的繁荣与活跃，所以说熙丰诗坛并不寂寞，相反它是多层次而富有生命力的。元祐时期由于苏轼等人聚集京城，光芒则多半集中到了这个中心舞台之上。

第七章　诗变于熙丰而名于元祐

　　以上主要考察了北宋熙丰诗坛发展的时代背景、繁荣原因，熙丰诗坛三大代表人物王安石、苏轼、黄庭坚的创作，及当时诗坛的部分群体。对于王、苏、黄共同存在的熙丰时代，历来缺少精确论述，古人对宋诗发展分期均以一种模糊概括的方式加以总结。

　　（一）南宋严羽《沧浪诗话》曰："国初之诗尚沿袭唐人，王黄州学白乐天，杨文公、刘中山学李商隐，盛文肃学韦苏州，欧阳公学韩退之古诗，梅圣俞学唐人平淡处。至东坡、山谷始自出己意为诗，唐人之风变矣。山谷用功尤为深刻，其后法席盛行，海内称为江西宗派。"[1] 从中可以看出作者认为太宗、真宗时代诸家沿袭唐人；东坡、山谷并起则改变唐人之风，山谷一派流行海内。但没有具体划定时限。

　　（二）宋末元初方回《送罗寿可诗序》："宋划五代旧习，诗有白体、昆体、晚唐体……欧阳公出而一变为李太白、韩昌黎之诗，苏子美二难相为颉颃，梅圣俞则宋诗之出类者也，晚唐于是退舍。苏长公踵欧阳公而起，王半山备众体，精绝句，古五言或追陶谢。黄双井专尚少陵，秦晁莫窥其藩，张文潜自然有唐风，别成一家。惟吕居仁克肖陈后山，弃所学学双井，黄极广大，陈极精微，天下之人北面矣。"[2] 从中我

① 〔宋〕严羽《沧浪诗话》，〔清〕何文焕辑《历代诗话》，第 688 页。
② 〔元〕方回《桐江续集》卷三十二，景印文渊阁四库全书，第 1193 册，第 662 页。

们可以抽绎出几个阶段：宋初白体、昆体、晚唐体并立；欧、苏、梅等仁宗时代诗人继出，晚唐退舍；王安石、苏轼、黄庭坚、张耒、陈师道并立的时代，为大家并起之时期；稍后则江西派独领风骚。

（三）元袁桷《书汤西楼诗后》："自西昆体盛，襞积组错，梅、欧诸公发为自然之声，穷极幽隐，而诗有三宗焉。夫律正不拘，语腴意赡者，为临川之宗；气盛而力夸，穷抉变化，浩浩焉沧海之夹碣石也，为眉山之宗；神清骨爽，声振金石，有穿云裂竹之势力，为江西之宗。二宗为盛，惟临川莫有继者，于是唐声绝矣。"① 他认为宋初西昆继之以梅、欧，其后则王、苏、黄三家。

（四）元戴表元《洪潜甫诗序》："始时汴梁诸公言诗……其博赡者谓之义山，豁达者谓之乐天而已矣。宣城梅圣俞出一变而为冲淡……豫章黄鲁直出又一变而为雄厚。"② 此与袁桷相似，而特推黄庭坚。

（五）清宋荦《漫堂说诗》："宋初晏殊、钱惟演、杨亿号西昆体。仁宗时欧阳修、梅尧臣、苏舜钦谓之欧梅，亦称苏梅，诸君多学杜韩。王安石稍后，亦学杜韩。神宗时苏轼、黄庭坚谓之苏黄。又黄与晁补之、张耒、陈师道、秦观、李廌称苏门六君子。庭坚别开江西诗派，为江西初祖。"③ 此论较为明确，大致可见四期：宋初昆体时期；欧、苏、梅、王盛于仁宗时期；苏、黄及苏门繁荣于神宗时期；之后江西派继之。

（六）清全祖望《宋诗纪事序》："宋诗之始也，杨刘诸公最著，所谓西昆体者也。庆历以后，欧、梅、苏、王数公出，而宋诗一变。坡公之雄放，荆公之工练，并起有声。而涪翁以崛奇之调，力追草堂，所谓江西派者，和之最盛，而宋诗又一变。"④ 观点与宋荦相似，但后半未明确时间界限。

---

① 〔元〕袁桷《清容居士集》卷四十八，本卷第 5 页，影印四部丛刊初编。
② 〔元〕戴表元《剡源戴先生文集》卷九，本卷第 2 页，影印四部丛刊初编。
③ 〔清〕宋荦《西陂类稿》卷二十七，景印文渊阁四库全书，第 1323 册，第 305 页。
④ 〔清〕全祖望《鲒埼亭集》外编卷二十六，本卷第 4—5 页，影印四部丛刊初编。

（七）四库馆臣有两种观点：

《杨仲宏集》提要曰："盖宋代诗派凡数变，西昆伤于雕琢，一变而为元祐之朴雅；元祐伤于平易，一变而为江西之生新。"[①]此处认为西昆极盛后，元祐继之。此说提出"元祐"为宋诗一变，为历来所无。但中间一笔略过，太过疏阔。

《御定四朝诗》提要曰："唐诗至五代而衰，至宋初而未振。王禹偁初学白居易，如古文之有柳、穆，明而未融。杨亿等倡西昆体，流布一时。欧阳修、梅尧臣始变旧格，苏轼、黄庭坚益出新意，宋诗于时为极盛。"[②]分为宋初白体、西昆；欧、梅一变；苏、黄并立之时为极盛时代，但没有给出具体时期。

上各家所论除戴表元外，基本都认为北宋中期三大家为王安石、苏轼、黄庭坚，宋荦注意到苏黄并兴于神宗时期，四库馆臣则言苏黄并立诗坛为宋诗极盛时期。近人研究成果，如陈衍《宋诗精华录》，仿严羽、高棅论唐诗初盛中晚之说，分两宋为四期。初、盛在北宋："元丰、元祐以前为初宋；由二元尽北宋为盛宋，王、苏、黄、陈、秦、晁、张在焉。"李维写于1920年的《诗史》[③]观点与陈衍相近，也是认为"极盛"之代表时期为"元祐"。胡云翼《宋诗研究》[④]观点与宋荦相似。梁昆《宋诗派别论》[⑤]主要考察派别，但也基本体现了宋初学唐、中间变唐这样一个发展脉络。

今人对此问题研究逐渐精确化。二十世纪八十年代后，宋诗分期研究引起普遍关注，众多学者发表了自己的看法。

胡念贻在《略论宋诗的发展》（《齐鲁学刊》1982年第2期）将宋诗分为

---

① 《四库全书总目》卷一百六十七，第1441页。
② 《四库全书总目》卷一百九十，第1725页。
③ 李维《诗史》，北京：东方出版社1996年，据石棱精舍1928年版编校出版。
④ 胡云翼《宋诗研究》，上海：华东师范大学出版社2004年，据商务印书馆1930年版编校出版。
⑤ 梁昆《宋诗派别论》，长沙：商务印书馆1939年。

四期八段。这里仅介绍作者关于北宋的划分：北宋前期（960—1067）。第一阶段是太祖、太宗、真宗三朝，基本上是偏于消极地接受唐诗影响，还没来得及积极创造发展；第二阶段为仁宗、英宗两朝，主要是苏舜钦、梅尧臣、欧阳修等人改变诗坛风气。北宋后期（1068—1127），是宋代诗歌第一个极繁荣的时期。第一阶段是神宗、哲宗时期，主要以王安石和苏轼为代表；第二阶段是哲宗、徽宗、钦宗时期，以黄庭坚和江西诗派为主。

陈植锷《宋诗的分期及其标准》[①]所持观点突破旧说，认为宋代诗歌发展期的划分，不能简单套用唐诗分期方法。文章提出六条分期标准：体现宋诗自身发展的特点；打破旧史王朝体系的框架；兼顾诗歌风格流派的演变；重视作家活动年代的顺序；辨识前人成说的正误；注意社会文化背景的影响。将北宋诗歌发展分为沿袭期（960—1030）白体、西昆体、晚唐体，复古期（1031—1060）欧阳修、梅尧臣、苏舜钦，创新期（1061—1101）王安石、苏轼、黄庭坚，凝定期（1102—1162）江西诗派。

许总《宋诗史》[②]是国内出版的第一部宋诗通史，北宋诗歌分期为"唐风笼罩"的北宋初期（960—1021）、"风骚激越"的北宋中期（1022—1062）、"奇峰突起"的北宋后期（1063—1100）、"水阔风平"的北南宋之际诗风凝定期（1101—1162），与以上陈文分法大同小异。其他类似的分法还有郭预衡《中国古代文学史长编》等。

刘乃昌《宋诗的分期》[③]分两宋为六期，北宋三期：发轫期（960—1022）太祖、太宗、真宗三朝，白体、昆体、晚唐体；变革期（1023—1067）仁宗、英宗二朝，代表作家有欧阳修、梅尧臣、苏舜钦；鼎盛期（1068—1126）神宗朝直到北宋末叶，这时期诗人辈出，形成不同流派，出现王安石、苏轼、黄庭坚三大家。

此外论家尚多，分期与以上诸家大同小异，不再列举。陈植锷的分

① 《文学遗产》1986 年第 4 期。
② 许总《宋诗史》，重庆：重庆出版社 1992 年。
③ 刘乃昌《两宋文化与宋诗发展论略》，山东大学出版社 2005 年，第 143 页。

法具有创见，笔者赞同此说，前边统计表即采用了这种分法。胡、刘两家认为高峰期始于熙宁，陈、许两家认为始于嘉祐末、治平中，但诸家都认为北宋中期诗歌进入了一个不同寻常的发展期——最繁荣时期、创新期、"奇峰突起"期、鼎盛期。本书第一章第四节"熙丰诗坛概况"部分统计表一、表二（另参见附录表一）得出的结论也是创新期（1061—1101）为北宋诗歌发展的高峰阶段，诗人数量与诗作数量居各期之冠。那么创新期内到底诗盛于熙丰还是盛于元祐？这是一个极具争议的问题。

称扬"元祐"的说法在北宋末已出现。汪藻《呻吟集序》曰：

> 元祐初，异人辈出，盖本朝文物全盛之时也。[①]

南渡诗人周紫芝《见王提刑》云：

> 至元祐间，内相苏公之兄弟与其门人四君子者，更相酬唱，自为表里，于是诗人蹑踵相望，大抵不减唐之晚世。[②]

胡仔《苕溪渔隐丛话后集序》曰：

> 余尝谓开元之李、杜，元祐之苏、黄皆集诗之大成者。

严羽《沧浪诗话》则明确提出"元祐体"的概念，更加巩固了"元祐"在诗学领域的地位。元初方回云：

> 近世之诗，莫盛于庆历、元祐。[③]

---

① 〔宋〕汪藻《浮溪集》卷十七，上海：商务印书馆 1935 年，丛书集成初编，第 197 页。
② 〔宋〕周紫芝《太仓稊米集》卷五十九，景印文渊阁四库全书，第 1141 册，第 423 页。
③ 〔元〕方回《桐江集》卷二《后近诗跋》，转引自《元代文学批评资料汇编》，台北：成文出版社 1978 年。

其后继续有学者宗崇元祐之论，明初王祎《王忠文集》卷五《练伯上诗序》曰：

> 宋初仍晚唐之习……元祐间苏、黄挺出，而诸作几废矣，此又一变也。

清吴之振《宋诗钞》卷十五论曰："元祐文人之盛，大都材致横阔，而气魄刚直，故能振靡复古。"四库馆臣的论述除前边所引之外还有多条，如翟汝文《忠惠集》提要曰："尝从苏轼、黄庭坚、曾巩游，故所为文章，尚有熙宁、元祐遗风。"王洋《东牟集》提要曰："文章以温雅见长……盖洋生当北宋之季，犹及睹前辈典型。故其所作虽未能上追古人，而蝉蜕于流俗之中，则翛然远矣。""前辈典型"自然暗示元祐诸人。朱翌《灊山集》提要曰："翌父载上，尝从苏轼、黄庭坚游。翌承其家学，而才力又颇富健，故所著作，有元祐遗风。"其他论述，与上类似。正式将诗盛元祐说加以精确概括的则是近人陈衍，其《石遗室诗话》卷一云："盖余谓诗莫盛于三元：上元开元，中元元和，下元元祐也。"其友人沈曾植后亦有类似观点："吾尝谓诗有元祐、元和、元嘉三关，公于前二关均已通过，但着意通过第三关，自有解脱风月在。"[①]历代递相祖述构成了元祐最盛的诗学观念。

诸人虽盛推元祐，但考察苏、黄等人元祐在京几年的创作，主要以唱酬、题画、咏物类作品为主体，题材范围局限于文人生活场景，创作上多少具有"以文为戏"的倾向，反映生活的广度、力度无法与前期相比，这是学者们已指出的事实。[②]"元祐"是北宋文学发展的一个重要时期，元祐这个概念在宋代得到文人关注也很自然，但汪藻、周紫芝的文章在当时并没有产生很大影响，"元祐"之被大肆宣扬首先始于政治领域。南渡

---

① 沈曾植《与金蓉镜太守论诗书》，《学术集林》卷三，上海：上海远东出版社 1995 年，第 116—117 页。

② 参见《苏轼创作的发展阶段》，《王水照自选集》，第 281 页；莫砺锋《论黄庭坚诗歌创作的三个阶段》，《文学遗产》1995 年第 3 期，第 71 页。

之初高宗便采取了一系列措施，全面肯定元祐而否定熙丰，所谓"朕最爱元祐"①。至高宗末年，士大夫已经普遍认为熙丰变法是造成北宋败亡的祸根，是失败的改革运动。由此可见"元祐"并不是一个单纯的文学概念，关于"元祐"的诗学批评存在着深刻的政治背景，即文人党争的影响，是党熙丰或党元祐两派文人在文学批评领域的较量，"元祐"也因此成为文人党争在诗学批评领域内延续的一个特殊例子。关于这一点已有学者深入研究②，本书不再涉及，只强调一点："元祐"概念的建立与扩大存在很多政治因素，并非完全基于北宋诗歌发展的实际状态。

二十世纪八十年代以来关于元祐诗学讨论的代表性成果，有曾枣庄《论元祐体》（《成都大学学报》1986 年第 1 期），秦寰明《宋诗元祐体阐论》（《江海学刊》1990 年第 4 期），《试论北宋元祐诗坛兴盛的原因》（《辽宁大学学报》1991 年第 1 期），张宏生《元祐诗风的形成及其特征》（《文学遗产》1995 年第 5 期），张仲谋《论"元祐体"》（《西北师大学报》1996 年第 1 期），周裕锴《诗可以群：略谈元祐体诗歌的交际性》（《社会科学研究》2001 年第 5 期），萧瑞峰、刘成国《"诗盛元祐"说考辨》（《文学遗产》2006 年第 2 期）等文章。

《论元祐体》对"元祐体"的界定是："既指苏、黄、陈三体或苏、黄二体，而'苏、黄、陈诸公'元祐八年的诗歌创作在他们一生的创作中都不占重要地位，因此，'元祐体'就不应仅仅理解为'苏、黄、陈诸公'在元祐八年中的诗体，而应理解为元祐年间聚于京城的'苏、黄、陈诸公'的诗体，也就是说应包括他们一生的主要创作活动时间。"这一说法将严羽元祐体下的注解"苏、黄、陈诸公"理解为代指"东坡体、山谷体、后山体"，并指出"元祐体"可以涵盖这三大家的主要创作时间。这个观点笔者不能赞同。严羽既然在前边已经列出

---

① 〔宋〕李心传《建炎以来系年要录》卷七十九，绍兴四年（1134）八月戊寅条，北京：中华书局 1988 年。

② 见沈松勤《北宋文人与党争》相关章节，北京：人民出版社 1998 年；萧瑞峰、刘成国《"诗盛元祐"说考辨》，《文学遗产》2006 年第 2 期。

一个"本朝体"，并注曰"通前后而言之"，这个"本朝体"就已经可以代指整个宋代诗体而言，用它去涵盖众多诗体是没有问题的，既已有了"本朝体"这个概念，何必又用一个"元祐体"再去重复作出表述呢？而下边所注"苏、黄、陈诸公"，既然有此特别说明，就是暗示这些人在元祐年间的诗坛上有特殊联系，他们的创作具有某些特殊性、共同性。联系严羽所立之"元和体"，下边自注曰"元白诸公"，元和诗歌之盛主要是元、白二人领导风气，《旧唐书·元稹传》引其自叙曰："稹自御史府谪官，于今十余年矣。闲诞无事，遂专力于诗章。日益月滋，有诗句千余首。其间感物寓意，可备蒙瞽之风者有之。辞直气粗，罪尤是惧，固不敢陈露于人。唯杯酒光景间，屡为小碎篇章，以自吟畅。然以为律体卑痹，格力不扬，苟无姿态，则陷流俗。常欲得思深语近，韵律调新，属对无差，而风情宛然，而病未能也。江湖间多新进小生，不知天下文有宗主，妄相仿效，而又从而失之，遂至于支离褊浅之辞，皆目为'元和诗体'。稹与同门生白居易友善。居易雅能诗，就中爱驱驾文字，穷极声韵，或为千言，或五百言律诗，以相投寄。小生自审不能过之，往往戏排旧韵，别创新辞，名为次韵相酬，盖欲以难相排。自尔江湖间为诗者，复相仿效，力或不足，则至于颠倒语言，重复首尾，韵同意等，不异前篇，亦目为'元和诗体'。"通过这一段叙述议论，可知元稹所提及的"元和诗体"应该是成立于其谪官之后，而诗体也有其具体特征，即一部分是自己所作追求的韵律条畅、思深语新的篇章，另一部分则是与白居易唱和往来而富有交际特色，"穷极声韵……次韵相酬，盖欲以难相排"而极富文人特色，为较量诗艺而注重技巧的诗作。笔者以为严羽立"元祐体"的意图与立"元和体"的意图是一致的，都是针对富有特色的具体阶段而言，而不是一个"泛化"的概念。如果泛泛而言则"庆历""嘉祐""熙宁""元丰"无不可立"体"。既然以时代为划分标准，它就具有一定的"时间阶段性"，而不能作为一个太过宽泛的时间段去理解。此外文章认为"只有包括'苏、黄、陈诸公'的'元祐体'才能代表宋诗的复杂风貌"。"元祐体"

是一个阶段性的诗体概念，所以用它来代表宋诗的整体风貌也是不合适的。

《宋诗元祐体阐论》一文与《论元祐体》观点相似，也认为"所谓元祐体，在时间上其实并非限于元祐，而是指元祐前后数十年间的时代诗风。再从作家范围来看。严羽在元祐体下注明苏、黄、陈诸公……这只不过是严羽在'以时而论'时举代表者而言，同属这一'时'诗风的诗人亦理应在其'体'内"。对于元祐体包含的作家范围笔者没有异议，但是对于时代范围的划定还是不能认同，原因如上所论。文章同样认为"元祐体"是宋诗的绝好代表："元祐体正是以其广泛的诗才、宽大的体势、深新的思致、精求的章法、雅畅的语言以及群体创作形式上的赓和逞才的特点，表现出它作为一定时期的时代诗风的独特面貌，从而与代表宋诗初期发展的欧、梅、王等人的诗区别开来，成为成熟的宋诗的代表；也与单取黄、陈专尚瘦硬生新的江西宗派体区别开来，成为盛宋之诗的代表。""盛宋之诗"的提法是从陈衍"二元尽北宋为盛宋"的观点而来，文章用元祐包括了元丰及前此的一段时间，但是元祐真的能够涵盖这一段富有变化的时期么？笔者以为仅仅用元祐去概括这一段时期，抹杀了很多细部的发展状态和一些并不能规则地容纳到元祐体系中的因素，所以用元祐诗歌代表北宋诗歌发展的最高潮是值得商榷的。

《元祐诗风的形成及其特征》一文在把握元祐诗风的特征时，从两个方面进行了分析。一方面是元祐诗人之间的相互关系及在诗风上相互影响的程度，提出："苏、黄、陈之间的主导诗风是并不同的，他们作为领一代风骚的几位主要诗人，正是所谓'不相菲薄不相师'，一起开创了富有创造性的'元祐诗风'。作为一时羽翼，苏门其他诸人也当作如是观。"另一方面从诸人创作与前代诗歌遗产的关系入手，指出元祐诗人向前人学习，特别是他们大多推尊杜甫，但是学杜并不泥于杜，"元祐诗人在诗歌创作上追求独创性，其来源于唐，而又落尽皮毛，独存精神，这也就是其自成面目的基本原因之一"，并进而指出："就宋诗面目的真正形成而言，梅、欧、王诸人仍处于由量变到质变的积累阶段。作为一个整体，宋诗的一些典型特色，如平淡、老劲、瘦硬的风格，押险韵、造硬语，以议论为诗，以文为诗的手法等，都还有待于苏、黄诸人进一步努力。所以，真正使得诗歌创作在本质上与唐诗风调区别开来，是苏、黄诸人所创造的伟绩。"这里认为苏、黄的突破变化是宋调成立的关键，这一点笔者也认同，但暗示时间段在元祐则是笔者不赞同的，因为这样对于诗史的认识仍然停留在与古人相去不远的笼统概括模式上。文章最后认为元祐诗人虽然创作风貌不同，但能被归为一个创作文学群体，在于"政治倾向"的相似与宋人自觉的"结盟意识"，这个观点是学界普遍认同的。

《论元祐体》一文分析了宋人论元祐与清人论元祐的不同，认为前者以盛唐为法，近者是，变者非；后者则将"元祐体"放到了诗史的具体背景中考察，肯定其变乃不得不然。要正确评价"元祐体"，不妨从清人的论述中见其长，从宋人的论述中见其短。这个论点有启发意义，参照系的不同的确会导致不同的结论。作者在具体论述"元祐体"时所采取的观点与《论元祐体》《宋诗元祐体阐论》基本一致，在分析严羽诗话中所提到的宋诗体派时给出了如下关系图：

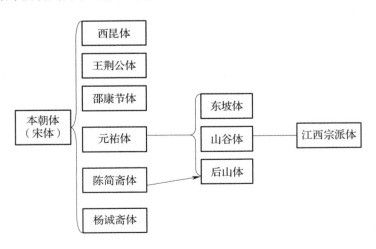

笔者以为这种对于严羽论述的图解并不准确。首先是将"以人而论"的体派与"以时而论"的体派同归于"本朝体"下。本朝体的确涵盖众体，但是在具体包含时是否应该按照人物、时间来归类区分呢？当然古人的论述有不够严密的地方，也导致了这种含混的划分。而且正如前边所论，笔者认为严羽无意于用"元祐体"包含三大家主要的创作阶段，而且元祐也包含不了这三大家主要的创作成就，所以将"东坡体""山谷体""后山体"纳于"元祐体"之下，显然不够准确。文章作者也认识到界定"元祐体"是困难的，所以提出元祐阶段的创作可作为一个诗歌流派，所谓"元祐诗派"，"大致相当于梁昆《宋诗派别论》中所说的'东坡诗派'。其成员除苏轼、黄庭坚、陈师道外，还应该包括苏辙及秦观、晁补之、张耒等苏门弟子，以及《坡门酬唱集》中所收的李之仪与清江三孔等人。这些人在元祐时期多任馆阁之职，政治倾向相近，艺术好尚相通，以宗主论可称东坡诗派，以时代论则可称元祐诗派。然而作为一种诗体来说，却是比较困难的"。但作者最后又写道："遗形取神，求同存异，从这些诗人创作特征中抽取一个彼此相同而与前后诗派有异的'最小公倍数'，应该是可以办得到的。"这里作者的观点是"元祐体"主要以苏门为主。作者最后提出"元祐诗人的主要功绩，在于继欧、梅、苏、王之后，勇于开辟，成就了宋诗的特色，从而确立了宋诗与唐诗分立并行的地位"。这里提出"元祐体"是宋诗的代表，全面表现了宋诗的特色，确立了与唐诗对举的地位，这个分析显然是一种大范畴论述，是一种理论模型导出的结论。其实确立宋诗与唐诗分立的工作早在元祐之前已经完成，但是论家牵于历代形成的"元祐"观念，认为宋诗到元祐才完全确立，这在一定程度上忽视了诗史的实际。

　　《诗可以群：略谈元祐体诗歌的交际性》一文非总体概论性的文章，而是具体侧重谈元祐诗歌的交际性。文章针对元祐诗歌因其交际应酬性质受到批评，指出评价诗歌若仅以"汉魏风骨""盛唐气象"为优劣标准，则会失之狭隘。元祐诗歌在社会生活中也起到了积极作用。其一即元祐诸公的唱酬诗坚持了"诗言志"的传统，能够有效地表达自我意识；其二，元祐唱酬诗包含着大量以道德相砥砺的内容，表明诗人之间不仅以文会友也以道会友；其三，元祐唱酬诗反映了北宋文人游心翰墨的人文旨趣，展示出北宋文人高雅文明的日常生活画面，对认识宋代文化特质有一定的参考价值。作者的这些观点是十分具体而富有启发性的，既没有特别扩大元祐诗歌的范围，也没有贬低元祐诗歌的价值，而是深入清晰地揭示了元祐时期诗歌的一些特点。

《"诗盛元祐"说考辨》从具体创作时间考察，认为苏轼元祐期间的创作在几个阶段中是最薄弱的，黄庭坚诗歌创作的鼎盛期是元丰年间，元祐期间的创作则充其量是这一鼎盛期的延续。文章接着考察了"新旧党争"与元祐概念成立的关系，及元祐叙事、元祐诗学话语的成立。在对"元祐体"的界定上，首先追根溯源指出"元祐体"最初是指文体而言，并与党争、南宋政治发展情况有深刻联系，后来才被严羽借用到诗体范畴中，这一发现对于廓清"元祐体"之成立过程很有帮助。文章对"元祐体"的界定是"指元祐期间苏轼、黄庭坚、陈师道等元祐诗人群体唱酬之作所表现出来的艺术风格而言。它包括在内容上以应酬、唱和、赠答、题画为主体，在形式上采用次韵、险韵，用典密度大、贴切等等。因为从苏轼、黄庭坚、陈师道这三人的整体诗歌创作来看，所同实在是不胜所异，除此之外，很难从中归纳出一个共同的风格"。这样的界定是切实从年代特征出发的概括，也容易使"元祐体"与其他各体区别开来，而不是一个面目模糊的混合体。

可以说学界对于"元祐体"的认识存在"宽泛化"与"具体化"两种途径，分别从"文化"与"时间"两个角度切入。从宋代诗歌文化发展的角度入手，将苏、黄、陈等苏门集团文人归入一个创作范畴，而且从政治倾向上来说他们也被划入相同的政治集团，他们对宋诗发展创新做出了关键性的努力，其中人物可为宋诗之代表。元祐中这一集团的文人掀起一次创作高潮，显示了他们的影响力，于是论家就用"元祐"这个关键词概括了他们一生大部分的创作成就与创作时间，而对于"元祐体"的界定则只谈大特征，不作具体界定。从"时间"角度切入，一步步从诗史的发展过程探究，则很难得出"元祐体"是个"集合体"的结论，因为元祐诗人当时在创作上确实表现出了一些共同性，所以要深刻清晰地把握"元祐体"，还是要将它放入诗史的实际，而不能仅作为一个大的文化概念。笔者倾向于从具体化的角度去认识"元祐"，因为放宽时间界限，泛化到最后，"元祐体"还是落到东坡体、山谷体、后山体上，而"元祐体"本身则成了一个空的躯壳，如果是一个如此空虚的概念，严羽为何要单列一体呢？可见不能将"元祐体"大而化之，而应该具体化，不能对元祐的实际视而不见。

从"元祐"与"熙丰"的关系来说，元祐不必包含熙丰，元祐也包含不了熙丰，熙丰有它的独特性。元祐文学从实质上来说更接近于一种"馆阁文学、台阁文学"，他们在题材选择上没有注意到更广阔的方面，在创作上对技巧的追逐有过火之处，这些我们都不必为贤者讳，也不必把宋诗所有的创造性和优点都集中在"元祐"，从实际发展情形来看也难以都归结到"元祐"。而熙丰期间文人分散于各地，他们的创作更多地表现出个人风格、个人创造性、个人开拓之功，共同成就了北宋诗歌发展的蓬勃旺盛的局面。所以说元祐包含不了熙丰，将熙丰纳于元祐之下是一种过于笼统的划分。

依据前文所论，王安石、苏轼、黄庭坚熙丰中在创作上均取得丰硕成果。王安石（1021—1086）从早期至于晚期，宋调因素一直在发展，体现出多种特色，晚期又能吸收唐音有益因素，创作臻于化境；苏轼（1036—1101）这一阶段（1068—1085，33岁—50岁）是创作力与创造力最活跃的时期，宋调的诸种特色开拓完成于此期；黄庭坚（1045—1105）这个时期（1068—1085，24岁—41岁）表现了少有的创作活力，是与苏轼同时而能自成一种风格体系的作家，至元丰末已完成了自己诗体的构建，后期好诗虽多，但黄诗的主要创新特点在熙丰时期已经完成。能代表宋诗全面发生变化的正是这三家的创作。"欧阳公诗，犹有国初唐人风气。公能变国朝文格，而不能变诗格，及荆公、苏、黄辈出，然后诗格遂极于高古。"①"永叔、介甫，始欲汜扫前流，自开堂奥。至坡老、涪翁乃大坏不可复理。"②"宋人诗至于欧、梅、苏、黄、王介甫而波澜始大。"③ 以上诸家所论及我们前边所引严羽、方回、袁桷、宋荦、全祖望等人议论无不以王、苏、黄为宋诗转变之关键人物。三大家不仅在创作上追求创新，而且因政治影响、文学影响在自己周围聚集了大批才杰之士，直接带动了当时诗坛的发展。所以本书在考察王安石、苏轼、黄庭坚熙丰年间创作成就，及部分诗歌群体的活动的基础上，认为熙丰年间三大家俱在，而诸多诗坛耆旧如邵雍、司马光、王珪、刘攽、苏颂、陈襄、李常、文同等人犹在，与苏轼年辈相近之苏辙、李清臣、方惟深、蒋之奇、彭汝砺、郭祥正、"清江三孔"及苏门诸人则正处于创作旺盛阶段（参见本书附录表六），同时各地诗歌群体活动繁荣，所以这个阶段应该是北宋诗歌发展最关键的时期，元祐则是这个高峰时期的延续。我们都知道夏季是"生长季"，秋季是"收获季"，人们一般倾向于给收获季更高的评价，而生长季容易被淡忘。熙丰可以说是北宋诗歌发展的生长季节，元祐则是收获季节。收获季无疑极具光彩，但已经完成的那个充满变化发展的阶段不是更重要一点吗？所以笔者认为从诗史实际变化的状态和创新成就来看，熙丰时期是北宋诗歌发展最富创造性与建设性的阶段，是宋调得以成就的最重要的发展时期。

---

① 〔宋〕陈善《扪虱新话》下集卷三，《宋诗话全编》，南京：江苏古籍出版社1998年，第5577页。

② 〔明〕胡应麟《诗薮》外编卷五，吴文治主编《明诗话全编》，第5612页。

③ 〔清〕王士禛《带经堂诗话》卷一，北京：人民文学出版社1998年，第43页。

附　录

一、北宋诗人数量分布统计详表

时期 / 存诗 10 首以上者	10 首	11—49 首
沿袭期 960—1030（71 年）	孟宾于、席豪叟、释咸润、陈亚、刘仲堪、毕田、释契适、鲍当、滕宗谅、孙甫、宁参（11 人）	陈抟、谭用之、伍乔、张佖、李九龄、郭震、李建中、向敏中、李含章、郑文宝、王禹偁、张维、孙何、梅询、张士逊、李宗谔、宋真宗、钱易、王随、释希昼、释保暹、释文兆、释行肇、释简长、释惟凤、释惠崇、邢仙老、章得象、杜衍、吕夷简、蒋堂、齐唐、释昙颖、张先、谢绛、王初、梅挚、王琪、陈洎、叶清臣、尹洙（43 人）

时期＼存诗10首以上者	10首	11—49首
复古期 1031—1060（30年）	林概、白子仪、鲁交、黄非熊、陈蓁、张纮、释法演、杨绘、章望（9人）	葛闳、富弼、陈洙、田况、唐询、苏舜元、释惟晤、元绛、程师孟、宋仁宗、吴中复、释元复、张纮、韩俞、李宗中、袁陟、周敦颐、吴处厚、蒲宗孟、释守端、俞紫芝、许广渊、黄履、王存、罗适、释显忠、王安国、孙觉、吕公著、谢景初、释景初、吴师孟、陈襄、陈师孟、王安国（35人）
创新期 1061—1101（41年）	林希、曾布、杨怡、杜敏求、许仲蔚、邢恕、释善清、释心道、释蕴常（9人）	卢秉、释了元、黄希旦、俞充、刘季孙、丰稷、曹辅、陈师、周邠、王安礼、钱勰、林旦、章惇、蔡确、王觌、释仲殊、许彭、张景修、孔文仲、吕希纯、方惟深、邓忠臣、刘挚、刘奉世、刘拯、邹极、商倚、吴栻、刘泾、柳子文、黄叔达、吕大临、胡宗愈、李元膺、曾肇、蔡京、朱服、李公麟、释仁钦、许彦周、余干、余深、游酢、薛绍彭、周邦彦、潘大临、释行瑛、释慧（勤心）、崔鶠、释绍清、司马槱、楼异、李乘、南仲、苏庠、释祖可、刘彤、刘允、赵企、释慧方、释咸静、释本才、邢居实、夏倪、米友仁、李廌、耿南仲、释思慧、罗从彦（75人）
凝定期 1102—1127（26年）	曾纡、李锌、杨景、释普信、释梵思、吴顺之（6人）	胡安国、闵人祥正、徐俯、宋京、陈公辅、宋莘、薛绍隆、王宷、薛道光、释守珣、释善果、吴激、李易、释法具、章宪、释显喻汝砺、张激（一作徽）、张俞、释惟照、释惟照、李邴、李郑、释祖万、沈晦、释法忠、释冲邈、朱弁、李郑、释道川、释徇、释祖珍、释端裕、释胜、张表臣、陈东（34人）

时期＼存诗10首以上者	50—99首	100—499首	500—999首	1000—1999首	2000首以上	总计（人）
沿袭期960—1030（71年）	李昉、刘兼、李至、晁迥、潘阆、钱惟演、陈尧佐、释遵式、刘筠、穆修、王周、石延年（12人）	徐铉、宋白、田锡、张咏、赵湘、魏野、寇准、丁谓、林逋、杨亿、释智圆、杨备、夏竦、释仲范、范仲淹、晏殊、胡宿、余靖（18人）	宋太宗、王禹偁、宋庠（3人）	宋祁（1人）		88
复古期1031—1060（30年）	释契嵩、范镇、苏洵、鲜于侁、张载、沈括（6人）	石介、文彦博、张方平、苏舜钦、李觏、祖无择、陈舜俞、黄庶、陶弼、杨蟠、王珪、曾巩、张公庠、郑獬、范纯仁、沈遘、张伯端、吕陶、杨杰、刘挚、蒋之奇（25人）	欧阳修、韩琦、赵抃、韩维、文同、苏颂、强至、徐积（8人）	邵雍、刘敞、司马光、王安石、刘攽（5人）	梅尧臣（1人）	89

时期 \ 存诗10首以上者	50—99首	100—499首	500—999首	1000—1999首	2000首以上	总计（人）
创新期 1061—1101（41年）	程颢、吴可、陈瓘、蔡肇、释克勤、慕容彦逢、刘安上、吕颐浩（8人）	王令、释义青、张舜民、朱长文、沈辽、冯山、范祖禹、舒亶、郑侠、陆佃、张商英、周彦质、吕南公、毕仲游、刘泾、秦观、刘跂、米芾、华镇、李复、释道宁、李廌、吴杨时、阮阅、张继先、释膳、则礼、周行己、饶节、晁冲之、毛滂、洪刍、释守卓、李昭玘、释昭、清远、洪炎、谢逸、赵鼎臣、唐庚、廖刚、苏过、许景衡（44人）	孔武仲、释道潜、孔平仲、黄裳、贺铸、李之仪、陈师道、晁补之、邹浩、晁说之、李新、葛胜仲（12人）	韦骧、郭祥正、苏辙、释彭汝砺、释德洪（5人）	苏轼、黄庭坚、张耒（3人）	156
凝定期 1102—1127（26年）	卢襄、宇文虚中、陈克、綦崇礼、释法泰、释明辩、左纬（8人）	谢薖、汪藻、王安中、张扩、叶梦得、韩驹、宋徽宗、李正民、释士珪、张纲、朱淑真、张守、陈楠、陈渊、赵鼎、沈与求、刘才邵、洪皓（19人）	李彭、释怀深、程俱、李光、刘一止、王庭珪、孙觌、曾几、郭印、王洋、邓刚中（11人）	周紫芝、李纲、日本中（3人）		81

二、洛阳诗人生平及存诗数量表

姓名	生卒年及基本传记资料	籍贯	著作	存诗数量
富弼 （彦国）	1004—1083，《宋史》卷三一三有传。	河南（今河南洛阳）人。	《富郑公集》一卷。	23
文彦博 （宽夫）	1006—1097，《名臣碑传琬琰集》下集卷一三、《宋史》卷三一三有传。	汾州介休（今属山西）人。	《潞公集》四十卷。	449
席汝言 （君从）	1006—？，事见《司马文正公文集》卷六五《洛阳耆英会序》。			2
程珦 （伯温）	1006—1090，事见《宋史》卷四二七《程颢传》、《新安文献志》卷六二。	河南（今河南洛阳）人。		2
王尚恭 （安之）	1007—1084，事见《范忠宣集》卷一四《王公墓志铭》。	河南（今河南洛阳）人。		2
赵丙 （南正）	1008—？，事见《司马文正公集》卷六五《赵朝议丙字南正文稿序》。		文稿十四编，已佚。	2
刘几 （伯寿）	1008—1088，《宋史》卷二六二有传。	洛阳（今属河南）人。		2
冯行己 （肃之）	1008—1091，《宋史》卷二八五有传。			1

姓名	生卒年及基本传记资料	籍贯	著作	存诗数量
范镇（景仁）	1008—1089，事见韩维《南阳集》卷三〇《忠文范公神道碑》，《宋史》卷三三七有传。	华阳（今四川成都）人。	文集百卷，已佚。	69
楚建中（正叔）	1010—1090，《宋史》卷三三一有传。	洛阳（今属河南）人。		2
邵雍（尧夫）	1011—1077，《宋史》卷四二七有传。	祖籍范阳（今河北涿州），移居共城（今河南辉县）。	《伊川击壤集》二十卷。	1514
王慎言（不疑）	1011—？。	洛阳（今属河南）人。		1
王拱辰（君贶）	1012—1085，事见《名臣碑传琬琰集》下集卷二〇，《宋史》卷三一八有传。	开封咸平（今河南通许）人。	文集七十卷，已佚。	6
张问（昌言）	1013—1087，《宋史》卷三三一有传。	襄阳（今属湖北）人。		2
张焘（景元）	1013—1082，《宋史》卷三三三有传。	临濮（今山东鄄城西南）人。		2
韩维（持国）	1017—1098，《宋史》卷三一五有传。	颍昌（今河南许昌）人。	《南阳集》十卷。	992
吕公著（晦叔）	1018—1089，《东都事略》卷八八、《宋史》卷三三六有传。	寿州（今安徽凤台）人。		18

姓名	生卒年及基本传记资料	籍贯	著作	存诗数量
司马光（君实）	1019—1086，事见《东坡全集》卷九〇《司马温公行状》，《宋史》卷三三六有传。	陕州夏县（今属山西）人。	《传家集》八十卷，杂著多种。	1233
鲜于侁（子骏）	1019—1087，事见《淮海集》卷三六《鲜于子骏行状》，《宋史》卷三四四有传。	阆州（今四川阆中）人。	文集二十卷、《刀笔集》三卷等，已佚。	58
范纯仁（尧夫）	1027—1101，事见《曲阜集》卷三《范忠宣公墓志铭》，《宋史》卷三一四有传。	吴县（今江苏苏州）人。	《范忠宣集》二十卷。	396
程颢（伯淳）	1032—1085，《东都事略》卷一一四、《名臣碑传琬琰集》下集卷二一、《宋史》卷四二七有传。	河南（今河南洛阳）人。	著述由门人整理编入《二程全书》。	70
程颐（正叔）	1033—1107，《东都事略》卷一一四、《宋史》卷四二七有传。	河南（今河南洛阳）人。	著述由门人整理编入《二程全书》。	6
张宗益	生卒年不详，仁宗景祐二年（1035）官将仕郎，后以工部侍郎致仕。			1
史炤	生卒年不详，事见《宋史》卷三一三《文彦博传》。	颍昌（今河南许昌）人。		0

姓名	生卒年及基本传记资料	籍贯	著作	存诗数量
宋选（子才）	生卒年不详，事见《王懿恪公拱辰传》，《名臣碑传琬琰集》下集卷二十；赵抃《奏状论王拱辰等入国狂醉乞行黜降》，《清献集》卷七。			0
李几先	生卒年不详，应为武将，司马光《又和六日四老会》诗下自注曰：并宋子才大监、李几先将军。			0
司马旦	失考。			0

说明：

人物据司马光《洛阳耆英会序》、邵伯温《邵氏闻见录》卷十；诗歌数量据《全宋诗》；残章不计，联句诗不重复计算，归入其中一主要作者名下。

三、王安石周围诗人生平及存诗数量表

姓名	生卒年及基本传记资料	籍贯	著作	存诗数量
王安石（介甫）	1021—1086，仁宗庆历二年（1042）进士。事见《名臣碑传琬琰集》下集卷一四《王荆公安石传》，《宋史》卷三二七有传。	抚州临川（今属江西）人。	《临川集》一百卷、《唐百家诗选》二十卷、《新经周礼义》二十二卷（残）。另有《王氏日录》八十卷、《字说》二十卷、《老子注》二卷、《洪范传》一卷、《论语解》十卷，与子雱合著《新经诗义》三十卷，均佚。	1727

姓名	生卒年及基本传记资料	籍贯	著作	存诗数量
韩绛（子华）	1012—1088，仁宗庆历二年（1042）进士。事见《范忠宣公集》卷一五《司空康国韩公墓志铭》,《宋史》卷三一五有传。	开封雍丘（今河南杞县）人。	文集五十卷、又《内外制集》十三卷、奏议三十卷，已佚。	13
谢景温（师直）	1021—1097，仁宗皇祐元年（1049）进士。《宋史》卷二九五有传。	富阳（今属浙江）人。		3
陈绎（和叔）	1021—1088，事见《苏魏公集》卷六〇《太中大夫陈公墓志铭》,《宋史》卷三二九有传。	洛阳（今属河南）人。	有集三十卷，已佚。	1
蒲宗孟（传正）	生卒年不详，仁宗皇祐五年（1053）进士。《东都事略》卷八三、《宋史》卷三二八有传。	阆州新井（今属四川）人。	有文集、奏议七十卷（《宋史·艺文志》），并集宋齐以后钱塘诗三千余首为三十卷（《乾道临安志》卷三），已佚。	26
邓润甫（温伯、圣求）	1027—1094，仁宗皇祐元年（1049）进士。《东都事略》卷九六、《宋史》卷三四三有传。	建昌（今江西永修西北）人。		4

姓名	生卒年及基本传记资料	籍贯	著作	存诗数量
黄履（安中）	1030—1101，仁宗嘉祐二年（1057）进士。《东都事略》卷九六、《宋史》卷三二八有传。	邵武（今属福建）人。	参与编修《两朝国史》一百二十卷、《元丰郊庙奉祀礼文》三十卷。	21
李定（资深）	1028—1087，进士《东都事略》卷九八、《宋史》卷三二九有传。	扬州（今属江苏）人。		4
沈括（存中）	1031—1095，嘉祐八年（1063）进士。《宋史》卷三三一有传。	钱塘（今浙江杭州）人。	著有《长兴集》四十一卷及《梦溪笔谈》等。南宋高布曾合沈遘《西溪集》、沈辽《云巢集》为《吴兴沈氏三先生集》。明中叶时重刻《长兴集》，大半散佚，诗一篇不存。1985年为纪念沈括逝世八百五十周年，胡道静辑有《沈括诗词辑存》。	58
蒋之奇（颖叔）	1031—1104，仁宗嘉祐二年（1057）进士。《咸淳毗陵志》卷一七、《宋史》卷三四三有传。	常州宜兴（今属江苏）人。	文集杂著百余卷，已佚。今《两宋名贤小集》中存有《三径集》一卷，清光绪盛宣怀《春卿遗稿》中有辑本一卷。	100

姓名	生卒年及基本传记资料	籍贯	著作	存诗数量
吕嘉问（望之）	生卒年不详，以荫补官。《宋史》卷三五五有传。	寿州（今安徽凤台）人。		1
李清臣（邦直）	1032—1102，仁宗皇祐五年（1053）进士。事见《鸡肋集》卷六二《资政殿大学士李公行状》，《宋史》卷三二八有传。	安阳（今属河南）人。	诗文一百卷（《直斋书录解题》作八十卷，集名《淇水集》），又奏议三十卷，已佚。	7
吕惠卿（吉甫）	1032—1111，仁宗嘉祐二年（1057）进士。事见《名臣碑传琬琰集》下集卷一四《吕参政惠卿传》，《东都事略》卷八三、《宋史》卷四七一有传。	泉州晋江（今属福建泉州）人。	《东平集》一百卷，《奏议》一百七十卷，《庄子解》十卷等，已佚。	4
龚原（深之，一作深父）	约1043—1110，仁宗嘉祐八年（1063）进士。《东都事略》卷一一四、《宋史》卷三五三有传。	处州遂昌（今属浙江）人。	文集七十卷（《宋史·艺文志》），已佚。	1
王安礼（和甫）	1034—1095，仁宗嘉祐六年（1061）进士。《宋史》卷三二七、《东都事略》卷七九有传。	抚州临川（今属江西）人。	文集二十卷（《宋史·艺文志》），已佚。四库馆臣从《永乐大典》辑出《王魏公文集》七卷，其中诗一卷。	43

姓名	生卒年及基本传记资料	籍贯	著作	存诗数量
安焘（厚卿）	1034—1108，仁宗嘉祐四年（1059）进士。《宋史》卷三二八有传。	开封（今属河南）人。	文集四十卷，已佚。	2
林希（子中）	约1035—约1101，仁宗嘉祐二年（1057）进士。《东都事略》卷九七、《宋史》卷三四三有传。	福州（今属福建）人。	《林氏野史》八卷。	10
章惇（子厚）	1035—1105，仁宗嘉祐四年（1059）进士。《东都事略》卷九五、《名臣碑传琬琰集》下集卷一八、实录《章丞相惇传》、《宋史》卷四七一有传。	建州浦城（今属福建）人。	《内制集》，已佚。	13
曾布（子宣）	1036—1107，巩弟。仁宗嘉祐二年（1057）与兄同登进士第。《宋史》卷四七一有传。	南丰（今属江西）人。	文集三十卷，已佚。	10
蔡确（持正）	1037—1093，仁宗嘉祐四年（1059）进士。事见《名臣碑传琬琰集》下集卷一八、《宋史》卷四七一有传。	泉州晋江（今属福建）人。	《礼文》三十卷、《唐吉凶礼仪礼图》三卷、《元丰司农敕令式》十七卷（《宋史·艺文志》），已佚。	20

姓名	生卒年及基本传记资料	籍贯	著作	存诗数量
张璪（初名琥，字邃明）	？—1093，仁宗嘉祐二年（1057）进士。事见《钱塘集》卷一六《张公行状》，《宋史》卷三二八有传。	滁州全椒（今属安徽）人。	参与详定《郊庙礼文》三十一卷（《文献通考》题三十卷），已佚。	2
赵挺之（正夫）	1040—1107，神宗熙宁三年（1070）进士。《宋史》卷三五一有传。	密州诸城（今属山东）人。		3
叶祖洽（敦礼）	1046—1117，神宗熙宁三年（1070）进士。《宋史》卷三五四有传。	邵武（今属福建）人。		2
舒亶（信道）	1041—1103，英宗治平二年（1065）进士。《宋史》卷三二九有传。	明州慈溪（今浙江慈溪东南）人。	文集一百卷（《宋史·艺文志》），已佚。近人张寿镛辑有《舒懒堂诗文存》三卷，收入四明约园刊《四明丛书》。	134
彭汝砺（器资）	1042—1095，英宗治平二年（1065）进士。《宋史》卷三四六有传。	饶州鄱阳（今属江西）人。	《易义》《诗义》及诗文五十卷（《宋史·艺文志》著录四十卷），已佚。后人收辑遗诗为《鄱阳集》十二卷，编次多舛误重复。	1162

姓名	生卒年及基本传记资料	籍贯	著作	存诗数量
陆佃（农师）	1042—1102，神宗熙宁三年（1070）进士。《宋史》卷三四三有传。	越州山阴（今浙江绍兴）人。	《陶山集》二十卷（《直斋书录解题》），已佚。四库馆臣据《永乐大典》辑为十六卷；并有《尔雅新义》《埤雅》传世。	225
张商英（天觉）	1043—1121，英宗治平二年（1065）进士。《东都事略》卷一〇二、《宋史》卷三五一有传。	蜀州新津（今属四川）人。	文集一百卷（《宋史·艺文志》），已佚。《两宋名贤小集》辑有《友松阁遗稿》一卷。	102
王雱（元泽）	1044—1076，英宗治平四年（1067）进士。《宋史》卷三二七有传。	抚州临川（今属江西）人。	《元泽先生文集》三十六卷（《国史经籍志》作三十四卷）。	7
曾肇（子开）	1047—1107，英宗治平四年（1067）进士。事见《曲阜集》卷四附录《行状》及《神道碑》，《宋史》卷三一九有传。	南丰（今属江西）人。	《曲阜集》四十卷及《奏议》、《西垣集》、外内制集多卷（《直斋书录解题》卷一七），已佚。清康熙间后裔曾俨拾遗文为《曲阜集》四卷。	29
蔡京（元长）	1047—1126，神宗熙宁三年（1070）进士。《东都事略》卷一〇一、《宋史》卷四七二有传。	仙游（今属福建）人。	《崇宁鼎书》一卷、《王贵妃传》一卷、《党人记》一卷、《政和续编诸路州县学敕令格式》十八卷（《宋史·艺文志》），已佚。参与编纂《哲宗前实录》一百卷、《后实录》九十四卷（《郡斋读书志》卷二上）。	17

姓名	生卒年及基本传记资料	籍贯	著作	存诗数量
蔡卞（元度）	1058—1117，与京同登神宗熙宁三年（1070）进士。《东都事略》卷一〇一、《宋史》卷四七二有传。	仙游（今属福建）人。	今存《毛诗名物解》二十卷。参与编修《神宗实录》二百卷、《两朝国史》一百二十卷。	3
蔡肇（天启）	？—1119，字天启，渊子。神宗元丰二年（1079）进士。《东都事略》卷一一六、《宋史》卷四四四、《京口耆旧传》卷四有传。	润州丹阳（今属江苏）人。	《丹阳集》三十卷，已佚。仅《两宋名贤小集》中存有《据梧小集》一卷。	96

说明：

本表据《全宋诗》制。

四、王安石化用诗句表

他人诗句	王安石诗句
只言花似雪，不悟有香来。（苏子卿《梅花落》）	遥知不是雪，为有暗香来。（《梅花》）
蝉噪林逾静，鸟鸣山更幽。（王籍《入若耶溪》）	茅檐相对坐终日，一鸟不鸣山更幽。（《钟山即事》）
楼观沧海日，门对浙江潮。（宋之问《灵隐寺》）	楼依水月观，门接海潮音。（《寄福公道人》）
兴阑啼鸟唤，坐久落花多。（王维《从岐王过杨氏别业应教》）	细数落花因坐久，缓寻芳草得归迟。（《北山》）
轻阴阁小雨，深院昼慵开。坐看苍苔色，欲上人衣来。（王维《书事》）	山中十日雨，雨晴门始开。坐看苍苔文，莫上人衣来。（《新晴》）

他人诗句	王安石诗句
行到水穷处，坐看云起时。（王维《终南别业》）	独寻飞鸟外，时渡乱流间。坐石偶成歇，看云相与还。（《自白土村入北寺》）因脱水边履，就敷岩上衾。但留云对宿，仍值月相寻。（《定林院》）
一别二十年，人堪几回别。（顾况《上湖至破山赠文周萧元植》）	一日君家把酒杯，六年波浪与尘埃。不知乌石冈边路，到老相逢得几回。（《与故人》）
喜深将策试，惊密仰檐窥。（韩愈《喜雪献裴尚书》）	为问火城将策试，何如雪屋听窗知。（《次韵酬府推仲通学士雪中见寄》）
种桃处处惟开花，川原远近蒸红霞。（韩愈《桃源图》）	春风过柳绿如缲，晴日蒸红出小桃。（《春日》）
或如龟坼兆，或如卦分繇。（韩愈《南山》）	四山翛翛映赤日，田背坼如龟兆出。（《元丰行》）似闻青秧底，复作龟兆坼。（《寄杨德逢》）
连年收科第，若摘颔底髭。（韩愈《寄崔立之》）	微言归易悟，捷若髭赴镊。（《再用前韵寄蔡天启》）
须着人间比梦间。（韩愈《遣兴》）	何须更待黄粱熟，如觉人间是梦间。（《怀钟山》）
心讶愁来惟贮火，眼知别后自添花。（韩愈《次邓州界》）	发为感伤无翠葆，眼从瞻望有玄花。（《和文淑溢浦见寄》）
久钦江总文才妙，自叹虞翻骨相屯。（韩愈《韶州留别张使君》）	久谙郭璞言多验，老比颜含意更疏。（《次韵平甫赠三灵山人程惟象》）
吾尝以为孔子之道大而能博，门弟子不能遍观而尽识也。（韩愈《送王秀才序》）	圣人道大能亦博，学者所得皆秋毫。（《孔子》）
还似琵琶弦畔见，细圆无节玉参差。（赵光远《咏手》）闲寻泊船处，潮落见平沙。（张籍《宿江店》）	有似钱塘江上见，晚潮初落见平沙。（《望淮口》）

他人诗句	王安石诗句
绿阴生昼寂，孤花表春余。(韦应物《游开元精舍》)	邻鸡生午寂，幽草弄秋妍。(《示无外》)
十年憔悴到秦京，谁料今为岭外行。(柳宗元《衡阳与梦得分路赠别》)	十年江海别常轻，岂料今随寡嫂行。(《寄张氏女弟》)
直以疏慵招物议，休将文字占时名。(柳宗元《衡阳与梦得分路赠别》)	直以文章供润色，未应风月负登临。(《幕次忆汉上旧居》)
春风朝夕起，吹绿日日深。(孟郊《连州吟三章》)	春风日日吹香草，山北山南路欲无。(《悟真院》)
山形朝阙去，河势抱关来。(许浑《行次潼关题驿后轩》)地隈一水巡城转，天约群山附郭来。(沈彬《题法华寺》)	一水护田将绿绕，两山排闼送青来。(《书湖阴先生壁》)
天空绝塞闻边雁，叶尽孤村见夜灯。(刘沧《咸阳怀古》)高树有风闻夜磬，远山无月见秋灯。(许浑《南庭夜坐贻开元禅定二道者》)	已无船舫犹闻笛，还有楼台祇见灯。(《次韵平甫金山会宿寄亲友》)
穿花度水能相访，珍重多才阮步兵。(曹唐《小游仙诗九十八首》之十九)	穿梅入柳曾莫逆，度岭缘冈初不谋。(《次韵朱昌叔五首》)
殷勤与解丁香结，从放繁枝散诞春。(陆龟蒙，案：诗名失载)	殷勤为解丁香结，放出枝间自在春。(《出定力院作》)
自缘今日人心别，未必秋香一夜衰。(郑谷《十月菊》)	千花万卉雕零后，始见闲人把一枝。(《菊》)
遥知杨柳是门处，似隔芙蕖无路通。(刘威《游东湖黄处士园林》)	漫漫芙蕖难觅路，翛翛杨柳独知门。(《又段氏园亭》)

他人诗句	王安石诗句
雨前初见花间蕊，雨后兼无叶里花。蛱蝶飞来过墙去，应疑春色在邻家。（王驾《晴景》）	雨来未见花间蕊，雨后全无叶底花。蜂蝶纷纷过墙去，却疑春色在邻家。（案：今不见集中，《苕溪渔隐丛话》）后集卷二十五）

说明：

本表主要参考释惠洪《冷斋夜话》卷一，胡仔《苕溪渔隐丛话》后集卷二十一、后集卷二十五，杨万里《诚斋诗话》卷一，叶梦得《石林诗话》（《历代诗话》第421页），吴开《优古堂诗话》（《历代诗话续编》第250、257、264、266页），曾季狸《艇斋诗话》（《历代诗话续编》第294、303、326页），黄彻《䂬溪诗话》卷五（《历代诗话续编》第370页），杨慎《升庵诗话》（《历代诗话续编》第678页），钱锺书《荆公用昌黎诗》《王荆公改诗》（《谈艺录》，北京：生活·读书·新知三联书店2007年第2版，第173—184页，第598—605页）。诗话中所引诗句与诗人本集中诗句往往有一二字不同，以诗人本集为准。

五、苏轼熙丰中所与唱酬者表

所在地	有诗歌往来者（包括唱和、赠诗）
杭州（包括当时往来各地所交往者）（1071—1074）	**入仕者**：苏辙（子由）、柳瑾（子玉）、李杞（坚甫）、张次山（希元）、岑象求（岩起）、刘恕（道原）、张吉甫、蔡准、孙觉（莘老）、吕仲甫（穆仲）、焦千之（伯强）、任伋（师中）、沈立（立之）、李常（公择）、崔度、陈襄（述古）、陈章、孔文仲（经父）、朱寿昌、张轩民、张先（子野）、邵迎（茂诚）、钱颢（安道）、鲜于侁（子骏）、章传（传道）、李佖、曾元恕、苏舜举（世美）、周邠（开祖）、徐畴、王概、鲁有开（元翰）、杜子方、戚秉道、陈珪、刁璹、刁约（景纯）、俞康直、王诲（规父）、刘述（孝叔）、杨绘（元素）、毛国华、单锡（君贶）、王居卿（寿朋）、陈海州、孙奕（景山）、孙洙（巨源）、盛侨。

所在地	有诗歌往来者（包括唱和、赠诗）
杭州（包括当时往来各地所交往者）（1071—1074）	**未入仕者**：贾收（耘老）、王复、李无悔（行中）、汪覃、胡穆、柳闳、柳辟、李颀、谢生、晁补之（无咎）、何冲（浩然）。 **僧人**：惠勤、惠思、守诠、贤师、清顺、冲师、文长方丈、可久、惟肃、义诠於潜僧惠觉、本长老、荣长老、辩才、志诠、臻阇梨、勤师、智周、湛师、永乐文长老、法通、志诚、纶长老、宝觉、圆通、昭素、道潜。 **道士**：钱道人（钱安道之弟、惠山老）。
密州（包括当时往来各地所交往者）（1074—1076）	**入仕者**：乔叙（禹功）、段绎（释之）、姚淳、章传（传道）、顿起、苏辙（子由）、刘述（孝叔）、吕仲甫（穆仲）、张方平（安道）、晁端彦（美叔）、刘攽（贡父）、李常（公择）、梅户曹（案：名未详）、章惇（子厚）、张先（子野）、蒋夔、文勖（安国）、赵成伯、李清臣（邦直）、文同（与可）、刁约（景纯）、文彦博（宽夫）、黎錞（希声）、孔宗翰（周翰）、赵呆卿（明叔）、周邠（开祖）、董希甫。 **未入仕者**：田、贺二生。
徐州（包括当时往来各地所交往者）（1077—1079）	**入仕者**：孔宗翰（周翰）、李常（公择）、孔舜亮（君亮）、范镇（景仁）、鲁有开（元翰）、苏辙（子由）、刘泾（巨济）、江仲达、赵成伯、司马君实、孙洙（巨源）、颜复（长道）、王巩（定国）、梁先（吉老）、舒焕（尧文）、张天骥、王景纯（仲素）、张继愿、任仮（师中）、家勤国（汉公）、仲伯达、杨奉礼、吴管（彦律）、王户曹（案：名未详）、李公恕、张恕（忠甫）、章粲（质夫）、梁交（仲通）、傅裼、毕仲孙（景儒）、王迥（子高）、孙觉（莘老）、杜介（几先）、文同（与可）、鲜于侁（子骏）、黄庭坚（鲁直）、胡公达、宋国博（案：名未详、国博为官职）、范祖禹（淳甫）、顿起、孙勉、张方平（安道）、时同年、王廷老、颜复（长道）、田叔通、狄季子、宋希元、孙奕（景山）、关景仁（彦长）、徐安中、刘拐（行甫）。 **未入仕者**：王复、王定民（佐才）、寇（昌朝）元弼、石夷庚（坦夫）、秦观（少游）。 **僧人**：妙善师、辩才、道潜、法言、宝觉、惠表。 **道士**：钱道人（惠山老）。

所在地	有诗歌往来者（包括唱和、赠诗）
湖州（包括当时往来各地所交往者）（1079）	**入仕者**：李常（公择）、王巩（定国）、孙同年（案：同卷中还提到孙著作、孙秘丞，《苏轼年谱》认为是同一人，名未详）、丁公默、钱钱藻（醇老）、李邦直、周邠（开祖）、林希（子中）、胡祠部（案：名未详，祠部为官职）、赵抃（阅道）、俞温父、孙侔（少述）、刘攽（贡父）、苏辙（子由）。 **未入仕者**：贾收（耘老）、秦观（少游）、王适（子立）、王遹（子敏）。 **僧人**：本长老、渊师、道潜。 **道士**：钱自然（通教大师）。
黄州（1080—1084）	**入仕者**：苏辙（子由）、任伋（师中）、陈慥（季常）、乐京、杜沂、何长官（案：名未详）、张不疑（师正）、郑文、李常（公择）、张方平（安道）、徐大受（君猷）、孟震（亨之）、杨绘（元素）、孔平仲（毅甫）、王巩（定国）、曹九章（演甫）、周安孺、黄庭坚（鲁直）、蔡承禧（景繁）、刘唐年。 **未入仕者**：文务光（逸民）、王齐万（子辩）、柳真龄（安期）、潘丙（彦明）、郭遘（兴宗）、古耕道（椎鲁）、潘原（昌宗）、马梦得（正卿）、苏安节、王适（子立）、苏迟、苏适、黄照、苏迈、李委、巢谷（元修）、秦观（少游）、潘大临（邠老）、杨耆。 **僧人**：颛师、大冶长老、蜀僧明操、道潜。 **道士**：杨世昌（子京）。

说明：

本表据《苏轼诗集》《全宋诗》制。

六、江西诗派诗人生平及存诗数量表

作家	生卒年	籍贯	著作	存诗数量
黄庭坚（鲁直）	1045—1105，事见黄𪩘《山谷年谱》，《宋史》卷四四四有传。	分宁（今江西修水）人。	著有《豫章黄先生文集》《山谷情趣外编》等。	2170

作家	生卒年	籍贯	著作	存诗数量
陈师道（无己）	1053—1102，《宋史》卷四四四有传。	彭城（今江苏徐州）人。	遗著由门人魏衍编为《彭城陈先生集》二十卷，其中诗六卷，四百五十六篇，已佚。有《后山居士文集》（二十卷，收诗多于魏本）、《后山先生集》（二十卷）及任渊《后山诗注》传世。	701
潘大临（君孚、邠老）	家贫未仕，苏轼、张耒谪黄州时所有交往。入江西诗派，与江西诗人多有唱和。徽宗大观间客死蕲春，年未五十。事见张耒《柯山集》卷四十《潘大临文集序》。	黄州（今属湖北）人。	有《柯山集》二卷，已佚。《两宋名贤小集》存有《潘邠老小集》一卷。	30
谢逸（无逸）	1068—1112，明弘治《抚州府志》卷二一、清同治《临川县志》卷四三有传。	抚州临川（今属江西）人。	著有《溪堂集》二十卷及补遗、词集等，已佚。四库馆臣从《永乐大典》辑出《溪堂集》十卷，其中诗五卷。	230
洪朋（龟父）	1072—1109，黄庭坚外甥，与弟刍、炎、羽并称"四洪"，为江西诗派中的著名诗人。曾两举进士不第，以布衣终身。《宋史翼》卷二十七有传。	南昌（今属江西）人。	有《洪龟父集》《清非集》，已佚。四库馆臣从《永乐大典》辑出《洪龟父集》二卷。	191

作家	生卒年	籍贯	著作	存诗数量
洪刍（驹父）	"四洪"之二，哲宗绍圣元年（1094）进士。崇宁三年（1104）入党籍，贬闽南。五年，复宣德郎。钦宗靖康元年（1126）官谏议大夫。高宗建炎元年（1127）坐事长流沙门岛，卒于贬所。	南昌（今属江西）人。	有《老圃集》一卷及《豫章职方乘》《后乘》等，已佚。四库馆臣从《永乐大典》辑出《老圃集》二卷。	184
饶节（德操，如璧）	1065—1129，事见清光绪《抚州县志》卷八三，《嘉泰普灯录》卷一二、《五灯会元》卷一六有传。	抚州临川（今属江西）人。	有《倚松集》十四卷，已佚。《直斋书录解题》著录《倚松集》二卷，有南宋庆元五年（1199）刻本，今残存八页，藏上海图书馆。	382
祖可（正平）	俗名苏序，庠弟。少以病癫，人目为癫可。自为僧，居庐山之下。工诗，诗入江西诗派。《京口耆旧传》卷四、《嘉定镇江志》卷二〇、《至顺镇江志》卷一九有传。	润州丹阳（今属江苏）人。	有《东溪集》已佚。	28

作家	生卒年	籍贯	著作	存诗数量
徐俯（师川）	1075—1141，《宋史》卷三七二有传。	洪州分宁（今江西修水）人。	有《东湖集》三卷，已佚。《两宋名贤小集》卷一一四有《东湖居士集》一卷。	45
林敏修（子来）	林敏功弟，事见《尚友录》卷一三、《江西诗社宗派图录》。	蕲春（今属湖北）人。	有《无思集》四卷，已佚。	9
洪炎（玉父）	1067？—1133，"四洪"之三，黄庭坚外甥。哲宗元祐末进士，累官秘书少监。	南昌（今属江西）人。	著有《西渡集》，传本以清光绪二年（1876）泾县朱氏惜分阴斋校刊本最为完善。	110
汪革（信民）	1071—1110，哲宗绍圣元年（1094）进士，为教授。蔡京当国，调官不就。	抚州临川（今属江西）人。	有《青溪类稿》，已佚。	7
李錞（希声）	尝官秘书丞，与徐俯、潘大临同时。事见《永乐大典》卷七八九五引《临汀志》。	武平（今属福建）人。		10
韩驹（子苍）	1080—1135，《宋史》卷四四五有传。	陵阳仙井（今属四川仁寿）人。	有《陵阳集》四卷传世。	404
李彭（商老）	字商老，生平与韩驹、洪刍、徐俯等人交善，名列吕本中《江西诗社宗派图》。	建昌（今江西永修西北）人。	著有《日涉园集》十卷，已佚。四库馆臣从《永乐大典》辑出十卷。《两宋名贤小集》卷一一五存《玉涧小集》一卷。	730

作家	生卒年	籍贯	著作	存诗数量
晁冲之（叔用、用道）	1073—1126，晁氏为文学世家，从兄说之、补之俱有名，冲之未中弟。哲守绍圣党事起，说之、补之俱罢党，冲之独隐居具茨山，也称具茨先生。事见俞汝砺撰《晁具茨先生诗集序》。	济州巨野（今山东河泽）人。	有《具茨集》十卷，《晁叔用词》一卷（《直斋书录解题》著录）。	168
江端本（子之）	字子之，端友弟。事见《直斋书录解题》卷二十、《景迂生集》卷一九《寿昌县君刘氏墓志铭》、《宋史》卷四六二《林灵素传》。	开封（今属河南）人。	有《陈留集》一卷，已佚。	5
杨符（信祖）	与方元修、王直方（1069—1109）同时。			残句
谢薖（幼槃）	1074—1116，举进士不第，家居不仕。诗文与其兄谢逸齐名，时称"二谢"。	抚州临川（今属江西）人。	著有《竹友集》十卷，其中诗七卷。	275
夏倪（均父）	夏竦孙。宣和元年（1119）以事降监祁阳酒税。事见《石门文字禅》卷二二《远游堂记》。	蕲州（今湖北蕲春镇北）人。	著作已散佚，《两宋名贤小集》卷六八存《五桃轩集》一卷。	19

作家	生卒年	籍贯	著作	存诗数量
林敏功（子仁）	年十六，预乡荐，下第归，杜门二十年。元符末征召不赴。与弟敏修以文字终老，世号"二林"。事见《尚友录》卷一三。	蕲春（今属湖北）人。	有诗文百卷，号《蒙山集》，又有《高德集》七卷，一作《林敏功集》十卷，均佚。	7
潘大观（仲达）	大临弟，事见《文章辨体汇选》张载《与潘大观书》。	黄州（今属湖北）人。		
王直方（立之）	1069—1109，字立之，械子。事见《景迂生集》卷一九《王立之墓志铭》。	密县（今属河南）人。	有《诗话》并集，已佚。诗话散见于他人著作中。	5
善权（巽中）				
高荷（子勉）	元祐间入太学，晚年知涿州。事见清光绪《续修江陵县志》卷三三。	江陵（今属湖北）人。		7

说明：

本表据《全宋诗》、赵彦卫《云麓漫抄》（北京：中华书局1996年版）、胡仔《苕溪渔隐丛话》（北京：人民文学出版社1962年版）制。

七、胡应麟《诗薮》杂编卷五所列诗人生平及存诗数量表

姓名	生卒年及基本传记资料	存诗数量
欧阳修 （永叔）	1007—1072，《宋史》卷三一九有传。宋胡柯编有《庐陵欧阳文忠公年谱》。	935
韩琦 （稚圭）	1008—1075，《名臣碑传琬琰集》中集卷四八宋李清臣《韩忠献公琦行状》，《宋史》卷三一二有传。	733
宋祁 （子京）	998—1061，《名臣碑传琬琰集》上集卷七宋范镇《宋景文公祁神道碑》，《宋史》卷二八四有传。	1561
范仲淹 （希文）	989—1052，《宋史》卷三一四有传。	301
石延年 （曼卿）	994—1041，《宋史》卷四四二有传。	57
梅尧臣 （圣俞）	1002—1060，《欧阳文忠公集》卷三三《梅圣俞墓志铭》，《宋史》卷四四三有传。	2911
蔡襄 （君谟）	1012—1067，《欧阳文忠公集》卷三五《端明殿学士蔡公墓志铭》，《宋史》卷三二〇有传。	410
苏洵 （明允）	1009—1066，《欧阳文忠公集》卷三四《苏君墓志铭》，《宋史》卷四四三有传。	51
余靖 （安道， 本名 希古）	1000—1064，《欧阳文忠公集》卷二三《余襄公神道碑铭》，《宋史》卷三二〇有传。	140
刘敞 （原父）	1019—1068，《宋史》卷三一九有传。	1659
丁宝臣 （元珍）	1010—1067，《欧阳文忠公集》卷二五《丁君墓表》，《临川集》卷九一《丁君墓志铭》。	8

姓名	生卒年及基本传记资料	存诗数量
谢伯初 （景山）	仁宗天圣二年（1024）进士，与欧阳修交游，《欧阳文忠公集》卷四二《谢氏诗序》。	2
孙洙 （巨源）	1031—1079，仁宗朝进士及第，元丰初兼直学士院。卒年四十九。《宋史》卷三二一有传。	
郑獬 （毅夫）	1022—1072，《东都事略》卷七六、《宋史》卷三二一有传。	431
江休复 （邻几）	1005—1060，《欧阳文忠公集》卷三三《江邻几墓志铭》，《宋史》卷四四三有传。	8
苏舜元 （才翁）	1006—1054，《蔡忠惠集》卷三五《苏才翁墓志铭》，参见《宋史》卷四四二《苏舜钦传》。	12
苏舜钦 （子美）	1008—1049，《宋史》卷四四二有传。	231
王珪 （禹玉， 歧公）	1019—1085，《名臣碑传琬琰集》上集卷八叶清臣《王文恭珪神道碑》，《宋史》卷三一二有传。	
王安石 （介甫， 文公）	1021—1086，《名臣碑传琬琰集》下集卷一四《王荆公安石传》，《宋史》卷三二七有传。	1727
曾巩 （子固）	1019—1083，《宋史》卷三一九有传。	446
苏轼 （子瞻）	1036—1101，《宋史》卷三三八有传。	2676
苏辙 （子由）	1039—1112，《名臣碑传琬琰集》下集卷一一、《宋史》卷三三九有传。	1835
王回 （深父、 深甫）	1023—1065，《宋史》卷四三二有传。	2

姓名	生卒年及基本传记资料	存诗数量
王向 （子直）	王回弟，《宋史》卷四三二有传。	
王同 （容季）	回、向之弟，附向传。	
李清臣 （邦直）	1032—1102，《鸡肋集》卷六二《资政殿大学士李公行状》，《宋史》卷三二八有传。	7
王安国 （平甫）	1028—1074，《临川集》卷九一《王平甫墓志铭》，《宋史》卷三二七有传。	43
王诜 （晋卿）	约 1048—约 1104，熙宁二年（1069）选尚英宗女。《宣和画谱》卷一二，《宋史》卷二五五及《东都事略》卷二〇《王全斌传》附之。	5
米芾 （元章）	1051—1107，《宝晋英光集拾遗》附《故南宫舍人米公墓志》，《东都事略》卷一一六、《宋史》卷四四四有传。	261
张先 （子野）	990—1078，史籍无传，事迹见夏承焘《张子野年谱》（载《唐宋词人年谱》）。	25
滕元发 （达道）	1020—1090，《东坡全集》卷八九《滕公墓志铭》，《宋史》卷三三二有传。	5
刘季孙 （景文）	1033—1092，《东坡全集》卷八九《乞赙赠刘季孙状》、《东都事略》卷一一〇《刘平传》。	43
文同 （与可）	1018—1079，《丹渊集》附范百禄所撰墓志及家诚之所撰年谱。《宋史》卷四四三有传。	859
陈襄 （述古）	1017—1080，宋陈晔《古灵先生年谱》（《永乐大典》卷三一四二），《宋史》卷三二一有传。	180
徐积 （仲车）	1028—1103，《宋史》卷四五九有传。	741

姓名	生卒年及基本传记资料	存诗数量
张方平（安道）	1007—1091，《东坡后集》卷一七《张文定公墓志铭》，《宋史》卷三一八有传。	305
刘恕（道原）	1032—1078，《温国文正司马公文集》卷六五《刘道原十国纪年序》，《宋史》卷四四四有传。	1
李常（公择）	1027—1090，《苏魏公集》卷五五《龙图阁直学士知成都府李公墓志铭》，《宋史》卷三四四有传。	5
李之仪（端叔）	1048—1117，《宋史》卷三四四有传。	746
苏颂（子容）	1020—1101，《名臣碑传琬琰集》中集卷三〇宋曾巩撰《苏丞相颂墓志铭》，《宋史》卷三四〇有传。	626
晁端友（君成）	1029—1075，《东坡集》卷二四《晁君成诗集引》，《山谷集》卷二三《晁君成墓志铭》。	7
孔平仲（毅父）	1044—1111，《宋史》卷三四四有传。	855
杨杰（次公）	嘉祐四年（1059）进士，元祐中在世。《宋史》卷四四三有传。	236
蒋之奇（颖叔）	1031—1104，《咸淳毗陵志》卷一七、《宋史》卷三四三有传。	100
黄庭坚（鲁直）	1045—1105，宋黄㽆《山谷年谱》，《宋史》卷四四四有传。	2161
秦观（少游）	1049—1100，《宋史》卷四四四有传。	442
陈师道（无己）	1053—1102，《宋史》卷四四四有传。	701
张耒（文潜）	1054—1114，《宋史》卷四四四有传。	2236

姓名	生卒年及基本传记资料	存诗数量
唐庚（子西）	1071—1121，《眉山唐先生文集》卷首吕荣撰《序》，《宋史》卷四四三有传。	310
李廌（方叔）	1059—1109，《宋史》卷四四四有传。	430
赵令畤（德麟）	1061—1134，《宋史》卷二四四有传。	11
秦觏（少章）	元祐六年（1091）进士。《山谷集》卷二六《书秦觏诗卷后》，《淮海集》卷四《送少章弟赴仁和主簿》。	3
毛滂（泽民）	1060—？，宣和中在世。事见《东堂集》有关诗文。	280
苏庠（养直）	1065—1147，《宋史》卷四五九、《咸淳毗陵志》卷一九、《嘉定镇江志》卷二一、《京口耆旧传》卷四有传。	32
邢居实（惇夫）	1068—1087，《嵩山文集》卷一九《邢惇夫墓表》、《宋史》卷四七一《邢恕传》。	12
晁说之（以道）	1059—1129，事见《嵩山文集》附录其孙子健所作文集后记、《晁氏世谱节录》及集中有关诗文。	910
晁咏之（之道）	说之弟，元祐间进士，元符中在世。事见《东都事略》卷一一六、《宋史》卷四四四《晁补之传》。	7
李格非（文叔）	约1045—约1105，熙宁九年（1076）进士，绍圣中在世。《东都事略》卷一一六、《宋史》卷四四四有传。	8
晁载之（伯宇）	曾与黄庭坚交往，事见《郡斋读书志》卷四下。	2
马存（子才）	？—1096，《宋史翼》卷二六、《宋元学案》卷一有传。	8
廖正一（明略）	1060—1106，元丰二年（1079）进士。《东都事略》卷一一六有传。	7

姓名	生卒年及基本传记资料	存诗数量
王巩 （定国）	神宗时为秘书省正字，绍圣中在世。《东都事略》卷四〇、《宋史》卷三二〇有传。	11
王适 （子立）	苏辙婿。事见《东坡全集》卷八九《王子立墓志铭》，《栾城集》后集卷二一《王子立秀才文集引》。	
潘大观	潘大临弟，苏轼在黄州曾与交往，见《东坡全集》附录《东坡先生年谱》。	
潘大临 （邠老）	家贫未仕，苏轼、张耒谪黄州时有交往。徽宗大观间客死蕲春。事见《张右史文集》卷五一《潘大临文集序》。	30
姜君弼 （唐佐）	苏轼在儋州曾与交往，见《东坡全集》附录《东坡先生年谱》。	
刘攽 （贡父）	1023—1089，《宋史》卷三一九有传。	1259
王申父	失考。	
俞澹 （清老）	紫芝弟，与王安石交往。事见《敬乡录》卷二。	1
俞紫芝 （秀老）	？—1086，与王安石交往。事见《石林诗话》卷中。	16
杨蟠 （公济）	约1017—1106，庆历六年（1046）进士，元祐中在世。《宋史》卷四四二有传。	120
袁陟 （世弼）	仁宗庆历六年（1046）进士。事见清雍正《江西通志》卷四九、六六。	11
王钦臣 （仲至）	约1034—约1101，熙宁三年（1070）赐进士及第。徽宗初在世。事见《宋史》卷二九四《王洙传》。	13
宋敏求 （次道）	1019—1079，《名臣碑传琬琰集》中集卷一六范镇《宋谏议墓志铭》，《宋史》卷二九一有传。	6

姓名	生卒年及基本传记资料	存诗数量
方惟深（子通）	1040—1122，《北山小集》卷三二《莆阳方子通墓志铭》，《直斋书录解题》卷二〇。	27
郭祥正（功父）	1035—1113，《宋史》卷四四四有传。	1413
王令（逢原）	1032—1059，事见《广陵集》附录王安石《王逢原墓志铭》及门人刘发《广陵先生传》。	476
蔡肇（天启）	？—1119，《东都事略》卷一一六、《宋史》卷四四四、《京口耆旧传》卷四有传。	96
贺铸（方回）	1052—1125，事见《庆湖遗老诗集》原序及附录《贺公墓志铭》，《宋史》卷四四三有传。	602
龙太初	与王安石、郭祥正有交往。事见《诗话总龟》前集卷一一。	1
刘泾（巨济）	1043—1100，熙宁六年（1073）进士。《宋史》卷四四三有传。	19
叶涛（致远）	熙宁六年（1073）进士，绍圣中在世。《宋史》卷三五五有传。	1

说明：

本表人名据《诗薮》（吴文治主编《明诗话全编》，南京：江苏古籍出版社1997年）。诗歌数量据《全宋诗》统计，残章、存目诗不计在内；生卒年不可考者列其及第或为官可考之年月；及第与为官时间均不可考者，列与其相交往之人，可大致推知其生活年代。

参考文献

专著类

A

《安阳集编年笺注》，〔宋〕韩琦著，李之亮、徐正英笺注，成都：巴蜀书社 2000 年。

B

《白居易集》，〔唐〕白居易著，顾学颉点校，北京：中华书局 1979 年。

《北宋党争研究》，罗家祥，台北：文津出版社 1993 年。

《北宋诗歌与政治关系研究》，杜若鸿，北京：北京大学出版社 2015 年。

《北宋诗学思想史论》，宋皓琨，北京：社会科学文献出版社 2022 年。

《北宋诗学之理学文化观照》，张杰，兰州：兰州大学出版社 2017 年。

《北宋儒学》，杜保瑞，台北：台湾商务印书馆股份有限公司 2005 年。

《北宋诗歌论政研究》，林宜陵，台北：文津出版社 2003 年。

《北宋齐鲁诗坛研究》，马银华，济南：山东人民出版社 2020 年。

《北宋前期七言律诗研究》，张立荣，北京：中国社会科学出版社 2014 年。

《北宋前期诗歌转型研究》，谢琰，北京：北京大学出版社 2013 年。

《北宋文化史述论》，陈植锷，北京：中国社会科学出版社 1992 年。

《北宋文人与党争》，沈松勤，北京：人民出版社 1998 年。

《北宋新旧党争与文学》，萧庆伟，北京：人民文学出版社 2001 年。

《北宋政治改革家王安石》，邓广铭，石家庄：河北教育出版社 2000 年。

《泊宅编》，〔宋〕方勺，北京：中华书局 1983 年。

C

《蔡襄集》，〔宋〕蔡襄，上海：上海古籍出版社 1996 年。

《参寥子诗集》，〔宋〕道潜，影印四部丛刊三编，上海：上海书店出版社 1986 年。

《晁氏琴趣外篇》，〔宋〕晁补之著，刘乃昌、杨庆存校注，上海：上海古籍出版社 1991 年。

《晁补之词编年笺注》，〔宋〕晁补之著，乔力校注，济南：齐鲁书社 1992 年。

《禅思与诗情》，孙昌武，北京：中华书局 1997 年。

《禅宗与中国文化》，葛兆光，上海：上海人民出版社 1986 年。

《禅宗诗歌境界》，吴言生，北京：中华书局 2001 年。

《禅宗思想渊源》，吴言生，北京：中华书局 2001 年。

《禅宗哲学象征》，吴言生，北京：中华书局 2001 年。

《禅宗与中国文学》，谢思炜，北京：中国社会科学出版社 1993 年。

《陈师道及其诗研究》，范月娇，台北：文史哲出版社 1988 年。

《赤壁漫游与西园雅集》，衣若芬，台北：线装书局 2001 年。

《池北偶谈》，〔清〕王士禛，北京：中华书局 1982 年。

《出入自在——王安石与佛禅》，徐文明，郑州：河南人民出版社 2001 年。

《初唐诗》，〔美〕宇文所安著，贾晋华译，北京：生活·读书·新知三联书店 2004 年。

《传家集》，〔宋〕司马光，景印文渊阁四库全书，台北：台湾商务印书馆 1983 年。

《传媒与真相——苏轼及其周围士大夫的文学》，〔日〕内山精也著，朱刚、益西拉姆等译，上海：上海古籍出版社 2005 年。

《春明退朝录》，〔宋〕宋敏求，北京：中华书局 1980 年。

《春渚纪闻》，〔宋〕何薳，北京：中华书局 1983 年。

《徂徕石先生文集》，〔宋〕石介著，陈植锷点校，北京：中华书局 1984 年。

D

《邓广铭治史丛稿》，邓广铭，北京：北京大学出版社 1997 年。

《东都事略》，〔宋〕王称，台北：文海出版社 1979 年。

《东坡志林》，〔宋〕苏轼，北京：中华书局 1981 年。

《东轩笔录》，〔宋〕魏泰，北京：中华书局 1983 年。

《东斋记事》，〔宋〕范镇，北京：中华书局 1980 年。

《杜甫诗话六种校注》，张忠纲编注，济南：齐鲁书社 2002 年。

《都官集》，〔宋〕陈舜俞，景印文渊阁四库全书。

《杜诗详注》，〔唐〕杜甫著，〔清〕仇兆鳌注，北京：中华书局 1979 年。

E

《二程集》，〔宋〕程颢、程颐著，王孝鱼点校，北京：中华书局 2004 年。

《二十世纪的历史学：从科学的客观性到后现代的挑战》，〔美〕格奥尔格·伊格尔斯著，何兆武译，济南：山东大学出版社 2006 年。

F

《法国史学革命：年鉴学派，1929—1989》，〔法〕彼得·伯克著，刘永华译，北京：北京大学出版社 2006 年。

《伐檀集》，〔宋〕黄庶，景印文渊阁四库全书。

《范忠宣公文集》，〔宋〕范纯仁，北京：北京图书馆出版社 2005 年影印本。

《范仲淹评传》，方健，南京：南京大学出版社 2001 年。

《范仲淹全集》，〔清〕范能濬编，薛正兴校点，南京：凤凰出版社 2004 年。

《佛教与中国文学》，孙昌武，上海：上海人民出版社 1988 年。

G

《公是集》，〔宋〕刘敞，丛书集成初编，上海：商务印书馆 1935 年。

《新笺决科古今源流至论》，〔宋〕林駉，北京：北京图书馆出版社 2005 年影印本。

《古灵集》，〔宋〕陈襄，景印文渊阁四库全书。

《姑溪居士集》，〔宋〕李之仪，丛书集成初编，上海：商务印书馆 1935 年。

《归田录》，〔宋〕欧阳修，北京：中华书局 1981 年。

《癸辛杂识》，〔宋〕周密，北京：中华书局 1988 年。

《国史大纲》（第 3 版），钱穆，北京：商务印书馆 1996 年。

《过庭录》，〔宋〕范公偁撰，北京：中华书局 2002 年。

H

《韩昌黎诗系年集释》，〔唐〕韩愈著，钱仲联集释，上海：上海古籍出版社 1994 年。

《韩愈资料汇编》，吴文治编，北京：中华书局 1983 年。

《鹤林玉露》，〔宋〕罗大经，北京：中华书局 1983 年。

《后汉书》，〔南朝宋〕范晔，北京：中华书局 1965 年。

《后山居士文集》，〔宋〕陈师道，上海：上海古籍出版社 1984 年，据北京图书馆藏宋刻本影印。

《后山诗注补笺》，〔宋〕陈师道著，任渊注、冒广生补笺，北京：中华书局 1995 年。

《后现代与历史学：中西比较》，王晴佳、古伟瀛，济南：山东大学出版社 2006 年。

《侯鲭录》，〔宋〕赵令畤，北京：中华书局 2002 年。

《胡云翼说诗》，胡云翼，上海：华东师范大学出版社 2004 年。

《画墁集》，〔宋〕张舜民，丛书集成初编，上海：商务印书馆 1935 年。

《淮海词笺注》，〔宋〕秦观著，杨世明笺注，成都：四川人民出版社 1984 年。

《淮海集笺注》，〔宋〕秦观著，徐培均笺注，上海：上海古籍出版社 1994 年。

《淮海居士长短句》，〔宋〕秦观著，徐培均笺注，上海：上海古籍出版社 1985 年。

《黄庭坚和江西诗派资料汇编》，傅璇琮，北京：中华书局 1978 年。

《黄庭坚年谱新编》，郑永晓，北京：社会科学文献出版社 1997 年。

《黄庭坚评传》，黄宝华，南京大学出版社 1998 年。

《黄庭坚全集》，〔宋〕黄庭坚著，刘琳等校点，成都：四川大学出版社 2001 年。

《黄庭坚诗集注》，黄庭坚撰，任渊、史容、史季温注，刘尚荣点校，北京：中华书局 2003 年。

《黄庭坚诗学体系研究》，钱志熙，北京：北京大学出版社 2003 年。

《黄庭坚研究论集》，黄启方，合肥：安徽人民出版社 2005 年。

《黄庭坚研究论文集》，九江师专古籍整理研究室、九江师专图书馆编辑印行，1985 年。

《黄庭坚与江西诗派》，王琦珍，南昌：江西高校出版社 2006 年。

《黄庭坚与宋代文化》，杨庆存，开封：河南大学出版社 2002 年。

《晦庵先生朱文公文集》，〔宋〕朱熹，上海：上海古籍出版社 2002 年。

J

《济南集》，〔宋〕李廌，景印文渊阁四库全书。

《鸡肋编》，〔宋〕庄绰，北京：中华书局 1983 年。

《济北晁先生鸡肋集》，〔宋〕晁补之，影印四部丛刊初编，上海：上海书店出版社 1989 年。

《计量史学》，〔法〕罗德里克·弗拉德著，王小宽译，上海：上海译文出版社 1991 年。

《伊川击壤集》，〔宋〕邵雍，影印四部丛刊初编。

《记纂渊海》，〔宋〕潘自牧，北京：中华书局 1988 年。

《甲申杂记》，〔宋〕王巩，北京：北京图书馆 2003 年影印本。

《家世旧闻》，〔宋〕陆游，北京：中华书局 1993 年。

《建炎以来朝野杂记》，〔宋〕李心传，北京：中华书局 2000 年。

《江西诗派研究》，莫砺锋，济南：齐鲁书社 1986 年。

《江西诗派诸家考论》，韦海英，北京：北京大学出版社，2005 年。

《晋书》，〔唐〕房玄龄等，北京：中华书局 1974 年。

《经进东坡文集事略》，〔宋〕苏轼著，郎晔选注，影印四部丛刊初编。

《居易录》，〔清〕王士禛，丛书集成初编，上海：商务印书馆 1936 年。

《景文集》，〔宋〕宋祁，丛书集成初编，上海：商务印书馆 1936 年。

《嵩山文集》，〔宋〕晁说之，影印四部丛刊续编，上海：上海书店出版社 1985 年。

《旧唐书》，〔后晋〕刘昫等，北京：中华书局 1975 年。

《旧五代史》，〔宋〕薛居正等，北京：中华书局 1976 年。

《旧闻证误》，〔宋〕李心传，北京：中华书局 1981 年。

《郡斋读书志校证》，〔宋〕晁公武撰，孙猛校证，上海：上海古籍出版社 1990 年。

K

《科举与宋代社会》，何忠礼，北京：商务印书馆 2006 年。

《科举制度与中国文化》，金诤，上海：上海人民出版社 1990 年。

《孔凡礼古典文学论集》，孔凡礼，北京：学苑出版社 1999 年。

L

《老学庵笔记》，〔宋〕陆游，北京：中华书局 1979 年。

《乐静集》，〔宋〕李昭玘，景印文渊阁四库全书。

《乐全集》，〔宋〕张方平，景印文渊阁四库全书。

《历代名臣奏议》，〔明〕杨士奇、黄淮等编，上海：上海古籍出版社 1989 年影印本。

《历代诗话》（第 2 版），〔清〕何文焕辑，北京：中华书局 2004 年。

《历代诗话续编》，丁福保辑，北京：中华书局 1983 年。

《李觏集》，〔宋〕李觏，北京：中华书局 1981 年。

《历史学家的技艺》，〔法〕马克·布洛赫著，张和声等译，上海：上海社会科学出版社 1992 年。

《历史研究》，〔法〕阿诺德·汤因比著，刘北成、郭小凌译，上海：上海人民出版社 2005 年。

《辽宋西夏金社会生活史》，朱瑞熙、张邦炜等著，北京：中国社会科学出版社 1998 年。

《两宋财政史》，汪圣铎，北京：中华书局 1995 年。

《两宋名贤小集》，〔宋〕陈思，景印文渊阁四库全书。

《两宋文学史》，《程千帆全集》，第十三卷，石家庄：河北教育出版社 2000 年。

《两宋思想述评》，陈钟凡，北京：东方出版社 1996 年。

《临川先生文集》，〔宋〕王安石，北京：中华书局 1959 年。

《刘禹锡集》，〔唐〕刘禹锡撰，卞孝萱校订，北京：中华书局 1990 年。

《吕氏杂记》，〔宋〕吕希哲，《全宋笔记》，第一编，郑州：大象出版社 2003 年。

《潞公文集》，〔宋〕文彦博，景印文渊阁四库全书。

《洛阳名园记》，〔宋〕李格非，上海：上海古籍出版社 1993 年影印本。

M

《梅尧臣集编年校注》，〔宋〕梅尧臣著，朱东润校注，上海：上海古籍出版社 1980 年。

《渑水燕谈录》，〔宋〕王辟之，北京：中华书局 1981 年。

《明道杂志》，〔宋〕张耒，学海类编本。

《明诗话全编》，吴文治主编，南京：江苏古籍出版社 1997 年。

《默记》，〔宋〕王铚，北京：中华书局 1981 年。

《墨客挥犀》，〔宋〕彭□辑撰，北京：中华书局 2002 年。

《墨庄漫录》，〔宋〕张邦基，北京：中华书局 2002 年。

N

《南阳集》，〔宋〕韩维，景印文渊阁四库全书。

《廿二史札记校证》，〔清〕赵翼著，王树民校证，北京：中华书局 1984 年。

O

《欧阳修全集》，〔宋〕欧阳修著，李逸安点校，北京：中华书局 2001 年。

P

《彭城集》，〔宋〕刘攽，丛书集成初编，上海：商务印书馆 1935 年。

《坡门酬唱集》，〔宋〕邵浩编，景印文渊阁四库全书。

Q

《齐东野语》，〔宋〕周密，北京：中华书局 1983 年。

《七世纪至十九世纪中国的知识、思想与信仰》，《中国思想史》第二卷，葛兆光，上海：复旦大学出版社 2000 年。

《钱塘集》，〔宋〕韦骧，景印文渊阁四库全书。

《秦观资料汇编》，周义敢、周雷编，北京：中华书局 2001 年。

《秦少游年谱长编》，徐培均，北京：中华书局 2002 年。

《清波杂志校注》，〔宋〕周辉，北京：中华书局 1994 年。

《青山集》，〔宋〕郭祥正，景印文渊阁四库全书。

《青箱杂记》，〔宋〕吴处厚，北京：中华书局 1985 年。

《曲洧旧闻》，〔宋〕朱弁，北京：中华书局 2002 年。

《全宋词》（新 1 版），唐圭章编纂，王仲闻参订，孔凡礼补辑，北京：中华书局 1999 年。

《全宋诗》，傅璇琮等主编，北京：北京大学出版社 1991—1999 年。

《全宋文》，曾枣庄等编，成都：巴蜀书社 1988—1989 年。

《全唐诗》，〔清〕彭定求等编，北京：中华书局 1960 年。

《全唐文》，〔清〕董诰等编，北京：中华书局 1983 年。

R

《容斋随笔》，〔宋〕洪迈，上海：上海古籍出版社 1996 年。

S

《三朝名臣言行录》，〔宋〕朱熹，影印四部丛刊初编。

《邵氏闻见录》，〔宋〕邵伯温，北京：中华书局 1983 年。

《邵氏闻见后录》，〔宋〕邵博，北京：中华书局 1983 年。

《沈氏三先生文集》，〔宋〕沈遘、沈括、沈辽，影印四部丛刊三编。

《盛唐诗》，〔美〕宇文所安著，贾晋华译，北京：生活·读书·新知三联书店 2004 年。

《诗词散论》，缪钺，上海：上海古籍出版社 1982 年。

《十国春秋》，〔清〕吴任臣撰，徐敏霞等点校，北京：中华书局 1983 年。

《释家艺文提要》，周叔迦，北京：北京古籍出版社 2004 年。

《石林燕语》，〔宋〕叶梦得，北京：中华书局 1984 年。

《石门文字禅》，〔宋〕惠洪，影印四部丛刊初编。

《诗史》，李维，北京：东方出版社 1996 年。

《诗薮》，〔明〕胡应麟，北京：中华书局 1958 年。

《史学方法论》，杜维运，北京：北京大学出版社 2006 年。

《石遗室诗话》，陈衍，北京：人民文学出版社 2004 年。

《师友谈记》，〔宋〕李廌，北京：中华书局 2002 年。

《四朝闻见录》，〔宋〕叶绍翁，北京：中华书局 1989 年。

《四库全书总目》，〔清〕永瑢等，北京：中华书局 1965 年。

《司马光年谱》，〔明〕马峦、〔清〕顾栋高编著，北京：中华书局 1990 年。

《斯文：唐宋思想的转型》，〔美〕包弼德著，刘宁译，南京：江苏人民出版社 2001 年。

《思想的转型——理学发生过程研究》，徐洪兴，上海：上海人民出版社 1996 年。

《思想史的写法——中国思想史导论》，葛兆光，上海：复旦大学出版社 2004 年。

《宋朝事实类苑》，〔宋〕江少虞，上海：上海古籍出版社 1981 年。

《宋朝诸臣奏议》，〔宋〕赵汝愚，上海：上海古籍出版社 1999 年。

《宋初朋党与太平兴国三年进士》，何冠环，北京：中华书局 1994 年。

《宋大事记讲义》，〔宋〕吕中，景印文渊阁四库全书。

《宋代巴蜀文学通论》，祝尚书，成都：巴蜀书社 2005 年。

《宋代禅宗文化》，魏道儒，郑州：中州古籍出版社 1993 年。

《宋代地域文化》，程民生，开封：河南大学出版社 1997 年。

《宋代佛教史稿》，顾吉辰，郑州：中州古籍出版社 1993 年。

《宋代佛教政策论稿》，刘长东，成都：巴蜀书社 2005 年。

《宋代官员选任和管理制度》，苗书梅，河南大学出版社 1996 年。

《宋代教育》，苗春德主编，开封：河南大学出版社 1992 年。

《宋代经济论文集》，宋韶光，香港：香港志文出版社 1985 年。

《宋代经济史》，漆侠，上海：上海人民出版社 1987 年。

《宋代科举与文学考论》，祝尚书，郑州：大象出版社 2006 年。

《宋代历史文化研究》，张其凡、陆勇强主编，北京：人民出版社 2000 年。

《宋代社会经济史论集》，梁庚尧，台北：允晨文化 1997 年。

《宋代社会研究》，朱瑞熙，郑州：中州书画社 1983 年。

《宋代蜀学研究》，胡昭曦等，成都：巴蜀书社 1997 年。

《宋代文官选任制度诸层面》，邓小南编著，石家庄：河北教育出版社 1993 年。

《宋代文化史》，姚瀛艇主编，开封：河南大学出版社 1992 年。

《宋代文学思想史》，张毅，北京：中华书局 1995 年。

《宋代文学通论》，王水照主编，开封：河南大学出版社 1997 年。

《宋代文艺理论集成》，蒋述卓等编，北京：中国社会科学出版社 2000 年。

《宋代政治史》，林瑞翰，台北：大学联合出版委员会 1989 年。

《宋代政治史》，何忠礼，杭州：浙江大学出版社 2007 年。

《宋代政治文化史论》，张邦炜，北京：人民出版社 2005。

《宋代制度史研究百年（1900—2000）》，包伟民主编，北京：商务印书馆 2004 年。

《宋会要辑稿》，〔清〕徐松，北京：中华书局 1957 年。

《宋论》，〔清〕王夫之，北京：中华书局 1964 年。

《宋明理学》，陈来，上海：华东师范大学出版社 2004 年。

《宋明理学史》，侯外庐主编，北京：人民出版社 1984 年。

《宋人别集叙录》，祝尚书，北京：中华书局 1999 年。

《宋人诗话外编》，程毅中主编，北京：国际文化出版公司 1996 年。

《宋人所撰三苏年谱汇刊》，王水照编，上海：上海古籍出版社 1989 年。

《宋人轶事汇编》（第 2 版），丁传靖编，北京：中华书局 2003 年。

《宋人传记资料索引》，昌彼得等编，北京：中华书局 1988 年。

《宋人传记资料索引补编》，李国玲编，成都：四川大学出版社 1994 年。

《宋人总集叙录》，祝尚书，北京：中华书局 2004 年。

《宋儒微言》，卢国龙，北京：华夏出版社 2001 年。

《宋诗钞》，〔清〕吴之振等，北京：中华书局 1986 年。

《宋诗话辑佚》，郭绍虞辑，北京：中华书局 1980 年。

《宋诗话考》，郭绍虞，北京：中华书局 1985 年。

《宋诗话全编》，吴文治主编，南京：江苏古籍出版社 1998 年。

《宋诗纪事》，〔清〕厉鹗辑撰，上海古籍出版社 1983 年。

《宋诗派别论》，梁昆，长沙：商务印书馆 1939 年。

《宋诗散论》，张白山，上海：上海古籍出版社 1984 年。

《宋诗史》，许总，重庆：重庆出版社 1992 年。

《宋诗特色研究》，张高评，长春：长春出版社 2002 年。

《宋诗体派论》，吕肖奂，成都：四川民族出版社 2002 年。

《宋诗选注》，钱锺书，北京：生活·读书·新知三联书店 2002 年。

《宋诗臆说》，赵齐平，北京：北京大学出版社 1993 年。

《宋诗纵横》，赵仁珪，北京：中华书局 1994 年。

《宋史》，〔元〕脱脱等，北京：中华书局 1977 年。

《宋史纪事本末》，〔明〕陈邦瞻，《历代纪事本末》，北京：中华书局

1997 年。

《宋史全文》，不著撰人名氏，台北：文海出版社 1969 年。

《宋史选举志补正》，何忠礼，杭州：浙江古籍出版社 1992 年。

《宋史翼》，〔清〕陆心源，北京：中华书局 1991 年。

《宋文鉴》，〔宋〕吕祖谦编，北京：中华书局 1992 年。

《宋文六大家活动编年》，洪本健，上海：华东师范大学出版社 1993 年。

《宋文学史》，柯敦伯，长沙：商务印书馆 1934 年。

《宋学与宋代文学观念》，李春青，北京：北京师范大学出版社 2001 年。

《宋元禅宗史》，杨曾文，北京：中国社会科学出版社 2006 年。

《宋元诗社研究丛稿》，欧阳光，广州：广东高等教育出版社 1996 年。

《苏东坡传》，林语堂著，张振玉译，广州：百花文艺出版社 2000 年。

《苏门六君子研究》，马东瑶，北京：北京大学出版社 2005。

《苏门四学士》，周义敢编著，上海：上海古籍出版社 1983 年。

《苏门四学士》，廖承良选注，长沙：岳麓书社 1998 年。

《苏轼词编年校注》，〔宋〕苏轼著，邹同庆、王宗堂校注，北京：中华书局 2002 年。

《苏轼论文艺》，颜中其，北京：北京出版社 1985 年。

《苏轼年谱》，孔凡礼，北京：中华书局 1998 年。

《苏轼评传》，王水照、朱刚，南京：南京大学出版社 2004 年。

《苏轼诗集》，〔宋〕苏轼著，王文诰辑注，孔凡礼点校，北京：中华书局 1982 年。

《苏轼诗集合注》，〔宋〕苏轼著，〔清〕冯应榴辑注，黄任轲、朱怀春点校，上海：上海古籍出版社 2001 年。

《苏轼诗研究》，谢桃坊，成都：巴蜀书社 1987 年。

《苏轼文集》，〔宋〕苏轼著，孔凡礼点校，北京：中华书局 1986。

《苏轼文艺理论研究》，刘国珺，天津：南开大学出版社 1984 年。

《苏轼研究论文集》第三辑，苏轼研究学会编，成都：四川文艺出版社 1986 年。

《苏轼研究论文集》第四辑，苏轼研究学会编，成都：四川文艺出版社 1986 年。

《苏轼研究史》，曾枣庄，南京：江苏教育出版社 2001 年。

《苏轼研究专集》，四川大学大学学报编辑部、四川大学中文系唐宋文学研究室编辑，成都：四川人民出版社 1980 年。

《苏轼传》，王水照、崔铭，天津：天津人民出版社 2000 年。

《苏轼资料汇编》，四川大学中文系编，北京：中华书局 1994 年。

《涑水记闻》，〔宋〕司马光，北京：中华书局 1989 年。

《苏舜钦集编年校注》，〔宋〕苏舜钦著，傅平骧、胡问陶校注，成都：巴蜀书社 1991 年。

《苏魏公文集》，〔宋〕苏颂，北京：中华书局 1988 年。

《苏文忠公诗编注集成总案》，〔清〕王文诰，成都：巴蜀书社 1985 年影印清嘉庆原刻本。

《宋宰辅编年录校补》，〔宋〕徐自明、王瑞来校补，北京：中华书局 1986 年。

《苏辙集》，〔宋〕苏辙著，陈宏天、高秀芳点校，北京：中华书局 1990 年。

《苏辙年谱》，孔凡礼，北京：学苑出版社 2001 年。

《隋唐制度渊源略论稿·唐代政治史述论稿》，陈寅恪，北京：生活·读书·新知三联书店 2001 年。

T

《太平治迹统类》，〔宋〕彭百川，景印文渊阁四库全书。

《坛经校释》，〔唐〕慧能著，郭朋校释，北京：中华书局 1983 年。

《谈艺录》（第 2 版），钱锺书，北京：生活·读书·新知三联书店 2007 年。

《唐代进士行卷与文学》，程千帆，上海：上海古籍出版社 1980 年。

《唐宋史论丛》，孙国栋，香港：商务印书馆 2000 年。

《唐宋诗之争概述》，齐治平，长沙：岳麓书社 1984 年。

《唐音癸签》，〔明〕胡震亨，上海：上海古籍出版社 1981 年。

《陶山集》，〔宋〕陆佃，丛书集成初编，上海：商务印书馆 1936 年。

《陶渊明集笺注》，〔东晋〕陶渊明著，袁行霈笺注，北京：中华书局 2003 年。

《苕溪渔隐丛话》，〔宋〕胡仔编著，北京：人民文学出版社 1962 年。

《铁围山丛谈》，〔宋〕蔡絛，北京：中华书局 1983 年。

《桯史》，〔宋〕岳珂，北京：中华书局 1981 年。

《同文馆唱和诗》，〔宋〕邓忠臣等，景印文渊阁四库全书。

W

《万卷：黄庭坚和北宋晚期诗学中的阅读与写作》，王宇根，北京：生活·读书·新知三联书店 2015 年。

《王安石变法研究史》，李华瑞，北京：人民出版社 2004 年。

《王安石年谱三种》，〔宋〕詹大和等，北京：中华书局 1994 年。

《王安石全集》，〔宋〕王安石，上海：上海古籍出版社 1999 年。

《王安石评传》，张祥浩、魏福明，南京：南京大学出版社 2006 年。

《王安石诗文系年》，李德身编著，西安：陕西人民教育出版社 1987 年。

《王安石与北宋文学研究》，高克勤，上海：复旦大学出版社 2006 年。

《王安石传》，梁启超，海口：海南出版社 1993 年。

《王荆公年谱考略》，〔清〕蔡上翔，上海：上海人民出版社 1973 年。

《王荆公诗注补笺》，〔宋〕王安石撰，〔宋〕李璧注，李之亮补笺，成都：巴蜀书社 2002 年。

《王文公文集》，〔宋〕王安石，上海：上海人民出版社 1974 年。

《王禹偁事迹著作编年》，徐规，北京：中国社会科学出版社 1982 年。

《温国文正司马公文集》，〔宋〕司马光，景印四部丛刊初编。

《文化视域中的北宋熙丰诗坛》，马东瑶，西安：陕西人民教育出版社 2006 年。

《文坛佛影》，孙昌武，北京：中华书局 2001 年。

《文同全集编年校注》，〔宋〕文同著，胡问涛、罗琴校注，成都：巴蜀书社 1999 年。

《文献通考》，〔宋〕马端临，北京：中华书局 1986 年影印本。

《文心雕龙注》，〔梁〕刘勰著，范文澜注，北京：人民文学出版社 1958 年。

《文学社会学引论》，〔德〕阿尔方斯·西尔伯曼著，魏育青等译，合肥：安徽文艺出版社 1988 年。

《五灯会元》，〔宋〕释普济撰，苏渊雷点校，北京：中华书局 1984 年。

《武夷新集》，〔宋〕杨亿，景印文渊阁四库全书。

X

《西昆酬唱集注》，〔宋〕杨亿编，王仲荦注，上海：上海书店出版社2001年。

《西塘集耆旧续闻》，〔宋〕陈鹄，北京：中华书局2002年。

《西溪丛语》，〔宋〕姚宽，北京：中华书局1993年。

《湘山野录》，〔宋〕文莹，北京：中华书局1984年。

《小畜集》，〔宋〕王禹偁，影印四部丛刊初编。

《新史学：自白与对话》，〔法〕玛丽亚·露西娅·帕拉蕾丝－伯克编，彭刚译，北京：北京大学出版社2006年。

《新五代史》，〔宋〕欧阳修等，北京：中华书局1974年。

《续资治通鉴长编》，〔宋〕李焘，北京：中华书局2004年。

《续资治通鉴长编拾补》，〔清〕黄以周等辑注，顾吉辰点校，北京：中华书局2004年。

Y

《燕翼诒谋录》，〔宋〕王栐，北京：中华书局1981年。

《隐居通议》，〔元〕刘埙，景印文渊阁四库全书。

《瀛奎律髓汇评》，〔元〕方回选评，李庆甲集评校点，上海：上海古籍出版社2005年。

《玉海》，〔宋〕王应麟，景印文渊阁四库全书。

《玉壶清话》，〔宋〕文莹，北京：中华书局1984年。

《元丰九域志》，〔宋〕王存撰，王文楚等校点，北京：中华书局1984年。

《元宪集》，〔宋〕宋庠，丛书集成初编，上海：商务印书馆1935年。

《元祐党人传》,〔清〕陆心源,据清光绪刻本,扬州:江苏广陵古籍刻印社 1987 年。

《游宦纪闻》,〔宋〕张世南,北京:中华书局 1981 年。

《云麓漫钞》,〔宋〕赵彦卫,北京:中华书局 1996 年。

Z

《曾巩集》,〔宋〕曾巩著,陈杏珍、晁继周点校,北京:中华书局 1984 年。

《张耒集》,〔宋〕张耒著,李逸安、孙通海、傅信点校,北京:中华书局 1990 年。

《张载集》,张载,北京:中华书局 1978 年。

《昭昧詹言》,〔清〕方东树,北京:人民文学出版社 1961 年。

《制度、思想与文学的互动:北宋前期诗坛研究》,成玮,上海:复旦大学出版社 2013 年。

《直斋书录解题》,〔宋〕陈振孙,上海:上海古籍出版社 1987 年。

《中国禅思想史》,葛兆光,北京:北京大学出版社 1995 年。

《中国禅宗通史》,杜继文、魏道儒,南京:江苏古籍出版社 1993 年。

《中国禅宗与诗歌》,周裕锴,上海:上海人民出版社 1992 年。

《中国佛教百科全书·教义卷、人物卷》,赖永海主编,业露华、董群著,上海:上海古籍出版社 2000 年。

《中国佛教百科全书·经典卷》,赖永海主编,陈士强著,上海:上海古籍出版社 2000 年。

《中国佛教百科全书·历史卷》,赖永海主编,潘桂明、董群、麻天祥著,上海:上海古籍出版社 2000 年。

《中国佛教史》，蒋维乔，上海：上海古籍出版社 2004 年。

《中国佛教史》，黄忏华，上海：上海文艺出版社 1990 年影印长沙商务印书馆 1940 年版。

《中国佛教史》，郭朋，台北：文津出版社 1993 年。

《中国古代文体概论》，褚斌杰，北京：北京大学出版社 1984 年。

《中国近三百年学术史》，钱穆，北京：商务印书馆 1997 年。

《中国科举史》，刘海峰等，上海：东方出版中心 2004 年。

《中国历代文论选》（新 1 版），郭绍虞主编，上海：上海古籍出版社 2001 年。

《中国历代选官制度》，陈茂同，上海：华东师范大学出版社 1994 年。

《中国美学史大纲》，叶朗，上海：上海人民出版社 1985 年。

《中国史通论》，〔日〕内藤湖南著，夏应元、钱婉约等译，北京：社会科学文献出版社 2004 年。

《中国文官制度史》，杨树藩，台北：黎明文化事业股份有限公司 1982 年。

《中国文化史》，柳诒徵，上海：上海古籍出版社 2001 年。

《中国文学批评史》，郭绍虞，上海：上海古籍出版社 1979 年。

《中国文学批评史新编》，王运熙、顾易生主编，上海：复旦大学出版社 2001 年。

《中国艺术精神》，徐复观，上海：华东师范大学出版社 2001 年。

《中唐至北宋的典范选择与诗歌因革》，李贵，上海：复旦大学出版社 2012 年。

《忠肃集》，〔宋〕刘挚，上海：商务印书馆 1936 年，丛书集成初编。

《朱靖华古典文学论集》，朱靖华，长春：吉林文史出版社 2003 年。

《朱子语类》，〔宋〕黎靖德编，北京：中华书局1986年。

《祖宗之法：北宋前期政治述略》，邓小南，北京：生活·读书·新知三联书店2006年。

论文类

《陈师道的七律诗风与北宋元祐诗坛》，张立荣，《贵州社会科学》2019年第8期。

《北宋"党争"与儒学复兴运动的演化》，刘复生，《社会科学研究》1999年第6期。

《北宋洛阳文人集团与地域环境的关系》，王水照，《文学遗产》1990年第3期。

《北宋熙丰科举制度与元祐科举制度的比较研究》，郑锋，《南昌师范学院学报》2021年第2期。

《北宋熙丰名臣致仕文学研究》，吴肖丹，《华南师范大学学报》2011年第1期。

《北宋中期儒学复兴运动》，刘复生，《文献》1991年第1期。

《北宋中期的政风之变》，刘复生，《文史知识》1992年第2期。

《隔代追慕：王安石选杜、评杜与仿杜》，王晋光，《宋代文学与文化研究》，黎活仁、龚鹏程等主编，台北：大安出版社2001年。

《关于宋诗的成就和特色》，胡念贻，《学习与思考》1984年第2期。

《"开口揽时事，议论争煌煌"——从梅尧臣、欧阳修、苏舜钦看宋诗的议论化》，赵仁珪，《文学遗产》1982年第1期。

《黄庭坚诗的三个问题——诗作分期、诗体变易及诗论的建立》，黄启方，原载于 1986 年 "中央研究院"《第二届国际汉学会议论文集》。

《黄庭坚 "夺胎换骨" 辨》，莫砺锋，《中国社会科学》1983 年第 5 期。

《黄庭坚是宋诗风范的主要体现者》，朱安群，《江西师范大学学报》1986 年第 2 期。

《黄庭坚影响成因论》，许总，《文学遗产》1991 年第 4 期。

《略论宋诗的发展》，胡念贻，《齐鲁学刊》1982 年第 2 期。

《略论宋代理学诗派》，谢桃坊，《文学遗产》1986 年第 3 期。

《论黄庭坚诗歌创作的三个阶段》，莫砺锋，《文学遗产》1995 年第 3 期。

《论黄庭坚诗》，白敦仁，《成都大学学报》1986 年第 1 期。

《论 "击壤派"》，祝尚书，《文学遗产》2001 年第 2 期。

《论宋人对苏轼的批评》，曾枣庄，《宋代文学与宋代文化》，曾枣庄著，上海：上海人民出版社 2006 年。

《论宋诗》，霍松林、邓小军，《文史哲》1989 年第 2 期。

《论苏黄对唐诗的态度》，莫砺锋，《文学评论》1994 年第 2 期。

《论苏门之立》，萧庆伟、陶然，《浙江大学学报》2001 年第 3 期。

《论元祐体》，曾枣庄，《成都大学学报》1986 年第 1 期。

《论 "元祐体"》，张仲谋，《西北师大学报》1996 年第 1 期。

《论黄庭坚诗歌创作的三个阶段》，莫砺锋，《文学遗产》1995 年第 3 期。

《梅尧臣的七律诗风与北宋庆嘉诗坛》，张立荣，《贵州社会科学》2015 年第 11 期。

《群体的影响与个体的超越——试探杰出文学家的成功规律》，钱志熙,《江海学刊》1996年第1期。

《诗可以群——从魏晋南北朝诗歌创作形态考察其文学观念》,吴承学、何志军,《中国社会科学》2001年第5期。

《试论山谷诗与王安石》,刘乃昌,《文史哲》1988年第2期。

《试评严羽的东坡论》,朱靖华、王洪,《文学遗产》1986年第3期。

《宋初文坛的冲突与对话——南文北进与北道难移》,张兴武,《文学遗产》2004年第3期。

《宋代诗歌的艺术特点和教训》,王水照,《文艺论丛》第五辑,上海:上海文艺出版社1978年11月。

《宋诗略论》,刘乃昌、王少华,《江西社会科学》1992年第1期。

《宋诗特征论》,徐复观,《中国文学精神》,徐复观著,上海:上海书店出版社2006年。

《宋诗的分期及其标准》,陈植锷,《文学遗产》1986年第4期。

《宋诗一代面目的成就者——王安石》,赵晓兰,《四川师范大学学报》1995年第4期。

《宋诗臆说》,谢宇衡,《文学遗产》1986年第3期。

《苏门酬唱与宋调的发展》,马东瑶,《文学遗产》2005年第1期。

《苏门的形成与人才网络的特点》,王水照,《王水照自选集》,上海:上海教育出版社2000年。

《苏轼创作的发展阶段》,王水照,《王水照自选集》,上海:上海教育出版社2000年。

《苏诗分期评议》,谢桃坊,《论苏轼岭南诗及其他》,苏轼研究学会编,广州:广东人民出版社1986年。

《〈苏轼分期评议〉的评议》，曾枣庄，《论苏轼岭南诗及其他》，苏轼研究学会编，广州：广东人民出版社 1986 年。

《苏轼黄庭坚诗歌理论之比较》，周裕锴，《文学评论》1983 年第 4 期。

《苏轼诗的议论》，赵仁珪，《北京师范大学学报》1983 年第 5 期。

《苏轼"以才学为诗"论》，王洪，《江西社会科学》1989 年第 5 期。

《苏轼在宋代文学革新中的领袖地位》，姜书阁，《文学遗产》1986 年第 3 期。

《王荆公诗"作贼"说质疑——试探唐宋及其以前指斥诗歌剽窃的标准问题》，祝总斌，《国学研究》(第十八卷)，袁行霈主编，北京：北京大学出版社 2006 年。

《"无论于旧，不间于新"：论北宋熙丰之际的政局转换》，古丽巍，《中华文史论丛》2020 年第 3 期。

《许学夷对宋人"以才学为诗"二重性的认识》，方锡球，《文学遗产》2001 年第 2 期。

《议论与唐诗中的议论》，何晓园，《名作欣赏》2006 年第 16 期。

《由求同到证异：翁方纲对黄庭坚诗歌的接受》，邱美琼，《江西社会科学》2007 年第 10 期。

《张耒的七律诗风与北宋元祐诗坛》，张立荣，《新宋学》2016 年刊。

后 记

　　在浙江大学读博士是一段独特而获益良多的经历。写博士论文的疲累已经远去，但彼时的一些想法和经年累月一成不变的生活状态则印象尚深。当时是"沉浸"在一种状态之中，但那种"沉浸"并非诗人情感勃发式的喜悦或悲伤，而是长久存在于一种静默努力的过程中，时而路途盘错，时而小径微明，每逢肯綮常无从措手，倏有会意又谡然而解。整个过程漫长、琐碎而辛劳，但也并非全无欣喜，只不过还是无法摆脱"暨乎篇成，半折心始"的规律，文章每多如此。博士论文今天来看已是旧作，当时如斯，今日观之，更多缺憾之处，何况研究成果不断推出，但迫于时间精力，总体框架难以遽作更革，仅作部分文字修改，也希望出版后同好惠我良言，为日后修订之助。

　　人生历事虽不必"看花看影不留痕"，也不必过分加之遥深寄托。每个阶段都有其价值，就像这部书和随之完成的工作，是一个阶段性积累，让具体的从事者收获了一些新知、经验与方法，也反复验证了旧知、深思、突破、新知之间循环错综与紧密依存的关系。岁月无需挥洒，倏然走远，豪情纵尝有之，意已阑珊。人不能时时习得"甚深微妙法"，但何妨长怀求知之心，为学之路漫漫，在旅途就仍然充满行与思的活力、达与成的向往。

　　此书前获内蒙古自治区社科基金后期项目资助，今年又获得内蒙古师范大学文学院庆祝学院成立七十周年资助学术出版的经费支持，在此一并表示衷心感谢！也真诚感谢多年来一直热情支持鼓励、讲论琢磨的师长友人、同学同事！最后要对默默支持我的家人表示感谢，教学科研工作看似不需远行，但身心往往被"牵制"，很多时候难以分心投入另外的事情，感谢他们对我经常性"缺位"的容忍和一贯无条件的支持，希望有更多的时间陪陪家人和孩子。

2021 年 11 月 16 日

于青城内师大盛乐校区